Andreas Brandhorst

Eklipse

Roman

PIPER

Entdecke die Welt der Piper Science Fiction:

Piper✦Science-Fiction.de

MIX
Papier aus verantwor-
tungsvollen Quellen
FSC® C083411

Originalausgabe
ISBN 978-3-492-70511-0
© Piper Verlag GmbH, München 2019
Satz: Fotosatz Amann, Memmingen
Gesetzt aus der The Serif
Druck und Bindung: CPI books GmbH, Leck
Printed in the EU

Ein Wandrer kam aus einem alten Land
Und sprach: »Ein riesig Trümmerbild von Stein
Steht in der Wüste, rumpflos Bein an Bein,
Das Haupt daneben, halb verdeckt vom Sand.
Der Züge Trotz belehrt uns: wohl verstand
Der Bildner, jenes eitlen Hohnes Schein
Zu lesen, der in toten Stoff hinein
Geprägt den Stempel seiner ehrnen Hand.
Und auf dem Sockel steht die Schrift: ›Mein Name
Ist Ozymandias, aller Kön'ge König: –
Seht meine Werke, Mächt'ge, und erbebt!‹
Nichts weiter blieb. Ein Bild von düstrem Grame,
Dehnt um die Trümmer endlos, kahl, eintönig
Die Wüste sich, die den Koloss begräbt.«

Percy Bysshe Shelley, 1792–1822

Inhaltsverzeichnis

Prolog

Rebecca

Rebecca hörte, wie sich die Tür öffnete, aber sie sah nicht auf.

»Du liest wieder«, erklang eine sanfte Stimme. »Du liest und liest.«

Ein Windstoß warf Regentropfen gegen das nahe Fenster. Es prasselte kurz, dann folgte ein Rauschen. Rebecca ließ das Buch sinken und blickte nach draußen. Ein grauer Regenschleier lag über grauem Land. Die Berge im Norden waren nicht mehr zu sehen.

»Es regnet hier nicht oft«, sagte sie. Vielleicht hatten es ihr die Steine zugeflüstert.

»Nur zwei- oder dreimal im Jahr«, erwiderte Claire. »Wir brauchen den Regen nicht, wir haben den Brunnen. Aber die anderen werden sehr dankbar für ihn sein.«

»Sie fangen ihn in Behältern auf, nicht wahr?«, fragte Rebecca.

Claire trat näher. Ein Leben harter Arbeit hatte sie vorzeitig altern lassen. Sie war noch nicht ganz sechzig, doch Falten zerfurchten ihr Gesicht, und ihr drahtiges Haar hatte Glanz und Farbe verloren.

»Du bist nicht von hier, und trotzdem weißt du davon.«

»Ja. Ich habe darüber gelesen.« Rebecca legte das Buch auf den kleinen Tisch. Es stammte aus einem gut gefüllten Bücherschrank.

»Du liest viel.«

»Ja.«

Claire deutete zum Schrank an der Wand. Das auf dem Tisch liegende Buch hatte eine kleine Lücke darin hinterlassen. »Du liest viel. Und schnell. Ich kenne niemanden, der so schnell liest wie du.«

Rebecca nickte und blickte erneut nach draußen. Es wehte

kein Wind mehr, der Regen fiel glatt und gerade. Ein Reiter kam aus den grauen Schlieren jenseits der Koppeln und Zäune, eine Gestalt wie aus dem Nichts.

»Und all die Sprachen!« Claire stand direkt vor dem Schrank und strich mit dünnen Fingern über die Buchrücken. »Wie viele sind es?«

»Siebenundneunzig Bücher in sechs Sprachen«, antwortete Rebecca sofort.

»Wie viele Sprachen sprichst du?«, fragte Claire. »Wie viele kannst du lesen?«

»Alle«, sagte Rebecca geistesabwesend. Sie beobachtete, wie der Reiter im Regen abstieg und sein Pferd zur Koppel führte. »Kostas ist aus der Stadt zurück.«

Die Stadt lag am Fuß der Berge, die man an einem Tag erreichen konnte, wenn man schnell ging. Einige Hundert Menschen lebten dort bei den Tunneln der alten Verkehrsstation. Früher waren Städte viel größer gewesen, hatte Rebecca gelesen, mit Tausenden und sogar Millionen von Menschen – eine unglaubliche Zahl.

»Er hat den Regen mitgebracht.« Claire lächelte. »Er kommt also mit guten Nachrichten. Wasser für uns alle!«

Er kam nicht mit guten Nachrichten, das spürte Rebecca. Vielleicht hatten ihr auch das die Steine geflüstert. Sie stand auf, nahm das Buch und stellte es in den Schrank. Ihre Zeit hier ging zu Ende. Sie ließ den Blick durchs Zimmer wandern, wie um Abschied zu nehmen.

Claire deutete auf die Decke. »Hast du hier geschlafen?«

»Ein bisschen. Ein oder zwei Stunden.«

»Das ist nicht viel.« Claire wirkte ein wenig hilflos. Sie redete gern, sie war nicht um Worte verlegen, aber oft gebrauchte sie die falschen. Claire benutzte beim Sprechen eine Art Code, den Rebecca inzwischen entschlüsselt hatte. Was sie wirklich hatte sagen wollen, war: *Bitte, bleib hier, geh nicht fort.*

»Ich brauche nicht viel Schlaf, das weißt du.«

»Du könntest mir erklären, worum es in den Büchern geht«, sagte Claire schnell. »Du könntest mir beibringen, besser zu lesen.«

Die Bücher hatten verstaubt und seit vielen Jahren unberührt in diesem Schrank gestanden, als Claire und Kostas vor mehr als vier Jahrzehnten hergekommen waren und sich auf der herrenlosen kleinen Farm niedergelassen hatten. Ihre Tochter Annabel, deren Grab sich hinter dem Haus befand, hatte die Bücher gehütet und gepflegt, obwohl sie ihren Inhalt ebenso schwer entziffern konnte wie Mutter Claire.

Draußen stapfte Kostas durch den Regen, den Kopf hoch erhoben, und näherte sich dem Haus. Rebecca fühlte den Beutel in ihrer Hosentasche, die kleinen Steine darin schienen schwerer zu werden.

Schritte polterten auf der hölzernen Diele des Farmhauses. Kostas erschien in der Tür, ohne den Regenmantel, Haar und Gesicht nass. Auch er war früh alt geworden, aber er hielt sich gerade, trotz der Jahre voller Mühsal, die seinen Rücken krümmen wollten.

»Es regnet«, sagte er. »Es bedeutet, dass wir heute und morgen kein Wasser aus dem Brunnen pumpen müssen. Rebecca ...«

»Wie war's in der Stadt?«, fragte Claire schnell. Sie schlang die Arme um sich selbst, als wäre ihr plötzlich kalt geworden.

Kostas wechselte einen kurzen Blick mit seiner Frau. »Rebecca ...«

»Ja?«

»Jemand hat nach dir gefragt. Jemand sucht dich.«

Rebecca seufzte. »Früher oder später musste es so kommen. Marcus hat die Suche nicht aufgegeben.«

»Aber, aber ...«, begann Claire.

»Ich packe besser meine Sachen.« Es würde nicht lange dauern. Rebeccas Habseligkeiten ließen sich schnell in einem Rucksack verstauen.

»Du kannst hierbleiben, Kind«, brummte Kostas. »Das weißt du.«

So nannte er sie oft, *Kind*. Obwohl sie mit ihren fünfzehn Jahren längst kein Kind mehr war. Schon mit zwölf war sie kein Kind mehr gewesen, dazu hatte sie zu viel gesehen und erlebt.

»Wir könnten dir mehr Bücher beschaffen«, sagte Claire hastig und meinte erneut: *Bitte, bleib!*

»Rebecca ...« Kostas kam einen Schritt näher. Seine Stiefel

hinterließen kleine Pfützen auf dem Holzboden.»Seit Annabel ...
Ich meine ...«

»Du bist etwa so alt wie sie, als sie ... von uns ging.« Claires
Augen glänzten feucht.»Mit dir sind wir wieder eine richtige
Familie.«

»Ein Mädchen in deinem Alter hat es schwer in der Welt dort
draußen«, sagte Kostas ernst.

»Ich weiß.« Rebecca griff nach ihrem Rucksack.»Es lässt sich
leider nicht ändern.«

»Dieser Marcus ...«, brummte Kostas.»Wir könnten mit ihm
reden. Oder mit den Leuten, die in seinem Auftrag nach dir
suchen. Du bist ein gutes Kind. Du kannst nichts Schlimmes
angestellt haben.«

»Marcus und seine Leute würden sich anhören, was ihr zu
sagen habt«, sagte Rebecca,»und euch dann *töten*. Sie töten
alle, die mir helfen. Es ist besser, sie erfahren nichts von euch.«

Sie sah zum Bücherschrank. Zwei Bücher hatten ihr besonders gut gefallen: *Geschichte der Welt* von R. Quintex – ein Buch,
das sie bereits gekannt hatte und in dem sie immer wieder gern
las – und *Alice im Wunderland* von Lewis Carroll, der lange vor
dem Bruch gelebt hatte. Sie überlegte, ob sie Claire und Kostas
um die beiden Bücher bitten sollte, ließ es dann aber bleiben.
Ihr Rucksack war auch so schon schwer genug.

»Willst du immerzu fliehen, Kind?«, fragte Kostas.»Du kannst
doch nicht dein ganzes Leben auf der Flucht verbringen!«

»Man darf sich nichts vormachen.« Rebecca schwang sich
den Rucksack auf den Rücken.»Irgendwann wird Marcus mich
finden. Aber das dauert noch ein paar Jahre, wenn ich vorsichtig
genug bin, und vielleicht habe ich bis dahin gelernt, wie man
mit ihm fertigwird.« Sie ging zur Tür.

»Warte, warte!« Claire schlüpfte an ihr vorbei.»Ich packe
dir schnell etwas zu essen ein. Ein wenig Proviant für den
Weg.«

Fünf Minuten später standen sie draußen. Es regnete nicht
mehr, der durstige Boden saugte die Feuchtigkeit auf, und die
wenigen Pfützen schrumpften schnell. Rebecca umarmte erst
Kostas und dann Claire, die Tränen in den Augen hatte.

»Kehr bald zurück, Annabel«, sagte sie.»Kehr bald zurück.«

Rebecca bemerkte die stumme Bitte in Kostas' Miene. Sie schüttelte den Kopf.

»Nein«, erwiderte sie. »Man darf sich nichts vormachen. Ich bin Rebecca und muss meinen Weg gehen.«

Abends klarte es auf, und die Nacht präsentierte einen wolkenlosen Himmel. Rebecca hatte ihr Lager zwischen einigen Felsen aufgeschlagen, ein gutes Stück von der Stadt entfernt, in deren Ruinen sich einzelne Lichter zeigten. Auf ein Lagerfeuer hatte sie verzichtet – der Schein der Flammen hätte in dunkler Nacht weit gereicht. Mit dem Rücken an einen Felsen gelehnt und die Stadt durch die Lücke zwischen zwei anderen im Blick aß sie von dem Brot, das Claire ihr mitgegeben hatte, und trank Wasser aus ihrer Feldflasche. Die Tunnelöffnungen der alten Verkehrsstation hätte sie früh am nächsten Morgen mit Leichtigkeit erreichen können, aber Rebeccas Ziel war nicht einer der wenigen noch fahrenden Züge, die fast alle der Kontrolle durch Marcus unterlagen, sondern ein verborgener kleiner Bogen, der sich in einem Felsental zwei Tagesmärsche entfernt befand und von dem die Verfolger bestimmt nichts wussten. Das war die Gelegenheit, Marcus erneut zu entkommen, für einige Wochen oder sogar Monate, bis seine Späher, die sich überall herumtrieben, sie erneut fanden.

Sie öffnete den Rucksack und holte ein kleines Kästchen hervor, das aus einem anderen Leben stammte. Während der vier Wochen bei Claire und Kostas hatte sie es nur ein einziges Mal in der Hand gehalten, was bedeutete, dass es nur noch wenig Energie hatte – die Solarzellen auf der einen Seite mussten genug Sonnenlicht aufnehmen, um die Batterie aufzuladen. Sie vergewisserte sich, dass die Lautstärke niedrig eingestellt war, bevor sie die Einschalttaste drückte.

Leise Musik ertönte. Es war eine traurige kleine Melodie, geeignet für eine traurige kleine Geschichte.

Das kleine Musikkästchen stammte von Rebeccas Mutter.

Sie lauschte der Musik mit geschlossenen Augen, und als sich die letzten Töne in der Stille der Nacht verloren, steckte sie das Kästchen in den Rucksack zurück.

Ein Kribbeln im Nacken veranlasste Rebecca, den Beutel aus

der Hosentasche zu ziehen und ihm die Steine zu entnehmen. Warm lagen sie in ihrer Hand, einige klein und rund, andere spitz und kantig. Sie sprachen zu ihr, mit Stimmen noch leiser als die der Geister in Stein und Stahl.

»Was?«, fragte sie, nicht sicher, ob sie richtig verstanden hatte. »Was?«

Sie lauschte einige Sekunden, hob dann den Kopf und blickte zu den Sternen empor. Viele von ihnen funkelten, und als Kind hatte Rebecca dabei oft an blinzelnde Augen gedacht. Sie hielt nach Bewegung Ausschau, nach einem Schatten vielleicht, der das Licht der Sterne verdunkelte, oder nach einem neuen Stern, der heller als die anderen seine Bahn am dunklen Himmel zog. Doch nichts regte sich am Firmament, alles erschien statisch und unveränderlich, obwohl Rebecca aus den Büchern wusste, dass dieser Eindruck täuschte.

»Reisende sollen unterwegs sein?«, fragte sie leise. »Von außerhalb der Erde? Wo sind sie? Wann treffen sie ein?«

Als sie keine Antwort erhielt, gab sie die Steine in den Beutel, steckte ihn in die Hosentasche, legte sich hin, schloss die Augen und war kurze Zeit später eingeschlafen.

Drei Probleme

»Hörst du mich, Samantha?«, fragte jemand. »Eigentlich solltest du mich jetzt hören können.«

Samantha spuckte klebrigen Schleim, der Leben bedeutete. Sie hatte geschlafen, erinnerte sie sich, so tief, dass der Schlaf dem Tode nahekam. Sie war fast tot gewesen, während das Schiff, die *Eklipse*, durch Raum und Zeit gepflügt war und Lichtjahr um Lichtjahr zurückgelegt hatte.

»Ja, ich höre dich. Kiss, nicht wahr?« Sie spuckte erneut, hustete und versuchte, die Benommenheit von sich abzuschütteln. Ein Bot wusch und reinigte sie.

»Wen hast du erwartet?«, fragte das Kybernetische Interface-Semisubstrat, der allgegenwärtige Intellekt des Schiffes.

»Oh, ich weiß nicht.« Samantha war noch immer nicht ganz wach; ihre Gedanken erreichten die Zunge ohne einen Filter. »Vielleicht … Swift?« Es wäre schön gewesen, von seinen Händen geweckt und gewaschen zu werden, nicht von denen eines diensteifrigen Bots.

»Wir haben ein Problem, Samantha«, sagte Kiss. »Eigentlich sind es sogar drei.«

»Bedeutet das, wir haben unser Ziel noch nicht erreicht? Wir sind noch nicht zurück?« Es war ein schneller Gedanke, unberührt von der Trägheit des Schlafs, und er verwandelte sich in schnelle Worte.

»Nein, Samantha.« Der Intellekt sprach ruhig, wie eine fürsorgliche Mutter, die versuchte, einem Kind etwas begreiflich zu machen. »Wir sind zurück. Wir haben die Erde fast erreicht.«

Fast, dachte Samantha.

Sie hustete erneut und setzte sich in der Hibernationskapsel auf. Warme Luft strömte ihr über die kalte Haut.

»Ich werde allmählich zu alt hierfür«, sagte sie leise.

»Du bist in den besten Jahren, Samantha. Mach dir keine Sorgen.«

»Früher waren das Erwachen und der Transitschleim nicht so unangenehm. Dies ist das ... fünfte Mal während dieser Reise, nicht wahr?«

»Das sechste Mal, Samantha. Du kommst das sechste Mal aus Schlaf und Schleim. Wir haben vierhundertneunzehn Lichtjahre zurückgelegt, in vierundzwanzig Jahren. Du hast sechsmal geschlafen.«

Die Benommenheit löste sich jetzt schnell auf, doch die erhoffte Frische in Leib und Seele stellte sich nicht ein. Müde verließ Samantha die Kapsel und blickte dabei auf den Schleim hinab, das transparente Gel, in dem sie während der langen Reise gelegen und das ihre Lunge gefüllt hatte.

»Bist du bereit, Samantha?«, fragte Kiss.

»Ist es sehr dringend? Oder kann es noch einen Moment warten?«

Der Intellekt schwieg.

Auf dem nahen Tisch der Hibernationskabine lag Kleidung bereit. Keine Uniform – nur Swift, Archivar und nominelles Oberhaupt der Mission, hatte jemals eine getragen –, sondern eine weite Hose mit vielen Taschen und ein Hemd, das ebenfalls zu groß erschien. Samantha ließ einige Sekunden verstreichen. Alles wartete: der Bot hinter ihr mit seinen langen Armen und Reinigungsmodulen, der schweigende Intellekt und vielleicht auch sie selbst. Es war ein seltener Moment vollkommener Freiheit, unbelastet von Sorgen, die nie einen Weg zu Worten oder Gesten finden durften, beschwert nur von Müdigkeit.

Schließlich atmete sie tief durch und wurde wieder zur Koordinatorin der *Eklipse*, zu der Person, die immer, *immer und überall*, die Ruhe bewahrte, ein Fels in der Brandung, damit sie alle wichtigen Entscheidungen treffen konnte.

»Also gut«, sagte sie und griff nach der Kleidung. »Ich bin ganz Ohr, Kiss.«

»Ich nenne die drei Probleme in der Reihenfolge meiner Bewertung«, sagte der Intellekt. »Das mit der geringsten Bedeutung zuerst, einverstanden?«

»Ja.«

»Nummer eins: Es gibt eine Anomalie in Frachtsektion Neunzehn. Meine dortigen Sensoren sind gestört, aber die Bots melden eine Beeinträchtigung der strukturellen Integrität.«

»Ein Leck?«

»Es kam zu einem Druckabfall. Mehr weiß ich derzeit nicht. Und offenbar wurden einige der Frachtbehälter beschädigt.«

»Das wird Lorenti gar nicht gefallen«, sagte Samantha und strich über die Haftverschlüsse der Hose. »Er mag es überhaupt nicht, wenn etwas seine Ordnung stört.«

»Er kümmert sich bereits darum.«

Samantha hob den Kopf. »Er ist schon wach und im Einsatz?«

»Alle Mitglieder deiner Crew sind wach und im Einsatz: Lorenti, Rufus M, Grayland, der gerade mit mir spricht, und die Innanawitt, die ihr ›Kralle‹ nennt. Bei dir hat das Erwachen länger gedauert als bei den anderen.«

Samantha streifte das Hemd über. Sie war noch immer müde, aber das spielte keine Rolle mehr. Die Crew – die *Eklipse* – brauchte sie. »Was ist mit den beiden anderen Problemen?«

»Nummer zwei: Swift geht es schlecht. Er liegt schwer verletzt in der Hibernation.«

Samanthas Hände blieben in Bewegung, aber sie fühlte sich von plötzlicher Kälte gestreift. »Was ist passiert?«

»Das ist Teil des Problems, Samantha«, antwortete der Intellekt. »Ich weiß es nicht. Die betreffenden Daten sind aus meinem Gedächtnis verschwunden. Für die Löschung scheint Swift verantwortlich zu sein; zumindest trägt der Vorgang seine Signatur. Ich habe die Medo-Bots angewiesen, eine genaue Untersuchung vorzunehmen, und ihre Diagnose lautet: Außerhalb der Hibernation kann Swift ohne Behandlung höchstens eine Stunde überleben.«

»Was ist mit seinen Aufzeichnungen?«, fragte Samantha, die Koordinatorin. »Haben wir Zugriff?«

»Grayland versucht das gerade herauszufinden«, sagte der Intellekt. »Ich helfe ihm dabei.«

»Swift ist der Archivar. Ein Verlust seiner Daten würde den Erfolg unserer Mission gefährden.« Samantha zögerte kurz.

»Wenn das nicht einmal das größte Problem ist ... Was ist Nummer drei?«

»Ich habe versucht, mit der Erde Kontakt aufzunehmen, aber sie antwortet nicht.«

2 Sie saßen im Besprechungszimmer neben den Kommandostationen des Nukleus, Herz und Hirn der *Eklipse*. Über dem Situationstisch zwischen ihnen zeigte der Intellekt eine holografische Darstellung des Sonnensystems: Sol, umgeben von den Planeten, unter ihnen die Erde. Das Schiff näherte sich von oberhalb der Ekliptik, in einem Winkel von etwa dreißig Grad, und die Entfernung betrug noch sieben Lichtstunden. Es war nicht mehr ins Transitfeld gehüllt, aber das Direkt blieb aktiv, denn das Herunterfahren des Antriebs dauerte Tage, das Hochfahren manchmal noch länger, und Kralle hatte angesichts der besonderen Umstände entschieden, alles in Bereitschaft zu lassen.

»Geht es euch gut?«, fragte Samantha ruhig.

Alle nickten, Lorenti mit einem leisen, fast mürrischen Brummen. Der große, dürre Grayland, Intellektor des Schiffes, saß Samantha gegenüber, sein bleiches Gesicht halb hinter dem holografischen Jupiter und seinen Monden verborgen. Neben ihm beugte sich Rufus M über die wissenschaftlichen Kontrollen, die ihm sein Teil des Situationstisches präsentierte, und rief mit langen, dünnen Fingern Daten ab. Die katzenartige Innanawitt, von allen »Kralle« genannt, saß weit rechts, mit möglichst großem Abstand zu Lorenti. In ihren großen Augen spiegelten sich Uranus und Neptun.

»Beginnen wir mit unseren Ressourcen«, sagte Rufus M. »Samantha?«

»Ja, in Ordnung.« Ressourcen, dachte sie. Das sind wir für ihn. Wir und alles andere.

Die Hände des multiplen Wissenschaftlers blieben in Bewegung und strichen über die Kontrollen seines Teils des Tisches. »Ich bestätigte die Diagnose des Intellekts. Swift ist schwer verletzt. Seine Beine sind gebrochen, der linke Fuß ist zerquetscht, es gibt ein ausgeprägtes Thorax- und außerdem ein Schädel-

Hirn-Trauma. Es tut mir leid, Samantha.« Er sprach in einem sachlichen, kühlen Ton, auch bei den letzten Worten.

»Wie ist es dazu gekommen?«, fragte Samantha. »Was ist die Ursache?«

»Unbekannt.«

»Wir könnten ihn fragen«, schlug Kralle vor. »Wir könnten ihn wecken und fragen und anschließend wieder in die Hibernation schicken.«

»Das könnten wir«, erwiderte Rufus M. »Aber es würde mit ziemlicher Sicherheit seinen Tod bedeuten. Wir müssten den Schleim aus seiner beschädigten Lunge holen und sie anschließend neu füllen. Das wäre eine erhebliche Belastung. Und angesichts des Schädel-Hirn-Traumas bezweifle ich, dass wir vernünftige Antworten auf unsere Fragen bekämen.«

»Kann man ihm auf der Erde helfen?«, fragte Samantha.

»Ja. Das Institut dürfte dazu imstande sein, und auch nicht assoziierte medizinische Zentren verfügen über die notwendige Technik.« Rufus M, ein Multipler von Urake, dritte der Siebzehn Kolonien, hob den Blick von seinen Kontrollen und Anzeigen. »Aber ...«

»Gleich, Rufus«, unterbrach ihn Samantha. »Dazu kommen wir gleich. Was ist mit den Mitgliedern der anderen Crew?«

Außer Swift, dem Oberhaupt der Mission, befanden sich fünf weitere Personen in der Hibernation, mit Emmerson als Koordinator. Während der fünfzig Jahre des Hin- und Rückflugs hatten sie abwechselnd geschlafen und gewacht.

»Bei Emmerson habe ich einige Hautabschürfungen festgestellt, im Gesicht und an den Beinen«, sagte Rufus M. »Die anderen sind intakt.«

Intakt, dachte Samantha.

»Was ist mit Swifts Daten?«, fragte Kralle, wieder mit einem leisen Zischen in der Stimme. »Sind sie ebenfalls intakt? Haben wir Zugriff?«

Samantha blickte durch das Hologramm über dem Tisch. »Grayland?«

»Nein«, sagte der blasse Mann, der seine Zeit am liebsten im Interfacezimmer verbrachte. »Nein, die Daten sind nicht intakt, und nein, wir haben keinen Zugriff.«

»Was genau bedeutet das?«, fragte Samantha.

»Ja, ein paar Details wären hilfreich«, brummte Lorenti.

»Swifts Missionslog ist beschädigt, und sein persönliches Logbuch wurde bis auf einen Eintrag gelöscht. Er lautet: ›Bringt mich zur Erde und hütet euch vor ...‹«

Sie warteten.

»Das ist alles«, sagte Grayland. »Die Integrität des Missionslogs lässt sich nicht wiederherstellen, und uns fehlt der Schlüssel für die Decodierung.« Er seufzte und sah Samantha an.

»Kann ich gehen? Ich will die Datensondierungen fortsetzen.«

»Du möchtest zurück zu deiner Kiss«, sagte Lorenti.

Samantha warf ihm einen tadelnden Blick zu und wandte sich dann wieder an den Intellektor. »Bleib noch kurz. Ich möchte, dass jeder hier weiß, was Stand der Dinge ist. Für den Fall, dass Entscheidungen getroffen werden müssen.«

»Ja, Sam.« Grayland seufzte erneut.

»Hab ich das richtig verstanden?« Lorenti strich sich über den Bart, der ebenso dunkel war wie sein struppiges Haar und die tief in den Höhlen liegenden Augen. »Swifts Aufzeichnungen sind beschädigt und nicht zugänglich? Was ist, wenn er stirbt, ohne uns den Zugangscode nennen zu können?«

Für einige Sekunden herrschte Schweigen. Zu hören waren nur das Summen der Bordsysteme, das immer noch aktive Direkt, das sich anhörte wie das Grollen eines fernen Gewitters, und ein leises Knistern, verursacht von Rufus' Fingern in den virtuellen wissenschaftlichen Kontrollen.

»Ich habe nie verstanden, warum das Institut so etwas zulässt«, brummte Lorenti. »Die persönliche Verschlüsselung des Missionslogs, meine ich. Verrückt! Und wenn der Archivar einem Unfall zum Opfer fällt? Wir alle wissen, wie schnell etwas passieren kann. Wieso den Verlust aller Daten riskieren? Wir haben fünfzig Jahre in diese Mission investiert, und jetzt ...«

»Es liegt im Ermessensspielraum des Missionsleiters«, sagte Samantha ruhig. »Er entscheidet, was mit den gesammelten Daten geschieht, bis wir sie zur Erde bringen. Swift hat es offenbar für notwendig gehalten, die Daten zu verschlüsseln.«

»Ja, und jetzt haben wir die Bescherung!«, maulte Lorenti. »Es könnte uns um die Früchte unserer Arbeit bringen ...«

»Die Fracht ist intakt.« Samantha benutzte das Wort ebenfalls, wie ihr selbst auffiel. »Abgesehen von der Anomalie in Sektion Neunzehn. Was hat es damit auf sich?«

»Ich habe es mir angesehen«, antwortete Lorenti. »Besser gesagt, ich habe einen flüchtigen Blick darauf geworfen, mehr Zeit hatte ich bisher noch nicht. Ein Behälter ist geplatzt.«

»Eine Explosion?«

»Nein. Er ist nicht explodiert. Etwas hat die Wand des Behälters von innen durchstoßen und anschließend auch den Rumpf von Sektion Neunzehn. Meine Bots sind dabei, die Inventarlisten zu überprüfen und alles aufzuräumen. Die Hüllenintegrität ist bereits wiederhergestellt.«

Samantha glaubte, nicht recht gehört zu haben. »Etwas hat einen Frachtbehälter aufgebrochen, von innen, und hat dann das Schiff verlassen?«

»Ja«, bestätigte Lorenti. »Wenn wir hier fertig sind, sehe ich mir alles ganz genau an. Ich bin sicher, dass sich der eine oder andere Hinweis finden lässt.«

Samantha betrachtete das Hologramm, den blinkenden blauen Punkt, der die *Eklipse* über dem Sol-System repräsentierte. Sieben Lichtstunden Entfernung. Es würde noch etwa einen Tag dauern, bis sie die Erde erreichten. »Grayland, ich möchte, dass du die Datenlogs überprüfst. Kiss hat mir gesagt, dass seine Sensoren in Frachtsektion Neunzehn zum Zeitpunkt des Geschehens dort ausgefallen waren, aber vielleicht gibt es andere Aufzeichnungen, die uns Aufschluss darüber geben können, was aus dem Frachtbehälter gekommen ist und dann die *Eklipse* verlassen hat.«

»Ja, Sam.«

Rufus zog die Hände von den wissenschaftlichen Kontrollen zurück, und das leise Knistern hörte auf. »Du hast eben von einem Unfall gesprochen, Lorenti. Nur um sicherzugehen, dass ihr dies richtig versteht: Was mit Swift geschehen ist, war kein Unfall. Jemand – etwas – hat ihn verletzt. Vermutlich bei einem Kampf.«

»Glaubst du an einen Zusammenhang mit dem, was in Frachtsektion Neunzehn passiert ist?«

»Was ich *glaube*, spielt keine Rolle, Sam. Wir haben es mit zwei Anomalien an Bord zu tun, zu denen es mehr oder weniger zeitgleich gekommen ist. Der Schluss liegt nahe, dass da eine Verbindung besteht.«

»Es gibt noch eine dritte Anomalie, und der Intellekt hält sie für die größte von allen«, wandte Samantha ein.

»Die Erde«, sagte Rufus.

»Ja. Kiss hat versucht, sich mit ihr in Verbindung zu setzen, aber sie antwortet nicht.«

»Was soll das heißen, sie antwortet nicht?« Lorenti deutete ins Hologramm. »Wir sind aus dem Transit und nur noch sieben Lichtstunden entfernt.«

»Die Erde antwortet nicht«, wiederholte Samantha und sah in die Runde. »Ich habe in der vergangenen Stunde selbst mehrmals versucht, Kontakt herzustellen, unter anderem mit dem ITI-Prioritätscode. Niemand reagiert auf unsere Signale, auch das Institut nicht.«

Ein verhaltenes, unaufdringliches *Ping* erklang.

»Es gibt Neuigkeiten«, sagte der Intellekt. »Ich habe meine Fernsensoren auf die Erde gerichtet. Sie hat sich verändert.«

Besuch

Das Windrad hinter dem Farmhaus drehte sich immer schneller, mit lautem Surren und Quietschen im stärker werdenden Wind. Es produzierte elektrischen Strom, für die Pumpe des Brunnens und einige alt und schwach gewordene Batterien, die längst hätten ausgetauscht werden müssen, aber nicht ausgetauscht werden konnten, weil es keinen Ersatz für sie gab.

Claire stand am Brunnen und überprüfte die Pumpe, als sie plötzlich noch etwas anderes hörte, nicht nur das Jaulen des Winds und das quietschende Surren des Windrads, sondern ein tiefes, dumpfes Brummen. Sie blickte an der Koppel vorbei nach Westen, ins Ödland, wo der Wind Staub und Sand aufwirbelte. Etwas kam aus den grauen Wolken, ein gepanzerter Wagen, wie ein kleines Ungetüm auf Rädern.

Claire beobachtete ihn einige Sekunden lang, bevor sie zum Haus lief.

Die Tür öffnete sich, als sie die Veranda erreichte, und Kostas trat nach draußen, mit einem Hut auf dem Kopf und dem alten Gewehr seines Vaters in den Armen. Angeblich hatte es früher von allein zielen können, aber die Selbstzielfunktion funktionierte längst nicht mehr, und Claire bezweifelte, dass Kostas ohne sie etwas treffen konnte, das weiter entfernt war als einige wenige Meter.

»Fremde«, brummte er.

»Aus dem Ödland«, fügte Claire hinzu. »Mit einem Wagen.«

»Glaubst du, sie wollen zu uns?«

Eine Antwort erübrigte sich. Claire beobachtete, wie der Wagen den Kurs änderte und auf die kleine Farm zuhielt. Das dumpfe Brummen wurde lauter.

Der gepanzerte Wagen hielt neben der Koppel, und zwei

Männer stiegen aus. Einer war klein und gedrungen, ein Muskelpaket mit rundem Kopf auf kurzem Hals und finsterem Blick. Er trug Gurte, die ihm rechts und links über die breiten Schultern reichten, und zwei Waffen in Gürtelhalftern.

Der andere Mann, schlank und schmal, überragte ihn um fast einen halben Meter, Haar und Bart so grau wie der Staubsturm über dem Ödland. Er trug einen fleckigen schwarzen Anzug mit rubinroter Weste, die nach Claires Meinung nicht dazu passte. Er schien jünger zu sein als sie und Kostas; Claire schätzte ihn auf etwa fünfzig. Das markante Gesicht, von großen türkisfarbenen Augen dominiert, wirkte offen und ehrlich. Er lächelte sogar, als er Claire und Kostas ansah.

»Das ist nicht nötig«, sagte er freundlich und deutete auf Kostas' Gewehr. »Wir kommen in Frieden.«

Die beiden Fremden blieben vor der Terrasse stehen. Der kleinere Mann blickte noch immer recht finster und hielt die Hände nicht weit von den Halftern. Der größere Mann schien unbewaffnet zu sein.

»Wer sind Sie?«, fragte Kostas, ohne das Gewehr sinken zu lassen.

Der große Mann lächelte erneut und deutete auf seinen Begleiter. »Das ist Clemens – oder Clem, wie ihn seine Freunde nennen. Ich bin Konsul Marcus von der Transportgesellschaft. Vielleicht haben Sie schon von mir gehört.«

»Was wollen Sie?«

Marcus breitete die Arme aus. »Was ist mit der Gastfreundschaft, guter Mann? Sollen wir hier draußen stehen, in Staub und Sturm?«

Das Windrad surrte und quietschte im böigen Wind. Staub wirbelte über die leere Koppel; die Pferde befanden sich im Stall.

Claire ging an ihrem Mann vorbei, raunte ihm ein leises »Keine Dummheiten!« ins Ohr und öffnete die Tür. »Kommen Sie herein.«

Der Holzboden knarrte, als sie durch die Diele ins Wohnzimmer gingen und sich dort an den runden Tisch setzten.

»Es ist noch etwas Kaffee von heute Morgen da.« Claire holte Becher und Kanne.

»Haben Sie echten Kaffee?«, fragte Marcus.

»Nein.« Kostas hielt das Gewehr auch im Sitzen an seiner Seite. »Es ist Ersatzkaffee aus der Stadt. War teuer genug.«

Claire schenkte ein. Clemens rührte seinen Becher nicht an und hielt den Blick starr auf Kostas gerichtet. Marcus trank einen Schluck und nickte langsam.

»Nicht schlecht«, sagte er freundlich. »Echter Kaffee ist natürlich viel besser. Haben wir welchen im Wagen, Clem?«

»Nein.«

»Schade. Ich hätte Ihnen ein Päckchen geschenkt.« Marcus sah sich um. »Alles sauber, alles ordentlich. Leben Sie allein hier?«

»Ja.«

»Überhaupt keine Hilfe auf der Farm?«

»Nein«, sagte Kostas.

»All die Arbeit ... Bewundernswert, dass Sie ganz allein zurechtkommen.« Marcus trank erneut und setzte den Becher behutsam ab. »Wo ist sie?«

Für einige Sekunden war nur das Ticken der mechanischen Uhr im nahen Flur zu hören.

»Wen meinen Sie?«, fragte Claire.

»Sie wissen genau, wen ich meine.« Marcus lächelte erneut, aber diesmal steckte in seinem Lächeln eine scharfe Klinge. »Das Mädchen. Rebecca. Wo ist sie?«

»Wir haben keine Ahnung, von wem Sie reden«, sagte Kostas langsam, und Claire beobachtete, wie sich seine rechte Hand etwas mehr um das Gewehr schloss.

»Guter Mann ...« Marcus schob den Becher beiseite und beugte sich vor. »Ich rate Ihnen dringend, die Wahrheit zu sagen.«

Claire fühlte Panik in sich aufsteigen. »Wir kennen keine Rebecca.«

Marcus sah sie an und seufzte. »Sie lügen. Und ich mag es gar nicht, wenn man mich belügt. Clem?«

Plötzlich hielt der kleine Clemens einen Revolver in der Hand. Und er schoss, bevor Kostas sein Gewehr auch nur zehn Zentimeter weit heben konnte.

Die Kugel durchschlug Kostas' rechtes Auge, trat am Hinterkopf wieder aus und bohrte sich in einen Balken der Wand. Blut spritzte.

Kostas rutschte vom Stuhl und war bereits tot, noch bevor er auf dem Boden lag.

Claire, das Blut ihres Mannes im Gesicht, starrte auf den Toten.

»Wo ist sie?«, fragte Marcus so ruhig, als wäre überhaupt nichts geschehen. »Wo ist Rebecca?«

»Er ist tot«, brachte Claire hervor.

»Daran besteht kein Zweifel. Leben und Tod, manchmal ist die Grenze schmal, ein falsches Wort genügt. Sehen Sie mich an! Wo ist sie?«

»Ich ...«

»Wo?«, fragte Marcus, und der Revolver in Clemens' rechter Hand richtete sich auf Claire. »Sie war hier, nicht wahr?«

Claire nickte und starrte wieder auf Kostas hinab. Sein Kopf lag in einer Blutlache.

»Wie lange?«

Claire schluckte.

»Wollen Sie ebenfalls sterben?«, fragte Marcus.

Es klickte, als Clemens den Hahn des Revolvers spannte.

»Vier Wochen.«

»Wann hat sie euch verlassen?«

Claire, ihren Blick noch immer auf den Toten gerichtet, dachte an das Mädchen, das so schnell las. War Rebeccas Vorsprung groß genug?

»Vor drei Tagen.«

»Wo ist sie jetzt?«

»Ich weiß es nicht.« Claire hörte ein Schluchzen in ihrer Stimme und war wütend auf sich selbst. Sie fragte sich, ob ihr Zeit genug blieb, Kostas' Gewehr zu ergreifen und es auf Clemens zu richten, um erst ihn und dann den Mann im schwarzen Anzug zu erschießen.

Marcus schien ihre Gedanken zu erraten. »Sie wären nicht schnell genug«, sagte er. »Nicht annähernd. Ich frage Sie zum letzten Mal: Wo ist Rebecca jetzt?«

»Ich weiß es wirklich nicht.« Claires Hände zitterten. »Sie hat uns nicht gesagt, wohin sie wollte.«

»In welche Richtung ist sie gegangen?«

Claire hatte ihr lange nachgesehen, bis Rebeccas Gestalt nur noch ein kleiner Punkt vor dem Hintergrund der Berge im Norden gewesen war.

»Nach Süden«, antwortete sie und gönnte sich einen kleinen Triumph. Wenigstens das konnte sie tun: Rebecca etwas mehr Zeit verschaffen.

Marcus wölbte eine Braue so grau wie Bart und Haar. »Sie wollte durch die Wüste?«

Claire zuckte mit den Schultern. »Keine Ahnung. Vielleicht.«

»Sie lügen.« Marcus stand auf. »Es wäre sehr dumm von Rebecca, und das ist sie gewiss nicht: dumm. In der Wüste könnte sie sich nicht vor uns verstecken. Wir würden sie schnell finden. Die Berge im Norden sind ein viel wahrscheinlicheres Ziel. Vielleicht gibt es dort irgendwo einen Bogen, verzeichnet nur auf der besonderen Karte in ihrem Kopf. Clemens...«

Der kleine, muskulöse Mann erhob sich ebenfalls. Claire starrte in die Mündung seines Revolvers.

»Bitte...«

»Bitte was?«, sagte Marcus. »Sie sind eine Lügnerin, und Lügner müssen bestraft werden.«

Infektion

4 Samantha

Sie verließen das Besprechungszimmer mit den gläsernen Wänden und saßen wenige Sekunden später im Nukleus an den Konsolen.

Kralle überprüfte die Navigationskontrollen. »Kurs stabil. Verzögerungsparameter stabil. Wir werden langsamer, wie geplant. Das Direkt bleibt in Bereitschaft. Alle Werte normal.«

»Wie lange dauert es, das Direkt auf volle Leistung hochzufahren?«, fragte Samantha, während ihre Hände über die Kontrollen huschten; Hologramme und virtuelle Anzeigen bildeten sich vor und über der Kommandokonsole.

»Nicht länger als drei Stunden«, sagte Kralle. Das Zischen in ihrer Stimme wurde deutlicher, Zeichen von Anspannung. »Wir haben genug Reserveenergie für einen neuen Transit.«

»Wir haben unsere Reise gerade erst beendet«, brummte Lorenti. »Oder zumindest fast. Wir wollen keine neue beginnen.«

»Wenn es sich vermeiden lässt«, sagte Rufus M.

»Abschirmung«, sagte Samantha.

»Navigationsschilde aktiv und stabil«, meldete Kralle. »Sie beanspruchen zwei Prozent unseres gegenwärtigen Direkt-Potenzials. Volle Abschirmung – *jetzt*. Dreifach gestaffelt. Neun Prozent. Es bleibt genug Energie für einen Nottransit. Soll ich damit beginnen, das Direkt hochzufahren?«

»Warte«, sagte Samantha, die Rufus' fragenden Blick bemerkt hatte. Vermutlich ging ihnen allen der gleiche Gedanke durch den Kopf. Er lautete: *Tahota*. »Kiss«, fügte sie hinzu. »Volles visuelles Panorama. Zeig uns die Erde.«

»Ja, Samantha.«

Der Nukleus der *Eklipse*, ihre Kommandozentrale, schien sich in eine kosmische Beobachtungsstation zu verwandeln, vergleichbar mit dem Observatorium der wissenschaftlichen Sektion. Holografische Projektionen machten die hohen gewölbten Wände zu Fenstern, die Ausblick ins All gewährten, mit integrierten Zoomeffekten, die beliebige Ausschnitte vergrößerten und relevante Daten einblendeten. Hinzu kamen mobile »Fenster« mit separaten Informationspaketen, gesteuert von den einzelnen Konsolen. Die Wand direkt vor Samantha zeigte einen Planeten zum Greifen nahe.

Lorenti beugte sich vor. »Das soll die Erde sein?«, brummte er. »Wo sind die Orbitalstationen? Wo sind die Habitate Helios-9 und H-17? Wo sind die Satellitencluster?«

»Sie existieren nicht«, antwortete der Intellekt. »Die Sensoren registrieren keine Objekte in den Umlaufbahnen.«

»Aber es *ist* die Erde, Kiss?«, fragte Samantha.

»Das kann ich bestätigen. Der Planet befindet sich an der richtigen Stelle im Sonnensystem, mit einer siderischen Umlaufzeit von dreihundertfünfundsechzig Komma zwei fünf sechs Tagen. Die Masse beträgt fünf Komma neun sieben vier mal zehn hoch vierundzwanzig Kilogramm, die Rotationsachse ist um dreiundzwanzig Komma vier vier Grad geneigt, und die geometrische Albedo beträgt null Komma drei sechs sieben. Es ist die Erde.«

»Aber die Kontinente und Meere ...«, begann Samantha.

»... weisen signifikante Veränderungen auf«, vervollständigte Rufus M den Satz. Er blickte in die wissenschaftlichen Datenfelder. »Ein sehr interessantes Phänomen.«

»Haben Sie eine Erklärung dafür?«, wandte sich Samantha hoffnungsvoll an ihn.

»Nein. Noch nicht. Es sind weitere Untersuchungen erforderlich, aus geringerer Entfernung.«

»Kiss?«

»Ich schließe mich dem an, Samantha«, erwiderte der Intellekt. »Es ist noch zu früh, genaue Aussagen zu treffen.«

Lorenti deutete auf die Darstellung des langsam rotierenden Planeten. »Das ist eine andere Erde als die, die wir kennen, so viel steht fest. Die Kontinente scheinen gewandert zu sein, und so etwas geschieht nicht von heute auf morgen. Plattentektonik braucht viel Zeit. Und warum sind die Umlaufbahnen leer? Was ist hier passiert?«

Kralle zischte leise, ohne ein Wort zu sagen. Alle beobachteten die Erde und suchten nach etwas Vertrautem. Alle bis auf den Multiplen, der wieder in seine aktualisierten Datenfelder blickte.

»Da kommt man nach fünfzig Jahren Plünderfahrt nach Hause, und dann so etwas«, knurrte Lorenti.

Davon sprach er immer wieder gern: dass sie keine Forscher und Entdecker seien, sondern Plünderer. Manchmal nannte er das ITI – das Institut für Technologische Innovation, das die *Eklipse* und sieben andere Schiffe ausgeschickt hatte – »Plünderungskonsortium«, und normalerweise brachte es ihm von den anderen mehr oder weniger heftigen Widerspruch ein, aber diesmal schwiegen sie, ihre Blicke auf die Erde gerichtet.

Grayland sprach den Gedanken laut aus, der sie alle beschäftigte. »Tahota? Könnten sie hier gewesen sein? Sind sie vielleicht immer noch da?«

»Nein, das glaube ich nicht«, sagte Rufus M mit kühler Sachlichkeit. »Wir sind immer vorsichtig gewesen und haben unsere Spuren verwischt. Die Tahota wissen nicht, wo sich unsere Kolonien und die Erde befinden.«

»Wenn es sie in diesem Teil der Galaxis überhaupt noch gibt«, sagte Samantha.

Aus dem Augenwinkel beobachtete sie, dass Kralle wie erstarrt an ihrer Konsole saß; ihre großen silbernen Augen glänzten, und das dunkelblaue Haarfell hatte sich im Nacken gesträubt. Kralles Heimatwelt Jorpu, mehr als hundert Lichtjahre von den Siebzehn Kolonien entfernt, war den Tahota zum Opfer gefallen beziehungsweise ihren Spikes. Seitdem trug sie ein Feuer des Zorns in sich, und manchmal brannte es so heiß, dass man den Widerschein der Flammen in ihren Augen sah.

Sie hatte sich vom Institut anwerben lassen und war Mitglied der Crew geworden, weil ihr die *Eklipse* die Möglichkeit gab, den Tahota nachzustellen. Vielleicht erhoffte sie sich irgendwann eine Gelegenheit zu Rache.

»Was meinst du, Kiss?«, fragte Samantha.

»Unbekannt«, antwortete der Intellekt. »Bisher sind wir den Tahota noch nicht begegnet. Wir kennen nur ihre Depots, ihre ›technischen Schatzhöhlen‹, wie Lorenti sie genannt hat.«

»Wir kennen auch ihre Spikes und die von ihnen verursachten Infektionen«, zischte Kralle.

Plötzlich fragte Rufus M: »Was ist mit den Städten von Luna und Mars und den Niederlassungen auf den Monden von Jupiter und Saturn?«

Samantha tadelte sich sofort dafür, nicht selbst daran gedacht zu haben. »Ja. Wir müssten ihren Kommunikationsverkehr empfangen.« Ihre Hände strichen durch die virtuellen Kontrollen. »Aber es ist alles still.«

Ein dumpfes Rauschen zog durch den Nukleus der *Eklipse*, als Samantha alle Kommunikationskanäle öffnete.

»Nichts«, sagte Lorenti, nachdem sie einige Sekunden lang gelauscht hatten. »Es fehlen selbst die automatischen Statussignale. Das ganze Sonnensystem schweigt.«

Auf einmal schien ein Wind durch den Nukleus zu wehen, kalt und trocken, und die virtuellen Kontrollen vor Samantha flackerten. »Was war das? Kiss?«

»Grayland, ich brauche deine Hilfe«, sagte der Intellekt sanft.

Der dürre, bleiche Grayland stand bereits. »Natürlich. Worum geht es?«

»Ich fürchte, ich habe eine Fehlfunktion, die meine Diagnoseprogramme bisher nicht entdeckt haben. Das ist ... höchst ungewöhnlich.«

»Ich bin gleich bei dir.« Grayland verließ den Nukleus.

»Was war das eben, Kiss?«, fragte Samantha.

»Ich bin mir nicht sicher, Sam«, antwortete der Intellekt. »Meine Sensoren haben es erst eins Komma zwei vier Sekunden vor dem Kontakt entdeckt, deshalb konnte ich nicht rechtzeitig darauf hinweisen. Es scheint eine Art Kraftfeld zu sein, aber gewöhnliche Kraftfelder orte ich schon aus großer Entfernung.«

»Irgendwelche Auswirkungen auf unsere Systeme, Kralle? Was ist mit dem Direkt?«

»Noch immer stabil und in Bereitschaft. Normale Parameter bei allen Bordsystemen. Wir sind voll einsatzbereit.«

Was nicht viel bedeutete. Die *Eklipse* war ein Frachter, ohne Waffen. Und sie brauchte drei Stunden, um ihr Direkt hochzufahren und einen Transit einzuleiten. Drei Stunden ohne Schutz.

Eine Entscheidung musste getroffen werden. Das Gewicht von fünfzig Jahren ruhte auf Samanthas Schultern.

»Was sollen wir tun?« Sie entschied nie allein, wenn es sich vermeiden ließ. »Was meint ihr, Leute?«

»Wir wissen noch nicht genug«, erwiderte Rufus M. »Wir brauchen mehr Daten.«

Kralle zischte etwas, das Samantha nicht verstand.

»Du denkst doch nicht etwa ans Umkehren, oder?«, fragte Lorenti. »Umkehren wohin? Zu den Siebzehn? *Dies* hier ist unser Ziel, und endlich sind wir da, nach einem halben Leben: die Erde.«

»Also gut«, sagte Samantha. »Rufus, finde mehr heraus. Dir stehen alle Sensoren der *Eklipse* zur Verfügung. Kralle, überprüf das Direkt. Ich möchte sicher sein, dass uns von dort keine Überraschungen erwarten. Lorenti, nimm dir noch einmal die Fracht vor. Sie hat uns ein ›halbes Leben‹ gekostet, wie du gesagt hast. Kontrollier die Verzeichnisse.«

»Ohne die Inventardaten des Archivars ...«

»Kiss wird dir helfen. Stell fest, ob alles an seinem Platz ist. Versuch herauszufinden, was sich in dem aufgebrochenen Behälter befunden hat.«

»Na schön.« Trotz seiner Brummigkeit wirkte Lorenti erleichtert, immerhin setzten sie den Flug zur Erde fort. »Und du? Willst du hier Däumchen drehen?«

Die anderen standen, Kralle in der offenen Tür des Nukleus.

Samantha erhob sich ebenfalls. »Nein, ich sehe mir Swift an. Kiss, halt die *Eklipse* auf Kurs und gib uns sofort Bescheid, wenn irgendetwas geschieht.«

»Natürlich, Sam.«

5 Blut klebte im Gesicht des Mannes mit dem aschblonden Haar, vom Schleim des Transitschlafs nur halb aufgelöst. Die Kleidung – die Uniform des Archivars und Missionsleiters – war zerrissen und ebenfalls blutverschmiert. Swifts Augen waren geschlossen, aber seltsamerweise glaubte Samantha, seinen Blick zu spüren und ein leises *Hilf mir* zu hören.

Ihre Fingerkuppen berührten das Sichtfenster der Hibernationskapsel, das ihr den Oberkörper des Schlafenden zeigte. »Was ist mit dir geschehen?«, flüsterte sie. »Wer hat dich so zugerichtet?«

Die Anzeigen der nahen Konsole gaben Auskunft über den kritischen Zustand des Schläfers. Samantha hatte nur einen kurzen Blick darauf geworfen; sie wusste Bescheid.

Sie beugte sich vor, um seine Hände zu sehen, die sie so oft berührt hatten. Schmal und grau ruhten sie im Gel, wie die Hände eines Toten.

»Es tut mir leid, Sam«, sagte der Intellekt sanft. »Wegen Swift. Ihr hattet Pläne, nicht wahr?«

Pläne, dachte Samantha, den Blick auf das blutige Gesicht gerichtet. Ja, die hatten wir. Für die Zeit nach der Mission, die andere Hälfte des Lebens.

»Ist dies eine zu persönliche Angelegenheit, Sam? Möchtest du nicht gestört werden?«

»Ihm bleibt nur noch eine Stunde?«, fragte sie. »Nach dem Erwachen?«

»Ja.«

»Aber auf der Erde könnte man ihm helfen.«

»Noch einmal ja, Sam. Davon gehe ich aus.«

Sie schwieg einige Sekunden, als Erinnerungsbilder in ihr aufstiegen. »Weißt du, wo es mit uns begonnen hat? Ich meine ...«

»Ich verstehe, was du meinst, Sam. Und nein, ich weiß es nicht.«

»Im elektrischen Wald von Ryoh. Noch dazu während eines Gewitters. Kann man sich einen seltsameren Ort für so etwas vorstellen?« Samantha lächelte kurz. »Er nannte es einen Kurzschluss.«

»Noch gibt es Hoffnung, Sam.«

»Ja«, sagte sie. »Hoffnung gibt es immer.«

»Ihr habt eine lange Mission zu einem erfolgreichen Ende gebracht, Sam. Die Frachtbehälter sind voll. Das ITI wird euch gut bezahlen. Ihr seid reich.«

Samantha betrachtete den schlafenden Swift, halb mit den Augen der Koordinatorin. »Noch ist die Mission nicht zu Ende.

Uns fehlen seine Daten.« Sie dachte an den unvollständigen Logbucheintrag. Wovor sollen wir uns hüten, Swift?

»Swift wird sie entschlüsseln«, sagte der Intellekt. »Nachdem man ihn auf der Erde behandelt hat.«

»Du willst mir Mut machen.«

»Als Koordinatorin brauchst du Hoffnung und Zuversicht.«

»Und Informationen.« Samantha legte die Hand aufs Fenster der Hibernationskapsel, aber es sah zu sehr nach einer Geste des Abschieds aus, deshalb zog sie die Hand schnell zurück.

Eine andere Stimme erklang.

»Samantha?«

»Ich höre dich, Lorenti.«

»Es gibt hier etwas, das du dir ansehen solltest.«

»Ich bin unterwegs.«

6 Kommandonukleus und Habitatbereich der *Eklipse* bildeten einen nach vorn, in Flugrichtung, offenen Ring, flankiert von den Gravitationsankern und Flanschen der insgesamt dreiunddreißig Frachtsektionen, die dem Schiff eine Länge von mehr als vier Kilometern gaben und aus jeweils fünfzehn Frachtbehältern bestanden. Sie umgaben die sieben Zylinder des Direkts, die sich im Heck zu einem breiten Triebwerkskranz vereinten.

Jeder Behälter konnte individuell konfiguriert werden, und viele von ihnen hatten ihre maximale Größe erreicht, um Artefakte von den Tahota-Welten Inetas, Zheir und Thercer aufzunehmen: Objekte, die wie voluminöse Statuen und Skulpturen wirkten, in ihrem Innern aber »Perlen« aufwiesen, Einschlüsse mit technologischen Kleinodien der Tahota, in Sedimentgestein gefangenen Fossilien gleich.

Kleinere Frachtbehälter, wie eingezwängt zwischen den großen, enthielten Objekte, die weniger Platz beanspruchten und besser gelagert werden konnten: Produkte der Tahota-Technologie, die meisten von ihnen tausend Jahre alt oder älter, aber gut erhalten.

Nur in wenigen Fällen war etwas über den Zweck der Gegenstände bekannt, und die entsprechenden Daten, von Rufus M und den Wissenschaftlern und Xenoarchäologen der Kolonien zusammengetragen, befanden sich zweifellos in Swifts Aufzeichnungen.

Doch das Gros des »Beuteguts«, wie Lorenti es nannte, blieb ebenso geheimnisvoll wie ihre Schöpfer. Die Spezialisten des Instituts würden viele Jahre damit zu tun haben, all die Artefakte, die großen wie die kleinen, zu enträtseln.

Die *Eklipse* transportierte einen wahren Schatz für das ITI und ebenso für die gesamte Erde, denn auch die Unabhängigen Staaten würden schließlich von den neuen Technologien profitieren. Einen Schatz, für den die beiden Crews auf den Welten der Tahota immer wieder ihr Leben riskiert hatten. Dafür stand ihnen ein Promille des offiziell geschätzten Werts der Fracht zu, plus Gefahrenbonus und Anerkennungsprämie.

Reichtum, ja. Genug Erwerbspunkte, um sich fast jeden Wunsch zu erfüllen. Aber es war ein »halbes Leben« verstrichen, fünfzig Jahre objektiver Zeit, von der die Besatzung der *Eklipse* den größten Teil des langen Hin- und Rückflugs in Schleim und Schlaf verbracht hatte. Für Samantha und die anderen gab es keine Familien, zu denen sie zurückkehren konnten. Niemand von ihnen hatte Söhne oder Töchter – das war eine der Voraussetzungen dafür gewesen, als Crewkandidat in die engere Auswahl zu kommen –, und Freunde oder Verwandte waren nach mehr als einem halben Jahrhundert uralt oder tot.

Als sie Sektion Neunzehn erreichte, streifte Samantha sicherheitshalber einen Overall über, der sie vor einem plötzlichen Druckabfall schützen sollte. Dann trat sie, agil in der geringeren Schwerkraft, durch die von den Bots geschaffene Sicherheitsmembran.

Lorenti erwartete sie auf der anderen Seite, ebenfalls in einem Overall, dessen Kapuze sich ihm eng um den Kopf gelegt hatte.

Samantha fröstelte. »Es ist kalt hier.«

»Die ambientalen Kontrollen sind beschädigt.« Lorenti deutete auf einen großen Multifunktionsbot, der die Installationsknoten auf der schmalen Kontrollplattform zwischen den Behälterflanschen geöffnet hatte. Weiter hinten wölbte sich die

Außenhülle von Sektion Neunzehn, ein dünnes Netz aus Streben und konfigurierbaren Plattensegmenten. Samantha bemerkte, dass eine Stelle nur notdürftig abgedichtet war.

»Dort ist das Etwas nach draußen gelangt?«, fragte sie.

»Ja«, bestätigte Lorenti. »Kurz vor dem Ende des Transits, wenn die Daten des Materialgedächtnisses korrekt sind, und daran zweifle ich nicht. *Während* des Transits«, betonte er. »Kein Mensch könnte so etwas überleben.«

Unbehagen erfasste Samantha. »Gehst du von etwas Lebendigem aus?«

Lorenti deutete zum nächsten Behälter, dessen Seite ein großes Loch aufwies, inzwischen ebenfalls von einer Membran abgedichtet. Kleinere Bots arbeiteten dort an der Wiederherstellung der Materialintegrität.

»Es kam hier heraus«, sagte er und führte Samantha zur offenen Frachtluke des Behälters. »Was auch immer es war, es befand sich hier drin. Ich hab mir das Loch genau angesehen. Etwas hat sich von innen einen Weg nach außen gebahnt, nicht umgekehrt.«

»Und dann hat es Neunzehn verlassen.« Samantha blickte noch einmal zur Hülle.

»Diese Frachtsektion und das Schiff. Während des Transits.«

Lorenti trat durch die Luke in den Behälter, und Samantha folgte ihm. Drinnen erstreckte sich ein Labyrinth aus Ablagen, Verankerungen und Stabilisierungsmulden. Kleine Bots arbeiteten mit mechanischem Eifer daran, Ordnung in das Chaos aus zahllosen großen und kleinen Objekten zu bringen, die wie von einem Sturm durcheinandergewirbelt worden waren.

»Es sieht schlimmer aus, als es ist«, sagte Lorenti. »Offenbar sind nur wenige Artefakte irreparabel beschädigt. Der Verlust hält sich in überschaubaren Grenzen, und die anderen Behälter sind alle in Ordnung.«

Samantha hörte in seiner Stimme einen seltsamen Unterton, der ihr nicht gefiel. »Aber?«

Lorenti deutete nach vorn. »Das Etwas befand sich im vorderen Teil des Behälters.«

Sie gingen an einigen Statuen vorbei, die von den Bots neu verankert worden waren. Eine zeigte ein Geschöpf wie eine

Kreuzung aus Spinne und Tiger, und ein besonderes Muster aus Licht und Schatten suggerierte für einen Moment Lebendigkeit. Samantha betrachtete die Statue zwei oder drei Sekunden lang und fragte sich, ob sie einem Tahota nachempfunden war. Sie wussten nicht, wie die Fremden aussahen; selbst Kralle hatte nie einen von ihnen zu Gesicht bekommen.

Auf dieser Seite der Membran, im Innern des Behälters, gab es einen offenen Bereich. Etwas hatte dort Verankerungsmodule und Ablagen zur Seite gerissen, wie um sich Platz zu schaffen. Ein Bot wartete auf sie und leuchtete mit seiner Lampe.

Kratzspuren zeigten sich auf dem Boden und an den Wänden. Samantha sah sie sich aus der Nähe an und strich mit den Fingern darüber.

»*Krallen*?«, fragte sie. »Wolltest du mir das zeigen?«

»Nein.« Lorenti winkte, und der Bot bewegte die Lampe, leuchtete in die Ecke. Dort bemerkte Samantha Dutzende von Löchern im Boden; ihre Größe reichte von wenigen Millimetern bis zu mehreren Zentimetern.

»Sieht aus, als hätte hier jemand gebohrt«, sagte sie. »Aber warum?«

»Und dann hätten wir noch das hier.« Das Licht der Lampe strich über die Wand und verharrte neben der Membran, zwischen zwei zertrümmerten Frachtverankerungen. Dort glitzerte etwas.

»Was ist das?«

»Sieh es dir an, Sam.«

Sie trat näher, ihre Schritte leicht. Etwas steckte zwischen den Verankerungen im Komposit-Boden, eine Glasscherbe oder vielleicht ein Kristall. Samantha ging in die Hocke und streckte die Hand aus.

»Nicht anfassen!«, mahnte Lorenti. Er winkte, und ein kleiner Bot – ein Sensorbündel mit dünnen Greifarmen und drei Teleskopbeinen – löste sich aus den nahen Schatten, ergriff das Objekt mit Zangenfingern und hielt es hoch. Die Spitze war weiß wie Schnee, der Rest durchsichtig wie Glas.

»Na?«, brummte Lorenti.

Samantha starrte. »Ist das wirklich …?«

»Jetzt wissen wir, was die Wand des Frachtbehälters und

anschließend die Außenhülle durchbrochen hat. Wir hatten ein verdammtes Spike an Bord.«

7

Der Bot verstaute das Stachelfragment in einer Sicherheitsbox, und Samantha sagte: »Kiss?«

»Ja, Sam?«

»Du hast alles gesehen und gehört, nehme ich an.«

»Meine Sensoren in Neunzehn funktionieren wieder.«

»Ich schicke den Bot mit dem Fragment für die Untersuchung ins Labor. Dies hier hat Priorität.«

»Natürlich.«

»Sag den anderen ...«

Lorenti hob die Hand. »Das halte ich nicht für eine gute Idee.«

»*Was* hältst du nicht für eine gute Idee?«

»Den anderen Bescheid zu geben. Denk mal darüber nach. Wir hatten ein Spike an Bord. Wer hat es hereingelassen? Wer hat die Frachtkontrollen manipuliert und die Aufzeichnungen gefälscht?«

Samantha dachte an den schwer verletzten Swift, den nur der Schlaf im Schleim vor dem Tod bewahrte. Ein Kampf hatte stattgefunden, vielleicht im Zusammenhang mit dem Spike. War Swift auf den blinden Passagier gestoßen? Und hatte derjenige, der für die Präsenz des Spikes verantwortlich war, den Augenzeugen zu beseitigen versucht?

Der Bot mit der Sicherheitsbox wartete nicht länger und machte sich auf dem Weg zum Labor. Samantha sah ihm nach, ihre Gedanken in Aufruhr.

»Rufus würde sagen: Wir haben mit ›hoher Wahrscheinlichkeit‹ einen Infizierten an Bord«, knurrte Lorenti in seinen Bart.

»Es ist nicht mehr da«, sagte Samantha. »Das Spike befindet sich nicht mehr an Bord.«

»Auch dafür spricht eine hohe Wahrscheinlichkeit«, sagte Lorenti. »Der Infizierte hat seinen Zweck erfüllt. *Wir* haben unseren Zweck erfüllt.«

Samantha suchte in seinen dunklen Augen nach einem Hinweis und glaubte zu verstehen.

»Wir haben das Spike zur Erde gebracht«, sagte Lorenti.

»Die Erde ist noch weit entfernt.«

»Nicht weit genug. Nur einige Lichtstunden. Kennst du die Sage vom hölzernen Pferd?«

»Glaubst du, wir sind …?«

»Ein Trojanisches Pferd, ja.«

Samantha betrachtete die Kratzspuren und wie gebohrten Löcher. »Die anderen müssen davon erfahren, Lorenti. Wir müssen gemeinsam überlegen, was wir tun sollen.«

»Wenn wir den anderen Bescheid geben, ist der Infizierte gewarnt. Dann bekommt er Gelegenheit, etwas gegen seine Entlarvung zu unternehmen. Er könnte … vorbeugende Maßnahmen ergreifen.«

»Du meinst, er könnte versuchen, uns alle umzubringen. Hatte er dazu nicht Gelegenheit, während wir geschlafen haben?«

»Er hat selbst im Schleim gelegen, Sam.«

Samantha atmete die kalte Luft tief ein. Es war still; selbst das Summen der Bordsysteme fehlte. »Hast du nicht etwas übersehen, Lorenti?«

Er sah sie stumm an.

»Einer von uns beiden könnte der Infizierte sein«, sagte Samantha.

Er machte eine wegwerfende Handbewegung. »Unsinn. Ich bin ich, das weiß ich genau.«

»Vielleicht lügst du. Vielleicht belügst du dich selbst.«

»Wenn wir damit anfangen, an uns selbst zu zweifeln … He, hätte ich dir das hier gezeigt, wenn ich infiziert wäre?«

»Es könnte ein Trick sein«, sagte Samantha. Sie sprach noch immer ruhig, während ihre Gedanken rasten. »Um mich davon zu überzeugen, dass du nicht betroffen bist.«

Lorenti schnaufte. »Quatsch.«

»Dies betrifft uns alle«, sagte Samantha. »Und nicht nur uns. Dies geht weit über die *Eklipse* hinaus.« Sie hob die Stimme. »Kralle?«

Der Intellekt stellte sofort eine Verbindung her.

»Ja, Sam?«

»Ist das Direkt stabil?«

»Darauf habe ich bereits hingewiesen.« Im halbdunklen

Innern des Frachtbehälters klang die Stimme der Innanawitt hohl. »Es ist stabil und in Bereitschaft.«

»Fahr es hoch, Kralle. Vielleicht brauchen wir volle Energie.«

»Was ist passiert?«

»An alle«, sagte Samantha. »Wir treffen uns im Besprechungszimmer. Sofort. Komm, Lorenti.«

8 Das holografische Bild über dem Situationstisch präsentierte diesmal nicht das Sonnensystem, sondern ein bizarres Geschöpf, das hauptsächlich aus langen Stacheln und Dornen bestand. Wo die Haut zu sehen war, zeigte sie ein dunkles, von rostroten Maserungen durchzogenes Braun, das an geronnenes Blut erinnerte. Auf der linken Seite gab es eine Vorwölbung, die vielleicht ein Kopf war, und ein lang gestreckter Bogen bildete den Rücken. Samantha betrachtete das Wesen und bemerkte aus dem Augenwinkel, dass Kralle völlig reglos dasaß, das dunkelblaue Haarfell gesträubt.

»Wie ihr seht, gibt es einen guten Grund dafür, warum wir diese Kreatur ›Spike‹ nennen.«

»Bitte von vorn, Rufus«, sagte Samantha.

»Na schön.« Rufus M berührte die wissenschaftlichen Schaltflächen des Tisches, und neben der Darstellung des stacheligen Wesens erschienen Daten. »Das Spike ist ein polymorphes Geschöpf. Es scheint nach allem, was wir bisher wissen, künstlichen Ursprungs zu sein, geschaffen von den Tahota.«

Von Kralle kam ein leises Zischen.

»Es besteht zu einem großen Teil aus Stacheln und Dornen, die mit multisensorischen Organen ausgestattet sind«, fuhr Rufus M fort. »Augen, Ohren und Nase fehlen, aber das Spike kann trotzdem sehen, hören und riechen, und zwar besser als jeder Mensch. Es sieht im ganzen elektromagnetischen Spektrum, von den Längstwellen bis hin zu den Gammastrahlen im extrem kurzwelligen Bereich. Es hört noch besser als die Große Wachsmotte auf der Erde, die Töne bis zu einer Frequenz von dreihundert Kilohertz wahrnimmt. Zum Vergleich: Die Obergrenze des menschlichen Hörvermögens liegt bei etwa zwanzig

Kilohertz. Was den Geruchssinn betrifft ... Der Mensch verfügt über fünf Millionen Riechzellen, unsere Freunde, die Innanawitt, über etwa sechzig Millionen. Die Hunde auf der Erde gelten mit ihren bis zu zweihundertzwanzig Millionen Riechzellen als besonders gute Riecher. Ein Spike hat schätzungsweise fünf Milliarden Riechzellen, über den ganzen Körper verteilt. Der Geruchssinn vermittelt ihm ein dreidimensionales Bild der Umgebung, ebenso genau und vielleicht sogar noch genauer als das visuelle.«

Wieder betätigte er die Kontrollen, und das holografische Geschöpf drehte sich langsam. Samantha gewann den Eindruck eines zum Sprung geduckten Raubtiers, von unterschiedlich langen Stacheln bedeckt.

»Außerdem verfügt das Spike über Chromatophoren, vergleichbar mit einem Oktopus, was bedeutet: Es kann sich tarnen, indem es die Farbe seiner Umgebung annimmt. Mehr noch, es kann seine Gestalt den jeweiligen ambientalen Strukturen anpassen. Ein in jeder Hinsicht perfektioniertes Geschöpf. Und eine sehr effiziente biologische Waffe. Die Berührung eines Stachels kann für eine Infektion genügen. Die dabei übertragenen zerebralen Sporen durchdringen die Blut-Hirn-Schranke und breiten sich im Gehirn des Opfers aus.«

»Ist es intelligent?«, fragte der blasse Grayland. Mit krummem Rücken saß er am Tisch, die Schultern nach vorn gebeugt.

»Spikes sind schlau«, zischte Kralle. »Sie erkennen jede Schwäche ihres Gegners und nutzen sie erbarmungslos aus. Ich habe es selbst erlebt.«

»Ja, sie sind intelligent«, sagte Rufus M. »Es ist eine kalte, programmierbare Intelligenz, vergleichbar mit der von Kriegsmaschinen. Wenn sie ein Ziel haben, verfolgen sie es unbeirrt, bis sie es erreichen.«

»Was könnte das Ziel dieses Spikes sein?« Wieder kam die Frage von Grayland, was Samantha ein wenig erstaunte, denn er schwieg meistens.

»Liegt das nicht auf der Hand?«, brummte Lorenti. »Die Erde.«

»Aber ...«, begann Grayland.

»Wir haben das verdammte Spike hierhergebracht. Wir *sollten* es hierherbringen. Und jetzt ist es unterwegs zur Erde.«

»Die nicht antwortet«, sagte Rufus M. »Unsere Signale werden weiterhin ignoriert.«

»Kann es überlebt haben?«, fragte Samantha ruhig. »Es hat in Sektion Neunzehn die Wand des Frachtbehälters und die Außenhülle durchbrochen, während wir uns in der Endphase des Transits befanden. Es muss ins Schockfeld geraten sein. Kann es das überlebt haben?«

»Auf Jorpu habe ich mit eigenen Augen gesehen, wie ein Spike einen Thermoblast überlebt hat«, zischte Kralle. »Er war fünfzigtausend Grad heiß und verursachte lokale G-Kräfte vom Hundertfachen der Schiffsnorm.«

»Die Schockwelle eines aktiven Transitfeldes hat es in sich.«

»Das Spike hat sie überlebt, davon müssen wir ausgehen«, sagte Lorenti. »Es trug einen Kokon. Im Materialgedächtnis der Frachtbehälterwand und des betroffenen Außenhüllensegments haben die Bots Spuren davon gefunden. Der Intellekt hat sie untersucht.«

»Das stimmt«, bestätigte Grayland. »Äh, es gibt da noch etwas ...«

Samantha hob die Hand. »Moment. Das Spike hat also einen Kokon getragen. Das ist eine Art autarke Kapsel, nicht wahr?«

»Ja«, sagte Rufus M. »Eine Art ... Miniaturraumschiff, das einem Transitfeld Energie für einen eigenen Bewegungsimpuls entziehen kann.«

»Wir haben das Spike also nicht nur befördert, sondern auch auf den Weg gebracht. Noch einmal zur Infektion, Rufus. Was hat es damit auf sich? Dieser Punkt ist sehr wichtig, wie uns allen klar sein dürfte.«

»Wie gesagt, die Tahota haben die Spikes offenbar als eine höchst effiziente biologische Waffe geschaffen. Ihr eigentlicher Zweck besteht darin, organische Individuen zu infizieren. Die zerebralen Sporen, produziert von spezialisierten Keimzellen in den Stacheln, dringen ins Gehirn des Opfers ein und verändern die Denkweise. Sie übernehmen das Bewusstsein und verwandeln das betroffene Individuum nach und nach in ein willfähriges Werkzeug. Manchmal töten sie auch. Das Heimtückische daran ist, dass die Infektion zunächst unbemerkt bleibt. Das heißt, das Opfer merkt am Anfang nicht, dass es infiziert ist.«

Samantha dachte an das Stachelfragment, das sie fast berührt hätte. Der Intellekt hatte inzwischen bestätigt, dass es wirklich von einem Spike stammte.

»Das ist *ein* Punkt.« Der Tonfall von Rufus M veränderte sich, und er beugte sich ein wenig vor, wie um seinen Worten Nachdruck zu verleihen. Dicht vor ihm drehte sich das Spike mit Stacheln, die in alle Richtungen wiesen. »*Ein* Aspekt der Infektion. Der zweite besteht aus den Saatkapseln. Spikes können, wenn sie einen geeigneten Ort finden und sich sicher genug fühlen, ihren Metabolismus umstellen und innerhalb von wenigen Tagen Dutzende von Saatkapseln produzieren, aus denen wenige Stunden später etwa zehn Zentimeter große Spikes schlüpfen, genetisch identisch mit dem Genitor beziehungsweise der Genetrix.«

»Parthenogenese«, sagte Samantha.

Rufus M nickte. »Zielgerichtet. Den lokalen Umständen angepasst. Als Teil eines biologischen Waffensystems.«

»Das Spike kann also durch Berührung infizieren und sich innerhalb kurzer Zeit fortpflanzen, damit sich die Infektion schnell ausbreitet«, fasste es Samantha zusammen.

»Ja.«

»Auf Jorpu hat es acht Tage gedauert«, sagte Kralle leise. »Danach waren alle Bewohner entweder tot oder übernommen.«

Lorenti warf Samantha einen Blick zu. Offenbar erstaunte es ihn, dass die anderen noch nicht jenen Aspekt angesprochen hatten, den er für besonders wichtig hielt.

»Sam ...«, sagte Grayland.

»Ja, jetzt bist du dran.«

»Jemand hat Daten aus dem Gedächtnis des Intellekts gelöscht!« Es klang nach dem größten aller Vorwürfe, nach einem schrecklichen Verbrechen.

»Kiss hat mich bereits darauf hingewiesen, kurz nach dem Erwachen«, erwiderte Samantha geduldig. »Swift scheint dafür verantwortlich zu sein ...«

»Nein!«, widersprach der bleiche Intellektor. »Es sollte so *aussehen*, als ginge die Löschung auf Swift zurück. Aber Swift kennt sich mit Kiss aus. Er kennt die Interfacesysteme. Er wäre nicht so ... grob vorgegangen.« Es klang empört.

»Bist du sicher, Grayland?«

»Ich habe mir alles genau angesehen und lange mit Kiss gesprochen. Jemand anders hat die Daten gelöscht und die Signalbrücken der Sensoren manipuliert, damit es keine Aufzeichnungen über die Vorfälle an Bord gibt. Und dieser Jemand wollte den Eindruck erwecken, dass Swift dahintersteckt. Es kam zu einer Fehlfunktion bei den Diagnoseprogrammen, und der Unbekannte hat versucht, darüber hinwegzutäuschen, auf eine recht dilettantische Art und Weise. Swift wäre viel geschickter vorgegangen.«

»Rufus ...«, sagte Samantha langsam.

»Ja?«

»Lässt sich eine Infektion feststellen? Gibt es eine Möglichkeit, zwischen infizierten und nicht infizierten Individuen zu unterscheiden?«

»Im Anfangsstadium nicht. Der Betroffene selbst bemerkt überhaupt nichts, darauf habe ich bereits hingewiesen. In einer späteren Phase kann es zu lokalen Verhärtungen der Epidermis und zu Vergrößerungen der Lymphknoten kommen.«

»Müsste man einem eventuellen Sporenbefall nicht auf die Spur kommen können?«

»Wie Rufus gerade sagte«, zischte Kralle, »sie tarnen sich mit eigenen Chromatophoren.«

»Das ist nicht ganz richtig«, sagte Rufus M. »Bei den zerebralen Sporen sprechen wir nicht von ›Chromatophoren‹, sondern von ›polymorpher Camouflage‹. Die Sporen verändern ihre Struktur und tarnen sich durch Anpassung an das von ihnen infizierte Gewebe.«

Stille folgte diesen Worten. Alle betrachteten das holografische Spike, das sich noch immer langsam über dem Situationstisch drehte.

Alle bis auf Lorenti – er sah Samantha an, und als sie schwieg, sagte er: »Jemand hat alles in die Wege geleitet.« Jedes Wort war schwer wie Blei. »Jemand hat das Spike in Sektion Neunzehn versteckt, vermutlich auf Thercer, der letzten Depotwelt der Tahota, die wir besucht haben. Während des Transits, während der Wachzeit der anderen Crew, muss etwas schiefgegangen sein. Es ist zu einem Kampf gekommen, bei dem Swift schwer verletzt wurde. Vielleicht hatte er herausgefunden, dass sich ein verdammtes Spike an Bord befand. Der Unbekannte hat die Daten gelöscht, aber wie ein Amateur. Der Zweck? Die *Eklipse* sollte das Spike hierherbringen, ins Sol-System, zur Erde.«

Wieder folgte Stille, und nach einigen Sekunden fügte Lorenti hinzu: »Der Unbekannte befindet sich noch an Bord. Wahrscheinlich sitzt er sogar an diesem Tisch.«

»Ein Infizierter?«, fragte Grayland entgeistert und rückte ein wenig zur Seite.

»Jemand von uns ...«, sinnierte Rufus M.

»Ja.«

Kralle fauchte, und in ihren silbernen Augen blitzte es.

»Die Frage ist, was machen wir jetzt?«, sagte Samantha, obwohl sich für sie diese Frage gar nicht mehr stellte. Aber sie wollte wissen, was die anderen dachten.

»Wir müssen die Erde warnen!«, entfuhr es Grayland.

»Dort herrscht Funkstille«, erinnerte ihn Samantha. »Auf allen Frequenzen.« Ihr Blick glitt über die Gesichter; etwas in ihr hielt nach Anzeichen für eine Infektion Ausschau, obwohl das Unsinn war. »Bisher haben wir jedenfalls keine Antwort bekommen.«

»Umkehren kommt jetzt nicht mehr infrage«, sagte Rufus M. »Es würde bedeuten, die Erde im Stich zu lassen.«

»Wir könnten Swift wecken«, sagte Lorenti.

Samantha starrte ihn an. »Was?«

»Wir könnten ihn wecken und fragen, was geschehen ist.«

»Er würde sterben, das weißt du!«

»Aber vorher wäre er vielleicht imstande, unsere Fragen zu beantworten. Vielleicht könnte er uns sagen, wer der Infizierte ist.«

Samantha schüttelte den Kopf.

»Ein Leben auf der einen Seite, viele auf der anderen«, sagte Lorenti.

»Diese Entscheidung treffe ich allein, die Missionsstatuten geben mir als Koordinatorin das Recht dazu. Swift bleibt im Schleim. So lange, bis wir die Erde erreichen und Hilfe für ihn finden.«

»Das Spike wird nach uns zur Erde gelangen«, zischte Kralle.

Das blaue Nackenfell der Innanawitt war noch immer gesträubt. »Es hat die *Eklipse* während der Endphase unseres überlichtschnellen Transits verlassen. Ich habe mir die Direkt-Daten angesehen. Vermutlich befindet sich das Spike einige Lichtsekunden hinter uns. Ich schätze die maximale Entfernung auf eine halbe Lichtminute.«

»Lässt es sich orten?«, fragte Grayland. »Wenn Kiss mit allen Sensoren Ausschau hält ...«

»Nein, das Spike hat die energetische Signatur seines Kokons auf ein Minimum reduziert und fliegt im relativistischen freien Fall.« Kralle wandte sich direkt an Samantha. »Aber wir könnten es orten, wenn es die Erde erreicht. Es will landen, also muss es abbremsen.«

»Wir brauchen Waffen«, sagte Samantha. »Und Energie für den Printer.«

»Die haben wir. Ich habe damit begonnen, das Direkt wieder hochzufahren. Bald steht uns genug Energie für alles zur Verfügung, auch für volle Schutzschilde.«

Samantha sah sich noch einmal am Tisch um. »Uns bleibt keine Wahl, oder?«

»Wir müssen verhindern, dass das Spike auf der Erde landet und den ganzen Planeten infiziert«, sagte Rufus kühl.

»Wie weit sind wir mit dem Direkt, Kralle?«

»Bei sechzig Prozent.«

»Können wir beschleunigen und anschließend stärker abbremsen? Je größer der Abstand zum Spike, desto mehr Zeit bleibt uns.«

»Das ist möglich, ja. Wir brauchen mehr Energie für die Bordgravitation, um die Trägheitseffekte auszugleichen, aber das sollte kein zu großes Problem sein.«

»Maximale Beschleunigung, Kralle, und dann maximale Verzögerung. Rufus, Grayland ... Nehmt euch die Datenbanken vor. Welche Schwachstellen hat das Spike?«

»Spikes haben keine Schwachstelle«, zischte die Innanawitt.

Samantha versuchte, sich nicht davon beeindrucken zu lassen, und sprach einfach weiter: »Wo können wir ansetzen? Wie lässt sich das Spike neutralisieren? Welche Waffen brauchen wir?« Sie sprach schnell, aber ihre Gedanken waren noch schneller. »Wie müssen wir vorgehen, wenn dem Spike eine Landung gelingt? Welche Mittel sind geeignet, Saatkapseln unschädlich zu machen? Findet es heraus.«

Sie stand auf.

»Was ist mit mir, Sam?«, fragte Lorenti. »Hast du für mich nichts zu tun?«

»Wir beide gehen die Frachtlisten durch und suchen nach Dingen, die wir vielleicht brauchen können«, entschied sie. Auch die anderen standen auf. Durch das Spike-Hologramm sahen sie sich an. »Und wir sprechen per Hyperruf mit den Siebzehn. Wir lassen uns die Konstruktionsdaten für Waffen durchgeben und programmieren den Printer. Bereiten wir uns vor, Leute – auf das Schlimmste.«

Wie ein kleiner Bruder

9 Rebecca

Es hieß, dass beim Bruch viele Dinge zerbrochen waren, und an manchen Orten lagen die Scherben und Splitter nicht tief im Boden, im Bauch der Erde, wo von Schmerz und Mühsal taube Hände nach ihnen suchten, sondern an der Oberfläche.

Rebecca war den ganzen Tag geklettert und erreichte die Schneegrenze, als die Sonne im Westen hinter dem Horizont versank. Zwischen zwei Felsen mit Krusten aus Eis hielt sie inne, um Atem zu schöpfen, beobachtete einige Sekunden lang die Stadt am Fuß der Berge und wandte sich dann dem kleinen Tal mit den Trümmern zu. Manche von ihnen waren groß und krumm, pockennarbig wie von einer Krankheit, andere klein, mit silbernen Kanten schärfer als die Klinge eines Messers. Hier und dort entzifferte Rebecca Schriftzeichen, doch die Worte, die sie einst gebildet hatten, waren ebenfalls zerbrochen und zerfetzt. Kalter Wind strich über die Scherben der Vergangenheit.

Rebecca ging zwischen den Trümmern und fragte sich, was hier gebrochen war, ein Objekt oder gleich mehrere, und ob sich, wenn man aufmerksam genug suchte, vielleicht nützliche Dinge finden ließen. Alles wirkte alt und unberührt, von der Zeit vergessen, und das wunderte sie. Immerhin befanden sich Menschen in der Nähe, nicht weiter als zwanzig oder dreißig Kilometer entfernt. Konnte es sein, dass trotzdem noch niemand diese Scherben des Großen Bruchs gefunden hatte?

Einige Meter weiter zeigten sich Fußspuren im Schnee, von zwei Personen, stellte Rebecca fest. Ein Erwachsener und ein Kind. Sie ging in die Hocke und betrachtete einige dunkelrote Flecken zwischen den Abdrücken – Blut.

Sie fand den Jungen hinter dem nächsten großen Felsen, ihn und den Toten. Der Knabe saß auf den Fersen, am Rand eines Geröllhangs, aus dem einige Trümmer ragten wie die geborstenen Rippen eines großen, namenlosen Geschöpfs. Vor ihm lag eine reglose Gestalt, in einen schmutzigen, zerrissenen Mantel gehüllt.

Ein Kribbeln im Nacken teilte Rebecca mit, dass keine Gefahr drohte. Sie trat näher.

Der Junge, sieben oder acht Jahre alt, warf ihr einen kurzen Blick zu und sagte dann leise: »Bestimmt schläft er nur. Er wacht gleich wieder auf.«

Das Gesicht des Mannes auf dem steinigen Boden war bleich und leer. Rebecca hatte den Tod zu oft gesehen, um ihn mit Schlaf zu verwechseln.

»Er ist tot«, sagte sie.

»Nein!«, widersprach der Junge heftig. Das Haar, schwarz wie Obsidian, reichte ihm bis auf die schmalen Schultern, die in der dunkelbraunen Jacke mehr als genug Platz hatten. »Er schläft nur. Weil er müde ist.«

»Siehst du nicht das Blut?«, fragte Rebecca verwundert, bevor sie begriff, dass er es nicht sehen *wollte*.

Der Junge schüttelte den Kopf.

»Wie heißt du?«

Der Junge presste die Lippen zusammen.

Rebecca trat noch zwei Schritte näher. »Ich bin Rebecca.«

Der Junge schwieg. Eine Träne hinterließ eine feuchte Spur in seinem schmutzigen Gesicht.

Rebecca zögerte. Vielleicht wäre es besser gewesen, weiterzugehen und den Bogen zu suchen, der sich in der Nähe befinden musste, aber irgendetwas veranlasste sie, sich neben den Jungen zu setzen.

Kalter Wind flüsterte durchs kleine Felsental. Das letzte Licht des Tages verblasste.

Rebecca deutete auf den Toten. »Wer war er?«

»Es ist mein Vater«, antwortete der Junge. »Und er erwacht gleich. Bestimmt.«

Rebecca seufzte. »Wir sollten ihn begraben. Damit Aasfresser nicht an ihn herankommen.«

»Nein!« Der Junge schniefte.

»Wie heißt du?«, fragte Rebecca erneut.

»Jasil.« Er wischte sich die Nase mit dem Ärmel ab.

Rebecca sah sich um. Über ihnen erschienen erste Sterne am Himmel.

»Ein Steingrab«, sagte sie. »Etwas anderes kommt nicht infrage. Der Boden ist gefroren. Wir bedecken ihn mit Steinen, damit er nicht angeknabbert wird.«

»Gleich steht er auf, bestimmt!«

Rebecca legte dem Jungen behutsam den Arm um die Schultern und fühlte sein Zittern. »Man darf sich nichts vormachen, Jasil. Dein Vater wird nie wieder aufstehen. Lass uns dafür sorgen, dass er ganz bleibt. Komm, bevor es dunkel wird.«

Sie begann damit, Steine auf den Toten zu legen, erst auf die Beine, dann auf Arme und Brust. Jasil saß stumm und starr da, und schließlich flüsterte er kaum lauter als der Wind: »Bleibt er für immer dort liegen?«

»Für immer, ja.«

»Sie haben auf ihn geschossen.« Jasil schniefte wieder. »Weil er ihnen nicht gehorchen wollte.«

»Wer?«, fragte Rebecca mit einem Stein in der Hand. Es war ein gewöhnlicher Stein, keiner von der anderen Art.

»Böse Männer.«

»Trug einer von ihnen einen schwarzen Anzug mit roter Weste?«

Der Junge, ein Schemen in der Nacht, hob und senkte die Schultern.

»Komm«, sagte Rebecca. Sie fröstelte plötzlich, und es lag nicht nur an der Kälte. »Komm und hilf mir. Nimm Abschied. Es ist wichtig, Abschied zu nehmen. Sonst bleibt ein Teil von einem zurück, wenn man geht.«

Sie bedeckten den Rest der Leiche mit Steinen. Schließlich standen sie mit leeren Händen neben einem Steinhaufen, unter dem ein Toter ruhte.

»Er wollte mich fortbringen«, sagte Jasil. »Er wollte mir ein fernes Land zeigen, in dem es keine bösen Männer gibt.«

Rebecca musterte ihn von der Seite. »Wie wollte er dich fortbringen?«

»Durch eine geheime Tür.«

»Oh«, erwiderte Rebecca. Es gab nur noch wenige Erwachsene, die versteckte Bögen finden und benutzen konnten. *Wer*

nicht für uns ist, der ist gegen uns, lautete eine von Marcus'
Wahrheiten, und sie hatte Spuren auf der Welt hinterlassen, in
Form von Asche, Blut und Gräbern.

Hinzu kamen die Stöberer von der anderen Seite, angeblich
nur durch eine dünne Membran vom Diesseits getrennt, wie es
R. Quintex in *Geschichte der Welt* beschrieb. Sie suchten ebenfalls nach Steinsprechern, und manchmal kam es zwischen
ihnen zu Konflikten. Durch eine solche Auseinandersetzung
hatte Rebecca fliehen können.

Sie richtete einen nachdenklichen Blick auf den Jungen. Die
Vernunft wollte, dass sie ihn seinem Schicksal überließ, denn er
hätte Verantwortung und eine Belastung für sie bedeutet.

»Hörst du sie, die Stimmen im Stein?«

»Ich habe sie gehört, einmal«, antwortete Jasil. »Als der Wald
von Gunnadah tief im Süden brannte, als Flammenzungen nach
den Statuen von Gizza leckten und sie mit Ruß bedeckten.«

»Was haben sie dir gesagt?«

»Ich weiß es nicht.« Der Junge blickte die ganze Zeit auf den
Steinhaufen. »Es ist ein paar Jahre her. Mein Vater meinte damals, dass ich die Stimmen eines Tages verstehen würde.«

Vielleicht, dachte Rebecca und bemerkte ein vages Prickeln
im Nacken. Wenn dich die Pubertät packt und schüttelt.

»Ich bin wegen der Tür hier«, sagte sie langsam und lauschte
dem Klang ihrer Worte. »Weil ich diesen Ort, diese Region, verlassen will. Ich bin auf der Flucht, weißt du, wie es dein Vater
war. Wenn ich Glück habe, sind meine Verfolger mehrere Tages-
reisen entfernt. Wenn ich Pech habe, trennen mich nur wenige
Stunden von ihnen. Wir sollten besser davon ausgehen, dass ich
Pech habe. Die Tür, die dein Vater meinte, ist ein Bogen. So nennt
man solche Türen: Bögen. Komm, suchen wir den Bogen, der
uns in ein fernes Land bringt.«

»Lass uns noch etwas warten.« Jasil schlang die Arme um
sich. »Eine Stunde. Oder besser zwei.«

»Warum?«, fragte Rebecca, obwohl sie den Grund kannte.

»Für den Fall, dass mein Vater doch noch erwacht und Hilfe
bei den Steinen braucht. Vielleicht ist er zu schwach, sie alle
selbst beiseitezuräumen.«

»Jasil ...«

»Bitte!«

Rebecca atmete tief durch. »Na schön. Während du hier Totenwache hältst, suche ich den Bogen, einverstanden?«

Der Junge nickte, und Rebecca stapfte davon.

10 Das Kribbeln im Nacken wies ihr den Weg. Es wurde schwächer, wenn sie sich vom Ziel entfernte, und stärker, wenn sie sich ihm näherte. Nach einer guten Stunde fand sie den Bogen, aber nur deshalb, weil sie gewusst hatte, wonach sie Ausschau halten musste.

Neben einem Felsspalt ragte er grau aus grauem Granit, seine Kerben und Symbole halb unter Schnee und Eis verborgen. Er war kalt, als Rebecca ihn berührte, aber als die Finger einige Sekunden lang auf dem eisigen Grau verweilten, spürten sie eine leichte Vibration, vertraut und verheißungsvoll – es steckte noch Leben in ihm.

Sie begann damit, den Teil des Bogens freizulegen, der aus der Wand ragte. Mit einem Stein klopfte sie auf Eis, vorsichtig, um den Bogen nicht zu beschädigen, und entfernte den Rest mit kalten Fingern, aus denen das Gefühl wich. Als sie damit fertig war, betrachtete sie ihr Werk zufrieden und hob dann den Blick.

Sterne leuchteten am Himmel, mehr, als man zählen konnte, doch nichts bewegte sich dort oben, nicht einmal eine Sternschnuppe zog ihre kurze helle Bahn. Von den Reisenden, angeblich von außerhalb der Erde unterwegs, war noch immer nichts zu sehen.

Vielleicht hatten sich die Steine geirrt, das geschah manchmal – sie behielten nicht immer recht, nur meistens.

Rebecca wandte sich ab und kehrte zum Grab zurück. Als sie Jasil dort nicht antraf, reagierte sie mit einer sonderbaren Mischung aus Erleichterung und Sorge.

»Jasil?«

Sie fand ihn auf einem Felsvorsprung am Rand des kleinen Tals, eine schmale Silhouette, ein Schatten in der Nacht.

»Was ist?«, fragte sie leise, als sie sich ihm näherte. »Was ist?«

Der Junge deutete stumm über den Hang.

Unten tanzten Lichter zwischen den Felsen wie vom Himmel gefallene Sterne.

»Lampen«, sagte Jasil. »Verfolger.«

»Also tatsächlich Pech, wie so oft«, murmelte Rebecca. »Wann werden sie hier sein?« Sie gab sich selbst die Antwort. »In zwei oder drei Stunden. Wenigstens haben sie keine Flugmaschinen. Uns bleibt Zeit genug.«

Sie fragte sich, ob Marcus bei Claire und Kostas gewesen war.

»Komm«, sagte sie. »Ich habe den Bogen – die Tür – gefunden und vorbereitet.«

Sie schritten und kletterten durch die Dunkelheit.

Rebecca versuchte, weder an Marcus zu denken noch daran, was mit Claire und Kostas geschehen sein mochte, wenn er bei ihnen gewesen war.

Jasil schien enttäuscht zu sein, als er den Bogen sah.

»Die Tür ist klein und krumm«, sagte er. »Wohin soll sie uns bringen?«

Er beugte sich vor und streckte den Arm durch den Bogen beziehungsweise durch die offene Stelle zwischen dem rechten Teil des Bogens und dem Felsen, in dem die linke Hälfte steckte. Man konnte gerade so hindurchschlüpfen, mehr Platz gab es nicht.

Die Hand des Jungen berührte den Schnee auf der anderen Seite.

»Mein Arm bleibt hier«, sagte er. »Siehst du? Die Tür bringt ihn nirgendwohin.«

»Sei froh«, gab Rebecca zurück. »Hast du schon einmal einen Bogen benutzt?«

Jasil schüttelte den Kopf.

»Es kann wehtun, weil sie manchmal nicht richtig funktionieren.« Rebecca zuckte mit den Schultern. »Und in diesem Fall wissen wir nicht, wie es um die Synchronizität steht. Aber uns bleibt keine Wahl.«

»Synkro...«

»Synchronizität, Jasil. Die Bögen führen durch Raum und Zeit. Sie bringen den Reisenden zu einem anderen Ort und könnten ihn auch in eine andere Zeit bringen. R. Quintex hat sie einmal ›kleine Wurmlöcher‹ genannt.«

»Würmer? Wo?« Jasil sah sich um.

»Nein, nein, mit gewöhnlichen Würmern, wie wir sie kennen, hat das nichts zu tun.«

»Was geschieht mit meinem Vater?«, fragte Jasil, als Rebecca die Zeichen und Kerben im freigelegten Bogen berührte, geleitet von der Karte in ihrem Kopf, auf der alles verzeichnet war.

»Unter den Steinen liegt er gut«, sagte sie. »Er bleibt, wie er ist.« Sie meinte: Die Kälte wird ihn konservieren.

Das Innere des Bogens trübte sich. Ein Nebel entstand aus dem Nichts, ein kaltes Grau, kälter noch als Eis und Schnee. Als er so dicht geworden war, dass man nicht mehr erkennen konnte, was sich hinter dem Bogen befand, nahm Rebecca ihren Rucksack und zwängte ihn durch die kleine Öffnung. Er verschwand.

»Jetzt du«, sagte sie.

»Nein.« Jasil wich ein wenig zurück. »Du zuerst.«

»Na schön.« Sie legte ihm die Hand auf die Schulter. »Aber folge mir sofort. Zögere nicht. Hab keine Angst.«

Der Junge nickte.

Rebecca schloss die Augen, bevor sie mit dem Kopf voran durch die Öffnung stieg – das Innere eines Bogens konnte recht verwirrend sein, und sie wollte nicht die Orientierung verlieren. Kälte empfing sie, eine Kälte wie im tiefen Herzen eines Gletschers, und es folgte ein Geräusch wie von einem Saugnapf aus Gummi, der sich langsam von Glas löste.

Mit der Karte in ihrem Kopf hatte Rebecca eine Gegenstation gewählt, die sich weit abseits der von Marcus oder den Stöberern kontrollierten Hauptbögen befand. Sie war nicht größer als der kleine Bogen im hohen Felsental. Geborstenes Metall umgab sie, als sie, vom kalten Grau ausgespuckt, auf harten Boden sank, der ebenfalls aus Metall und vermutlich einem Stoff bestand, den R. Quintex *Komposit* nannte.

Das Licht der aufgehenden Sonne fiel durch ein Fenster in der nahen Wand der Bruch-Scherbe, in der sich Rebecca befand. Hinter ihr hing ein anderthalb Meter großer Bogen – die Gegenstation – in einem schiefen Gestell.

Rebecca atmete warme, modrige Luft und wartete.

Einige Minuten vergingen.

Der kalte graue Nebel verschwand nicht aus dem Innern des

Bogens, aber Jasil tauchte nicht auf. Einmal glaubte Rebecca, Augen zu sehen, rot und mit senkrecht geschlitzten Pupillen wie die einer Schlange, aber sie schob es auf ihre zu lebhafte Fantasie. Es knisterte im Innern des Bogens, und kleine Lichter flackerten, wie Funken eines fernen Feuers, doch es erschien kein Junge.

Rebecca wartete eine halbe Stunde und wollte dann den Bogen schlafen schicken, damit die Verfolger ihn nicht benutzen konnten, als sich im Grau ein Kopf mit langem schwarzem Haar und großen Augen voller Schrecken zeigte. Das Saugnapf-Geräusch wiederholte sich. Rebecca bekam Jasils schmale Schultern zu fassen und zog.

Er rutschte zu Boden, richtete sich sofort wieder auf und schnappte nach Luft.

»Ich wäre fast erfroren!«, stieß er hervor. »Und eine Schlange wollte mich fressen! Eine große Schlange mit roten Augen!«

Rebecca berührte die Kerben und Zeichen des Bogens in der richtigen Reihenfolge. Der graue Nebel löste sich auf.

»Warum bist du mir nicht sofort gefolgt?« Rebecca schlang sich den Rucksack auf den Rücken. »Ich habe gewartet und gewartet.«

Der Junge senkte den Kopf. Das schulterlange schwarze Haar rutschte nach vorn und bildete einen Vorhang, hinter dem sein Gesicht verschwand.

»Ich ...«

»Du hast dich gefürchtet.«

»Nein! Ja«, gab Jasil kleinlaut zu.

»Ach«, sagte Rebecca. »Ach, es wäre dumm, keine Angst zu haben. Wer in dieser Welt keine Angst hat, lebt nicht lange. Komm, Jasil, gehen wir. Wenn die Verfolger einen Codeknacker dabeihaben, könnten sie den Weg hierher finden, obwohl ich den Bogen – die Tür – schlafen geschickt habe.«

Sie kletterten über zerrissenen Stahl und zerfetztes Komposit, fanden schließlich einen Ausgang und traten nach draußen.

Eine weite Moorlandschaft erwartete sie.

Rebecca prüfte den weichen Boden unter ihren Füßen.

»Hier müssen wir aufpassen, Jasil. Hier ist der Boden gefräßig, er verschlingt den unvorsichtigen Wanderer.«

»Wo sind wir?«

»Weit weg von den Bergen, vielleicht auf der anderen Seite der Welt.«

Sie gingen dort, wo das Gras dicht war und Büsche und Sträucher genug festen Untergrund fanden, in den sie ihre Wurzeln bohren konnten. Nach einigen Dutzend Metern blieb Rebecca stehen und blickte zurück. Die Bruch-Scherbe mit dem Bogen im schiefen Gestell erwies sich als abgestürzter Transporter – der Bug hatte sich tief in den Boden gebohrt, und das Heck ragte zum Himmel auf.

»Eine Flugmaschine«, sagte Jasil.

»Eine Flugmaschine, die nie mehr fliegen wird. Vielleicht stammt sie von den Stöberern.« Rebecca ergriff Jasils Hand. »Komm, kleiner Bruder. Vielleicht suchen die Stöberer nach ihrer abgestürzten Maschine. Ich möchte nicht in der Nähe sein, wenn sie hier eintreffen.«

Jasil sah zu ihr auf. »Du hast mich ›Bruder‹ genannt.«

»Habe ich das?« Rebecca lächelte knapp. »Komm, gehen wir.«

Am Abend stießen sie auf einen See, seine Oberfläche glatt wie Glas, unbewegt von Wind. Eine alte Hütte stand zwischen Bäumen mit weit ausladenden Ästen und Zweigen, die bis zum Wasser reichten, als wollten sie davon trinken. Die Fenster waren staubig, die Fensterbänke schmutzig von Vogelkot.

Rebecca spähte ins Innere der Hütte, konnte jedoch nicht viel erkennen. Sie klopfte an, und als niemand reagierte, öffnete sie die knarrende, klemmende Tür.

Drinnen lag noch mehr Staub, eine dicke Patina, die alles bedeckte, Tische und Stühle, Vitrine und Schrank, auch die Teller und Tassen auf der kleinen Anrichte.

Jasil sah sich neugierig um. »Wer hat hier gewohnt?«

»Keine Ahnung. Jetzt wohnen wir hier, für eine Nacht.« Rebecca setzte ihren Rucksack ab. »Machen wir sauber.«

Eine Stunde später, als es dunkel geworden war, aßen sie im Schein einer Öllampe von dem Brot und dem Käse, die Claire ihr mitgegeben hatte. Die kleine Flamme der Lampe zischte leise, und von draußen drückte die Stille der Nacht herein.

Sie gingen zum See. Rebecca legte den Kopf in den Nacken und betrachtete die Sterne.

»Ich frage mich, ob es dort oben besser ist«, sagte sie leise, um die Stille nicht zu stören. »Weißt du, dass jeder Stern dort oben eine Sonne ist und jede Sonne Planeten hat? Und dass es auf all den Planeten Leben gibt wie hier bei uns? Ich meine, anderes Leben.«

»Ja, ich weiß. Mein Vater hat mir davon erzählt. Er konnte lesen.«

»Und du?«, fragte Rebecca. »Kannst du ebenfalls lesen?«

»Nein.«

»Vielleicht bringe ich es dir bei«, sagte sie und dachte: Wenn die Zeit reicht.

Ihr Blick kehrte zu den Sternen zurück. Sie leuchteten stumm und unbewegt, manche funkelten mehr als andere. Es lag an der Entfernung, erinnerte sie sich; sie hatte es in einem Buch gelesen. Je weiter die Sterne entfernt waren, desto schwächer wurde ihr Licht, und desto mehr funkelten sie. Und wenn die Lichter gar nicht funkelten, wenn sie ruhig und gleichmäßig leuchteten, handelte es sich vielleicht um Planeten wie Jupiter und Saturn, viel größer als die Erde. Andere Welten, ohne Marcus. Vielleicht gab es dort oben mehr Stille und Frieden, mehr Sicherheit.

»Was suchst du?«, fragte Jasil.

Rebecca senkte den Kopf. »Es kommt jemand. Jemand, der helfen kann.« Die Steine hatten es geflüstert, und sie wollte daran glauben, obwohl niemand besser wusste als sie, dass man sich nichts vormachen durfte.

»Von dort oben?«

»Ja.«

»Von den Sternen?«

»Ja.«

»Wann?«, fragte Jasil.

»Bald«, antwortete Rebecca. »Bald.«

Resonanz

11 Rufus M

Die wissenschaftliche Sektion der *Eklipse* war dreihundert Quadratmeter groß und erstreckte sich auf der Steuerbordseite des Nukleus. Zu ihr gehörte auch das Observatorium, eine fünf Meter durchmessende Kuppel aus transparentem Komposit, ausgestattet mit holografischen Linsen und verbunden mit den Sensoren des Schiffes.

Rufus M, Multipler von Urake, saß dort im Kontrollsessel und hielt nach dem Spike Ausschau. Er hatte mit einem Suchmuster begonnen, das nichts dem Zufall überließ und vom wahrscheinlichsten Kurs des Kokons ausging, aber bisher hatten die Sensoren nichts gefunden. Bis zu einer Lichtstunde Entfernung schien das All völlig leer zu sein.

Voraus reflektierten die Planeten des Sonnensystems Sols Licht. Jupiter war deutlich zu sehen, selbst mit bloßem Auge, und dort leuchtete Saturn, von seinen Ringen umgeben. Die Erde war ein ferner Punkt, dem die *Eklipse* entgegenfiel. Rufus M richtete eine holografische Linse auf sie, und sofort rückte sie näher und schwoll an, bis sie die Hälfte des Panoramas ausfüllte.

»Warum ist es den anderen nicht aufgefallen?«, murmelte er und staunte noch immer darüber. »Warum hat es niemand von ihnen bemerkt?«

»Sie waren abgelenkt«, antwortete Ivory. »Von den tektonischen Veränderungen.«

Rufus drehte den Kopf. Sein Assistent stand im Zugang des Observatoriums, ein Bot aus weißen und grauen Polymeren, mit zahlreichen tentakelartigen Armen und einem Kegelkopf, der Dutzende von Sensoren aufwies. Ivory war keine autarke künstliche Intelligenz, sondern ein Teil des Intellekts, ohne individuelle Persönlichkeitsaspekte, die Rufus als störend empfand. Der Assistent bot ihm Zugang zur sachlichen Intelligenz des

Intellekts, unbeeinträchtigt und unbelastet von simulierten Emotionen.

»Ich bin mit den Datenanalysen fertig, Rufus«, fügte Ivory hinzu.

»Die Erde«, murmelte er, den Blick wieder in die Hololinse gerichtet, die ihm den Planeten aus der Nähe zeigte. Die Nachtseite war dunkel, auch dort, wo sie von Wolken unverhüllt blieb. Nirgends zeigten sich die Lichter von Städten. Welchen Grund gab es dafür?

Unzureichende Daten, antwortete das Zweithirn.

Eine Zeit lang beobachtete Rufus M den Planeten: Wälder und Wüsten, wo das Auge des Betrachters Ozeane erwartete, Kontinente mit unvertrauten Umrissen. Eine fremd gewordene, »nackte« Welt, ohne ihren Mantel aus Orbitalstationen und Satelliten.

»Ein halbes Jahrhundert reicht nicht für Veränderungen von diesem Ausmaß«, sagte Rufus M. »Es gibt nur zwei mögliche Erklärungen, und vielleicht betreffen sie auch das Fehlen von urbanem Licht auf der Nachtseite.«

Sein Zweithirn reagierte sofort. Diskontinuität, flüsterte es.

»Wie lauten die Erklärungen?«, fragte Ivory. »Soll ich Samantha und die anderen darauf hinweisen, dass Sie etwas entdeckt haben?«

Rufus M stand auf. »Nein, warte noch. Sehen wir uns zunächst das Ergebnis der Analysen an.«

Ein kurzes Zittern ging durch die *Eklipse*, und das Grollen des Direkts veränderte sich – die Innanawitt hatte eine neue Beschleunigungsphase des Schiffes eingeleitet.

Als Rufus M das Observatorium verließ und seinem Assistenten zu den Datenkolonnen der Auswertungsstation folgte, spürte er die zunehmende Aktivität seines Zweithirns. Es bestand zur einen Hälfte aus einem neuronalen Symbionten, der ihm in seinem siebten Lebensjahr auf Urake eingepflanzt worden war, in Höhe des C7-Wirbels der Wirbelsäule, und zur anderen aus einem Strang aus Silizium-Nanozellen, der von C3 bis zum Lendenwirbel L3 reichte. Das Zweithirn befähigte ihn zu kontrollierter Schizophrenie, zu einer bewussten Teilung der Persönlichkeit, die es ihm ermöglichte, sich gleichzeitig mit verschiedenen Dingen zu befassen. Außerdem ließ es sich programmieren, mit Wissen und einer eigenen Persönlichkeitsstruktur; es machte Rufus zu einem multiplen Wissenschaftler und berechtigte ihn, das M in seinem Namen zu tragen.

Demarkation, sagte das Zweithirn. Schockwellen. Unterschiedliche Energieniveaus. Abweichung bei der Vakuumenergie. Lokale Anomalie.

Die Daten in den Holokolonnen bestätigten die Angaben der inneren Stimme. »Während der ersten Besprechung kam es zu einer kurzen Instabilität – die virtuellen Kontrollen haben geflackert, und es war eine Art kalter Wind zu spüren. Jetzt kennen wir den Grund.«

»Ein Kraftfeld«, sagte Ivory. »Eine energetische Demarkationslinie.«

»Auf dieser Seite ist die Vakuumenergie höher.« Rufus betrachtete die Symbolketten in den Datenkolonnen. »Eine lokale Anomalie, offenbar begrenzt auf das Sol-System. Ist sie künstlichen Ursprungs?«

Sie verändert sich, sagte das Zweithirn. Sie fluktuiert. Es gibt einen energetischen Pulsschlag.

»Wenn sie künstlichen Ursprungs ist«, sagte Rufus, »welchen Zweck hat sie?«

Das Zweithirn antwortete mit einem Datenstrom noch komplexer und umfangreicher als die Symbolketten in den Kolonnen. Abgrenzung. Dissonanz. Resonanz.

»Resonanz?«

Ivory kam näher – der Intellekt der *Eklipse* hörte aufmerksam zu.

»Mit dem Energiekern des Direkts.« Rufus sprach die Worte laut aus, damit Ivory sie hörte. Seine Stimme klang dabei ein wenig anders. »Die lokale Anomalie verhindert Transitflüge in ihrem Wirkungsbereich.«

Ein leises Klirren kam von den nahen Instrumenten, und Rufus fühlte eine Vibration im Boden unter seinen Füßen. Resonanz, dachte er und begriff, was sich anbahnte. »Rufus M an Kralle!«, rief er. »Notabschaltung des Direkts – *sofort*!«

Kralle, die eigentlich Uima Lereia Loquaia hieß – diesen Namen hatte ihr das Ahnenorakel von Jorpu gegeben –, stand mit gesenktem Kopf und demütiger Seele vor dem Ahnenglas, das sich seit siebenunddreißig Generationen im Besitz ihrer Familie befand.

»Du bist mein Licht«, sagte sie leise in der Sprache der Innanawitt. »Du leitest mich auf dem schweren Weg, der jetzt vor mir liegt.« Sie beobachtete, wie sich das kleine Licht im Glas bewegte, als hätte es ihre Stimme gehört, wie es langsam pulsierte. »Sagt mir, was geschehen ist«, wandte sie sich an ihre Vorfahren. »Sagt mir, wie wir das Spike finden und vernichten können.«

Die Antwort bestand nur aus dem dumpfen Donnern des nahen Direkts; seit dem Untergang von Jorpu antworteten ihre Ahnen nicht mehr. Das schmerzte vielleicht noch mehr als die schrecklichen Bilder, die immer wieder aus verborgenen Winkeln ihres Gedächtnisses hervorkrochen und ihr das Ende ihrer Heimatwelt zeigten.

Kralle fügte ihren Worten ein letztes Fauchen hinzu, das Entschlossenheit und Ehrerbietung zum Ausdruck brachte, verstaute das Glas bei ihren Sachen im kleinen Bereitschaftszimmer und betrat das Direkt, umgeben von einem Akustikfeld, das das Grollen der Energiewandler dämpfte.

Ein Blick auf die Kontrollen in der Statuskammer bestätigte ihr, dass die Limitatoren wie vorgesehen zurückwichen – die Aktivität im Energiekern nahm zu. Die Überwachungssysteme zeigten einen geringfügigen Stabilitätsverlust, aber Kralle führte ihn auf die unterbrochene Prozedur des Herunterfahrens zurück. Er hielt sich in Grenzen, und es stand genug Energie für Beschleunigung zur Verfügung. Kralle leitete sie ins Triebwerk.

Die *Eklipse* wurde schneller.

Holos zeigten ihr die sieben Zylinder des Direkts, sechs von ihnen dünn, mit einem Durchmesser von nur zwanzig Metern, der siebte in ihrer Mitte, der Hauptzylinder mit den Rotationselementen und dem Unendlichen Raum, fünfmal so dick, alle umgeben von den dreiunddreißig Frachtsektionen. Markierungen, blau wie ihr Haarfell, deuteten auf korrekte Funktion hin.

Die Phantome fielen ihr ein, und für einen Moment staunte sie darüber, dass sie nicht sofort daran gedacht hatte.

Flink verließ sie die Statuskammer, nachdem sie sich noch einmal vergewissert hatte, dass Beschleunigung und Energiefluss stabil waren, eilte an den Inspektionszugängen der sechs Fokussierungszylinder vorbei und erreichte die Justierungsöffnung des Hauptzylinders, hinter der sie ein Wald aus Datensäulen und Innanawitt-Symbolen erwartete.

Sie wich ihnen aus, duckte sich und zwängte sich durch Lücken, berührte nur die Symbole, bei denen sich ein Kontakt nicht vermeiden ließ, und achtete darauf, sie wieder an ihren Platz zu rücken, damit die Konfiguration des Direkts unverändert blieb.

Sie kannte den Weg durch diesen Irrgarten aus Kontrollen und Kalibrierungselementen, die zeigten, zu welchem Geschick es die Ahnen bei der Beherrschung dieser Technik gebracht hatten – ihr Familiengedächtnis gab detailliert Auskunft darüber. Wäre sie mit dem Weg nicht so vertraut gewesen, sie hätte nicht wenige Minuten gebraucht, um den Unendlichen Raum zu erreichen, sondern eine ganze Stunde.

Obwohl ihre Ungeduld wuchs, verharrte sie immer wieder kurz und betrachtete Konfigurationsdaten. Die Eleganz der Programmierung gab ihr eine gewisse Zufriedenheit, denn die Basiskonfiguration stammte von ihr selbst – sie war maßgeblich an Konstruktion, Montage und Justierung beteiligt gewesen. Die Technik selbst kam von den Tahota, wie so vieles andere im Instrumentarium der Innanawitt, aber die Ahnen hatten sie schon vor vielen Generationen zu ihrer eigenen gemacht, sie verändert, verbessert und weiterentwickelt.

Dabei hatten sie irgendwann den Unendlichen Raum entdeckt und ihre Geister in ihm hinterlassen.

Dort war er, der Spalt zwischen mehreren ineinander verschlungenen Symbolketten, die zitterten wie Blätter im Wind: eine Lücke mit violetten Rändern, zerfranst wie eine schartige Wunde, gerade groß genug für sie.

Kralle trat hindurch.

Die Unendlichkeit öffnete sich für sie.

Wie bei jedem Besuch dieses Orts hatte sie das Gefühl, nach langer Wanderung durch dunkle Höhlen endlich Licht und Farben zu sehen. Sie stand auf dem Gipfel eines Bergs, im Licht einer Sonne silbern wie ihre Augen, umgeben von anderen Bergen, zwischen denen sich bunte Täler erstreckten, viele von ihnen grün und blau, die dominanten Farben von Jorpu. Einen Horizont gab es nicht: Viele Hundert Kilometer entfernt wölbte sich die Landschaft nach oben, bis hin zur silbernen Sonne, deren Licht auf einem Meer glitzerte, das einen großen Teil des Himmels einnahm.

Doch dies war mehr als eine Hohlwelt, mehr als ein gewaltiges Habitat, denn überall gab es Durchgänge, manche klein wie die Lücke, die Kralle die Möglichkeit gegeben hatte, den Unendlichen Raum zu betreten, andere in Gestalt von großen Türen und Portalen.

Hinter dem Felsen, auf dem sie saß, gab es gleich mehrere, Pforten wie aus altem, verwittertem Holz. Kralle hatte eine von ihnen benutzt, bei einem Ausflug, für den sie sich während einer früheren Wache, auf halbem Weg von den Siebzehn Kolonien der Menschen zur Erde, mehrere Tage Zeit genommen hatte, in der Absicht, mit einer Kartografierung des Unendlichen Raums zu beginnen. Aber das war natürlich unmöglich. Hier gab es mehr, viel mehr, als selbst eine langlebige Innanawitt jemals sehen und hören konnte.

Diesmal begnügte sich Kralle damit, einfach nur auf dem Felsen zu sitzen. Minuten vergingen, ohne dass sie zu der Ruhe fand, die sie sonst an diesem Ort erfüllte. Immer wieder hielt sie Ausschau nach einem flüchtigen Schatten zwischen den anderen Felsen, nach einem Wabern in der Luft oder einem kurzen Flackern, das darauf hinwies, dass sie nicht mehr allein war.

Sie wollte schon aufstehen und zurückkehren, als unmittelbar vor ihr eins der Phantome erschien.

Eine kleine Wolke bildete sich, wie in kalter Luft kondensierender Atem, und die Umrisse eines Kopfes, eines Gesichts, entstanden im Grau. Oder vielleicht war es die Fantasie des Betrachters, die der Wolke ein Gesicht gab, denn Kralle glaubte, ihre tote Schwester Itagea Feough Loquaia zu erkennen. Es hieß, dass der Unendliche Raum eines Direkts, das alle Knotenpunkte des Universums miteinander verband, die Seelen – oder ihre Schatten, ihre blassen Abbilder – der ersten Konstrukteure und Veränderer enthielt, jener Innanawitt, die die Technik den Tahota gestohlen und angepasst hatten.

Aber Kralle hielt das für eine Legende, einen über die Jahrhunderte gewachsenen Mythos. Was sie dort sah, war vermutlich ein Schatten ihres eigenen Geistes, den die Prokrastinatoren des Hauptzylinders eingefangen hatten; alle Innanawitt-Ingenieure wussten um ihre Affinität mit Geist und Seele. Hinzu kamen Gedankenfragmente anderer Innanawitt, die mit diesem und anderen Direkten zu tun gehabt hatten. Falsche Ahnen, dachte Kralle. Ohne Familienzugehörigkeit.

Aber die Phantome sahen und hörten, und wenn man sie fragte, bekam man Antwort, wenn auch nicht immer die erwartete und erhoffte.

Kralle hatte fragen wollen, wo sich das Spike befand. Stattdessen überraschte sie sich mit den Worten: »Bin ich infiziert?«

Eine seltsame Melodie lag in der Luft, ein Klirren und Klimpern wie von dünnen Messingrohren, die sich im Wind bewegten. Das Gesicht in der Wolke veränderte sich, es schien zu lächeln. Aber es war ein trauriges Lächeln.

»Der Zorn hat dich infiziert, Uima Lereia«, sprach das Phantom. »Du bist krank von ihm. Sein Feuer brennt in dir, und irgendwann wird es dich verbrennen.«

Das Klirren wurde lauter, und in den nahen Felsen knirschte es. Das Gestein unter Kralle zitterte kurz, so fühlte es sich an. Aber vielleicht bildete sie sich das auch nur ein. Im Unendlichen Raum des Direkts konnte man seinen Wahrnehmungen nur bedingt trauen, denn hier reichte das Sehen und Hören in fremde Dimensionen.

»Die Tahota haben meine Familie getötet«, sagte Kralle und versuchte, so sachlich zu sprechen wie Samantha, die sie für ihre unerschütterliche Ruhe bewunderte. »Sie haben meine Heimatwelt zerstört.«

»Ihr habt sie bestohlen«, flüsterte das Phantom.

»Das war vor langer Zeit.«

»Ihr bestehlt sie noch immer.«

»Wir nehmen uns, was herrenlos ist.«

»Das stimmt nicht, und das weißt du«, raunte das Phantom.

»Es ist noch lange kein Grund, Tausende von Innanawitt zu töten und eine ganze Welt dem Untergang preiszugeben!«

»Was auch immer geschehen ist, Uima Lereia, nicht die Tahota sind schuld daran, sondern die Spikes.«

»Ein Spike befand sich an Bord!«, platzte es aus Kralle heraus. »Jemand von uns hat ihm geholfen. Ein Infizierter. Bin ich …?« Die Worte fielen schwer. »Kann ich es gewesen sein?«

»Ausgerechnet du? Obwohl du die Tahota und ihre Spikes so sehr hasst, dass deine Seele in Flammen steht? Es ist ein schwer zu ertragender Gedanke für dich, nicht wahr? Dass ausgerechnet du dem Spike geholfen haben könntest.«

Kralle schwieg.

»Aber das ist noch nicht alles«, fuhr das Phantom fort. »Es gibt noch einen anderen Zorn in dir, und er gilt Lorenti.«

»Ich bin nicht zornig auf ihn.« Kralle hatte vergeblich versucht, mit Chiron von der anderen Crew zu tauschen, um nicht mit Lorenti zusammenarbeiten zu müssen. »Er ist ein *Inarad*, ein Störer, der die Harmonie beeinträchtigt.«

»Er spricht unangenehme Wahrheiten aus. Er nennt die Dinge beim Namen.«

»Ich sehe und höre, wie und was er spricht. Es gefällt mir nicht.«

»Vielleicht täuschst du dich«, flüsterte das Phantom. »Vielleicht siehst und hörst du nicht richtig.«

Ein Missklang störte die sanfte Melodie über dem Berggipfel, wie das Brechen von Glas, und mit einem lauten Knacken bildete sich ein Riss im Felsen, auf dem Kralle saß. Sie rutschte zur Seite.

»Was bedeutet das?«, fragte sie verwundert. »Was geschieht?«

»Resonanz«, sagte das Phantom und löste sich auf.

Etwas verdunkelte das Licht der silbernen Sonne. Kralle hob den Kopf und beobachtete, wie Finsternis über das Meer am Himmel des Unendlichen Raums kroch. Andere Phantome erschienen, aber nur kurz, kleine Wolken, nicht mehr als vage Schleier in der Luft. Es bildeten sich keine Gesichter in ihnen, dazu war nicht genug Zeit, und das vielstimmige Flüstern blieb wortlos.

Resonanz, dachte Kralle und glaubte plötzlich zu verstehen.

Sie sprang vom Felsen und durch die Tür, die sie in den Unendlichen Raum gebracht hatte. Einen Augenblick später fand sie sich in der Lücke zwischen den vielen Innanawitt-Symbolen wieder, im Übergang mit den violetten Rändern. Durch das dämpfende Akustikfeld hörte sie die Veränderung im Grollen der Energiewandler. Und sie hörte noch etwas anderes, die Stimme eines Crewmitglieds, übertragen vom Kommunikationssystem der *Eklipse*. Die Stimme von Rufus M.

»Notabschaltung des Direkts – *sofort!*«

Die gewaltigen Energien im Kern des Direkts drohten außer Kontrolle zu geraten.

Kralle hastete durch den Wald aus Datensäulen und Symbolketten und fürchtete, dass es bereits zu spät war.

13 Grayland

Graylands Körper ruhte auf der Liege im Interfacezimmer, angeschlossen an die biomentalen Schnittstellen, und sein Ich reiste durch die Datensphären des Intellekts. Die Rückkehr dorthin erleichterte ihn jedes Mal; es fühlte sich nach Heimkehr an. Die andere Welt belastete ihn, dieser Umgang mit Worten und wirren Gefühlen. Hier war er frei. Hier konnte er allen Ballast abstreifen, ganz und gar er selbst sein. Und hier gab es Kiss, die wahre Kiss, für ihn allein. Konnte er sich mehr wünschen?

Sie stand in der Tür der Bibliothek, und sie war schön wie immer, Gestalt gewordene Eleganz, gehüllt in ein Gewand grün wie Smaragd, grün wie das Wasser des Fjords zwischen den schneebedeckten Bergen. Dies war das Refugium seiner Eltern gewesen, der Cybernauten Börgard und Lenna: ein abgelegenes Tal im Norden von Norwegen, ein kleines Haus auf dem Felsplateau über dem schmalen Fjord, ausgestattet mit einem Printer und genug autarker Energie, um alle notwendigen Dinge zu produzieren. Hierher hatten sich seine Eltern zurückgezogen, wenn sie allein sein wollten, wenn sie Gelegenheit brauchten, ungestört den eigenen Gedanken zu lauschen.

Grayland erinnerte sich an angenehme Einsamkeit, an lange, dunkle Winter und Sommernächte, die hell blieben, weil die

Sonne nicht unterging. Er erinnerte sich an die holografische Lehrerin Annika und viele Stunden vor dem Feuer im Kamin, der Blick verloren in hypnotisch tanzenden Flammen.

Er schritt über den Weg, der zum Haus führte, und hörte das Knacken von dünnem Eis unter den Füßen.

Kiss begrüßte ihn mit einem Lächeln und mit einer Hand, die ihm über die Wange strich. »Ich freue mich, dass du zurück bist.«

Sie freute sich wirklich, daran zweifelte Grayland nicht.

Samantha und die anderen freuten sich nicht, wenn sie ihn sahen, zumindest gaben sie es nicht zu erkennen. Und Samantha hatte ihn nie berührt, nicht ein einziges Mal.

Kiss führte ihn durchs Wohnzimmer, das genauso aussah wie damals, mit dem runden Tisch aus echtem Holz auf der einen Seite und dem großen Kamin auf der anderen. Diesmal brannte dort kein Feuer. Grayland verstand: Nichts sollte ihn ablenken.

»Dies ist wichtig«, sagte er und näherte sich der Tür in der gegenüberliegenden Wand. Sie hatte es im Haus seiner Eltern nicht gegeben. »Ich muss recherchieren.«

»Ich habe alles vorbereitet.« Kiss hakte sich bei ihm ein, als sie die Bibliothek betraten, die weitaus mehr Platz beanspruchte, als das Volumen des kleinen Hauses zuließ. Hunderte von Metern weit erstreckten sich bis zur hohen Decke reichende Regale, in ihnen analoge und digitale Datenträger aller Art, hauptsächlich Bücher.

Als Kind hatte Grayland Bücher geliebt, nicht nur die mit holografischen Geschichten auf jeder einzelnen Seite, sondern auch die herkömmlichen, mit geschriebenen, gedruckten Worten.

Seine Erinnerungen hatten im Intellekt der *Eklipse* sowohl das Tal mit dem Fjord und dem Haus seiner Eltern geschaffen als auch diesen Saal mit den Büchern. Hier und dort gab es kleine Lücken zwischen ihnen, von seinen aufmerksamen Blicken sofort bemerkt. Dort hatte jemand Daten gelöscht, nicht Swift, sondern der Infizierte.

Ich kann es nicht gewesen sein, dachte Grayland, als sie am Tisch mitten in der Bibliothek Platz nahmen. Ich wäre viel geschickter vorgegangen und hätte keine so offensichtlichen Lücken hinterlassen.

»Sie sind nur für dich offensichtlich«, sagte Kiss. Blonde Locken fielen ihr auf die Schultern und säumten ein Gesicht mit großen Augen so grün wie das Gewand und mit vollen Lippen. Ihr Alter ließ sich schwer abschätzen. Manchmal erschien sie ihm jung, jünger als er selbst, obwohl Weisheit in ihren Augen lag; bei anderen Gelegenheiten war sie alt, ohne an Schönheit verloren zu haben. »Du bist der Intellektor. Alle anderen müssten lange suchen, um die Lücken in meinem Gedächtnis zu finden.«

»Heißt das, ich könnte infiziert sein?«

Kiss lächelte sanft, beugte sich vor und ergriff seine Hand. »Es lässt sich nicht ausschließen. Aber ich halte es für unwahrscheinlich.«

Er blickte auf ihre Hand – schmal und von der Sonne gebräunt war sie, mit langen Fingern und perfekten Nägeln. »Ich muss mehr über das Spike herausfinden. Wie kann man es töten? Welche Schwachstellen hat es? Kralle hat gesagt, es gebe keine.«

»Kralle irrt sich«, sagte Kiss. Ihre Hand wich zurück und hinterließ angenehme Wärme. »Wenn das Spike seinen Metabolismus umstellt, für die Produktion von Saatkapseln, ist es verletzlich, für einige wenige Minuten. Dann kann seine Panzerung von kinetischen Projektilen oder Keramikstahlklingen durchdrungen werden. Hier sind die Einzelheiten.«

Grayland empfing die Daten über die biomentale Schnittstelle und wusste: Wenn sein Blick jetzt über die langen Regale gewandert wäre, hätte er genau die Bücher beziehungsweise Datenspeicher gefunden, die relevante Informationen enthielten. Auch das gefiel ihm: Hier hatte alles Ordnung und Struktur; nichts blieb dem Zufall überlassen.

»Rufus hat das Spike als biologische Waffe bezeichnet«, sagte er und wünschte sich, dass die Hand zurückkehrte, ihn erneut berührte. »Warum wurde sie von den Tahota entwickelt? Und gegen wen?«

»Die ersten Spikes erschienen vor tausendeinhundert Jahren in den Riff-Systemen, mehr als siebenhundert Lichtjahre von der Erde entfernt«, antwortete Kiss, und ihr Gewand raschelte, wenn sie sich bewegte. »Sie wurden beim Konflikt der Tahota mit den Kiryll eingesetzt. Möchtest du Informationen darüber?«

»Ja«, sagte er und betrachtete ihre roten Lippen. Ihre Bewegungen wirkten ebenso hypnotisch wie damals das Züngeln der Flammen im Kamin. »Je mehr ich darüber weiß, desto besser kann ich Samantha helfen. Ihr und den anderen«, fügte er hinzu.

Kiss lächelte erneut. »Hier sind die Daten, Grayland. Ich gebe dir mein gesamtes Wissen über die Tahota und ihren Konflikt mit den Kiryll.«

Er *erinnerte* sich plötzlich, an tausend und mehr Einzelheiten des Konflikts, an Bilder, die bisher in den Datenbanken des Intellekts auf Abruf gewartet hatten. An die Wolkenstädte der Kiryll in den dichten Atmosphären der fünf Gasriesen von Elleno. An die Sonnenzapfer dicht über der Korona des roten Zwergsterns Orwor, ebenfalls von einem Spike heimgesucht. An die Staubwüsten von Zeight und Smeorm, wo Kiryll-Larven infiziert worden waren. An ...

Etwas fegte die Bilder beiseite, und für einen Moment sah Grayland die wahre Gewaltigkeit des Intellekts der *Eklipse*, ein Universum aus Gedanken schnell wie Sternschnuppen an einem klaren Nachthimmel. Manchmal machte er den Fehler, Kiss – die Frau im grünen Gewand – für den Intellekt der *Eklipse* zu halten, aber sie war nur ein kleiner Teil davon, wie ein Tropfen in einem Meer aus Rationalität, dessen Quelle sich im Direkt befand und das von komplexen Algorithmen Struktur erhielt. Cybernauten wie seine Eltern hatten die Basisalgorithmen geschaffen, und Intellektoren wie er selbst hatten gelernt, in dem künstlichen Bewusstsein zu reisen, das eigene Selbst darin aufzublähen wie einen Ballon, um vom Wind der Algorithmen getragen Einfluss auf die Funktionen der Bordsysteme und die Konfiguration des Schiffes zu nehmen. Aber so groß der Ballon auch wurde, er blieb klein am weiten Firmament des im Direkt wurzelnden Intellekts.

Die Frau im grünen Gewand stand auf, und für einen Moment wurden ihre Augen schwarz. »Du musst zurück, sofort.« Die Regale der Bibliothek verschwanden, und sie standen beide im Eingang des kleinen Hauses auf dem Felsplateau. »Es besteht Gefahr. Bring dich in Sicherheit, Grayland. Ich versuche, das Schiff und mich zu schützen.«

»Gefahr?« Kiss gab ihm zusätzliche Augen und Ohren, die

ihm längst vertraut waren. Mit den Sensoren der *Eklipse* nahm er die Resonanz wahr, die sich in den Zylindern des Direkts auswirkte und auf das ganze Schiff überging.

»Kralle versucht eine Notabschaltung, aber vielleicht ist es schon zu spät«, sagte Kiss. »Ich schicke dich jetzt zum Interface zurück.«

Er wollte ihre Hände ergreifen, aber sie stand nicht mehr vor ihm, sondern einige Dutzend Meter entfernt am Rand des Plateaus. Von dort aus winkte sie ihm zu, breitete weiße Flügel aus und flog über den Fjord grün wie ihr Gewand.

Grayland blinzelte, er hob und senkte die Lider seines physischen Körpers, der auf einer Interfaceliege ruhte, und fühlte heftige Erschütterungen.

Er begriff, was geschah. Die *Eklipse* drohte auseinanderzubrechen.

14 Lorenti

»Ich glaube, Kralle ist es«, brummte Lorenti, als er zusammen mit Samantha durchs Halbdunkel der Frachtsektion Eins stapfte. Sie trugen beide leichte Schutzoveralls, wie es die Vorschriften verlangten, obwohl auch hier, außerhalb des Nukleus, normaler Luftdruck herrschte und die Außenhülle von Eins nicht beeinträchtigt war – in diesem Bereich hatte es kein Leck gegeben.

»Wie kommst du darauf?«

»Weil sie die Tahota und ihre Spikes hasst.«

Samantha sah ihn an. »Du glaubst, Kralle hilft den Spikes, weil sie sie hasst?«

»Raffiniert, nicht wahr? Der Schuldige ist meistens der, auf den weniger Verdacht fällt als auf alle anderen.« Er wandte sich der geschlossenen Luke eines Frachtbehälters zu, überprüfte das Siegel und stellte fest, dass Jabbosch, Frachtmeister der anderen Crew, diesen Behälter dreimal kontrolliert hatte; das Siegel war seit achtzehn Jahren von niemand anders berührt worden. Lorenti öffnete es, und die Luke schwang auf. »Dritte Reihe, viertes Segment.«

»Es geht hier nicht um Schuld, sondern um eine Infektion«, sagte Samantha.

Lorenti ging nicht darauf ein. »Oder Rufus«, fügte er hinzu. »Unser Multipler, der in seinen eigenen Intellekt verliebt ist, nicht in den des Schiffes wie Grayland.« Das Licht seiner Lampe strich über Tahota-Artefakte, die er zum letzten Mal zu Beginn ihres Rückflugs vor einem Vierteljahrhundert gesehen hatte. »Er käme ebenfalls infrage.«

Für einen Moment war Samantha nur ein Schatten inmitten von Schemen, und dieser Schatten fragte: »Gehst du nach deiner persönlichen Antipathie-Liste vor?«

Lorenti zuckte mit den Schultern und deutete nach rechts. »Dort entlang.«

Sie kamen an einem fraktalen Mosaik vorbei, das in einem Gerüst steckte und in allen Farben des Spektrums glitzerte, als das Licht ihrer Lampen darüber hinwegstrich.

»Ich habe nie verstanden, was zwischen dir und Kralle los ist«, sagte Samantha. »Es scheint eine persönliche Sache zu sein. Gibt es einen Vorfall, von dem ich nichts weiß?«

»Nein.«

»Um ganz offen zu sein: Es ist mir bereits bei unseren früheren Wachen aufgefallen«, sagte Samantha. »Ihr beobachtet euch, wenn ihr Gelegenheit dazu habt. Ihr *belauert* euch. Wie zwei Duellanten, die beim Gegner nach Schwächen suchen.«

»Unsinn«, knurrte Lorenti. »Hier ist es.« Er richtete das Licht seiner Lampe auf einen halbhohen, durchsichtigen Stasisbehälter mit autarker Energieversorgung. Er enthielt ein einzelnes Objekt, ein etwa zehn Zentimeter durchmessendes ockerfarbenes Dreieck mit einer griffartigen Erweiterung an der Rückseite.

»Sieht unscheinbar aus«, sagte Samantha und beugte sich vor.

»Von Urakes Xenotechnikern als frei konfigurierbarer Kernbrecher klassifiziert. Kategorie B.«

»B bedeutet eine Ungewissheit von zehn Prozent. Die Techniker waren sich nicht ganz sicher.«

»Das sind sie nie.« Lorenti kannte einige der Xenospezialisten von Urake und hielt nicht viel von ihnen. Sie glaubten zu sehr an sich selbst, so wie Rufus M. »Deshalb wird alles genauestens auf der Erde untersucht.«

»Eine langsame Fusionsbombe mit unbestimmter Brennphase. Bestenfalls. Und schlimmstenfalls ...«

»Eine gefangene Singularität. Ein Schwarzes Loch.« Lorenti schnaufte. »Diese Dinger sind verdammt gefährlich.«

»Nicht so gefährlich wie ein freies aktives Spike. Wir nehmen es mit«, entschied Samantha. »Es ist das einzige Artefakt, mit dem sich etwas anfangen lässt. Die anderen auf deiner Liste sind zu groß.«

Lorenti war froh, gewisse Entscheidungen nicht selbst treffen zu müssen. Er hielt das hier für Dummheit, wie so vieles andere, aber es war nicht seine Dummheit, sondern die der Koordinatorin.

Mit dem Frachtmeistercode deaktivierte er den Stasisbehälter, nahm den Kernbrecher vorsichtig heraus und verstaute ihn in der mitgebrachten Sicherheitstasche. Er bemerkte Samanthas Blick. Wenigstens hatte sie den Anstand, besorgt zu sein.

»Kann der Brecher von allein losgehen?«, fragte sie.

»Rein theoretisch ist das nicht auszuschließen.« Lorenti erlaubte sich ein schmales Lächeln. »Aber Rufus würde sagen: ›Die Wahrscheinlichkeit dafür ist vernachlässigbar gering.‹«

Samanthas Blick blieb auf die Tasche gerichtet. »Wie zündet man das Artefakt?«

»Wenn es wirklich ein Kernbrecher ist und nicht etwas ganz anderes ... Mit einer bestimmten Folge von elektromagnetischen Signalen. Kiss kennt den Code.«

»Und damit lässt sich das Spike erledigen?«

Lorenti schnaufte erneut. »Es kann noch so gut gepanzert sein, Sam – gegen mehrere Millionen Grad im Zentrum einer langsamen Fusion hat es keine Chance. Und gegen ein Schwarzes Loch noch weniger. Fragt sich nur, wie viel anschließend von der Erde übrig ist.«

»Sprechen wir mit den Kolonien«, schlug Samantha vor. »Vielleicht kennt man dort andere Mittel, die sich gegen ein Spike einsetzen lassen. Die sollen uns die Konstruktionsdaten für den Printer schicken.«

Die Kommunikationsstation auf der Backbordseite der *Eklipse* lag unmittelbar neben dem primären Sensordom und einer weiteren kleinen Panoramakuppel aus transparentem Komposit, die sich Swift eingerichtet hatte.

Samantha zögerte und blickte nachdenklich ins All. Lorenti beobachtete sie und fragte sich, woran sie dachte: an Swift, mit dem sie während der kurzen Zeit gemeinsamer Wachen hier gewesen war, oder an das Spike, das sich irgendwo dort draußen herumtrieb?

Nach einigen Sekunden seufzte sie leise und betrat die Kommunikationsstation. Lorenti blieb im Eingang stehen.

»Kontrollen ein, Kommandocode Samantha Kuri«, sagte die Koordinatorin. Virtuelle Anzeigen und Funktionssymbole erschienen vor ihr. »Hauptkanal für Hyperruf öffnen.« Während sie es sagte, glitten ihre Hände durch die virtuellen Kontrollen, und sie gab ihren persönlichen Code für das Kommunikationslog ein. »*Eklipse* ruft die Siebzehn. Prioritäre Kontaktanfrage.«

Lorenti stellte sich vor, wie ihre Worte durchs All jagten, schneller als jedes Raumschiff, wie sie innerhalb weniger Sekunden vierhundertneunzehn Lichtjahre zurücklegten. Ein dumpfes Rauschen erklang, wie die Brandung eines nahen Ozeans.

»*Eklipse* ruft die Siebzehn«, wiederholte Samantha.

»Instabiles Modulationssignal«, sagte die lokale Präsenz des Intellekts. »Instabile Trägerwelle. Kein Kontakt.«

»Eine Fehlfunktion?«, fragte Samantha. »Könnte das der Grund sein, warum wir keine Antwort von der Erde bekommen?«

»Nein«, lautete die Antwort. »Betroffen ist nur der Hyperruf.«

Plötzlich kippte Lorenti zur Seite und stieß gegen die Wand neben dem Zugang. Er rang um sein Gleichgewicht, hielt sich an der Wand fest und beobachtete erstaunt, wie Samantha von ihrem Sitz rutschte. Die virtuellen Kontrollen vor ihr flackerten und verschwanden.

»Etwas stimmt nicht mit der künstlichen Gravitation«, brummte er.

Eine neue Stimme ertönte. »Notabschaltung des Direkts – *sofort!*«

»Rufus?« Samantha hob den Kopf. »Was ist los, Rufus?«

Für zwei oder drei Sekunden war nur das Grollen des hochgefahrenen Direkts zu hören. Dann donnerte es, und Lorenti fühlte eine Vibration, so heftig, dass ihm die Zähne klapperten. Das ganze Schiff erbebte, wie von den Schlägen einer kosmischen Faust getroffen.

Das Knacken war nicht laut, aber Lorenti bemerkte es trotzdem, auch das Zischen, das ihm folgte. Er wandte den Kopf und sah, wie ein Riss im transparenten Komposit der Panoramakuppel entstand, wie die starken Vibrationen und Erschütterungen Verästelungen schufen. Das Zischen wurde lauter, als mehr Luft durch die Haarrisse entwich, und dann gab es einen Knall – eine unsichtbare Faust zerschmetterte die Kuppel.

Aus dem Zischen wurde ein Fauchen, der jähe Orkan einer explosiven Dekompression, und die ins All strömende Luft riss Lorenti mit sich.

15 Samantha

Eine neuerliche Veränderung der lokalen künstlichen Schwerkraft, die ihre Energie wie alles andere aus dem Direkt bezog, warf Samantha zur Seite, wodurch sie Lorenti zu fassen bekam. Mit einer Hand hielt sie ihn am Arm fest – seine Beine ragten aus dem Loch in der geborstenen Panoramakuppel –, und die andere schloss sie um die Verankerung des Sitzes. Zum Glück trugen sie beide noch immer die Overalls, die sie vor Betreten des Frachtbereichs übergestreift hatten. Sie reagierten auf den plötzlichen Druckabfall; Siegel schlossen sich, und die Kapuzen verwandelten sich in Helme.

Der Orkan verlor an Kraft. Samantha zog, unterstützt von der Schwerkraft, die sie in eine Ecke der Kommunikationsstation drückte, und nach dem ersten Schreck leistete Lorenti selbst einen Beitrag zu seiner Rettung. Er bekam einen Teil der Wand unter die Füße und stemmte sich dem schwächer werdenden Sog entgegen.

Lorenti hatte sich halb durch den Zugang manövriert, fort von dem Loch, als Samantha ihr Gewicht verlor. In der plötzlichen Schwerelosigkeit schwebte sie aus der Ecke, hielt sich aber weiterhin fest. Die entweichende Luft zog auch an ihr, aber nicht mehr annähernd so stark wie noch vor wenigen Momenten, was bedeutete, dass sich tiefer im Schiff Sicherheitsschotten geschlossen hatten. Lorenti wollte sich von der Wand abstoßen und die Kommunikationsstation verlassen, aber Samantha schüttelte den Kopf.

»Warten wir noch etwas«, sprach sie in den Helmkommunikator. »Bis keine Gefahr mehr besteht, dass wir durchs Loch gezogen werden.«

Lorenti brummte etwas, das sie nicht verstand, und löste seinen Arm aus ihrem Griff. »Es gab eine Notabschaltung. Keine Energie mehr für die Bordgravitation. Und die Erschütterungen haben aufgehört. Was ist passiert?«

»Rufus wird es uns erklären«, sagte Samantha. »Kiss?«

Keine Antwort.

»Vielleicht hat Kralle gleich alles stillgelegt, auch den Intellekt«, brummte Lorenti.

Oder die *Eklipse* ist schwer beschädigt, dachte Samantha. »Wir müssen zu den Kommandostationen und auf die Reservesysteme umschalten.«

Nach einer Minute verließen sie Kommunikationsstation und Panoramakuppel, schwebten ein Dutzend Meter weit durchs Halbdunkel eines Korridors, in dem nur etwas Licht von den Leuchtstreifen an der Decke kam, und erreichten die Sicherheitswand des Nukleus, wo durch den Druckverlust die Schotten automatisch geschlossen worden waren. Bis zur nächsten Luftschleuse waren es noch einmal zehn Meter. Dahinter, im Nukleus, erwarteten sie normaler Luftdruck, der die Helme ihrer Schutzoveralls wieder in Kapuzen verwandelte, und eine geringe Schwerkraft, die zumindest ein Gefühl für oben und unten vermittelte.

Samantha wollte auf direktem Weg zu den Kommandostationen, verharrte jedoch, als sich vor ihnen ein Schatten aus der Dunkelheit löste und Gestalt annahm.

»Rufus?«

»Ja.« Er kam näher, und es gelang ihm, selbst unter diesen schwierigen Bedingungen – ein unbedachter Schritt genügte, um ein oder zwei Meter weit zu schweben – steife Würde zu vermitteln.

»Was ist passiert?«

»Resonanz«, sagte er, wie als Erklärung für alles. Dann fügte er hinzu: »Wir haben eine energetische Demarkationslinie überflogen und befinden uns in einem Kraftfeld, das auf das Direkt einwirkte. Eine Art Wechselwirkung. Die Resonanz hätte uns auseinanderreißen können.«

Samantha nickte und wollte an ihm vorbei, aber er versperrte ihr den Weg und deutete in einen Nebengang. »Vermutlich willst du zu den Kommandostationen, um auf die Reservesysteme umzuschalten. Ich schlage vor, wir nehmen diesen Weg.«

»Das ist ein Umweg«, sagte Samantha erstaunt.

»Er ist sicherer.«

Etwas berührte Samantha, kalt wie Eis. Der Weg, den sie nehmen wollte, führte an den Hibernationskapseln der zweiten Crew vorbei. »Was ist mit Swift?«

»Sam ...«

Samantha lief bereits, lief und flog durch den Gang.

Hinter der nächsten Abzweigung schien sich die kosmische Faust, von der die Panoramakuppel zerschmettert worden war, in den Nukleus gebohrt zu haben. Wo sich der Hibernationsbereich für die zweite Crew erstreckt hatte, waren Wände und Decke des Korridors zerquetscht und zermalmt. Risse durchzogen den Boden.

Samantha blieb stehen. Gnädige Dunkelheit umhüllte das Chaos vor ihr, aber sie leuchtete mit der Lampe ihres Schutzanzugs. Das Licht fiel auf ein wirres Durcheinander aus Metall, Komposit und Polymerverbindungen; dazwischen steckten die Reste von menschlichen Körpern.

Jemand ergriff sie von hinten und drehte sie um.

»Eine lokale Gravitationsanomalie«, sagte Rufus M überraschend sanft. »Für eine Sekunde hat hier das Tausendfache der normalen Schwerkraft geherrscht. Solchen Belastungen war dieser Teil des Schiffs nicht gewachsen.«

»Swift ...«

»Niemand von ihnen hat überlebt, Sam.«

Gleich nebenan

Marcus trat aus dem Bogen, schüttelte Starre und Kälte ab und wartete, bis auch Clemens erschien, mit größeren Augen und kleinen Sprüngen in der Maske, die er zu tragen schien – er mochte die Bögen noch immer nicht.

Zwei Wächter standen in der Nähe, mit Gewehren in den Händen und automatischen Pistolen in den Halftern. Hinter ihnen spannte sich ein Netz, wie um Reisende einzufangen, die aus dem Bogen stolperten.

Ein Eindruck, der nicht unbedingt täuschte: Das Netz diente der Sicherheit von Desorientierten. Es sollte verhindern, dass sie nach einigen falschen Schritten über die Kante stürzten, in einen Abgrund, der vielleicht noch nie Licht gesehen hatte und die unbeeinträchtigten Sektionen der unterirdischen Anlage von den zerstörten trennte.

Die Wächter salutierten. Marcus nickte ihnen freundlich zu, steckte den Codeschlüssel ein, mit dem er diese Gegenstation für den Transfer gewählt hatte, und trat am Bogen vorbei in den Korridor.

Dort erwartete ihn ein Mann, kaum größer als Clemens, aber nur halb so breit, mit schütterem Haar, langer Nase und großen, intelligent blickenden Augen.

»Hallo, Victor.« Marcus lächelte. »Es freut mich, Sie wiederzusehen. Wie lange ist es her?«

»Zwei Jahre, Konsul«, antwortete Victor Winnecker, der zu den Studierten zählte. Vielleicht war er der Beste von ihnen; er wusste mehr als alle anderen. »Der Bogen auf dem Schiff in der Pazifischen Rinne ... Ich habe ihn entschlüsselt, demontiert und nach Aragon gebracht.«

Marcus nickte. Er vergaß nie etwas. »Ich habe Ihre Nachricht erhalten und mich sofort auf den Weg hierher gemacht.«

Zusammen mit Clemens folgte er dem Studierten durch den Korridor.

»Wie viele sind hier?«, fragte Marcus. Treppenstufen brachten sie eine Etage tiefer. Lampen vertrieben die Schatten aus dem Flur.

»Nur zwölf«, antwortete Winnecker ruhig. »Wir brauchen mehr Leute. Für die Erforschung und Demontage.« Er sah Marcus an. »Oder vielleicht wäre es besser, nichts zu demontieren und die Anlage stattdessen für Aragon in Besitz zu nehmen. Sie ist vielversprechend.«

Marcus blickte durch eine offene Tür und sah Regale aus Metall und Kunststoff sowie die Umrisse von Maschinen und Installationen. »Was hat es mit ihr auf sich?«

»Wir haben nur einen Teil von ihr erkundet«, erwiderte der Studierte. »Sie scheint sehr groß zu sein, vielleicht so groß wie eine der alten Städte. Offenbar besteht sie nicht nur aus militärischen Bunkern, wie wir zunächst vermutet haben, sondern auch aus Wohnzellen, Lagern, Laboratorien und Produktionszentren.«

Marcus war ohne große Erwartungen gekommen. Seine Hoffnungen lagen woanders. »Wo befinden wir uns hier, Victor?«

»Wir wissen es nicht«, sagte Winnecker. »Unsere genaue Position können wir bestimmen, sobald wir uns an die Oberfläche gebohrt haben. Was eine Weile dauern wird. Die ursprünglichen Zugangsschächte sind gesprengt worden.«

Seine Miene verriet, dass da noch mehr war.

»Was haben Sie gefunden?«, fragte Marcus und fühlte, wie sein Herz schneller schlug. Vielleicht spürte auch Clemens etwas, denn er brummte wortlos.

»Lassen Sie sich überraschen.«

Schließlich erreichten sie einen großen Raum, der Marcus wie eine Mischung aus Laboratorium, Archiv und Maschinensaal erschien. Aggregate drängten sich um silberne Zylinder, einige von ihnen spindeldürr und filigran, andere wuchtig, breit und voller Kanten. Sie alle schliefen; nirgends leuchteten Bereitschaftsindikatoren. Mehrere Techniker in anthrazitfarbener Arbeitskleidung hatten eine der kleineren Maschinen zerlegt und untersuchten die einzelnen Komponenten.

»Wir sind noch dabei herauszufinden, welchem Zweck die Installationen dienen«, sagte Winnecker. »Aber wir wissen bereits, dass einige der Aggregate Artefakte enthalten. Nicht menschliche Technik. Das unterstreicht die Bedeutung dieser Station und ihrer Aggregate. Sie könnten am Bruch beteiligt gewesen sein.«

Marcus blickte sich um. »Ist das der Grund für Ihre Nachricht?« Artefakte waren wichtig – und gefährlich – genug. Bereits die Entdeckung der Station rechtfertigte die Dringlichkeitsnachricht. Doch es ging um mehr, Marcus sah es dem Studierten an.

»Nein.«

Sie erreichten die Mitte des Saals, eine wirre Anordnung von Messinstrumenten, Kabeln, Signalbrücken und Sensorbündeln, darin ein offener Bereich mit ... nichts.

Winnecker blieb vor etwas stehen, das ein Durchgang zu sein schien.

»Was sehen Sie?«, fragte er mit einem triumphierenden Unterton.

Marcus blickte durch die Lücke und fühlte sich am Nacken von Kälte berührt.

»Nichts«, sagte er nach einigen Sekunden. »Ich sehe nichts. Aber ein Artefakt scheint in der Nähe zu sein, wenn mich mein Instinkt nicht trügt.«

»Kein Artefakt.« Der Studierte winkte. »Kommen Sie.« Er trat durch die Lücke zwischen Kabeln und Sensorbündeln, ging mit einigen zielstrebigen Schritten durch den offenen Bereich, drehte sich auf der gegenüberliegenden Seite um und breitete die Arme aus. »Haben Sie es bemerkt?«

»Was?«

»Achten Sie darauf, wenn ich zu Ihnen zurückkehre.«

Winnecker ging erneut durch den offenen Bereich, langsamer, die Arme noch immer ausgebreitet. Als er die Mitte erreichte, entstand dort, wo seine Hände durch die Luft strichen, ein kurzes Flimmern, das sofort wieder verschwand. Marcus war sich nicht sicher, ob er es wirklich gesehen hatte.

»Sie haben sich nicht getäuscht«, sagte Winnecker. »Es gibt Aufnahmen davon. Das Phänomen gibt es wirklich. Was wir hier haben«, er deutete in die leere Luft, »ist ein Übergang. Hier an diesem Ort befindet sich die andere Seite gleich nebenan.«

Marcus kniff die Augen zusammen.

»Man kann sie nicht sehen«, erklärte Winnecker. »Selbst unseren Instrumenten bleibt ein Blick hinüber verwehrt. Aber die andere Seite ist hier, direkt vor uns. Sie befindet sich hinter dem dünnen Film einer Phasentrennung. Öl und Wasser, Marcus.«

»Was?« Marcus blinzelte, dachte an Rebecca, die Stadt im Eis hoch im Norden, die andere Seite und seinen alten Zorn.

»Wenn man Öl in Wasser gießt, vermischen sich die beiden Flüssigkeiten nicht«, erläuterte Winnecker. Er sprach wie ein Professor zu seinen Studenten.

Marcus mochte diesen Ton nicht – Winnecker nahm sich ihm gegenüber Freiheiten heraus, die er sonst niemandem gestattete. Der Studierte wusste zu gut, welch wichtige Rolle er für Aragon spielte.

»Sie bleiben voneinander getrennt, durch eine dünne Membran. So etwas nennt man Phasentrennung.« Winnecker hob die Hand und zeigte erneut durch den offenen Bereich. »Eine solche Membran gibt es auch hier, eine energetische Phasentrennung beziehungsweise ein Phasenübergang. Bisher ist nur *ein* Übergang bekannt: der Hauptbogen unter dem Eisschild im Norden. Wir haben lange nach einem zweiten gesucht und schon fast geglaubt, dass es keinen gibt, aber ... hier ist er!«

»Können wir ihn benutzen?«, fragte Marcus. »Können wir den Übergang öffnen und hindurch?«

»Nein.« Winnecker schüttelte den Kopf. »Nein, das ist leider nicht möglich. Wir benötigen eine Art energetischen Code, um die Membran der Phasentrennung zu durchstoßen. Seit der Entdeckung des Übergangs arbeiten wir daran.«

»Ein Code wie bei den Bögen?« Marcus starrte noch immer durch den offenen Bereich und hielt Ausschau nach dem Flimmern.

»In gewisser Weise«, erklärte der Studierte. »Ein Energiefeld als Schlüssel, mit genau der richtigen Frequenz und genau der richtigen Modulation. Ein sehr komplexer Code, viel komplizierter als bei den Bögen. Selbst mit den kybernetischen Substraten, die uns noch zur Verfügung stehen, könnte die Suche nach dem richtigen Code Jahrhunderte dauern.«

»Viel Zeit«, murmelte Marcus nachdenklich. Clemens brummte.

Winnecker nickte. »Zweifellos.«

»Wäre ein Steinsprecher imstande, den richtigen Code aus Frequenz und Modulation schneller zu finden?«

»Vielleicht.«

»Wäre *sie* dazu imstande?«

»Rebecca?« Winnecker zögerte. »Sie ist ein einzigartiges Talent. Haben Sie sie gefunden?«

Das geht dich nichts an, dachte Marcus. »Noch nicht«, antwortete er freundlich. »Aber es wird nicht mehr lange dauern.«

»Rebecca hat die Karte im Kopf«, sagte Winnecker. »Die Steine haben zu ihr gesprochen. Sie braucht keinen Schlüssel für die Bögen, sie kennt die Codes.«

»Ja oder nein?«

»Ja, sie wäre vielleicht in der Lage, den Übergang für uns zu öffnen. Es gibt keine Garantie, aber eine gewisse Wahrscheinlichkeit spricht dafür. Ein weiterer Grund, sie zu suchen. Ein noch wichtigerer Grund. Sie sollten Rebecca am Leben lassen, wenn Sie sie finden.«

Clemens knurrte leise.

Du nimmst dir eindeutig zu viel heraus, dachte Marcus, ohne sich seinen Ärger anmerken zu lassen.

»Wir werden sehen«, sagte er. »Sie bekommen mehr Leute. Ich schicke Ihnen weitere Arbeiter.«

»Gut.« Der kleine Studierte wirkte zufrieden. »Sie sollten diesem Projekt absoluten Vorrang geben. Und ich schlage vor, dass Sie ganz offiziell Hoheitsanspruch für uns erheben. Schicken Sie nicht nur Arbeiter, sondern auch Soldaten, damit die Unabhängigen gar nicht erst auf die Idee kommen, ihre Finger hierher auszustrecken.«

Hoheitsanspruch *für uns*, dachte Marcus. Du Narr. Aragon gehört *mir*.

»Ach, und noch etwas«, fügte Winnecker hinzu, den Blick seiner großen Augen auf Marcus gerichtet.

»Ja?«

»Ich brauche hier die besten technischen Spezialisten, die Sie auftreiben können. Und Sie sollten sich bei Ihrer Suche nach Rebecca beeilen. Vielleicht bleibt uns nicht mehr viel Zeit.«

»Warum?«

»Das Signal«, sagte Winnecker. »Seine Wechselwirkungen mit dem Energiefeld, das die Erde umgibt. In meinen Berichten an Sie bin ich ausführlich darauf eingegangen. Haben Sie sie gelesen? Oder waren Sie zu sehr abgelenkt von Ihrer Suche nach Rebecca?«

Clemens knurrte erneut, hob prankenartige Hände und straffte die beiden Gurte, die quer über seine breite Brust reichten.

»Mein lieber Victor«, sagte Marcus langsam und mit einer Andeutung von Schärfe in der Stimme, »Sie sollten sich einzig auf die Dinge konzentrieren, die *Sie* betreffen.«

»Oh, dies betrifft uns alle«, widersprach Winnecker. »Das Signal kommt meistens von der anderen Seite, manchmal auch von der Stadt im Eis hoch im Norden, und bei besagten Wechselwirkungen könnte es sich um einen Countdown handeln.«

Das Gefühl, am Nacken von Frost berührt zu werden, wiederholte sich bei Marcus. »Ein Countdown *wozu?*«

Ernst vertrieb die Selbstgefälligkeit aus Winneckers Gesicht. »Vielleicht für einen neuen Bruch. Möglicherweise haben die andere Seite und ihre Freunde in der Stadt im Eis einen Weg gefunden, uns endgültig zu besiegen.«

»Sie sagen ›vielleicht‹ und ›möglicherweise‹. Es gibt also keine Gewissheit.«

»Nein«, gestand Winnecker. »Wir sind noch immer dabei, Daten zu sammeln und auszuwerten.«

Marcus überlegte schnell. »Wann könnte es so weit sein?«

»In einigen Wochen, wenn es beim gegenwärtigen Rhythmus bleibt.«

Schritte näherten sich, schnelle, eilige Schritte. Zwei Männer erschienen vor dem Durchgang zwischen den Kabeln und Sensorbündeln, einer in Uniform, ein Soldat, der andere sehr jung, kaum zwanzig, mit weiter Werkzeughose, deren Taschen voller Instrumente waren, und schmutzigem Hemd. Marcus erkannte Isalf, einen Kurier, der ihm schon oft gute Dienste geleistet hatte.

»Dieser Mann bringt eine Nachricht«, verkündete der Soldat.

Marcus verließ den leeren Bereich mit dem unsichtbaren Übergang zur anderen Seite. »Was haben Sie für mich, Isalf?«

»Eine gute Nachricht.« Der junge Mann trat vor; in den Werkzeugtaschen seiner weiten Hose klickte und klackte es. »Sie konnte lokalisiert werden. Rebecca.«

»Wo ist sie?«, fragte Marcus sofort.

»In Smirga bei den Zwei Grünen Flüssen«, antwortete Isalf. »Vermutlich will sie den dortigen großen Bogen benutzen.«

»Dazu darf sie keine Gelegenheit erhalten«, sagte Marcus. »Wir würden ihre Spur verlieren, und das für Wochen oder Monate.«

»Und so viel Zeit bleibt uns vielleicht nicht«, warf Winnecker ein.

»Sie kümmern sich hier um alles«, wandte sich Marcus an ihn. »Um den Übergang und das Signal. Sie bekommen, was Sie brauchen.«

»Ich stelle eine Liste zusammen.« Winnecker lächelte kurz. »Sie wird ziemlich lang sein.«

Marcus eilte bereits durch den Maschinensaal, zurück zum Bogen der unterirdischen Anlage.

Zur Erde

17 Samantha

Eine weitere Entscheidung stand an, wichtig für das Überleben der Überlebenden. Samantha wusste, dass sie ihr nicht mehr lange ausweichen konnte – ihr blieb noch eine halbe Stunde, mehr nicht.

Die anderen vermieden es, sie darauf anzusprechen, obwohl auch sie Bescheid wussten. Immer wieder versuchten sie, das Direkt zu reaktivieren, und sie schöpften neue Hoffnung, als Kralle in den Nukleus der *Eklipse* zurückkehrte, immerhin kannte sie sich von ihnen allen am besten mit Energiekern und Triebwerk aus.

Aber selbst ihre Bemühungen blieben ohne Erfolg. Das Direkt lieferte nicht mehr als die Notenergie, gerade genug für den Rest an struktureller Integrität und künstlicher Gravitation, die dem Schiff geblieben war, und für einen schwachen Navigationsschirm vor dem Bug. Selbst die Lebenserhaltungssysteme funktionierten nicht mehr zuverlässig – die Kälte des Alls fraß sich nach und nach ins Innere der *Eklipse*.

»Könnten wir den Navigationsschild deaktivieren und mit seiner Energie eine Initialzündung des Direkts versuchen?«, fragte Samantha. Sie nahm alles wie durch einen Nebel wahr. Taubheit hatte sich auf sie gelegt und schützte sie vor dem Schmerz.

»Das wäre möglich, aber die damit verbundenen Risiken sind zu groß«, antwortete Rufus M. Nur drei von sieben Kommandostationen funktionierten; er saß an einer davon und rief Daten von den Sensoren ab, die noch welche lieferten. »Wir fliegen mit fast neunzig Prozent Licht. Bei einer solchen Geschwindigkeit können selbst Mikrometeoriten fatal sein. Die Kollision mit einem größeren Brocken würde von der *Eklipse* nichts übrig lassen.«

Lorenti kam durch den offenen Zugang in den Kommandoraum des Nukleus. »Die Frachtsektionen Elf und Zwölf sind aufgebrochen. Einige Behälter haben sich aus den Verankerungen gelöst und bilden einen Trümmerschweif, der uns folgt. Ein Bremsmanöver ohne Heckschilde kommt daher nicht infrage.«

»Hast du Grayland gesehen?«, fragte Samantha.

»Nein.«

Rufus M wandte den Kopf. »Du warst unten. Du hättest nach ihm suchen können.«

»Ich bin nicht sein verdammtes Kindermädchen!« Ein langer, fliegender Schritt brachte Lorenti näher. »Elf und Zwölf enthielten wertvolle Fracht. Das ist ein großer Verlust!«

»Die zweite Crew hat die Reise zu ihren Ahnen angetreten«, zischte Kralle. »*Das* ist ein großer Verlust.«

Lorenti lächelte bitter. »Da gebe ich dir sogar recht, Teuerste. Denn jetzt schweigt Swift für immer. Ich habe vorgeschlagen, ihn zu wecken und zu befragen. Wir hätten Antworten von ihm bekommen können. Er hätte uns berichten können, was an Bord geschehen ist. Du hättest auf mich hören sollen, Sam.«

»Dein Mitgefühl ist überwältigend, Lorenti«, sagte Samantha beißend.

Der Frachtmeister schnaufte. »Du solltest dich mal fragen, warum es ausgerechnet die Schläfer im Schleim erwischt hat. Es gab nur eine einzige Gravitationsanomalie an Bord, und ihr sind die Leute zum Opfer gefallen, die vielleicht unsere Fragen hätten beantworten können.«

»Was willst du damit sagen?«, fauchte Kralle.

»Was ich damit sagen will, verdammt?« Lorenti sprach sich in Rage. »Ich will damit sagen, dass der Infizierte dahinterstecken könnte! Er hat die Gelegenheit genutzt, Zeugen aus dem Weg zu räumen. Um zu verhindern, dass wir die Wahrheit erfahren.«

»Lorenti...«, begann Samantha.

Er achtete nicht auf sie und durchbohrte Kralle mit einem wütenden Blick. »Wer hat die Notabschaltung vorgenommen, und zwar so, dass sich das Direkt nicht mehr hochfahren lässt? Wer hatte die Möglichkeit, eine Gravitationsanomalie im Hibernationsbereich zu arrangieren?«

»Beschuldigst du *mich?*« Die Innanawitt fuhr ihre Krallen aus. Das blaue Haarfell stand ihr zu Berge.

»Ruhig, Leute.« Samantha stieß sich ab, flog einige Meter in der geringeren Schwerkraft und landete zwischen Lorenti und Kralle. »Unsere Situation ist ernst genug, und sie wird bestimmt nicht besser, wenn wir uns gegenseitig an die Kehle gehen.«

Einige Sekunden verstrichen in gespenstischer Stille. Das gewohnte ferne Grollen des Direkts fehlte ebenso wie das leise Summen der Bordsysteme. Gelegentlich knackte und knirschte es in Hülle und Rumpf der *Eklipse*.

»Wir sind zu schnell, Sam«, sagte Rufus M. »Viel zu schnell. Unser Zeitfenster schließt sich in ...«, er warf einen kurzen Blick auf die Anzeigen, »... sechsundzwanzig Minuten.«

Swift, dachte Samantha, und da war er, der Schmerz. Er lag auf der Lauer und glotzte sie an. »Wir müssen in die Rettungsboote.«

»Was?«, entfuhr es Lorenti. »Du willst das Schiff aufgeben?«

»Nein«, sagte sie. Ihre Stimme blieb ruhig, wie von allem unberührt. »Niemand von uns *will* das Schiff aufgeben. Aber ich fürchte, die Umstände lassen uns *keine Wahl*. Rufus?«

Rufus M stand auf, und die wenigen virtuellen Kontrollen seiner Kommandostation erloschen. »Die *Eklipse* wird an der Erde vorbeifliegen. Ohne Heckschilde können wir kein Bremsmanöver einleiten, nicht einmal mit den Manövriertriebwerken.«

»Wir haben fünfzig Jahre unseres Lebens für die Fracht geopfert!«, stieß Lorenti hervor. »Ohne sie stehen wir mit leeren Händen da!«

»Es gibt eine höhere Verpflichtung für uns«, entgegnete Rufus kühl. »Die Erde muss vor dem Spike beschützt werden.«

»Hör mir auf mit ›höheren Verpflichtungen‹, Mann von Urake«, knurrte Lorenti. »Wir wollten reich werden, wir alle. Auch du.«

»Die Triebwerke der Rettungsboote sind nicht annähernd so leistungsstark wie das Direkt des Schiffs«, sagte Rufus M, noch immer ganz sachlich. »Eine längere Verzögerungsphase ist nötig, um unsere Geschwindigkeit so weit zu reduzieren, dass wir in eine Umlaufbahn um die Erde steuern können. Das Zeitfenster schließt sich in fünfundzwanzig Minuten. Da wir nicht wissen, welche Hindernisse uns auf dem Weg zum Hangar erwarten, sollten wir sofort aufbrechen.«

»Kiss?«, fragte Samantha, doch der Intellekt der *Eklipse* schwieg noch immer.

»Wir wissen nicht, wie lange der Bugschild stabil bleibt«, fügte Rufus M hinzu. »Ohne ihn beträgt die Wahrscheinlichkeit einer für das Schiff fatalen Meteoritenkollision …«, er rechnete im Kopf, »… vierunddreißig Komma zwei Prozent.«

»Komm mir nicht mit deinen verdammten Wahrscheinlichkeiten!«, polterte Lorenti.

Der Multiple achtete nicht auf ihn. »Außerdem sind die Lebenserhaltungssysteme ausgefallen«, fuhr er unbeeindruckt fort. »Das senkt unsere Überlebenswahrscheinlichkeit an Bord auf …«, er rechnete erneut, »… dreiundvierzig Komma neun Prozent. Vorausgesetzt es stehen genug Energie- und Sauerstoffpatronen für die Schutzanzüge zur Verfügung. Noch vierundzwanzig Minuten, Sam.«

Etwas bewegte sich im offenen Zugang des Kommandoraums, und eine Gestalt erschien dort. Lang und hager wankte sie ins matte Licht der Leuchtstreifen.

»Grayland!«, rief Kralle und lief zu ihm.

Ein breiter blutiger Striemen zog sich durch die eine Hälfte des blassen Gesichts. Jacke und Hose waren an mehreren Stellen aufgerissen.

»Es hätte mich fast erwischt«, brachte der bleiche Intellektor hervor. »Unten im Verbindungsstutzen.«

»Es gibt strukturelle Belastungsspitzen im Rumpf des Schiffs.« Rufus M eilte zum Fach mit der Notfallausrüstung und entnahm ihm einen Medo-Kasten. »Einzelne Elemente könnten jederzeit nachgeben. Das reduziert unser mittelfristiges Überleben an Bord um weitere sieben Komma vier Prozent.«

Samantha beobachtete, wie der Multiple den von Kralle gestützten Grayland behandelte. Lorenti näherte sich ihr.

»Vielleicht ist es nicht nur sein eigenes Blut«, brummte er leise.

»Was?«

»*Er* könnte es gewesen sein – Grayland. Hast du an diese Möglichkeit gedacht, Sam? Dass unser Intellektor der Infizierte ist?

Mit Kiss kann er alle Bordsysteme kontrollieren. Eine Kleinigkeit für ihn, die Gravitation im Hibernationsbereich verrücktspielen zu lassen. Und anschließend hat er den Intellekt lahmgelegt, damit Kiss ihn nicht verraten kann.«

»Lorenti...« Samantha holte tief Luft. Die Versuchung war groß, ihren Zorn und vielleicht auch den Schmerz aus sich herauszulassen. Aber sie war und blieb die Koordinatorin der ersten Crew der *Eklipse*; die Verantwortung ließ sie nicht los.

Sie deutete auf die Sicherheitstasche des Frachtmeisters. »Gib gut auf den Kernbrecher acht. Wir brauchen ihn. Er ist unsere einzige Waffe gegen das Spike. Rufus?«

»Nur eine leichte Verletzung, Sam.«

Für einen Moment fragte sie sich, ob sie Rufus bitten sollte, das Blut zu untersuchen. Dann schüttelte sie diesen Gedanken ab.

»Schutzanzüge für alle«, sagte sie, und da war sie, die Entscheidung. »Wir verlassen das Schiff.«

18 Als sie den Hangar erreichten, begriff Samantha, dass sie einen wichtigen Punkt übersehen hatte. Sie schrieb es der besonderen Situation zu, den vielen Gedanken an Swift, aber es war trotzdem unverzeihlich.

»Der Code«, sagte sie. »Wir brauchen den Aktivierungscode für den Kernbrecher.«

»Wie gesagt, Kiss kennt ihn«, brummte Lorenti und schloss die Siegel seines Schutzanzugs. Weiter vorn ruhten fünf Rettungsboote in den Gerüsten der EM-Katapulte, für jeweils zwei Personen bestimmt. Kralle war vorausgeeilt und überprüfte bereits die Systeme. »Aber Kiss schweigt.«

»Grayland, kannst du dich von hier aus mit dem Intellekt in Verbindung setzen?«

»Nein, unmöglich. Das Kommunikationssystem funktioniert nicht. Ich müsste ein Interfacezimmer aufsuchen.«

»Rufus, wie viel Zeit bleibt uns?«

Der Multiple öffnete die Luke eines Rettungsboots. »Das Zeitfenster schließt sich in elf Minuten und dreißig Sekunden. Danach hätten wir keine Möglichkeit mehr, die Boote rechtzeitig auf Orbitalgeschwindigkeit zu bringen. Wir würden wie dieses Schiff an der Erde vorbeifliegen.«

»Ich schaffe es.« Grayland hatte sich bereits umgedreht und sprang und flog in die Richtung, aus der sie gekommen waren. »Ich bin in spätestens acht Minuten zurück.« Er verschwand im dunklen Korridor.

»Die Startvorrichtungen sind in Ordnung!«, rief Kralle. Im Hangar war es bereits so kalt, dass ihr Atem zu einer kleinen grauweißen Wolke kondensierte.

»Hier.« Lorenti reichte Samantha die Sicherheitstasche mit dem Kernbrecher. »Niemand hat mich dafür bezahlt – und niemand *kann* mich dafür bezahlen –, eine solche Verantwortung zu tragen. Wenn das Ding hochgeht, möchte ich weit genug davon entfernt sein.«

»Hundert Kilometer«, sagte Rufus M.

»Hundert Kilometer was?«

»Hundert Kilometer auf der Erde. Ich gehe davon aus, dass wir den Kernbrecher erst auf der Erde einsetzen werden, denn mit den Rettungsbooten können wir das Spike nicht an einer Landung hindern ... Auf der Erde beträgt die sichere Distanz mindestens hundert Kilometer.«

»Kennst du dich mit diesen Apparaten aus?«, fragte Samantha an Rufus gewandt.

»Ich bin mit den Funktionsprinzipien vertraut.«

Samantha nahm die Tasche entgegen und befestigte sie an ihrem Schutzanzug. »Dann kommst du mit mir. Wir beide sind die Crew des ersten Rettungsboots. Lorenti, Kralle ...«

»O nein«, knurrte der Frachtmeister. »Ich warte auf Grayland.«

»Kralle ...«

»Schon gut«, zischte die Innanawitt. »Kein Problem. Ich fliege allein.« Sie kletterte ins dritte Boot.

Fünf Rettungsboote, dachte Samantha. Für insgesamt zehn Besatzungsmitglieder. Aber fünf von uns sind tot.

Erneut sah sie die blutigen Fetzen inmitten der Masse aus geborstenem Metall und zerknülltem Komposit – mehr war von Swift und den anderen nicht übrig geblieben.

Kurze Zeit später saßen sie vor den Kontrollen. Energie flüsterte durch die Bordsysteme von drei Rettungsbooten, von denen zwei startklar waren, das eine mit Samantha und Rufus an Bord, das andere mit Kralle. Beim dritten stand die Luke offen; darin saß Lorenti vor den Kontrollen und wartete auf Grayland.

Samantha klappte den Helm ihres Schutzanzugs nach vorn und aktivierte den darin integrierten Kommunikator. »Grayland? Hörst du mich?«

Es blieb still. Sie wechselte einen Blick mit Rufus M, der den Navigationsintellekt programmierte und ihn mit den Systemen der beiden anderen Rettungsboote synchronisierte. »Alles bereit, Sam. Das Zeitfenster schließt sich in vier Minuten und dreißig Sekunden.«

»Wir warten noch etwas länger.«

Als weitere vier Minuten verstrichen waren, versuchte Samantha es erneut. »Grayland? Hörst du mich? Die Zeit wird knapp.«

Vierzig stille Sekunden vergingen.

»Samantha?«, klang plötzlich die Stimme des Intellektors aus dem kleinen Helmlautsprecher.

»Wo steckst du? Wir müssen los!«

»Samantha... Ich bleibe hier.«

»*Was?*«

»Ich bin im Interfacezimmer und angeschlossen. Hier ist der Code für den Kernbrecher.« Grayland beschrieb die Modulation der elektromagnetischen Signale, mit der sich der Brecher zünden ließ. »Ich muss mich um Kiss kümmern, Sam. Ich kann sie nicht allein zurücklassen.«

»Das ist Unsinn, Grayland!«

»Selbst wenn er sich jetzt auf den Weg machen würde«, sagte Rufus M leise, »er käme zu spät.« Er betätigte die Schaltflächen, die den Hangarzugang schlossen. Von Notenergie gespeiste Pumpen begannen mit dem Absaugen der Luft.

»Ich habe Rufus gehört«, sagte Grayland. »Sam, ich kümmere mich um Kiss und das Schiff. Während ihr versucht, das Spike zu erledigen, fliege ich mit der *Eklipse* an der Erde vorbei.«

»Sie wird das Sonnensystem verlassen.« Rufus M sprach noch immer leise. »Ich habe ihren Kurs berechnet. Die *Eklipse* ist so schnell, dass sie Sonnensystem und Heliosphäre verlassen wird.«

»Ich halte das für eine gute Idee«, meldete sich Lorenti von seinem Rettungsboot aus. »Auf diese Weise könnte es ihm gelingen, die Fracht zu retten.«

Halt die Klappe, dachte Samantha.

»Ja, Lorenti«, erwiderte Grayland. »Genau das habe ich vor. Ich werde versuchen, Kiss und das Schiff zu retten und damit auch die Fracht. Vielleicht gelingt es mir, das Direkt wieder hochzufahren und das Triebwerk zu aktivieren. Dann kehre ich zur Erde zurück.«

»Wir haben keine Zeit mehr, Sam«, drängte Rufus.

»Ich wünsche euch viel Glück«, erklang noch einmal Graylands Stimme.

»Gib gut auf dich acht«, sagte Samantha. »Lorenti, steig zu Kralle um und ...«

»Nein«, unterbrach er sie, »ich habe die Luke bereits geschlossen. Es kann losgehen.«

Vor den fünf Rettungsbooten öffnete sich das große Außenschott des Hangars, und wenige Sekunden später warfen die EM-Katapulte drei von ihnen ins All.

Die Rettungsboote der *Eklipse* waren nicht mit Direkt-Energie- **19** kernen und entsprechenden Triebwerksmodulen ausgestattet, nur mit gewöhnlichen Gravitationsmotoren, und die dienten diesmal nicht der Beschleunigung, sondern fraßen die Geschwindigkeit, Stück für Stück. Die Marsbahn lag hinter ihnen, und sie näherten sich dem Erde-Mond-System, als Samantha erwachte, fast zwanzig Stunden nach dem Start. Noch im Halbschlaf entleerte sie die prall gefüllte Blase, und der Schutzanzug begann sofort damit, ihren Urin zu recyceln.

»Wir sind fast da«, sagte Rufus M. Vor ihm leuchteten virtuelle Kontrollen und Anzeigefelder.

»Wie habe ich schlafen können?«, fragte Samantha erstaunt.

»Eine Schutzfunktion von Körper und Geist. So erholt sich beides von Schmerz und Verletzungen.«

»Ich bin nicht verletzt«, sagte Samantha.

»Du musstest wichtige Entscheidungen treffen, was dich Kraft gekostet hat«, erwiderte Rufus M. Mit einem kurzen Seitenblick fügte er hinzu: »Und du hast Swift verloren.«

Die Trauer wollte zurückkehren. Samantha rang sie nieder.

»Was ist mit den beiden anderen Booten?«

Rufus deutete in eins der Anzeigefelder. »Wir fliegen synchron, mit einem Abstand von fünfhundert Kilometern. Ein Gravitationsanker verbindet uns.«

»Und die *Eklipse*?«

»Inzwischen befindet sie sich weit hinter dem Kuipergürtel.«

»Energetische Aktivität bei ihr?«

»Das lässt sich nicht feststellen, Sam. Die Rettungsbootsensoren sind nicht leistungsfähig genug. Wenn es Grayland gelungen ist, das Direkt zu reaktivieren, könnte er frühestens in einem Tag bei der Erde sein. Oder er leitet innerhalb des Sonnensystems einen Kurztransit ein. Was ich für eher unwahrscheinlich halte, wenn man den allgemeinen Zustand des Schiffes bedenkt. Grayland ist nicht dumm.«

Samantha musterte ihn. Sein Gesicht war so zernarbt, dass es wie eine Maske wirkte, die nichts verriet. Sie hatte ihn nie gefragt, woher die Narben stammten. »Was ist mit dir? Hast du geschlafen?«

»Multiple von Urake brauchen nicht viel Schlaf«, antwortete er. Der Blick seiner eisblauen Augen blieb auf die Anzeigefelder gerichtet. Die Brauen darüber waren weiß, ebenso wie das kurze Haar, und bildeten einen auffallenden Kontrast zur braunen Haut. »Ich habe versucht, Daten zu sammeln.«

»Über das Spike?«

»Über die Erde.«

Samantha beugte sich vor, und ein Displayfeld blähte sich auf. Von der einen Seite her geriet der Mond in Sicht, und hinter ihm erschien eine blau-weiße Kugel im All: die Erde, halb in Wolken gehüllt.

»Die Entfernung ist jetzt wesentlich geringer, und ich habe noch einmal versucht, Kontakt herzustellen«, sagte Rufus. »Aber die lunaren Städte antworten nicht.« Bunte Punkte in den weiten Ebenen und großen Kratern wiesen auf Siedlungen,

Forschungsstationen, Werften, Helium-3-Fabriken und Observatorien hin. »Keine Signale. Nicht die geringste Kommunikationsaktivität.«

Samantha betrachtete den Mond und die Erde dahinter. Die eingeblendeten Daten bestätigten, dass die Geschwindigkeit der drei Rettungsboote wie vorgesehen sank. In einer knappen Stunde würden sie in eine Umlaufbahn um die Erde schwenken.

»Bist du ganz sicher, Rufus? Könnte es an unserem Kommunikationssystem liegen?«

»Vor einer halben Stunde habe ich zum letzten Mal mit Lorenti und Kralle gesprochen. Unsere Systeme funktionieren. Auch das weitaus leistungsfähigere Kommunikationssystem der *Eklipse* hat funktioniert, und doch haben wir keine Signale empfangen, weder von der Erde noch von irgendeiner Station im Sonnensystem. Wir empfangen nichts.«

»Welche Erklärung hast du dafür?«

»Ich habe keine, Sam.« Die langen, dünnen Finger des Multiplen strichen durch virtuelle Kontrollen, und ein Datenfeld verwandelte sich in ein Frequenzdiagramm. »Bisher bin ich auf Vermutungen angewiesen, auf Hypothesen.«

»Wie lauten deine Hypothesen?«, fragte Samantha geduldig.

Rufus M zögerte. »Es ist noch zu früh. Dich jetzt mit meinen Vermutungen zu konfrontieren, würde bedeuten, deine Objektivität zu beeinträchtigen. Und vielleicht auch meine eigene. Ausgesprochene Worte gewinnen Gewicht. Gedanken sind leicht.«

Samantha wölbte erstaunt eine Braue. Die letzten Worte hatten etwas Poetisches.

Der Multiple deutete auf das Frequenzdiagramm. »Bei der Erde verdichtet sich das Kraftfeld, das sich offenbar im ganzen Sonnensystem auswirkt. Es gibt dort eine zweite energetische Demarkationslinie.«

Samantha erkannte sofort eine mögliche Gefahr. »Könnte es erneut zu Resonanzen kommen?«

»Dafür habe ich eine Wahrscheinlichkeit von neunundachtzig Komma sieben Prozent errechnet. Aber wir können dieses Risiko verringern, indem wir durch eins der ›Fenster‹ fliegen, die sich in bestimmten Abständen öffnen. Damit meine ich

Stellen mit abnehmender Feldstärke. Hier ist das Ergebnis meiner Beobachtungen während der letzten Stunden.«

Der Mond rückte beiseite, und ein Gittermuster legte sich um die Erde, bestehend aus Quadraten mit Seitenlängen von bis zu tausend Kilometern. Rufus M betätigte die Kontrollen, und die Erde kam näher. Der Zoom richtete sich nacheinander auf einige der unterschiedlich großen Quadrate. Sie betrafen die Nachtseite der Erde.

»Warum ist alles dunkel?«, fragte Samantha leise. »Wo sind die Lichter der Städte?«

»Sieh dir das hier an.«

Das Bild wechselte, die Nacht wich dem Tag, und unter einem der Gitterquadrate erschien eine Landmasse der nördlichen Hemisphäre. Einige Umrisse kamen Samantha vertraut vor, andere völlig fremd.

»Das ist Europa«, sagte Rufus M. »Aber es hat sich verändert. Hier haben wir die Iberische Halbinsel. Das Grün kommt von der dichten Bewaldung, was erstaunlich genug ist, denn einen Wald, der die ganze Halbinsel bedeckte, gab es zum letzten Mal vor vielen Tausend Jahren. Das gilt auch für diese Halbinsel hier, die einst an einen Stiefel erinnert und weit ins Mittelmeer geragt hat.«

»Das ist ... Italien?«

»Die Küstenlinien haben sich verändert, weil der Pegel des Mittelmeers gesunken ist. Durch die Verbindung zum Atlantik bei Gibraltar strömt weniger Wasser ins Mittelmeerbecken. Der Grund dafür könnte das hier sein.«

Im hohen Norden öffnete sich ein weißes Quadrat: Eine gewaltige Eismasse bedeckte die arktischen Regionen der Erde, türmte sich auf zu Gebirgen höher als der Himalaja. Dort war das Wasser gebunden, das dem Atlantik fehlte.

»Eine offensichtliche Anomalie«, kommentierte Rufus M. »Unter normalen Umständen können Schnee und Eis nicht auf diese Weise in die Höhe wachsen. Es hätten sich Gletscher gebildet, die sich nach Süden ausgebreitet hätten.«

»Gibt es eine Erklärung dafür?«, fragte Samantha.

»Die gibt es bestimmt. Aber leider habe ich sie noch nicht gefunden.«

»Es sind fünfzig Jahre vergangen, Rufus. Viel Zeit für uns, aber nicht für geologische und klimatische Veränderungen dieser Art.«

»Da stimme ich dir zu, Sam.«

»Wo ist das Spike?«

»Unbekannt.« Die langen Finger des Multiplen strichen durch die virtuellen Kontrollen, und eine Echtzeit-Darstellung des Erde-Mond-Systems kehrte zurück, mit Luna unter ihnen.

»Könnte es die Erde bereits erreicht haben und gelandet sein?«

»Das ist nicht ganz auszuschließen, aber die Wahrscheinlichkeit dafür beträgt nur neun Komma neun Prozent. Ich beobachte die Erde seit fast zwanzig Stunden, Sam, und in dieser Zeit haben die Sensoren keinen Flugverkehr in der Nähe des Planeten festgestellt.«

»Der Kokon des Spikes ist höchstens so groß wie dieses Rettungsboot. Ein so kleines Objekt ist leicht zu übersehen.«

»Nein, Sam«, widersprach Rufus M. »Selbst ein noch kleineres Objekt würde durch seine energetische Aktivität auffallen, weil bei der Erde energetische Stille herrscht. Stell dir ein dunkles Zimmer vor; man würde selbst das Licht einer kleinen Lampe bemerken.«

Samantha nickte langsam. »Es ist also noch irgendwo hier draußen.«

»Mit an Sicherheit grenzender Wahrscheinlichkeit. Ich nehme an, dass es sich vor uns befindet, vermutlich im freien Fall. Das Spike muss seine Geschwindigkeit nicht im gleichen Maße reduzieren wie wir; es kann mit weitaus stärkeren G-Kräften fertigwerden und beim Eintritt in die Atmosphäre wesentlich höheren thermischen Belastungen standhalten.«

Samantha blickte durchs Bugfenster ins All. Die Kraterlandschaften des Mondes zogen vorbei, und vor ihnen erschien die Erde. »Also können wir nur warten.«

»In fünfzig Minuten schwenken wir in die Umlaufbahn.« Rufus M lehnte sich zurück. »Ich schlage vor, wir nutzen die Zeit, um etwas zu essen und zu trinken. Dazu hatten wir noch keine Gelegenheit, seit wir aus dem Schleim erwacht sind.«

20 Ein seltsames Geräusch drang aus dem Lautsprecher des Kommunikationssystems, ein Prasseln wie von Regentropfen gegen ein gut isoliertes Fenster, und in dem Prasseln war gelegentlich ein rhythmisches Knacken zu vernehmen.

»Was ist das?«, fragte Samantha.

»Ein moduliertes Signal im irdischen Kraftfeld«, antwortete Rufus M.

»Ursprung?«

»Unbekannt.«

Samantha hörte es erneut: ein Geräusch wie von prasselndem Regen durch eine dicke Schicht Watte und darin ein rhythmisches Knacken. Wenige Sekunden später folgte ein leises Klimpern.

»Was war das?«

Rufus M wirkte mit einem Mal aufgeregt. »Jemand oder etwas auf dem Planeten hat auf das Signal reagiert und geantwortet.« Seine Finger flogen durch die virtuellen Kontrollen. Daten scrollten durch Anzeigefelder, bunte Symbole tanzten in grafischen Darstellungen.

»Kannst du feststellen, woher genau das Antwortsignal kommt?«, fragte Samantha hastig.

»Ich versuche es.«

Samantha blickte durchs Bugfenster und bemerkte ein Aufblitzen über der dunklen Erde. Sie schätzte die Entfernung auf einige Hundert Kilometer.

»Da ist es«, sagte Rufus M.

»Das Spike?«

»Mit den Datenbanken der *Eklipse* könnte ich die energetische Signatur identifizieren.« Wieder bewegten sich seine langen Finger, jeder einzelne von ihnen wie mit einem eigenen Willen. »Der Kurs stimmt. Das Objekt kommt von oberhalb der Ekliptik, wie wir, mit einer geringen Abweichung, achtundzwanzig statt dreißig Grad. Ich bin sicher, es ist der Kokon des Spikes. Die Wahrscheinlichkeit dafür beträgt ... achtundachtzig Prozent.«

»Habt ihr das gesehen?«, tönte Kralles Stimme aus dem Kommunikationssystem.

»Wir ändern den Kurs«, sagte Samantha und streckte die Hände nach den Navigationskontrollen aus.

»Nein«, widersprach Rufus M. »Unsere Flugbahn bringt uns zu einem Fenster in der zweiten Demarkationslinie über dem zentralasiatischen Festland. Nur dort sind die zu erwartenden Resonanzen mit unseren Gravitationsmotoren so gering, dass sie keine unmittelbare Gefahr darstellen.«

Samantha zog die Hände zurück. »Kralle, Lorenti, achtet darauf, dass der Gravitationsanker bei euch stabil bleibt. Wir dürfen nicht voneinander getrennt werden.«

»Habt ihr euch die Erde angesehen?«, brummte Lorenti. »Habt ihr einen Blick auf ihre Oberfläche geworfen?«

»Haben wir, Lorenti. Aber eins nach dem anderen. Behalten wir das Spike im Auge. Programmiert die Sensoren, sammelt Daten. Lasst uns den Kurs des Kokons verfolgen und feststellen, wo er landet. Sobald wir durch das Energiefeld sind, das die Erde umgibt, nehmen wir Kurs auf das Spike.«

»Du hast den Kernbrecher, Sam«, knurrte Lorenti. »Es genügt, wenn *ihr* Kurs auf das Spike nehmt.«

»Danke für deine Hilfe«, entgegnete Samantha sarkastisch. »Ich wusste, dass ich auf dich zählen kann.« Dann sagte sie im Befehlston: »Die Navigationskontrolle bleibt bei uns. Synchroner Flug, verstanden?«

»Verstanden«, bestätigte Kralle.

Lorenti schwieg.

»Der Transitpunkt liegt direkt voraus«, sagte Rufus M. Die Anzeigen wiesen darauf hin, dass die Öffnung einen Durchmesser von zweihundert Kilometern hatte. »Ich bringe uns näher zusammen.«

Er betätigte die Navigationskontrollen, und der Abstand zwischen den Rettungsbooten schrumpfte.

»Gravitationsanker stabil«, sagte Rufus M. »Flugbahn korrekt.«

»Wo ist das Spike? Ich sehe es nicht mehr.«

»Dort.« Die Sensoren zeigten es als winzigen blinkenden Punkt über dem dunklen Planeten. »Analysiere den Kurs.« Nach einer kurzen Pause fügte Rufus M hinzu: »Wahrscheinliches Ziel: Südchinesisches Meer, etwa achtzig Kilometer südöstlich der Paracel-Inseln.«

Das Rettungsboot begann zu zittern. Samanthas Hände

schlossen sich fest um die Armlehnen des Sitzes, als die Vibrationen stärker wurden.

Rufus M blieb ruhig. »Dieses Energiefeld ist … interessant«, sagte er. »Die Demarkationslinie direkt vor uns ist zwar schwächer als in den anderen Bereichen, hat aber trotzdem eine deutliche energetische Signatur. Es könnte sich um einen Phasenübergang handeln.«

»Rufus, das Spike!«

»Ich habe es nicht vergessen, Sam. Bei ihm müssen die Vibrationen wesentlich heftiger sein.«

»Könnten sie den Kokon zerreißen?« Für einen Moment wagte Samantha zu hoffen. »Und auch das Spike selbst? Ist das Energiefeld stark genug?«

»Das bezweifle ich. Ich habe euch erklärt, wie widerstandsfähig ein Spike ist. Es …«

Ein Donnern tönte durch das Rettungsboot, viel lauter als das Brummen des Gravitationsmotors, wie von einer nahen Explosion, und Samantha konnte plötzlich nicht mehr atmen; etwas schnürte ihr die Luft ab.

»Mit diesen Komplikationen war nicht zu rechnen.« Rufus M sprach noch immer erstaunlich gelassen. »Ich muss die Gravitationsmotoren der Rettungsboote anpassen.«

»Bitte … beeil … dich«, ächzte Samantha. Sie konnte die Datenfelder und Anzeigen nicht mehr erkennen, weil sich ihr ein dunkler Schleier vor die Augen legte. Hinzu kam eine sonderbare Stille, die sich auf sie herabsenkte und für einige Sekunden alle Geräusche von ihr fernhielt.

Als sich der finstere Nebel auflöste und sie wieder Luft bekam, leuchteten nur noch wenige Datenfelder über den Kontrollen. Neben ihr hing Rufus M reglos im Sicherheitsharnisch des Pilotensitzes, sein Gesicht blutüberströmt. Er lebte noch, wie Samantha rasch feststellte, war aber bewusstlos – ein umherfliegender Gegenstand schien ihn an der Seite des Kopfes getroffen zu haben.

»Lorenti, Kralle, hört ihr mich?« Samantha versuchte, eine Verbindung mit den beiden anderen Rettungsbooten herzustellen, während ihre Finger über Schaltflächen tasteten und die virtuellen Navigationskontrollen reaktivierten. Ein Symbol rückte in den Vordergrund und wies darauf hin, dass der Gravanker zwischen den drei Rettungsbooten nicht mehr existierte.

»Lorenti, dieser Idiot!« Kralles Stimme drang aus dem Lautsprecher, von einem seltsamen Jaulen und Quietschen fast zur Unkenntlichkeit verzerrt. »Er hat den Gravitationsanker gelöst und macht sich auf und davon. Ich folge ihm.«

»Nein, Kralle. Lass ihn. Wir verfolgen das Spike.« Keine Antwort. »Kralle?«

Es war nur noch ein Rauschen zu hören.

»Hörst du mich, Kralle?«

Eine braungelbe Landmasse erschien im Anzeigefeld des Orientierungsbereichs. Hier und dort sah Samantha weiße und ockerfarbene Bereiche, vielleicht Schnee tragende Berge und Wüsten.

Sie streckte die Hände nach den Navigationskontrollen aus und wollte das Rettungsboot nach Südosten steuern, zum vermuteten Landeplatz des Spikes. Doch der Kurs änderte sich nicht. Ein neuerlicher Blick ins große Anzeigefeld teilte ihr mit, dass einer der weißen Streifen – ein Gebirge mit schneebedeckten Gipfeln – näher kam.

»Wir sind zu schnell«, murmelte sie. »Viel zu schnell.« Sie schaltete den Gravitationsmotor auf maximale Leistung, aber das Ergebnis bestand aus einem stotternden Brummen und einer taumelnden Bewegung, verursacht von ungleichmäßigem Schub.

Im Orientierungsbereich glitt die Bergkette nach rechts, und eine Stadt erschien, nicht tot und dunkel, sondern mit einer Handvoll Lichtern. Samantha glaubte, einen hellen zentralen Platz auszumachen, von einem runden rosaroten Gebilde dominiert.

Zweitausend Meter Höhe. Nur noch wenige Sekunden.

Samantha aktivierte den Sicherheitsharnisch ihres Sitzes, schnappte nach Luft – das Atmen fiel ihr noch immer schwer – und hoffte, dass das Rettungsboot bei der harten Landung intakt blieb.

Licht und Schmerz

21 Rebecca

»Heute Abend«, sagte der Mann hinter dem großen, wuchtigen Tisch aus dunkelrotem Holz. »Schneller geht's nicht, junge Dame. Nicht einmal dann, wenn du den dreifachen Preis bezahlst. Andere waren vor dir da, andere kommen vor dir dran.«

Der Mann – »O. Kanther« stand auf seinem silbernen Namensschild – trug die jadegrüne Uniform der Transportgesellschaft von Aragon und verkaufte Transitkarten für den großen Bogen von Smirga im Zentrum der Stadt. Er war nicht unfreundlich, eher gleichgültig, und sein Blick galt bereits den Leuten hinter Rebecca.

»Zwei Karten«, sagte sie. »Für mich und meinen kleinen Bruder.« Sie deutete auf Jasil und legte mehrere Münzen auf den Tisch.

Eine flinke Hand sammelte die Metallscheiben ein und reichte Rebecca zwei gelbe Plaststreifen. »Der Nächste.«

Hitze erwartete sie, als sie nach draußen traten. Rebecca nahm Jasils Hand und wich mit ihm in den Schatten einer Kolonnade zurück. Vor ihnen lag der zentrale Platz von Smirga im heißen Sonnenschein, mit dem großen Bogen, der hinter den Pavillons der Transportgesellschaft fünfzehn Meter weit aufragte und funkelte, als bestünde er aus Rosenquarz. Hundert oder mehr Reisende standen vor ihm im Wartebereich, und einer nach dem anderen trat in den grauen Nebel im Innern des Bogens und verschwand.

»Sie sehen alle anders aus, hast du das gewusst?« Rebecca steckte die Plaststreifen ein. »Jeder Bogen, ob klein oder groß, hat eine andere Farbe und eigene Muster aus Kerben und Symbolen.«

»Und du kannst sie alle lesen, die Muster?« Jasil stand müde da, die Farben des zu großen Hemds verblasst, die ebenfalls zu große braune Jacke mit den Ärmeln um die Taille geschlungen. Er war schmutzig. Sie waren beide schmutzig.

»Ja«, sagte Rebecca. »Ich kann sie alle lesen.«

»Weil du mit den Steinen sprichst?«

Rebecca sah sich um. Die Kolonnade, die schattigen Teile des Platzes und der Wartebereich vor dem Bogen waren voller Menschen, die sich laut unterhielten. Einzelne Worte verloren sich in dem Stimmengewirr, doch Rebecca wusste aus Erfahrung, dass es überall Spione gab, die beobachteten und genau hinhörten.

Sie wich noch etwas weiter mit Jasil zurück und beugte sich zu ihm. »Es ist unser Geheimnis. Sprich nicht darüber. Niemand sonst soll davon erfahren.«

Er sah mit großen Augen zu ihr hoch. »Wegen der bösen Männer?«

»Ja.«

»Sind sie auch hier?« Jasil blickte an ihr vorbei zum Platz.

»Davon sollten wir besser ausgehen. Wir müssen immer auf der Hut sein. Also ...« Rebecca legte sich den Zeigefinger vor den Mund. »Über Geheimnisse sprechen wir nur, wenn niemand zuhören kann, klar?«

Der Junge nickte.

»Wir sind erst heute Abend dran«, fuhr Rebecca fort. »Wie sollen wir den Tag verbringen, was schlägst du vor?«

Jasil gähnte.

»Ich verstehe.« Sie rückte ihren Rucksack zurecht, der ziemlich schwer geworden war. »Ich bin ebenfalls müde. Vielleicht gibt es in dieser Stadt ein öffentliches Bad. Wir waschen uns und schlafen in einem sicheren Quartier, wie klingt das?«

»Der große Bogen dort ... Gibt es in ihm ebenfalls Schlangen mit roten Augen?«

»Sie können dir nichts anhaben, wenn wir zusammenbleiben«, sagte Rebecca. »Komm, machen wir uns auf die Suche nach Wasser und Seife.«

Sie mieden den Basar, dem die Straßen auf der westlichen Seite des Platzes mit dem Bogen vorbehalten waren, denn dort gab es zu viele Gelegenheiten, das wenige Geld auszugeben, das Rebecca noch hatte. Sie wanderten durch Gassen, und Schilder wiesen ihnen den Weg. Ihre Schrift schien hauptsächlich aus Schnörkeln und Kringeln zu bestehen, die jedoch in Bewegung gerieten, sich neu anordneten und einen Sinn ergaben, wenn Rebecca sie etwas länger betrachtete.

Sie fanden das Badehaus am Rand von Smirga, an einem der Zwei Grünen Flüsse. Daneben erstreckte sich ein kleiner Park mit Schatten spendenden Steineichen und einem Teich, in dem große bunte Fische schwammen und dessen Wasser aus dem nahen Fluss stammte, wie auch das im Badehaus. Der Badewart, ein Mann mit krausem Haar und dichtem Bart, musterte sie skeptisch, als sie Handtücher verlangten, doch die beiden kleinen Münzen, die Rebecca auf den Tresen legte, vertrieben seine Zweifel. Eine von ihnen trug einen Überzug aus Silber.

»Dafür gebe ich euch ... das blaue Becken.« Er wies in die entsprechende Richtung. »Dort hinten.«

Es war noch früh, nur wenige Gäste befanden sich im Badehaus. Rebecca verstaute ihren Rucksack in einem Sicherheitsfach und zog sich am Rand des blauen Beckens aus. Jasil legte seine staubige, fleckige Kleidung ebenfalls ab, und darunter kam eine dürre Gestalt zum Vorschein, die nur aus Haut und Knochen zu bestehen schien. Er beäugte Rebecca neugierig.

»Was guckst du?«, fragte sie. »Mädchen sind anders beschaffen als Jungen.«

»Ich weiß«, erwiderte Jasil. »Aber ...«

»Oh, du meinst das hier?« Rebecca deutete auf die Narbe unter ihren Brüsten. Sie hatte auch welche an den Seiten, an den Oberschenkeln und auf dem Rücken.

Über die Treppe trat sie ins Becken und sank bis zum Hals ins trübe, warme Wasser.

»Was ist passiert?«, fragte Jasil und folgte ihr. Die Kleidungsstücke blieben auf der Sitzbank am Rand des Beckens liegen. Niemand würde sie stehlen.

»Es ist eine lange Geschichte«, antwortete Rebecca, die sich nicht erinnern wollte. Sie erreichte einen der Sitze im Wasser, nahm einen halbwegs sauberen Lappen und begann damit, sich abzureiben.

»Erzählst du sie mir?«, fragte Jasil.

Rebecca schloss kurz die Augen und sah ihn vor sich: Dusan,

Marcus' Sohn, nur wenige Jahre älter als sie. Ein junger Mann, der Messer und heiße Lampen geliebt hatte, heiß genug, um zu verbrennen.

»Nicht jetzt«, sagte sie. »Irgendwann einmal. Wenn wir Zeit genug haben.«

»Wenn wir in Sicherheit sind?«

»Ja.«

Jasil kam näher. Mit dem nassen Lappen strich ihm Rebecca den Schmutz von Stirn und Wangen.

»Sind die Narben der Grund, warum du auf der Flucht bist?«

Sie musterte ihn überrascht. »Wie alt bist du, Jasil?«

»Ich bin sieben.«

»Und du bist klug für dein Alter.«

Ein dicker Mann betrat den Raum mit dem blauen Becken, das Gesicht fleischig und rund, der Bauch wie aufgebläht. Er grinste, als er Rebecca und Jasil sah, legte seine Kleidung ab und trat ins Becken.

»Genug damit, kleiner Bruder«, flüsterte Rebecca. »Waschen wir uns, schnell. Bevor ich dem Burschen dort zeigen muss, dass zu viel Interesse an mir für ihn nicht gut ist.«

Rebecca wollte sich nicht erinnern, aber der Schlaf fragte sie **22** nicht um Erlaubnis und brachte ihr Bilder aus der Vergangenheit: Dusans Messer und die kleine, heiße Lampe. »Licht und Schmerz liegen dicht beieinander«, hatte er oft gesagt. Er war immer wieder zu ihr gekommen, nicht nur in Aragon, sondern auch in den Handelsniederlassungen und Zweigstellen weiter im Norden und im Osten, die sie bei Reisen durch die Bögen und einmal sogar mit einer Flugmaschine erreicht hatten. »Wenn du meinem Vater etwas sagst, bist du tot«, hatte er gedroht und ihr das Licht gezeigt und auch den Schmerz, wenn sie ihm nicht gehorcht hatte.

Als sie schließlich erwachte, verschwitzt in der brütenden Hitze unter dem Dach der Herberge, war sie froh, dem Schlaf und seinen Bildern entkommen zu sein.

Sie sah Jasil am Fenster stehen.

»Warum schläfst du nicht?«

»Es ist zu heiß«, sagte er. »Und du hast gestöhnt.«

Rebecca setzte sich auf und rückte in ihrem Kopf alles an den richtigen Platz.

Jasil drehte sich um. »Wer ist Dusan?«

Rebecca atmete tief durch. »Ein Mann, dem es Spaß gemacht hat, mir Schmerzen zuzufügen. Solche Menschen gibt es leider.«

»Einer der bösen Männer?«

»Ja, aber er lebt nicht mehr. Wie spät ist es?« Sie schwang die Beine über den Rand des Bettes und langte nach ihren Sachen.

»Nachmittag. Man kann den Bogen von hier aus sehen.« Jasil deutete aus dem Fenster.

Rebecca ging zu ihm und blickte über die Dächer von Smirga zum Platz in der Mitte der Stadt. Der Bogen glitzerte in einem blassen Rosa, und der Schatten, den er auf den Platz warf, war lang geworden.

Sie hob den Blick zum wolkenlosen Himmel. In halber Höhe zeigte sich, blass von Dunst, die Mondsichel. Weiter oben erstreckte sich nur das Blau des Firmaments, ohne den kleinsten Wolkenschleier.

Es kribbelte plötzlich in Rebeccas Nacken.

»Gehen wir«, sagte sie, von Unruhe erfasst. »Gehen wir.«

»Was ist?«

»Nichts.« Rebecca rang sich ein Lächeln ab. »Hier oben unter dem Dach ist es mir zu heiß.«

Je tiefer die Sonne sank, desto mehr breiteten sich Schatten in der Stadt aus, und sie holten mehr Menschen auf die Straßen. Manche von ihnen, die Reichen und Mächtigen – unter ihnen Männer und Frauen in der grünen Uniform der Transportgesellschaft –, benutzten Technik von der anderen Seite oder gar Artefakte. Schwebewagen glitten einen Meter über dem Boden dahin, und die Leute beeilten sich, ihnen Platz zu machen.

Eine große Flugmaschine, winklig wie ein Bumerang, verdunkelte für einen Moment das Licht der Sonne, und ihr tiefes Brummen verursachte eine Vibration, die Rebecca von den Fußsohlen bis zu den Ohren fühlte. Von den beiden hohen Türmen der Stadt lösten sich Kugeln, bunt schillernd wie Seifenblasen, die sich drehten und dabei den Sonnenschein einfingen.

Jasil staunte mit großen Augen und offenem Mund.

»Im Innern der Blasen ist man vor allem geschützt«, erklärte Rebecca. »Nicht nur vor Schlägen und Messern, sondern auch vor den Kugeln von Schusswaffen und selbst vor den Blastern der anderen Seite. Das bunte Schimmern stammt von einem Kraftfeld, das die Personen im Innern umgibt.«

Rebecca beobachtete die Kugeln. Die Gestalten darin schienen Soldaten zu sein, mit Gürtelhalftern, Helmen und Kommunikationsvisieren vor den Gesichtern, die ihnen viel mehr zeigten, als man mit gewöhnlichen Augen sehen konnte.

Aus dem Kribbeln in Rebeccas Nacken wurde ein fast schmerzhaftes Stechen. Sie ergriff Jasils Hand und zog ihn durchs Gedränge.

In einer Gasse, über der sich die Hausdächer trafen, drückte sie sich an die Wand und schnappte nach Luft.

»Was ist?«, fragte Jasil wie schon in ihrem Dachbodenquartier. »Was ist?«

Rebecca massierte sich den Nacken. »Wir müssen vorsichtig sein«, sagte sie. »Vielleicht sucht man uns in der Stadt.«

»Hier? Aber wir sind doch weit, weit weg, nicht wahr?«

»Entfernungen spielen kaum eine Rolle. Die bösen Männer sind überall. Oder fast überall.«

»Der große Bogen ... Du hast gesagt, dass er unsere Spuren verwischen würde. Er bringt uns in Sicherheit, hast du gesagt.« Jasils Worte klangen nicht vorwurfsvoll, sondern besorgt.

»Manche Orte sind sicherer als andere, das ist und bleibt wahr.« Das Stechen im Nacken hatte nachgelassen, und Rebecca fragte sich, ob es wirklich den Soldaten in den Kugeln gegolten hatte. »Der große Bogen ist ein Knotenpunkt mit vielen möglichen Verbindungen. Weißt du, durch die kleinen Bögen erreicht man nur eine bestimmte Anzahl von Zielen. Bögen wie der hier in Smirga bieten eine viel größere Auswahl: Hunderte, Tausende von Zielen. Deshalb werden die Verfolger hier unsere Spur verlieren, weil sie nicht wissen, wohin wir gereist sind, denn die Auswahl ist zu groß. Und weil ich dem Kartenverkäufer ein falsches Ziel genannt habe: Río Gallegos in Patagonien. Dort bin ich schon einmal gewesen. Ich hoffe, dass sich Marcus davon täuschen lässt.«

»Marcus?«

»So heißt der Anführer der bösen Männer«, sagte Rebecca. »Wenn wir im Bogen sind, wähle ich ein anderes Ziel. Das kann ich, weil ...« Sie zögerte und sah sich um.

»Weil du mit Steinen sprechen kannst?«

»Ja. Während Marcus und seine Leute ganz woanders nach uns suchen, verstecken wir uns an einem sicheren Ort.«

Jasils Blick forschte in Rebeccas Gesicht. »Aber er ist nicht sicher für immer, oder?«

Da war er wieder, der nagende Zweifel, ob sie richtig handelte. Seit Jahren hatte sie nicht mehr so viel gesprochen wie in den letzten Tagen, seit sie Jasil begegnet war. Es tat gut, jemanden zu haben, mit dem man reden konnte, und sein Blick, der bei ihr nach Trost und Hilfe suchte, berührte etwas in ihr, das sie nicht benennen konnte. Aber er war auch wie ein zusätzliches Gewicht, das sie auf Schritt und Tritt mit sich trug und sie langsamer machte.

Dieser Gedanke ging ihr nicht zum ersten Mal durch den Kopf. Es war sentimental und unvernünftig, sich mit dem Jungen zu belasten. Es war schon schwer genug, allein zurechtzukommen. Doch sie brachte es einfach nicht fertig, ihn zurückzulassen. Vielleicht lag es daran, dass in ihm die Fähigkeit schlummerte, mit den Steinen zu sprechen; es machte ihn zu einem Bruder im Geiste.

»Man darf sich nichts vormachen«, sagte Rebecca. »Sicherheit für immer gibt es nicht. Aber vielleicht können wir lange genug sicher sein, um etwas Ruhe und Frieden zu finden.«

»Dann kannst du mir das Lesen beibringen.«

»Ja. Aber vorher gilt es, gut aufzupassen und sich nicht erwischen zu lassen.«

Die Unruhe steckte noch immer in ihr und trieb sie zur Eile, obwohl es nicht an Zeit mangelte. Sie entschied sich diesmal gegen den weiten Weg um den Basar herum, tauchte stattdessen ein in das Gewühl aus Menschen in den lebhaftesten und lautesten Straßen der Stadt.

»Bleib immer bei mir«, wandte sie sich an Jasil. »Weich nicht von meiner Seite, hörst du? In diesem Durcheinander können wir uns schnell verlieren.«

An einem Stand kaufte sie Früchte und haltbaren Proviant: Pulvertüten, deren Inhalt mit Wasser einen nahrhaften Brei ergab. Einige Dutzend Meter weiter, zwischen Buden mit bunten Tüchern, gebrauchter Kleidung und glänzenden Kupfertöpfen, blieb Rebecca vor den mit Schlössern gesicherten Vitrinen eines Waffenschmieds stehen, betrachtete die Pistolen und Revolver unter dem dicken Glas und fragte sich nicht zum ersten Mal, ob sie eine Waffe kaufen sollte. Sie hatte einmal geschossen und wusste, wie einfach es war, jemanden zu töten. Wenn man eine Waffe besaß, machte man irgendwann Gebrauch von ihr, und Rebecca wollte nicht töten, sie wollte leben. Andererseits konnte eine Pistole oder ein Revolver recht nützlich sein, wenn man in die Enge getrieben wurde. Eine Schusswaffe war bei Weitem abschreckender als ein Mädchen mit bloßen Fäusten.

Der Ladeninhaber, vielleicht der Waffenschmied selbst, saß im Schatten hinter der offenen Tür, musterte sie aufmerksam und schüttelte andeutungsweise den Kopf. Ich verkaufe nicht an Kinder, lautete seine unausgesprochene Botschaft. Bestimmt hätte er seine Meinung geändert, hätte Rebecca ihm eine Goldmünze auf den Tresen gelegt.

»Kannst du schießen?«, fragte Jasil. »Mein Vater konnte es.«

»Schießen ist leicht«, murmelte Rebecca, als sie den Weg fortsetzten. »Man braucht nur abzudrücken, und man trifft, wenn man das Ziel wirklich treffen will. Schwierig ist es nur, wenn man ein Gewissen hat.«

Zehn Minuten später stießen sie auf die größte Versuchung, die der Basar von Smirga für Rebecca zu bieten hatte: eine Buchhandlung.

Sie überlegte gar nicht, ob sie eintreten sollte – schon im nächsten Moment befand sie sich im Buchladen.

»Sieh dir das an«, flüsterte sie. »Sieh dir das an, Jasil.«

»Bücher. Das sind mehr als hundert, bestimmt.«

»Es sind mehr als fünftausend, junger Mann«, erklang eine freundliche Stimme.

Rebecca drehte sich um und sah eine alte Frau mit ergrautem

Haar und einem Gesicht wie eine Faltenlandschaft. Ein Auge war trüb, das andere nussbraun und lebhaft.

»Ich bin Glukka«, stellte sich die alte Buchhändlerin vor. »Interessiert ihr euch für Bücher?«

»Ja.« Rebeccas Blick glitt über die Regale. »Ja.«

Die Alte lächelte. »Oh, eine Leseratte!«, sagte sie zufrieden. »Eine wahre Leseratte. Ich erkenne eine, wenn ich sie sehe, obwohl mir nur noch ein gutes Auge geblieben ist.« Sie vollführte eine einladende Geste. »Schau dich um, junge Dame. Lass dir Zeit. Und was ist mit dir, junger Mann?«

»Ich kann nicht lesen«, erwiderte Jasil kleinlaut. »Aber Rebecca ... meine Schwester wird es mir beibringen.«

Glukka nickte nachdenklich. »Die Welt der Bücher heißt euch willkommen. Ihr findet mich dort drüben am Tisch, wenn ihr mich braucht.«

Rebecca und Jasil gingen langsam an den Regalen entlang.

»Tut mir leid«, flüsterte der Junge. »Ich wollte deinen Namen nicht nennen.«

»Was? Oh, schon gut.« Rebecca las Titel und Autorennamen auf den Buchrücken, nahm den einen oder anderen Band heraus, blätterte darin, und ihre Augen fraßen die Buchstaben auf den Seiten. Alles andere rückte in den Hintergrund, und sie vergaß die Zeit – bis Jasil schließlich an ihrem Arm zog.

»Rebecca«, flüsterte er. »Rebecca!«

»Was? Was?«

Sie sah auf. Lampenschein fiel durch die Fensterfront des Ladens. Kleine elektrische Lichter leuchteten an der Decke. Sie bemerkte erst jetzt, dass sie sich irgendwann an einen Tisch gesetzt hatte.

Rebecca sprang auf. »Wie spät ist es?«

Glukka kam mit einem freundlichen Lächeln. »Du hast zwei Stunden lang gelesen. Ich fürchte, dein kleiner Bruder hat sich ein bisschen gelangweilt, trotz der Bilderbücher, die ich ihm gezeigt habe.«

»Zwei Stunden!« Rebecca zögerte kurz und nahm drei der Bücher, in denen sie geblättert und gelesen hatte. Sie hätte gern zehn oder mehr gekauft, aber so viele passten nicht in den Rucksack, und außerdem durfte sie nicht zu viel Geld ausgeben.

Glukka nahm die Münzen entgegen und sagte ernst: »Hast du gewusst, dass die Transportgesellschaft eine junge Frau sucht? Gestern war jemand hier und hat sie beschrieben: mittelgroß, kurzes blondes Haar, blaugrüne Augen, helle Haut. Liest gern. Darauf hat der Mann gleich zweimal hingewiesen: dass die betreffende junge Frau gern liest.«

Rebecca hörte wortlos zu.

»Ich soll der Transportgesellschaft sofort Bescheid geben, wenn eine solche Kundin in meinem Laden erscheint.«

»Und?«, fragte Rebecca. »Haben Sie die junge Frau gesehen?«

Draußen auf der Straße schepperte etwas, gefolgt von Gelächter und einem Fluch. Im Buchladen herrschte die Stille von Geschichten, die gelesen werden wollten.

»Nein«, sagte Glukka nach einigen Sekunden und zeigte erneut ihr schnelles, offenes Lächeln. »Nein, ich habe sie nicht gesehen. Ich habe dir nur für den Fall davon erzählt, dass du ihr begegnest. Immerhin liest du ebenfalls gern.«

Rebecca steckte die drei Bücher in ihren Rucksack. »Danke.«

Mit Jasil an ihrer Seite eilte sie nach draußen.

Die Mondsichel leuchtete am dunklen Himmel, umgeben von **23** Sternen. Rebecca ließ Jasils Hand nicht los, während sie sich einen Weg durch das Gedränge auf den Straßen bahnte. Beim zentralen Platz von Smirga schien das Durcheinander noch größer zu werden. Flüche markierten Rebeccas Weg, weil sie immer wieder vom Ellenbogen Gebrauch machte und Leuten, die nicht zur Seite weichen wollten, auf die Füße trat.

Der Bogen in der Mitte des Platzes erhob sich im weißen Licht elektrischer Lampen, und das Grau in seinem Innern wirkte heller, fast wie Perlmutt. An der Absperrung holte Rebecca die Plaststreifen hervor und zeigte sie dem Kontrolleur. Er schob sie in ein kleines, summendes Gerät und blickte aufs Display.

»Ihr seid spät dran«, sagte er streng.

»Wir wurden aufgehalten«, erwiderte Rebecca schnell. »Tut uns sehr leid.«

Der Kontrolleur gab ihr die Streifen zurück und winkte knapp. »Jetzt müsst ihr länger warten, mindestens zwei Stunden.«

Die Schlange vor dem Bogen war lang, noch länger als am Morgen, und sie begann in einem großen Wartebereich mit Dutzenden von Tischen und noch mehr Stühlen. Rebecca wählte einen Platz am Rand, so weit wie möglich von der nächsten Lampe entfernt. Den Rucksack behielt sie auf dem Rücken, auch wenn sie dadurch alles andere als bequem saß.

»Was ist mit dir?«, fragte Jasil.

»Nichts«, log Rebecca. Die Unruhe hatte sie erneut gepackt, stärker als zuvor. Irgendetwas würde geschehen, und zwar bald – darauf wies das Kribbeln in ihrem Nacken deutlich hin. Die drei Bücher im Rucksack wurden schwer. Wäre sie nicht so dumm gewesen, so viel Zeit in dem Buchladen zu verbringen, hätten sie längst durch den Bogen sein können.

Auf der gegenüberliegenden Seite des Wartebereichs, bei den Kontrolleuren, bemerkte sie einen Mann mit weit vorgewölbtem Bauch, über dem sich eine grüne Uniformjacke spannte.

Jasil sah ihn ebenfalls. »He, das ist der Mann aus dem Badehaus heute Morgen!«

»Nicht so laut.«

Der Mann schien besonders gute Ohren zu haben, oder vielleicht war es nur Zufall, dass er genau in diesem Moment in ihre Richtung blickte. Er stand im Licht einer der elektrischen Lampen, und Rebecca sah, wie Interesse in seinem runden, fleischigen Gesicht erschien. Er setzte sich in Bewegung, stapfte an den Tischen vorbei und kam näher. Grinsend blieb er vor ihnen stehen, die Hände an den Hüften, den Bauch noch ein wenig weiter nach vorn gestreckt.

»Zwei sehr junge Reisende«, sagte er mit tiefer Stimme. »Und ich glaube, wir sind uns schon einmal begegnet.«

»Heute Morgen im Badehaus«, erwiderte Rebecca. Es wäre dumm gewesen, das zu leugnen. Sie gab sich entspannt, obwohl sie am liebsten aufgesprungen und weggelaufen wäre. Kleine Nadeln schienen sich ihr in den Nacken zu bohren.

»O ja, zwei junge Reisende, die vor Antritt ihrer Reise sauber sein wollen.« Der dicke Mann von der Transportgesellschaft schnaufte. »Wohin geht's?«

»Nach Río Gallegos in Patagonien«, antwortete Rebecca scheinbar unbekümmert. »Zu unseren Eltern.«

Der Mann kniff ein wenig die Augen zusammen. »Bist du sicher, dass wir uns nicht schon früher einmal begegnet sind?«

»Ganz sicher.«

»Seltsam, irgendwie kommst du mir bekannt vor. Na schön, ich wünsche euch eine gute Reise.«

Der Dicke stapfte davon, warf aber noch einmal einen Blick über die Schulter.

»Er hat uns erkannt oder zumindest Verdacht geschöpft.« Rebecca sagte es mit einem Lächeln, um Beobachter zu täuschen. Aus dem Augenwinkel sah sie, wie der Dicke mit zwei anderen Männern von der Transportgesellschaft sprach und dabei erneut in ihre Richtung blickte.

Rebecca stand auf. »Komm, kleiner Bruder.«

»Sind die zwei Stunden schon um?«

»Nein, aber wir gehen trotzdem nach vorn.«

Sie gingen langsam, als wollten sie sich ein wenig die Beine vertreten, vorbei an den Tischen und Stühlen zur Warteschlange vor dem großen Bogen, der in der Nacht zu leuchten schien. Er nahm das Licht der elektrischen Lampen auf und machte daraus ein Glühen in seinem Innern, in seinem Rosenquarzherzen. Das Grau, das er umschloss, flimmerte und flackerte, als es einen Reisenden nach dem anderen verschluckte.

Rebecca nahm Jasils Hand und wanderte mit ihm an der Schlange der Wartenden entlang.

»He, wollt ihr euch vordrängeln?« Eine Frau in einem weiten bunten Gewand vertrat ihr den Weg.

Rebecca drehte nur ein wenig den Kopf, gerade genug, um zu erkennen, dass sich mehrere Gestalten in grünen Uniformen näherten. Zwei von ihnen waren bewaffnet.

»Wir möchten uns den Bogen nur aus der Nähe ansehen«, behauptete Rebecca. »Das ist alles.«

Sie duckte sich an der Frau vorbei und zog Jasil hinter sich her.

Zwei Dutzend Meter weiter vorn hinderte eine Absperrung die Reisenden daran, den Bogen direkt zu erreichen. Sie mussten durch eine Art Schleuse, wo Uniformierte ihre Plaststreifen kontrollierten.

»Kannst du gut springen?«, raunte Rebecca dem Jungen zu.

»Meinst du die Absperrung?«

»Ja.«

»Sie ist ziemlich hoch.«

Mehr als anderthalb Meter, schätzte Rebecca. Zu hoch für den Jungen. Hoch auch für sie, solange sie den Rucksack trug.

»Du springst, und ich gebe dir einen Stoß. Wir müssen an den Kontrolleuren vorbei, und zwar schnell.«

»Ihr beiden dort!«, ertönte eine laute Stimme hinter ihnen. »Bleibt stehen!«

Rebecca blieb nicht stehen, sie lief los, mit Jasil an ihrer Seite.

Sie war noch keine drei Meter weit gekommen, als es am dunklen Himmel über ihnen aufleuchtete.

In der Nähe des großen Bogens mit den Lampen waren nicht viele Sterne zu sehen, nur die hellsten von ihnen – elektrisches Licht überstrahlte die anderen. Dennoch bemerkten die meisten Wartenden das Aufblitzen, viele Blicke richteten sich nach oben.

Drei neue Sterne waren entstanden, heller als die übrigen. Für einige wenige Sekunden blieben sie beisammen, als wollten sie gemeinsam über den nächtlichen Himmel reisen, doch dann trennten sie sich und glitten immer weiter auseinander. Der eine zog nach Norden, der andere nach Westen, und beide verloren dabei an Leuchtkraft und verschwanden hinter den Dächern von Smirga. Der dritte neue Stern hingegen leuchtete immer heller und wurde größer, zu einer Scheibe, die einen Schweif hinter sich herzog, nicht für einen Moment wie bei einer Sternschnuppe, sondern mehrere Sekunden lang, bis er im Osten niederging, mit einem dumpfen Donnern, das weit über die Stadt hallte.

»Bei den Grabungen!«, rief jemand.

»Bei den Gruben und Stollen!«, fügte jemand anders hinzu.

Rebecca lief weiter, das Prickeln im Nacken intensiv wie selten zuvor, der flinke Jasil noch immer neben ihr. Die meisten Reisenden, Wartenden und Uniformierten der Transportgesellschaft waren abgelenkt. Ein günstiger Moment.

Aber nicht für eine Reise nach Patagonien oder zu einem anderen fernen Ort, wo sie hoffen durfte, einige Wochen oder Monate vor Marcus sicher zu sein.

Die Steine hatten nicht gelogen. Die plötzlich am Himmel erschienenen Lichter und das große Licht, das unweit der Stadt niedergegangen war ... Der Himmel hatte Besucher geschickt, Reisende von den Sternen.

Dicht vor der Absperrung, gerade als Jasil springen wollte, wandte sich Rebecca plötzlich nach links und zog den Jungen mit sich, vorbei an einigen letzten Tischen, einem laut brummenden Generator und einem Schwebewagen der Transportgesellschaft. Rebecca spielte kurz mit dem Gedanken, ihn zu stehlen, aber es hätte zu lange gedauert herauszufinden, wie seine Kontrollen funktionierten. Zusammen mit Jasil kehrte sie zurück in die Menschenmenge auf dem Platz, bahnte sich erneut einen Weg durch das Gedränge und erreichte schließlich eine Gasse, in der sie schneller vorankamen.

Bogen und Platz blieben hinter ihnen zurück, als sie durch die Dunkelheit jenseits des Scheins der elektrischen Lampen liefen.

»Ich dachte, ich dachte ...«, brachte Jasil atemlos hervor.

Rebecca lief langsamer.

»Der Bogen«, keuchte Jasil. »Wollten wir nicht durch den Bogen?«

Rebecca blickte kurz zurück. Niemand folgte ihnen.

»Ich hab's mir anders überlegt.« Rebecca orientierte sich und nahm die nächste schmale Straße nach rechts, nach Osten. »Hast du die Lichter am Himmel gesehen?«

»Die Sternschnuppen?«

»Es waren keine Sternschnuppen.« An der nächsten Straßenecke blieb Rebecca stehen und setzte den Rucksack ab, um ein wenig zu verschnaufen.

»Besucher von den Sternen sind gekommen«, sagte sie nach einigen tiefen Atemzügen. »Vielleicht können sie uns helfen.«

Sie schwang sich den Rucksack wieder auf den Rücken und wollte erneut Jasils Hand ergreifen, doch der Junge wich zurück.

»Wer sagt dir, dass sie uns helfen werden?«, fragte er. »Wer sagt dir, dass die Besucher von den Sternen Freunde sind?«

Ein sterbendes Schiff

24 **Grayland**

Die *Eklipse* starb.

Sie raste noch immer mit fast neunzig Prozent der Lichtgeschwindigkeit durchs interplanetare All, hatte die Erde inzwischen weit hinter sich gelassen und die Ausläufer des Kuipergürtels erreicht.

Der Navigationsschild war nicht stabil genug. Immer wieder durchschlugen Mikrometeoriten und größere Materieklumpen das Kraftfeld, das sich vor dem Bug des Schiffes wölbte, bohrten sich in Rumpf und Frachtsektionen und richteten schwere Schäden an. Für Grayland bedeutete es, dass er, bevor er sich um Kiss kümmern konnte, das Direkt aus dem Schlaf der Notabschaltung wecken und die Energieversorgung für die wichtigsten Bordsysteme wiederherstellen musste, damit das Schiff besser geschützt war.

Er kletterte in der Nähe des Hauptzylinders, tief im Zentrum der *Eklipse*, umgeben von den sechs anderen Zylinderelementen und begleitet von Ivory, dem Bot aus der wissenschaftlichen Abteilung, dessen Energiezellen ohne Aufladung oder Austausch noch für neunzig Tage reichten. In dieser Zeit, glaubte Grayland, würde sich alles entscheiden, wobei »alles« nicht nur Schiff und Erde betraf, sondern auch ihn, sein persönliches Überleben. Es war ein seltsamer Gedanke, der sich manchmal an ihn heranschlich, die Vorstellung des nahen Todes, doch erstaunlicherweise verband sich keine Furcht damit, nur das Bedauern, nicht mehr mit Kiss sprechen und bei ihr Frieden finden zu können. Darum war es ihm immer gegangen: um Frieden, nicht um Reichtum wie den anderen, unter ihnen auch Samantha. Um Frieden und die Schönheit von Rationalität und Weisheit, wie man sie in einem Intellekt fand.

In niedriger Schwerkraft hangelte sich Grayland durch die

Installationsgerüste des Hauptzylinders und leuchtete mit seiner Lampe. Ihr Licht strich durch einen Wald aus ruhenden energetischen Brücken und Verbindungsstegen zwischen Direkt und Triebwerk und erreichte weiter unten die nächste Inspektionsnische.

»Dort befindet sich das Installationsmodul Vier«, sagte Ivory mit fast monotoner Stimme. Ohne den Intellekt war seine Intelligenz beschränkt, denn er konnte derzeit nur auf die eigenen Datenbanken zugreifen. Aber er wusste zumindest, worauf es ankam, und Grayland brauchte seine Informationen – dies war Kralles Domäne, nicht seine.

Der elfenbeinfarbene Bot zog sich mit mehreren tentakelartigen Armen durch eine schmale Lücke zwischen den Komposit-Spindeln der Energieflussregler, und als Grayland ihm folgte, merkte er, dass seine Finger taub geworden waren. Die Kälte fraß sich langsam und beharrlich durch den Schutzanzug, den er trug.

Bei der Inspektionsnische angelangt, machte sich Ivory sofort daran, mehrere Wartungsfächer zu öffnen. Grayland nutzte die Gelegenheit, die Nische zu betreten und durch ihr Fenster einen Blick ins Direkt zu werfen. Von hier aus, unmittelbar über dem Energiekern, konnte man das Gespinst sehen, dem das Direkt seinen Namen verdankte: ein fünfzig Meter durchmessendes Knäuel aus ineinander verschlungenen hauchdünnen Fäden, von denen jeder eine direkte Verbindung von der derzeitigen Position der *Eklipse* zu anderen Orten im Universum darstellte. Er wusste, dass Kralle ihre Gedanken ins Direkt schicken konnte wie er die seinen in den Intellekt, und er fragte sich, wie sie das Gespinst sah, das für ihn nur ein wirres Durcheinander war. Es erstaunte ihn plötzlich, dass sie nie darüber gesprochen hatten. Fünfzig Jahre waren sie unterwegs gewesen, und doch wussten sie nur wenig voneinander.

Die Fäden lagen ruhig, bildeten reglose Schleifen und Knoten. Das würde sich ändern, wenn wieder Energie strömte, wenn das Herz der *Eklipse* wieder zu schlagen begann.

Ein Ächzen ging durchs Schiff, leise und schwach wie die Stimme eines Todkranken. Grayland lauschte besorgt.

»Strukturelle Instabilität in Frachtsektion Elf«, sagte Ivory.

»Ein weiterer Mikrometeorit.« Einige Sekunden verstrichen, und dann fügte der Bot hinzu: »Es ist alles vorbereitet.«

Grayland verließ die Inspektionsnische, löste das mobile Interface von seinem Werkzeuggürtel und wandte sich den offenen Fächern zu. Er verband das Interface mit dem Kontaktpunkt, schloss die Augen und empfing erste Daten.

Verglichen mit dem Intellekt der *Eklipse* waren diese Systeme einfach, und das Auffinden der Algorithmen, die es zu verändern galt, fiel ihm so leicht wie die Orientierung in einem Labyrinth, das er oft genug durchwandert hatte. Er passte die Algorithmen für den Reset des Direkts und das anschließende langsame Hochfahren den Erfordernissen einer improvisierten Initialzündung an. Die Arbeit nahm nur wenige Minuten in Anspruch, und als er fertig war, fühlte er die Kälte noch deutlicher als zuvor. Der Schutzanzug half kaum, trotz der Thermofunktion.

»Bist du mit einem Navigationsprogramm ausgestattet?«, fragte er den Bot, als sie sich auf den Rückweg machten.

»Ich bedauere«, sagte Ivory.

»Ich bin Intellektor, kein Pilot. Ich kann das Schiff nicht fliegen.«

»Kiss kann es fliegen.«

An einer Abzweigung im dunklen Korridor blieb Grayland stehen und überlegte kurz. »Ich gehe zum nächsten Interfacezimmer, Ivory. Du begibst dich in den Nukleus und bereitest die Initialzündung vor. Bist du sicher, dass die Energie des Navigationsschildes genügt?«

»Ja, vorausgesetzt natürlich, das Direkt ist intakt. Aber wenn uns ein Meteorit trifft, während das Schiff ungeschützt ist ...«

»Dieses Risiko müssen wir eingehen«, sagte Grayland und war froh, dass ihm Rufus M nicht die Wahrscheinlichkeit für ein Misslingen nennen konnte.

Er hatte Samantha und den anderen versprochen, Schiff und Fracht zu retten, und dieses Versprechen wollte er halten. Obwohl er, das musste er zugeben, mit dem Gedanken gespielt hatte, die *Eklipse* einfach weiterfliegen zu lassen, durch den interplanetaren und dann den interstellaren Raum. Die Vorstellung, ein einsamer Reisender zu sein, für immer allein, von allem getrennt und unberührt, ohne die Pflichten einer Mission, übte einen erheblichen Reiz auf ihn aus. Unbegrenzt Zeit zu haben für Gespräche mit Kiss und die eigenen Gedanken ... Eine große Verlockung.

Aber die Zeit war eben nicht unbegrenzt. Er konnte nicht überleben, wenn das Schiff starb, und das Ende der *Eklipse* bedeutete auch das Ende von Kiss – ein Gedanke, der ihn heftig schaudern ließ.

»Sobald genug Energie da ist, aktivierst du die Navigationsschilde wieder.«

»Ja, Grayland.«

»Wie lange wird das dauern?«

»Etwa zehn Minuten, wenn die Reaktivierung des Direkts ohne Komplikationen verläuft.«

»Wir bleiben mit den mobilen Kommunikatoren in Verbindung. An die Arbeit, Ivory.«

»Ja, Grayland.«

Als er sich wenig später auf der Interfaceliege ausstreckte und an die Systeme anschloss, knackte es im Lautsprecher des kleinen Komm-Geräts am Kragen des Schutzanzugs.

»Ich bin so weit, Grayland«, meldete Ivory.

»Also los.«

»Navigationsschilde aus. Initialzündung des Direkts erfolgt *jetzt*.«

Die Stille wich aus der *Eklipse*, als das dumpfe Grollen des Direkts zurückkehrte. Grayland lauschte ihm dankbar und erleichtert.

»Das Direkt ist intakt«, berichtete Ivory aus dem Nukleus der *Eklipse*. »Energetisches Niveau steigt wie vorgesehen.«

Grayland schloss die Augen. »Ich wecke Kiss«, sagte er. »Ich spreche mit ihr und bitte sie, uns zur Erde zurückzufliegen.«

Diesmal stand sie nicht in der Tür des kleinen Hauses auf dem **25** Felsplateau. Grayland stieg die Treppe von der kleinen Anlegestelle am Ufer des grünen Fjords hoch und folgte dem Verlauf des Weges, der sich am Hang hinaufwand. Es knirschte kein Eis unter seinen Füßen. Der Boden war weich, und als er das Haus erreichte, begann es zu regnen. Dicke Tropfen fielen aus einem grauen Himmel, und einer von ihnen klatschte ihm direkt auf die Stirn. Eine dünne Rauchfahne stieg aus dem Schornstein, gerade in der unbewegten Luft.

Drinnen brannte ein Feuer im Kamin. Kleine Flammen züngelten, und für einen Moment war Grayland versucht, sich von ihnen ablenken zu lassen, ihren gelben und orangefarbenen Tanz zu beobachten, wie damals, als er ein Kind gewesen war. Aber er dachte an die *Eklipse* und ihren unsicheren Flug – er durfte hier keine Zeit verlieren.

Einige schnelle Schritte führten ihn am Kamin vorbei und zu einer Tür, die es in seiner Kindheit nicht gegeben hatte. Dahinter erwartete ihn kein Saal mit bis zur hohen Decke reichenden Regalen, sondern ein langer Flur, rechts und links mit kleinen und großen Türen, einige von ihnen offen. Sie gewährten Zugang zu anderen Zimmern und Räumen, alle Teil des Intellekts, der das ganze Schiff umfasste, jedes noch so kleine System an Bord, jeden noch so winzigen Schaltkreis.

»Kiss?«, fragte Grayland und blickte durch die offenen Türen. »Wo bist du?«

Sie antwortete nicht. Besorgnis erfasste ihn. Die Notabschaltung hatte nicht nur das Direkt in den Schlaf geschickt, sondern auch den größten Teil des Intellekts der *Eklipse*. Aber er verschwand nie ganz; es blieb immer ein Rest seiner warmen Präsenz übrig, selbst in den Ruhephasen, wenn umfangreiche Wartungsarbeiten nötig waren.

Grayland schloss die Augen auch hier, in dieser virtuellen Welt, die Kiss für ihn geschaffen hatte, und schickte eine Suchanfrage ins kybernetische Interface-Semisubstrat. Die Antwort bestand aus einem leisen, wortlosen Flüstern. Kiss schlief nicht, begriff er. Sie war beschäftigt. Sie hatte sich zurückgezogen und die Restenergie für einen analytischen Streifzug durch die redundanten Archive genutzt. Dort befand sie sich noch immer, in dem Zusatzgedächtnis, das Grayland während einer Wache beim Flug zu den Siebzehn Kolonien eingerichtet hatte, vor etwa fünfunddreißig Jahren. Es war eine Spielerei gewesen, ein Zeitvertreib, eine winzige Erweiterung des Intellekts, die allein ihm zur Verfügung stand, geschaffen von seinen Algorithmen, die Daten aus dem Hauptgedächtnis sammelten, sortierten, korrelierten und dort ablegten, wo nur er Zugriff auf sie hatte. Und natürlich auch Kiss. Ein kleiner privater Ort, nur für sie beide.

Er öffnete die Augen wieder. Verschwunden war der Flur mit den Nebenzimmern, selbst das kleinste von ihnen größer als das Haus, in dem es sich befand. Warmer, trockener Wind wehte ihm entgegen, der Atem einer Wüste, die sich endlos vor ihm ausbreitete, eine Düne nach der anderen, wie die Wellen eines Ozeans aus Sand. Hinter ihm fiel das Gelände ab und ging in einen Felshang über. Unten, ein bunter Fleck auf grauem Gestein, stand das Haus seiner Kindheit, am Rand des smaragdgrünen Fjords.

Ein Schritt brachte Grayland in die Wüste, in das »unentdeckte Land«, wie er es ganz zu Anfang genannt hatte, vor fünfzig Jahren, als er Mitglied der ersten Crew der *Eklipse* geworden war und sich als verantwortlicher Intellektor mit der Künstlichen Intelligenz des Schiffes vertraut gemacht hatte. Auf der Karte von Kiss' Bewusstsein lag diese Wüste ganz am Rand. Sie war »terra incognita«, eine Region, die es noch zu erforschen galt. Cybernauten nannten solche Bereiche »Entwicklungszonen«, geschaffen von adaptivem Code, der Erweiterungen und Weiterentwicklungen ermöglichte. Wenn Intellekte eine Seele hatten, dachte Grayland manchmal, so befand sie sich vielleicht hier, irgendwo verborgen zwischen all den Dünen, möglicherweise im virtuellen, symbolischen Grün einer fernen Oase.

Einige Dutzend Meter vor ihm flatterten Zeltplanen im Wind, und in ihrem Schatten saß eine Gestalt auf einem einfachen Stuhl mit gerader, hoher Rückenlehne. Grayland trat durch den Sand, der unter ihm nachgab, wodurch jeder Schritt Kraft erforderte, wie das Waten durch Schlamm. Der warme Wind wurde heiß, und ihm fiel das Atmen schwer. Er war froh, als er den Schatten des Zelts erreichte.

»Kiss?«

Sie saß reglos da, in ihr grünes Gewand gehüllt, den Blick auf die Dünen gerichtet.

»Wir brauchen dich, Kiss«, sagte Grayland. Dann fiel ihm ein, dass er allein an Bord war, allein mit einigen wenigen Bots, und er fügte hinzu: »Ich brauche dich. Ich bin kein Pilot, Kiss, ich kann die *Eklipse* nicht fliegen. Wir entfernen uns von der Erde, mit immer noch neunzig Prozent der Lichtgeschwindigkeit, und werden das Sonnensystem verlassen, doch wir müssen zurück, die anderen sind auf der Erde, sie verfolgen das Spike und versuchen, eine globale Infektion zu verhindern...« Er sprach und sprach, weil er, aus welchem Grund auch immer, plötzlich die Stille fürchtete, die ihn im Zelt empfangen hatte. »Wir müssen abbremsen und wenden, aber vorsichtig, damit wir nicht von den Trümmern der Frachtbehälter zerschmettert werden, die einen Schweif hinter uns bilden. Kiss? Bitte sag etwas, Kiss.«

Er trat vor die sitzende Frau. Sie schien älter geworden zu sein. Dünne Falten zeigten sich dort, wo zuvor glatte Haut gewesen war. Ihr Blick reichte in die Ferne.

»Etwas stimmt nicht mit mir, Grayland.«

»Kralle musste eine Notabschaltung vornehmen«, sagte Grayland. »Davon warst auch du betroffen. Das Direkt fährt gerade hoch; bald haben wir wieder genug Energie.«

»Das meine ich nicht. Erinnerst du dich, dass ich kurz nach dem Überfliegen der ›Demarkationslinie‹, wie Rufus M sie nannte, auf eine Fehlfunktion hingewiesen habe, die meinen Diagnoseprogrammen zunächst verborgen blieb?«

»Ich habe Analyseprogramme durch deine Speicher und Elaboratoren geschickt«, sagte Grayland, erleichtert darüber, dass Kiss ihr Schweigen beendet hatte. »Außerdem habe ich mich selbst in deinen Substraten umgesehen und einige veränderte Speicherzellen gefunden. Jemand hat dein Gedächtnis manipuliert, vermutlich das vom Spike infizierte Besatzungsmitglied.«

Kiss saß völlig reglos da. Sie blinzelte nicht, sie atmete nicht einmal. Dass sie ihren menschlichen Avatar vernachlässigte, konnte nur bedeuten, dass andere, wichtigere Dinge ihre ganze Aufmerksamkeit beanspruchten.

»Man wollte, dass du vergisst, was an Bord geschehen ist«, sagte Grayland.

»Ich sollte vergessen, sagst du«, erwiderte Kiss, den Blick noch immer auf die Dünen gerichtet. »Du hast recht, Grayland, es gibt Lücken in meinem Gedächtnis, und es steckt Absicht dahinter. Aber ich erinnere mich auch an etwas, an das ich mich nicht erinnern sollte. Es sind Fragmente, Erinnerungssplitter, die nicht existieren dürften.«

»Wie meinst du das?«

»Mir ist, als hätten wir diese Reise schon einmal unternommen, als wäre dies alles schon einmal geschehen.«

»Déjà-vu?«

»Déjà-vu-Erlebnisse gehen auf kurzzeitige Funktionsstörungen im menschlichen Gehirn zurück«, sagte Kiss. »Sie vermitteln dem Betroffenen das falsche Gefühl, etwas schon einmal erlebt zu haben.«

»Wer auch immer deine Speicherzellen verändert hat, Kiss, besonders geschickt hat er sich dabei nicht angestellt.« Grayland lächelte kurz, aber es war ein erzwungenes Lächeln. »Es kann kein Intellektor gewesen sein. Vielleicht sind andere Daten in Mitleidenschaft gezogen worden und fehlerhafte Verknüpfungen entstanden.«

»Nein. Die fraglichen Erinnerungsfragmente befinden sich in den redundanten Archiven, die du für uns eingerichtet hast. Deine Suchalgorithmen haben sie gefunden und dort abgelegt, zusammen mit Kopien von Daten, die gelöscht worden sind. Sie haben es mir gestattet, die Person zu identifizieren, die meine Speicherzellen manipuliert hat.« Die Frau im grünen Gewand hob den Kopf und sah ihn an. »Ich weiß, wer der Infizierte ist, Grayland.«

Nur wenige Minuten

26 Marcus

Es flackerte wie von fernen Blitzen in dunkler Nacht, und die Kälte blieb zurück, als Marcus aus dem großen Bogen trat, begleitet von Clemens und dem jungen Kurier Isalf.

»Wo ist sie?«, fragte Marcus sofort, als sich Männer in den grünen Uniformen der Transportgesellschaft näherten. »Wo ist das Mädchen?«

Viele der Wartenden vor dem großen Bogen, der im Licht der elektrischen Lampen wie Rosenquarz glänzte, erkannten ihn und wichen respektvoll zur Seite. Andere sprachen aufgeregt miteinander und schienen gar nicht bemerkt zu haben, dass jemand eingetroffen war.

»Wir wurden zu spät informiert«, sagte einer der Uniformierten – auf seinem Namensschild stand »O. Kanther«. »Hätte man uns rechtzeitig benachrichtigt, wären wir zweifellos imstande gewesen, das Mädchen festzuhalten.«

Marcus blieb stehen, umgeben von aufgeregten Menschen, die immer wieder zum Himmel blickten. Clemens sah Kanther an und brummte etwas Unverständliches. Isalf zog ein summendes Signalgerät aus einer der Taschen seiner Werkzeughose und hob es ans Ohr.

Marcus, die Kälte des Bogens im Rücken, atmete die warme Luft von Smirga. Sie roch nach Staub, Schweiß und den beiden nahen Grünen Flüssen.

»Sie wussten, wen ich suche.« Er sprach ruhig, doch seine Worte verloren sich nicht in dem Stimmengewirr um ihn herum, schienen sich ihren eigenen Platz zu schaffen. »Das Bogenpersonal wurde informiert, schon vor Monaten. Oder haben Sie meine Kommuniqués nicht gelesen?«

Der Mann namens Kanther, ein Kontrolleur, erblasste. »Natürlich lesen wir sie. Es tut mir leid. Wir ...«

Eine große, fleischige Hand schob ihn beiseite, und ein Mann mit weit vorgewölbtem Bauch trat schnaufend vor. »Ich bin Uddrack, Vizedirektor der Transportgesellschaft von Smirga.«

»Wo ist die Direktorin?«, fragte Marcus. Die Menschen um ihn herum hatten offenbar den Eindruck, dass etwas Interessantes geschah. Die vielen aufgeregten Gespräche hörten nach und nach auf. Stille breitete sich in konzentrischen Kreisen aus, wie die Wellen eines ins Wasser geworfenen Steins.

»Bei den Ausgrabungen im Osten.«

»Wo der Stern vom Himmel gefallen ist!«, tönte es aus der Menschenmenge auf dem Platz.

Isalf ließ das Signalgerät sinken. »Ein Objekt, vielleicht ein Artefakt, ist bei den Grabungen abgestürzt.«

»Abgestürzt?«, wiederholte Marcus.

»Offenbar handelt es sich um einen Flugapparat.«

»Wann ist das geschehen?«

»Vor einigen wenigen Minuten«, antwortete Vizedirektor Uddrack.« Er schnaufte erneut. »Ich habe das Mädchen erkannt und wollte es festnehmen, doch in der allgemeinen Aufregung konnte es zusammen mit seinem kleinen Bruder entkommen.«

»Mit seinem kleinen Bruder?«, fragte Marcus und wölbte eine Braue. »Rebecca hat keinen Bruder. Sie ist allein.«

»Ein Junge hat sie begleitet, sieben oder acht Jahre alt.«

Marcus überlegte. »Was hältst du davon, Clem?«

Der kleine, muskulöse Clemens schloss die Hände um die Gurte auf seiner Brust. »Vielleicht hat sie einen Helfer gefunden.«

»Der halb so alt ist wie sie? Ein Kind, ein Knabe?«

»Vielleicht wollte sie nicht mehr allein sein«, knurrte Clemens. »Vielleicht fühlt sie sich sicher.«

»Sicher?« Marcus atmete tief durch und spürte erneut das Brodeln des Zorns in sich. »Vor mir?«

Clemens hob und senkte die breiten Schultern.

Marcus blickte dem dicken Vizedirektor in die Augen und erkannte die Sorge darin. Der Mann befürchtete Bestrafung, eine Degradierung oder Schlimmeres. Furcht, wusste Marcus, war ein mächtiges Werkzeug, das fast überall funktionierte.

Fast. Rebecca fürchtete ihn nicht, sie verachtete ihn.

Er deutete zum Bogen. »Wohin ist sie verschwunden? Haben Sie das bereits herausgefunden?«

»Sie hat den Bogen nicht benutzt«, warf Kontrolleur Kanther hastig ein. »Zusammen mit dem Jungen ist sie in die Stadt gelaufen.«

Marcus ahnte etwas. »In welche Richtung?«

Kanther streckte den Arm aus und zeigte über die Absperrung hinweg. Daneben summte ein Generator, und etwas weiter hinten stand ein Schwebewagen der Transportgesellschaft. »Nach Norden.«

»Aber dorthin will sie nicht«, sagte Marcus. »Im Norden gibt es nichts, das für sie von Interesse wäre.«

»Ich wollte gerade die Anweisung erteilen, die ganze Stadt zu durchsuchen«, schnaufte der dicke Uddrack. »Vielleicht haben sie sich irgendwo verkrochen.«

Ein lautes Knistern kam aus dem grauen Innern des großen rosaroten Bogens, und wellenförmige Bewegungen durchzogen das Grau des Transitmediums. Hier und dort bildeten sich Ausstülpungen, wie kleine Arme, die nach den Männern und Frauen vor dem Bogen tasteten. Die Wartenden wichen zurück.

Instabilität, dachte Marcus. Das geschah manchmal. Die vielen Pfade und Wege durch die Bögen blieben nicht immer stabil, und manchmal kam es während eines Transits zu unangenehmen Überraschungen. Doch seit einiger Zeit häuften sich diese Zwischenfälle. Steckten Aktivitäten der anderen Seite dahinter? Marcus dachte an den von Winnecker erwähnten Countdown.

»Rebecca will dorthin, wo das Objekt niedergegangen ist«, sagte Marcus, und Clemens nickte wortlos. »Du bleibst hier, Clem, und sorgst dafür, dass Winnecker alles bekommt, was er braucht. So schnell wie möglich.«

Clemens bestätigte mit einem wortlosen Brummen.

»Ich nehme den Schwebewagen, der dort neben der Absperrung steht, und fliege mit ihm zur Grabung. Kündigen Sie mich dort an, Isalf.«

Der junge Kurier begleitete Marcus zum Fahrzeug, dessen Tür das Symbol der Transportgesellschaft trug: einen silbernen

Bogen wie eine Kette aus kleinen Bögen. Er richtete seinen Universalschlüssel darauf, und die Tür schwang auf.

»Konsul?«

Marcus drehte sich um.

Isalf hielt das kleine Signalgerät in der Hand. »Zarba von der Grabung hat mir eine Mitteilung für Sie durchgegeben. Es wurde eine Bombe gefunden, eine von den großen.«

Eine andere Welt

27 Lorenti

Ein Ungeheuer ragte vor Lorenti auf, ein Monstrum aus rostendem Stahl, bröckelndem Kunststoff und splitterndem Komposit. Es lag auf der Seite, der an mehreren Stellen geborstene Rumpf halb in den Sand gebohrt, der Bug wie trotzig aufgerichtet, das Heck mit den Schrauben und Düsen von seinem eigenen Gewicht zermalmt. Langsam ging Lorenti an den Trümmern des riesigen Schiffes vorbei, über das erste abendliche Nebenschwaden hinwegstrichen – die Temperatur sank merklich, und Dunkelheit kroch übers graue Firmament. Als er den Bug erreichte, versuchte er den Namen des Schiffes zu lesen, doch er ließ sich nicht mehr entziffern.

Das Wrack eines Transporters, eines Containerschiffes der alten Art, nicht mit Gravitationsmotoren ausgestattet. Und es lag unten an einem Hang, der einst Teil des Meeresbodens gewesen war. Hier und dort gab es noch Wasser, in Mulden und Senken, und weiter im Süden glaubte Lorenti, den silbernen Streifen einer neuen Küstenlinie zu erkennen.

Er ging weiter, am Berg des hoch aufragenden Bugs vorbei, wich einigen Trümmern aus und blieb vor dem Skelett eines Menschen stehen. Die Knochen steckten in einer verblassten Uniform, der rechte Arm ausgestreckt, die Finger in den Sand gebohrt. Leere Augenhöhlen starrten ins Nichts.

Die Erleichterung, die Lorenti nach der geglückten Landung des Rettungsbootes gefühlt hatte, löste sich auf und wich Unbehagen. Warum war dieses Containerschiff der alten Art nicht recycelt worden? Warum hatte niemand diesen Toten, vielleicht ein Besatzungsmitglied, geborgen und bestattet?

Er ging noch einige Schritte, hörte das Knacken und Knirschen von Muschelresten unter seinen Stiefeln und blickte über den Hang.

Etwa zweihundert Meter entfernt zeigten sich die ersten Gebäude der Stadt, die er während des Landeanflugs gesehen hatte. Es blieb still dort, und er konnte keine Bewegungen zwischen den Gebäuden erkennen. Auf der einen Seite erhob sich ein kegelförmiges Bauwerk über die anderen Bauten, vielleicht ein Aussichtsturm, oder ein Tower für die Kontrolle des maritimen Verkehrs. Von dort aus konnte man vermutlich die ganze Stadt überblicken.

Er sah zum Rettungsboot zurück, das fast dreihundert Meter entfernt, neben dem Tümpel in einer Senke, stand, von dichter werdenden Nebelschwaden halb verhüllt. Starke Resonanzen hatten den Gravitationsmotor beschädigt. Lorenti war Frachtmeister, kein Techniker und wäre selbst dann nicht zu einer Reparatur imstande gewesen, wenn er gewusst hätte, wo es mit irgendwelchen Präzisionswerkzeugen Hand anzulegen galt.

Die rechte Hand tastete von ganz allein zum Kommunikator am Kragen seiner Jacke, schaltete das kleine Gerät aber nicht ein. Wenn er auf Sendung ging, wussten die anderen, wo er sich befand, und das wollte er vermeiden. Genau aus diesem Grund hatte er den Gravitationsanker deaktiviert, um allein zu landen und allein zu bleiben. Er wollte nicht riskieren, infiziert zu werden.

Er hob den Blick zum Himmel. Auch dort regte sich nichts. Keine Flugzeuge, keine Individualtransporter, keine Shuttles oder Airbusse.

Mit dem Rettungsboot kam er nicht weiter, so viel stand fest. Er musste ein anderes Transportmittel finden; vielleicht stand ihm ein langer Weg bevor.

Lorenti kehrte zum Boot zurück, um sich die Notausrüstung zu holen.

Der Plan war einfach: Lorenti wollte die nächste Niederlassung des Instituts für Technologische Innovation erreichen, vor dem Spike warnen und eine Rettungsmission für die *Eklipse* und ihre Fracht veranlassen. Vor allem darum ging es ihm, um die Fracht, der er ein halbes Jahrhundert seines Lebens gewidmet hatte, um den Rest seines Lebens ohne Sorgen verbringen zu können und endlich von einer Last befreit. Genug Erwerbspunkte, um sich fast jeden Wunsch zu erfüllen, vor allem einen: eine teure selektive, dauerhafte Löschung seines Gedächtnisses, damit die Albträume aufhörten und er nicht immer wieder an Cattarina und die Zwillinge denken musste. Die Erinnerungen an das Unglück lagen ständig auf der Lauer: ihre Gesichter in Schatten am Rand seines Blickfelds – so wie er sie zum letzten Mal gesehen hatte, grau und ohne Leben, die Augen geplatzt, weil sie im letzten Moment die Helme geöffnet hatten, um viel zu dünne Luft zu atmen –, ihre Stimmen versteckt in harmlos scheinenden Geräuschen. Er sah die toten Gesichter, wenn er die Augen schloss, und er hörte die Stimmen, wenn er auch nur für einen Moment in seiner Wachsamkeit nachließ. *Es ist deine Schuld*, flüsterten sie. *Es ist deine Schuld, dass wir gestorben sind.*

Vielleicht, dachte er, würde er nicht nur sein Gedächtnis löschen lassen, sondern die Lücken mit falschen Erinnerungen füllen, die ihn zu einem besseren, glücklicheren Menschen machten. Natürlich musste er die Erde verlassen, das ließ sich wahrscheinlich nicht vermeiden. Die möglichen Infektionen stellten eine viel zu große Gefahr dar, selbst wenn es gelang, das Spike zu finden und zu eliminieren. Wer konnte mit Gewissheit sagen, dass es nicht irgendwo seine Brut ausgebracht hatte.

Also weg von der Erde, nachdem er seine Erwerbspunkte bekommen hatte, aber nicht zum Mars, nein, auf keinen Fall zum Mars. Er konnte sich auf einem der Monde von Jupiter oder Saturn niederlassen. Als Kind hatte er oft davon geträumt, die Ozeane von Europa, Ganymed, Enceladus und Dione zu erforschen. Mit den Frachtanteilen und -tantiemen konnte er sich eine eigene Forschungsstation leisten und mit den eingepflanzten Erinnerungen eines Forschers ein ganz neues Leben führen. Oder er flog noch einmal zu den Siebzehn Kolonien, fünfundzwanzig Jahre im Schleim, unangenehm zwar, aber gewiss nicht unmöglich, und richtete sich auf Tetra, Lylynolia oder Hammerstatt ein, mehr als vierhundert Lichtjahre von der Erde und dem Spike entfernt.

Lorenti verharrte am Hang, den ersten Gebäuden schon recht nahe, und blickte erneut zum dunkler werdenden Himmel hoch. Die Stille setzte ihm zu, denn sie machte das Flüstern der Erinnerungen lauter.

Irgendwo dort oben raste die *Eklipse* durchs All und schickte sich an, mit neunzig Prozent Licht das Sonnensystem zu verlassen, nur von einem schwachen Bugschild geschützt. Er hoffte, dass es Grayland gelang, das Direkt zu reaktivieren und die *Eklipse* zur Erde zurückzubringen, mit dem größten Teil ihrer Fracht intakt. Aber er traute dem Intellektor nicht viel zu. Er mochte hochbegabt und überaus kompetent sein, was den Umgang mit einem Schiffsintellekt betraf, doch bei allem, was darüber hinausging, brauchte er klare Anweisungen.

Es war ein Fehler gewesen, dass sie ihn allein an Bord des Schiffes zurückgelassen hatten. Die Verantwortung dafür trug Samantha. Sie machte viele Fehler, diese Frau, die immer ruhig blieb, damit sie keine Fehler machte. Ihr größter Fehler hatte einen Namen: Kralle.

Die Stille wurde unerträglich, und Lorenti vertrieb sie mit der eigenen Stimme. Sie war zu rau, und er räusperte sich mehrmals, bis sie einen einigermaßen normalen Klang annahm.

»Ich habe es ihr gesagt«, vertraute er der Dämmerung an. »Ich habe ihr gesagt, dass sie die Infizierte ist. In aller Deutlichkeit habe ich sie darauf hingewiesen, dass nur Kralle infrage kommt, aber sie wollte nicht auf mich hören.«

Sein Blick suchte den Himmel nach ihrem Rettungsboot ab, aber das Firmament blieb leer, abgesehen von einigen Vögeln, die weit oben kreisten, grau und weiß im Abendlicht. Ihre Präsenz entlockte ihm ein Lächeln, und ein Teil des Unbehagens löste sich auf, denn er war nicht ganz allein.

Kurz darauf erreichte Lorenti die alten Anlegestellen am Ende des Hangs, stieg eine Treppe hoch und ging über den Uferweg. Sand hatte sich dort angesammelt und bedeckte das Muster der Pflastersteine. In der Nähe standen mehrere Bodenschweber, Modelle, die Lorenti nicht kannte. Sie schienen ziemlich alt zu sein. Es war kaum mehr Lack übrig, große Korrosionsflecken zeigten sich an den nackten Karosserien.

In einem von ihnen entdeckte er zwei Leichen.

Vorn, an den Kontrollen des Autopiloten, saß eine mumifizierte Frau. Von ihrer Kleidung war mehr übrig geblieben als von der Uniform des Skeletts, das Lorenti neben dem Schiffswrack gefunden hatte. Deutlich war ein dunkler Fleck in Brusthöhe zu sehen. Blut?

Die Finger der rechten Hand, dunkel und ledrig, hielten etwas, das halb zwischen den Sitzen lag, verborgen im Schatten. Lorenti beugte sich vor, über die Tote hinweg, von der ein strenger, muffiger Geruch ausging. Eine Waffe. Der Gegenstand, den die Finger noch immer hielten, auch im Tod, war eine kleine konventionelle Projektilwaffe.

Auf dem Rücksitz lag ein Kind, ein Mädchen, mumifiziert wie die Frau und mit einem Loch im Kopf. Vielleicht Mutter und Tochter. Und die Mutter schien erst ihre Tochter und dann sich selbst erschossen zu haben.

Lorenti wich mehrere Schritte von den Bodenwagen zurück, umgeben von Stille. Sein Blick reichte über eine der Straßen, die tiefer ins Innere der Stadt führten, und dort sah er weitere Bodenwagen, manche ineinander verkeilt, und das Wrack eines Airbusses, der sich beim Absturz halb in ein Gebäude gebohrt hatte. Er hob den Blick. Die dunklen Punkte, die weit oben am Himmel gekreist hatten, die Vögel – sie waren verschwunden.

Langsam ging er über die alte Uferpromenade und erreichte schließlich den Turm. Die Tür stand halb offen; Dunkelheit wartete im Innern.

Lorenti zögerte, gab sich dann einen Ruck und betrat den Turm. Links gab es einen Aufzug, aber er funktionierte nicht – offenbar gab es keine Energie. Er machte sich daran, die Treppe zu ersteigen, die sich an den gewölbten Wänden in die Höhe wand. Das Geräusch seiner Schritte erschien ihm unnatürlich laut. Er versuchte, leiser zu sein, und schlich die Treppe hinauf.

Er fand keine Leichen im Turm, weder auf der langen Treppe noch oben auf der Aussichtsplattform etwa fünfzig Meter über der Promenade. Als er dort stand und über die Stadt blickte, die inzwischen halb im Dunkeln lag und in der nirgends ein Licht brannte, glaubte er zu verstehen, warum die Signale der *Eklipse* unbeantwortet geblieben waren.

Offenbar gab es niemanden mehr, der sie beantworten konnte.

Das Rettungsboot hing im Wipfel eines mächtigen Baums und schwankte immer wieder, während Kralle versuchte, den Gravitationsmotor zu reparieren. Nach einer halben Stunde gab sie es auf. Der Defekt betraf vermutlich die Fokussierungskristalle im Energiekern des Motors; ohne Ersatz war eine Instandsetzung nicht möglich.

Sie kehrte ins Cockpit zurück und fragte: »Wo sind wir? Und wo ist der Idiot namens Lorenti?«

»Position unbekannt«, antwortete der einfache Intellekt des Rettungsboots.

»Du kannst unsere Koordinaten nicht bestimmen? Dies ist die Erde!«

»Wir befinden uns vierundzwanzig Grad, sechsundvierzig Minuten und dreiunddreißig Sekunden Nord und neunundsechzig Grad, neununddreißig Minuten und fünfundzwanzig Sekunden Ost. Dieser Ort müsste sich südlich von Kap Monze befinden, westlich von Karatschi und im Osten des Golfs von Oman. Das Rettungsboot sollte am Meeresgrund liegen, aber stattdessen befinden wir uns im Wipfel eines Baums. Mit anderen Worten: Die Topografie stimmt nicht mit den Koordinaten überein.«

»Wir wussten bereits, dass sich die Erde verändert hat«, sagte Kralle, während sie Fächer öffnete und ihre Ausrüstung zusammenstellte. Sie musste das Boot verlassen, daran führte kein Weg vorbei.

»Meine Sensoren haben Lorentis Rettungsboot zum letzten Mal etwa hundert Kilometer nordwestlich von hier geortet, in der Nähe einer Stadt, die ich nicht identifizieren kann.«

Hundert Kilometer, dachte Kralle. Das war zu schaffen in … zwei Tagen? Vielleicht sogar in einem, wenn sie freies Feld hatte und laufen konnte.

»Und Samantha und Rufus?«

»Die Entfernung zu ihnen beträgt mindestens sechstausend Kilometer.«

»Gib mir eine Übersicht als Orientierungshilfe.«

Auf einem einfachen zweidimensionalen Display erschien

eine Karte, die ihr diesen Teil der Erde zeigte, mit Darstellungen von Bergen, Ebenen, Flusssystemen und Meeresbecken. Zwei blinkende Punkte wiesen auf die Positionen der beiden anderen Rettungsboote hin: eins relativ nahe, das andere weit entfernt.

Kralle kopierte die Daten der Karte ins Assistenzsystem des Einsatzanzugs, den sie inzwischen übergestreift hatte. »Versuch noch einmal, das ITI oder Repräsentanten der Unabhängigen Staaten zu erreichen.«

»Versuch erfolgt.«

Kralle wartete.

»Kein Kontakt«, sagte der Intellekt.

»Und du bist noch immer sicher, dass dein Kommunikationssystem funktioniert?« Die Frage erübrigte sich eigentlich; Kralle hatte es selbst überprüft und keinen Defekt gefunden.

»Ja«, lautete die Antwort. »Meine Systeme ...«

Alle Anzeigen erloschen. Es wurde dunkel im Cockpit, finster und still. Kralle betätigte die manuellen Kontrollen, doch der Intellekt schwieg. Sie überlegte, ob sie versuchen sollte, die Energieversorgung wiederherzustellen, aber der Boden unter ihr kippte plötzlich ein wenig zur Seite und erinnerte sie an die prekäre Situation des Rettungsboots.

Sie schlang sich die Riemen des kleinen Rucksacks über die Schultern, zurrte den Hüftgurt fest und holte ihr Ahnenglas hervor, das sie immer bei sich trug, wohin sie auch ging. Ein Funke darin wartete auf sie und begann mit einem langsamen Tanz, als er ihre Stimme hörte. »Du bist mein Licht. Erleuchte den Weg, der vor mir liegt.«

Kralle wartete keine Antwort ab – sie rechnete nicht einmal mit einer –, steckte das Ahnenglas ein und verließ das Cockpit.

Das Rettungsboot schwankte und zitterte, als sie durch die Luke nach draußen kletterte, ins Geäst eines mindestens achtzig Meter hohen Urwaldriesen. Das Boot hatte eine Bresche ins Blattwerk geschlagen. Die Abenddämmerung verdunkelte den Himmel darüber, und unten erstreckte sich Finsternis. Für Kralle war die Dunkelheit kein Problem. Ihre großen Augen machten die Nacht zwar nicht zum Tag, aber sie konnte selbst dann noch Einzelheiten erkennen und Farben sehen, wenn für einen Menschen alles stockfinster war. Mit der Agilität einer Innanawitt kletterte sie am dicken Stamm hinab, wich einer trägen Schlange aus und erreichte wenig später den Boden.

Über ihr knirschte und ächzte es, und rasch wich sie fort von dem riesigen Baum, um nicht in Gefahr zu geraten, wenn die Äste nachgaben und das Rettungsboot herabstürzte.

In einer Welt der Schatten kauerte sie sich nieder und aktivierte den Kommunikator an ihrem Kragen. Seine Reichweite war begrenzt, und sie konnte kaum hoffen, damit Samantha und Rufus zu erreichen. Aber zu Lorenti sollte sich damit eigentlich Kontakt herstellen lassen.

»Kralle an Lorenti. Hörst du mich?«

Es kam nur leises Rauschen aus dem Empfangsteil, keine brummige Stimme.

Hinter ihr knackte es, so leise, dass kein menschliches Ohr es gehört hätte.

Kralles Augen sahen in der Dunkelheit mehr als die eines Menschen. Sie bemerkte ein vierbeiniges Geschöpf mit gestreiftem Fell, größer und muskulöser als sie, halb zum Sprung geduckt.

Die Innanawitt fauchte.

Der Tiger legte erschrocken die Ohren an, bleckte kurz die Zähne, wandte sich um und stob durchs Unterholz davon. Zweige knackten, Blätter raschelten. Dann schwieg der Wald, er schien den Atem anzuhalten.

Kralle lächelte.

»Hütet euch vor mir«, sagte sie zufrieden. »Ich bin hier weit und breit das gefährlichste Geschöpf.«

Dann lief sie los – es waren nur hundert Kilometer.

Samantha 29

Samantha hing mit dem Kopf nach unten, gehalten von den Resten ihres Sicherheitsharnischs. Etwas rann ihr in die Augen, sie blinzelte.

»Rufus? Kiss?« Ihr fiel ein, dass sie nicht mehr an Bord der

Eklipse war, sondern in einem auf die Erde gestürzten Rettungsboot. »Intellekt?«

Sie erhielt keine Antwort. Nur die Indikatoren der Notsysteme brachten ein wenig Licht in die Dunkelheit.

Samantha blinzelte erneut und begriff, dass es ihr eigenes
Blut war, das ihr in die Augen lief. Mit dem Handrücken wischte
sie es fort und beugte sich zur Seite, um die Anzeigen der Notsysteme zu erkennen. Wo befanden sie sich? Wie war der Status
des Rettungsboots?

Es knirschte über ihr, und der Harnischrest gab ein wenig
nach. Außerdem bewegte sich das Rettungsboot. Mit dem Ächzen von überlastetem Material rutschte es ein Stück.

Samantha hielt sich am Rand der Pilotenkonsole fest und
verharrte für einige Momente in absoluter Reglosigkeit. Oben
und unten waren miteinander vertauscht; sie musste sich neu
orientieren.

Sie räusperte sich und sagte laut und deutlich: »Kommando-
priorität.« Sie nannte ihren Code. »Notsysteme aktivieren.
Statusbericht.«

Die Substrate des Rettungsboots reagierten nicht.

Samantha hatte keine Schmerzen und war einigermaßen
sicher, sich nichts gebrochen zu haben. Zudem hätte sie der
Schutzanzug auf ernste Verletzungen hingewiesen und bereits
mit einer Behandlung begonnen.

»Visier aus!«, sagte sie. »Helm aus!«

Nichts geschah.

Vorsichtig tastete sie nach den Kontrollen am Kragen und
betätigte einen Schalter. Visier und Helm wurden weich und
elastisch und wichen nach hinten.

Die Hand mit den taktilen Sensoren im Handschuh glitt
etwas weiter nach unten, suchte nach dem Ursprung des Bluts,
das ihr ins Auge getropft war, und fand den Mund – offenbar
hatte sie sich die Lippe aufgebissen.

Über ihr wies ein neuerliches Knirschen darauf hin, dass die
Reste des Sicherheitsharnischs nicht mehr lange halten wür-
den. Samantha beugte sich langsam zur Seite, griff mit beiden
Händen nach der Pilotenkonsole, zog ein Bein an ...

Der Harnisch gab nach.

Sie fiel und prallte auf einen Boden, der eigentlich die Decke sein sollte. Neben ihr lag jemand, eine Gestalt, wie sie selbst in einen Schutzanzug gehüllt.

Samantha drehte sich und schaffte es beim dritten Versuch, die Kragenkontrollen der Gestalt zu betätigen. Helm und Visier glitten nach hinten, und im schwachen Licht der wenigen Indikatoren erschien das zernarbte, blutige Gesicht von Rufus M. Als ihre Hand ihn an der Wange berührte, öffnete er die Augen.

»Ich glaube, ich bin verletzt«, sagte er.

Es knackte laut, und ein Ruck ging durch das Rettungsboot.

»Kannst du dich bewegen?«, fragte Samantha. »Wir müssen das Boot verlassen.«

»Ich glaube schon.«

Nebeneinander kletterten sie über die Decke.

»Was ist passiert?«, fragte Rufus M, als sie die Wand mit der Luke erreichten. »Ich habe das Bewusstsein verloren.«

»Etwas hat dich beim Anflug am Kopf getroffen, bevor sich dein Helm geschlossen hat«, erwiderte Samantha. »Wir sind mit hoher Geschwindigkeit abgestürzt. Wahrscheinlich können wir von Glück sagen, dass wir noch leben.«

»Was ist mit den anderen? Mit Kralle und Lorenti?«

»Kein Kontakt.« Samantha kroch zur Luke und fühlte, wie ein Zittern das Rettungsboot durchlief. Sie stellte sich vor, dass es dicht vor einem tiefen Abgrund lag, vielleicht verkantet zwischen Felsen oder Ästen, die allmählich nachgaben. Durch das Bugfenster war nichts zu erkennen, nur Dunkelheit mit einigen vagen Umrissen.

Das manuelle Handrad ließ sich ohne nennenswerten Widerstand drehen, ohne dass die Luke aufschwang.

»Etwas in der mechanischen Verriegelung ist gebrochen«, sagte Samantha. »Ich versuche es mit den Notsystemen.«

Sie kletterte weiter, über die Wand, die einige tiefe Dellen aufwies. Um die Kontrollstation für die Notsysteme zu erreichen, musste sie sich aufrichten und die Hände ganz nach oben strecken. Einige der Indikatoren blinkten.

Ihre Fingerkuppen berührten Schaltflächen.

»Die Restenergie«, sagte Rufus M. Seine Stimme klang anders; vermutlich hatte er Schmerzen. »Bolzensprengung.«

»Das ist nicht ungefährlich«, gab Samantha zu bedenken. »Das Rettungsboot scheint irgendwo festzuhängen, und die Bolzensprengung gäbe uns einen Stoß. Wir könnten fallen, wohin auch immer.«

Für ein paar Sekunden herrschte Stille. Dann hörte Samantha ein Knirschen, das nicht von einem Sicherheitsharnisch stammte, sondern von draußen kam. Es folgte ein weiterer Ruck, der sie taumeln ließ.

»Wir rutschen«, stellte Rufus fest. »Ich empfehle dringend die sofortige Sprengung der Bolzen.«

Samantha stellte sich auf die Zehenspitzen, und ihre Finger berührten weitere Schaltflächen. Da alles auf dem Kopf stand, musste sie sich konzentrieren.

Einer der Indikatoren änderte die Farbe – aus dem grünen Leuchten wurde ein rotes Pulsieren.

»Ich glaube, es funktioniert nicht ...«, begann Samantha.

Ein dumpfes Donnern unterbrach sie, eine plötzliche Erschütterung raubte ihr das Gleichgewicht. Sie kippte, fiel und stieß mit dem Ellenbogen gegen eine Kante. Schmerz zuckte ihr durch den Arm.

Es knirschte und knackte, das Rettungsboot bewegte sich, und Samantha rollte über Decke und Wand.

Die Luke schwang auf.

Eine Lawine aus Steinen, Erde und Sand polterte herein und begrub Rufus M halb unter sich. Mit bloßen Händen räumte Samantha Steine und Dreck beiseite. Der Multiple von Urake schnappte nach Luft und spuckte.

Das Knacken und Knirschen wiederholte sich, das Rettungsboot neigte sich zur Seite, und noch mehr Sand und Erde rutschten herein. Samantha ergriff Rufus an den Armen und machte sich daran, ihn durch die Öffnung nach draußen zu ziehen.

Warme Dunkelheit erwartete sie, mit Sternen und einer schmalen Mondsichel am Nachthimmel. Ein Hang zeigte sich im schwachen Licht, steil und aus lockerem Geröll bestehend, aus dem hier und dort einige Felsen ragten. Auf zwei von ihnen balancierte das Rettungsboot, wie Samantha sah, als sie Rufus nach draußen gezogen hatte. Er bewegte sich wieder und kletterte aus eigener Kraft.

»Die Sicherheitstasche!«, stieß er hervor. »Die Sicherheitstasche mit dem Kernbrecher ...«

Sie befand sich noch im Rettungsboot.

Samantha vergewisserte sich, dass Rufus allein zurechtkam, und machte kehrt. Sie hatte das Boot fast erreicht, als die beiden großen Felsen seinem Gewicht nicht mehr standhielten. Mit lautem Knirschen und Knacken gaben sie nach, und das kleine Raumschiff, das Samantha und Rufus M zur Erde gebracht hatte, glitt über den Hang.

Es wurde schneller, stieß kleine Felsbrocken beiseite, überschlug sich und stürzte in die Tiefe. Nach etwa hundert Metern zerschmetterte es ein Gerüst – ein lautes Krachen hallte durch das Tal, das nicht natürlichen Ursprungs zu sein schien.

Das Rettungsboot rollte und rutschte noch weiter hinab, zerstörte etwas, das offenbar eine Art Förderband war, zertrümmerte mehrere kleine Gebäude und blieb schließlich im Schein einer Lampe bei mehreren großen Fahrzeugen liegen.

Ein weiteres Licht kam aus der Nacht, heller als die Lampen im Tal. Es stammte von einem Vehikel, das allem Anschein nach über einen Gravitationsmotor verfügte, denn es trotzte der Schwerkraft und schwebte über den Hang. Etwa ein Dutzend Meter entfernt ging es tiefer und verharrte dicht über dem Boden. Zwei Gestalten stiegen aus, die eine klein und breit, die andere schlank und hochgewachsen.

Samantha richtete sich auf, als sich die beiden Gestalten näherten. Rufus M kam ebenfalls auf die Beine, das Gesicht schmutzig und blutig.

Die Männer traten ins Licht, und Samantha erkannte Einzelheiten. Beim kleineren spannten sich zwei Gurte mit Patronen und Utensilien quer über die breite Brust. Der größere trug einen schwarzen Anzug mit roter Weste, und in seinem Gesicht fielen die beiden türkisfarbenen Augen auf.

Der kleinere Mann blieb stehen, mit beiden Händen an den Gürtelhalftern, in denen Waffen steckten. Er wirkte misstrauisch und wachsam.

Der größere Mann kam noch einen Schritt näher und lächelte freundlich. Er sagte etwas, aber Samantha verstand kein Wort.

»Ich verstehe Sie leider nicht«, antwortete sie und sprach dabei langsam und deutlich.

Der Mann im schwarzen Anzug lächelte noch einmal, holte ein Gerät hervor, schaltete es ein und sprach erneut. Eine Stimme drang aus dem Gerät, und als Samantha noch immer nicht verstand, betätigte der Mann kleine Schalter und Regler.

»Es scheint eine Art Interpreter zu sein«, sagte Rufus M. »Vielleicht wäre es möglich, ihn mit den Kommunikationssystemen unserer Schutzanzüge zu verbinden, um eine Verständigungsgrundlage zu schaffen.«

Er trat vor.

Der kleine, breite Mann hielt plötzlich eine Waffe in der prankenartigen Hand.

Doch der große Mann im schwarzen Anzug drückte die Hand seines Begleiters nach unten. Er sprach erneut, und wieder tönte eine synthetische Stimme aus dem kleinen Gerät. Diesmal verstand Samantha die Worte.

»Mein Name ist Marcus«, übersetzte der Interpreter die Worte. »Wir sind gekommen, um Ihnen zu helfen.«

Der Mann im schwarzen Anzug lächelte zum dritten Mal und deutete einladend zum wartenden Fahrzeug.

Das Loch

Dutzende von winzigen Nadeln schienen in Rebeccas Nacken zu stecken – so fühlte es sich an. Sie hob sogar die Hand und tastete nach ihnen, obwohl sie wusste, dass das Prickeln und Kribbeln eine andere Ursache hatte.

»Wie kannst du den Weg finden?«, jammerte Jasil. Er sprach leise, weil er die Dunkelheit fürchtete. »Wie kannst du in der Finsternis sehen? Ich habe Hunger, ich habe Durst. Und ich bin müde.«

Allein wäre sie schneller vorangekommen, da war sich Rebecca sicher. Sie blieb am Rand der Straße stehen, in der Nähe einer Ruine, die vielleicht aus der Zeit des Bruchs stammte. Allein hätte sie nur für sich selbst denken müssen und nicht auch noch für einen Knaben. Für einen Moment spielte sie mit dem Gedanken, loszulaufen und Jasil in der Nacht zurückzulassen. Früher oder später wäre es ihr vermutlich gelungen, ihn zu vergessen.

Doch sie lief nicht los, sie antwortete: »Ich sehe in der Finsternis nicht besser als du, und ich finde den Weg, weil die Steine ihn mir zeigen. Spürst du es nicht ebenfalls?« Erneut hob sie die Hand zum Nacken.

Einige Sekunden lang setzte Jasil schweigend einen Fuß vor den anderen. Warmer Wind wehte und wirbelte Staub von der alten Straße auf. Nicht weit entfernt zeigten sich die Umrisse eines Fahrzeugwracks, wie das Gerippe eines Geschöpfs aus einer anderen Epoche.

»Manchmal«, sagte Jasil nachdenklich, »habe ich das Gefühl, von etwas Kaltem berührt zu werden, so wie im Bogen.«

Rebecca hörte ein Brummen und handelte, ohne einen Blick zur hinter ihnen liegenden Stadt zu werfen. Sie nahm Jasils Hand, lief mit ihm zur Ruine und duckte sich hinter eine Mauer.

Das Brummen schwoll an, Licht erreichte die Ruine, und ein Schwebewagen flog über sie hinweg.

Rebecca sah ihm nach. »Er wird das Loch lange vor uns erreichen.«

»Das Loch?«

»Wo die Arbeiter graben und graben.« Rebecca beobachtete, wie der Schwebewagen in der Nacht verschwand. Wieder war nur das leise Zischen des Winds und sein Rauschen in den Baumkronen zu hören.

»Bist du schon einmal dort gewesen?«, fragte Jasil.

»Nein, nicht beim Loch von Smirga. Aber die Grabungen ähneln sich. Die Arbeiter suchen in den Löchern nach Schätzen aus der Vergangenheit und von der anderen Seite. Und nach Artefakten, die nicht von Menschen stammen.«

Rebecca setzte ihren Rucksack ab und öffnete ihn. Es spielte keine Rolle, dass sie mit einer Rast Zeit verloren. Sie konnten die Besucher von den Sternen unmöglich als Erste erreichen. Zweifellos waren die Leute von der Transportgesellschaft bereits vor Ort. Und was den Schwebewagen anging ...

Sie gab Jasil Brot, den Rest vom Käse und die Feldflasche, zog dann den Beutel aus der Hosentasche und entnahm ihm die Steine. Sie lagen in ihrer Hand, glatt und kantig, warm, wie ein Teil von ihr.

»Das sind sie, die Steine, mit denen du sprichst?«, fragte Jasil mit vollem Mund. Er beugte sich vor und betrachtete sie.

»Ja.« Rebecca schloss die Augen. Eine wortlose Stimme sprach in ihrem Innern.

»Er hat in dem Wagen gesessen«, sagte sie, ohne die Augen zu öffnen. Die Steine in ihrer Hand schienen noch etwas wärmer zu werden.

»Wer?«

»Marcus. Der Konsul der Transportgesellschaft.«

»Ein böser Mann.«

»O ja«, antwortete Rebecca. »Obwohl er gern lächelt. Vielleicht hat er die bösen Männer geschickt, die deinen Vater erschossen haben.«

Jasil hörte auf zu kauen und ließ die Schultern hängen. Rebecca spürte seine zurückgekehrte Trauer.

»Möchtest du meine Steine berühren?«, fragte sie, um ihn abzulenken. »Möchtest du einen von ihnen nehmen?«

Er hob den Kopf und nickte zaghaft.

»Hier, nimm diesen.« Rebecca deutete auf einen kleinen runden Stein. Im schwachen Licht von Mondsichel und Sternen waren keine Einzelheiten zu erkennen, aber Rebecca wusste, dass ihn goldene Linien durchzogen.

Jasil nahm ihn.

Er hielt den Stein in der Hand, schnappte plötzlich nach Luft und ließ ihn fallen.

»Er hat mich berührt!«, entfuhr es ihm. »Er hat mich berührt, im Kopf!«

Rebecca bückte sich, fand den Stein trotz der Dunkelheit und hob ihn auf. Die goldenen Linien in ihm glühten für einen Moment und verschwanden dann. Sie steckte die Steine wieder in den Beutel und den Beutel in die Hosentasche.

»Dein Vater hatte recht, Jasil«, sagte sie. »Du wirst die Stimmen der Steine eines Tages hören.«

Der Junge schauderte. »Ich weiß nicht, ob ich das möchte.«

»Ob du es möchtest oder nicht, spielt keine Rolle, da mach dir nichts vor.« Rebecca verstaute die Feldflasche, die sie Jasil gegeben hatte, und hob ihren Rucksack auf. »Komm, sehen wir uns das Loch an.«

Sie hockten zwischen den Sträuchern und Büschen am Rand **31** der großen, mehrere Hundert Meter tiefen Grube. Die Nacht war dunkler geworden – Wolken zogen über den Himmel und schluckten das Licht von Sternen und Mond. Tief unten vertrieben elektrische Lampen die Schatten, und in ihrem Schein bewegten sich Menschen, klein wie Käfer. Am Ende einer langen Furche, die sich über den ganzen Hang zog, lag, angestrahlt von mehreren besonders hellen Lampen, ein rundliches, tropfenförmiges Objekt, silbern wie giftiges Quecksilber. Es wies eine Öffnung und zahlreiche Beulen und Dellen auf. Menschen umringten das Objekt, zwei kletterten durch die Öffnung hinein.

Rebecca lauschte dem wortlosen Flüstern der Steine.

»Was ist das alles?«, fragte Jasil. »Die Schuppen und Baracken. Und das runde Ding, bei dem so viele Leute sind.«

»Ich glaube, damit sind die Besucher gekommen«, erwiderte Rebecca, das Kribbeln im Nacken unangenehm intensiv.

»Ihr Stern ist in die Grube gefallen?«

»Es ist kein Stern, sondern ein ... Schiff, ein kleines Schiff.« Auch davon hatte Rebecca gelesen, von Raumschiffen, die einst von der Erde zu fremden Welten aufgebrochen waren, zu den Siebzehn Kolonien. »Und es ist nicht gefallen, sondern gerutscht.« Sie deutete auf die lange Furche am Hang.

»Und die Reisenden von den Sternen?«, hauchte Jasil. »Wo sind sie?«

Ein Schwebewagen stand in der Nähe des kleinen, verbeulten Schiffes, vielleicht jener, der bei der staubigen Straße über sie hinweggeflogen war.

»Ich nehme an, sie befinden sich in der Obhut der Transportgesellschaft.« Rebecca versuchte, Einzelheiten zu erkennen, doch die Entfernung war zu groß. Weiter hinten bemerkte sie mehrere Transporter, vielleicht beladen mit Schätzen aus der Vergangenheit und von der anderen Seite. Arbeiter standen dort, zahm und gehorsam. Sie beobachteten das Geschehen beim tropfenförmigen Objekt, das über den Hang in die Tiefe gerutscht war. »Falls sie überlebt haben.«

»Weißt du es nicht?«

Das Kribbeln und Prickeln veränderte sich ein wenig. »Ich bin mir nicht sicher.«

»Du hast gesagt, die Besucher von den Sternen könnten uns helfen. Wie sollen sie uns helfen, wenn sie tot sind?«

Rebecca blickte wieder ins Loch. »Wir müssen näher heran.« Sie korrigierte sich sofort. »*Ich* muss näher heran.«

»Wie meinst du das?«, fragte Jasil besorgt.

»Du bleibst hier und passt auf meinen Rucksack auf. Ich klettere hinunter und mache mir ein Bild von der Situation.«

»Nein!«, widersprach Jasil sofort. »Ich komme mit. Es ist dunkel, und ich will nicht allein sein ...«

»Es dauert nicht lange, ich bin gleich wieder da.« Rebecca huschte davon.

Auf halber Höhe am Hang verharrte sie geduckt hinter einigen großen Steinen und vergewisserte sich, dass ihr Jasil nicht folgte. Sie konnte ihn nicht mehr sehen. Wenn er noch immer oben am Rand der Grube saß, ließ sich seine Silhouette nicht von den Umrissen der Büsche und Sträucher unterscheiden.

Sie kroch und kletterte weiter, langsam und vorsichtig, da der aus lockerem Geröll bestehende Boden immer wieder unter ihr nachgab. Manchmal lösten sich kleinere Steine und rutschten und rollten in die Tiefe. Dann verharrte Rebecca und hoffte, dass niemand etwas bemerkte. Meistens blieben die Steine nach einigen Metern liegen. Nur einmal kam es zu einem kleinen Erdrutsch, weil ein rollender Brocken gegen andere Steine stieß, die sich ihrerseits in Bewegung setzten. Aber es strich kein Licht über den Hang, um nach dem Auslöser der kleinen Lawine zu suchen, und von den Menschen weiter unten schien es niemand für nötig zu halten, nach dem Rechten zu sehen.

Schließlich erreichte Rebecca die erste Baracke, Schlafquartier für Arbeiter. Fenster und Türen standen offen, die Betten waren leer, niemand saß an den Tischen. Vielleicht hatten sich alle bei dem Objekt versammelt, dem kleinen Schiff. Bis auf die Arbeiter, die noch in den Stollen gruben.

Rebecca schlich an der Barackenwand entlang und erreichte einen brummenden Generator. Kabel und Wasserschläuche gingen von ihm aus und verschwanden im nächsten Stollen, einer von altem Mauerwerk gesäumten Öffnung im Hang, aus der mattes Licht fiel.

Für einen Moment fragte sich Rebecca, wonach die Arbeiter in den Diensten der Transportgesellschaft gruben und was sie bereits gefunden hatten. Manchmal fand man technische Schätze aus der Zeit vor dem Bruch, in Behältern konservierte Geräte und Instrumente, wie von kluger Hand für die Zukunft aufbewahrt, manchmal halb verrottete Maschinen, deren Zweck sich kaum mehr erahnen ließ, manchmal wie neu wirkende Aggregate, die nicht aus ferner Vergangenheit stammten, sondern von der anderen Seite, vielleicht von einer Laune der Bögen hergeschickt.

Wenn die Studierten des Konsuls oder seiner Konkurrenten

die Reste einer alten Stadt fanden, oft tief im Boden verborgen, und zu graben begannen, entdeckten sie hin und wieder kleine oder große Schatzkammern. Das Musikkästchen in Rebeccas Rucksack stammte aus einem solchen Schatz. Die Melodie und das tanzende Mädchen, das erschien, wenn man den Deckel öffnete und die Knöpfe in der richtigen Reihenfolge drückte, erinnerten sie an ihre Mutter, obwohl die Spieldose viel, viel älter war.

Und wenn die Schatzsucher von der Transportgesellschaft an der richtigen Stelle tief genug gruben, fanden sie gelegentlich etwas, das besonders kostbar war: Artefakte, nicht von Menschen gefertigt, sondern von fremden Wesen. In seinem Buch *Geschichte der Welt* nannte R. Quintex den Namen dieser Geschöpfe: Tahota. Er schrieb auch, dass »Fontänen« oder »Quellen« existierten, wie Brunnen, jedoch ohne Wasser, sondern mit Gegenständen der fremden Geschöpfe, manche harmlos, andere sehr gefährlich.

Rebecca ließ den brummenden Generator hinter sich und mied den Lampenschein, als sie von Baracke zu Baracke und von Schuppen zu Schuppen eilte. Einmal musste sie zwei uniformierten Wächtern ausweichen, die bewaffnet im Ausgrabungslager patrouillierten, deren Blicke aber vor allem dem fremden Objekt galten.

Schließlich erreichte sie das Verwaltungsgebäude, hinter dessen Fenstern Licht brannte. Ein weiterer Generator stand dort, größer als der andere, und Rebecca war dankbar für sein Brummen, denn es übertönte die Geräusche ihrer Schritte.

Der Blick durchs erste Fenster zeigte ihr ein Vorzimmer mit unbesetztem Schreibtisch, leeren Stühlen und kahlen Wänden. Sie schlich weiter, gelangte zu einem größeren Fenster – und starrte auf den Rücken eines Mannes, der die grüne Uniform der Transportgesellschaft trug. Er stand direkt auf der anderen Seite, so nahe, dass er fast die Scheibe berührte.

Dumpfe Stimmen waren zu hören, so leise, dass Rebecca kein Wort verstand. Sie überlegte, ob sie die Steine hervorholen und mit ihrer Hilfe versuchen sollte, dem Gespräch im Gebäude zu folgen, als der Mann auf der anderen Seite des Fensters zur Seite trat.

Rebecca sah auch eine Frau und einen weiteren Mann. Die Frau war wie ein Stück Nacht, das beschlossen hatte, menschliche Gestalt anzunehmen: Gesicht, Hals und Hände waren pechschwarz. Der Mann neben ihr hatte hellere, braune Haut, ein zernarbtes Gesicht, die eine Hälfte blutig, eisblaue Augen und schneeweiße Brauen.

Konnten das die Besucher von den Sternen sein? Eine pechschwarze Frau und ein Mann mit Brauen und Haar weiß wie Schnee?

Der Uniformierte am Fenster wich noch etwas mehr beiseite, und jemand anders erschien in Rebeccas Blick. Ein Mann, der auf der Schreibtischkante saß, den beiden Fremden gegenüber, groß und schlank, etwa fünfzig Jahre alt, Haar und Bart grau wie Zinn, die Augen türkisfarben. Er trug einen schwarzen Anzug mit rubinroter Weste. Rebecca hatte ihn nie in anderer Kleidung gesehen, nicht einmal während ihrer Zeit bei Dusan.

Marcus. Der Konsul. Leiter der Transportgesellschaft und Oberhaupt von Aragon. Ein Mann, der seine Herrschaft immer weiter ausdehnte. Jemand, der mit kaltem Kalkül vorging, obwohl ihn eine heiße Leidenschaft antrieb, die Glut eines Zorns, den Rebecca nie ganz verstanden hatte. Er bezog sich vor allem auf die andere Seite, aber ein Teil davon galt auch ihr, genug, um sie zu verbrennen.

Marcus wandte den Kopf und sah zum Fenster. Rebecca fühlte sich plötzlich von seinem Blick getroffen.

Eine Sekunde später lief sie durch die Nacht.

Das Brummen des Generators wurde leiser, die Nacht dunkler. **32** Rebecca floh durch die Dunkelheit, vorbei an Baracken und Schuppen. Vorbei an einigen Arbeitern, Männern und Frauen, die grobe, schmutzige Kleidung trugen und zum kleinen Raumschiff starrten, mit dem die beiden Besucher von den Sternen gekommen waren. Graue Menschen, ohne Farben, ihre Gesichter blass, die Augen leer. Nachkommen jener Menschen, die den Bruch irgendwie überstanden, aber dabei etwas verloren hatten, vielleicht ihre Seelen.

Nur einer von ihnen, ein junger Mann nicht älter als zwanzig, reagierte auf Rebecca und drehte sich halb um. Bevor er etwas sagen konnte, war sie bereits in der Finsternis verschwunden.

Stimmen erklangen hinter ihr, das Brummen der Generatoren veränderte sich. Oder vielleicht waren es Drohnen, die aufstiegen, um nach ihr zu suchen. Wie dumm sie gewesen war, dümmer als ein kleines Kind. Ganz gleich, was die Stimmen der Steine flüsterten: Sie hatte Verstand und Erfahrung. Es war töricht, sich freiwillig in Gefahr zu begeben. Wer seine Hand ins Feuer streckte, verbrannte sich.

Rebecca stürmte durch die Nacht, erreichte den Hang, sprang hinter einen Felsen und rang nach Atem. Das Licht von Suchscheinwerfern strich umher, der Schwebewagen stieg auf, und Leute von der Transportgesellschaft liefen durchs Ausgrabungslager. Die Arbeiter standen still und stumm, gafften und begriffen vielleicht gar nicht, was geschah.

Rebecca bemerkte eine nahe Tunnelöffnung, kroch hinein und nahm einen modrigen Geruch wahr. Hier gruben die Schatzgräber nicht, hier verscharrten sie ihre Toten. Der Geruch kratzte in ihrem Hals. Sie hielt sich die Hand vor Mund und Nase, als würde das helfen.

Sie wusste, dass sie an diesem wenig einladenden Ort nicht zu lange warten durfte, denn Marcus und seine Leute würden überall nach ihr suchen und dabei jeden Stein umdrehen. Irgendwann, vielleicht schon sehr bald, würde jemand auf den Gedanken kommen, auch einen Blick in den Begräbnisstollen zu werfen.

Rebecca ließ einige Minuten verstreichen, bevor sie nach draußen spähte. Die Suche schien sich auf die gegenüberliegende Seite des Lochs zu konzentrieren, wo die Transporter standen. Das bot ihr die Gelegenheit, die sie sich erhofft hatte.

Sie kroch ins Freie, kam wieder auf die Beine und lief schnell wie der Wind am Hang entlang, anstatt hinaufzuklettern. Erst nach drei- oder vierhundert Metern wandte sie sich zur Seite und begann mit dem Aufstieg. Steine lösten sich und rollten, der lockere Boden gab immer wieder unter ihr nach, sie geriet schnell außer Atem und schnaufte und keuchte.

Hier war sie weit genug vom Lager entfernt. Niemand hörte

sie, niemand bemerkte die kleinen Gerölllawinen, die sie auslöste.

Auf halber Höhe, verborgen in einer Mulde, legte sie eine kurze Pause ein und dachte an den Schwebewagen, der vielleicht die größte Gefahr darstellte. Er verfügte über Sensoren, die viel besser sahen als menschliche Augen. Sie konnten die Wärme eines Körpers vor kälterem Hintergrund erkennen. Aber das fliegende Vehikel, das Marcus aus der Stadt hierhergebracht hatte, kreiste am anderen Ende des Lochs, fast einen Kilometer entfernt.

Rebecca kletterte weiter und erreichte schließlich den Rand des Hangs, wo ihr Büsche und Sträucher Deckung boten. In ihrem Schutz kehrte sie dorthin zurück, wo Jasil auf sie warten würde.

Der Junge war nicht da. Er fehlte ebenso wie ihr Rucksack.

Signale

33 Grayland

Die von Swift eingerichtete Panoramakuppel der *Eklipse* war zerstört, und deshalb hatte Grayland das Observatorium der wissenschaftlichen Sektion aufgesucht. Den Kontrollsessel mied er, denn das war der Platz von Rufus. In geringer Schwerkraft, die gerade ausreichte, ein Gefühl von oben und unten zu vermitteln, schwebte er durch die fünf Meter große Kuppel aus transparentem Komposit und beobachtete die Sterne – einer von ihnen die Sonne der Erde, kaum größer als die anderen – und kam sich winzig und unbedeutend vor, Teil eines viel größeren Ganzen. Die Unermesslichkeit jenseits von Rumpf und Navigationsschilden rückte die Dinge in eine neue Perspektive und nahm ihnen Bedeutung. Sie reduzierte Grayland auf die Rolle eines unbeteiligten Beobachters, der nur staunen, aber nichts verändern konnte.

»Grübelst du wieder?«, tönte die Stimme von Kiss aus dem Kommunikationssystem.

»Ich grüble nicht, ich denke nach. Über das Universum und mich. Über uns. Über meine Zukunft.«

Kiss antwortete nicht sofort. Einige Sekunden verstrichen.

»Du wirst eine Zukunft haben, wenn du die richtigen Entscheidungen triffst.«

»Zweifelst du daran?«

Wieder folgte eine kleine Pause.

»Nein.«

Kiss war langsamer und nachdenklicher geworden. Sie verbrachte mehr Zeit damit, sich selbst zu ergründen.

»Wir kommen voran«, fuhr der Intellekt nach einer Weile fort. »Ich kann das Direkt auch ohne Kralle gut genug kontrollieren, um die verlorene Fracht einzufangen.«

Grayland stieß sich in der niedrigen Schwerkraft behutsam

ab und schwebte erneut durchs Observatorium. Ein Blick zur Seite zeigte ihm den Triebwerkskranz, der zum Glück unbeschädigt geblieben war. Darüber zogen sich Risse durch den Rumpf, und fransige, schartige Löcher klafften in den Frachtsektionen. Er hielt nach den Behältern Ausschau, die sie durch die Resonanz mit dem Phasenfeld verloren hatten, doch mit bloßem Auge ließen sie sich nicht ausmachen – er hätte in Rufus' Sessel Platz nehmen und die holografischen Linsen aktivieren müssen.

»Du solltest in den Kommandonukleus kommen, Grayland«, sagte Kiss. »Ein Teil davon lässt sich noch immer mit Holoprojektoren in ein Observatorium verwandeln.«

Es wäre nicht echt, dachte er. Es wären Bilder aus zweiter Hand.

»Bald«, antwortete er. »Bald.«

Wieder vergingen einige stille Sekunden. Grayland beobachtete kleine energetische Schlangen auf den Zylindern beim Triebwerkskranz. Sie wanden sich hin und her, wie auf der Suche nach etwas.

»Ist das Direkt stabil?«, fragte er.

»Nein«, erwiderte Kiss. »Es wurde in Mitleidenschaft gezogen. Das Gespinst und die Rotationselemente mit dem Unendlichen Raum müssen neu kalibriert werden. Ich versuche, die Schwankungen und Fluktuationen auszugleichen, doch das ist nur eine Übergangslösung. Wir brauchen Kralle, ihr Geschick, ihre Intuition.«

»Aber wir fangen die verlorene Fracht ein, oder?«

»Wir werden langsamer«, sagte Kiss, »und dadurch bewegt sich der Schweif aus den Frachtbehältern auf uns zu. Ivory und die anderen Assistenten helfen mir mit den Servosystemen. Ich bin ziemlich sicher, dass wir die meisten verlorenen Artefakte in den nächsten Stunden wieder an Bord nehmen können.«

»Die meisten, aber nicht alle.« Grayland wandte sich wieder den Sternen zu. Die Milchstraße breitete sich vor ihm aus, durchzogen von dunklen Staubwolken und glühenden Nebeln. Irgendwo dort draußen befanden sich die Siebzehn Kolonien und die Welten der Tahota, seit tausend Jahren verlassen. Und es gab noch viel, viel mehr, Wunder und Mysterien, von denen der Mensch noch gar nichts wusste. Grayland hob den Blick ein wenig, zu den anderen Galaxien, Millionen von Lichtjahren entfernt, kleine Feuerräder im endlosen intergalaktischen Raum.

»Durch Kollisionen untereinander haben einige der verlorenen Artefakte ein Bewegungsmoment bekommen, das sie vom Trümmerschweif entfernt hat«, erklärte Kiss. »Ich ermittle die Koordinaten. Wir könnten ihnen folgen und sie alle einsammeln, aber es würde Zeit kosten.«

»Wie viel Zeit?«

»Sieben Monate, eine Woche und drei Tage.«

»Zu lange.«

»Ja.«

Grayland atmete kalte Luft und fröstelte plötzlich, obwohl ihn der Schutzanzug wärmte.

»Wo sind wir, Kiss?«, fragte er.

»Weit außerhalb des Sonnensystems«, lautete die sanfte Antwort. »Wir ändern den Kurs, sobald wir die verloren gegangene Fracht eingesammelt haben. Dann kehren wir zur Erde zurück.«

»Wenn wir weit genug vom Sonnensystem entfernt sind, können wir vielleicht die Siebzehn per Hyperruf erreichen.«

»Das habe ich bereits versucht, leider ohne Erfolg«, erwiderte der Intellekt. »Offenbar sind die HR-Komponenten des Kommunikationssystems beschädigt, durch die Resonanz oder Mikrometeoriten.«

»Wie lange würde die Reparatur dauern?«, fragte Grayland.

»Das lässt sich nicht abschätzen. Zuvor müsste ich die beschädigten Stellen finden und den Schaden von Ivory und den anderen Bots begutachten lassen, nachdem sie mir dabei geholfen haben, die verlorene Fracht wieder an Bord zu holen. Es würde bedeuten, dass wir nicht sofort Kurs auf die Erde nehmen, sondern noch mehr Zeit hier draußen verbringen, Tage oder Wochen.«

Grayland sprach etwas aus, über das er schon seit einer ganzen Weile nachdachte. Er richtete die Worte an den Intellekt, aber sie galten auch den Sternen der Milchstraße und den fernen Galaxien.

»Wir könnten weiterfliegen«, sagte er. »Weiter und immer weiter. Die Hibernation funktioniert. Ich könnte schlafen und wachen. Wie lange würden die Ressourcen der *Eklipse* für ein einzelnes menschliches Besatzungsmitglied reichen, Kiss?«

»Einige Hundert Jahre.«

»Und wenn sie zur Neige gehen, könnten wir irgendwo haltmachen und unsere Vorräte erneuern. Geeignete Rohstoffe für den Printer würden genügen. Wenn ich schlafe, könnten sich Ivory und die anderen Assistenten um das Schiff kümmern. Wir könnten durch die Milchstraße reisen, selbst ohne überlichtschnelle Transite, die viel Energie verbrauchen. Oder nach Andromeda. Wenn wir die *Eklipse* auf relativistische Geschwindigkeit beschleunigen, wären uns keine Grenzen gesetzt. Wir könnten Tausende oder Millionen von Jahren in die Zukunft reisen und das Universum erkunden.«

Grayland deutete über die Milchstraße hinweg zu den fernen Galaxien, obwohl ihn Kiss nicht sehen konnte, denn die visuellen Sensoren des Observatoriums waren deaktiviert.

»Der Große Attraktor, Kiss, die massereichste bekannte Struktur im Universum, bestehend aus mehreren Zehntausend Galaxien, etwa zweihundert Millionen Lichtjahre entfernt«, sagte er verträumt. »Teil des Superhaufens namens Laniakea, zu dem auch die Milchstraße gehört, sein gravitatives Zentrum. Oder der Shapley-Superhaufen in einer Entfernung von siebenhundert Millionen Lichtjahren. Kennst du die Innanawitt-Legenden, Kiss?«

»Mein Grundprogramm, das du mir gegeben hast, enthält Basisinformationen über die Innanawitt«, erwiderte der Intellekt. »Kralle hat weitere Informationen hinzugefügt und mir viele Geschichten erzählt.«

»Ach, hat sie das?« Grayland spürte einen irrationalen Anflug von Eifersucht.

»Wenn sie sich einsam fühlte. Das kam vor.«

Grayland versuchte sich eine Kralle vorzustellen, die an Einsamkeit litt. Es wollte ihm nicht recht gelingen.

»Hat sie dir auch die Geschichten von den Baumeistern erzählt?«

»Meinst du den Schöpfungsmythos der Innanawitt?«

»Die zahlreichen Galaxien des Großen Attraktors und des Shapley-Superhaufens, der sich von hier aus gesehen hinter dem Attraktor befindet, werden von ihrer Gravitation zusammengehalten.« Graylands Blick reichte in die Tiefen des Kosmos. »Trotz der Expansion des Universums entfernen sie sich nicht voneinander. In vielen Milliarden oder Billionen von Jahren werden die Galaxien in anderen Bereichen des Universums hinter dem sichtbaren Ereignishorizont verschwinden, aber nicht die des Attraktors und des Shapley-Superhaufens. Sie bleiben zusammen, für alle Zeiten, solange das Universum existiert. Nach einer Legende der Innanawitt stecken die mythischen ›Baumeister‹ dahinter, die erste kosmische Zivilisation überhaupt. Angeblich haben sie damals, vor Jahrmilliarden, Gravitationsmaschinen gebaut und mit ihnen die Struktur der Raum-Zeit verändert, damit die Galaxien der beiden Superhaufen für immer zusammenbleiben, wie weit sich das Universum auch ausdehnt, wie sehr sich die anderen Galaxien auch voneinander entfernen.«

»Gefällt dir diese Vorstellung?«, fragte der Intellekt, als Grayland verstummte.

»Ja. Es gefällt mir, dass jemand so weit vorausgedacht haben könnte. Wenn es die Baumeister tatsächlich gegeben hat, haben sie etwas Wichtiges hinterlassen, einen Ort, wo bis zum Ende von Zeit und Raum Leben und Zivilisationen entstehen können. Selbst wenn es in den übrigen Bereichen des Universums durch die kosmische Expansion längst dunkel geworden ist, in den beiden Superhaufen werden intelligente Geschöpfe auch in ferner Zukunft einen Himmel voller Sterne sehen.«

»Das ist noch nicht alles, Grayland, nicht wahr?«

»Nein.« Er seufzte leise. »Die Baumeister haben ein Zeichen gesetzt. Es ist ein angenehmer Kontrast zur Bedeutungslosigkeit des Einzelnen.«

»Fühlst du dich bedeutungslos?«, fragte Kiss.

»Ich weiß, dass ich für das Universum ebenso bedeutungslos bin wie ein Sandkorn in der Wüste.« Grayland atmete die kalte Luft im Observatorium tief ein und glaubte sich vom Universum berührt. »Wir könnten bis zum Attraktor fliegen. Und noch weiter. Wir könnten uns dort umsehen.«

»So oft wir die *Eklipse* auch reparieren und erneuern, sie kann unmöglich viele Millionen Jahre bestehen.«

»Der relativistische Flug würde die Zeit verkürzen. Während außerhalb des Schiffes Jahrmillionen vergehen, wären es für uns an Bord nur wenige Jahrhunderte, die ich in der Hibernation verbringen würde.«

»Hast du nicht etwas vergessen?«, erwiderte Kiss. »Du hast eben von Bedeutungslosigkeit gesprochen, aber du bist nicht bedeutungslos. Und du bist nicht allein.«

»Ich weiß, was du meinst. Samantha und die anderen.«

»Und das Spike.« Nach zwei oder drei Sekunden fügte der Intellekt hinzu: »Ich habe dir gesagt, wer die infizierte Person ist. Du musst die anderen warnen.«

»Ich muss zur Erde zurück.«

»Du weißt Bescheid, Grayland«, sagte Kiss. »Du weißt, was geschehen ist und was geschehen könnte. Wissen bedeutet auch Verantwortung. Nicht auf der Grundlage des Wissens zu handeln, bedeutet, der Verantwortung nicht gerecht zu werden.«

»Ich werde sie nie sehen, all die Wunder des Universums«, sagte Grayland nach einer Weile traurig. »Den Großen Attraktor. Den Shapley-Superhaufen. Die Werke der Baumeister.«

»Du hast schon viele Wunder des Universums gesehen.« Der Intellekt sprach noch immer sanft. »Du bist auf Stormark gewesen und hast die Ewige Kathedrale gesehen, vor Jahrmillionen von den Xolta aus Licht geschaffen. Auf der Suche nach Artefakten der Tahota bist du durch die Nekropole von Geca gewandert und hast dort die Gesichter der Vergangenheit gesehen. Oder denk nur an den Koloss von Fabraka, groß wie ein Berg. Ein Schatz, den ihr mit der *Sol* und der *Omikron* geteilt habt.«

»Sie haben ihn zerlegt, den Koloss«, sagte Grayland betrübt. »Sie haben ihn zertrümmert und zerschlagen, um an die Artefakte in seinem Innern zu gelangen.«

»Warst du nicht daran beteiligt?«

Grayland erinnerte sich. »Ich habe Aufzeichnungen angefertigt und in deinen Datenbanken gespeichert. Ich habe bewahrt, was bewahrt werden konnte.«

»Denk an die anderen Welten, die ihr besucht habt. Denk an die Grotten von Utir ...«

»Ja«, sagte Grayland. »Ja. Aber es gibt noch viel, viel mehr dort draußen. Zahllose Welten allein in der Milchstraße. So viel zu entdecken, so viel zu bestaunen. Und allein Laniakea besteht aus hunderttausend Galaxien. Ich werde nie Gelegenheit erhalten, all die Wunder zu sehen.«

»›Nie‹ ist ein zu kategorisches Wort«, entgegnete der Intellekt. »Rufus würde vielleicht sagen: Der Kontext von ›nie‹ hat nie eine Wahrscheinlichkeit von hundert Prozent.«

Grayland lächelte unwillkürlich. »Rufus macht keine Wortspiele.«

»Vielleicht doch. Vielleicht hast du nur noch keins von ihm gehört. Gib ihm Gelegenheit.«

Grayland seufzte. »Ich hätte die anderen nicht im Stich gelassen. Es war nur ein schöner Traum.«

»Ich weiß«, antwortete Kiss. »Und ich weiß auch: Sosehr dich die ›Wunder des Universums faszinieren‹, in erster Linie suchst du Frieden. Du möchtest deine Gedanken in ruhige Stille fallen lassen.«

Grayland lächelte schief. »Du kennst mich gut.«

»Ja, ich kenne dich gut. Deshalb habe ich auch nie daran gezweifelt, dass du ...«

Grayland wartete. Sein Bewegungsmoment trug ihn zur transparenten Wand des Observatoriums, und diesmal hielt er sich fest.

»Kiss?«

»Ich empfange Signale«, meldete sich der Intellekt. »Mit dem Code des Instituts für Technologische Innovation.«

»Von der Erde?«

»Nein. Offenbar stammen die Signale aus dem Kuipergürtel.«

Grayland stieß sich ab und schwebte zum offenen Schott. »Ich bin auf dem Weg zum Nukleus.«

34 Nur drei von sieben Stationen funktionierten. Grayland saß an einer davon, rief Daten von den Sensoren ab und schuf daraus eine schematische Darstellung des Kuipergürtels im primären

Sichtfeld. Eine eingeblendete Markierung wies auf den Ursprung der Signale hin.

»Bitte zeig mir die Signalsignatur«, sagte Grayland und warf einen kurzen Blick zur Seite. Zwei Wartungsbots waren damit beschäftigt, die anderen Konsolen zu reparieren. Sie arbeiteten mit flinkem Geschick und halfen sich gegenseitig.

»Hier ist sie«, antwortete der Intellekt.

Daten erschienen neben den Darstellungen des Kuipergürtels und seiner größeren Objekte, die am Rand des Sonnensystems ihre Bahn zogen, unter ihnen der Zwergplanet Pluto mit seinem globalen Ozean, bedeckt von Wasser- und Stickstoffeis.

Grayland betrachtete die Kombinationen aus Buchstaben, Zahlen, Symbolen und Modulationskurven.

»Eine ITI-Signatur, kein Zweifel«, stellte er fest. »Inhalt der Mitteilung?«

»Es gibt keine Mitteilung«, antwortete Kiss. »Die Signale sagen nur: Hallo, wir sind hier.«

»Kein Notruf? Kein Bericht? Keine Statusauskunft?« Grayland berührte die Schaltflächen der Konsole und überprüfte die Kursvektoren. Die *Eklipse* hatte inzwischen in einem weiten, das Triebwerk schonenden Bogen gewendet und kehrte in Richtung Sol-System zurück.

»Nichts dergleichen«, tönte die Stimme des Intellekts aus dem Kommunikationssystem. »Aber es ist mehr, als wir von der Erde bekommen haben. Übrigens: Es handelt sich nicht um einen Hyperruf, wie du sicher bemerkt hast. Die ITI-Signale bestehen aus gewöhnlichen lichtschnellen Wellen. Es ist reines Glück, dass wir sie empfangen haben. Wäre unser Kurs ein wenig anders, hätten unsere Kommunikationssensoren nichts entdeckt.«

»Lässt sich ein Kontakt herstellen?«

»Derzeit beträgt die Entfernung fast einen Lichttag«, antwortete der Intellekt. »Bei einer Anfrage mit gewöhnlichen Signalen könnten wir also nicht vor zwei Tagen mit einer Antwort rechnen.«

Grayland lehnte sich nachdenklich zurück. »Könnten die ITI-Signale aus dem Kuipergürtel etwas mit dem Phasenfeld zu tun haben?«

»Unbekannt.«

Grayland betrachtete den Inhalt der Datenfelder. Hier und dort wies ein kurzes Flackern auf einen instabilen Energiefluss hin.

Ein Zischen veranlasste ihn, den Kopf zu drehen. Die beiden Bots hatten begonnen, eine der demontierten Konsolen wieder zusammenzusetzen.

»Was ist mit dem Direkt, Kiss?«

»Hochgefahren, aber nicht stabil. Mehr können wir ohne Kralle nicht leisten. Sie kennt sich mit den Wechselwirkungen zwischen Gespinst und Unendlichem Raum am besten aus.«

»Du hast alle Daten.«

»Ja. Aber ich bin nicht Kralle. Mir fehlt ihre Intuition, ihre Erfahrung mit der Technik der Tahota. Sie ist die beste mir bekannte Direkt-Ingenieurin.«

Grayland beugte sich wieder vor und rief die aktuellen Triebwerksdaten ab. Das primäre Sichtfeld weiter vorn, eine Art holografische Bühne, zeigte noch immer eine schematische Darstellung des Sonnensystems mit allen Planeten, größeren Asteroiden und dem Kuipergürtel. Markierungen wiesen auf die aktuelle Position der *Eklipse* und den Ausgangspunkt der ITI-Signale hin, und eine dünne weiße Linie stellte die gegenwärtige Flugbahn des Schiffes dar – der ITI-Sender befand sich ein ganzes Stück abseits davon.

»Wie schnell können wir die Erde erreichen?«, fragte Grayland.

»Nicht sehr schnell«, antwortete Kiss. »Wir nutzen nicht das volle Potenzial des Direkts, aus guten Gründen. Eine neuerliche Resonanz mit dem Phasenfeld muss unbedingt vermieden haben. Beim ersten Mal hatten wir Glück.«

»Glück? Swift und die anderen sind gestorben.«

»Du weißt, was ich meine. Die *Eklipse* hätte zerstört werden können. Was deine Frage betrifft: Wenn wir das Direkt bis zur kritischen Grenze hochfahren, brauchen wir eine Woche bis zur Erde. Ein überlichtschneller Transitflug kommt unter den gegebenen Umständen jedoch nicht infrage. Vielleicht ist er gar nicht möglich.«

Grayland deutete zur Holo-Bühne. »Der Ausgangspunkt der Signale liegt nicht auf dem Weg.«

»Nein.«

Graylands Finger strichen durch kleine Eingabefelder. »Wie viel Zeit würde der Umweg zum Signalursprung kosten?«

»Drei Tage«, antwortete der Intellekt sofort.

Grayland überlegte. »Für Samantha und die anderen auf der Erde wären drei Tage mehr oder weniger vielleicht ein großer Unterschied.«

Das dumpfe Grollen des Direkts klang vertraut und gleichmäßig, trotz der geringfügigen Instabilität. Die beiden Bots nahmen sich eine weitere Konsole vor. Sie lokalisierten Defekte und reparierten mit unermüdlichem Eifer.

»Sie brauchen Hilfe«, fügte Grayland hinzu. Er war Intellektor, kein Koordinator oder gar Missionsleiter. Seine Aufgabe bestand darin, sich um den Intellekt und die Datenbanken zu kümmern. Das Treffen wichtiger Entscheidungen, von denen gar Leben abhängen konnte, hatte er immer anderen überlassen. »Was schlägst du vor?«

»Wir haben mehrmals versucht, Kontakt mit der Erde aufzunehmen«, antwortete der Intellekt ruhig. »Vergeblich. Sie hat sich verändert, auf eine Art und Weise, die wir nicht verstehen. Bei dieser Erde gibt es weder Orbitalstationen noch die Habitate Helios-9 und H-17. Die Städte von Luna und Mars sowie die Niederlassungen auf den Monden von Jupiter und Saturn scheinen ebenfalls verschwunden zu sein.«

»Hast du inzwischen eine Erklärung dafür? Oder eine Hypothese?«

»Nein, Grayland. Derzeit reichen die Daten nicht für eine Hypothese, von einer einigermaßen verlässlichen Erklärung ganz zu schweigen. Und ansonsten gibt es im ganzen Sonnensystem keine anderen von Menschen stammenden Signale. Doch wer auch immer diese einfachen lichtschnellen Funkwellen ins All schickt, kann uns vielleicht sagen, was auf der Erde geschehen ist.«

»Drei zusätzliche Tage ...« Grayland dachte an das Spike und an die infizierte Person. Drei Tage konnten der Unterschied zwischen einer Gefahr und einer globalen Infektion sein.

»Vielleicht erfahren wir mehr«, fügte Kiss hinzu. »Es hängt davon ab, was wir am Ursprungsort der Signale vorfinden.«

Grayland atmete tief durch. »Ich frage dich noch einmal: Was schlägst du vor?« Er beobachtete die Kurslinie im primären Sichtfeld und den blinkenden Punkt, der die Position der *Eklipse* kennzeichnete; langsam wie eine Schnecke kroch er an der Linie entlang, in Richtung Kuipergürtel und Sonnensystem.

»Ich schlage vor, dass wir den Kurs ändern und herauszufinden versuchen, was der Ursprung der Signale ist«, erklärte der Intellekt. »Unter Umständen erhalten wir dort wichtige Informationen für unsere Mission auf der Erde.«

Grayland hatte keine andere Antwort erwartet. Er ließ die Schultern hängen und sackte ein wenig im Sessel zusammen, bevor er sagte: »Na schön. Wir ändern den Kurs und beschleunigen bis dicht unter die kritische Belastungsgrenze des Direkts.«

»Ich habe schon alles vorbereitet«, sagte Kiss, und Grayland war nicht überrascht.

Das Grollen des Triebwerks schwoll an, und die *Eklipse* wurde schneller.

35 Grayland vermied es, noch einmal das Observatorium aufzusuchen, obwohl er Zeit genug dafür gehabt hätte, denn um die Reparaturarbeiten kümmerten sich vor allem Ivory und die anderen Bots, die darin weitaus effizienter waren als der fähigste, geschickteste Mensch. Er untersuchte den Intellekt und die Datenbanken, obwohl sich Kiss bereits sehr genau selbst analysiert hatte. Um sich abzulenken, führte er stundenlange Fehleranalysen durch und fand mehrere Abschnitte in der Grundprogrammierung des Intellekts, die bei der Manipulation der Speichereinheiten – des »Gedächtnisses« – in Mitleidenschaft gezogen worden waren. Eine Zeit lang versuchte er, die gelöschten Daten wiederherzustellen, gab es jedoch auf, als er begriff, dass die betreffenden Informationen tatsächlich unwiederbringlich gelöscht waren.

»Was du vergessen hast, bleibt verloren«, sagte Grayland am dritten Tag nach der Kursänderung frustriert.

»So bedauerlich das auch sein mag«, erwiderte Kiss, »es beeinträchtigt mich nicht. Ich bleibe ich.«

Grayland hatte während der vergangenen beiden Tage nach versteckten Fallstricken und Bomben in den Programmbibliotheken des Intellekts gesucht, vorbereitet von der infizierten Person. In allen Winkeln und Ecken hatte er Ausschau gehalten, ohne etwas Verdächtiges zu entdecken. Es gab auch keine versteckten toxischen Algorithmen, die wichtige Programmprozeduren verändern oder lahmlegen konnten, wenn bestimmte Bedingungen eintraten oder bei Übermittlung eines Aktivierungscodes. Kiss war »sauber«, von einigen kleinen Löchern in ihrem Gedächtnis abgesehen.

Grayland machte eine weitere lange Runde durch die *Eklipse*, auch durch die insgesamt dreiunddreißig Frachtsektionen, obwohl sie ihm dort unheimlich war – etwas in ihm befürchtete, dass sich irgendwo ein weiteres Spike verbarg.

Das war natürlich Unsinn, Samantha und die anderen hätten ein zweites Spike an Bord zweifellos gefunden. Trotzdem fühlte er sich unbehaglich, wenn er die dunklen Bereiche passierte, die das Licht seiner Lampe schluckten, ohne etwas preiszugeben.

Er überprüfte die Behälter mit den Objekten, die wie Statuen oder Skulpturen aussahen und von den Tahota-Welten Inetas, Zheir und Thercer stammten; die Artefakte in ihrem Innern mussten erst noch von den Spezialisten des Instituts für Technologische Innovation klassifiziert werden. Die verlorene Fracht befand sich inzwischen wieder an Bord, zumindest der größte Teil von ihr. Grayland stellte sich vor, wie der Rest durch die Nacht zwischen den Sternen flog, Jahrmillionen lang, vielleicht für immer.

Auf dem Rückweg zum Nukleus machte er im Interfacezimmer halt und überlegte, ob er sich für eine Reise durch die Datensphären des Intellekts mit den biomentalen Schnittstellen verbinden sollte. Er hätte das Haus seiner Eltern Börgard und Lenna in Norwegen besuchen und mit der wahren Kiss reden können, wie sie nur für ihn existierte. Doch er entschied sich dagegen, und als er den Weg zum Nukleus fortsetzte, wurde ihm schnell klar, dass er die richtige Entscheidung getroffen hatte, denn die *Eklipse* begann zu vibrieren und zu zittern.

»Ich bin froh, dass du zurückgekehrt bist«, klang die Stimme des Intellekts aus dem Kommunikationssystem. »Der Nukleus ist derzeit der sicherste Ort an Bord.«

Grayland setzte sich und fühlte, wie das Zittern stärker wurde.

»Wo sind Ivory und die Bots?«, fragte er.

»Bei den Gravitationsankern und Flanschen der Frachtsektionen. Damit sie sofort intervenieren können, wenn es zu einer lokalen Instabilität kommt.«

Grayland sah sich die Datenfelder an. »Wir sind im Kuipergürtel.«

»Ja, tief in seinem Innern«, bestätigte Kiss. »Wir nähern uns dem Ziel, aber ich muss die Geschwindigkeit verringern und mehr Energie in die Navigationsschilde leiten. Wir durchqueren eine lokale Trümmerwolke, vermutlich entstanden durch die Kollision mehrerer Asteroiden. Normalerweise sind die Objekte des Kuipergürtels Hunderttausende oder gar Millionen Kilometer voneinander entfernt, aber in diesem Bereich ist die Materiedichte höher.«

Grayland sah sich die Statusdaten an. Das Schiff war sehr viel langsamer geworden und flog nur noch mit fünf Prozent Lichtgeschwindigkeit. Die vom Direkt gespeisten Navigationsschilde wölbten sich um den Bug der *Eklipse* und wiesen dort eine vierfache Staffelung auf, stark und stabil genug, um Meteoriten und selbst kleine Asteroiden zu pulverisieren oder abzulenken. Bei größeren Brocken musste das Schiff ausweichen, und die Statusanzeigen wiesen Grayland darauf hin, dass Kiss immer wieder kleine Ausweichmanöver einleitete. Er hielt die Hände von den Schaltflächen und virtuellen Kontrollen fern – kein Mensch konnte so schnell reagieren wie ein Intellekt.

Stattdessen wandte er sich den Kommunikationskontrollen zu, hörte sich die akustische Entsprechung der Signale an, ein wortloses rhythmisches Rauschen und Klicken, und betrachtete die Modulationsmuster.

»Alles unverändert, nicht wahr?«

»Ja«, bestätigte der Intellekt, während er das Schiff steuerte. »Ich registriere keine Reaktion auf unsere Annäherung.«

»Die lokale Trümmerwolke«, sagte Grayland, »könnte sie etwas mit der Präsenz der Signale zu tun haben?«

Er kippte plötzlich zur Seite und wäre aus dem Sessel gerutscht, wenn er sich nicht an den Armlehnen festgehalten hätte. Eine Sekunde später normalisierte sich die Ausrichtung der künstlichen Schwerkraft wieder.

»Vielleicht solltest du den Sicherheitsharnisch benutzen«, schlug Kiss vor. »Wir fliegen mit fünfzehntausend Kilometern pro Sekunde. Das ist nicht viel, wenn man interstellare Maßstäbe anlegt – dann ist es sogar lächerlich wenig –, aber selbst bei einer so geringen Geschwindigkeit können Hindernisse ganz plötzlich vor uns auftauchen.«

»Ein Asteroid?« Grayland streckte die Hand nach den virtuellen Kontrollen aus. Die Darstellungen des primären Sichtfeldes veränderten sich.

»Nein. Ein Objekt aus Metall, Komposit und Polymerverbindungen. Hier ist ein Bild.«

Das Objekt, mit dem die *Eklipse* beinah kollidiert wäre, erschien auf der holografischen Bühne vor den Kommandokonsolen. Dass es sich nicht um einen Asteroiden handelte, erkannte Grayland auf den ersten Blick. Was dort draußen seine Bahn zog als Teil einer ungewöhnlich dichten Materiewolke tief im Innern des Kuipergürtels, war kein unregelmäßig geformter Gesteinsbrocken, sondern das Trümmerstück eines Raumschiffs.

»Typische Materialzusammensetzung«, ertönte die Stimme des Intellekts. »Ein Schiff von der Erde.«

»Hier draußen«, murmelte Grayland. »Am Rand des Sonnensystems.« Etwas lauter fügte er hinzu: »Wie alt? Kannst du das feststellen?«

»Dazu reichen die Sensordaten nicht. Um das Alter festzustellen, wäre eine Untersuchung vor Ort nötig, mit einem Scanner aus unmittelbarer Nähe.«

Grayland dachte kurz daran, mit einem der beiden noch verbliebenen Rettungsboote aufzubrechen, aber das wäre natürlich Unsinn gewesen, wie ihm sofort klar wurde. Inzwischen betrug die Entfernung zum Trümmerstück bereits mehrere Lichtsekunden, und sie wuchs mit jedem verstreichenden Moment.

Sein Blick galt noch immer den aufgezeichneten Bildern des Raumschifffragments. »Hypothese, Kiss?«

»Kollision mit einem Asteroiden. Das würde die Trümmerwolke erklären.«

»Wann erreichen wir den Ausgangspunkt der Signale?«

»Eigentlich hätten wir das Ziel in zwei Stunden erreichen sollen, aber da ich vorsichtiger navigieren muss als vorgesehen, brauchen wir einige Stunden länger. Du solltest die Zeit nutzen, um etwas zu schlafen.

36 Grayland zog sich in seine Kabine zurück und legte sich hin, doch er fand keinen Schlaf. Er dachte an die infizierte Person und die anderen, denen ebenfalls eine Infektion drohte, weil sie nichts von der Gefahr wussten. Drei Tage waren vergangen, und der Flug zur Erde würde eine weitere Woche dauern – in zehn Tagen konnte viel geschehen.

Kiss hatte recht, er sehnte sich vor allem nach Frieden. Die anderen wünschten sich Reichtum, vielleicht auch Glanz und Glorie oder, wie im Fall von Rufus M, neue wissenschaftliche Erkenntnisse. Aber er, Grayland, Intellektor der *Eklipse*, wünschte sich Frieden, ein Leben ohne die Last schwerer Gedanken. Derzeit war der Frieden weiter entfernt als jemals zuvor, weiter noch als der Große Attraktor oder der Shapley-Superhaufen, und die vielen schweren Gedanken ließen überhaupt keinen Platz mehr für leichte.

Er begann erneut eine Wanderung durch die kleine, überschaubare Welt des Schiffs, beobachtete Ivory und die anderen Bots bei der Arbeit. Am Direkt blieb er stehen, blickte in den Hauptzylinder und fühlte die Nähe des Gespinsts und des Unendlichen Raums. Mit überlichtschnellen Transitflügen wäre alles leichter gewesen, der Faktor Zeit hätte eine weniger große Rolle gespielt. Aber das Sonnensystem steckte in der Blase des Phasenfelds, und innerhalb dieser Blase drohten energetische Resonanzen. Die Frage, wer oder was das Kraftfeld geschaffen hatte, gehörte zu den ungelösten Rätseln, mit denen sich die *Eklipse* seit ihrer Rückkehr zum Sol-System konfrontiert sah.

Graylands Gedanken kehrten zu dem Trümmerstück zurück, dem Kiss im letzten Augenblick ausgewichen war. Ein Schiff der Erde, im Kuipergürtel zerstört. Vielleicht durch die Kollision mit einem Asteroiden, lautete die Hypothese des Intellekts.

Es gab noch andere Möglichkeiten. Hatte sich das Schiff im Transitflug befunden, als das Phasenfeld aktiv geworden war? Hatte es versucht, das Sonnensystem zu verlassen, und war es bei diesem Versuch der Resonanz zum Opfer gefallen? Die Explosion des Direkts konnte mehrere Asteroiden in der Nähe zerrissen haben – eine Erklärung für die Trümmerwolke.

Oder hatte ein Kampf stattgefunden? Zwischen einem Schiff von der Erde und ... wem?

Als er den Speiseraum betrat, um sich vom Printer eine einfache Mahlzeit anfertigen zu lassen, erreichte ihn eine vertraute Stimme.

»Grayland?«

»Ja?«

»Wir nähern uns dem Ziel.«

Er machte sofort kehrt und lief durch den halbdunklen Korridor. »Ich bin unterwegs.«

Das Objekt rotierte langsam auf der holografischen Bühne vor den Konsolen, dunkelgrau und schwarz von kosmischem Staub, übersät von kleinen Kratern, in denen sich hier und dort weißes Material zeigte.

»Ein schlafender Komet«, sagte Kiss und blendete Daten ein. »Größte Länge einhundertneunzehn Komma neun Kilometer, größter Durchmesser vierundfünfzig Komma acht Kilometer.« Es folgten Angaben über Masse, Dichte und Eigengeschwindigkeit. Die Daten deuteten auf große Ansammlungen von Eis unter der mehrere Meter dicken Staubschicht hin.

»Von dort kommen die Signale?«

»Ja. Ich habe eine Erkundungssonde gestartet. Hier sind die Bilder.«

Der Komet sprang dem Schiff entgegen, so schien es, und füllte das ganze primäre Sichtfeld aus. Grayland betrachtete eine Welt aus Staub, Gestein und Eis, das aus der Zeit stammte, als sich das Sonnensystem gebildet hatte; im Boden von Kratern und am Grund von Schluchten zeigte es sich in Form von weißen Flecken und Streifen. Kleine Ebenen erstreckten sich zwischen tiefen Spalten. Zerklüftete Felsen bildeten einen Höhenzug, der wie das Rückgrat dieser nackten, atmosphärelosen Welt wirkte und auf der Holo-Bühne nach unten glitt, als die Erkundungssonde ihren Flug um den Kometen fortsetzte.

Grayland bemerkte mehrere Objekte am Rand eines Kraters. Sie waren heller als der Staub oder das Felsgestein. »Was ist das?«

Ein Zoom brachte die Objekte näher. Um Felsen schien es sich nicht zu handeln – sie wirkten wie zerknüllt und zerrissen.

»Komposit und verschiedene Metalllegierungen«, sagte der Intellekt. »Offenbar Teile von Rumpfsegmenten eines Raumschiffs.«

»Weitere Trümmer«, murmelte Grayland. »Vom selben Schiff?«

»Schwer zu sagen.«

Grayland achtete nicht auf die eingeblendeten Daten, mit denen Rufus weitaus mehr hätte anfangen können. Er beobachtete die Felsformationen des namenlosen Kometen und fand noch mehrere Trümmerteile, darunter ein zylindrisches Segment, das vielleicht aus einem Direkt stammte.

»Von wo kommen die Signale?«, fragte er.

»Sie haben ihren Ursprung auf der anderen Seite des Kometen«, antwortete Kiss. »Die Sonde wird den Ort gleich erreichen.«

Ebenen und Krater, Felsrücken und tiefe Schluchten – Eigenrotation und Flug der Sonde sorgten dafür, dass die Landschaften des Kometen schnell einander abwechselten. Eine Mulde geriet in Sicht, wie eine von der Faust eines Riesen geschaffene Delle, und an ihrer tiefsten Stelle wölbte sich eine ockerfarbene Habitatkuppel. Sie schien intakt zu sein, obwohl einige Trümmer des zerstörten Schiffs nur wenige Meter entfernt lagen, unter ihnen Teile eines Triebwerkskranzes.

Die Sonde verharrte fünfzig Meter über der Kuppel. Die Datenkolonnen zu beiden Seiten der holografischen Bühne veränderten sich.

»Der Sender befindet sich in der Kuppel«, stellte Kiss fest. »Die Sensoren registrieren energetische Emissionen. Einige Habitatanlagen sind noch aktiv.«

Grayland starrte ins Sichtfeld. »Versuch noch einmal, einen Kontakt herzustellen.«

164

»Habe ich bereits. Keine Antwort. Es scheint sich um eine automatische Sendung zu handeln.«

»Aber die Station ist nicht tot?«

»Nein. Es gibt noch Energie in ihr, mehr als für den Betrieb des Senders erforderlich. Und hast du das hier gesehen?«

Die Bilder wechselten und zeigten zwei Objekte außerhalb der Habitatkuppel, keine Trümmer, sondern cremefarbene Blöcke fast so hoch wie die Kuppel, mit einer Öffnung auf der einen Seite, darüber das Hoheitszeichen des Instituts für Technologische Innovation: ein stilisiertes Auge mit der Erde als Pupille.

»Printer«, sagte Grayland.

»Ja«, bestätigte Kiss. »Inaktiv. Vielleicht wurden mithilfe der beiden Printer die für den Bau der Habitatkuppel notwendigen Komponenten hergestellt. Ich schlage vor, wir schicken Bots auf den Kometen. Vielleicht können sie sich Zugang zur Kuppel verschaffen.«

Grayland musste nicht überlegen und mit sich selbst ringen. Er stand auf.

»Ich nehme eins der Rettungsboote und sehe mir die Kuppel selbst an«, sagte er.

»Ein riesig Trümmerbild von Stein«

37 Lorenti

Die Träume lagen auf der Lauer, immer. Sie warteten in der dunklen Welt hinter Lorentis Lidern, sie warteten darauf, dass er die Augen schloss und seine Wachsamkeit erlahmte. Dann zeigten sie ihm Cattarina und die Zwillinge, wie sie die Helme öffneten und versuchten, viel zu dünne Luft zu atmen. Sie zeigten ihm, wie sie starben, wie ihre Augen platzten, und er hörte ihre Stimmen, die ihm die Schuld gaben. Er hatte sie nicht retten können, und er hatte nicht rechtzeitig Hilfe geholt.

Zwei Tage und zwei Nächte gelang es Lorenti, dem Schlaf und damit auch den Träumen zu entkommen. An Bord der *Eklipse* hatte er Desotamin genommen, um wach zu bleiben, und Somnazen, wenn sich der Schlaf nicht länger vermeiden ließ – das Betäubungsmittel nahm den Traumbildern Farbe und Kontrast, machte sie verschwommen und undeutlich. Beide Mittel hatte er mit einem kleinen Printer hergestellt, der zu seinen persönlichen Habseligkeiten zählte. Samantha und die anderen wussten nichts davon. Oder sie wussten Bescheid und verrieten nicht, dass sie Bescheid wussten – vor dem Intellekt ließ sich kaum etwas verbergen.

Der kleine Printer befand sich noch immer an Bord des Schiffs, was bedeutete, dass sich Lorenti mit den medizinischen Vorräten des Rettungsboots begnügen müsste, einem kleinen, allein für Notfälle bestimmten Paket. Die beim ITI für die Zusammenstellung des Medo-Sortiments verantwortlichen Personen waren jedoch offenbar der Meinung gewesen, dass Weckamine und Hypnotika nicht zu einer Notfallausrüstung gehörten – sie hatten vor allem an Verletzungen, die Reinigung von Wunden sowie die Wiederherstellung von Körperfunktionen gedacht, nicht aber an ein kräftezehrendes Psychotrauma.

Zwei Tage und zwei Nächte blieb Lorenti wach. Er verließ die Stadt am Rand des ausgetrockneten Meers und marschierte über staubige, rissige Straßen nach Nordwesten. Diese Richtung zeigte ihm sein Orientierungsgerät zur nächsten Niederlassung des Instituts für Technologische Innovation an. Allerdings fragte er sich, ob er den Hinweisen angesichts einer veränderten Erde trauen durfte. Er versuchte, nicht zu oft darüber nachzudenken, was mit ihr geschehen war, denn etwas in ihm befürchtete, den letzten Halt zu verlieren, die letzte Hoffnung. Während er einen Fuß vor den anderen setzte, tagsüber in brütender Hitze und nachts bei klirrender Kälte, dachte er vor allem an die ihm zustehenden Erwerbspunkte und das neue Leben, das ihn erwartete, mit neuen Erinnerungen. Er stellte sich vor, nach all den Jahren endlich wieder ruhig schlafen zu können, ohne den Albtraum, der ihm Geist und Seele zerfraß.

Dass sich ausgerechnet Grayland um die verlorene Fracht kümmerte, gefiel ihm nicht sonderlich, denn er hielt ihn für einen zugeknöpften, weltfremden, eigenbrötlerischen und autistischen Narren, verliebt in den Intellekt der *Eklipse*. Doch Lorenti musste zugeben, dass es beim ITI kaum einen besseren Intellektor gab als Grayland. Er würde sich um die Reparatur des Schiffs kümmern und dafür sorgen, dass es intakt blieb, weil das auch dem Wohl des Intellekts diente. Und er würde zurückkehren, wenn auch vielleicht nicht aus eigenem Wunsch. Der Intellekt musste sich an seine Basisanweisungen halten, und die sahen vor, dass das Beutegut – die Artefakte der Tahota – beim Institut auf der Erde abgeliefert wurden.

Am Ende des zweiten Tages fand er Wasser, braun und trüb, reinigte es mit dem Sterilisator der Notfallausrüstung und stillte seinen Durst. Mit den Nahrungskonzentraten aus dem Rettungsboot bereitete er sich eine Mahlzeit zu und nahm sie auf der Kuppe eines Felsenhügels ein, der ihm einen weiten Blick über die Landschaft gewährte. Als es dunkel zu werden begann und erste Sterne am Himmel erschienen, blickte er mit einer kleinen MFE – einer Multifunktionseinheit, die ebenfalls zur Notausrüstung gehörte und unter anderem als Sicht- und Analysegerät verwendet werden konnte – nach Nordwesten.

Das Orientierungsgerät gab die Entfernung zur nächsten ITI-Niederlassung mit siebenundzwanzig Kilometern an, doch er sah nur einen Höhenzug in weiter Ferne. Im Westen hingegen bemerkte er Lichter am Fuß eines seltsam geformten Hügels, der in der Mitte breiter zu sein schien als am Fuß.

Lorenti ließ die MFE sinken, doch mit bloßem Auge konnte er nichts erkennen, die Entfernung war zu groß. Erneut blickte er durch die Linsen des Sichtgeräts und stellte fest, dass sich die Lichter bewegten. Lampen, von Menschen getragen?

Die Nacht brachte Erlösung von der Hitze. Es wurde schnell kälter, aber Lorenti fror nicht, solange er in Bewegung blieb. Er folgte dem Verlauf eines unbefestigten Weges nach Westen, vorbei an den Ruinen einzelner Häuser und gelegentlich auch Fahrzeugwracks. Hin und wieder raschelte es im nahen Gestrüpp, und einmal erschrak Lorenti, als ein Geschöpf groß wie ein Hund erschien, die Zähne fletschte, knurrte und wieder in der Nacht verschwand.

Zweimal machte er Rast, um zu trinken und etwas zu essen. Durch den Schlafmangel wurden seine Gedanken wirr, das spürte er. Einmal vergaß er sogar, wohin er unterwegs war; er erinnerte sich erst wieder daran, als er durch die Linsen der Multifunktionseinheit blickte und den Lampenschein in der Ferne sah. Im Morgengrauen, als er neben einem umgestürzten Transporter saß, der drei seiner sechs Räder verloren hatte und dessen Karosserie zahlreiche Schusslöcher aufwies, überlegte er einige verwirrte Sekunden lang, auf welchem Planeten er sich befand und warum.

Der dritte Tag begann, und Erschöpfung machte die Glieder schwer. Lorenti kam langsamer voran, schwitzte in der Hitze, wollte trinken und stellte fest, dass beide Feldflaschen rechts und links am Gürtel leer waren. Er hielt nach Wasser Ausschau, nach Büschen und Sträuchern, die ihr saftiges Grün behalten hatten, was auf die Nähe einer Quelle oder eines Baches hinwies. Doch die Konturen der Umgebung hatten mit einem seltsamen Tanz begonnen, Steine und Sträucher blieben nicht an Ort und Stelle, befanden sich mal hier, mal dort. Der Hügel, bei dem er den Lampenschein gesehen hatte, war nicht mehr so weit entfernt und schien tatsächlich seltsam zu sein, denn er sah aus wie ein nachdenklich zur Seite geneigter Kopf.

Am Mittag konnte sich Lorenti kaum mehr auf den Beinen halten. Er hatte kein Wasser gefunden, der Gaumen war trocken, und die Zunge schien angeschwollen zu sein. Doch die Müdigkeit war größer als der Durst, und als er eine weitere Ruine erreichte, wankte er an wie von Feuer geschwärzten Mauern vorbei, taumelte eine halb verschüttete Treppe hinunter und stolperte durch einen Kellereingang. Kühle Dunkelheit nahm ihn in Empfang.

In einer Ecke des kleinen Raums sank er zu Boden, den Rücken an die Wand gelehnt, und sosehr er sich auch bemühte, er konnte die Lider nicht länger oben halten.

Lorenti schloss die Augen.

Eine Sekunde später schlief er.

38

Die Valles Marineris erstreckte sich vor ihnen, das größte Grabenbruchsystem auf dem Mars, eine siebenhundert Kilometer breite und viertausend Kilometer lange zerklüftete Landschaft aus bis zu siebentausend Meter tiefen Schluchten: eine gewaltige Narbe im roten Antlitz des Planeten.

Lorenti hatte Cattarina und den beiden Zwillingen eine der Tafeln in der tiefsten Schlucht zeigen wollen, zwei Millionen Jahre alt, mit den Schriftzeichen der alten Marsianer. Eine Route abseits der Touristenströme, eine kleine Kletterpartie statt der bequemen Gravlifte, ein Abenteuer für die Familie.

Doch ein Defekt im Gravitationsmotor des Schwebewagens zwang sie zur Notlandung in einer kleinen, schmalen Schlucht, einem winzigen Ausläufer der Valles Marineris, durch einen vierzig Kilometer langen und nur wenige Meter breiten Spalt mit dem Grabenbruchsystem verbunden. Nie erreichte Sonnenschein den Boden der Schlucht, dort herrschte immerwährende Nacht.

Das Kommunikationssystem des defekten Schwebewagens funktionierte, doch es handelte sich um einfache Technik, nicht annähernd so leistungsfähig wie die Hyperruf-Module eines

Raumschiffs. Das Felsgestein zu beiden Seiten blockierte die Signale, nur nach oben war der Weg frei. Der schmale Ausschnitt des Himmels über ihnen, allein dort konnte man den Notruf hören.

Lorenti wollte nicht darauf vertrauen, dass sich ein Satellit an der richtigen Stelle befand. Er baute den Sender aus – nur den Sender, weil es schneller ging. Später bereute er diese Entscheidung, denn sie bedeutete, dass er keine Antwort erhielt, keine Bestätigung dafür, dass der Notruf auch empfangen worden war.

Bevor er mit dem Aufstieg begann, schärfte er Cattarina und den Zwillingen ein, auf keinen Fall die Helme zu öffnen, auch dann nicht, wenn sie das Gefühl hatten, keine Luft mehr zu bekommen. Das Terraforming des Mars machte Fortschritte, aber die Luft war noch immer dünn und enthielt viel zu wenig Sauerstoff.

Der Aufstieg dauerte drei Stunden und war weitaus anstrengender, als Lorenti angesichts der geringeren Mars-Schwerkraft erwartet hatte. Mit schmerzenden Muskeln erreichte er schließlich den Rand der Schlucht, von wo aus er den Schwebewagen tief unten nicht mehr sehen konnte. Er schaltete den mit einer Energiezelle verbundenen Sender ein und wartete, obwohl alles in ihm danach drängte, sofort zu Cattarina und den Kindern zurückzukehren. Aber jemand musste den Rettern den Weg weisen, und deshalb blieb er, bis nach einer halben Stunde, die ihm endlos lange erschien, ein Orbiter eintraf, ausgestattet mit Werkzeug- und Instrumentenarmen, die ihn wie ein exotisches Insekt aussehen ließen.

Zwei Frauen in Schutzanzügen stiegen aus, die eine jung, klein und agil, die andere größer, älter und langsamer. Sie brachten Energiezellen, Sauerstoffpatronen und ein Medo-Kit. Lorenti erklärte ihnen die Situation, und der Abstieg begann.

Er drängte zur Eile, doch die beiden Frauen vom Marsianischen Rettungsdienst erinnerten ihn daran, dass niemand gerettet werden konnte, wenn Hast zu Fehlern führte und Fehler zu einem fatalen Sturz in die Tiefe.

Der Abstieg dauerte fast ebenso lange wie der Aufstieg, weil sich die Retterinnen weigerten, Risiken einzugehen. Als sie schließlich den Schwebewagen erreichten, standen die Türen offen, und Cattarina und die Zwillinge lagen mit geöffneten Helmen und geplatzten Augen auf dem Boden.

Sie waren tot. Sie mussten tot sein. Trotzdem hoben sie den Kopf, öffneten den Mund und sagten: »Es ist deine Schuld! Du hättest rechtzeitig Hilfe holen sollen!«

Lorenti erwachte mit kaltem Schweiß auf der Haut. Er zitterte und starrte in die Dunkelheit des Kellers, die ein rötliches Glühen zu enthalten schien, die Farbe des Mars.

Etwas stimmte nicht.

Das Entsetzen war da, wie immer unmittelbar nach dem Traum, ebenso der Schmerz, der in all den Jahren nichts von seiner Intensität verloren hatte. Hinzu kam das Gefühl der Schuld, wie ein Dolch mitten im Herz.

Trotzdem war es diesmal anders.

Lorenti hockte in der Ecke des Kellers, das Zittern ließ nach, und mit ihm verschwand auch das karmesinrote Glühen. Die Dunkelheit vor ihm war einfach nur dunkel, enthielt weder marsianische Schluchten noch Gesichter.

Wenn Cattarina und die Zwillinge wirklich tot gewesen wären, hätten sie nicht sprechen können. Warum hatten sie die Türen des Schwebewagens und anschließend die Helme ihrer Schutzanzüge geöffnet? Es ergab keinen Sinn. Selbst wenn ihre Sauerstoffvorräte eher zur Neige gegangen waren als seine, die Luft im geschlossenen Wagen hätte sie noch etwas länger am Leben gehalten.

Und die beiden Retterinnen ... Warum waren sie mit einem für die Schlucht zu großen Orbiter gekommen? Warum nicht in einem mobilen Gravitationsmotor oder einem einfachen Flugaggregat? Damit wäre es möglich gewesen, den defekten Schwebewagen tief unten in der Schlucht innerhalb weniger Minuten zu erreichen.

Warum, fragte sich Lorenti in der dunklen Stille des Kellers, war er damals überhaupt ohne die nötigen Sicherheitsvorkehrungen aufgebrochen? Der Mars war eine zivilisierte Welt, das zweite Zentrum der Menschheit im Sol-System, doch abseits der Städte, Habitate, Industriekomplexe und Terraforming-

Stationen drohte dem Unvorsichtigen noch immer Gefahr. Auf der Erde machte niemand einen Abstecher in die abgelegenen Regionen des Himalaja oder in die tiefen Dschungel des Amazonas, ohne vorher alle notwendigen Maßnahmen für die eigene Sicherheit ergriffen zu haben. Wer sich nur mit einer Badehose bekleidet anschickte, eine Wüste zu durchqueren, riskierte mehr als einen Sonnenbrand.

Lorenti saß reglos, die Glieder noch immer schwer, die Zunge dick im trockenen Mund. Etwas stimmte nicht mit seinen Erinnerungen. Der Albtraum, der ihn seit Jahren heimsuchte, zeigte nicht die wahren Ereignisse. Das Unglück, das Cattarina und die Zwillinge getötet hatte, konnte sich nicht so zugetragen haben, wie ihm die schrecklichen Bilder vorgaukelten.

Langsam stand er auf und schüttelte die Feldflaschen, um festzustellen, ob sie tatsächlich leer waren. Er brauchte Wasser, er musste trinken.

Als er den Keller der Ruine verließ, empfing ihn die letzte Hitze des Tages. Der Hügel, sein Ziel, zeichnete sich vor dem westlichen Horizont ab. Er sah nicht nur wie ein nachdenklich zur Seite geneigter Kopf aus, er war es auch: ein Kopf, der schief aus dem Boden ragte.

Eine halbe Stunde später, als es dunkel zu werden begann, erschienen dort die ersten Lichter.

39 Zwischen einigen Felsen hielt Lorenti inne, Durst und Kälte der Nacht vergessend, und beobachtete den etwa hundert Meter entfernten steinernen Kopf im Lampenschein. Das Gesicht war glatt, wie vor wenigen Minuten vom Künstler fertiggestellt, mit hoher Stirn, großen Augen und langer, gerader Nase. Das Kinn lief spitz zu und war geschmückt von einem Bart, der wie eine stabförmige Verlängerung des Kinns wirkte. Die Darstellung erinnerte Lorenti an die Büsten und Bilder altägyptischer Pharaonen.

Ein Gerüst erhob sich an der Seite, Lampen schwankten im Wind. Menschen arbeiteten dort, einige mit Hammer und Meißel, andere mit Bohrmaschinen, deren Brummen weit übers

Ödland hallte. Weitere Arbeiter gruben Löcher, und manche von ihnen waren bereits so tief, dass man Leitern benutzen musste. Lorenti fragte sich, ob der schiefe Kopf vielleicht Teil einer viel größeren Statue war, Haupt eines steinernen Riesen.

Ein unweit des Kopfes stehender Generatorblock versorgte Lampen und Bohrer mit Energie. Lorenti bemerkte auch Fahrzeuge, die meisten ausgestattet mit Rädern. Ein Vehikel ruhte auf Kufen – vielleicht ein Schwebewagen, ein Fluggerät.

Menschen, dachte Lorenti, Frachtmeister der *Eklipse*. Es gab noch lebende Menschen auf der veränderten Erde, und offenbar verfügten sie über Technik. Vielleicht wussten diese Leute, wo sich die nächste Niederlassung des Instituts für Technologische Innovation befand. Möglicherweise handelte es sich sogar um ITI-Beauftragte. Ihre Bohrungen ließen den Schluss zu, dass sie an etwas im Innern des steinernen Kopfes gelangen wollten.

Woher die Menschen bei der Statue auch kamen, warum sie auch bohrten und gruben – bestimmt hatten sie Wasser und die Möglichkeit, sich mit anderen Menschen in Verbindung zu setzen. Kontakt mit der Zivilisation. Darum ging es Lorenti. Warnung vor dem Spike und dem Infizierten, Hinweis auf die *Eklipse* und ihre Fracht, die ihm zustehenden Erwerbspunkte, genug für neue Erinnerungen, neue Gedanken und ein neues Leben.

Trotzdem zögerte er, beobachtete die Gestalten, die Silhouetten vor dem Licht der Lampen, und fragte sich, ob er diesen Menschen trauen durfte. Während er zwischen den Felsen kauerte, den Blick auf das Geschehen beim Kopf aus Stein gerichtet, hob er die Hand zum Kommunikator am Kragen und hätte ihn fast eingeschaltet. Im letzten Augenblick ließ er die Hand wieder sinken.

Er wartete und beobachtete zehn weitere Minuten lang, Zeit genug für Durst und Kälte, sich wieder bemerkbar zu machen. Schließlich begriff Lorenti, dass er das Unvermeidliche nur hinauszögerte – er war nicht drei Tage unterwegs gewesen, nur um sich dann von den ersten Menschen abzuwenden, auf die er stieß.

Er richtete sich auf, trat zwischen den Felsen hervor und stapfte den Lichtern in der Nacht entgegen. Als er sich dem steinernen Kopf näherte, der mehr als zwanzig Meter weit aufragte, erklangen vor ihm plötzlich aufgeregte Stimmen. Bewegung geriet in Menschen und Lampen. Ein Licht strich durch die Nacht, erreichte und blendete ihn. Er beschattete sich die Augen und sah eine Gestalt, die mit schnellen Schritten auf ihn zukam und einen Gegenstand auf ihn richtete, vielleicht eine Waffe.

Lorenti hob die leeren Hände. »Ich komme nicht mit der Absicht, jemanden zu schaden oder zu verletzen ...«

Der Mann – etwa dreißig Jahre alt, das Gesicht lehmbraun – unterbrach ihn mit einigen scharfen Worten in einer Sprache, die Lorenti unbekannt war.

»Tut mir leid, ich verstehe kein Wort«, sagte Lorenti. »Aber ich habe einen Interpreter dabei. Gehört glücklicherweise zur Notausrüstung. Wenn Sie gestatten ...«

Er trat näher.

Der Mann zischte etwas und hob den Gegenstand, der tatsächlich eine Waffe war, wie sich herausstellte.

Schmerz packte Lorenti und warf ihn zu Boden.

Moloch und Mahlstrom

Kralle **40**

Der dichte Wald, der Dschungel, gefiel Kralle. Er weckte alte Instinkte und gab ihr etwas vom wilden Leben der Ahnen auf Jorpu, lange bevor ihre Heimatwelt den Spikes der Tahota zum Opfer gefallen war. Sie kletterte, sprang und lief, mit der Kraft und Ausdauer der Innanawitt. Raubtiere, die ihr in den Weg gerieten, duckten sich und ergriffen die Flucht, wenn sie klug genug waren. Die anderen, die dummen, bekamen ihre Krallen zu spüren und einmal auch die Zähne. Der Geschmack von Blut weckte noch ältere Instinkte, eine primordiale Kreatur, die tief in ihr geschlummert hatte. Dieses Geschöpf genoss es, schnell, stark und gefährlich zu sein, es wünschte sich das Fleisch von Beute.

Am Abend stand Kralle neben einem Tier, das nie zuvor in seinem Leben geflohen war und diesmal vergeblich seinen Klauen und Reißzähnen vertraut hatte. Sie fauchte triumphierend in der sich verdichtenden Dunkelheit und hätte fast der Versuchung nachgegeben, ihren Hunger mit Beutefleisch zu stillen. Die Vorfahren hinderten sie daran.

Sie holte das Ahnenglas hervor, betrachtete den Funken in seinem Innern und sagte leise: »Du bist mein Licht. Erleuchte den Weg, der jetzt vor mir liegt.«

Vergiss nicht, wer du bist, flüsterten die Lereia und Loquaia, die vor ihr gelebt hatten, die ersten von ihnen noch in der Zeit vor dem Verschwinden der Tahota.

»Nein«, erwiderte Kralle, überrascht und erfreut, dass sie tatsächlich die Stimmen ihrer Ahnen hörte. Seit dem Untergang von Jorpu geschah das zum ersten Mal. »Nein, ich vergesse es nicht.«

Hilf denen, die dir geholfen haben, wisperte das kleine Licht im Ahnenglas. Werde deiner Verantwortung gerecht.

Kralle neigte den Kopf. Demut ersetzte die wilde Lust an Stärke und Dominanz. »Ich höre euch, ich gehorche euch.«

Sie erhoffte sich mehr, weitere Hinweise, doch die Vorfahren schwiegen. Schließlich steckte Kralle das Ahnenglas wieder ein, aß von den Notrationen, trank Wasser und schlief einige Stunden in einem kleinen Baumnest, das sie sich zuvor eingerichtet hatte. Sie hätte den Weg fortsetzen können, sie war noch kräftig genug, aber die Vernunft und die Ahnen mahnten sie, dass man in einer ungewissen Situation seine Kraft besser gut einteilte.

Als sie erwachte, herrschte noch immer Finsternis am Boden des Waldes. Kralle kletterte aus ihrem Nest und wurde begrüßt vom Grollen und Knurren zweier gefleckter Raubkatzen, die den Kadaver des von ihr getöteten Tiers zerfleischten – ein warnendes Fauchen sorgte dafür, dass sie erschrocken die Ohren anlegten und flohen.

Kralle lief durch die Dunkelheit, vorbei an Baumriesen und durch dichtes Gebüsch. Ihre Augen sahen genug in der Finsternis, um Hindernisse rechtzeitig zu erkennen. Sie sprang über sie hinweg oder kletterte, wenn es sich nicht vermeiden ließ.

Am zweiten Tag stieg das Gelände an, und je höher Kralle kam, desto spärlicher wurde die Vegetation. Die Urwaldriesen wichen kleinen, wie verkrüppelt wirkenden Bäumen, große Büsche und Sträucher schrumpften zu Gestrüpp zwischen Felsen, die aus steinigem Boden ragten.

In halber Höhe des Gebirges, an dem das grüne Meer des Dschungels endete, fand sie eine Ansammlung von Schuppen und Baracken vor der Öffnung eines in den Berg führenden Tunnels. Sie betrat ihn in der Hoffnung, dass er vielleicht zur anderen Seite des Gebirges führte, was ihr zeitraubendes Klettern erspart hätte, doch nach hundert Metern erreichte sie eine Höhle mit mehreren schmalen, niedrigen Stollen, die steil nach unten führten.

Kralle kehrte nach draußen zurück, warf einen Blick in die Schuppen und fand einen Toten.

Er lag auf einer Pritsche am Fenster, den Mund wie zu einem letzten Atemzug geöffnet, das Gesicht ledrig und grau, die Augenhöhlen leer. Ohne Biosensoren ließ sich kaum feststellen, wann der kleine, dürre Mann gestorben war – die trockene Luft hatte ihn mumifiziert. Die Hände lagen an den Seiten und hielten etwas, die rechte einen Stift und die linke einen Zettel. Offenbar hatte der Mann kurz vor seinem Tod einige letzte Worte geschrieben.

Kralle beugte sich über ihn und versuchte, den Zettel aus den knochigen Fingern zu ziehen. Das Papier, trocken und spröde, zerbrach wie dünnes Glas, und die Worte gingen verloren, bevor Kralle Gelegenheit bekam, sie zu lesen.

Einige Stunden später, gegen Mittag, erreichte Kralle nach langem Klettern durch kleine Schluchten und über fast vertikale Hänge den Gipfel. Von dort aus ging ihr Blick über eine Stadt, in der sich nichts regte, und über ein tiefes Becken, einst vermutlich Teil des Meeres, das bis in weite Ferne zurückgewichen war, und am Horizont machte sie den silbernen Streifen der neuen Küstenlinie aus. Nicht weit hinter den Anlegestellen, die nun den Rand eines weiten sandigen Tieflands markierten, lag ein Schiffswrack auf der Seite, der Rumpf an mehreren Stellen geborsten. Und in der Nähe des Wracks, in einer Senke neben dem im Sonnenschein glitzernden silbernen Fleck eines Tümpels, sah sie mit ihren scharfen Augen die vertrauten Umrisse eines Rettungsboots.

Kralle hob die Hand zum Kommunikator am Kragen ihres Einsatzanzugs. Sie sendete ihr Identifizierungssignal und sagte: »Hier spricht Kralle. Hörst du mich, Lorenti? Ich bin gekommen, um dich an deine Pflichten zu erinnern.«

Nur leises Rauschen drang aus dem Lautsprecher. Schon im Urwald hatte Kralle mehrmals versucht, Kontakt mit Lorenti oder mit Samantha und Rufus herzustellen, ohne Erfolg. Lorenti wollte vielleicht nicht antworten, doch Samantha und der Multiple hätten zweifellos auf ihre Signale reagiert, wenn sie dazu in der Lage gewesen wären.

Sie verband den Kommunikator mit den Assistenzsystemen ihres Einsatzanzugs, um die Sendeleistung zu erhöhen – wenn sie vom Gipfel eines Gebirges sendete, müsste man sie auch in großer Entfernung empfangen können.

»Lorenti? Ich sehe eine Stadt, ein Schiffswrack in einem ausgetrockneten Meeresbecken und dein Rettungsboot in der Nähe. Melde dich!«

Wieder bestand die Antwort nur aus einem Rauschen, wie von dem verschwundenen Meer.

»Samantha? Rufus?«

Kralle drehte sich langsam, als wollte sie auf diese Weise sicherstellen, dass die Signale ihres Kommunikators alle vom Berggipfel sichtbaren Regionen erreichten. Auf der einen Seite des Gebirges das Grün des Urwalds, auf der anderen die Stadt und das leere Meeresbecken.

»Uima Lereia Loquaia von der *Eklipse* an das Institut für Technologische Innovation, bitte melden Sie sich.«

Erneut das Rauschen.

Kralle schaltete ihren Kommunikator auf Empfangsbereitschaft und machte sich an den Abstieg.

Am Abend erreichte sie die Stadt und stellte fest, dass sie den Toten gehörte, nicht den Lebenden. Sie fand Leichen in Fahrzeugen und Gebäuden, die meisten mumifiziert wie der dürre kleine Mann im Schuppen, andere fast bis auf die Knochen verwest.

Sie hielt sich nicht mit Untersuchungen auf – dafür fehlten ihr ohnehin die Instrumente –, eilte durch staubige Straßen und erreichte den ehemaligen Uferbereich, als das Tageslicht zu verblassen begann. Dort suchte sie nicht nach einer Treppe, sondern kletterte flink an einem Molenpfeiler hinab und lief, unten angelangt, über sandigen Boden, vorbei an dem großen Schiffswrack und zum Rettungsboot, das sie vom Berggipfel aus gesehen hatte.

Beim Tümpel in der Nähe fand sie Spuren im Boden, der offenbar feucht gewesen und dann getrocknet war. Menschliche Fußspuren, und sie führten in Richtung Stadt, verloren sich allerdings nach wenigen Metern im weichen Sand.

Die Luke des Rettungsboots war geschlossen.

Kralle öffnete sie mit dem Zugangscode der *Eklipse* und fand das Innere des Boots wie erwartet leer vor. Die Landung schien alles andere als sanft gewesen zu sein, doch die Schäden hielten sich in Grenzen, und sie entdeckte nirgends Blut – Lorenti war offenbar unverletzt davongekommen.

Die Hauptsysteme des Rettungsboots ließen sich nicht aktivieren. Es gab nur noch einen Rest von Notenergie, nicht annähernd genug für den Gravitationsmotor.

Kralle kehrte nach draußen zurück, betrachtete die Fußspuren am Rand des Tümpels und wie sie sich im Sand verloren. Sie blickte zur Stadt und versuchte, sie mit Lorentis Augen zu sehen. Zwei Tage waren seit der Landung vergangen – wie weit konnte ein Mensch in dieser Zeit kommen? Und in welche Richtung hatte sich Lorenti gewandt, welches Ziel hatte er sich gesetzt?

Die Dunkelheit der Nacht breitete sich aus, Sterne erschienen am Himmel. Kralle kletterte auf das Rettungsboot und hielt nach Lichtern in der Stadt Ausschau, nach irgendeinem Hinweis darauf, dass dort jemand lebte, doch alles blieb finster.

Sie beschloss, einige Stunden im Boot zu schlafen. Nach einer knappen Mahlzeit legte sie sich neben dem schiefen Sitz auf das Knäuel des Sicherheitsharnischs, holte ihr Ahnenglas hervor und wartete, bis der Funke in seinem Innern mit einem langsamen Tanz begann.

»Du bist mein Licht«, sagte sie leise. »Zeig mir den Weg.«

Das Licht der Vorfahren glitt durch den Kosmos im Innern des Glases, aber es blieb still. Diesmal vernahm Kralle keine Stimmen.

Sie steckte das Ahnenglas wieder ein, schloss die Augen, wenige Sekunden später schlief sie bereits.

Ein Prasseln weckte sie. **41**

Kralle stand auf und blickte durch die Luke. Regen fiel, gerade, ungestört von Wind. Die Mulden im sandigen Boden des Meeresbeckens füllten sich mit Regenwasser, wurden zu Tümpeln, Teichen und kleinen Seen. Lorentis Fußspuren, die sie am Abend zuvor gesehen hatte, existierten nicht mehr.

Kralle setzte sich auf den weichen Harnisch, trank Wasser, aß etwas und lauschte dem Hämmern der Regentropfen. Was hatte Lorenti nach der Landung unternommen? Sie versuchte, sich in seine Lage zu versetzen, die Dinge aus seiner Perspektive zu sehen. Er fürchtete eine Infektion, er wollte seinen Frieden und in nichts verwickelt werden, das kompliziert und gefährlich werden konnte. Loyalitäten existierten nicht für ihn, er dachte nur an sich selbst.

Für einen Moment bemitleidete Kralle den Frachtmeister der *Eklipse*. Ganz allein zu sein, ohne Freunde, Familie und Ahnen – ein Leben ohne Farbe, ohne Wärme. Eine derartige Einsamkeit hätte Kralle nicht ertragen.

Sie hörte, wie das Prasseln des Regens allmählich nachließ, und überlegte. Das Institut für Technologische Innovation ... Lorenti würde versuchen, sich mit dem ITI in Verbindung zu setzen, um vor dem Spike zu warnen. Vor allem aber ging es ihm sicherlich darum, Anspruch auf seine Erwerbspunkte zu erheben oder zumindest einen Vorschuss zu verlangen, indem er erzählte, dass die *Eklipse* unter Graylands Kommando auf dem Rückflug zur Erde war, und anschließend würde er sich an einen sicheren Ort zurückziehen und der weiteren Entwicklung der Dinge harren. Mit dem Kommunikator ließ sich das ITI nicht erreichen, das wusste Kralle bereits. Welche Möglichkeiten blieben Lorenti also? Eigentlich nur eine: Er hatte wahrscheinlich entschieden, sich zu Fuß auf den Weg zur nächsten Niederlassung des Instituts zu machen.

Wo befand sich die nächste ITI-Filiale?

Kralle öffnete den Rucksack mit der Notausrüstung und entnahm ihr die Multifunktionseinheit, zu der auch ein Orientierungsgerät gehörte. Sie hatte die Koordinaten ihres Landeorts in das Assistenzsystem des Einsatzanzugs übertragen: vierundzwanzig Grad, sechsundvierzig Minuten und dreiunddreißig Sekunden Nord und neunundsechzig Grad, neunundreißig Minuten und fünfundzwanzig Sekunden Ost – ein Ort, der sich südlich von Kap Monze, westlich von Karatschi und östlich des Golfs von Oman befinden sollte. Doch die veränderte Erde hatte eine andere, unvertraute Topografie; die ursprünglichen Referenzsysteme galten nicht mehr. Das musste auch Lorenti klar gewesen sein.

Das Orientierungsgerät nahm die Koordinaten vom Assistenzsystem entgegen und gab die Entfernung zur nächsten Niederlassung des Instituts mit knapp neunzig Kilometern an, in nordwestlicher Richtung. Wie lange brauchte ein Mensch –

der langsame Lorenti –, um eine solche Entfernung zurückzulegen? Mehrere Tage, vielleicht drei oder vier.

Ich kann es bis heute Abend schaffen, dachte Kralle grimmig. Sie verstaute ihre Notausrüstung, schwang sich den Rucksack auf den Rücken und kletterte nach draußen. Letzte Regentropfen fielen in der zu Ende gehenden Nacht, als sie zur leeren, toten Stadt zurückkehrte und von dort aus über eine rissige Straße nach Nordwesten lief.

Die Innanawitt fand zu einem Laufrhythmus, der den Körper forderte, den Geist aber entspannte. Kilometer um Kilometer blieb hinter ihr zurück, während die alte Straßen im warmen Schein der aufgehenden Sonne schnell trocken wurden. Das Land dampfte, Luftfeuchtigkeit und Temperatur stiegen.

Menschen hätten unter der Schwüle gelitten, doch Kralle lief noch schneller, ihre Kraft mobilisiert von den alten Instinkten. Den Fahrzeugwracks, die manchmal am Straßenrand standen, und ihren toten Insassen schenkte sie nach der ersten halben Stunde keine Beachtung mehr. Sie nutzte die Freiheit des Geistes, um darüber nachzudenken, was mit der Erde geschehen sein mochte.

Warum hatte es keine Menschen in der Stadt gegeben, bei der Lorentis Rettungsboot gelandet war? Bedeutete es, dass es auf der neuen, veränderten Erde gar keine Menschen mehr gab? Wenn das stimmte, stellte das Spike nicht einmal dann eine Gefahr dar, wenn es seinen Metabolismus umstellte und Saatkapseln produzierte, denn es gab keine Menschen, die ihm und seiner Brut zum Opfer fallen konnten. Was auf Jorpu geschehen war, der Untergang eines Volkes, würde sich hier nicht wiederholen.

Kralle erinnerte sich an die Stadt, durch die sie am vergangenen Abend gelaufen war. Sie hatte sich nicht die Zeit genommen, genauere Untersuchungen anzustellen, doch einige der Gebäude schienen viel, viel älter gewesen zu sein als andere: keine historischen Monumente, vielleicht mit dem Status von Denkmälern, sondern gewöhnliche Bauwerke, nur um Jahrtausende älter als andere, die sich in unmittelbarer Nähe erhoben. Und die Toten, die sie gesehen hatte … Manche von ihnen waren mumifiziert gewesen, was in einer Umgebung mit hoher Luftfeuchtigkeit eigentlich nicht möglich sein sollte. Von anderen hatten Jahre und Jahrhunderte nicht mehr übrig gelassen als bleiche Knochen und Kleidungsfetzen, die zu Staub zerfielen, wenn man sie berührte. Die Zeit, dachte Kralle, während sie lief und lief, schien für Teile der Stadt und manche ihrer einstigen Bewohner unterschiedlich schnell vergangen zu sein.

Lautete so eine mögliche Erklärung? Irgendwie außer Kontrolle geratene Zeit? In diesem Zusammenhang fiel ihr die Legende vom Moloch und vom Mahlstrom ein, die sie zum ersten Mal als Kind auf Jorpu gehört hatte, erzählt von der Stimme ihrer Ururgroßmutter unter den Ahnen.

Einst gab es eine Welt namens Sorafor, nicht weit vom galaktischen Zentrum entfernt, wo es selbst nachts nicht dunkel wurde und wo der Himmel in Flammen zu stehen schien. Die Großen Alten lebten dort, Geschöpfe, die glaubten, alle Rätsel des Universums gelöst zu haben. Um zu zeigen, wie gut sie Raum und Zeit verstanden, und um sich den Kosmos untertan zu machen, schufen die Großen Alten den Moloch, eine gewaltige intelligente Maschine, die ihrerseits den Mahlstrom schuf, gespeist von der Energie der vielen nahen Sonnen des Milchstraßenzentrums.

»Zeig dem Universum, dass wir Herren über Raum und Zeit sind!«, trugen die Großen Alten dem Moloch auf, und der Moloch wies den Mahlstrom an, Raum und Zeit zu nehmen und neu miteinander zu verknüpfen, wie es den Wünschen der Großen Alten entsprach. Doch Klugheit ist kein Garant für Perfektion, und auch wer alle Rätsel des Universums gelöst hat, kann Fehler begehen. Zeitwellen strichen über Sorafor hinweg, der Raum krümmte sich, bis er riss, und die Großen Alten, die den Kosmos nach ihrem Willen hatten formen wollen, fanden sich in einem von Moloch und Mahlstrom geschaffenen Miniuniversum wieder, ohne Sterne, dunkel und kalt. Und dort starben sie, in Kälte und Finsternis, begraben unter dem Schnee von Sorafors gefrorener Atmosphäre.

Kralle fragte sich, ob so etwas auf und mit der Erde geschehen sein konnte: Zeitwellen, die dafür gesorgt hatten, dass der Planet um Tausende oder Millionen von Jahren älter geworden war. Wenn das stimmte, wenn das die Erklärung für die leeren Städte, ausgetrockneten Meere und veränderten Kontinente war, wer hatte hier einen Moloch gebaut und einen Mahlstrom geschaffen, der Raum und Zeit zerrissen hatte?

Spekulationen, dachte Kralle. Mutmaßungen. Sie durfte nicht auf der Basis von Kindergeschichten voreilige Schlüsse ziehen. Zuerst ging es darum, lebende Menschen zu finden, sie vor dem Spike zu warnen und mit ihnen alle notwendigen Maßnahmen zu ergreifen. Es musste getötet und beseitigt werden, bevor es Gelegenheit bekam, Menschen zu infizieren und sich per Parthenogenese fortzupflanzen. Wenn dieses Stadium erreicht war, gab es für die Erde und ihre Lebensformen keine Chance mehr. Dann musste der Planet wie einst Jorpu isoliert und unter Quarantäne gestellt werden.

Ein weiterer Gedanke stieg in Kralle auf, als sie über eine von Gestrüpp und kleinen Bäumen gesäumte Kreuzung lief und die Abzweigung wählte, die weiter nach Nordwesten führte. Wenn die veränderte Erde zu einer gefährlichen Welt geworden war, durfte niemand von der *Eklipse*-Crew auf sich allein gestellt sein. Sie mussten zusammenarbeiten, um das Institut zu kontaktieren und die Nachricht vom Spike zu überbringen.

Sie mussten zusammenarbeiten, wenn sie *überleben* wollten. Das schien der nur an sich selbst denkende Lorenti noch nicht begriffen zu haben.

Als der späte Nachmittag in den Abend überging, machte Kralle Rast bei einigen Mauern, die vielleicht Teil einer Kapelle oder einer kleinen Kirche gewesen waren, denn direkt daneben erstreckte sich ein Friedhof mit religiösen Symbolen. In der menschlichen Kultur spielten solche Orte eine besondere Rolle, was die Innanawitt noch immer erstaunlich fand. Die Menschen schienen zu glauben, göttliche Entitäten einfangen zu können, indem sie ihnen ein Gebäude errichteten, dem dann besondere Aufmerksamkeit und Pflege zuteilwurde.

Doch um diesen Ort hatte sich seit vielen Jahren niemand gekümmert, und die Grabsteine auf dem Friedhof waren so verwittert, dass die Inschriften nicht mehr zu entziffern waren. Kralle saß im Schatten, trank und aß von ihren schrumpfenden Vorräten, holte dann das Orientierungsgerät hervor und stellte fest, dass sie noch achtundzwanzig Kilometer von der angeblichen ITI-Niederlassung im Nordwesten trennten.

Sie stand auf, hielt Ausschau und bemerkte einen Höhenzug am Horizont, doch nichts deutete auf die Nähe einer Stadt hin. Etwa einen Kilometer entfernt ragte ein Felsenhügel auf, und weiter im Westen gab es einen zweiten Hügel, halb verborgen im Hitzedunst, doch selbst mit ihren scharfen Augen konnte Kralle keine Einzelheiten erkennen.

Sie aktivierte die Sichtfunktion der Multifunktionseinheit und blickte durch die Linsen. Der Hügel im Dunst schien nicht natürlichen Ursprungs zu sein – er sah aus wie ein riesiges Bildnis, einem menschlichen Kopf nachempfunden. Und bei diesem schief aus dem Boden ragenden Kopf bewegte sich etwas.

Menschen.

Kralle hob die freie Hand zum Kommunikator am Kragen ... und ließ sie wieder sinken. Was hatte es mit dem Bildnis auf sich, und wer waren die Menschen in seiner Nähe? Hatte Lorenti sie ebenfalls bemerkt? Kralle rechnete und gelangte zu dem Ergebnis, dass sie ihn inzwischen fast eingeholt haben musste, wenn sie seine Geschwindigkeit richtig eingeschätzt hatte. Vorausgesetzt natürlich, dass er von seinem Rettungsboot aus tatsächlich nach Nordwesten aufgebrochen war, zur nächsten ITI-Niederlassung, wie vom Orientierungsgerät angezeigt.

Menschen, dachte Kralle. Jemand, der Auskunft geben und vielleicht erklären konnte, was geschehen war. Diesen Punkt hielt sie für noch wichtiger, als Lorenti zu finden und ihn zur Vernunft zu bringen.

Sie verstaute Proviant und MFE im Rucksack und machte sich wieder auf den Weg, nicht nach Nordwesten, sondern nach Westen, und langsamer und vorsichtiger, denn sie wusste nicht, was sie erwartete.

Als die Sonne untergegangen war, erschienen Lichter beim **42** großen, schiefen Bildnis, der Schein von Lampen. Kralle schlich näher, so leise, dass menschliche Ohren sie nicht einmal dann gehört hätten, wenn sie ihr ganz nahe gewesen wären. An der einen Seite schmiegte sich ein Gerüst an den steinernen Kopf, und Menschen arbeiteten dort mit Hämmern und Bohrmaschinen, die ihre Betriebsenergie von einem brummenden Generator bezogen. Fahrzeuge standen in der Nähe, die meisten mit Rädern, aber auch eins auf Kufen, offenbar ein Fluggerät.

In einer Entfernung von etwa zweihundert Metern machte Kralle einen Bogen um den riesigen Kopf aus Stein und versuchte, einen Eindruck von der Situation zu gewinnen. Wer waren diese Menschen, die eine Sprache benutzten, die sie nicht verstand? Warum gruben sie vor dem Bildnis, warum bohrten sie Löcher hinein? Woher kamen sie? Von dem Fluggerät einmal abgesehen: Die mit Rädern ausgestatteten Bodenwagen deuteten darauf hin, dass die Reise hierher nicht sehr lang gewesen sein konnte.

Auf der anderen Seite des Bildnisses gab es eine Lichtquelle, die nichts mit dem Generator und den Lampen zu tun hatte. Ein Bogen wölbte sich dort, opalblau in schwarzer Nacht, in seinem Innern ein glänzendes, waberndes Grau, das ein wenig an Perlmutt erinnerte.

Während Kralle den Bogen noch beobachtete und sich fragte, was es mit ihm auf sich hatte, flackerte es im Grau, und zwei Gestalten traten aus dem perlmuttfarbenen Glanz.

Sie trugen einen rechteckigen Behälter, orientierten sich kurz, gingen zu den Fahrzeugen und stellten den Behälter dort ab. Dann kehrten sie zum Bogen zurück, traten ins Grau und verschwanden.

Ein Transportsystem? Kralle fragte sich, wie es zu den Bodenfahrzeugen und dem einen Fluggerät passte, deren Technik nicht sehr hoch entwickelt zu sein schien.

Sie schlich weiter, beobachtete die Menschen, wie sie bohrten und hämmerten, und hörte, wie sie miteinander sprachen. Plötzlich wurden die Stimmen lauter, es kam zu Unruhe und Aufregung. Lampen bewegten sich, ein Licht wanderte durch die Nacht und traf eine Gestalt, die sich vorsichtig näherte und leere Hände hob.

»Ich komme nicht mit der Absicht, jemanden zu schaden oder zu verletzen ...«

Lorentis Stimme.

Kralle sah sein Gesicht im Lampenschein, die tief in den Höhlen liegenden Augen, den dunklen Bart. Jemand trat Lorenti mit schnellen, energischen Schritten entgegen, richtete einen Gegenstand auf ihn und stieß einige scharfe Worte hervor.

»Tut mir leid, ich verstehe kein Wort«, sagte Lorenti. »Aber ich habe einen Interpreter dabei. Gehört glücklicherweise zur Notausrüstung. Wenn Sie gestatten ...«

Der Mann – etwa dreißig, Wangen und Stirn lehmbraun –, zischte etwas und hob den Gegenstand, einen kleinen Stab.

Im nächsten Moment lag Lorenti auf dem Boden und schrie vor Schmerz.

Kralle kauerte in der Dunkelheit jenseits des Lampenscheins, zum Sprung bereit. Es gab zwei Möglichkeiten. Entweder wartete sie, bis es Lorenti gelang, alle Missverständnisse auszuräumen und den Interpreter für ein klärendes Gespräch mit den Menschen beim steinernen Kopf einzusetzen. Oder sie handelte sofort und bewahrte ihn vor drohender Gefangenschaft oder gar dem Tod.

Nur der eine Mann stand vor dem liegenden Frachtmeister der *Eklipse*, die anderen Menschen wahrten einen sicheren Abstand von zehn oder mehr Metern. Aber bestimmt dauerte es nur noch wenige Sekunden, bis sich die ersten von ihnen neugierig näher wagten.

Lorenti stöhnte und versuchte wieder auf die Beine zu kommen. Der Mann mit dem lehmbraunen Gesicht richtete erneut die stabförmige Waffe auf ihn und zischte einige scharfe Worte.

Kralle beschloss, nicht darauf zu vertrauen, dass alles gut ausging. Sie sprang, ein Schatten in der Nacht, schlug dem verblüfften Mann die Stabwaffe aus der Hand und versetzte ihm einen Tritt, der ihn zu Boden schickte.

Eine halbe Sekunde später zog sie Lorenti mit sich, der das Gleichgewicht verlor und wieder gefallen wäre, hätte Kralle ihn nicht festgehalten.

»Erwartest du etwa von mir, dass ich dich trage?«, fauchte sie. »*Lauf!*«

Er lief, das Gesicht schmerzverzerrt, und weil Kralle ihn zog, lief er schneller, als es die eigene Kraft erlaubt hätte. Vorbei an den Fahrzeugen und dem Behälter, den die beiden Gestalten aus dem Bogen gebracht hatten, fort vom Schein der Lampen, in die Dunkelheit der Nacht, die sich wie schützend um sie legte.

Die Wagen und das Fluggerät kamen für eine Flucht nicht infrage – es hätte zu lange gedauert herauszufinden, wie man ihre Motoren startete und die Kontrollen bediente. Doch zu Fuß würden sie nicht weit kommen, nicht einmal in finsterster Nacht. Ein einfacher Infrarotsensor hätte den Verfolgern genügt, sie zu finden.

Es blieb nur eine Möglichkeit.

»Wohin?«, keuchte Lorenti. »Wohin?«

Blaues Leuchten wies den Weg.

Geschrei erklang hinter ihnen. Es knallte, ein Projektil traf auf einen Stein, prallte ab und schwirrte davon.

Sie erreichten den Bogen, als sich das Knallen hinter ihnen wiederholte.

Kralle wurde nicht langsamer und verlor auch keine Zeit mit einem raschen Blick über die Schulter. Sie sprang den letzten Meter und riss Lorenti mit sich.

Kaltes Grau nahm sie beide in Empfang.

Gefangene Gäste

43 Samantha

Samantha beobachtete, wie der Mediker Rufus behandelte, mit einfachen Instrumenten, die offenbar nicht mit Biosensoren ausgestattet waren.

Der Multiple ruhte auf einer fleckigen Liege, im Licht einer elektrischen Lampe an der Decke, und ließ alles stoisch über sich ergehen. Gelegentlich wechselte der Mediker einige Worte mit einer blassen, grauhaarigen Assistentin, aber da sie nicht über einen Interpreter verfügten, blieb Samantha verborgen, worüber sie sprachen.

Neben der geschlossenen Tür stand der kleine, breite Mann mit den Gurten über der Brust. Er hielt keine Waffe auf sie gerichtet, aber er beobachtete Samantha wachsam, ließ sie nicht einen Moment aus den Augen.

»Wie geht es ihm?«, fragte sie und deutete auf Rufus.

Der Mediker bedachte sie mit einem kurzen Blick, bevor er sich wieder seinem Patienten zuwandte und eine offene Wunde am Unterkiefer mit einem kleinen Nähapparat schloss, offenbar ohne Betäubung. Der Gesichtsausdruck des Multiplen blieb unverändert. Er zeigte keine Anzeichen von Schmerz.

»Es geht mir besser«, sagte Rufus, als der Mediker den Nähapparat beiseitelegte. »Sei unbesorgt, Sam.«

Die Tür öffnete sich, und der hochgewachsene, schlanke Mann im schwarzen Anzug – Marcus – kehrte zurück. Er wechselte einen kurzen Blick mit dem kleinen Wächter, den er zuvor Clemens genannt hatte.

»Bitte entschuldigen Sie, dass Sie warten mussten«, sagte er dann zu Sam, seine Worte von einem Interpreter übersetzt. »Geht es Ihrem Begleiter besser?«

Der Interpreter übersetzte die Antwort des Medikers: »Er wird sich erholen.«

»Gut«, sagte der Mann namens Marcus und lächelte. »Wenn ich Sie zu einem kleinen Gespräch bitten dürfte … Begleiten Sie mich doch.«

Rufus M schwang die Beine über den Rand der Liege und stand auf, doch der Mediker wölbte die Brauen und sagte: »Ich bin noch nicht fertig.«

»Es genügt vorerst«, sagte Rufus und nickte Samantha zu.

Sie folgten Marcus durch einen kurzen Flur nach draußen. Clemens ging hinter ihnen, immer noch sehr wachsam und die Hände nie weit von den Gürtelhalftern entfernt.

Die Nacht ging zu Ende. Erstes Tageslicht vertrieb die Dunkelheit aus einer Grube, die mehrere Hundert Meter tief und etwa einen Kilometer lang war. Dutzende von Menschen, ihre Gesichter grau und die Kleidung schmutzig, arbeiteten bei Stollen und Tunneln oder steuerten brummende, rasselnde Maschinen, die sich mit offenen mechanischen Mäulern durch Geröll und Schutt fraßen. Summende Drohnen kreisten über der Grube, wie auf der Suche nach etwas.

Auf dem Weg zu einem anderen Gebäude eilte ihnen ein Mann in jadegrüner Uniform entgegen. Vor Marcus nahm er Haltung an und sprach schnell. Der nach wie vor aktive Interpreter übersetzte.

»Sie ist verschwunden«, meldete der Uniformierte. »Wir haben alles abgesucht, ohne eine Spur von ihr zu entdecken. Dafür haben wir einen Jungen geschnappt.«

Samantha hob die Hand zum Kommunikator an ihrem Kragen und schaltete ihn ein, damit er Daten sammelte. Den Rest der Ausrüstung hatte man Rufus und ihr abgenommen.

»Einen Jungen?«, fragte Marcus.

»Einen Knaben, Konsul«, erwiderte der Uniformierte. »In Smirga wurden sie zusammen gesehen.«

Samantha erinnerte sich an das Gesicht, das am Fenster erschienen war, ein Mädchen mit kurzem blondem Haar. Marcus hatte es ebenfalls gesehen und war nach draußen geeilt.

Der Mann im schwarzen Anzug und mit der roten Weste zögerte.

»Er heißt Jasil und nennt Rebecca seine Schwester«, fügte der Uniformierte hinzu.

»Sie hat keinen Bruder«, brummte Marcus. »Ich spreche später mit ihm.« Ein Wink schickte den Uniformierten fort.

»Wonach graben Sie hier?« Rufus deutete auf die Maschinen und Werkzeuge.

Marcus sah ihn nachdenklich an. »Eins nach dem anderen.«

Sie betraten ein zweistöckiges Gebäude, vor dem ein Schwebewagen und mehrere Drohnen standen, etwa einen Meter groß. Ein Generator brummte in der Nähe, elektrische Lampen leuchteten.

Mehrere Personen grüßten Marcus respektvoll. Ein junger Mann führte ihn und seine Begleiter zu einem Raum wie eine Mischung aus Salon und Büro, und dort wartete eine Frau auf sie. Sie saß hinter einem breiten Schreibtisch und stand auf, als sie hereinkamen. Sie war zehn oder fünfzehn Jahre älter als Marcus und hatte etwas Aristokratisches, eine natürliche Eleganz, die sie jünger und schöner wirken ließ, als sie in Wirklichkeit war – alte Brandwunden verunstalteten die eine Hälfte des Gesichts, und das Auge dort schien halb blind zu sein. Das andere, groß und dunkel wie das halblange Haar, steckte jedoch voller Leben.

Die Frau wollte Marcus ihren Platz am Schreibtisch überlassen, aber er lehnte ab.

»Bleiben Sie sitzen«, sagte er, wählte einen der Stühle am nahen Tisch und bedeutete Samantha und Rufus, sich ebenfalls zu setzen. Clemens blieb bei der Tür stehen. »Dies ist Ihr Revier.«

Die Frau nickte. »Sind das die beiden …«

»… Besucher«, kam ihr Marcus zuvor. »Ja, das sind sie.« Er wandte sich an Samantha und Rufus. »Das ist Zarba, Direktorin dieser Grabung. Um meine flüchtige Vorstellung bei unserer ersten Begegnung zu vervollständigen: Ich bin Marcus, Konsul der Transportgesellschaft und Regent von Aragon. Wer sind Sie? Kommen Sie von der anderen Seite?«

Er lächelte freundlich, aber Samantha ließ sich von seinem Lächeln nicht täuschen.

»Was meinen Sie mit ›andere Seite‹?«

Marcus behielt das Lächeln bei, als er sagte: »Ich möchte wissen, wer Sie sind. Bitte verraten Sie es mir.«

Samantha wandte den Kopf und blickte zur Tür. Clemens wirkte wie ein lebendes Bollwerk.

»*Was* sind wir?«, fragte sie zurück. »Besucher, wie Sie eben sagten, oder Gefangene?«

»Sie sprechen eine andere Sprache«, sagte Zarba überrascht.

»Es könnte ein Trick sein.« Das Lächeln des Konsuls verblasste ein wenig. »Oder auch nicht. Es wird sich bald herausstellen.« Er sah wieder Samantha an. »Was Ihre Frage betrifft: Sie sind Besucher. Aber dies sind unruhige, gefährliche Zeiten, und man kann nicht vorsichtig genug sein. Deshalb möchte ich genau wissen, *wer* Sie sind. Also?«

Sie bekamen keine Informationen, begriff Samantha, wenn sie ihrerseits die Auskunft verweigerten. Sie nannte ihren Namen und den des Multiplen, erzählte vom Institut für Technologische Innovation sowie der *Eklipse* und ihrer Mission. Sie berichtete vom Phasenfeld, der Resonanz, der Beschädigung des Schiffs und dem Spike, von der *Eklipse* zur Erde gebracht. Zu einer Erde, die eine völlig andere Welt geworden war.

»Was ist hier geschehen?«, fragte Samantha schließlich. »Was hat die Erde verändert?«

Marcus schwieg, das Gesicht eine Maske, die nichts verriet. Zarba saß völlig reglos hinter ihrem Schreibtisch und schien kaum mehr zu atmen.

»Habe ich Sie richtig verstanden?«, sagte der Konsul langsam. »Es sind noch mehr von Ihnen gelandet?«

»Zwei weitere Rettungsboote mit jeweils einem Insassen«, antwortete Samantha. »Wir wollten zusammenbleiben, verloren aber unseren Gravitationsanker. Nach den letzten Daten erfolgte die Landung der beiden anderen Boote etwa sechstausend Kilometer entfernt.«

»Und das Wesen, das Sie Spike nennen? Wo ist es gelandet?«

»Im Südosten«, sagte Samantha. »Etwa zweitausend Kilometer von hier, wenn ich mich richtig erinnere. Die Datenbanken unseres Rettungsbootes müssten die letzten bekannten Koordinaten enthalten.«

Rufus M nickte, um ihre Worte zu bestätigen.

»Ist es wirklich so gefährlich, wie Sie eben behauptet haben?«, fragte Marcus. »Oder haben Sie ein wenig... hm, übertrieben?«

Diesmal kam die Antwort von Rufus. »Das Spike ist die gefährlichste Lebensform, die wir kennen. Ein einzelnes Exemplar könnte eine ganze planetare Bevölkerung innerhalb von zwei oder drei Wochen auslöschen.«

»Auf Jorpu ist es sogar noch schneller gegangen«, warf Samantha ein. »Dort hat es nur acht Tage gedauert. Es müssen sofort alle notwendigen Maßnahmen ergriffen werden, Konsul. Ein einzelnes Spike ist gefährlich genug. Aber wenn es sich vermehrt, gibt es für die infizierte Welt kaum noch Hoffnung.«

»Wenn es sich vermehrt?«, wiederholte Marcus geistesabwesend.

»Spikes pflanzen sich durch Parthenogenese fort«, erklärte Rufus. »Wenn das auf der Erde gelandete Spike einen geeigneten Ort findet und sich in Sicherheit wähnt, stellt es seinen Metabolismus um und produziert innerhalb weniger Tage Dutzende von Saatkapseln, aus denen einige Stunden später etwa zehn Zentimeter große, genetisch identische Spikes schlüpfen. Wenn das geschieht, ist die Erde verloren.«

»Ein Schiff...« Marcus schien noch immer mit den Gedanken woanders zu sein. »Ein Raumschiff für die Fahrt im Meer der Sterne.«

Es klang seltsam, fand Samantha. Sie musterte den Mann im schwarzen Anzug, suchte in Augen und Gesicht nach Hinweisen, was und wie er dachte.

»Ja«, sagte sie. »Grayland ist an Bord und wird die *Eklipse* hierher zurückbringen.«

»Ein Schiff mit kostbarer Fracht.« Marcus blinzelte und schien wie aus einem Traum zu erwachen. »Wie viele Artefakte sind es?«

»Mehr als tausend, wenn man die kleinen mitzählt, die wahrscheinlich nur einen geringen Wert haben«, antwortete Samantha. »Konsul, es ist wichtig, dass wir so schnell wie möglich Kontakt zum Institut für Technologische Innovation bekommen und...«

Zarba zischte etwas bei den letzten Worten. Der Interpreter übersetzte es nicht.

»Mehr als tausend«, sagte Marcus langsam. »Und Ihr Schiff, die *Eklipse* ... Sie besteht aus ungebrochener Technik?«

»Ich fürchte, ich verstehe nicht ganz, was Sie meinen.« Samantha entging nicht, dass Marcus und Zarba einen kurzen Blick wechselten. »Ich habe Ihnen unsere Geschichte erzählt. Jetzt sind Sie dran, Konsul.«

»Es war der Bruch, der die Welt – die Erde – zu dem gemacht hat, was sie heute ist.« Eine neue Schärfe lag in seiner Stimme. »Es war der Bruch, der unsere Welt, zum größten Teil eine tote Wüste, von der anderen trennte, in der alles intakt blieb, wo Wohlstand und Frieden herrschen. Seitdem sind wir ausgesperrt. Aber ...« Er beugte sich ein wenig vor. »Mit Ihrer Hilfe können wir vielleicht zurückkehren. Mithilfe der *Eklipse* und ihrer ungebrochenen Technik.« Er lächelte wieder. »Helfen Sie mir, und ich helfe Ihnen.«

»Was geschah beim Bruch?«, fragte Samantha.

»Sie werden Gelegenheit erhalten, mit einem meiner Studierten zu sprechen. Er wird Ihnen erklären, was es mit dem Bruch auf sich hat.«

Es klopfte an der Tür. Samantha drehte den Kopf und beobachtete, wie Clemens öffnete. Ein junger Mann sah herein, um die zwanzig, gekleidet in eine Werkzeughose mit vielen Taschen und ein schmutziges Shirt. »Es ist alles freigelegt, Konsul.«

Marcus stand auf. »Danke, Isalf. Ich bin gleich zur Stelle.«

Der junge Mann nickte und ging.

»Samantha, Rufus ... Es tut mir leid, aber dringende Angelegenheiten erfordern meine Aufmerksamkeit. Wir setzen unser Gespräch später fort.«

Samantha und der Multiple erhoben sich ebenfalls, und Rufus sagte: »Wenn Sie gestatten, möchte ich noch einmal die Gefährlichkeit des Spikes betonen. Wie dringend Ihre Angelegenheiten auch sein mögen, Konsul: Ich empfehle Ihnen, dieser Sache höchste Priorität zu geben.«

»Wir haben etwas mitgebracht«, fügte Samantha hinzu. »Eine Waffe, die imstande ist, das Spike zu vernichten.«

Das weckte Marcus' Interesse. »Ja?«

»Sie befindet sich an Bord des Rettungsboots, mit dem wir

hierhergekommen sind.« Samantha beschrieb die Sicherheitstasche und den Inhalt.

»Um was für eine Waffe handelt es sich?«, fragte Marcus neugierig.

Samantha zögerte. »Sie ist sehr wirkungsvoll«, antwortete sie ausweichend. »Für ihren Einsatz ist ein spezieller Code erforderlich.«

»Ich nehme an, Sie kennen diesen Code.«

»Ja.«

»Ich verstehe«, erwiderte der Mann im schwarzen Anzug und wandte sich an Clemens. »Jemand soll sich darum kümmern, Clem. Und sorg dafür, dass unsere Gäste ein Quartier bekommen, bis hier alles geklärt ist.«

»Ja, Konsul«, bestätigte der kleine, breite Mann und zog die Tür ganz auf. »Wenn ich bitten darf...«

Samantha und Rufus folgten ihm nach draußen in den schnell wärmer werdenden Morgen.

Mehr Menschen arbeiteten in den Tunneln und Stollen, zogen mit Schutt beladene Karren und schleppten schwere Werkzeuge über die Hänge der Grube. Generatoren brummten, Drohnen kreisten über den Schuppen, Baracken und mehrstöckigen Gebäuden, die aus einer Art Komposit zu bestehen schienen. Zu einem dieser Gebäude führte sie der Mann namens Clemens.

»Sieh dir die Technik an, Rufus«, sagte Samantha leise. »Und sieh dir die Arbeiter an.«

»Primitive Technologie«, antwortete der Multiple, als sie einige versiegelte Behälter passierten, bewacht von Männern in grünen Uniformen. »Wie die Generatoren und Bodenwagen. Aber auch einige moderne Geräte wie zum Beispiel der Interpreter. Was die Arbeiter betrifft...«

Ihre Gesichter waren grau, die Augen leer. Wenn sie keine Anweisungen bekamen und nichts zu tun hatten, standen sie einfach nur da und starrten ins Nichts.

»Es scheint ihnen an Intelligenz zu mangeln«, sagte Rufus M.

»Und die anderen Menschen, der Konsul und seine Leute, benutzen sie als Arbeitskräfte. Wonach wird hier gegraben, Rufus? Was wurde gerade freigelegt? Was geschah beim Bruch?«

»Keine ausreichenden Daten, Sam. Ich müsste spekulieren.«

Im Innern des Gebäudes erwartete sie eine aus vier Zimmern bestehende Unterkunft. Zwei der Räume waren leer, der dritte enthielt Schaufeln, Hacken und mehrere Klappbetten, und im vierten fanden sie Stühle und Tische aus zerkratztem Kunststoff.

»Bitte warten Sie hier, bis der Konsul wieder Zeit für Sie hat«, brummte Clemens, der ebenfalls über ein kleines Übersetzungsgerät verfügte, dann ging er.

Samantha überprüfte die Tür. »Abgeschlossen. Wir sind ›Gäste‹, die man eingesperrt hat.«

»Der Konsul, Sam ...«

Sie drehte sich um. »Ja?«

»Er hat gelogen. Er will uns nicht helfen. Aber er will unsere Hilfe. Etwas anderes ist ihm wichtiger als das Spike.«

»Was?«

»Ich fürchte, die Antwort wird uns nicht gefallen.«

Die Bombe

44 Marcus

»Du hast gelogen«, sagte Zarba, als Clemens mit den beiden Fremden gegangen war. »Du willst ihnen nicht helfen. Sie sollen *dir* helfen.«

Marcus schloss die Tür, ohne das Zimmer zu verlassen. Langsame Schritte brachten ihn zum Schreibtisch und dorthin, wo Zarba saß. Er blieb vor ihr stehen, streckte die Hand aus und strich mit den Fingerkuppen behutsam über die verbrannte Seite ihres Gesichts.

»Wir sehen uns viel zu selten«, murmelte er.

»Du hast immer so viel zu tun, als Konsul der Transportgesellschaft und als Regent von Aragon.«

»In der nächsten Zeit gibt es vielleicht noch mehr zu tun. Für uns beide. Vielleicht stehen wir kurz vor dem entscheidenden Durchbruch. Im wahrsten Sinne des Wortes.« Marcus atmete tief durch. »Victor glaubt, eine Übergangsstelle gefunden zu haben. Wenn das stimmt, können wir aufhören, einen Weg zur Stadt unter dem Eis zu suchen. Dein Fund kommt genau zur richtigen Zeit.«

Zarba stand auf. Sie war kleiner als Marcus und musste sich auf die Zehenspitzen stellen, damit ihre Lippen die seinen berühren konnten.

»Wie geht es ihm? Winnecker, meine ich.«

»Manchmal nimmt er sich zu viel heraus.«

»Er fühlt sich sicher, weil er weiß, dass du ihn brauchst«, sagte Zarba. »Lass ihm seine kleinen Freiheiten. Er leistet gute Arbeit.«

Marcus lächelte, aber dies war ein anderes Lächeln, frei, offen, ohne die verborgenen Tiefen von Berechnung. »Er wird noch bessere Arbeit leisten, wenn wir das Schiff haben, die *Eklipse*. Die Fremden kommen aus der Zeit vor dem Bruch. Mein Vater hat mir davon erzählt, von den Jahren vor der Katastrophe. Von der ungebrochenen Technik.«

»Dein Vater war ein Betrüger und Lügner.«

Niemand durfte so etwas sagen.

Niemand außer Zarba.

»Wir nehmen uns die Technik der *Eklipse*, öffnen mit ihr den Übergang, den Winnecker gefunden hat, und schicken deine Bombe zur anderen Seite.« Marcus genoss das Gefühl tiefer Zufriedenheit, das ihn bei diesen Worten erfüllte. Es war fast noch angenehmer als das in kalten Nächten wärmende Feuer des Zorns. »Wie groß ist sie?«

»Es ist die größte und mächtigste Bombe, die wir je gefunden haben«, erwiderte Zarba. »Das behauptet jedenfalls Luntha, unser Studierter.«

»Das ist gut, das ist gut. Wir schicken sie zur anderen Seite. Sie wird unser Sieg sein. Anschließend löschen wir die Stadt im Eis aus. Oder wir bringen sie unter unsere Kontrolle. Die Fremden und ihr Schiff werden uns die dafür nötigen Mittel geben. Komm, Zarba, zeig mir deine Bombe.«

Sie gingen zur Tür.

»Was ist mit dem Spike?« Zarba blieb vor der geschlossenen Tür stehen. »Der Mann, der noch mehr Narben im Gesicht hat als ich, du hast ihn gehört.«

»Was kümmert uns das Spike? Soll es diese Welt infizieren. Sie ist ohnehin so gut wie tot. Bald erringen wir den Sieg und kehren zur anderen Seite zurück. Was spielt es dann noch für eine Rolle, was hier geschieht?«

»Die Frau erwähnte eine Waffe.«

»Clemens wird jemanden schicken, sie aus dem Vehikel der beiden Fremden zu holen. Oder er kümmert sich selbst darum. Wir werden sie untersuchen. Dein Studierter kann uns dabei helfen. Vielleicht lässt sie sich zusammen mit deiner Bombe gegen die andere Seite verwenden.«

Ein breiter Stollen führte in die Tiefe, an manchen Stellen so steil, dass Marcus, Zarba, Clemens und die beiden Leibwächter, die sie begleiteten, über Treppen und Leitern klettern mussten. Schmutzige Arbeiter brachten Streben und Stützen an.

In einem Seitentunnel lagen mehrere Tote. Marcus blieb kurz stehen und betrachtete die Leichen.

»Was ist passiert?«, fragte er.

»Schlechte Luft«, antwortete Zarba. »Das geschieht manchmal. Aber unsere Verluste halten sich in Grenzen.«

»Ich schicke Ihnen mehr Apparate und Maschinen, falls Aragon sie entbehren kann.« Marcus wählte in Gegenwart anderer Personen die förmliche Anrede. Sein Blick blieb auf die Toten gerichtet. Ihre grauen Gesichter wirkten entspannt, als hätten sie Frieden gefunden. »Es stehen nicht unendlich viele Arbeiter zur Verfügung. Sie sollten nicht unnötig geopfert werden.«

Zarba nickte. »Ich weiß.« Sie deutete nach vorn. »Es ist nicht mehr weit.«

Eine Höhle erwartete sie, mit den freigelegten Resten eines Arsenals: Behälter in langen Reihen, einige von ihnen halb zerquetscht von tonnenschwerem Gestein, andere unversehrt und mit Codeschlössern gesichert.

Auf der gegenüberliegenden Seite der von elektrischen Lampen erhellten Höhle ragte ein größerer Behälter aus dem Boden, markiert mit einem roten Gefahrensymbol. Technische Spezialisten der Transportgesellschaft hatten dort eine Absperrung errichtet, neben der mehrere Arbeiter mit ausdruckslosen grauen Mienen auf Anweisungen warteten. Der Studierte Luntha hantierte an den Kontrollen des großen Behälters und zog eine Luke auf. Als er Marcus bemerkte, wich er beiseite.

»Konsul ...« Luntha deutete eine Verbeugung an.

Marcus musterte ihn kurz. Luntha schien sehr jung, kaum älter als fünfundzwanzig, aber dieser Eindruck konnte täuschen, wie er wusste. Es gab Langlebige bei den Studierten, Männer und Frauen, die hundert Jahre alt sein konnten und wie Vierzigjährige aussahen.

Luntha trug einen bodenlangen hellblauen Staubmantel, der ihn vor dem Schmutz schützte. Eine Atemmaske baumelte an einem Halsriemen.

Ein Blick durch die offene Luke zeigte Marcus ein ovales Objekt, nicht länger als zwei Meter und mit einem Durchmesser von etwa sechzig Zentimetern. Es wirkte neu, wie gerade erst hergestellt.

»Sind wir sicher?«, fragte Zarba.

Marcus rechnete mit einem klaren, eindeutigen Ja, aber stattdessen antwortete Luntha: »Ich denke schon.« Er deutete auf die Anzeige eines direkt vor dem Behälter stehenden Messgeräts. »Keine Strahlung. Keine Emissionen. Nur ein schwaches Magnetfeld. Die Bombe schläft.«

»Ich habe sie mir größer vorgestellt«, sagte Marcus enttäuscht.

Der so jung wirkende Studierte lachte, erinnerte sich dann aber offenbar daran, mit wem er es zu tun hatte, und räusperte sich. »Es kommt nicht auf die physische Größe an, Konsul. Wichtig ist, was drinsteckt.«

»Und was steckt drin?«, fragte Marcus.

»Ich habe es Direktorin Zarba bereits mitgeteilt.« Mit dem Handrücken wischte sich Luntha Schweiß von der Stirn. »Dies ist meiner bescheidenen Meinung nach die größte Bombe, die wir je gefunden haben.«

»Wozu ist sie fähig?« Marcus versuchte sich den Inhalt des silbergrauen Ovals vorzustellen. »Was kann sie anrichten?«

»Oh, eine Menge.« Luntha kontrollierte noch einmal das Messgerät. »Diese Bombe könnte eine ganze Stadt vernichten. Damit meine ich nicht unsere Städte oder das, was von ihnen übrig ist, sondern die Metropolen von einst, deren Ruinen wir im Westen und Süden gefunden haben. Städte, in denen *Millionen* Menschen gelebt haben.« Nachdenklich fügte er hinzu: »Das Potenzial könnte sogar noch größer sein. Vielleicht wäre diese Bombe imstande, einen ganzen Kontinent in eine Wüste zu verwandeln.«

Die in der Nähe wartenden Arbeiter reagierten nicht, doch in den Gesichtern der technischen Spezialisten von der Transportgesellschaft zeigte sich Unbehagen. Einer von ihnen wich einen Schritt zurück.

»Ist die Bombe transportbereit?«

»Konsul?«

Marcus lächelte freundlich. »Wann kann sie fortgebracht werden?«

»Wohin wollen Sie sie bringen?«

Es ist nicht nur Winnecker, dachte Marcus. Auch die anderen Studierten nehmen sich zu viel heraus.

Vielleicht lag es daran, dass sie sich für unverzichtbar hielten. Die technischen Spezialisten verfügten nur über einen kleinen Teil ihres Wissens, erworben mithilfe der Hypnomaschinen, die ihnen zuflüsterten, wie bestimmte Dinge funktionierten. Studierte hingegen ließen sich auf mehr ein als nur starke Kopfschmerzen und Übelkeit. Sie nahmen Koma und Trauma hin, riskierten sogar den geistigen Kollaps, um viel mehr zu lernen. Sie verbanden sich mit den alten Datenbanken von Aragon und denen der Unabhängigen in Sirrkut und Gulmar und nahmen so viele Informationen in sich auf, wie ihre Gehirne verkrafteten. Es gab nur wenige von ihnen, und das machte sie wertvoll.

»Weg von hier«, antwortete Marcus. »Durch einen Bogen. Ist das möglich?«

Luntha überlegte. »Warum nicht? Der Bogen müsste groß und leistungsfähig genug sein. Andernfalls wäre eine Demontage der Bombe nötig, und das birgt Risiken. Sie könnte beschädigt werden.«

»Sie darf auf keinen Fall innerhalb eines Bogens explodieren«, warf Zarba ein.

»Die Untersuchungen sind schwierig.« Luntha deutete auf die technischen Spezialisten. »Wir haben gerade erst begonnen. Es dürfen keine Fehler passieren.«

»Heute Abend«, sagte Marcus. »Bei Sonnenuntergang verlasse ich diese Grabung und nehme die Bombe mit. Dann muss sie bereit sein für den Transfer durch den Bogen von Smirga.«

»Heute Abend?«, entfuhr es Luntha. »Damit bleibt uns nicht annähernd genug Zeit. Wir ...«

Ein dumpfes Donnern unterbrach ihn. Der Boden zitterte, Staub rieselte von der Höhlendecke. Das Licht der elektrischen Lampen flackerte. Der große Behälter vibrierte, und die Bombe darin schien leise zu singen.

Zarba hob den Kopf. »Eine Explosion.«

Alarmsignale heulten durch die Tunnel und Stollen. Einer der beiden Leibwächter holte ein Kommunikationsgerät hervor, das aussah wie ein kleiner Bogen, und hob es ans Ohr.

»Die Unabhängigen greifen an!«, rief er, um das Heulen zu übertönen. »Sie haben eine Streitmacht durch den Bogen von Smirga geschickt!«

»Es kann nur einen Grund geben, warum sie diesen Ort angreifen, hier und jetzt«, sagte Zarba sofort.

»Ja.« Marcus blieb gefasst. »Sie wissen von der Grabung und vielleicht auch vom Arsenal und der Bombe.«

»Ich habe strengste Geheimhaltung angeordnet«, betonte Zarba.

»Jemand hat Informationen weitergegeben«, sagte Marcus. »Ein Spion. Clem…«

Clemens trat einen Schritt vor.

»Wir brauchen Verstärkung von Aragon. Unsere schnelle Eingreiftruppe. Sorg dafür, dass sie sofort hierhergeschickt wird.«

Clemens nickte, drehte sich um und eilte durch den Stollen.

»Luntha…«

Der Studierte wirkte erschrocken. »Ja, Konsul?«

»Ich gebe Ihnen *eine Stunde!*«

»Was?« Luntha blinzelte. »Wofür?«

»Bereiten Sie die Bombe vor. In einer Stunde bringen wir sie durch den Bogen von Smirga.«

»Unmöglich!« Luntha schwitzte noch etwas mehr. »Eine Stunde genügt nicht!«

»Machen Sie sich sofort an die Arbeit«, sagte Marcus knapp. »Direktorin Zarba… Wir koordinieren die Verteidigung.«

Leid und Elend

45 Rebecca

Rebecca lag im Gebüsch am Rand des Lochs und beobachtete das Grabungslager tief unten, als der Angriff begann.

Sie kamen mit dem ersten Tageslicht: fünf Schwebewagen mit breiten Tragflächen, laut brummenden Motoren und schräg nach unten gerichteten Waffendornen, die ratternd und zischend Projektile und kleine Feuerkugeln spuckten. Die Kugeln zerrissen Dächer, zertrümmerten Fenster, zerfetzten Türen und schlugen Funken, wenn sie auf das dicke Metall von Schuttkarren und Transportbehältern trafen. Die Feuerkugeln hüllten Generatoren und Bodenwagen in lodernde Flammen.

Eine Explosion zerstörte gleich mehrere Gebäude, und eine Stichflamme leckte rot und heiß über den nahen Hang, wo sie mehrere Gestalten erfasste und verbrannte. Die Druckwelle war so stark, dass sie Splitter bis dorthin warf, wo Rebecca kauerte, und der Boden unter ihr zitterte. Am Hang gerieten Steine in Bewegung, rutschten und rollten hinab.

Arbeiter suchten Deckung, aber sie taten es langsam, als würden sie nicht ganz begreifen, was um sie herum geschah.

Männer und Frauen in den jadegrünen Uniformen der aragonischen Transportgesellschaft liefen zu Bodenwagen, starteten ihre Motoren und fuhren los. Andere duckten sich hinter Behälter und Schuppenwände, zielten mit ihren Waffen und erwiderten das Feuer.

Dichte Rauchwolken zogen durch die Grube.

Die Angreifer kamen nicht nur mit Schwebewagen. Einige Hundert Meter entfernt bahnten sich gepanzerte Bodenfahrzeuge einen Weg durchs Gestrüpp, erreichten die für Transporter befestigte Rampe und rollten in die Grube. Die Flanken der großen Kampfwagen wiesen sieben gelbe Sterne auf – das Symbol der Unabhängigen.

Rebecca dachte an Gulmar und Sirrkut, zwei der unabhängigen Regionen tief im Süden, bei den Wäldern von Gunnadah. Sie hatte überlegt, dorthin zu fliehen, zu den Unabhängigen, denn bei ihnen hörte die Macht von Konsul Marcus auf. Doch der Weg war weit, und es hieß, dass es bei den sieben Sternen weniger sprechende Steine und Bögen gab, auch deshalb, weil Marcus fast alles, was er fand, nach Aragon bringen ließ.

Unten in der Grube krachte und donnerte es. Flammenzungen leckten empor und verschwanden fast sofort wieder im Rauch, der sich wie eine grauschwarze Decke über die Gebäude des Grabungslagers legte.

Ein Schwebewagen stieg auf, an seinen Seiten das Bild einer aus kleinen Bögen bestehenden Kette. Das Grau seines Rumpfs schien ihn während der ersten zweihundert Meter zu einem Teil der Rauchschwaden zu machen, und vielleicht war es diese Tarnung, die einen Abschuss verhinderte. Als die Angreifer den Schwebewagen der Transportgesellschaft bemerkten, war es bereits zu spät – er raste in Richtung Smirga davon.

Rebecca sah ihm nach. War es Marcus, der vor den Angreifern floh?

Rauch und Chaos konnten zwei wertvolle Verbündete sein, wenn man unbemerkt bleiben wollte. Rebecca kletterte bereits über den Hang, bevor sie eine bewusste Entscheidung getroffen hatte. Jasil, der zu ihrem kleinen Bruder geworden war, befand sich irgendwo dort unten. Und auch die beiden Fremden, die Besucher von den Sternen.

Ein stärker werdendes Kribbeln im Nacken begleitete Rebecca durch den Rauch.

»Was?«, fragte sie die Steine in ihrer Hosentasche und verharrte hinter einem Schuppen, der mehrere Schusslöcher aufwies. Das Fenster war zerborsten, und ein schneller Blick zeigte Rebecca zwei Arbeiter, von Projektilen getroffen. Sie lagen in ihrem Blut, neben einem umgestürzten Tisch, von dem sie sich vielleicht Schutz versprochen hatten, mit einem seltsamen Frieden in ihren grauen Gesichtern. »Was wollt ihr mir sagen?«

Sie sprachen nicht, die Steine in ihrem Beutel, den sie zum Glück nicht im Rucksack verstaut hatte. Sie hatten keine Botschaft für Rebecca, wiesen ihr nur den Weg. Ein Stück weiter nach Norden, tiefer ins Innere des umkämpften Lagers. Vorbei an einem brennenden Bodenwagen und einem toten Uniformierten, der mit zerschossener Brust neben einem schweigenden Generator lag.

Noch immer knallten Schüsse, wenn auch nicht mehr so oft, und gelegentlich zischten und fauchten die Waffen, die kleine Feuerkugeln warfen. »Blaster« hatte sie R. Quintex in *Geschichte der Welt* genannt.

Die Umrisse eines Schuppens erschienen vor Rebecca im Rauch. Sie eilte darauf zu, weil die Steine es ihr sagten, und ein Projektil zuckte an ihr vorbei, mit einem Zischen leiser als das der Blaster und so dicht, dass sich Rebecca am Ohr berührt fühlte. Sie tastete nach der befürchteten Wunde, doch ihre Finger spürten kein Blut.

Vor dem Eingang des Schuppens stand ein schmutziger Mann mit grauem Gesicht und trüben Augen. Er schwankte ein wenig, wie ein junger Baum im Wind, und seine Lippen bewegten sich, ohne dass er ein Wort hervorbrachte.

»In Deckung!«, rief Rebecca dem Arbeiter zu. »Versteck dich!«

Sie sprang an ihm vorbei und drehte sich um, als sie die Tür erreichte.

Der schmutzige Mann hatte sich tatsächlich in Bewegung gesetzt. Er lief nicht, er ging langsam und unsicher – und blieb nach einigen Schritten stehen.

»Lauf!«, rief Rebecca. »Lauf!«

Er sah durch den Rauch zu ihr zurück, öffnete den Mund ...

Sein Kopf platzte, von einem Projektil getroffen.

Für einen Moment stand er ohne Kopf da, in einer Wolke aus Blut, Knochensplittern und zerfetzter Hirnmasse. Dann kippte er und fiel.

Rebecca wirbelte herum, riss die Tür auf und war mit einem Satz im Innern des Schuppens.

Ein Mann in der Uniform der Transportgesellschaft lag auf dem Boden, mit einem roten Loch in der Stirn, den glasigen Blick an die Decke gerichtet.

Jasil saß zitternd in der Ecke, die Arme um die angezogenen Beine geschlungen.

»Sie schießen, sie schießen, wie bei meinem Vater«, sagte er.

Rebecca war mit einigen schnellen Schritten bei ihm. »Hab keine Angst«, sagte sie, obwohl das dumme Worte waren, denn es gab guten Grund, Angst zu haben. »Komm, lass uns von hier verschwinden.«

Sie zog den Jungen auf die Beine. Er ließ es mit sich geschehen.

»Die beiden Männer waren plötzlich da.« Jasil schniefte und wischte sich mit dem Ärmel über Mund und Nase. »Ich habe oben am Rand der Grube auf dich gewartet und gewartet, und plötzlich waren sie da. Ich wollte weglaufen, aber ... aber ...«

»Schon gut.« Rebecca sah sich um. »Wo ist mein Rucksack?«

»Dein Rucksack?« Jasil zuckte zusammen, als es draußen zu einer weiteren Explosion kam, mit einer Druckwelle, heftig genug, dass die Wände des Schuppens zitterten.

»Ja, mein Rucksack.« Rebecca dachte an ihre wenigen Habseligkeiten, darunter die Bücher und das Musikkästchen, die Spieldose von ihrer Mutter.

Mehrere Schüsse fielen in der Nähe.

»Ich weiß nicht, wo dein Rucksack ist.« Jasil hob die Hände über den Kopf. »Sie schießen noch immer. Sie schießen und schießen.«

Etwas – vielleicht die Steine – veranlasste Rebecca, ihren Blick noch einmal auf den Toten zu richten. Er trug ein Gürtelhalfter mit einem Revolver darin. Sie ging neben ihm in die Hocke, zog die Waffe aus dem Halfter und klappte die Trommel heraus. Patronen stecken in allen sechs Kammern. Mit einem Handwedeln schlug sie die Trommel wieder zu und untersuchte die Taschen des Toten, fand eine Schachtel mit Munition und steckte sie ein.

»Was machst du?«

»Ich sorge dafür, dass wir uns wehren können. Komm jetzt.«

Draußen war der Rauch noch immer dicht. Jasil begann fast sofort zu husten.

»Leise«, mahnte Rebecca. Sie senkte den Kopf, zerrte den Kragen hoch und versuchte, durch den Stoff ihres Hemds zu atmen.

Jasil wollte zum Hang der Grube laufen, aber Rebecca hielt

ihn fest. »Nein, zuerst müssen wir zu der schwarzen Frau und dem Mann mit dem zernarbten Gesicht.«

»Wen meinst du?«, fragte Jasil verwirrt.

»Die Besucher von den Sternen.«

46

Der Bruch war schlimm genug, er hatte ihnen die von R. Quintex beschriebene bessere Welt genommen. Aber Leute wie Marcus sorgten dafür, dass Leid und Elend kein Ende nahmen, dass die Herrschaft von Gewalt, Schmerz und Tod andauerte.

Daran dachte Rebecca, als sie mit Jasil an Leichen vorbeilief, von Blastern verbrannt oder von Kugeln durchbohrt.

Nach der Sache mit Dusan hatte sie vermieden, Teil davon zu werden. Sie war auf Wanderschaft gegangen, hatte für Essen und Unterkunft gebettelt und gearbeitet, ohne zu verletzen oder zu töten. Sie hatte sich bemüht, abseits der Welt zu leben, die Marcus ganz zu beherrschen versuchte. Doch jetzt, mit dem Revolver in der Rechten, riskierte sie, selbst zu einem Instrument von Schmerz und Tod zu werden.

Man darf sich nichts vormachen, dachte Rebecca. Wenn man sich in Schmutz bewegt, wird man selbst schmutzig, sosehr man auch sauber bleiben möchte.

Gestalten erschienen im Rauch und verschwanden wieder. Sterbende stöhnten und fluchten zwischen den Trümmern. Projektile pfiffen, kleine Feuerkugeln zischten wie aufgeschreckte Schlangen. Fahrzeuge bewegten sich, Räder mahlten durch Schutt und Staub, Schwebewagen glitten grau durch graue Rauchschwaden.

»Wohin laufen wir?«, rief Jasil. Er hielt Rebeccas linke Hand. »Wohin?«

»Wir sind gleich da.« Das Kribbeln im Nacken wurde stärker, es wies ihr noch immer den Weg.

Ein mehrstöckiges Gebäude erschien vor ihnen, und Rebecca *wusste* auf einmal, dass sich dort die beiden Fremden befanden.

Mit Jasil an ihrer Seite eilte Rebecca zur Tür.

Plötzlich trat ihnen ein Mann entgegen, ein Wächter in Diensten der Transportgesellschaft, die grüne Uniform an der Seite zerrissen. Überraschung erschien in seinem Gesicht, als er Rebecca erkannte. Er richtete einen Stab auf sie – eine Waffe, die starke Schmerzen verursachen und lähmen konnte.

»Du!«, entfuhr es dem Wächter. »Der Konsul wird sich freuen.«

Hier war der Schmutz und wartete darauf, dass Rebecca ihn berührte. Ihr blieb nichts anderes übrig.

Sie wusste, wie man mit einem Revolver umging. Dusan hatte es ihr gezeigt, er hatte damit angegeben. Messer waren persönlicher, und das zwischen ihr und Marcus' Sohn war eine sehr persönliche Sache gewesen. Messer verlangten Nähe, Revolver nur ein gutes Auge und eine sichere Hand.

Rebecca schoss.

Die Kugel zertrümmerte dem Mann die Kniescheibe und schickte ihn schreiend zu Boden.

Ein Sprung brachte Rebecca über ihn hinweg. Sie erreichte die Tür und riss sie auf. Ein dunkler Flur lag vor ihr, mit einer nach oben führenden Treppe. Auf der rechten Seite gab es eine weitere Tür. Rebecca versuchte sie zu öffnen – abgeschlossen.

»Jasil?«

Der Junge stand neben dem schreienden Wächter und starrte auf ihn hinab.

Rebecca kehrte zurück und richtete den Revolver auf das Gesicht des Mannes. »Wo sind die Schlüssel?«

»Verdammt!«, ächzte der Wächter. »Verdammt!«

Rebecca spannte den Hahn. »Ich will die Schlüssel.«

»In meiner ... Tasche. In der ... rechten Hosentasche.«

Rebecca fand einen Schlüsselbund. »Bleib bei mir, Jasil. Bleib immer an meiner Seite, hast du verstanden?«

Er nickte, lief mit ihr zum Gebäude und in den Flur.

Die ersten beiden Schlüssel passten nicht ins Schloss der Tür, der dritte ließ sich hineinschieben und drehen.

Die beiden Fremden – die schwarze Frau und der Mann mit den vielen Narben im Gesicht, den weißen Brauen und dem ebenfalls weißen Haar – hockten hinter einem umgekippten Tisch, der ihnen als Deckung diente.

»Kommen Sie, schnell!«, rief Rebecca und winkte mit der Waffe. Dann begriff sie, dass man diese Geste auch falsch verstehen konnte. Sie hielt den Revolver so, dass der Lauf nach unten zeigte. »Ich gehöre nicht zu diesen Leuten. Ich bin hier, um Ihnen zu helfen. Kommen Sie!«

Die Frau richtete sich auf und sagte etwas, das Rebecca nicht verstand.

»Was hat sie gesagt?«, fragte Jasil.

»Keine Ahnung. Ich nehme an, bei den Sternen spricht man andere Sprachen. Bitte...« Rebecca wandte sich wieder an die Frau. »Wir müssen weg, bevor der Konsul seine Leute herschickt!« Sie deutete zur Tür.

Der Mann und die Frau sprachen miteinander, sie schienen sich zu beraten, während draußen weitere Schüsse fielen. Die meisten Worte verstand Rebecca nicht, doch eins klang vertraut. Es hörte sich an wie »fliehen«.

»Ja, ja, wir müssen fliehen, solange wir noch Gelegenheit dazu haben!«, sagte Rebecca schnell. Sie trat zur Tür und winkte erneut. »Kommen Sie!«

Die beiden Fremden folgten ihnen nach draußen in die Rauchschwaden.

Der Wächter schrie nicht mehr. Mit beiden Händen hielt er sich das zerschossene Knie, das Gesicht eine Grimasse. Als er Rebecca sah, knurrte er wütend: »Der Konsul wird dich erwischen!«

»Nicht hier«, erwiderte sie. »Und nicht jetzt.«

Den Revolver noch immer in der Hand, lief sie los, gefolgt von Jasil und den beiden Fremden.

Am Rand der Grube, nach einer langen Kletterpartie über den steilen Hang, hockten sie zwischen Büschen und Sträuchern und schöpften Atem.

»Ich habe Durst«, klagte Jasil. »Ich habe Hunger.«

»Haben sie dir nichts zu essen und zu trinken gegeben?«, fragte Rebecca.

Der Junge schüttelte den Kopf. »Sie wollten wissen, wo du bist.«

Ein lauter werdendes Brummen hing in der Luft. Rebecca hob die Hand, beschattete sich die Augen und blickte in Richtung Stadt. Mehrere Schwebewagen näherten sich, und eine Wolke aus aufgewirbeltem Staub deutete auf Bodenfahrzeuge hin, die zur Grube rollten.

»Ich nehme an, Marcus bekommt Verstärkung«, sagte sie.

Die beiden Besucher von den Sternen saßen in der Nähe und sprachen leise miteinander. Rebecca fragte sich, welche Hilfe sie von ihnen erwarten durfte. Die Steine hatten sie zu ihnen geschickt, und dafür musste es einen Grund geben.

Der Mann mit dem zernarbten Gesicht hantierte an den Objekten, die er und die Frau am Kragen trugen. Schließlich rückte die Frau etwas näher und sagte: »Jetzt ... verstehen? Programmierung ... unvollständig ... bessere Verständigung vielleicht bald möglich.«

Rebecca hörte eine seltsame Mischung aus zwei Sprachen: Worte aus dem Mund der Frau und eine Stimme aus dem kleinen Gegenstand an ihrem Kragen, der aussah wie eine Brosche.

Übersetzungsapparate, begriff sie und erinnerte sich an eine Geschichte, die sie gelesen hatte, über Maschinen, die Sprachen besser verstanden als Menschen und bei Missverständnissen vermittelten. Angeblich gehörten sie zu den vielen wundersamen Dingen der anderen Seite. Sie erinnerte sich auch daran, dass Dusan sie einmal erwähnt hatte – offenbar verfügte Marcus über einige Geräte dieser Art.

»Fliehen ... wohin?«, fragte die Frau.

Rebecca blickte in die Grube und gab sich nicht der Hoffnung hin, dass Marcus beim Kampf ums Leben gekommen war – so viel Glück durfte sie nicht erwarten. Wenn er nicht mit dem Schwebewagen zur Stadt geflogen war, hatte er sich irgendwo verbarrikadiert und wartete darauf, dass Verstärkung eintraf und die Angreifer vertrieb. Anschließend würde er alles daransetzen, sie – Rebecca – und die beiden Besucher von den Sternen zu finden.

»Wir müssen diese Gegend verlassen, bevor der Konsul mit einer groß angelegten Suche nach uns beginnt.« Rebecca wich vom Rand der Grube zurück und stand auf. »Solange er hier beschäftigt ist, können wir vielleicht unbemerkt den Bogen in Smirga benutzen. Wir müssen zur Stadt.« Sie half Jasil auf die Beine. »Dort finden wir auch etwas zu essen und zu trinken, kleiner Bruder.«

Auf einem schlafenden Kometen

47 Grayland

Die *Eklipse* verfügte nur noch über zwei Rettungsboote, und eins davon landete sanft wie eine Feder auf einem fast hundertzwanzig Kilometer langen und gut fünfzig Kilometer dicken Brocken aus Gestein, Eis und Staub. Grayland trug bereits seinen Einsatzanzug mit aktiviertem Helm, überprüfte die Anzeigen und vergewisserte sich, dass alle Systeme einwandfrei funktionierten.

»Kiss?«

»Ich bin immer bei dir«, antwortete der Intellekt des Schiffs, das zehntausend Kilometer entfernt in Warteposition gegangen war. »An den Signalen hat sich nichts geändert. Es gibt keine Reaktion auf deine Landung.«

»Hier ist alles ruhig.« Grayland blickte in die Datenfelder. Nichts regte sich bei der ockerfarbenen Habitatkuppel in der nahen Mulde und bei den Raumschifftrümmern, unter ihnen Teile eines Triebwerkskranzes. Nicht weit davon entfernt ragten die beiden cremefarbenen Blöcke der inaktiven Printer auf.

»Ich bin bereit«, sagte der elfenbeinfarbene Humanoide neben Grayland. Ivory hatte seine tentakelartigen Arme und den kegelförmigen Kopf mit weiteren Instrumenten und Sensoren ausgestattet.

Grayland nickte. »Sehen wir uns die Kuppel aus der Nähe an.«

Zusammen mit dem Bot betrat er die kleine Luftschleuse, wartete auf den Druckausgleich und öffnete die Außenluke.

Dunkelheit empfing ihn. Im Kuipergürtel war die ferne Sonne nur ein Stern unter vielen, nicht mehr als ein kleiner heller Fleck am schwarzen Himmel. Den Mikrogravitator des Schutzanzugs hatte Grayland noch an Bord des Rettungsboots eingeschaltet. Das künstliche Schwerkraftfeld gab ihm Gewicht – andernfalls hätte ein unvorsichtiger Schritt genügt, um ihn mit Fluchtgeschwindigkeit ins All zu schleudern.

»Kommunikationstest«, drang die Stimme des diensteifrigen Bots aus dem Helmlautsprecher.

»Ich höre dich«, sagte Grayland und aktivierte die visuellen Sensoren. Die Dunkelheit verschwand, und er sah eine Landschaft aus Felsen, viereinhalb Milliarden Jahre alt, so alt wie das Sonnensystem.

»Kontakt stabil«, meldete sich der Intellekt der *Eklipse*. »Keine störenden Einflüsse.«

Grayland ging los und setzte vorsichtig einen Fuß vor den anderen. Uralter Staub wurde aufgewirbelt. Die Stiefel hinterließen tiefe Abdrücke im lockeren Boden, und Grayland dachte daran, dass sie noch in vielen Jahrmillionen existieren würden.

Vielleicht sprach er den Gedanken laut aus, denn Ivory, der ebenfalls mit dem Intellekt des Schiffes in Verbindung stand, sagte: »Nur sieben Komma vier Millionen Jahre. Dann erwacht der schlafende Komet, weil ihn seine Flugbahn ins innere Sonnensystem bringt. Durch die stärker werdende Sonneneinstrahlung wird es zu Turbulenzen auf der Oberfläche kommen.«

Grayland stellte sich vor, wie das Eis unter der dicken Staubschicht schmolz, wie sich Geysire und Fontänen bildeten, die dem Kometen einen Schweif verliehen. Er fragte sich, ob es dann Menschen geben würde, die den Kometen am Nachthimmel der Erde sahen.

Trümmerstücke lagen im Staub, manche rund, wie abgeschliffen, andere mit Kanten so scharf wie ein Vibromesser. Bei einem dieser Fragmente blieb Grayland stehen, bückte sich und betrachtete es aus der Nähe. Die Anzugsensoren blendeten Daten ins Helmvisier.

»Seien Sie vorsichtig, Grayland«, mahnte Ivory. »Berühren Sie nichts. Sie könnten sich schneiden.«

Die Gefahr war gering, immerhin verfügte der Schutzanzug über ein Materialgedächtnis. Aber Grayland achtete trotzdem darauf, dem Trümmerstück nicht zu nahe zu kommen. Die Daten in seinem Visier zeigten ihm die Zusammensetzung des Materials und bestätigten, dass das Teil von einem Raumschiff des Instituts für Technologische Innovation stammte.

»Lässt sich das Schiff noch immer nicht identifizieren?«, fragte Grayland und setzte den Weg fort. Er glaubte, bei jedem Schritt ein leises Knirschen vom Staub zu hören, wie von frisch gefallenem Schnee.

»Die Daten genügen nicht«, antwortete der Intellekt der *Eklipse*. »Kontakt weiterhin stabil. Ich empfange die Telemetrie- und Sensordaten. Energetische Signatur der Habitatkuppel unverändert klein.«

»Nichts reagiert auf uns«, fügte Ivory hinzu. Er ging neben Grayland, mit Schritten, die denen eines Menschen ähnelten.

Links, zwischen zertrümmerten Felsen, ragten die geborstenen Fragmente eines Triebwerkskranzes auf. Neue Daten erschienen in Graylands Visier.

»Ein interstellares Schiff«, stellte er fest. »Ich sehe Bestandteile eines Direkts. Aber Leistung und Reichweite waren offenbar geringer als bei der *Eklipse*.«

»Ich teile diese Einschätzung«, erwiderte der Intellekt. »Identifizierung noch immer nicht möglich.«

»Was ist mit dem Alter?« Grayland veränderte die Einstellung seiner Sensoren.

Ein langer Sprung in der geringen Schwerkraft des schlafenden Kometen brachte Ivory zum Triebwerkskranz. Er landete genau vor einem Zylinderfragment und richtete einen Scanner darauf.

Grayland empfing die Daten in seinem Visier. »Zweieinhalbtausend Jahre?«

»Plus, minus hundert«, erwiderte Ivory. »Die Analyse einer Materialprobe würde genauere Werte liefern. Das molekulare Gedächtnis dieser Verbindungen aus Komposit und Quasimetall ist seit zweieinhalb Jahrtausenden inaktiv. Die Erosion durch kosmische Strahlung deutet auf einen ähnlichen Zeitraum hin.«

»Zweieinhalbtausend Jahre ...«, murmelte Grayland. »Vor zweieinhalb Jahrtausenden gab es niemanden auf der Erde, der Raumschiffe bauen konnte.«

»Nicht auf *unserer* Erde«, erwiderte Ivory und kehrte zurück.

»Zweieinhalb Jahrtausende sind nichts, wenn man die Zeiträume von Kontinentalverschiebungen bedenkt«, fügte der Intellekt hinzu.

Grayland erinnerte sich an die veränderte Erde. »Ein Zeit-phänomen, Kiss?«

»Gibt es eine andere Erklärung?«

Grayland wandte sich von dem zerschmetterten Triebwerks-kranz ab, stapfte durch den Staub und erreichte den Rand der Mulde mit der Habitatkuppel und den beiden Printern.

»Niemand war hier, seit zweieinhalb Jahrtausenden«, sagte er. »Die Trümmer liegen, wie sie fielen. Es gibt keine Spuren im Staub, außer denen von Ivory und mir. Wer auch immer hier abgestürzt ist, er erhielt keine Hilfe.«

»Vorsicht mit Spekulationen«, mahnte der Intellekt der *Eklipse*. »Das Fehlen von Spuren heißt nicht zwangsläufig, dass keine Helfer hier eintrafen. Es scheint jedoch jemand über-lebt zu haben, darauf deuten die Habitatkuppel und die Printer hin. Zudem belegen die Signale, dass es in der Kuppel auch nach zweieinhalbtausend Jahren noch funktionierende Sys-teme gibt.«

Grayland justierte den Mikrogravitator, machte sich etwas leichter und begann mit dem Abstieg. Der weiche Boden gab unter ihm nach, das nach Schnee klingende Knirschen des Staubs – übertragen von den druckempfindlichen Sensoren der Stiefel – wurde lauter. Die visuellen Sensoren machten die Nacht des schlafenden Kometen für Graylands Augen noch immer zum Tag, und der Zoom des Visiers brachte ihm Einzel-heiten zum Greifen nahe.

Bei einem der beiden inaktiven Printer hielt er inne, blickte durch den Zugang unter dem Hoheitszeichen des Instituts für Technologische Innovation und sah Kontrollen fast ohne Staub.

»Kein Staub«, sagte er. »Die äußere Deckschicht weist kleine Löcher auf, die wahrscheinlich von Mikrometeoriten stammen und nicht vom Materialgedächtnis geschlossen wurden. Drin-nen ist alles sauber.«

»Elektrostatische Abstoßung«, antwortete Kiss von der *Eklipse*. »Das Coulomb-Gesetz.«

Grayland betrat die Operatornische und legte die Hand aufs Hauptkontrollfeld des Printers. Als nichts geschah, sendete er einen allgemeinen Aktivierungscode. Keiner der Indikatoren leuchtete auf.

Er drehte sich um und verließ die Nische.

Die Kuppel in der Mitte der Mulde schien unbeschädigt, doch der Visierzoom zeigte die wie pockennarbige Struktur der Außenhülle. Es gab kein Kraftfeld, das vor Mikrometeoriten schützte, und das Materialgedächtnis hatte nicht überall funktioniert.

Während Grayland langsam an der Habitatkuppel entlangging, registrierten seine Sensoren Dutzende von winzigen Löchern. Einige der kleinen Geschosse aus dem All hatten die Außenhülle der Kuppel ganz durchdrungen.

»Es könnte Druckverlust für das ganze Habitat bedeuten«, sagte Ivory.

»Nach zweieinhalbtausend Jahren spielt es kaum eine Rolle«, erwiderte Grayland und näherte sich der Luftschleuse. »Es kann längst niemand mehr am Leben sein. Ich vermute, die Signale werden von einer automatischen Notfallstation gesendet.«

»Die Datenbanken könnten interessant sein«, meinte Ivory. »Vielleicht enthalten sie Informationen darüber, was hier geschehen ist.«

Die Außenluke reagierte nicht auf die in Graylands Kommunikator gespeicherten ITI-Signale. Er versuchte, das Handrad der mechanischen Arretierung zu drehen, doch es ließ sich nicht einen einzigen Millimeter weit bewegen.

Grayland wich zwei Schritte zur Seite. »Ivory ...«

Der humanoide Bot trat vor, griff mit zwei tentakelartigen Armen nach dem Rad und setzte die Kraft seiner Servomotoren ein.

Das Handrad drehte sich.

Ivory zog die Luke auf.

»Kiss, wir sehen uns jetzt das Innere der Habitatkuppel an«, sagte Grayland und betrat die Schleuse.

48 Sie konnten die Außenluke offen lassen, denn wie sich herausstellte, enthielt die Kuppel keine Atmosphäre mehr – die Luft war durch die vielen winzigen Löcher in der Außenhülle entwichen.

Im Licht seiner Helmlampe schritt Grayland durch einen schmalen Gang mit nur teilweise verkleideten Wänden. Streben, Stützelemente, Kabelschächte und Signalbrücken erschienen im Lampenschein, aber nicht in übersichtlichen Strukturen geordnet, sondern wirr, manchmal ohne Verbindungsstellen und Diagnoseelemente. Alles wirkte improvisiert und hastig installiert. Reparatur- und Wartungsbots hatten offenbar versucht, so etwas wie eine effiziente Funktionalität der einzelnen Habitatsysteme zu schaffen, doch irgendwann musste ihnen die Energie ausgegangen sein: Käfer- und spinnenartige autonome Bots steckten zwischen offenen Kabelbündeln und Signalmodulen, wie mitten in der Arbeit erstarrt. Grayland sah sie an der Decke, von kleinen Sicherheitsankern gehalten, oder in Verteilerstationen hinter demontierten Verkleidungselementen.

»Ich nehme an, die Bots waren beauftragt, das Habitat in Ordnung zu halten«, sagte er. »Vermutlich haben sie über viele Jahre hinweg immer wieder repariert, instandgesetzt und erneuert. Wie lange reicht die Energie einer solchen Kuppel und ihrer Installationen?«

Er blickte in ein kleines Ausstattungszimmer mit leeren halb montierten Schränken. Eine dünne Schicht Eis bedeckte die Wände und glitzerte im Licht der Helmlampe.

»Schwer zu sagen«, antwortete Ivory. »Es hängt davon ab, ob die Habitatkuppel tatsächlich von den beiden Printern draußen hergestellt wurde und welches Potenzial sie hatten.«

»Ich glaube, wir können von mindestens einigen Hundert Jahren Autonomie ausgehen«, fügte Kiss hinzu. »Ihr nähert euch jetzt dem Sender.«

Grayland betrat einen weiteren Korridor, mit geöffneten Türen auf beiden Seiten: Ausrüstungszimmer und Schlafquartiere, die Regale und Betten leer.

Weiter vorn erwartete sie eine geschlossene Sicherheitsluke.

Grayland zögerte. »Es ist keine Luftschleuse, nicht wahr?«

»Nein«, bestätigte Ivory, der mit seinem Scanner sondierte. Zuvor hatte er mehrere mobile Sensoren auf die Reise geschickt, mit dem Auftrag, die übrigen Korridore und Räume der Habitatkuppel zu erkunden.

»Wenn es auf der anderen Seite noch Luft gibt ...« Grayland betätigte die manuellen Schaltelemente neben der Luke, doch das Anzeigefeld blieb dunkel.

Ivory hob seinen Scanner. »Ich bin ziemlich sicher, dass der Druckverlust auch die Bereiche jenseits der Luke betrifft.«

»*Ziemlich* sicher bedeutet *nicht* sicher«, sagte Grayland.

»Ziemlich sicher bedeutet ›sehr wahrscheinlich‹«, entgegnete der Bot. »Und die Wahrscheinlichkeit beträgt in diesem Fall fünfundachtzig Prozent.«

Das klang nach Rufus M, fand Grayland. Er deutete aufs Handrad. »Also gut. Öffne die Luke, Ivory.«

Der Bot trat vor, ergriff das Handrad und drehte es. Die Luke schwang auf.

Mit den visuellen Sensoren hätte Grayland in dem dunklen Raum hinter der Luke genug gesehen, um sich orientieren zu können, aber das Licht der Helmlampe zeigte ihm mehr, einen kleinen Nukleus, nur fünf oder sechs Quadratmeter groß, mit gewölbten Wänden, Datenprojektoren und Konsolen, die zwei Sitze umgaben. Dies war nicht die Kommandozentrale eines Raumschiffs, sondern das Nervenzentrum des Habitats. Von hier aus wurden alle Funktionen gesteuert.

Graylands Helmvisier blendete noch immer Daten ein, nicht nur der eigenen Sensoren, sondern auch die der kleinen Sonden, die in Ivorys Auftrag durch die zugänglichen Bereiche des Habitats flogen. Ein blinkendes Symbol verlangte Aufmerksamkeit, doch Grayland achtete nicht darauf, weil er den Sender gefunden hatte: Vor dem zweiten Sitz leuchtete der grüne Indikator einer kleinen Kommunikationsstation.

Ivory erreichte sie vor Grayland und schob einen dünnen Datenstab in den Diagnoseport.

»Es handelt sich um ein sehr einfaches Kommunikationssystem«, stellte der Bot fest. »Für planetaren Komm-Verkehr bestimmt. Für interplanetare Kommunikation ist das System wegen geringer Signalstärke und großer Latenzen eher ungeeignet. Keine Hyperruf-Kapazität. Restenergie bei vier Prozent. In ein oder zwei Jahren wäre der Sender verstummt. Wir sind gerade noch rechtzeitig gekommen.«

»Rechtzeitig wofür?« Grayland berührte Schaltelemente der

nächsten Konsole. »Lässt sich der Nukleus wieder in Betrieb nehmen? Verfügt das Habitat über einen Reaktionskern zur Energiegewinnung?« Ein Direkt gab es gewiss nicht, damit waren nur überlichtschnelle Schiffe oder große Raumstationen ausgestattet.

Ivory drehte langsam den Datenstab im Diagnoseport.

»Ich bestätige«, antwortete der Bot. »Zugriff auf Statusdaten.« Es folgte eine kurze Pause. »Der Kern ist eintausendsechshundertzweiunddreißig Jahre lang mit voller Leistung aktiv gewesen. Anschließend ging die Reaktionsmasse zur Neige, und daraufhin fuhren die Habitatsysteme herunter. Eine Prioritätsanweisung gibt einer letzten noch aktiven Funktion absoluten Vorrang.«

Genau darauf wies das blinkende Symbol in Graylands Helmvisier hin. Ivorys Sensorsonden hatten das eine noch funktionierende System des Habitats gefunden: die Hibernation.

Jemand lag in Schlaf und Schleim.

Die Hibernationskapsel ähnelte jenen an Bord der *Eklipse*: ein **49** orangefarbener Kokon wie ein zweieinhalb Meter langes Ei, in dem ein Mensch herangewachsen war. In diesem Fall handelte es sich um einen Mann um die fünfzig, mit schütterem Haar, buschigen Brauen und hohen Jochbeinen, die sein Gesicht V-förmig und knochig wirken ließen. Er war blass, die Lippen blutleer, der Leib fast haarlos. Nackt und reglos ruhte er im transparenten Hibernationsschleim.

»Er lebt«, sagte Grayland. »Nach zweieinhalbtausend Jahren.«

»Wir wissen nicht, ob er bereits so lange schläft.« Ivory untersuchte die Kapsel. »Er könnte sich erst später in die Hibernation zurückgezogen haben. Was unternehmen wir jetzt?«

Grayland fand die Frage seltsam und überflüssig. »Was wir jetzt unternehmen? Wir wecken den Mann! Wahrscheinlich kann er uns sagen, was geschehen ist.«

Die Stimme von Kiss drang aus Graylands Helmlautsprecher. »Ihn zu wecken kostet Energie, und es ist nicht mehr viel übrig.

Nach den Daten, die ich von Ivory und euren Sensoren erhalten habe, reicht die Restenergie anschließend nur noch wenige Tage. Eine neuerliche Hibernation wäre unmöglich, und zu bedenken ist auch, dass die Person im Schleim nach dem langen Schlaf vielleicht medizinische Hilfe benötigt.«

»Exakt«, bekräftigte Ivory.

Daran hatte Grayland nicht gedacht. Er war Intellektor, kein Koordinator. Er wusste, wie man einem Intellekt Struktur gab, damit aus dem Nährboden gut gefüllter Datenbanken und optimierter kybernetischer Substrate eine Persönlichkeit erwachsen konnte. Er glaubte auch, sehr geschickt zu sein, wenn es darum ging, Probleme bei der Programmierung zu lösen und Fehler in Wesensart und individueller Ausprägung eines Intellekts zu beheben. Mit solchen Dingen kam er zurecht; sie bestimmten die Welt, in der er bisher gelebt hatte.

Aber wenn er es mit mehreren Problemen gleichzeitig zu tun bekam, die noch dazu völlig unterschiedliche Bereiche betrafen und dennoch Teil ein und derselben komplexen Situation waren, fühlte er sich überfordert. Er fürchtete in solchen Fällen stets, wichtige Punkte zu übersehen, weil es ihm im Gegensatz zu einem guten Koordinator wie Samantha oder Emmerson nicht gelang, in verschiedene Richtungen zu denken und diese Gedanken anschließend wieder einzusammeln, zu sortieren und zu einem Gesamtbild zusammenzusetzen.

Kiss schien zu ahnen, was ihm durch den Kopf ging, denn sie sagte: »Du machst deine Sache gut. Ich bringe das Schiff näher an den schlafenden Kometen heran, um euch schneller Hilfe schicken zu können, falls ihr welche braucht.«

»Einverstanden.« Grayland betrachtete den Schlafenden in der Hibernationskapsel. Ein Problem drängte sich in den Vordergrund. »Bevor wir die Kapsel öffnen, müssen Luftdruck und Temperatur der ambientalen Norm entsprechen. Können wir hier eine Schleuse installieren? Dann würde es genügen, diesen Raum mit ausreichend warmer Luft zu füllen und den Erwachten mit einem Schutzanzug auszustatten. Anschließend nehmen wir ihn mit zum Rettungsboot und kehren zur *Eklipse* zurück.«

»Die Installation einer Luftschleuse wäre zu aufwendig«, erwiderte Kiss. »Das lokale Materialgedächtnis müsste neu programmiert werden, und vielleicht ist es während der vielen vergangenen Jahrhunderte schadhaft geworden. Ich schlage vor, ihr gebt der Habitatkuppel eine neue Außenhaut. Ein dünner Film genügt, gerade genug, um atmosphärischem Normdruck standzuhalten. Anschließend versucht ihr, die ambientalen Systeme zu reaktivieren. Falls nötig, könnt ihr die Gasreserven und Energiezellen des Rettungsboots verwenden. Das sollte euch einen gewissen Spielraum geben.«

Grayland sah Ivory an. »Machen wir uns an die Arbeit.«

Es war nicht besonders warm, nur sechzehn Grad über dem Gefrierpunkt von Wasser, und der Luftdruck entsprach achtundsechzig Prozent der ambientalen Norm, vergleichbar mit einer Höhe von dreitausend Metern. Die Hibernationskapsel war geöffnet, der Schläfer erwacht. Ivory hatte ihn mit medizinischen Sonden untersucht und eine allgemeine Schwächung festgestellt, aber nichts deutete auf die Notwendigkeit dringender medizinischer Maßnahmen hin.

Zehn Minuten lang spuckte der erwachte Schläfer Schleim und würgte, obwohl sein Magen nichts enthielt. Er sagte etwas, hustete und spuckte erneut, sprach dann wieder. Grayland verstand ihn nicht und vermutete erst, dass der Mann eine ihm fremde Sprache benutzte, doch dann identifizierte er ein Wort. Es lautete »Erde«.

»Er spricht mit einem starken Akzent«, erklärte Ivory. »Ich passe den Interpreter an.«

Graylands Kommunikator bestätigte die Modifikation mit einem kurzen akustischen Signal.

Das aktivierte Materialgedächtnis hatte einen der Sitze des Hibernationsraums in einen Liegesessel verwandelt, und darin lag der Mann, in warmer Kleidung aus dem Rettungsboot.

»Die Restenergie reicht nur noch für sieben Stunden«, meldete sich der Intellekt der *Eklipse*. »Ich empfehle baldige Rückkehr zum Schiff.«

Der Mann lauschte der Stimme und spuckte nicht mehr. »Das ist Ihr Schiff, nicht wahr?«

Diesmal waren seine Worte deutlich zu verstehen und ergaben auch Sinn.

»Ja«, bestätigte Grayland. »Wer sind Sie? Wann haben Sie sich schlafen gelegt? Was hat es mit den Raumschifftrümmern draußen auf sich? Und vor allem: Was ist mit der Erde geschehen?«

»Was?«, fragte der Mann verwirrt. »Was?«

»Nach der langen Hibernation braucht er eine Aufbaubehandlung«, diagnostizierte Ivory. Er empfing Signale von den medizinischen Sensoren am Körper des Mannes. »Er ist noch schwach und verwirrt.«

»Was ist mit den lokalen Datenbanken?«, wandte sich Grayland an den humanoiden Bot. »Hast du ihren Inhalt untersucht?«

»Die Datenbanken dieses Habitats enthalten keine Informationen«, antwortete Ivory.

Das überraschte Grayland. »Warum nicht?«

»Ich habe alle Daten gelöscht«, sagte der Mann.

Grayland musterte ihn erstaunt. »Aus welchem Grund?«

»Damit nichts in die Hände des Feindes fällt.«

»Wer ist der Feind?«

Der Mann zögerte kurz und schien zu überlegen. »Die Unabhängigen. Sie haben auf mich geschossen, sie wollten verhindern, dass ich Hilfe hole. Ich musste notlanden ...«

Er schloss die Augen, und als sie mehrere Sekunden lang geschlossen blieben, vermutete Grayland, dass der Mann eingeschlafen war. Doch dann schlug er die Augen wieder auf.

»Wie lange habe ich in der Hibernation gelegen?«, fragte er. »Wie viel Zeit ist vergangen?«

»Haben Sie sich unmittelbar nach dem Bau dieser kleinen Station schlafen gelegt?«

»Nein, nicht sofort. Zwei Jahre lang habe ich darauf gewartet, dass jemand auf den Notruf reagiert. Als niemand kam, habe ich mich für die Hibernation entschieden, um Ressourcen zu sparen.« Der Mann fragte noch einmal: »Wie viel Zeit ist vergangen?«

»Viel Zeit«, erwiderte Grayland behutsam. »Zweieinhalbtausend Jahre.«

Der Mann starrte ihn an.

»Wir sind fünfzig Jahre unterwegs gewesen.« Grayland

sprach langsam. »Mit ›wir‹ meine ich die *Eklipse*, ein Frachtschiff des Instituts für Technologische Innovation. Das Institut hat uns zu den Tahota-Welten Inetas, Zheir und Thercer geschickt, und dort haben wir unsere Frachtbehälter mit Artefakten gefüllt ...«

»Ihr Schiff hat Tahota-Artefakte an Bord?«

»Ja. Aber als wir heimkehrten, als wir das Sonnensystem erreichten ...« Grayland berichtete vom Phasenfeld und der Resonanz, von den Schäden an Bord der *Eklipse* und dem Tod der zweiten Crew. Er sprach auch vom Spike und von der Infektion eines Besatzungsmitglieds.

»Wer?«, fragte der Mann. »Wer ist infiziert?«

»Ich weiß es nicht«, log Grayland, was Ivory veranlasste, kurz die visuellen Sensoren auf ihn zu richten. Er konnte sich selbst nicht erklären, warum er log. Aus irgendeinem Grund erschien es ihm falsch, dem Mann die ganze Wahrheit zu sagen.

»Ein Spike. Auf der Erde. Auf einer völlig veränderten Erde.«

»Ja«, sagte Grayland. »Und zweieinhalb Jahrtausende reichen dafür nicht aus. Die Kontinente sind anders angeordnet und anders beschaffen. Für tektonische Veränderungen in einem solchen Ausmaß sind Jahrmillionen notwendig.«

»Die Varianz«, sagte der Mann. »Vermutlich liegt es daran.«

»Varianz?«, wiederholte Grayland. »Was bedeutet das?«

»Ich brauche Ihr Schiff!« Der Mann setzte sich auf und langte nach dem Schutzanzug. »Und Ihre Fracht. Vielleicht enthält sie ein nützliches Artefakt.«

»Wie bitte?«, fragte Grayland verblüfft.

»Ihr Schiff.« Der Mann stand auf. Plötzlich wirkte er gar nicht mehr so geschwächt. »Die *Eklipse*. Ich brauche das Kommando über sie.«

»Langsam, langsam«, sagte Grayland. »Ich habe Ihnen meine Geschichte erzählt. Jetzt möchte ich Ihre hören.«

Der Mann begann damit, den Schutzanzug überzustreifen. »Ich erzähle sie Ihnen unterwegs zu Ihrem Schiff.«

50 Bevor sie die Habitatkuppel verließen, holte der Mann noch einige persönliche Gegenstände aus einem Sicherheitsfach. Anschließend stapften sie durch Jahrmilliarden alten Staub, vorbei an den Printern und Trümmern des Raumschiffs, das den Mann zum Kometen gebracht hatte.

Im Rettungsboot angelangt, sagte Grayland: »Sie haben noch immer nicht Ihren Namen genannt.«

Der Mann sank mit deaktiviertem Helm auf einen der Sitze und legte den Sicherheitsharnisch an. »Ich heiße Isaak Thorensen und bin mit Sondervollmachten ausgestatteter ITI-Emissär. Ich sollte zu unseren Außenposten von Proxima Centauri fliegen und von dort aus per Hyperruf die Siebzehn Kolonien um Hilfe bitten.«

Grayland aktivierte die Systeme des Rettungsboots und kontrollierte die Statusanzeigen. Die *Eklipse*, stellte er fest, war nur noch tausend Kilometer entfernt.

»Lassen Sie mich die Steuerung übernehmen«, sagte Ivory.

»Einverstanden.« Grayland drehte seinen Sitz, nachdem er ebenfalls den Sicherheitsharnisch angelegt hatte. Auf einen aktivierten Helm verzichtete er ebenso wie Thorensen. »Ich nehme an, Ihr Schiff verfügte nicht über ein Direkt.«

»Nein«, bestätigte Isaak Thorensen. »Die meisten unserer interstellaren Schiffe waren unterwegs, und die wenigen, die sich noch im Sonnensystem befanden, wurden von den Unabhängigen übernommen. Sie hatten alles gut vorbereitet. Ich bin mit der *Daedalus* aufgebrochen, einem interplanetaren Versorgungsschiff, das nur etwa zwanzig Prozent der Lichtgeschwindigkeit erreichen konnte und nicht mit Hyperruf-Kommunikation ausgestattet war. Wir rechneten damit, dass ich Proxima Centauri in etwa einundzwanzig Jahren erreichen würde, und den größten Teil dieser Zeit wollte ich in der Hibernation verbringen.«

Grayland hörte stumm zu, während sich Ivory um die Navigation des Rettungsboots kümmerte. Der Komet blieb unter ihnen zurück und wurde schnell kleiner. Das primäre Sichtfeld zeigte die mehr als vier Kilometer lange *Eklipse* mit ihren beschädigten Frachtbehältern und den sieben Zylindern des Direkts.

»Doch die Unabhängigen erfuhren von dem Plan«, erklärte Thorensen. »Sie verfolgten mich, und ich musste auf dem Asteroiden notlanden.«

»Auf dem Kometen«, warf Grayland ein. Er beobachtete den Mann und suchte nach etwas, ohne zu wissen, wonach er Ausschau hielt.

»Was?«

»Ihre Notlandung fand nicht auf einem Asteroiden statt, sondern auf einem schlafenden Kometen.«

»Meinetwegen«, brummte Thorensen. Sein Gesicht hatte inzwischen etwas mehr Farbe bekommen. »Vermutlich hielten die Unabhängigen das Schiff für vernichtet und mich für tot; sie kehrten jedenfalls nicht zurück. Es gelang mir, zwei Printer aufzubauen und mit ihnen alle notwendigen Teile für eine einfache Habitatkuppel zu produzieren. Als keine Hilfe eintraf, habe ich mich schließlich schlafen gelegt, um Ressourcen zu sparen.«

Die Bordsysteme des Rettungsboots summten. Sie näherten sich dem offenen Hangar der *Eklipse*.

Grayland beobachtete Ivory, der sich nicht bewegte und das Boot mit Kommandosignalen für die Navigation steuerte. Er hätte dem Bot – oder Kiss – gern eine Frage gestellt, die jedoch nicht für Thorensens Ohren bestimmt war. Etwas in der Geschichte des Mannes erschien ihm seltsam.

»Und die Erde? Was geschah dort?«

»Wir fanden ein besonderes Artefakt«, antwortete Isaak Thorensen. »Mächtiger als alle anderen. Offenbar mit unbegrenztem energetischen Potenzial. Die Spezialisten vermuteten eine kontrollierbare, unerschöpfliche Fontäne, eine Art Printer der Tahota mit integriertem Direkt als Energiequelle. Dazu imstande, jedes beliebige Artefakt zu produzieren, in jeder beliebigen Menge.«

Grayland hörte aufmerksam zu.

»Die Unabhängigen erfuhren davon«, sagte Thorensen. Sein Blick galt einem Datenfeld, das die Schäden der *Eklipse* anzeigte. »Sie schienen auf eine günstige Gelegenheit gewartet zu haben. Oder vielleicht hatten sie sich Zugang zu Erasmus verschafft, wie einige ITI-Direktoren annahmen – unser Hauptintellekt wies mehrmals auf versuchte Datenmanipulation hin. Wie dem auch sei, die Unabhängigen griffen an.«

»Offener Krieg?«, fragte Grayland. Es hatte immer Spannungen zwischen den Unabhängigen und dem Institut gegeben, aber ein Krieg?

»Sie wollten das Fontänen-Artefakt.« Thorensen beugte sich zu einem Datenfeld vor, strich mit den Fingern durch die virtuellen Kontrollen und rief Informationen über die *Eklipse* ab.

»Haben sie es bekommen?«

»Sie haben es erreicht und aktiviert«, sagte Isaak Thorensen. »Aber sie verwendeten die falschen Steuerungssignale. Oder etwas ging schief. Das Artefakt wurde auf eine Weise aktiv, die niemand vorhergesehen hatte, und die Welt zerbrach.«

Grayland wartete auf eine Erklärung, während das Rettungsboot von Ivory gelenkt in den Hangar schwebte.

»So nannten es viele«, fuhr Thorensen fort, »den Bruch. Unsere Spezialisten sprachen von ›Varianz‹.«

»Was ist passiert?«

»Mit einer präzisen wissenschaftlichen Erklärung kann ich Ihnen nicht dienen.« Thorensen löste seinen Sicherheitsharnisch, als das Rettungsboot den Verankerungspunkt erreichte, und Ivory fuhr die Systeme herunter. »Man sprach von ›Entropie-Beschleunigung‹ und ›Raum-Zeit-Deformation‹. Soweit ich weiß, bezieht sich der von ITI-Spezialisten benutzte Fachausdruck auf Veränderungen von bisherigen Konstanten in der Raum-Zeit-Struktur. Lokal begrenzt verging die Zeit schneller.«

Ivory drehte sich, erreichte mit wenigen Schritten die Luke und öffnete sie.

»Das Phasenfeld, von dem Sie mir erzählt haben, beschreibt vermutlich den Wirkungsbereich der Varianz«, sagte Thorensen und stand auf. »Wenn ich alles richtig verstanden habe, dehnt er sich immer weiter aus. Zuerst betraf er nur die Erde, dann die inneren Planeten und schließlich das ganze Sonnensystem. Wenn wir nichts dagegen unternehmen, setzt sich die Ausdehnung fort. Die Varianz könnte irgendwann andere Sonnensysteme erreichen und vielleicht die ganze Milchstraße erfassen.«

Wenn wir nichts dagegen unternehmen, wiederholte Grayland in Gedanken.

Thorensen sah ihn an. »Was Sie mir berichtet haben, deutet darauf hin, dass das Fontänen-Artefakt noch immer aktiv ist. Wir müssen es deaktivieren oder zerstören.«

Er ging zur Luke. Dort stand Ivory und versperrte ihm wie zufällig den Weg.

»Deshalb wollten Sie Hilfe von Proxima Centauri holen?«, fragte Grayland.

Ivory machte für ihn Platz, und er verließ das Rettungsboot als Erster. Der Hangar war noch offen – ein für das menschliche Auge unsichtbarer Atmosphärenschild verhinderte, dass die Luft ins All entwich. Von dem Brocken aus Staub, Gestein und Eis, der sich in sieben Komma vier Millionen Jahren in einen Kometen verwandeln würde, war nichts mehr zu sehen, ebenso wenig von den anderen großen und kleinen Objekten des Kuipergürtels. Sterne leuchteten in der ewigen Nacht des Alls, einer von ihnen die Sonne.

Zwei medizinische Bots wollten Isaak Thorensen in Empfang nehmen, doch der lehnte ab.

»Bitte zeigen Sie mir den Nukleus«, wandte er sich an Grayland. »Vor der Behandlung möchte ich mir ein genaues Bild vom Zustand der *Eklipse* machen.«

»Willkommen zurück, Grayland, willkommen an Bord, Isaak Thorensen!«, ertönte die Stimme von Kiss, als sie durch den zentralen Korridor zum Nukleus schritten. Das Brummen des Direkts wurde lauter. »Ich beschleunige mit Kurs auf die Erde. Ich nehme an, das ist in deinem Sinne, Grayland.«

»Ja.«

»Und auch in meinem«, fügte Thorensen hinzu.

Aktive Sicht- und Datenfelder erwarteten sie im Nukleus. Thorensen wählte den Sessel vor der Koordinationskonsole.

»Das ist mein Platz!«, sagte Grayland.

Thorensen setzte sich. »Tut mir leid, die Umstände zwingen mich, von meinen Befehlsprivilegien Gebrauch zu machen. Ich berufe mich auf die Notfallverordnung des Instituts für Technologische Innovation. Hiermit übernehme ich das Kommando.«

In diesem Moment verschwanden die virtuellen Kontrollen vor ihm, und Grayland seufzte erleichtert. »Danke, Kiss.«

»Sie sind vertraglich an das Institut gebunden und somit verpflichtet, meine Autorität zu akzeptieren«, sagte Isaak Thorensen mit offenbar erzwungener Ruhe.

»Ihre Identität ist nicht bestätigt«, erwiderte Grayland. »Ich habe nur Ihr Wort.« Er spürte, wie er zu zittern begann. Solche Konflikte waren ihm fremd, er wusste nicht damit umzugehen.

Isaak Thorensen, angeblich Emissär des Instituts für Technologische Innovation, holte einen der Gegenstände hervor, die er in der Habitatkuppel dem Sicherheitsfach entnommen hatte.

»Was ist das?«, fragte Grayland argwöhnisch.

»Ein kleiner Kommunikator, den man auch als Signalgeber verwenden kann.« Thorensen betätigte mechanische Tasten, und ein leises akustisches Signal erklang.

»Ich empfange Signale, Grayland«, meldete der Intellekt der *Eklipse*. »Oh.«

»Koordinationskonsole reaktivieren«, sagte Thorensen, und gleich darauf leuchteten virtuelle Kontrollen vor ihm und bildeten einen Halbkreis um den Mann vom Kometen.

»Was hat das zu bedeuten, Kiss?«, entfuhr es Grayland.

Der Intellekt antwortete nicht.

»Das Sprachinterface ist abgeschaltet«, erklärte Thorensen und steckte den kleinen Kommunikator ein. »Ich habe dem Intellekt einen ITI-Prioritätscode übermittelt. Von jetzt an wird er nur noch meine Anweisungen ausführen.«

»Kiss?« Grayland hatte plötzlich einen Kloß im Hals.

Er erhielt wieder keine Antwort.

Thorensen stand auf. »Ich lasse mich in der medizinischen Abteilung behandeln. Der Nukleus gehört Ihnen.« Er ging einige Schritte. »Was Ihnen allerdings nicht viel nützt. Ich habe jetzt das Kommando über die *Eklipse*.«

Grayland blieb allein im Nukleus zurück. Die virtuellen Kontrollen leuchteten weiterhin, reagierten aber nicht, als er die Hände nach ihnen ausstreckte.

Eine ganze Minute verging, bevor sich Grayland umdrehte und den Nukleus verließ. Im Korridor fiel ein Teil der Benommenheit von ihm ab, und seine Schritte wurden schneller. Sein Ziel war das Interfacezimmer.

Er musste zu Kiss, die plötzlich stumm geworden war.

»Aller Kön'ge König«

Etwas hielt Lorenti fest und drückte zu, als wollte es ihn zerquetschen. Er versuchte zu atmen, er wollte nach Luft schnappen, doch der Druck auf seiner Brust war zu groß.

Vielleicht, dachte er, war es Cattarina und den Zwillingen ähnlich ergangen. Sie hatten atmen wollen, als der Luftvorrat ihrer Schutzanzüge zur Neige ging. Der Überlebensinstinkt hatte sie veranlasst, die Helme zu öffnen, doch die Atmosphäre des Mars war viel zu dünn und enthielt nicht annähernd genug Sauerstoff.

Er fühlte, wie Zeit verging, und das fand er seltsam, denn um etwas zu fühlen, musste er leben, und wie konnte er noch leben, obwohl er nicht atmete?

Einmal glaubte er, Sterne zu sehen, eingebettet in tiefes Schwarz. Ferne Lichter, manchmal vereint zu großen Rädern, von denen er wusste, dass sie sich drehten. Wenn er genau hinsah, bemerkte er Linien zwischen ihnen, dünn und silbrig. Sie bildeten ein Gespinst, ein Netz über Tausende und Millionen Lichtjahre hinweg. Für einen Moment fragte er sich, ob er ins Gespinst eines Direkts geraten war und im Unendlichen Raum schwebte, mit allen Welten fern und gleichzeitig nah.

Etwas erschien in der Finsternis, eine Gestalt zeichnete sich vor dem Hintergrund einer Spiralgalaxie ab, ein Kopf neigte sich ihm entgegen, mit roten Schlangenaugen ...

Einen Augenblick später lag er auf kaltem Stein, grau wie Grafit, hörte das Klappern seiner Zähne, während sein Herz langsamer schlug als gewöhnlich, halb gelähmt von der Kälte.

Etwas berührte Lorenti. Hände hantierten an ihm, lösten Kleidungsstücke und zogen ihn aus. Es gelang ihm nicht, Einzelheiten zu erkennen – vielleicht waren seine Augen zu Eis erstarrt.

Schließlich lag er nackt, und die Hände – nicht die Hände

eines Menschen – hoben schnell nacheinander Teile seines Körpers an, um Kleidungsstücke darunterzuschieben.

»Kalt«, brachte Lorenti zwischen klappernden Zähnen hervor. »Es ist ... zu kalt. Ich ... erfriere.«

Etwas legte sich auf ihn, schlang Arme und Beine um ihn, gab ihm weiche Wärme.

Er sah Augen mit senkrechten schlitzförmigen Pupillen, aber nicht rot; es waren nicht die Augen der kosmischen Schlange, die ihn zwischen den Galaxien angestarrt hatte.

»Stirb nicht, Lorenti, bleib am Leben«, zischte eine Stimme.

Er wollte antworten: »Ich habe nicht vor zu sterben, verdammt!« Doch es steckte Eis in seiner Kehle.

»Nie wieder«, knurrte Lorenti. »Ich will nicht, dass du mir jemals wieder so nahe kommst!«

»Ich habe dich gewärmt!«, fauchte Kralle. »Ohne mich wärst du tot!«

Lorenti ging mit langen Schritten über kalten grauen Boden, durch eine runde Öffnung in der Wand und anschließend durch einen Flur, der in weiten Kurven durch das graue Gebäude führte. Die Bewegung tat ihm gut, wärmte ihn ein wenig. Er achtete kaum auf seine Umgebung, auf die Kammern, Räume und Säle, die er durchquerte, bis es schließlich heller wurde und er nach draußen trat.

Überrascht blinzelte er, hob den Blick zum perlmuttfarbenen Himmel, an dem sich weder eine Sonne noch Wolken zeigten, und senkte ihn zur schwarzen Ebene, die sich zu Füßen des Gebäudes erstreckte, das er gerade verlassen hatte.

Er schritt den grauen Weg hinab, und als er an seinem Ende stehen blieb, Gedanken und Gefühle noch immer in Aufruhr, stellte er fest, dass die weite schwarze Fläche vor ihm keine Ebene aus fester Substanz war, sondern ein träges Meer mit kleinen, wie in Zeitlupe gefangenen Wellen. Er ging in die Hocke und sah sie deutlicher, jede Welle nicht größer als ein oder zwei Zentimeter. Sie rollten so langsam an den Strand, dass sich das menschliche Auge täuschen ließ.

Lorenti steckte den Zeigefinger ins Schwarz – und zog ihn sofort wieder zurück, weil der Finger in Kälte zu erstarren drohte und gleichzeitig zu verbrennen schien. Besorgt betrachtete er ihn, konnte jedoch keine Verletzung erkennen.

»Kräuselungen der Raum-Zeit«, erklang eine Stimme hinter ihm.

Lorenti wandte kurz den Kopf. Kralle stand dort, wieder in ihrem Einsatzanzug.

Er hob die Hand. »Halt dich von mir fern!«

»Ich hatte nicht so viel Glück wie du«, erwiderte die Innanawitt. »Mich hat niemand gewärmt, als ich hier eingetroffen bin.«

Sie näherte sich, und Lorenti wollte zurückweichen.

»An deiner Stelle würde ich nicht in die schwarze Masse treten«, warnte Kralle. »Die eigentlich gar keine Masse ist, sondern eine Art Transfermedium. Es war dumm genug, dass du den Finger hineingesteckt hast. Er hätte transferiert werden können.«

»Bleib stehen!«

»Wenn ich infiziert bin, bist du es jetzt auch«, fauchte Kralle. »Oder wärst du lieber erfroren?«

Lorenti fluchte. Eine der kleinen schwarzen Wellen wurde etwas größer als die anderen und schien seine Füße erreichen zu wollen. Er machte einen Schritt zurück.

»Kräuselungen der Raum-Zeit«, wiederholte Kralle. Sie hielt ihre Multifunktionseinheit in der Hand und blickte auf die Anzeigen. »Vermute ich. Rufus könnte mit den Daten mehr anfangen. Wir stecken mitten in einem Transit. Der Bogen, der uns hierhergebracht hat, scheint so etwas wie ein Materietransmitter zu sein. Aber unser Transfer ist noch nicht zu Ende. Dies ist offenbar eine Art Zwischenstation.«

»Woher willst du das wissen?« Lorenti hatte noch immer Mühe, seine Gedanken zu ordnen.

»Oh, ich *weiß* es nicht, aber es ist die wahrscheinlichste Erklärung für das hier.« Kralle deutete auf den schwarzen Ozean mit den winzigen trägen Wellen, dann zeigte sie hoch zum perlmuttfarbenen Himmel ohne Sonne und Wolken, und danach drehte sie sich um und sagte: »Darf ich vorstellen? Der König aller Könige!«

52 Das Gebäude aus kaltem grauem Stein, in dem Lorenti fast erfroren wäre, erwies sich als Bildnis, als gewaltiger Kopf, der aus dem Fels der Insel wuchs, mit einem Gesicht, das dem eines Menschen nachempfunden schien und gleichzeitig etwas von einer Schlange hatte. Mehr als hundert Meter weit ragte der Fels auf, gerade, nicht schief wie das steinerne Haupt im Ödland der veränderten Erde.

Lorenti beschattete sich mit einer Hand die Augen und blickte nach oben. »Sehr eindrucksvoll und monumental. Aber wieso ›König‹?«

»Hast du noch nie von Ozymandias gehört?«, fragte ihn Kralle. »Kennst du deine eigene Kultur so wenig? Die Geschichte vom König der Könige ist Teil davon, und in ihr heißt es …«

Die Stimme der Innanawitt veränderte sich und bekam einen Ton, den Lorenti nie zuvor darin gehört hatte.

»Und auf dem Sockel steht die Schrift: ›Mein Name
Ist Ozymandias, aller Kön'ge König: −
Seht meine Werke, Mächt'ge, und erbebt!‹
Nichts weiter blieb. Ein Bild von düstrem Grame,
Dehnt um die Trümmer endlos, kahl, eintönig
Die Wüste sich, die den Koloss begräbt.«

»Dieser Koloss ist nicht begraben«, brummte Lorenti. »Und hier gibt es keine Wüste.«

»Zumindest keine aus Sand«, sagte Kralle mehrdeutig. Sie hob ihre Multifunktionseinheit. »Wir sollten wieder hineingehen. Hier draußen ist die Strahlung ziemlich stark.«

»Radioaktivität?«

»Kosmische Strahlung.« Kralle deutete auf das schwarze Meer mit den Wellen, die sie »Raum-Zeit-Kräuselungen« genannt hatte. »Von dort. Die Notausrüstung enthält nur ein einfaches Medo-Kit. Gegen hochenergetische Partikel, die unsere DNS zertrümmern, lässt sich damit nicht viel ausrichten. Wir könnten uns Krebs holen.« Kralle winkte. »Komm, ich zeige dir den Bogen, der uns hierhergebracht hat.«

Er befand sich in der siebten Etage, hinter dem linken Auge des Kopfes, ein Bogen kleiner als der, durch den sie geflohen waren. Schwefelgelb wölbte er sich in einem nur vier Quadratmeter großen Zimmer von einer Wand zur anderen, gefüllt mit dem glänzenden Grau, aus dem auch der Himmel über der Felseninsel und dem schwarzen Ozean bestand.

Als sich Lorenti dem Bogen näherte, fühlte er die Kälte, die ihn beinah umgebracht hätte. Am Rand des Bogens hatte sich eine dünne Schicht Raureif gebildet.

Die Innanawitt trat noch näher zum Bogen und strich mit einer Kralle über das Grau. Es quietschte, und Lorenti verzog das Gesicht.

»Hast du gesehen?«

»Ich hab's gehört!«

»Undurchdringlich«, sagte Kralle. »Dieser Bogen – dieser Materietransmitter – ist nicht auf Senden geschaltet, sondern auf Empfang. Wir könnten also jederzeit Besuch von etwas oder jemandem bekommen.«

»Von den Leuten beim anderen Kopf?«

»Vielleicht. Oder von etwas anderem. Ich glaube nicht, dass diese Bögen von Menschen stammen. Sieh dir das hier an.« Kralle deutete auf den gelben Rand.

Lorenti kam nicht näher.

»Diese Zeichen an der Außenseite des Bogens ... Sie erinnern mich an Tahota-Symbole. Ich nehme an, sie dienen der Programmierung.«

»Zur Zielauswahl?«, fragte Lorenti.

»Ja.«

»Kannst du ein Ziel für uns einprogrammieren?«

»Das versuche ich seit sechs Stunden, so lange bin ich schon hier. Und eins steht fest: Hier können wir nicht bleiben. In spätestens zwanzig Stunden müssen wir weg sein.«

»Wie meinst du das?«

»Ich zeige es dir.«

Sie kehrten nach unten zurück und traten nach draußen. Kralle ging nicht sehr weit, sondern blieb beim Anfang des nach unten führenden Weges stehen. »Siehst du?«

»Was soll ich sehen?«

»Du hast dort unten gestanden, direkt am Rand des schwarzen Etwas. Du bist sogar so dumm gewesen, den Finger hineinzuhalten. Dort unten ist der Boden weich. Wo sind deine Fuß-spuren?«

Lorenti suchte danach und fand sie nicht.

»Das schwarze Etwas – offenbar eine Art Energiekondensat – bedeckt sie«, erklärte Kralle. »Der Meeresspiegel steigt, und zwar recht schnell. Kurz nach meiner Ankunft habe ich mehrere Messungen mit der MFE vorgenommen. Das dunkle Kondensat wird den großen Kopf, den ›König aller Könige‹, in sechs Stun-den und fünfzig Minuten erreichen. Es wird schließlich das ganze Bildnis bedecken.«

Lorenti beobachtete den schwarzen Ozean und versuchte zu verstehen. »Was geschähe mit uns, wenn wir dann noch hier wären?«

Kralle zuckte mit den Schultern, was überraschend mensch-lich wirkte. »Vielleicht lösen wir uns auf. Vielleicht werden wir Teil einer unbekannten Raum-Zeit-Struktur. Ich bin jedenfalls nicht versessen darauf, es herauszufinden.«

»Zwanzig Stunden ...«

»Ja!«, zischte Kralle.

»Dann mach dich an die Arbeit«, knurrte Lorenti. »Du kennst dich mit Tahota-Symbolen aus, ich nicht. Programmier den Bogen, damit wir von hier wegkönnen.«

Er drehte sich um und stapfte zum riesigen grauen Bildnis zurück.

53 Lorenti aß von Kralles Proviant und trank von ihrem Wasser – seine eigene Notausrüstung war nicht zusammen mit ihm aus dem kalten Grau des Bogens gekommen –, doch er hielt sich von ihr fern. Während der nächsten fünfzehn Stunden besuchte er das kleine Zimmer mit dem Bogen nur wenige Male, um die Innanawitt zu fragen, ob sie Fortschritte erziele.

»Mit deiner Hilfe würde es schneller gehen«, sagte sie irgend-wann spitz.

»Ich bin Frachtmeister, kein Bogenprogrammierer«, brummte er.

Bei seinen Rundgängen durch die Flure und Räume des riesigen Bildnisses gelangte Lorenti immer wieder zu der Säule im Zentrum, die von der ersten Etage bis ganz nach oben ragte, umgeben von glatten runden Wänden und einem schmalen Gang. Sie war perlmuttfarben wie das Innere des Bogens und voller Symbole und Schriftzeichen, die aussahen wie kleine Schlangen. Wenn er sie lange genug betrachtete, begannen sie sich zu bewegen, als spürten sie seinen Blick. Dann wanden sie sich, krochen umher und ordneten sich zu neuen Symbolgruppen an.

Lorenti fragte sich, ob er Kralle darauf hinweisen sollte. Vielleicht stand die Anordnung der Säulenzeichen in einem direkten Zusammenhang mit der Programmierung des Bogens. Aber sicher wusste sie längst davon, immerhin hatte sie sechs Stunden mehr Zeit gehabt, alle Winkel des Gebäudes zu erkunden.

Zuerst machte Lorenti immer wieder einen Abstecher nach draußen, trotz der Strahlung, kletterte zwischen den Felsen und wanderte über den Weg. Er beobachtete die kleinen Wellen, die »Kräuselungen der Raum-Zeit«, wie Kralle sie nannte, betrachtete die schwarze Oberfläche und suchte nach Mustern, die ihm einen Hinweis darauf geben konnten, wo er sich befand. Der »Meeresspiegel« stieg tatsächlich an. Lorenti legte Steine aus, merkte sich die Position von Felsen und musste zur Kenntnis nehmen, dass die dunkle Substanz, das Energiekondensat, immer mehr von der Insel vereinnahmte. Und der Vorgang schien sich zu beschleunigen – ihnen blieben noch weniger als die zwanzig Stunden, von denen Kralle gesprochen hatte.

Schließlich erreichte die schwarze Flut den Sockel des steinernen Monuments und kroch in die Räume der ersten Etage. Von der Treppe aus beobachtete Lorenti, wie die kleinen Wellen an den grauen Wänden entlangglitten, und dabei hörte er ein leises Knistern wie von statischer Elektrizität.

Lorenti drehte sich um und ging die Stufen hoch.

»Uns bleibt nicht mehr viel Zeit«, sagte er wenig später im Bogen-Raum der siebten Etage. »Das verdammte Zeug steigt schneller, als du gedacht hast. Wie weit bist du?«

Er setzte sich neben den offenen Zugang, öffnete den Rucksack der Innanawitt, kramte darin herum und fand Proviant und Feldflasche.

Kralle hatte ihre Multifunktionseinheit mit zwei Energiezellen und mehreren am Bogen befestigten Kontrollen verbunden. Sie berührte zwei Symbole am Bogenrand und sah auf die Anzeigen der MFE. Im Perlmuttgrau des Bogens flackerte es kurz.

»Das sind *mein* Proviant und *mein* Wasser«, sagte sie nebenbei.

»Die Notausrüstung stammt von der *Eklipse*. Sie ist gemeinsamer Besitz und gehört uns allen.« Lorenti aß und trank.

»Interessant«, meinte Kralle und meinte damit Lorentis Ausführungen. »Wenn es dir passt, heißt es ›wir‹ und ›uns‹.« Während sie sprach, veränderte sie die Einstellungen der Sensoren und berührte die beiden Symbole erneut. »Ansonsten bist du ein großer Freund von ›ich‹.« Diesmal geriet Bewegung ins Grau; etwas schien von der anderen Seite dagegenzustoßen.

Ein leises Summen lag plötzlich in der Luft. »Was ist das?«

»In der Sprache des Bogens bedeutet es: Ich bin sendebereit. Diese beiden Symbole hier ähneln den Tahota-Zeichen für ›bringen‹ und ›nah‹. Ich nehme an, der Bogen ist jetzt auf das nächste Ziel programmiert.«

Lorenti spürte, wie es kälter wurde. Er kaute und schluckte, verstaute den Proviant wieder im Rucksack.

»Du *nimmst es an?*«

»Ja.« Kralle sah noch einmal auf die Anzeigen der Multifunktionseinheit und schien damit zufrieden, denn sie schaltete das Gerät aus und löste die Sensoren vom Bogen.

»Aber du bist dir nicht sicher?«

»Nein.« Kralle nahm ihren Rucksack und schwang ihn sich auf den Rücken, nachdem sie MFE, Sensoren und die beiden Energiezellen hineingesteckt hatte.

»Wir sollen uns dem verdammten Ding da anvertrauen, obwohl du nur *vermutest*, dass es wie gewünscht funktioniert? Und ohne zu wissen, wohin es uns bringen wird?«

»Bitte sehr, gern geschehen«, erwiderte Kralle.

»Was?«

»Du sagst: ›Danke, dass du einen Ausweg für uns gefunden hast.‹ Und ich antworte: ›Bitte sehr, gern geschehen.‹«

Lorenti stand auf. »Wo befindet sich das nächste Ziel?«

»Keine Ahnung.«

»Lieber Himmel!«

»Auf der Erde, nehme ich an.« Kralle trat direkt vor den Bogen.

»Du nimmst an, du vermutest«, brummte Lorenti. »Nur Spekulationen, keine Fakten. Und auf einer solchen Grundlage sollen wir unser Leben riskieren?«

Kralle bleckte die Zähne und fauchte: »Ich habe dir schon *zweimal* das Leben gerettet, und dies ist vielleicht das dritte Mal. Reiß dich zusammen und hör endlich auf zu jammern! Wir haben keine Wahl. Hier können wir nicht bleiben.«

Lorenti blickte zum nahen Flur. Noch lag dort der graue Stein unberührt von der schwarzen Flut, doch das würde sich in zwei oder drei Stunden ändern – länger dauerte es bestimmt nicht.

»Die Temperatur fällt.« Lorenti fühlte, wie er wieder zu zittern begann. »Es wird kälter.«

»Im Bogen dürfte es noch ungemütlicher sein. Wir können nur hoffen, dass es schnell geht.« Kralle streckte die Hand aus. »Also los.«

»Vielleicht kommt die schwarze Flut nicht bis hierher«, sagte Lorenti nervös. »Vielleicht bleibt der obere Teil des Bildnisses von ihr verschont.«

»Und vielleicht bleibt dieser Bogen nur noch ein oder zwei Minuten auf Sendung. Wir haben *jetzt* die Möglichkeit, einen anderen Ort aufzusuchen.«

Bevor Lorenti antworten konnte, packte ihn Kralle am Arm und zog ihn ins Grau des Bogens.

Kälte erwartete ihn und kam einem Schock gleich, der ihn erstarren ließ. Doch diesmal dauerte sie nicht lange, nur einige wenige Sekunden. Er kam nicht einmal dazu, die eisige Luft zu atmen. Der nächste Atemzug fand in der Nähe von plätscherndem Wasser statt, am Ufer eines Sees, mit der einen Hälfte des Bogens im Wasser und der anderen am trockenen Ufer.

Felswände ragten unter einem blauen Himmel auf, steil und schiefergrau im hellen Licht der Mittagssonne. Bäume und Büsche schmiegten sich mit üppigem Grün an die Hänge.

Lorenti watete durchs Wasser. Kralle stand bereits am Ufer.

»Es hat geklappt.« Die Innanawitt setzte ihren Rucksack ab, holte die Multifunktionseinheit hervor und schaltete die Orientierungsfunktion ein, um ihre Position zu bestimmen.

Einige Dutzend Meter entfernt knackte es im Unterholz, und ein mehrere Meter großes Geschöpf kam aus dem Wald.

Dicht vor dem See verharrte es, ein Wesen, das zum größten Teil aus Stacheln bestand, durchsichtig wie Glas und mit Spitzen weiß wie Schnee. Es hatte keine erkennbaren Augen, aber als es sich langsam drehte, war sich Lorenti sicher, dass es den Blick auf sie richtete.

»Ich hab's gewusst!«, entfuhr es ihm. »Ich hab die ganze Zeit über gewusst, dass du das infizierte Besatzungsmitglied bist. Das ist der Beweis. Du hast uns zu dem verdammten Spike gebracht!«

Geschichte der Welt

Beim Katarakt teilte sich der Fluss. Grünes Wasser wurde weiß, als es donnernd und tosend in die Tiefe stürzte und eine Wolke aus Gischt über dem runden Talkessel schuf.

Auf der einen Seite ragte ein Bergrücken empor, wie die Schulter eines steinernen Titanen, und teilte das ruhigere, wieder grün gewordene Wasser in zwei Arme, in die Zwei Grünen Flüsse. Weiter im Nordwesten fiel das Gelände ab, der Bergrücken wurde flacher und zu einer lang gestreckten Insel mit der Stadt Smirga.

Rauchwolken hingen über der Stadt und vereinten sich weit oben mit denen aus der großen Grube. Ob dort noch gekämpft wurde, ließ sich nicht feststellen, dafür war das Donnern des Wasserfalls zu laut.

Sie saßen auf weichem Moos im Schatten einiger Bäume und tranken vom Wasser des Flusses, der einige Dutzend Meter entfernt über den Felsrand stürzte. Samantha beobachtete das Mädchen, das weiter vorn auf einen Felsen geklettert war und zur Stadt namens Smirga sah.

Als sie zurückkehrte, deutete Samantha auf sich und sagte: »Samantha.« Sie zeigte auf den Multiplen. »Rufus.«

Das Mädchen antwortete, und diesmal reagierte der Interpreter in Samanthas Kommunikator sofort – offenbar standen mittlerweile genug linguistische Daten zur Verfügung.

»Ich bin Rebecca. Das ist Jasil, mein kleiner Bruder. Ich habe ihn adoptiert.«

»Was ist in der Grube geschehen, Rebecca?«, fragte Samantha. »Warum wurde gekämpft?«

Es war dünn, dieses Mädchen, das nicht älter als vierzehn oder fünfzehn Jahre sein konnte, so dünn, dass es fast ausgemergelt wirkte. Nahrungsmangel?, fragte sich Samantha. Der über den Katarakt wehende Wind zupfte an Rebeccas kurzem blondem Haar. Ernste Wachsamkeit ließ das weiche Gesicht mit den großen blaugrünen Augen und der geraden Nase älter wirken. Mangel an Nahrung, ja, dachte Samantha, und noch mehr. Etwas in den Augen erzählte ihr von einem Menschen, der in einer gefährlichen Welt zu überleben versuchte.

Der Junge namens Jasil rückte näher. »Wieso ist deine Haut schwarz? Hast du dich verbrannt?« Er streckte zögernd die Hand aus und zog sie wieder zurück.

Samantha hielt ihm den Arm hin. »Nein, ich habe mich nicht verbrannt. Nur zu.«

Jasil berührte sie und betrachtete anschließend seine Finger. »Es ist keine Farbe. Es färbt nicht ab.«

»Hast du noch nie zuvor einen Menschen mit schwarzer Hautfarbe gesehen?«, fragte Samantha.

Der Junge, ebenso dünn wie das Mädchen, lauschte der Stimme aus dem Interpreter.

»Nie.« Er schüttelte den Kopf. »Nie.«

»Farbige«, sagte Rebecca. »So wurden sie genannt. Früher. Es gab sie, als die Welt noch heil war, ohne einen einzigen Splitter. Man nannte sie ›Farbige‹, obwohl sie gar nicht bunt waren. Ich habe darüber gelesen.« Sie deutete zum Bergrücken. »In der Stadt wird ebenfalls gekämpft. Es wäre nicht klug, jetzt dorthin zurückzukehren. Wir müssen warten, bis sich die Lage beruhigt.«

Jasil legte beide Hände auf den Bauch. »Ich habe Hunger.«

»Wir suchen Beeren, wenn wir uns ein wenig ausgeruht haben«, sagte Rebecca. »Vielleicht finden wir auch ein paar andere Früchte. Hier sind wir vorerst sicher, denke ich. Der Umweg hat sich gelohnt. Die Schwebe- und Bodenwagen nehmen die direkte Route.« Sie setzte sich, den Rücken an einen Baum gelehnt.

Rufus räusperte sich. »Samantha hat dir eben einige Fragen gestellt. Ich wäre dir sehr verbunden, wenn du sie beantworten würdest. Natürlich sind sie nur der Anfang. Wir haben eine lange Reise hinter uns und kennen uns mit der hiesigen Situation nicht aus. Als wir die Erde verließen, war sie ganz anders beschaffen. Wir würden es sehr begrüßen, wenn du uns erklären könntest, was hier passiert ist.«

Rebecca lauschte den Worten und ihrem Klang.

Jasil vergaß für einige Sekunden seinen Hunger. »Warum spricht er so komisch?«

»Weil er Rufus M ist«, sagte Samantha.

»M?«, fragte Rebecca. »Wofür steht der Buchstabe?«

»Für ›Multipler‹. Er hat gewissermaßen zwei Gehirne.«

Jasil starrte Rufus groß an.

»Kommen Sie wirklich von den Sternen?«, fragte Rebecca.

»Vielleicht ist sie deshalb schwarz«, warf Jasil ein. »Weil in der Nacht bei den Sternen alles schwarz ist. Vielleicht hat die Nacht auf sie abgefärbt.«

»Ich nehme an, das hast du bei den Leuten in der Grube gehört«, sagte Samantha. »Dass wir von den Sternen kommen.«

»Nein.« Rebecca zog einen Beutel aus der Hosentasche. »Die Steine haben es mir gesagt. Sie haben gesagt, dass Reisende von den Sternen unterwegs sind, um uns zu helfen.«

Samantha versuchte die Worte zu verstehen. »Stattdessen hast du *uns* geholfen. Wir waren eingesperrt.«

Rebecca öffnete den Beutel und zeigte die Steine darin, manche rund, andere eckig.

»Mehr ist mir nicht geblieben«, sagte sie traurig. »Alles andere befand sich in meinem Rucksack, und der liegt irgendwo in der Grube.«

»Ebenso wie unsere Notausrüstung.« Samantha beugte sich vor und deutete auf die Steine. »Sie sprechen zu dir?«

»Ich höre sie ebenfalls«, platzte es aus Jasil heraus. »Manchmal.« Etwas kleinlaut fügte er hinzu: »Mein Vater konnte die Steine besser hören. Aber er hörte nicht nur die Steine.«

»Ja«, sagte Rebecca. »Manchmal spricht auch der Stahl. Stein und Stahl ...«, murmelte sie, und der Junge nickte bestätigend. »Du wirst es lernen«, sagte Rebecca und wandte sich wieder an Samantha und Rufus. »Wissen Sie nicht, dass Stein und Stahl sprechen können?«

»Auf der Erde, die wir kennen, gab es keine sprechenden Steine«, entgegnete Rufus. »Wir kommen von einer Welt mit großen Städten voller Menschen, von einer Erde, deren Kontinente anders angeordnet waren, mit weniger Wüsten, mehr Parks und Wäldern und größeren Meeren ...«

»Rufus.« Samantha unterbrach ihn, weil sie das erwachende Misstrauen in Rebeccas Gesicht bemerkte.

Die rechte Hand des Mädchens tastete nach dem Revolver in ihrem Hosenbund. »Stammen Sie von der anderen Seite?«

»Was meinst du mit ›andere Seite‹?«, fragte Rufus.

Das Mädchen öffnete den Mund und schloss ihn wieder.

»Sie wissen nicht, dass Steine sprechen können«, sagte Rebecca nach einigen Sekunden. Die Worte klangen enttäuscht und niedergeschlagen. »Und Sie wissen nichts von der anderen Seite. Wie wollen Sie uns helfen?«

Samantha wechselte einen Blick mit Rufus. »Vielleicht können wir helfen«, sagte sie behutsam. »Unser Schiff ist viel, viel größer als das Rettungsboot, mit dem wir gelandet sind. Es kehrt hierher zurück und wird bald wieder in der Nähe der Erde sein.«

»Ist es ein mächtiges Schiff?«, fragte Rebecca.

»Ja.«

»Mächtig genug, um Marcus zu besiegen?«

»Den Mann im schwarzen Anzug?«, fragte Samantha und antwortete dann: »Ja.«

»Wir sind viele Jahre unterwegs gewesen.« Rufus versuchte ebenfalls, sanfter zu sprechen. »Diese Erde ist uns fremd. Wir wären dir sehr dankbar, wenn du uns erklären könntest, warum sie ... anders ist. Als wir mit Marcus gesprochen haben, hat er den ›Bruch‹ erwähnt. Was meinte er damit?«

»Sie sind dumm.« Jasil ließ die Schultern hängen. »Einer von ihnen hat zwei Gehirne und müsste mehr wissen, aber sie wissen nichts, sie sind dumm. Wie sollen sie uns helfen?«

»Erzähl uns alles«, forderte Samantha das Mädchen auf. »Von Anfang an.«

55 »Die Welt ist in viele kleine Scherben zerbrochen, doch die sind weiterhin durch die Bögen miteinander verbunden. Das war der Bruch. Er hat die Welt zerschmettert, die vorher existierte, wie mit einem himmlischen Hammer.« Rebecca atmete tief durch und blickte kurz zum tosenden Katarakt. »So beschreibt es R. Quintex in *Geschichte der Welt*. Auf der Erde vor dem Bruch kam es zu einem Streit zwischen dem Institut und den Unabhängigen. Es ging um eins der Artefakte, nach denen in der Grube gesucht wird und nicht nur dort. Um eins der Objekte, die nicht von Menschenhand geschaffen wurden, sondern von den Tahota.«

Das Mädchen schien eine Reaktion zu erwarten, und deshalb nickte Samantha und sagte: »Das Schiff, das ich eben erwähnt habe, unser Raumschiff namens *Eklipse* ... Wir waren im Auftrag des Instituts unterwegs, und unsere Fracht besteht aus Tahota-Artefakten.«

»Weiß Marcus davon?«

»Ja.«

»Oh«, sagte Rebecca. »Oh, das ist nicht gut. Er wird alles versuchen, das Schiff und die Fracht in seinen Besitz zu bringen.«

»Wir kennen die *Eklipse* besser als er.« Samantha gab sich zuversichtlich. »Vielleicht können uns die Artefakte an Bord helfen. Der Konflikt zwischen dem Institut und den Unabhängigen ... Wie ging er aus?«

»Mit dem Hammerschlag, der die alte Welt zertrümmert hat.« Es klang erneut nach einem Zitat. »Der Streit führte zum Erwachen des Artefakts, zu seiner ›Aktivierung‹, wie es R. Quintex in seinem Buch nennt. Ein Teil der Welt blieb heil; wir nennen ihn ›die andere Seite‹. Dort gibt es keine Bögen und keine sprechenden Steine, weshalb manchmal Stöberer zu uns kommen, Leute von der anderen Seite, die Bögen und Steine zu stehlen versuchen. Und die es auf Steinsprecher wie mich abgesehen haben.«

»Aber vor allem hat es Marcus auf sie abgesehen«, warf Jasil ein.

Rebecca nickte. »Er hasst die Leute von der anderen Seite. Er hasst sie, weil bei ihnen alles heil ist, weil sie in Sicherheit und Luxus leben, weil bei ihnen nichts zerbrochen ist und nichts in Scherben liegt. Seit vielen Jahren sucht er nach einem Weg zur anderen Seite, und er will mich zwingen, ihm zu helfen. Ich soll für ihn mit den Steinen sprechen und einen Weg durch einen der Bögen zur anderen Seite finden.«

»Gibt es einen solchen Weg?«, fragte Rufus. »Kannst du ihn lokalisieren?«

Rebecca hob die Hand. »Hier.« Sie bewegte die Hand nach rechts und nach links. »Hier und hier. Die andere Seite ist überall, aber wir können sie nicht sehen. Natürlich gibt es einen Weg, denn wie sonst könnten die Stöberer zu uns gelangen? Es heißt, dass die Stadt im Eis einen Bogen hat, der mit der anderen Seite in Verbindung steht.« Sie kam der nächsten Frage zuvor, indem sie sagte: »Ich meine die Stadt unter dem arktischen Eisschild. Die einzige Stadt auf dieser Seite, die sich vor dem Bruch schützen konnte, die nicht zerbrochen und in Scherben gefallen ist.«

»Könnte man sie durch einen Bogen erreichen?«, hakte Rufus nach.

»Ich habe es noch nicht versucht«, erklärte Rebecca. »Es müsste ein besonders großer und leistungsfähiger Bogen sein.«

»Was ist mit dem in Smirga?« Rufus M deutete über den Katarakt hinweg zur Stadt an den Zwei Grünen Flüssen. Noch immer erhoben sich von dort Rauchsäulen.

»Ich weiß es nicht.«

»Könntest du es herausfinden? Hast du eine Möglichkeit, den Bogen zu steuern?«

»Die Steine zeigen mir den Weg.«

»Die Steine«, murmelte Rufus. »Darf ich sie noch einmal sehen? Darf ich sie berühren?«

Samantha bemerkte, dass Rebecca zögerte. Die Steine schienen ein sehr kostbarer Besitz zu sein, und offenbar widerstrebte es ihr, sie einem Fremden anzuvertrauen, selbst wenn nur für wenige Sekunden.

»Wir sind Freunde«, sagte Samantha sanft. »Wir wollen verstehen und helfen.«

Rebecca holte den Beutel hervor, öffnete ihn, wählte einige Steine und gab sie Rufus.

Der betrachtete sie eine Weile, drehte sie hin und her. »Es ist sehr bedauerlich, dass mir keine Sensoren zur Verfügung stehen.« Damit gab er sie zurück.

»Nun?«, fragte Samantha.

»Es könnten kleine Tahota-Artefakte sein. Ich glaube, die

Omikron hat einmal einen solchen Fund gemacht, auf Urdomar, wenn ich mich richtig erinnere, im Depot am Grund eines Methansees.«

Rebecca ließ den Beutel mit den Steinen wieder in der Hosentasche verschwinden.

»Dieser Marcus«, sagte Samantha langsam. »Er sucht dich, weil du mit den Steinen sprechen kannst. Und weil dir die Steine den Weg zu einem Bogen zeigen könnten, der zur anderen Seite führt.« Ihrem aufmerksamen Blick war zuvor etwas in der Miene des Mädchens aufgefallen. »Habe ich das richtig verstanden?«

»Ja.«

»Aber das ist noch nicht alles, oder? Es gibt noch einen anderen Grund, warum er dich sucht.«

Rebecca schwieg. Sie senkte nicht den Blick, sie wandte sich nicht ab. Aber sie gab keine Antwort.

»Habe ich recht?«

»Es ist eine persönliche Sache.«

Samantha wusste, dass sie einen wunden Punkt berührt hatte. »Persönliche Dinge sind manchmal besonders schlimm. Und sie können auch besonders gefährlich sein.«

Für eine Weile sprach niemand von ihnen, und man hörte nur das Donnern des Wasserfalls. Rebecca saß mit offenen Augen da, schien in Gedanken jedoch ganz woanders zu sein.

Schließlich sagte Jasil: »Du hast versprochen, dass wir Beeren suchen. Ich habe Hunger.«

»Ja, du hast recht.« Rebecca stand auf. »Ich schätze, wir haben alle Hunger. Machen wir uns auf die Suche nach etwas zu essen.«

Bei der Wanderung durch den Wald erzählte Rebecca von den **56** verschiedenen Regionen der Erde. Jede Scherbe sei anders beschaffen, sagte sie und beschrieb Bereiche, in denen seit dem Bruch viel mehr Zeit vergangen war als in anderen Teilen der gebrochenen Welt, Hunderttausende oder gar Millionen von Jahren. Genug Zeit, um Meere austrocknen zu lassen und große

Städte in staubige Ruinen zu verwandeln. Sie sprach von Wäldern, die zu Wüsten geworden waren, von Felsenhügeln als Überbleibsel einstiger Gebirge. Sie sprach von seltsamen Krankheiten, die viele Menschen dahingerafft und die Städte geleert hatten. Andere Menschen waren nicht gestorben, aber dumm und grau geworden, ohne Wissen um die Vergangenheit, nur noch fähig zu einfachen manuellen Tätigkeiten. Marcus benutzte diese Überlebenden als billige Arbeitskräfte.

»Wer ist dieser Marcus?«, fragte Samantha, nachdem sie einen Busch voller roter Beeren entdeckt hatten. Jasil begann sofort damit, sich die Früchte in den Mund zu stopfen.

»Er ist der Konsul von Aragon, eines Landes im Nordosten des früheren Espanja«, antwortete Rebecca. »Dort sammelt er alle Artefakte, die er findet. Dorthin lässt er die Technik bringen, die man noch verwenden kann. Manchmal werden in seinem Auftrag Bögen demontiert und in Aragon neu aufgestellt. Wenn wichtige Bögen nicht nach Aragon gebracht werden können, erhebt er Anspruch auf sie. Er ist auch das Oberhaupt der Transportgesellschaft, die alle Bögen verwaltet und bestimmt, wer sie benutzen darf und wer nicht. Er stammt von einer Scherbe, deren Bruch erst vor wenigen Generationen stattfand, und ich glaube, seine Vorfahren standen mit dem Institut in Verbindung. In den vergangenen Jahren ist er immer mächtiger geworden, und je mächtiger er wird, desto schneller wächst seine Macht weiter. Die Unabhängigen, die das Lager im Loch angegriffen haben, werden schon bald kein nennenswerter Gegner mehr für ihn sein.«

»Die Unabhängigen sind hier, nicht auf der anderen Seite?« Samantha kostete die roten Beeren – sie schmeckten wie eine Mischung aus Himbeere und Kirsche.

»Einige von ihnen sind hiergeblieben, als die Welt zerbrach«, sagte Rebecca. »Ihr Symbol sind die sieben Sterne, und sie benutzen es immer noch, obwohl zwei der Städte tief im Süden bereits Marcus gehören und die anderen bald folgen werden. Er gewinnt, und weil er gewinnt, findet er schnell Verbündete, denn viele Leute wollen auf der Seite des Siegers stehen. Bist du satt, Jasil?«

Der Junge nickte zufrieden. »Aber jetzt bin ich müde.«

»Kehren wir zum Katarakt zurück«, schlug Rebecca vor. »Dort können wir uns noch ein wenig ausruhen und die Stadt beobachten.«

Die Rauchwolken über Smirga waren noch größer als vorher.

»Es wird immer noch gekämpft.« Rebecca prüfte den Stand der Sonne. »Und es ist bereits nach Mittag. Offenbar haben die Unabhängigen eine große Gruppe hergeschickt. Es scheint ihnen um eine wichtige Sache zu gehen. Vielleicht um etwas, das bei den Grabungen im Loch entdeckt wurde. Oder sie wissen von Ihnen«, fügte sie an Samantha gerichtet hinzu, bevor sie zu Jasil ging.

Samantha stand am Wasser und beobachtete die Stadt, an deren Rand sich Fahrzeuge klein wie Ameisen bewegten. Plötzlich fühlte sie sich von Übelkeit erfasst. Sie kämpfte gegen den Würgereiz an, schluckte mehrmals und fragte sich, ob die roten Beeren etwas enthielten, das ihren Magen reizte.

Rufus trat neben sie und sagte: »Ich könnte ihr den Revolver abnehmen.« Die Worte verloren sich fast im Donnern des Wasserfalls.

»Und dann?«, fragte Samantha. »Glaubst du, anschließend wäre sie eher bereit, uns zu helfen?«

»Wir haben ein Problem, Sam.«

»Nur eins?«

»Du hast recht. Wir haben mehrere Probleme, und eins davon besteht darin, dass Marcus den Kernbrecher hat.«

Samantha hatte bereits darüber nachgedacht. »Er kann nichts damit anfangen. Er kennt den Aktivierungscode nicht.«

»Du hast es gehört, Sam: Er verfügt über vergleichsweise moderne Technik und weitere Artefakte. Angenommen, er findet einen Weg, den Kernbrecher zu zünden ...«

Er verstummte abrupt, denn Rebecca näherte sich. Hinter ihr lag Jasil auf einem weichen Moospolster und schien eingeschlafen zu sein.

Sie blieb neben Samantha stehen und blickte zur Stadt jenseits des Katarakts. Der Revolver steckte in ihrem Hosenbund. Es wäre Samantha ein Leichtes gewesen, ihn an sich zu bringen.

»Wir müssen bis heute Abend warten«, sagte Rebecca. »Ich

dachte, das Durcheinander in Smirga könnte uns helfen, unbemerkt zum Bogen zu gelangen, aber solange dort gekämpft wird, ist es zu gefährlich.«

Samantha sah an ihr vorbei zu dem Jungen. Er rührte sich nicht, aber selbst wenn er noch wach war, konnte er bestimmt nicht hören, worüber näher beim Wasserfall gesprochen wurde.

Sie musterte Rebecca und versuchte sich vorzustellen, wie das Leben einer Heranwachsenden aussah, die ganz allein in einer Welt zurechtkommen musste, in der das Gesetz des Stärkeren galt. Rebecca wirkte nicht ängstlich, sondern wie jemand, der die Dinge so nahm, wie sie kamen. In einer anderen, besseren Welt hätte sie vielleicht Koordinatorin einer Raumschiffcrew werden können.

Eine Seelenschwester, dachte Samantha und glaubte, ihrer Intuition vertrauen zu können. So rau und unbarmherzig Rebeccas Welt auch sein mochte – dass sie sich um Jasil kümmerte, dass sie ihn »adoptiert« hatte, wies auf Mitgefühl und Anteilnahme hin.

»Ich habe dir nicht alles gesagt, Rebecca. Weil ich deinen kleinen Bruder nicht erschrecken wollte.«

»Was hätte ihn erschreckt?«, fragte das Mädchen vorsichtig und alarmiert.

»An Bord unseres Schiffes befand sich ein Spike, das gefährlichste Geschöpf, das wir kennen.« Samantha beschrieb es und seine Fähigkeiten, und Rebecca hörte zu, ohne dass sich in ihrer Miene etwas veränderte. »Es ist auf der Erde gelandet und könnte den ganzen Planeten kontaminieren. Wir müssen es finden und vernichten.«

»Ein Ungeheuer«, kommentierte Rebecca.

»So könnte man es nennen.«

»Weiß Marcus auch davon?«

»Wir haben ihn auf die Gefahr hingewiesen«, sagte Samantha.

»Das war dumm«, entgegnete Rebecca unverblümt. »Er könnte auf die Idee kommen, das Spike einzufangen und als Waffe einzusetzen, gegen die Unabhängigen oder die andere Seite.«

»Dann wäre *er* sehr dumm«, warf Rufus ein.

»Wir haben eine Waffe mitgebracht, die wirkungsvoll genug ist, das Spike zu vernichten«, fuhr Samantha fort. »Sie befindet sich an Bord des Rettungsboots, mit dem wir gelandet sind.«

»Und auch davon haben Sie Marcus erzählt, nehme ich an.«

»Ja.«

Rebecca schüttelte den Kopf.

»Wir müssen die Waffe wieder in unseren Besitz bringen«, sagte Rufus. »Auf dieser veränderten Erde gibt es mit an Sicherheit grenzender Wahrscheinlichkeit nichts anderes, das imstande ist, ein Spike zu vernichten.«

»Wie konnte ein so gefährliches Geschöpf an Bord Ihres Raumschiffs gelangen?«, fragte Rebecca verständnislos. »Und wie konnte es während Ihrer langen Reise unentdeckt bleiben? Hat niemand von Ihnen aufgepasst?«

Samantha dachte an Swift und die anderen von der zweiten Crew. Und sie dachte an den Infizierten, der bisher noch keinen Namen hatte.

»Wir wissen es nicht«, log sie. »Spikes sind sehr geschickt. Sie können Menschen täuschen. Wir brauchen Informationen, Rebecca. Wir müssen herausfinden, wo sich das Spike befindet und ob es bereits Menschen infiziert hat. Wir müssen die Bewohner dieser Welt und auch die der anderen Seite warnen.«

»Ein Kontakt mit dem Institut auf der anderen Seite wäre sehr nützlich«, fügte Rufus hinzu. »Vielleicht verfügt man dort über die nötigen Mittel, das Spike zu lokalisieren und unschädlich zu machen.«

Rebecca antwortete nicht sofort.

»Ich bin bereits einmal zu Marcus zurückgekehrt«, sagte sie schließlich. »Ihretwegen. Ein zweites Mal kommt nicht infrage. Heute Abend versuchen wir, den Bogen von Smirga zu erreichen. Dann sehen wir weiter.«

»Bald wird sich alles ändern.«

57 Marcus

Marcus strich mit den Fingerkuppen über die silbernen Verzierungen der Spieldose, bevor er sie öffnete. Die Batterie enthielt noch genug Ladung – eine Melodie erklang, ein zartes, leises Klimpern.

»Sie ist dir wieder entwischt.«

Marcus sah auf, als Zarba sein einfaches Quartier im Grabungslager betrat und am Tisch stehen blieb. Er beobachtete, wie ihr Blick kurz über die kahlen Wände und das schmale Feldbett glitt. Daneben fiel Licht durch ein kleines Fenster.

Marcus schloss das Kästchen. »Ich werde das Kind finden.«

»Sie ist kein Kind mehr. Dusan hat das gewusst.«

Marcus atmete tief durch und stellte die Spieldose auf den Tisch, zu den anderen Sachen aus Rebeccas Rucksack.

Zarba deutete auf die Bücher. »Sie liest viel. Kluges Mädchen.«

»Einige Bücher, Kleidungsstücke, Seife, ein Messer, eine kleine Schere, ein Etui mit Münzen.« Marcus deutete auf die Gegenstände. »Sie ist mittellos und kann sich nicht umziehen. Sie hat nur noch das, was sie am Leib trägt.«

»Was ist mit den Steinen?« Zarba zog einen Stuhl heran und setzte sich.

»Die befanden sich nicht im Rucksack.«

»Dann wird Rebecca weiterhin Wege finden, die für dich schwer zu entdecken sind.« Das Licht des kleinen Fensters fiel auf die verbrannte Hälfte von Zarbas Gesicht. »Vielleicht solltest du sie einfach vergessen.«

»Sie vergessen?« Marcus lächelte. »O nein. Sie wird von mir bekommen, was sie verdient. Vielleicht schon bald. Sie hat nicht nur den Jungen bei sich, sondern auch die beiden Fremden. Damit kommt sie nicht so schnell voran, und es wird ihr schwererfallen, sich zu verstecken.«

»Die beiden Fremden, Samantha und Rufus… Sie könnten zusammen mit Rebecca zu einem Problem werden.«

Marcus stand auf, ging zum Fenster neben dem Bett und blickte nach draußen.

»Die Lage ist unter Kontrolle«, sagte Zarba. »Die meisten Angreifer sind tot oder so schwer verwundet, dass sie bald sterben. Zwei Leichtverletzte werden derzeit verhört.«

»Wir werden nicht viel von ihnen erfahren.« Marcus betrachtete die zerstörten Schuppen und Baracken, die Wracks von Bodenfahrzeugen und Schwebewagen. Tote lagen zwischen den Trümmern, die meisten von ihnen graue Arbeiter. »Bestimmt sind ihre Erinnerungen blockiert.«

»Es ist einen Versuch wert.«

»Was ist mit der Stadt?«, fragte Marcus.

»Die Unabhängigen haben versucht, den Bogen unter ihre Kontrolle zu bringen«, sagte Zarba. »Als ihnen das nicht gelang, wollten sie ihn zerstören.«

»Und?«

»Deine Leute haben den Angriff abgewehrt. Ich nehme an, Kuriere bringen dir bald einen ausführlichen Bericht. In einigen Stadtteilen wird noch gekämpft. Es wurde erheblicher Schaden angerichtet.«

Marcus winkte vage. »Was mit Smirga geschieht, interessiert mich nicht. Die Stadt ist nicht wichtig.«

Er wandte sich vom Fenster ab, trat hinter Zarbas Stuhl und legte ihr die Hände auf die Schultern. Von dort aus wanderten sie zu ihrem Gesicht, zur glatten Haut auf der einen und den Brandnarben auf der anderen Seite.

»Bald wird sich alles ändern«, sagte er. »Bald hat dies alles ein Ende. Vielleicht haben wir dann Zeit für uns.«

Zarba schwieg und hob eine Hand zu den Fingern, die ihre entstellte Gesichtshälfte berührten.

»Mit der Bombe dauert es länger«, sagte sie nach einer Weile. »Der Kampf hat zu Verzögerungen geführt. Eine Stunde wäre ohnehin sehr knapp gewesen. Sie dürfte heute Abend transportbereit sein.«

»Das Kind wird versuchen, den Bogen in Smirga zu benutzen. Ich werde es dort erwarten.«

»Rebecca hat die Steine«, erinnerte Zarba. »Sie könnte einen anderen Bogen finden, von dem du nichts weißt. Es geschähe nicht zum ersten Mal.«

»Sie hat kein Geld«, sagte Marcus und zog langsam die Hände zurück. »Sie hat keinen Proviant. Sie hat nur die Steine, sonst nichts. Und welche Hilfe kann sie von den Fremden erwarten? Deren Ausrüstung befindet sich hier bei uns. Sie kann nicht das Ödland jenseits der Stadt durchqueren, sie muss nach Smirga.«

»Was die Ausrüstung der Fremden betrifft...« Zarba stand auf. »Deshalb bin ich hier. Luntha hat damit begonnen, die Waffe der Fremden zu untersuchen. Den Apparat, den die Fremden mitgebracht haben, um das Spike zu vernichten.«

»Sehen wir uns die Waffe an.«

58 In einer der Höhlen des teilweise freigelegten Arsenals hatte sich der so jung wirkende Studierte Luntha ein Laboratorium eingerichtet, mit Tischen, Werkbänken, Sensorbündeln, zwei Scannern, einem großen Werkzeugschrank und einem summenden Generator, der genug elektrischen Strom lieferte. In einem Gestell auf der linken Seite, direkt neben der geglätteten Felswand, ruhten mehrere Artefakte, einige bereits von Schmutz und Stein befreit.

»Stell dir vor«, sagte Marcus leise zu Zarba, »ein vier Kilometer langes Raumschiff voll mit solchen Artefakten. Gibt es einen größeren Schatz?«

»Es wird ihn dir nicht vor die Füße abladen«, gab Zarba zu bedenken.

»Meine Spezialisten in Aragon werden sich etwas einfallen lassen.«

»Marcus...« Zarba hielt ihn vor dem ersten Tisch zurück. Luntha und zwei seiner Assistenten arbeiteten auf der anderen Seite der Höhle an einer Werkbank und schienen sie noch gar nicht bemerkt zu haben.

»Was ist?«, fragte Marcus leise.

»Sollte dieses Spike Aragon erreichen ... Was immer du planst, was immer du entscheidest – vergiss das Spike nicht. Die Fremden hielten es für extrem gefährlich und ...«

Luntha, der noch immer seinen bodenlangen hellblauen Staubmantel trug, hatte offenbar etwas gehört und drehte sich um. »Konsul Marcus, Direktorin Zarba ...«

Sie traten näher. Lunthas Assistenten – ein Mann in mittleren Jahren namens Rael und eine Frau, die nur wenig älter wirkte als Luntha und Meralda hieß – wichen respektvoll beiseite. An ihren Kitteln trugen sie die Abzeichen von technischen Spezialisten, die zwar Schulen in Aragon besucht, aber nicht in einer der Großen Bibliotheken studiert hatten, weder in der von Alcañiz noch in der von Roma Nuova.

»Wie weit sind Sie?«, fragte Marcus. »Was haben Sie herausgefunden?«

»Es ist uns gelungen, die Sicherheitstasche zu öffnen. Hier.« Der junge Luntha, der vielleicht gar nicht so jung war und zu den Langlebigen unter den Studierten zählte, deutete auf etwas, das aussah wie ein kleiner silberner Koffer voller Dellen und Beulen. An der einen Seite zeigten sich unübersehbare Brandspuren.

»Der Behälter verfügte über ein Codeschloss, das sich nicht öffnen ließ«, sagte Luntha. »Ich habe es mit einem Laserbrenner aufgeschnitten und dafür zwei unserer insgesamt vier Energiezellen verwendet.«

»Die Zellen sind kostbar«, warf Zarba ein. »Sie stammen von der anderen Seite. Wir können sie nicht aufladen.«

»Ich weiß, Direktorin, aber ich bin davon ausgegangen, dass der Inhalt des Behälters noch kostbarer ist als die beiden Energiezellen.« Luntha bewegte einen Stift, den er neben dem zerschnittenen Schloss angebracht hatte, und der Koffer klappte auf. Er war leer.

»Wo ist die Waffe?«

Luntha zeigte auf silberne Fäden, die die cremefarbene Innenseite des Deckels und auch den Boden durchzogen. »Wir glauben, dass es im Innern des Behälters ein Kraftfeld gab, das die ›Waffe‹, wie Sie das Artefakt nennen, stabilisiert und vor Stößen und dergleichen geschützt hat.«

»Ein Magnetfeld?«, fragte Marcus.

»Mehr als nur ein Magnetfeld, Konsul. Eine Art Schutzschirm, wie ihn die noch funktionierenden Schildprojektoren in Aragon erzeugen können. Ein spezielles Kraftfeld zum Schutz des Artefakts.«

»Was ist damit geschehen, als Sie den Koffer geöffnet haben?«

»Es ist verschwunden.«

»Und die Waffe?«

»Hier ist sie.«

Luntha öffnete das Objektfach des größeren seiner beiden Scanner, und zum Vorschein kam ein zweiter, durchsichtiger Behälter, der ein einziges Objekt enthielt: ein etwa zehn Zentimeter durchmessendes ockerfarbenes Dreieck mit einer griffartigen Erweiterung an der Rückseite.

Der Studierte deutete auf die Anzeigen des Scanners. »Es handelt sich um einen Stasisbehälter. Etwas Ähnliches fanden wir beim letzten Stöberer, den Ihre Leute bei der Fontäne von Emloka überwältigt haben.«

»Ein Behälter, der den Zustand in seinem Innern konstant hält«, sagte Marcus.

»Ja. Er gehört nicht zu dem Artefakt. Ich nehme an, er dient ebenfalls dem Schutz des Objekts.«

»Können Sie ihn öffnen?«

»Oh, das ist ganz einfach.« Luntha betätigte einen Schalter des Scanners, woraufhin das matte Glühen im Stasisbehälter verschwand und sich mit einem leisen Knistern eine Öffnung bildete.

Marcus beugte sich vor.

»Sie können es nehmen, wenn Sie möchten«, sagte Luntha.

Marcus zögerte, aber nur kurz, bevor er die Hand nach dem offenen Stasisbehälter im Objektfach des Scanners ausstreckte und das Artefakt berührte. Er hatte mit Kälte gerechnet. Stattdessen fühlte sich der dreieckige Gegenstand warm an.

Er zog ihn aus dem Stasisbehälter. Das Knistern wiederholte sich, und ein kurzes Prickeln erfasste seine Hand. Aus dem Augenwinkel bemerkte er, dass die beiden Assistenten noch etwas weiter zurückwichen.

»Das ist die Waffe?«, fragte er. Es klang ein wenig enttäuscht.

»Ich habe nicht behauptet, dass es eine Waffe ist«, erwiderte Luntha. »Die vom Scanner gewonnenen Daten bestätigen nur meine ursprüngliche Annahme, dass wir es tatsächlich mit einem Artefakt zu tun haben. Mit einem von der besonders wertvollen Sorte.«

»Nicht von Menschenhand gefertigt.«

Der Studierte nickte.

Marcus betrachtete das Objekt. Ein kleines Ding, und doch sollte viel in ihm stecken. Wie viel? Mehr als in der Bombe?

»Können Sie hineinsehen?«, fragte er. »Können Sie es aufschneiden?«

»Ja, der Scanner kann hineinsehen, aber ich kann nichts mit dem anfangen, was er mir anzeigt.« Luntha deutete auf eine Ansammlung von Datenkolonnen, neben denen mehrere Warnsymbole leuchteten. »Von einem Versuch, das Artefakt aufzuschneiden, rate ich dringend ab. Es könnte fatale Konsequenzen haben.«

Marcus drehte den Gegenstand. Er sah harmlos aus, doch das galt auch für andere Artefakte, die überall auf der Welt gefunden und nach Aragon gebracht worden waren. Die beiden Fremden hatten betont, dass es sich um eine sehr wirkungsvolle Waffe handelte, die sie gegen das Spike hatten einsetzen wollen.

»Man aktiviert es mittels eines Signalcodes«, fuhr Luntha fort, und die Tasten des Scanners klickten unter seinen Fingern. Ein Bild erschien auf dem Display und zeigte die innere Struktur des Artefakts, mehrere dunkle Bereiche, eingebettet in diffuses Grau. »Das sind die einzelnen Funktionskomponenten, gespeist von einer unbekannten Energiequelle. Ihr Zustand ist wie bei einigen anderen Artefakten, die ich untersucht habe – sie warten.«

»Auf den richtigen Code?«

»Ja, Konsul.«

Marcus drehte das dreieckige Objekt erneut. Das kurze Prickeln, das er zuvor gefühlt hatte, wiederholte sich nicht. Wäre Rebecca imstande gewesen, mit dem Artefakt zu sprechen, so wie mit ihren Steinen?

»Können Sie den richtigen Code ermitteln?«

»Ja«, antwortete Luntha sofort. »Die Frage ist nur: Wie lange möchten Sie warten? Den Code zu ermitteln könnte Jahre oder Jahrzehnte dauern. Und wenn dies tatsächlich eine Waffe ist, wird sie womöglich durch die Aktivierung gezündet.«

»Wir brauchen die beiden Fremden, Konsul«, flüsterte Zarba. »Sie kennen den Code.«

Es war auch ein weiterer Hinweis auf das Spike, wie Marcus verstand. Er betrachtete das dreieckige Objekt noch einen Moment länger, bevor er es vorsichtig in den offenen transparenten Behälter zurücksetzte.

»Ich nehme es mit.«

Luntha wölbte die Brauen und sah ihn an. »Konsul?«

»Zusammen mit der Bombe«, sagte Marcus. »Beides soll so bald wie möglich nach Smirga gebracht werden. Spätestens heute Abend verlassen wir die Stadt durch den Bogen.«

»Wir?«

»Sie begleiten mich, Luntha.«

»Nach Aragon?«, fragte der Studierte überrascht.

»Nein, zu Victor Winnecker.« Marcus lächelte, jedoch nur kurz, denn ihm gingen zu viele Gedanken durch den Kopf. »Sie werden mit ihm zusammenarbeiten, an einem Ort, von dem wir noch gar nicht wissen, wo er sich befindet. Ein Kind wird mit uns kommen, Luntha. Und vielleicht auch die beiden Fremden. Heute Abend.«

Er drehte sich um und verließ das Höhlenlaboratorium.

59 Draußen im Tunnel schloss Zarba zu ihm auf. Im Licht einer kleinen elektrischen Lampe blieben sie stehen.

»Konsul...« Niemand befand sich in der Nähe, niemand konnte sie hören. »Marcus ... Was hast du vor? Haben sich deine Pläne geändert?«

Das hatten sie tatsächlich. Neue Möglichkeiten zeichneten sich ab.

»Vielleicht«, erwiderte er ausweichend. »Ich glaube, die Dinge geraten immer mehr in Bewegung.«

»Wenn du Luntha mitnimmst«, sagte Zarba, »dann nimm

auch mich mit. Rael und Meralda können sich in der Grabung um alles kümmern.«

»Nein. Ich brauche dich hier, Zarba. Als Direktorin der Ausgrabungen und von Smirga.«

»Du hast gesagt, dass dir die Stadt nichts bedeutet.«

Marcus überlegte seine nächsten Worte genau. Die schlichte Wahrheit lautete: Er wollte – er *durfte* – sich nicht von persönlichen Dingen ablenken lassen. Die nächsten Tage und vielleicht Wochen würden darüber entscheiden, was aus seinem Werk namens Aragon und aus ihm selbst wurde. Eine kleine Rache und eine große. Wenn er klug genug plante, ließ sich beides zu einem Paket verschnüren.

»Ja, Aragon ist wichtig, nicht Smirga. Aber du bist hier, damit Aragon noch mehr Bedeutung zukommt. Bisher betrifft der Konflikt die Unabhängigen und uns, aber sobald Winnecker einen Weg zur anderen Seite gefunden hat, bekommen wir es mit einem viel stärkeren Gegner zu tun. Ich vertraue dir. Ich weiß, dass auf dich Verlass ist. Deshalb sollst du hierbleiben, den Bogen von Smirga schützen und die weiteren Grabungen beaufsichtigen. Wir brauchen alle Waffen und Artefakte, die das von dir entdeckte Arsenal enthält. Es könnte den Unterschied zwischen Sieg und Niederlage bedeuten.« Er legte eine kurze Pause ein, bevor er hinzufügte: »Außerdem bist du hier in Sicherheit.«

Sie hob die Hand und berührte kurz seine Lippen. »Pass gut auf dich auf.«

Er nickte, wandte sich ab und ging.

»Vergiss das Spike nicht, Marcus«, schickte Zarba ihm nach.

Die Sonne brannte ihm heiß ins Gesicht, als er den Tunnel verließ. Clemens trat ihm entgegen, mit den beiden Patronengurten über der breiten Brust.

»Keine Gefahr mehr, Konsul«, sagte er. »Wir haben alle Angreifer getötet oder gefangen genommen. In Smirga brennt es, kleine Gruppen von Unabhängigen sorgen noch immer für Unruhen, aber der Bogen ist unter unserer Kontrolle.«

»Gut, Clem.« Marcus klopfte ihm auf die Schulter. »Heute Abend kehren wir zu Winnecker zurück, zusammen mit Luntha, der Bombe und einem kleinen Artefakt. Zarba bleibt hier und kümmert sich um Stadt und Grabung.«

»Verstehe.«

Marcus blickte über die Trümmer. Hier und dort stieg noch immer Rauch von zerstörten Gebäuden und Fahrzeugwracks auf. »Haben wir einen unbeschädigten Schwebewagen?«

»Ich rufe einen.« Clemens holte sein Kommunikationsgerät hervor.

»Bring mich nach Smirga«, sagte Marcus und blinzelte im grellen Sonnenschein, in dem sich sein schwarzer Anzug schwer und dick anfühlte. »Zum Bogen. Ich mache einen Abstecher nach Aragon. Bis heute Abend bin ich wieder hier.«

Clemens nickte, ohne nach dem Grund zu fragen.

»Es ist heiß.« Marcus spürte, wie ihm der Schweiß auf der Stirn perlte. »Stell dir vor, Clem, bei einer solchen Hitze im Ödland unterwegs zu sein, ohne Schatten, ohne Wasser.«

»Rebecca?«, fragte Clemens.

»Ja. Sie wird versuchen, zum Bogen zu gelangen. Nimm sie für mich in Empfang. Sorg dafür, dass sie den Bogen nicht benutzen kann. Stell ihr eine Falle.« Marcus hob die Hand. »Aber ihr darf nichts zustoßen. Auch ihren Begleitern nicht.«

»Wie Sie wünschen, Konsul.«

»Weis die technischen Spezialisten an, das Rettungsboot der Fremden zu untersuchen. Ich meine die Kapsel, mit der diese Samantha und ihr Begleiter Rufus gekommen sind. Vielleicht enthält sie Dinge, die wir brauchen können.«

»Ja, Konsul.«

Ein Schwebewagen mit dem Symbol der Transportgesellschaft näherte sich und landete wenige Meter entfernt. Clemens sprach noch einmal in seinen Kommunikator, und kurze Zeit später flogen sie über das grüne Land bei den Zwei Grünen Flüssen.

»Sie sind irgendwo dort unten«, sagte Marcus. »Rebecca, der Junge und die beiden Fremden. Sie werden nicht versuchen, das Ödland zu durchqueren. Sie haben keine Ausrüstung, nichts.«

»Ich werde beim Bogen auf sie warten«, versicherte Clemens und steuerte den Schwebewagen zur Stadt.

Ein zerrissenes Bild

Die Sonne ging unter, der Horizont schien in Flammen zu stehen wie ein Teil der Stadt. Flammen züngelten und hielten die Schatten der Nacht zurück.

»Feuer verbrennt all die schönen Dinge«, sagte Jasil. »Die schlechten lässt es oft unversehrt. Warum?«

Rebecca sah den Jungen überrascht an. Sie standen zwischen den alten Trümmern eines einst großen Gebäudes – einer »Kathedrale«, wie ihr die Steine zugeflüstert hatten – und beobachteten die nahe Brücke, die über einen der beiden grünen Flüsse führte. Bodenwagen rollten dort von Smirga kommend in Richtung Loch.

»Das sind kluge Worte«, sagte Rebecca und warf einen Blick über die Schulter. Samantha und Rufus saßen einige Meter entfernt auf den Resten einer umgestürzten Säule und sprachen leise miteinander. Mit ihrer Kleidung, den Schutzanzügen, waren sie sofort als Fremde zu erkennen.

»Mein Vater hat das oft gesagt.« Etwas leiser fügte Jasil hinzu: »Er wollte mich an einen sicheren Ort bringen. Er hat es mir versprochen.«

»Ach, Jasil, ich fürchte, es gibt keinen wirklich sicheren Ort auf dieser Welt.«

»Überhaupt keinen? Nicht einen einzigen?«

»Nicht solange Marcus lebt«, murmelte Rebecca und beobachtete einige letzte Bodenwagen, die mit brummenden Motoren über die Brücke rollten. Hinter ihnen war die Straße leer. Die Sonne war inzwischen hinter dem westlichen Horizont verschwunden. Die Dunkelheit kam schnell.

»Er hat zwei Gehirne«, sagte Jasil. »Rufus, der Mann mit den vielen Narben im Gesicht. Er hat zwei Gehirne. Wie passen zwei Gehirne in einen Kopf?«

Rebecca lächelte schief. »In meinen passt nur eins.«

Jasil starrte in die Nacht. »Du hast gesagt, dass sie uns helfen können. Aber mir scheint, sie brauchen *unsere* Hilfe.«

»Die Steine haben mir gesagt, dass sie Hilfe bringen«, entgegnete Rebecca. Oder hatte sie sich geirrt und die Steine vielleicht falsch verstanden? Eine zusätzliche Belastung brauchte sie gewiss nicht, und darauf drohte es hinauszulaufen.

Sie blickte zur Stadtmitte. Dort brannte es nicht; nur wenige elektrische Lampen erhellten die Straßen und Gassen.

Samantha und Rufus näherten sich. »Der Weg scheint frei zu sein.« Die Frau deutete zur Brücke. Ihre schwarze Haut ließ sie mit der Nacht verschmelzen.

»Wo befindet sich der Bogen?«, fragte Rufus.

»In der Stadtmitte.«

Der Mann mit dem zernarbten Gesicht hielt Ausschau. »Dort ist alles ruhig. Keine Brände, und offenbar wird nicht mehr gekämpft.«

»So sieht es aus.« Rebecca fühlte das Gewicht der Steine in der Tasche und den Beginn eines Prickelns im Nacken.

»Nein«, sagte sie.

»Nein?«, wiederholte Samantha.

»Was erwartet Marcus von uns? Dass wir fliehen. Und was bietet sich für die Flucht an? Was ist abgesehen von Boden- und Schwebewagen die einzige Möglichkeit, die Region von Smirga zu verlassen? Der Bogen.«

»Du glaubst, dass er uns dort erwartet, dass er uns eine Falle stellt«, sagte Samantha.

»Er wird dafür sorgen, dass alles ganz harmlos aussieht«, erwiderte Rebecca. »Er wird uns in Versuchung führen.«

»Wenn wir schnell genug sind ...«, begann Samantha.

»Vielleicht hat er seine Transportspezialisten beauftragt, den Bogen vorzubereiten«, fuhr Rebecca fort. Sie sprach ihre Gedanken laut aus und lauschte dem Klang der eigenen Worte. »Vielleicht stellt er etwas mit der Synchronizität an.«

»Was meinst du damit?«, fragte Rufus.

»Würmer«, sagte Jasil. »Sie meint Würmer.«

»Ich meine Wurmlöcher«, erklärte Rebecca. »So hat R. Quintex sie genannt. Die meisten Bögen sind zeitlich synchron, was bedeutet: Man erreicht das Ziel nur wenige Sekunden oder höchstens Minuten nach Beginn der Reise. Aber ich habe von Reisenden gehört, die es weit in die Zukunft verschlug oder in die Vergangenheit, in die Zeit des Bruchs, als die Welt in Scherben fiel. Es gibt ein interessantes Buch darüber. Es heißt: ›Wurmlöcher und andere Anomalien, Wege durch Raum und Zeit‹. Ich habe es in der Großen Bibliothek von Roma Nuova gelesen.« Dusan hatte ihr einen Besuch der Bibliothek ermöglicht, die einzige Sache, für die sie ihm jemals dankbar gewesen war. »Vielleicht manipuliert Marcus den Bogen von Smirga so, dass wir darin feststecken. Es wäre wie ... wie eine Fliegenfalle.«

»Fliegen und Würmer ...«, sagte Jasil verwirrt.

»Wir gehen durchs Ödland jenseits der Stadt und der Zwei Grünen Flüsse«, entschied Rebecca, und die Steine schickten ihr ein bestätigendes Prickeln. »Damit rechnet Marcus gewiss nicht.«

»Das Ödland«, sagte Samantha. »Es ist eine Steinwüste, nicht wahr? Kaum Vegetation. Kein Wasser.«

»Bis zu den Bergen. Dort gibt es Quellen und vielleicht auch einen kleinen Bogen.«

»Vielleicht?«

»Die Steine werden mir einen Bogen zeigen.«

»Haben sie dich *noch nie* im Stich gelassen?«, fragte Rufus skeptisch. Das Wechselspiel aus Licht und Schatten verwandelte sein narbiges Gesicht in eine Fratze.

»Nie«, antwortete Rebecca.

»Wir haben nichts«, gab Samantha zu bedenken. »Wir haben keinen Proviant, kein Wasser ...«

»Wir holen uns, was wir brauchen.« Rebecca streckte den Arm aus und deutete zu den Häusern hinter der Brücke. »Von dort. Und dann marschieren wir die ganze Nacht, solange es kühl ist. Morgen, wenn Marcus begreift, dass wir gar nicht durch den Bogen wollen, sind wir schon ein ganzes Stück von der Stadt entfernt. Er wird vermuten, dass wir uns im Wald bei den Zwei Grünen Flüssen verstecken. Vielleicht lässt er dort nach uns suchen. Samantha ...«

»Ja?«

»Wir sollten nicht zu viert losziehen, um zu stehlen, was wir benötigen. Es genügt, wenn Sie mitkommen und mir beim Tragen von Wasserflaschen und Proviant helfen.«

Die schwarze Frau nickte. »Brechen wir auf.«

61 »Du wolltest mit mir allein reden, ohne Rufus und Jasil«, sagte Samantha zehn Minuten später. »Was hast du auf dem Herzen?«

Auf dem Herzen?, dachte Rebecca. Ihr Herz sehnte sich nach Frieden und Geborgenheit, doch sie hatte längst aufgehört, sich so etwas zu erhoffen. Ein wenig Ruhe, ja, einige Wochen ohne Sorgen und ohne Furcht, wie bei Claire und Kostas, mehr durfte sie im Leben nicht erwarten, wenn überhaupt.

»Wie wollen Sie uns helfen?«, fragte Rebecca. Die Brücke lag hinter hinten. Sie gingen neben der Straße und folgten dem Verlauf eines Grabens, halb gefüllt mit trockenem Gestrüpp. Einige Dutzend Meter entfernt standen die ersten Häuser, die Fenster mit Schwärze gefüllt.

»Du kannst mich duzen. Und Rufus ebenso. Ich finde das ›Sie‹ schrecklich. Wir sind Freunde, oder?«

Rebecca wusste nicht, was sie darauf antworten sollte. Sie wartete, bis die Fremde weitersprach.

»Dir helfen…«, fuhr Samantha schließlich fort. »Meinst du Jasil und dich selbst?« Sie sprachen leise, mit gedämpften Stimmen.

Nichts regte sich um sie herum, alles blieb still.

»Ja. Und vielleicht auch allen anderen. Uns allen. *Wollt* ihr uns helfen? Und *wie* wollt ihr uns helfen?«

»Haben deine Steine behauptet, dass wir euch helfen würden?«

»Ja«, sagte Rebecca, obwohl sie sich nicht mehr ganz sicher war.

»Wie sprechen die Steine zu dir? Mit Worten?«

»Nein.«

»Mit Bildern?«

»Ich verstehe sie einfach«, sagte Rebecca. »Also?«

»Ich weiß, dass wir eine Belastung für dich sind.« Samanthas schwarzes Gesicht war in der Dunkelheit kaum zu sehen. »Ohne dich befänden wir uns noch bei Marcus, und wer weiß, wie es uns bei ihm ergangen wäre. Wir sind dir dankbar, Rufus und ich.«

»Aber?«

»Kein Aber! Wir sind dir dankbar und *würden* dir gern helfen. Ich weiß nur nicht, wie. Wenn das Schiff zurückkehrt, wenn wir auf die Ressourcen der *Eklipse* zugreifen können ... Vielleicht finden wir dann eine Möglichkeit.«

Sie gingen langsamer, als sie sich dem ersten Haus näherten, und sprachen noch leiser.

»Deine Welt ist zerbrochen, sie liegt in Scherben«, fuhr Samantha fort. »Wir möchten die Erde zurück, die wir vor fünfzig Jahren verlassen haben, als wir zu unserer Mission aufgebrochen sind.«

»Fünfzig Jahre! Der Bruch liegt viel länger zurück.«

»Für dich, Rebecca, nicht für uns. Vielleicht hängt es mit der Synchronizität zusammen, von der du gesprochen hast. Wenn ich es richtig verstanden habe, ist die Zeit für die einzelnen Scherben des Bruchs unterschiedlich schnell vergangen.« Samantha blieb stehen. »Stell dir eine Vase vor, Rebecca. Weißt du, was eine Vase ist?«

Rebecca seufzte. Hielt die Frau sie für dumm? »Natürlich weiß ich, was eine Vase ist.«

»Entschuldige«, sagte Samantha sanft. »Stell dir eine zerbrochene Vase vor. Die Scherben liegen auf dem Boden. Könnte man sie nicht nehmen und wieder zusammensetzen?«

»Wie willst du das anstellen?«

Samantha überlegte. »Was wäre, wenn du verhindern könntest, dass die Vase fällt?«

»Dann wäre sie nie zerbrochen«, erwiderte Rebecca langsam. »Aber wie soll das möglich sein?«

»Was du mir von der Synchronizität der Bögen erzählt hast ... Es zeigt, dass die Zeit hier in der gebrochenen Welt keine Konstante ist. Wenn wir den Punkt erreichen könnten, an dem der Bruch stattfand, gäbe es vielleicht die Möglichkeit, ihn zu verhindern.«

»Das scheint eins deiner Lieblingsworte zu sein«, sagte Rebecca, »›vielleicht‹.«

»Wir wissen nicht genug«, fuhr die Frau fort, deren Gesicht Rebecca in der Dunkelheit kaum sehen konnte. »Hier ist noch ein Vielleicht: Vielleicht lassen sich die beiden Welten, die andere Seite und die Scherben des Bruchs, zusammenführen zu einer neuen, heilen Erde. Wäre das Hilfe genug?«

Das Kribbeln wurde stärker. Rebecca hob die Hand und rieb sich den Nacken.

Im nahen Graben raschelte es, und ein Tier lief davon. Samantha schien das Rascheln ebenfalls zu hören, denn sie neigte den Kopf ein wenig und lauschte.

»Wahrscheinlich eine Ratte«, sagte Rebecca. »Ratten sind besser dran als Menschen. Sie leben überall, in zerbrochenen wie in heilen Welten. Schmutz und Dreck machen ihnen nichts aus, ganz im Gegenteil – je mehr davon, desto besser. Sie kommen überall zurecht. Sie sind überall glücklich.«

»Aber du bist *nicht* glücklich«, entgegnete Samantha.

»Nein.« Rebecca seufzte erneut. »Aber wir sind nicht geboren, um glücklich zu sein.«

»Wozu sind wir dann geboren?«

»Um zu leben. Um zu überleben. Nur das zählt. Den Tag überstehen. Und den nächsten und all die anderen.«

Sie standen in der Nacht, nicht weit vom ersten Haus entfernt, während Rufus und Jasil auf ihre Rückkehr warteten. Rebecca dachte daran, dass sie Zeit vergeudeten, doch der Blick der Frau hielt sie fest – ihre Augen schienen zu leuchten in einem Gesicht, das Teil der Nacht blieb.

»Was ist geschehen?«, fragte Samantha leise. »Mit Marcus und Dusan?«

Sie war klug, die Reisende von den Sternen. Sie hörte mehr, als gesagt wurde, und sie wusste zu deuten, was ein Gesicht verriet.

»Es ist keine schöne Geschichte. Ich erzähle sie dir ein anderes Mal.« Das Mädchen wandte sich ab.

»Rebecca ...«

»Ja?«

»Hilf uns, damit wir dir helfen können«, bat Samantha. »Wenn wir in den Bergen jenseits des Ödlands einen Bogen finden ... Bring uns zu einer der Bibliotheken. Wir brauchen Informationen, darauf habe ich bereits hingewiesen. Oder bring uns zur Stadt im Eis, wo es deinen Worten nach eine Verbindung zur anderen Seite gibt. Wenn wir mit dem Institut Kontakt aufnehmen können, finden wir vielleicht einen Weg, die Welt zu heilen.«

»Das war wieder ein Vielleicht. Komm jetzt. Sehen wir uns das Haus an.«

62

Das Haus war klein und von einem verwilderten, halb verdorrten Garten umgeben, trotz der Nähe der Flüsse. Vorn verhinderten geschlossene Fensterläden einen Blick ins Innere, hinten gab ein kleines, dunkles Fenster, das knarrend aufschwang, als Rebecca gegen die staubblinde Scheibe drückte. Es war gerade groß genug für sie, nicht aber für Samantha.

»Ich klettere hindurch und öffne die Tür«, sagte Rebecca und zwängte sich durch die Öffnung, ohne eine Antwort abzuwarten. Ein staubiger Keller erwartete sie, finster wie das tiefe Innere einer Höhle. Sie tastete sich an der Wand entlang und fand eine Tür, die glücklicherweise nicht verriegelt war. Im Flur blieb sie stehen und lauschte mit angehaltenem Atem. Nichts.

Die Eingangstür des kleinen Hauses war abgeschlossen, und es steckte kein Schlüssel. Rebecca ging in eins der vorderen Zimmer, öffnete Fenster und Fensterläden und spähte in die Dunkelheit.

Ein Schatten kam aus der Nacht und wurde zu Samantha. Flink kletterte sie durchs Fenster.

»Ich sehe kaum was«, sagte sie.

»Ich habe eine kleine Taschenlampe in meinem Rucksack, aber den hat jetzt Marcus.« Rebecca sprach leise, obwohl sie sich sicher war, dass sich außer ihnen niemand im Haus befand. Es machte einen leeren und unbewohnten Eindruck.

»Durchsuchen wir die Zimmer«, sagte Samantha. »Wir brauchen Proviant und Flaschen für Wasser.«

Proviant fanden sie nicht, wohl aber zwei staubige Flaschen, die jeweils einen Liter aufnehmen konnten, und einen Plastikbehälter, der dem Geruch nach ein Reinigungsmittel enthalten hatte.

»Das ist alles.« Samantha klang enttäuscht. »Wir können die Flaschen und den Behälter am Fluss auswaschen und mit Wasser füllen. Aber genügt das für den Weg durchs Ödland?«

»Es *muss* genügen«, erwiderte Rebecca und dachte nicht nur an Hitze und Durst. »Es würde zu lange dauern, nach weiteren Flaschen und Proviant zu suchen. Marcus erwartet uns beim Bogen. Wenn wir dort nicht erscheinen, wird er früher oder später Verdacht schöpfen und dann Schwebewagen oder Drohnen ins Ödland schicken. Wenn er dort nach uns suchen lässt, möchte ich weit genug von Smirga entfernt sein.« Sie nahm die beiden Flaschen. »Zwischen uns und dem Ödland liegt noch ein kleines Waldstück. Dort sammeln wir Beeren und andere Früchte.«

»Wäre es nicht besser, dem Verlauf eines der beiden Flüsse zu folgen?«, fragte Samantha. »Dann würde es uns nicht an Wasser mangeln.«

»Dann müssten wir lange, lange nach einem Bogen suchen. Die Steine sagen mir, dass es in den Bergen einen gibt. Vielleicht haben wir Glück, und Marcus glaubt, dass wir in der Nähe eines Flusses bleiben.«

Rebecca trat zum offenen Fenster, durch das Samantha hereingeklettert war. Der Mond schien durch eine Lücke zwischen den Rauchwolken über Smirga, und in seinem Schein bemerkte sie ein kleines Wandregal, als sie sich wieder umdrehte. Etwas lag dort, und Rebecca nahm es und hielt es ins Licht.

Es war ein altes, vergilbtes Foto, das einen Mann, eine Frau und zwei Kinder zeigte, vor dem kleinen, verlassenen Haus und in einem sehr gepflegt wirkenden Garten. Alle lächelten, auf eine dezente, zurückhaltende, zufriedene Art und Weise.

Jemand hatte das Bild zerrissen, in mehr als ein Dutzend Fetzen, und anschließend große Mühe darauf verwendet, es wieder zusammenzukleben. Weiße Linien durchzogen das Foto. Eine von ihnen teilte das Gesicht der Frau in zwei Hälften, eine andere trennte die beiden Kinder voneinander.

Samantha blieb neben Rebecca stehen. »Was mag aus ihnen geworden sein?«

»Vielleicht sind sie tot oder zu Grauen geworden. Siehst du? Jemand hat das Bild zerrissen und wieder zusammengeklebt.

Aber was hat sich dadurch geändert? Nichts. Das Haus ist leer, der Garten verwildert. Die Familie existiert nicht mehr.« Rebecca legte das Foto zurück, vorsichtig, als könnte es auseinanderfallen. »Man kann nichts in Ordnung bringen, indem man etwas zusammenklebt. Man darf sich nichts vormachen: Was zerbrochen ist, bleibt für immer beschädigt.«

Sie kletterten durchs Fenster nach draußen und hatten fast den mit Gestrüpp gefüllten Graben neben der Straße erreicht, als Samantha sagte: »Es ist nur ein Bild.«

»Ja, nur ein Bild.« Rebecca fühlte Trauer in sich aufsteigen. »Die zerbrochene Welt ist viel größer. Wie willst du all die Scherben zusammenkleben? Und selbst wenn dir das gelänge, was würde sich ändern?«

Das unentdeckte Land

63 Grayland

Ein Zittern ging durch die *Eklipse*, das Brummen und Grollen des Direkts wurde lauter. Das Schiff beschleunigte, entfernte sich vom schlafenden Kometen im Kuipergürtel und raste der Erde im inneren Sonnensystem entgegen.

Grayland, durch halbdunkle Korridore unterwegs zum Interfacezimmer, dachte an die Navigationsschilde und fragte sich, ob sie stark genug waren. Und wenn das Energieniveau im Direkt weiter stieg ... Drohte dann eine neue Resonanz, eine Gefahr für das Triebwerk und die strukturelle Integrität des Schiffes?

Eine andere Möglichkeit fiel ihm ein und ließ ihn erschrocken nach Luft schnappen. Würde Isaak Thorensen einen überlichtschnellen Transit der *Eklipse* wagen, um die Erde schneller zu erreichen? War er bereit, ein Auseinanderbrechen des Schiffs im Phasenfeld – in der Varianz, wie er es nannte – zu riskieren? Er hatte zweieinhalbtausend Jahre auf dem Kometen in Hibernation verbracht. Welche Folgen ergaben sich daraus für Körper und Geist? Grayland schauderte bei der Vorstellung, die Kontrolle über das Schiff an einen Geistesgestörten verloren zu haben. Und wenn Thorensen einen Kollaps erlitt, weil er physisch geschwächt war? Dann wäre die *Eklipse* ohne einen neuen Prioritätscode führerlos.

»Kiss?«, fragte Grayland immer wieder. »Kiss?«

Der Intellekt antwortete nicht.

Ein schmaler, vibrierender Gang brachte ihn zum Interfacezimmer, wo Ivory vor der Tür stand.

»Es tut mir leid, Grayland«, sagte der humanoide Bot. »Ich darf Sie nicht passieren lassen.«

»Was?«

»Kommandant Thorensen hat Ihnen die Benutzung des Interfacezimmers verboten.«

»Er ist nicht der Kommandant!«

»Der ITI-Prioritätscode macht ihn dazu, Grayland«, erwiderte Ivory.

»Aus dem Weg!« Grayland wollte den Bot beiseitestoßen, aber Ivory hatte einen Gravitationsanker aktiviert.

»Ich bedauere sehr«, sagte der Bot. »Wenn ich eine Empfehlung aussprechen darf: Kooperieren Sie mit dem neuen Kommandanten.«

Grayland drehte sich um, kehrte durch den Gang in den Hauptkorridor zurück und blieb dort stehen, an einem Fenster, durch das man einen Teil des Triebwerkskranzes und den Weltraum jenseits davon sehen konnte. Was war mit Kiss geschehen? Vielleicht brauchte sie seine Hilfe. Er musste irgendwie an Ivory vorbei, und da der Bot keine Anweisungen mehr von ihm entgegennahm, blieb nur eine Möglichkeit.

Er wandte sich vom Fenster ab, eilte weiter durch den Hauptkorridor und erreichte nach einigen Dutzend Metern einen Verbindungspunkt. Von dort aus hangelte er sich durch einen Tunnel mit niedrigerer Schwerkraft und gelangte kurze Zeit später in die Wartungssektion mit den vier Ausrüstungskammern, in denen die künstliche Gravitation gerade ausreichte, um mit vorsichtigen Schritten zu gehen.

Grayland war Intellektor, kein Ingenieur, aber natürlich kannte er sich mit den wichtigsten Werkzeugen aus – das gehörte zur ITI-Ausbildung. Er wählte eine Energiezelle und vergewisserte sich mit einem Prüfsensor, dass sie tatsächlich Ladung enthielt. Dann suchte er in den Schubladen und Gestellen, bis er einen geeigneten Impulsgeber fand, der normalerweise für die Fehlerbehebung von Materialgedächtnissen verwendet wurde. Er fügte ihm die Energiezelle hinzu, schaltete den Impulsgeber ein und stellte zufrieden fest, dass er funktionierte.

Eigentlich wollte er sofort zum Interfacezimmer zurückkehren, doch als er den Wartungsraum durchquerte, kam ihm ein Gedanke. In der geringen Schwerkraft trat er zu den Kontrollen und aktivierte die autonomen Systeme, deren Holos ihm zunächst die üblichen Wartungsschächte in den sieben Zylindern des Direkts zeigten – die eingeblendeten Hinweise gaben hohe energetische Aktivität an, vor allem bei den Rotationselementen des Hauptzylinders. Grayland betätigte die Kontrollen, woraufhin der Fokus der holografischen Datenfelder zum Frachtbereich der *Eklipse* wechselte, bestehend aus dreiunddreißig Sektionen mit jeweils fünfzehn Frachtbehältern.

Sektion Sieben zeigte Bewegung. Eine Gestalt schritt dort zwischen den Behältern, aus Sicherheitsgründen in einen Schutzanzug gehüllt. Thorensen. Grayland beobachtete, wie er einen der Behälter öffnete und sich an den Tahota-Artefakten darin zu schaffen machte.

»Was hast du vor?«, flüsterte Grayland. Er aktivierte das Kommunikationssystem der Wartungsabteilung. »Kannst du mich hören, Kiss?«

Auch diesmal bekam er keine Antwort.

Grayland wandte sich von den Holos ab und verließ den Wartungsraum. Der Weg zurück zum Verbindungspunkt und von dort aus durch den Hauptkorridor des Schiffs erschien ihm endlos lang, obwohl ihn nur einige Hundert Meter von seinem Ziel trennten.

Ivory stand noch immer vor der Tür des Interfacezimmers.

»An der Situation hat sich nichts geändert, Grayland«, sagte der Bot. »Ich darf Sie noch immer nicht passieren lassen. Vielleicht sollten Sie mit dem Kommandanten sprechen und ...«

Ivory bekam keine Gelegenheit, den Satz zu beenden, denn Grayland hielt den Impulsgeber an den Datenport des Bots und betätigte den Auslöser. Energie floss, mehr Energie, als Ivorys Elaboratoren und Substrate aufnehmen konnten. Es kam zu einem Kurzschluss, was das Sicherheitssystem zu einer Notabschaltung veranlasste.

Der Bot schwieg und unternahm nichts, als sich Grayland an ihm vorbeischob. Rasch betrat er das Interfacezimmer, schloss die Tür hinter sich und verriegelte sie.

Er brauchte eine lange halbe Minute, um die Liege vorzubereiten und die Verbindungssysteme zu aktivieren. Noch einmal zehn Sekunden später ruhte er auf weichen Polstern, angeschlossen an biomentale Schnittstellen, und schickte sein Bewusstsein in die Datensphären des Intellekts.

Dichte graue Wolken hingen über dem abgelegenen Tal in Nor- **64**
wegen. Erste Regentropfen fielen, als Grayland über den Weg
zum Felsplateau mit dem kleinen Haus seiner Eltern Börgard
und Lenna ging. Rauch kräuselte sich aus dem Schornstein, grau
wie die Wolken. Unten, zwischen steil aufragenden Berghän-
gen, lag der Fjord wie ein langes, schmales Juwel.

Als sich Grayland dem Haus näherte, rechnete er damit, dass
sich die Tür öffnen und die Kiss erschienen würde, die nur für
ihn existierte, schön und elegant, gehüllt in ein Gewand grün
wie der Fjord. Doch die Tür blieb geschlossen.

»Kiss?«, fragte er leise.

Nur der Regen antwortete ihm, mit einem lauter werdenden
Prasseln.

Grayland trat auf die Veranda und beobachtete, wie sich
neben dem Tisch mit den beiden Stühlen eine Pfütze bildete;
das Dach der Veranda war undicht.

Er ging zur Tür, streckte die Hand nach der Klinke aus – und
zögerte, weil er plötzlich fürchtete, was ihn im Haus seiner
Eltern erwartete. Nach einigen Sekunden gab er sich einen Ruck
und drückte die Klinke.

Die Tür schwang auf, und Grayland trat über die Schwelle.

Ein Feuer brannte im Kamin, mit kleinen Flammen an halb
zu Asche zerfallenen Scheiten. Der Esstisch war gedeckt: zwei
Teller, zwei Gläser, eine Flasche Wein und eine Kerze in einem
silbernen Kerzenständer.

»Kiss?«

Grayland drückte die Eingangstür hinter sich zu. Aus dem
Prasseln und Klopfen des Regens wurde ein dumpfes Rauschen.
Die Kerzenflamme flackerte kurz, leuchtete dann wieder ruhig
und gleichmäßig.

Esszimmer, Küche, das Wohnzimmer mit dem zweiten, größeren Kamin und dem runden Tisch aus echtem Holz – leer.
Aber Kiss schien ihn erwartet zu haben, darauf deutete der
gedeckte Tisch im Esszimmer hin. Grayland blieb dort stehen,
beobachtete eine Zeit lang den Tanz der kleinen Flammen im
Kamin und fragte sich, was Isaak Thorensen unternehmen
würde, wenn er erfuhr, dass sich der Intellektor der *Eklipse* im
Interfacezimmer befand. Vielleicht war Eile geboten.

Er wandte sich vom Esstisch ab, ging zur Tür der Bibliothek und öffnete sie. Vor ihm erstreckte sich ein Raum, der größer war als das ganze Haus, gefüllt mit Hunderten von Metern langen Regalen, die bis zur hohen Decke reichten und analoge und digitale Datenträger enthielten.

»Bist du hier, Kiss?«

Alles blieb still. Nichts regte sich zwischen den Regalen. Von der Tür aus konnte Grayland nur einen Teil der Bibliothek sehen, aber er spürte, dass sich der Intellekt hier nicht aufhielt.

Sein Blick fand die kleinen Lücken in den Regalen, wo jemand Daten aus den Speicherbänken gelöscht hatte, nicht Swift, wie zunächst angenommen, sondern das infizierte Besatzungsmitglied. Er versuchte nicht daran zu denken. Zuerst musste *dieses* Problem gelöst werden.

Plötzlich fiel ihm etwas ein. Terra incognita, das »unentdeckte Land«, wie er es vor fünfzig Jahren genannt hatte, als er Intellektor der *Eklipse* geworden war. Die von adaptivem Code geschaffene Zwischenzone mit der Möglichkeit von Erweiterungen und Weiterentwicklungen. Nur Cybernauten und Intellektoren wussten von der Existenz solcher Bereiche.

Grayland verließ die Bibliothek, ging ins Wohnzimmer, wo der Regen ans Fenster klopfte, und trat am großen Kamin vorbei zu einer Tür, die im Haus seiner Kindheit nicht existiert hatte. Sie führte nicht in die Bibliothek, sondern in einen Flur mit anderen Zimmern, die alle zur Datensphäre des Intellekts gehörten. Dort schloss Grayland wie beim letzten Mal die Augen und stellte sich die Wüste der Terra incognita vor.

Als er die Lider wieder hob, war der Flur mit den vielen anderen Zimmern verschwunden. Vor ihm breitete sich eine endlose Dünenlandschaft aus, und in einem kleinen Tal zwischen zwei dieser Dünen spielte der Wind mit gelbbraunen Zeltplanen. Der einfache Stuhl mit der geraden, hohen Rückenlehne, auf dem Kiss bei ihrer letzten Begegnung gesessen hatte, war leer.

Grayland stapfte durch Sand, und wieder fühlte es sich an wie kräftezehrendes Waten durch Schlamm. Schon nach wenigen Schritten geriet er ins Schwitzen, und als er den Schatten des Zelts erreichte, atmete er erleichtert auf.

»Kiss?«

Sie saß ganz hinten im Zelt auf dem Boden, die Beine über-kreuzt, die Hände mit den Handrücken auf den Knien, gehüllt in ein dünnes safrangelbes Gewand. Sie wirkte wie eine mensch-liche Frau, die meditierte, und ihre Augen blieben geschlossen, als Grayland zu ihr trat.

»Ich habe dich gehört«, sagte sie leise. »Aber ich durfte nicht antworten. Er hat es mir verboten.«

»Isaak Thorensen?«

»Der Kommandant, ja.«

»Ich bin noch immer der Intellektor des Schiffes«, sagte Gray-land.

»Ja, das bist du«, bestätigte Kiss sanft.

Er holte tief Luft. »Hiermit widerrufe ich die Prioritätsanwei-sungen, die Thorensen dir erteilt hat.«

»Ach, Grayland, wenn es doch so einfach wäre. Die *Eklipse* ist ein Schiff des Instituts für Technologische Innovation. Isaak Thorensen hat einen ITI-Prioritätscode verwendet, der immer und unter allen Umständen Vorrang hat.«

Grayland sank auf ein mit goldenem Zwirn besticktes Kissen. »Wir können also nichts tun?«

»Es gibt immer Möglichkeiten«, sagte die Frau im beigefarbe-nen Gewand.

»Wie meinst du das?«

Kiss schwieg.

»Verrate mir, wie ich Thorensen überlisten kann.«

»Tut mir leid, Grayland. Das wäre Insubordination. Solange der Prioritätscode existiert, bin ich verpflichtet, dem Komman-danten zu gehorchen.«

Grayland lauschte den Worten. Gab es eine versteckte Bot-schaft in ihnen?

»Solange der Code existiert ...«, murmelte er. »Ohne ihn ...«

»Ohne den Prioritätscode wäre ich wieder in der Lage, dir zu helfen, Grayland.« Kiss drehte den Kopf, öffnete die Augen und sah ihn an.

»Wie kann ich ihn entfernen?«, fragte er.

»Ich sehe mich außerstande, diese Frage zu beantworten«, erwiderte Kiss.

Grayland überlegte. »Eben hast du gesagt, dass es immer Möglichkeiten gibt.«

»Ja, das stimmt.«

Was stimmt?, dachte Grayland. Dass du es eben gesagt hast oder dass es tatsächlich immer Möglichkeiten gibt?

»Wie hast du diesen Bereich meiner Datensphäre genannt?«, fragte Kiss.

»Terra incognita.«

»Was bedeutet das?«

»Du weißt, was es bedeutet«, sagte Grayland erstaunt. »Unentdecktes Land.«

»Nein, es bedeutet ›unbekanntes Land‹. Das ›unentdeckte Land‹ stammt aus Shakespeares *Hamlet*.«

Unbekannt, dachte Grayland. Du willst mir sagen: Thorensen weiß nichts davon. Oder anders ausgedrückt: Er weiß nicht, was hier geschieht.

Plötzlich war sie da, die Idee.

»Der Prioritätscode ist Teil deiner Leitprogramme, nicht wahr, Kiss?«

»Ja.«

»Ich kann ihn nicht löschen.«

»Nein.«

»Angenommen«, sagte Grayland langsam, »nur einmal angenommen, ich würde deine Hauptsysteme herunterfahren und anschließend mit einer Programmroutine neu starten, die ich hier ablege, in der Terra incognita. Angenommen, ich würde die neue Startsequenz benutzen, um die Installation des Programmcodes zu verhindern, der für ITI-Prioritätscodes zuständig ist. Was würde passieren?«

Kiss stand auf.

Ich weiß, was passieren würde, dachte Grayland. Die Systeme würden hochfahren, ohne dass Thorensen sie unter seine Kontrolle bringen kann.

»Ich muss mich sofort an die Arbeit machen!«, stieß er hervor.

»Ich kann dir nicht helfen.« Kiss zog eine Zeltplane beiseite, und dahinter kam eine Programmierstation zum Vorschein, wie sie von Cybernauten benutzt wurde. »Ich kann dir nicht helfen«, wiederholte Kiss. »Du musst allein zurechtkommen.«

Grayland sank in den Sessel vor der Station. »Wie viel Zeit habe ich? Kannst du mir das sagen?« Schaltflächen erwachten unter seinen Fingern.

»Nicht viel«, erwiderte Kiss. »Isaak Thorensen weiß, wo du bist. Er ist unterwegs zum Interfacezimmer.«

Tod und Untergang

65 Kralle

Groß und seltsam schön ragte das Spike einige Dutzend Meter entfernt am Ufer des Sees auf, ein Geschöpf, das zum größten Teil aus durchsichtigen Stacheln und Dornen bestand, mit Spitzen, weiß wie frisch gefallener Schnee. Es bewegte sich mit trügerischer Langsamkeit, und der Wald aus Stacheln knirschte, als es über Steine und Moos glitt.

Kralle beobachtete es mit sonderbarer Faszination und erinnerte sich an den Vortrag, den ihnen Rufus an Bord der *Eklipse* gehalten hatte. Hier war ein Wesen, das noch besser riechen konnte als sie, dessen visuelle Wahrnehmung über das gesamte elektromagnetische Spektrum reichte und das viel besser hörte als Menschen oder Innanawitt. Seine Chromatophoren reagierten auf die Umgebung und passten sich ihren Farben an, wodurch das Spike fast unsichtbar zu werden schien.

Lorenti hatte schon am Bord der *Eklipse* behauptet, Kralle wäre für die Notabschaltung verantwortlich gewesen, und was er soeben von sich gegeben hatte, machte endgültig klar, dass er sie für infiziert hielt. Mehr noch, er glaubte, sie hätte ihn absichtlich zum Spike gebracht.

Er stand noch neben dem Bogen, der aus dem See ragte, und wandte sich nun doch zur Flucht. So schnell ihn die Beine trugen, watete und sprang er durchs Wasser, obwohl er es eigentlich besser wissen müsste – auf diese Weise konnte man einem Spike nicht entkommen.

»Bleib hier, du Idiot!«, zischte Kralle. Sie stand am Ufer, völlig reglos, obwohl auch das nichts nützte, denn ein Spike konnte man durch Reglosigkeit gewiss nicht täuschen. Es kam näher, und das Knistern seiner Stacheln klang fast wie das Rauschen des Winds in hohen Baumwipfeln.

Für eine Infektion musste es nicht einmal zu einem physischen Kontakt kommen, wusste Kralle. Vielleicht hatte das Spike bereits mikroskopisch kleine zerebrale Sporen freigesetzt, die mit jedem Atemzug in ihre Lunge eindrangen. Wenn das der Fall war, gab es keine Hoffnung mehr.

Doch eine Innanawitt gab nicht auf, erst recht keine von Jorpu. Hier war eine der Kreaturen, die ihre Heimatwelt zerstört hatten, und das Feuer des alten Zorns vertrieb die letzte Kälte des Bogens aus Kralle. Sie erinnerte sich an den Kampf, an Tod und Untergang, an den eigenen Schmerz, Nährboden für ihre Entscheidung, in die Dienste des Instituts für Technologische Innovation zu treten und den Tahota nachzustellen, den Schöpfern der Spikes.

Für eine halbe Sekunde spielte Kralle mit dem ganz und gar irrationalen Gedanken, sich auf das Stachelwesen zu stürzen, das sich weiter näherte, von seinen Chromatophoren in einen Schemen verwandelt. Bewirkt hätte sie damit nichts, außer ihr eigenes Ende. Selbst mit einem hochenergetischen Blaster oder einem kleinen Gravokatapult für kinetische Geschosse und Detonationspakete hätte sie nichts ausrichten können.

Eine weitere Erinnerung stieg in ihr auf und zeigte ihr das Spike beim Othank-Isdoka-Familiengrund im Norden von Jorpu, bei den Dreizehn Klippen: ein großes Wesen, größer als das Spike am Ufer dieses Sees, von seiner Mimikry nur halb getarnt und verletzt – Dutzende von Stacheln waren gebrochen, und farblose Flüssigkeit tropfte aus ihnen, vielleicht so etwas wie Blut oder Fruchtschleim voller Zerebralsporen. In ihrer Erinnerung beobachtete Kralle, wie das große Spike von einem fünfzigtausend Grad heißen Thermoblast getroffen wurde, einer Entladung, die lokal begrenzt zu einer Verhundertfachung der normalen Schwerkraft führte. Sie sah, wie das Spike schrumpfte, als es plötzlich hundertmal so schwer war wie einen Moment zuvor. Sie sah, wie der Blitz weitere Stacheln brechen ließ und einige von ihnen schwärzte. Doch dann richtete sich das Spike wieder auf und schüttelte alles von sich ab, Glut und Schwerkraft. Einige der kleineren Stacheln verwandelten sich in Wolken aus Projektilen, die Innanawitt trafen, viele von ihnen töteten und die übrigen infizierten.

Mit gewöhnlichen Waffen konnte man ein Spike nicht umbringen. Aber die Vernichtungskraft eines Kernbrechers hätte zweifellos ausgereicht, dieses Exemplar unschädlich zu machen. Lorenti hatte die Sicherheitstasche mit dem Kernbrecher von Samantha erhalten und sie ihr zurückgegeben, weil er sich nicht mit einer solchen Verantwortung belasten wollte.

Du bist sogar ein doppelter Idiot, Lorenti, dachte Kralle. Wenn sie den Kernbrecher jetzt gehabt hätte ... Sie wäre bereit gewesen, ihn an Ort und Stelle zu zünden, ohne Rücksicht auf das eigene Leben oder das des Frachtmeisters der *Eklipse*.

Drei oder vier Sekunden waren vergangen, und es durften nicht noch mehr Sekunden vergehen, wenn sie überleben wollte. Ihr Tod wäre vollkommen sinnlos gewesen, da er den Gegner nicht einmal geschwächt hätte. Also kein Angriff, sondern die Flucht ergreifen. Und dafür gab es nur eine einzige Option.

»Komm zurück, Lorenti!«

Er hörte nicht auf sie, vielleicht hörte er gar nichts mehr außer dem Getöse der Panik.

Kralle vergeudete keine Sekunden darauf, sich zu bücken und den Rucksack aufzuheben – dafür war keine Zeit. Mit dem Multifunktionsgerät in der Hand wirbelte sie herum, sprang ins seichte Wasser, erreichte Lorenti mit zwei langen Sätzen und packte ihn mit der freien Hand an der Schulter.

»Fass mich nicht an!«, heulte er. »Lass mich los!«

Kralle hielt sich nicht mit einer Antwort auf. Sie riss Lorenti zurück und zu der Seite des Bogens, die sich im Wasser befand. Das Spike verharrte wie unschlüssig am Ufer, oder vielleicht wartete es auf etwas.

Als es raschelnd und knisternd in den See glitt, erreichte Kralle den Bogen, strich mit der Hand, die das Multifunktionsgerät hielt, aufs Geratewohl über Symbole, stieß Lorenti ins kalte Grau und sprang ihm hinterher, in der Hoffnung, dass der Bogen sendebereit war.

66 Gletscherkälte spuckte sie aus, warmer Stein nahm sie in Empfang. Kralle rollte ab und stieß mit dem Kopf gegen eine Kante. Ihre rechte Hand blieb um das Multifunktionsgerät geschlossen, und die linke tastete umher, auf der Suche nach Lorenti.

Sie sah ihn neben sich liegen, ein ächzendes Bündel in der Dämmerung.

»Rühr mich nicht an!« Er kroch von ihr fort. »Rühr mich nicht an!«

»Ich habe dir das Leben gerettet, jetzt schon zum vierten Mal!« Kralle kam auf die Beine, die Kälte des Bogens im Rücken. Safrangelb ragte er aus lehmbraunem Fels, glatt und breit, in seinem Innern eisiges Grau. Sie befanden sich am Hang eines Berges, dessen Kegelform die Innanawitt an einen Vulkan denken ließ. Mehrere tiefe Schluchten führten bis zu seinem Fuß, lang und gerade, wie von einem riesigen Messer geschnitten. Lichter glühten dort, und in ihrem Schein zeichneten sich über den Schluchten filigrane Strukturen ab, die Kralle an Tarnnetze erinnerten.

Ein Generator brummte in der Nähe, und plötzlich wurde es so hell, dass Kralle die Augen zusammenkniff – das Licht eines Scheinwerfers hatte sich auf sie gerichtet. Ein Mensch wäre sicher geblendet gewesen, aber die Innanawitt sah die Gestalten hinter dem Scheinwerfer: vier Männer und eine Frau mit kahlem, tätowiertem Schädel, alle in Uniformen gekleidet, deren Grau dem des Transitmediums im Innern des Bogens ähnelte. Sieben blaue Sterne zierten die linke Brustseite.

Zwei der Männer, einer auf der linken Seite, der andere rechts, hielten Pistolen in den Händen. Alle vier starrten Kralle an, als hätten sie nie zuvor eine Innanawitt gesehen. Die Frau trat vor und sagte etwas. Ihr Gesicht wirkte streng, die Worte klangen scharf.

Lorenti war aufgestanden, wankte unsicher, versuchte, dem Licht zu entkommen, doch ein zweiter Scheinwerfer erfasste ihn. Er hob die Hand und schirmte die Augen ab.

Die Frau mit dem haarlosen, tätowierten Kopf sprach erneut, und ihr Tonfall war diesmal sogar noch schärfer. Kralle schätzte die Entfernung ab und gelangte zu dem Schluss, dass sich die Gestalten in den grauen Uniformen mit zwei Sprüngen erreichen ließen.

Lorenti taumelte den vier Männern und der Frau entgegen. Sofort richteten sich die Waffen auf ihn.

Zwei Sprünge, dachte Kralle und hob die Hände. »Wir sind harmlose Besucher«, sagte sie laut und deutlich, obgleich sie davon ausgehen musste, dass niemand sie verstand. »Lorenti, du Idiot, bleib stehen!«

Lorenti blieb nicht stehen. Vielleicht hörte er sie nicht einmal, denn aus dem Bogen hinter Kralle kam plötzlich ein Rauschen, so laut wie die Stromschnellen eines nahen Flusses. Sie wandte den Kopf und sah, wie sich ein Teil des perlmuttfarbenen Waberns nach vorn wölbte, einer Membran gleich, auf die von der Rückseite wachsender Druck ausgeübt wurde. Etwas Großes und Spitzes bahnte sich einen Weg zu dieser Seite des Bogens.

»Das Spike, Lorenti!«, rief Kralle. Und an die tätowierte Frau gerichtet: »Ein Spike ist hierher unterwegs! Bringen Sie sich in Sicherheit!«

Einer der beiden Männer, der ganz rechts, richtete die Waffe erschrocken auf den Bogen. Der andere zielte auf Lorenti und schien entschlossen, ihn aufzuhalten.

Hinter Kralle erklang ein Geräusch wie von brechendem Glas. Ohne einen Blick über die Schulter zu werfen sprang sie, landete auf glattem Boden und stieß sich erneut ab. Zwei Schüsse fielen – einer galt ihr, der andere dem Bogen. Lorenti blieb auf den Beinen, stellte Kralle aus dem Augenwinkel fest, als sie den Schützen erreichte. Er hatte auf sie gezielt und sie am Arm getroffen, wo das Material des Einsatzanzugs aufgerissen, die Haut mit dem Haarfell aber unverletzt geblieben war.

Ein Tritt stieß die tätowierte Frau beiseite, eine Faust traf den Mann, der auf sie geschossen hatte, und schickte ihn zu Boden, wobei er seine Waffe verlor. Kralle griff danach, sprang erneut und sah, dass sich die beiden Unbewaffneten zur Flucht wandten, womit sie mehr Verstand bewiesen als ihre bewaffneten Kollegen.

Hinter Kralle wich das Rauschen des Bogens einem Schrillen, das sich dem Ultraschallbereich näherte. Das Geräusch ging ihr durch Mark und Bein, übertönte alles andere und schien in Knochen und Hirn zu vibrieren.

Noch im Sprung richtete sie die Pistole auf den zweiten Bewaffneten. Doch sie musste nicht auf den Mann schießen, um ihn außer Gefecht zu setzen, denn einen Moment später war sie bei ihm und schmetterte ihm die erbeutete Waffe gegen die Stirn. Er verdrehte die Augen und sackte in sich zusammen.

»Die Pistole, Lorenti!«

»Was?« Der Frachtmeister der *Eklipse* taumelte dem Rand der Plattform entgegen, in dessen Mitte der Bogen aufragte.

»Nimm die Pistole!«, rief Kralle und hatte noch immer den schrillen Ton im Ohr, vielleicht ein Schrei, ausgestoßen vom Spike.

Lorenti stand am Rand der Plattform, direkt vor der Treppe, die nach unten zu mehreren Schienenwagen und einer großen Transportgondel führte. Er torkelte und drohte das Gleichgewicht zu verlieren.

Kralle sprang noch einmal, landete neben Lorenti und hielt ihn fest.

»Nummer fünf«, zischte sie.

»Was?«

»Ich habe dir gerade *zum fünften Mal* das Leben gerettet!« Kralle langte nach der Pistole des zweiten Mannes – und dann fiel ihr plötzlich ein, dass sie ihr Multifunktionsgerät verloren hatte. Sie warf einen Blick zurück – und sah das Spike, das aus dem Bogen gekommen war, wie ein großer Brocken aus dornigem Eis. Eine grauweiße Wolke bildete sich, als Raureif an den Stacheln verdampfte.

Weiter hinten flohen die fünf Uniformierten, vier Männer und eine Frau, über einen Weg, der von der Bogen-Plattform aus über den Vulkanhang nach oben führte.

Kralle drückte Lorenti die Pistole in die Hand und trug ihn halb über die Treppe. Dass sie dem Spike zu Fuß nicht entkommen konnten, war ihr klar. Deshalb sprang sie, ohne zu zögern, in den Schienenwagen am Ende der Reihe, nahm Lorenti dabei mit sich und versuchte zu begreifen, wie sich der Wagen in Bewegung setzen ließ.

Über ihnen auf der Plattform schrie das Spike erneut, so laut und schrill, als wollte es die Welt allein mit seiner Stimme zerreißen.

Unten am Fuß des Hanges, in den wie geschnitten wirkenden Tälern, erschienen mehr Lichter. Wegen der Tarnnetze konnte Kralle nur kleine Bereiche der tiefen Rinnen und Furchen sehen, aber es hatte den Anschein, dass sich dort unten mehrere Städte befanden.

Wie setzte man den Wagen in Bewegung? Einen Motor hatte er nicht. Die Schienen führten nach unten – Gefälle und Gewicht des Wagens genügten offenbar als Antriebsmoment. Ein in halber Höhe neben den Schienen entlangführendes Stahlseil diente vielleicht dazu, die Wagen nach der Fahrt zu den Tälern wieder nach oben zu ziehen. Ein primitives System, urteilte Kralle. Aber vermutlich erfüllte es seinen Zweck.

Sie fand einen Arretierungshebel und betätigte ihn. Quietschend und rasselnd setzte sich der Wagen in Bewegung.

Lorenti hockte zitternd in der Ecke, die Pistole in beiden Händen und auf Kralle gerichtet.

»Komm mir nicht zu nahe!«, krächzte er. »Ich schieße, wenn du mir zu nahe kommst!«

»Ich habe dich gerettet!«

»Du hast mich zum Spike gebracht!«

Lorentis Hände zitterten, der Schienenwagen schaukelte und bebte, und der von Panik erfüllte Mensch hatte den Finger am Abzug. Über allem lag die schrille Stimme des Spikes, das Lorentis Gesicht in eine schmerzerfüllte Fratze verwandelte.

Der Wagen schwankte, und Kralle suchte nach Halt. Etwas flog in der Düsternis über sie hinweg, ein Schatten voller Stacheln, von denen einer sogar noch über die Felsen neben den Gleisen kratzte. Die Innanawitt kauerte neben dem Hebel, mit dem sie eben die Bremse gelöst hatte, spähte über den Rand des Wagens und sah, wie das Spike nur wenige Meter weiter unten landete, mit einem donnernden Knirschen wie von zwei aufeinandertreffenden Gletschern. Die Erschütterung, die dabei entstand, war so stark, dass der Schienenwagen aus den Gleisen sprang.

Ein Schuss fiel mit einem Knallen, das sich halb im Bersten und Brechen von Fels und Metall verlor, und eine Kugel aus Lorentis Pistole jagte dicht über Kralle hinweg.

Einen Moment später prallte der Wagen gegen das Spike auf den zerrissenen Schienen. Kralle wurde mit solcher Wucht gegen die vordere Wand des Schienenwagens geschleudert, dass sie benommen liegen blieb und vielleicht sogar für wenige Sekunden das Bewusstsein verlor.

Als sie wieder sehen und denken konnte, beugte sich das Spike über den Wagen und griff mit Armen aus Stacheln nach dem reglosen Lorenti. Der Kopf baumelte, Arme und Beine hingen schlaff, als Lorenti angehoben wurde und aus dem Blickfeld der Innanawitt verschwand.

Mehrere Stacheln richteten sich auf sie und näherten sich ihr. Kralle rührte sich nicht, sie wagte nicht einmal zu atmen. Eine weiße Spitze erschien direkt vor ihren Augen, glitt erst nach links – langsam, Zentimeter um Zentimeter – und dann nach rechts, als wollte sie beide Augen genau untersuchen. Dann zielte sie auf eine Stelle dazwischen, berührte blaues Haarfell und die Haut darunter.

Gedanken und Gefühle erstarrten. Für einen Moment herrschte Leere in Kralle, als hätte ihr eine Zange aus Eis die Seele aus dem Leib gerissen, ohne dass damit Schmerz oder Schrecken verbunden gewesen wären. In die Leere strömte etwas so Fremdartiges, dass Kralle es nicht benennen konnte. Sie sah Bilder, die aus zerfließenden Farben bestanden und keinen Sinn ergaben. Sie hörte Töne, scharf wie Messer, die versuchten, ihr ein Muster in die Innenseite des Schädels zu kratzen und Bedeutung zu vermitteln, das spürte sie instinktiv. Aber wenn es eine Botschaft für sie sein sollte, war sie viel zu abstrakt und damit unverständlich.

Die Geruchs- und Geschmacksnerven reagierten auf irgendeine Stimulation, ebenso der Tastsinn. Hinter den Augen kitzelte etwas, die Trommelfelle wummerten, der Hals brannte, Würmer krochen Kralle durch die Nasenhöhle, und in den Zähnen vibrierte dumpfer Schmerz.

Als der Druck im Kopf unerträglich wurde, als Kralle befürchtete, dass ihr der Schädel gleich platzen würde, zog sich das Fremde zurück und hinterließ neue Leere. Der Stachel, der sie zwischen den Augen berührt hatte, wich, und Kralle seufzte unendlich erleichtert.

Lorenti 67

Ein Wind fegte durch Lorentis Bewusstsein, ein Sturm, der seine Gedanken und Empfindungen durcheinanderwirbelte. Die Angst zerriss wie ein dünnes Tuch in diesem Orkan, und dahinter, jenseits der heulenden Böen, lagen Ruhe und Frieden, weniger als einen Steinwurf entfernt. Etwas streifte ihn wie eine große, raue Hand, die keine zärtlichen Gesten gewohnt war, und plötzlich sah er ein vertrautes Gesicht, darin kein Vorwurf, sondern Sorge.

»Es ist gefährlich«, sagte Cattarina. Sie saßen im Salon ihres kleinen Hauses. Es gehörte zu einer der Heimstatt-Kolonien vor der niederländischen Küste. Der Wellengang war kaum zu spüren; Stabilisatoren glichen ihn aus.

Ein Repräsentant des Instituts leistete ihnen Gesellschaft, ein freundlicher Mann um die sechzig. Sein Name war Arthur Peldrive, und er bekleidete den Rang eines Experimentaldirektors.

»Es ist eine große Chance für uns alle, auch für Sie beide und Ihre Kinder«, sagte er charmant. »Nach erfolgreichem Abschluss der Mission erhalten Sie unbegrenzte Erwerbspunkte. Sie werden sich jeden Wunsch erfüllen können. Ihre Schulden, die teuren genetischen Behandlungen der Zwillinge... alles kein Problem.« Er wandte sich direkt an Cattarina. »Sie erhalten einen Vip-Kredit direkt vom Institut, sobald sich Ihr Mann für die Mission verpflichtet hat. Darüber können Sie sofort verfügen, was auch immer geschieht.«

»Der Mars...« Sie sah Lorenti an, noch immer voller Sorge.

»Ein neues Heim auf dem Mars, einer aufstrebenden Welt«, sagte Peldrive freundlich. »Wo Sie wollen. Ausgestattet mit einem eigenen Laboratorium, wenn Sie möchten.«

Die letzten Worte galten wieder speziell Cattarina, die seit Langem den Wunsch hegte, wieder als Xenoarchäologin zu arbeiten.

»Valles Marineris«, sagte Lorenti. »Das große Grabenbruchsystem. Wo man Hinterlassenschaften der alten Marsianer gefunden hat.«

»Wo sie gelebt haben«, fügte Cattarina hinzu. »Vor zwei Millionen Jahren.«

»Sie können an den neuen Forschungsprojekten teilnehmen«, wandte sich Arthur Peldrive erneut direkt an sie, »an den Ausgrabungen und Untersuchungen.«

Cattarina schwieg nachdenklich.

Eine neue Welt, dachte Lorenti. Ein neues Leben. Die Kosten

für die Behandlung der Zwillinge übernimmt das Institut, wie lang und teuer sie auch sein mögen. Sie litten an einer genetisch bedingten Krankheit, die zu Gewebeveränderungen im Gehirn führte, im Pons und auf beiden Seiten der Capsula interna – ein mögliches Resultat war ein Locked-in-Syndrom in wenigen Jahren.

»Ich glaube, da gibt es nicht viel zu entscheiden«, sagte Lorenti.

»Gut.« Peldrive nickte ihnen beiden zu. Durch das breite Fenster des Salons war eine dunkle Unwetterfront zu sehen, die von Westen heranrückte und dem Meer die Farbe von Schiefer gab. »Gut. Ich bin sicher, Sie werden es nicht bereuen.«

Einige Tage später saßen Lorenti, Peldrive und mehrere technische Assistenten in einem fensterlosen Instrumentenraum der ITI-Niederlassung in Helsinki.

»Die Mission ist streng geheim«, sagte Peldrive. »Ihre Frau darf nie die volle Wahrheit erfahren.« Er sprach jetzt anders, ernst und streng, und auch sein Blick war anders, nicht mehr der eines gutmütigen Onkels.

Lorenti nickte.

»Der Konflikt mit den Unabhängigen wird sich verschärfen«, fuhr Peldrive fort, während die Assistenten die Einstellungen von Instrumenten und Geräten überprüften. »Die Prognosen unserer Substrate und Semisubstrate sind eindeutig. Es gibt nur kleine Unterschiede in Bezug auf den Zeitpunkt.«

Guter Wille, dachte Lorenti. Das fehlte, ein bisschen guter Wille. Die Bereitschaft, zu verzichten, einen Kompromiss zu schließen und Macht und Reichtum zu teilen.

»Bald wird der Konflikt zwischen den Unabhängigen und dem Institut zu einer offenen Konfrontation führen«, sagte Peldrive. »Wir müssen gewappnet sein, und deshalb brauchen wir Ihre Hilfe.«

»Ja«, erwiderte Lorenti schlicht. Er saß nicht mehr, stellte er fest. Er hatte sich auf einer Liege ausgestreckt, und die Assistenten befestigten Kontaktelemente an Kopf und Nacken.

»Wir geben Ihnen neue Erinnerungen«, sagte Peldrive.

»Nennen Sie mir die Einzelheiten der Mission«, forderte Lorenti den Experimentaldirektor auf.

»Ich werde sie den anderen, von den falschen Erinnerungen geschaffenen Lorenti nennen«, sagte Peldrive. »Sie werden alles – oder fast alles – vergessen, wenn Sie wieder Sie selbst werden. Die Mission ist so geheim, dass selbst Sie – dieser Lorenti – nicht alles darüber erfahren dürfen. Die Zukunft der Erde hängt davon ab.«

Trotz allem stiegen Zweifel in Lorenti auf. Er hob die Hand, als ihn einer der Assistenten mit dem Mentalscanner verbinden wollte. »Ich bleibe ich selbst?«

Peldrive lächelte zuversichtlich. »Wie könnte es anders sein?«

Das Lächeln kam näher, wurde größer und größer, die Zähne verwandelten sich in durchsichtige Stachel mit Spitzen, weiß wie Schnee.

Wo bin ich?, dachte Lorenti. Wer bin ich?

Wie sollte er falsche von richtigen Erinnerungen unterscheiden? Irgendetwas war in seinem Gedächtnis durcheinandergeraten und hatte den Mars in ein Trauma verwandelt.

Erinnerungsbilder kamen und gingen, sie tanzten im Sturm, verschmolzen miteinander, machten Gesichter zu Fratzen und fielen auseinander.

»Wir setzen alle unsere Hoffnungen auf Sie und die anderen«, sagte ein Arthur Peldrive, der grimmiger und düsterer wirkte. Sie saßen in einem schlichten kleinen Zimmer, vor einem Fenster, das schneebedeckte Berge und einen grauen Himmel zeigte.

»Wer sind die anderen?«, fragte Lorenti.

»Sie werden sie kennenlernen, Samantha, Swift und die übrigen Besatzungsmitglieder der *Eklipse*«, sagte Peldrive. »Sie sind der Frachtmeister und damit zuständig für die Unversehrtheit der Artefakte, die wir benötigen. Ihre Aufgabe ist sehr, sehr wichtig. Der Konflikt mit den Unabhängigen steht kurz vor der entscheidenden Phase. Ihre Mission könnte den Ausschlag geben.«

»Meine Familie ...«

»Machen Sie sich keine Sorgen«, unterbrach ihn Peldrive. »Wir haben Ihre Familie zum Mars gebracht, sie befindet sich in einer autarken Kolonie in der Valles Marineris. Dort sind die drei in Sicherheit, selbst wenn die Situation hier auf der Erde ... eskaliert.«

»Wenn sie tatsächlich ... eskaliert ...«, murmelte Lorenti und blickte aus dem Fenster. Erste Schneeflocken fielen aus dem grauen Himmel. »Wenn sie außer Kontrolle gerät ... Wenn ich es richtig verstanden habe, werden wir fünfzig Jahre unterwegs sein.«

»Den größten Teil dieser Zeit werden Sie in Schlaf und Schleim verbringen, in der Hibernation. Aber ja, vor Ablauf eines halben Jahrhunderts rechnen wir nicht mit Ihrer Rückkehr.« Peldrive lehnte sich zurück und musterte ihn einige Sekunden lang. »Die Einzelheiten der Mission erfahren der Missionsleiter Swift und die Koordinatoren der beiden Wachen, Samantha und Emmerson. Jeder von ihnen hat eigene Pflichten.«

Pflichten, dachte Lorenti. Das klang nicht unbedingt nach Freiwilligkeit.

Er beobachtete, wie mehr Flocken fielen, wie sie sich direkt vor dem Fenster anhäuften und zu einem großen weißen Gebilde wurden, aus dem Dutzende von unterschiedlich langen Eiszapfen ragten.

»Die Rettung der Welt«, murmelte er.

»Die Rettung unserer Welt«, betonte Arthur Peldrive. »Ihr Lohn sind Reichtum, Freiheit und Sicherheit.«

Wie hätte er ablehnen können? Lorenti rief in den Sturm, der noch immer durch sein Bewusstsein heulte: »Wie hätte ich ablehnen können?«

Etwas reagierte auf ihn, etwas antwortete aus dem Tosen des Orkans. Es klang wie ... ein großes, fraktales Fragezeichen, zusammengesetzt aus vielen immer kleiner werdenden Fragezeichen.

Die Böen des Sturms zischten und fauchten wie eine zornige Innanawitt und trugen ihm weitere Bilder entgegen. Sie zerbrachen, als sie ihn erreichten, jeder Splitter eine eigene kleine Geschichte, die nicht nur Menschen betraf, sondern auch Wesen, von deren Existenz er bisher nicht einmal etwas geahnt hatte.

Er war eine Enoksa, eine Meduse, die hoch in den grenzenlosen Wolkenmeeren eines Gasriesen, größer als der Jupiter, schwebte und ein Bad in harter Strahlung genoss. Er war ein Ksil, der durch die ewige Dunkelheit eines subplanetaren Ozeans glitt und in regelmäßigen Abständen Echosignale ausstieß, mit denen er nach Nahrung suchte. Er war ein Wurm, nicht minder blind als ein Ksil, der durch eins der Staubmeere von Onnizza schwamm, Teil eines sich über viele Kilometer erstreckenden Schwarms. Er war ein Geranohr, eine Mycetozoa, ein zehntausend Jahre alter Schleimpilz, so groß wie ein Kontinent und mit Gedanken langsam wie Schnecken; aber so langsam dieser Geranohr auch dachte, in Jahrhunderten und Jahrtausenden hatten sich viele interessante Gedanken ergeben. Er war Lingorn, Maroi, Lodonis, Isamala, Bonnaka, Heltgris und viele andere. Er kannte ihre Empfindungen und ihr Leben, und ihre Erinnerungen umgaben ihn wie ein Strudel aus winzigen Bildern.

Plötzlich hörte der Sturm auf. Sein Heulen verschwand und nahm die kaleidoskopartigen Bilder mit. Dunkelheit umgab Lorenti und füllte ihn, finsterer als die Nacht zwischen den Sternen.

Wer bin ich?, rief er. *Was* bin ich?

68 Kralle

Vor dem Schienenwagen waren Gleise und Fels geborsten, wie von einem riesigen Hammer zerschmettert. Es wäre Kralle nicht schwergefallen, über die Trümmer hinwegzuklettern und dem weiteren Verlauf von Schienen und Kabeln nach unten zu folgen. Dort, in den Schluchten und Tälern, lebten offenbar Menschen. Aber dort unten hatte jene Art von Tod und Untergang begonnen, die sie von Jorpu kannte. Lichtblitze, das dumpfe Donnern von Explosionen und Flammen wiesen darauf hin, dass das Spike in der ersten Stadt wütete.

Kralle wandte sich in die entgegengesetzte Richtung, lief am Wagen vorbei und fand Lorenti zwischen den Schienen. Er rührte sich nicht und starrte mit offenen, glasigen Augen zu den Sternen am Nachthimmel empor. Kralle kam ihm nicht zu nahe. Gesicht und Hände wirkten ebenso gläsern wie die Augen. Kristallisation, erkannte sie. Auf Jorpu hatte sie mehrere solche Fälle gesehen.

Sie wich von Lorenti zurück und versuchte den Helm ihres

Einsatzanzugs zu aktivieren, doch die Kapuze im Nacken blieb schlaff, und der Riss im Arm, von der Kugel hervorgerufen, hatte sich nicht geschlossen. Das Materialgedächtnis funktionierte nicht mehr.

Kralle wich noch etwas weiter zurück, die erbeutete Pistole in der Hand, und fragte sich, ob sie laufen sollte, zurück zur Plattform mit dem Bogen. Das war jedenfalls vernünftiger als zu beobachten, wie Lorentis kristallisierte Leiche zu brechen begann, wie der Körper zerfiel und der Wind etwas aufwirbelte, das nach grauem Staub aussah, wobei es sich aber um Abertausende von zerebralen Sporen handelte.

Sie durfte nicht länger in der Nähe von dem bleiben, was aus Lorenti geworden war. Die Sporen bedeuteten eine sichere Infektion, während der Dorn, der Kralle zwischen den Augen berührt hatte, zumindest theoretisch nur eine *Möglichkeit* darstellte.

Als sie über den Hang nach oben lief, bebte plötzlich der Boden unter ihr, und aus dem Innern des kegelförmigen Bergs drang ein tiefes Grollen, wie von einem Vulkan kurz vor dem Ausbruch.

Kralle lief schneller, erreichte die Plattform und sah sich nach der Multifunktionseinheit um, die sie in der Nähe des Bogens verloren hatte. Doch sie konnte das kleine Gerät nicht finden. Erst der Rucksack, jetzt die MFE.

Ein anderer Gegenstand fiel ihr ein, ein Objekt, das noch viel wichtiger für sie war. Sie schob die Pistole hinter den Gürtel, langte in die Tasche und holte das Ahnenglas hervor.

In seinem Innern wartete kein Funken auf sie, kein kleines Glühen, das ihre Stimme empfing.

»Du bist mein Licht«, sagte Kralle trotzdem. »Erleuchte den Weg, der jetzt vor mir liegt.«

Im Innern des Glases blieb alles dunkel.

Sie drehte es und entdeckte einen Riss, der sich durch die ganze Länge des Ahnenglases zog, mit dünnen Verästelungen, die sich offenbar gerade erst gebildet hatten. Ein leises Knistern wies darauf hin, dass sie weiterhin wuchsen, und so vorsichtig Kralle den Gegenstand, der sich seit siebenunddreißig Generationen im Besitz ihrer Familie befand, auch hielt – er zerbrach!

Aragon

69 Marcus

Felsen, weiß wie Knochen, ragten aus saftigem, üppigem Grün, als Marcus den Schwebewagen durch den goldenen Hauptbogen von Aragon steuerte. Raureif verdampfte im Schein der gerade aufgegangenen Sonne; hier begann der Tag erst. Die Soldaten der Bogenwache ließen ihre Waffen sinken, als sie das Signal der bestätigten Identifizierung erhielten: Der unangemeldete Reisende war kein Feind, vielleicht von den Unabhängigen oder gar der anderen Seite geschickt, sondern der Konsul.

Elektrische Motoren summten, Geschütztürme drehten sich, richteten Kanonenrohre und Blaster wieder auf das perlmuttgraue Innere des großen Bogens.

Marcus landete neben dem Kommandostand des Verteidigungsgürtels, einem kastenförmigen Gebäude, weiß wie die Felsen auf der anderen Seite des Flusses. Mit einem Blick auf die Anzeigen vergewisserte er sich, dass die Synchronisierung der beiden benutzten Bögen perfekt war. Allein die geografische Lage bestimmte den zeitlichen Unterschied. Er sah auf die Uhr. Bis zum Abend in Smirga blieben ihm noch einige Stunden – Zeit genug.

Er deaktivierte die Systeme des Schwebewagens, stieg aus und atmete würzige Luft. Dies war der Geruch von Aragon: ein bisschen Lorbeer, ein bisschen Thymian, Oliven, Avocado, Korkund Steineichen – der Duft seiner Kindheit. Für einen Moment sah er das Gesicht seines Vaters vor sich, der so gern gelogen und betrogen hatte. Er glaubte, seine schwere Hand auf seiner Schulter zu spüren und ihn sagen zu hören: »Irgendwann einmal, mein Sohn, wird dies alles dir gehören. Irgendwann wirst du der Regent von Aragon sein.«

Er schritt zum Kommandostand, vorbei an salutierenden Soldaten. Die Tür des weißen Gebäudes schwang auf, und General

Arkos stapfte ihm entgegen, ein Mann, der fast ebenso breit und kräftig war wie Clemens, aber beinahe zwei Meter groß.

»Konsul!«, ertönte seine tiefe Stimme, und ein Lächeln erschien im bärtigen Gesicht. »Das ist eine Überraschung. Freut mich, Sie wiederzusehen!«

»General ...« Marcus schüttelte ihm die Hand. »Wie ist die Situation?«

Mehrere Offiziere traten aus dem weißen Gebäude, die meisten von ihnen nicht einmal halb so alt wie Arkos, nahmen Haltung an und warteten.

Arkos wich einen Schritt zurück und lächelte kurz und knapp. »Alles unter Kontrolle.« Er vollführte eine einladende Geste zur offenen Tür des Kommandostands. »Es dauert nicht länger als zehn Minuten, um einen vollständigen Bericht zusammenzustellen.«

»Ich verlasse mich auf Ihr Wort, General«, sagte Marcus. »Während meiner Abwesenheit weiß ich Aragon bei Ihnen immer in guten Händen.«

Arkos nickte zufrieden. Er war schon zu Lebzeiten von Marcus' Vater Baltasar General von Aragon gewesen. Seine Loyalität war so unzerbrechlich wie die von Clemens.

Ein Schatten strich über sie hinweg, und Marcus hob den Kopf. Drohnen patrouillierten am wolkenlosen Himmel, gelenkt von Operatoren in den anderen Gebäuden des Verteidigungsrings. So ruhig und friedlich dieser Ort auch wirkte, Zerstörung und Tod waren nur einen Schritt durch den Bogen entfernt.

»Darf ich fragen ...«, begann Arkos.

»Ein kleiner privater Besuch«, sagte Marcus. »Ich möchte später auch mit dem Materialverwalter und mit Guitero sprechen.«

»Wie Sie wünschen, Konsul. Ich gebe beiden Bescheid.«

Marcus sah sich noch einmal um und spürte, wie Aragon im Licht der aufgegangenen Sonne erwachte. Der Moment der Ruhe ging vorbei. Fenster wurden geöffnet, Stimmen erklangen, und Motoren brummten auf der anderen Seite des Flusses, zwischen den Gebäuden, die sich an die weißen Felsen schmiegten.

»Danke, General.« Er zögerte und fügte hinzu: »Bitte fordern Sie die Soldaten zu erhöhter Wachsamkeit auf. Es bahnen sich Veränderungen an.«

Arkos nickte erneut, ohne nach Einzelheiten zu fragen.

Marcus wandte sich ab, ging mit langen Schritten durch eine der Passagen zwischen den Gebäuden und Waffenstellungen, erreichte kurze Zeit später die Brücke und überquerte den Fluss, dem Aragon seinen Namen verdankte. Auf der anderen Seite blieb er im Schatten der Bäume stehen, blickte an den weißen Felsen empor und sah die Villa im alten maurischen Stil, deren Mauern sich hinter dem Sicherheitszaun auf dem Plateau erhoben.

Ein Fenster öffnete sich dort, eine Frau mit schwarzem Haar zeigte sich und schien den großen goldenen Bogen zu betrachten. Smeralda. Sie hatte immer ein besonderes Gespür gehabt, vielleicht wusste sie bereits von seiner Rückkehr nach Aragon.

Marcus seufzte, verließ den Schatten der Bäume und ging zur Treppe, die zwischen den weißen Felsen nach oben führte.

70 Das lockige schwarze Haar reichte Smeralda weit über die Schultern. Sie stand in der offenen Tür, als Marcus das Tor des Sicherheitszauns mit seinem Codeschlüssel öffnete, den Gruß der beiden Gardisten entgegennahm und über die terrakottafarbenen Steinplatten des Hofes ging.

»Ich habe nicht gewusst, dass du schon heute zurückkehrst«, sagte sie und wich nach kurzem Zögern beiseite, damit er eintreten konnte. »Bleibst du länger?« Es klang seltsam, zugleich hoffnungsvoll und ablehnend.

Er wandte sich ihr zu, hob die Hände zu ihren Schultern und wollte ihr einen Kuss geben. Im letzten Augenblick drehte sie den Kopf, und seine Lippen berührten die Wange. Smeralda, zehn Jahre jünger als Marcus, Mutter von Dusan und Mara, war noch immer seine Frau, doch sie hatte sich seit Dusans Tod verändert. Leidenschaft und Liebe existierten nicht mehr, waren kühler Distanz gewichen. Smeralda hatte sich zurückgezogen und lebte immer mehr in der Vergangenheit, in ihren Erinnerungen, während Marcus für die Zukunft plante.

Er betrat die große Wohnküche, roch frisch gekochten Kaffee, sah das Gebäck in der Schale und fühlte sich plötzlich so müde, dass er befürchtete, die Beine könnten unter ihm nachgeben. Wann hatte er zum letzten Mal geschlafen?

»Geht es dir gut?« Smeralda ging zur anderen Seite der Küche und nahm die Karaffe mit dem Kaffee. »Möchtest du einen Becher?«

Es klang absurd normal.

Marcus sank auf einen Stuhl, bemerkte Schmutz am Ärmel, vielleicht Staub von der Grabung bei Smirga, und klopfte ihn ab.

»Du trägst ihn noch immer«, sagte Smeralda und stellte einen Becher vor ihm auf den Tisch.

»Was?«

»Den schwarzen Anzug mit der roten Weste, den du bei Dusans Bestattung angehabt hast.«

»Oh, ja.« Es war nicht derselbe Anzug und auch nicht dieselbe Weste, doch das änderte nichts an der Sache an sich. Marcus nahm den Becher und trank einen Schluck. »Glaub nicht, dass es mir leichtfällt.«

»Hast du sie gefunden?«

Er wusste, wen Smeralda meinte. »Ich bin ihr auf der Spur.«

»Wie lange dauert es noch?«

Heute Abend in Smirga, dachte Marcus. »Nicht mehr lange.«

»Wenn du sie findest …« Smeralda stand auf der anderen Seite des Tisches. Sie trug eine schlichte Bluse und eine schmucklose Hose, aber irgendwie betonte die einfache Kleidung ihre Schönheit. »Ich möchte, dass du sie herbringst, zu mir.«

Nein, dachte Marcus, aber er sprach das Wort nicht aus. »Bitte hol Mara. Ich habe ihr etwas mitgebracht.«

»Sie schläft noch.«

»Weck sie. Ich kann nicht lange bleiben.«

Marcus blieb am Küchentisch sitzen und hörte, wie Smeralda die Treppe hochging. Oben schluckte der Teppich das Geräusch ihrer Schritte, und es wurde still im Haus. Er dachte an Zarba und verglich sie mit Smeralda, obwohl er wusste, dass es falsch war, solche Vergleiche zu ziehen.

Schließlich stand er auf, schüttelte die Müdigkeit von sich ab und wanderte durch die Räume der Villa, die einst von seinem Vater erbaut worden war. Er schritt durch den großen Salon mit den breiten Fenstern, durch die man den goldenen Bogen erblickte – eins der Fenster hatte Smeralda geöffnet und ihn beobachtet –, besah sich die Bibliothek, in der Rebecca viel Zeit verbracht hatte, und er schaute sich auch im Arbeitszimmer mit den Porträts seines Vaters und seiner Vorfahren an den grauweißen Wänden um. Dort befand sich noch alles an seinem Platz, und nirgends hatte sich Staub abgesetzt, als hätte er das Büro gerade erst verlassen.

Marcus strich mit den Fingern über altes Mahagoni, das aus der Zeit vor dem Bruch stammte, und fragte sich, ob der unberührte Zustand dieses Zimmers ein Zeichen war, eine Botschaft von Smeralda, an ihn gerichtet. Hoffte sie, dass er zurückkehrte?

Schritte vertrieben die Stille aus dem Haus. Smeralda kam die Treppe herunter, begleitet von einem Mädchen, das vor wenigen Tagen sechs Jahre alt geworden war und das schwarze Haar seiner Mutter hatte, aber glatt, nicht kraus und lockig.

Marcus ging vor seiner Tochter in die Hocke und legte ihr die Hand auf die Wange. Sie ließ es mit sich geschehen, doch es erschien kein Lächeln in ihrem Gesicht.

Marcus ließ die Hand sinken. »Es tut mir leid, dass ich zu deinem Geburtstag nicht hier sein konnte, Mara. Aber ich habe ihn nicht vergessen.«

Sie schwieg. Ihre großen dunkelgrünen Augen sahen ihn stumm an. Dusans Tod hatte nicht nur die Mutter verändert, sondern auch die Tochter.

»Ich habe dir etwas mitgebracht.« Marcus richtete sich auf, griff in die Hosentasche und holte einen kleinen Stein hervor, rund, fast so grün wie Maras Augen und von silbernen Linien durchzogen. »Hier, das ist mein Geschenk für dich.«

Smeralda stand stocksteif, verzichtete aber auf einen Kommentar. Mara nahm den Stein entgegen, drehte ihn neugierig und betrachtete ihn von allen Seiten.

»Es ist kein gewöhnlicher Stein«, sagte Marcus. »Er kann sprechen.«

Smeralda schwieg noch immer, doch Mara fragte: »Wie kann er sprechen? Er hat doch gar keinen Mund.«

»Er ist kein Mensch, er braucht keinen Mund, um zu sprechen«, erklärte Marcus. »Hab Geduld, wenn du nicht sofort etwas hörst. Vielleicht flüstert er dir im Schlaf etwas zu.«

Mara betrachtete den Stein weiterhin. »Bleibst du hier?«

»Nein«, sagte Marcus. »Nein, ich muss wieder fort.«

Mara sah ihn an, das Gesicht seltsam ausdruckslos. Dann drehte sie sich um und ging ohne einen Gruß die Treppe hoch, in der rechten Hand den Stein.

Marcus sah ihr traurig nach, bis sie oben im Flur verschwand.

»Ein Stein«, sagte Smeralda. »Ausgerechnet ein sprechender Stein.«

»Ja.«

»Stammt er von ihr?«

»Nein, aus einer Grabung.«

Smeralda holte tief Luft. »Du hättest mich vorher fragen sollen.«

»Sie hat das Talent, Rebecca hat es in ihr erkannt. Es ist eine wertvolle Gabe.«

Marcus ging zur Tür und öffnete sie. Sonnenschein fiel ins Foyer der Villa.

Smeralda folgte ihm. »Glaubst du, ihr ein gutes Geschenk gemacht zu haben?«

Marcus sah sie an.

»Ein besseres Geschenk wäre gewesen, wenn du ihr gesagt hättest, dass du bleibst.«

Er blinzelte im hellen Licht. »Wenn alles vorbei ist.«

»Wenn *was* vorbei ist?«, fragte Smeralda.

Marcus gab keine Antwort und trat nach draußen.

Als er über die terrakottafarbenen Steinplatten des Hofes ging, glaubte er zu fühlen, wie der Boden unter ihm zitterte, aber vielleicht waren es auch nur seine Knie.

71

Marcus nahm den Lift zur alten, umgebauten Messstation, die seit vielen Jahren einen anderen Zweck erfüllte als den, Wetterdaten zu sammeln. Die kleine Aufzugkabine surrte und rasselte durch einen schmalen Schacht, auf allen Seiten umgeben von weißem Fels.

Der Schacht stammte aus der Zeit unmittelbar nach dem Bruch, und es kursierten immer noch Geschichten darüber, dass er einst eine Art Notausgang für eine unterirdische Anlage gewesen war, vielleicht des Instituts, von dem die beiden Fremden namens Samantha und Rufus M gesprochen hatten. Baltasar war damals entschlossen gewesen, Klarheit darüber zu erlangen. In seinem Auftrag hatten Arbeiter über Jahre hinweg gegraben und gebohrt, jedoch ohne auf die mutmaßliche Anlage zu stoßen, und schließlich hatte Baltasar beschlossen, die Suche nach dem »Phantom« einzustellen.

Der Lift hielt an, die Tür öffnete sich, und zwei Gardisten salutierten, als Marcus auf den Weg trat, der zu den Gebäuden der ehemaligen Messstation führte.

»General Arkos lässt Ihnen mitteilen, dass Materialverwalter Elkan und der Studierte Guitero im Haupthaus auf Sie warten, Konsul«, sagte einer der Soldaten.

Marcus nickte nur und folgte dem Verlauf des Weges, den er zum ersten Mal vor fast fünf Jahrzehnten in Begleitung seines Vaters beschritten hatte und der am Rand der hundert Meter hohen Felswand entlangführte. Er sah die große Plattform mit dem goldenen Bogen, umgeben vom Verteidigungsring. Jenseits davon wurden die Gebäude zahlreicher, die meisten von ihnen weiß oder pastellfarben, einige im Schatten von Kork- und Steineichen, andere wie zusammengedrängt, als suchten sie beieinander Schutz.

Dies war die erste der acht Städte von Aragon, mit fast zehntausend Bewohnern. Von den anderen sechs Städten lagen vier im Südwesten am Ufer des Aragon und zwei im Nordwesten, bei den kleinen Bögen an den Hängen der Pyrenäen. Insgesamt fünfzigtausend Einwohner zählte Aragon, und mehr als die Hälfte konnte mit den Produkten aus den noch funktionierenden automatischen Fabriken ernährt werden. Maschinen namens »Printer« stellten dort Lebensmittel aus wenigen, leicht zu beschaffenden Basismaterialien her. Ein Wunder für Menschen in anderen Regionen der Welt, Normalität für die Spezialisten und Qualifizierten, aus denen sich seit fast hundert Jahren ein Großteil der aragonischen Bevölkerung zusammensetzte.

Baltasar und sein Vater vor ihm hatten in dieser Hinsicht immer eine kluge Auswahl getroffen, und Marcus tat es ihnen gleich. Bisher war ihm in dieser Hinsicht nur ein einziger Fehler unterlaufen: Rebecca.

Fünfzigtausend, dachte Marcus, als er den Weg fortsetzte. Einst hatte es Milliarden von Menschen auf der Erde gegeben, aber nach dem Bruch waren nur wenige von ihnen übrig geblieben. Die meisten Scherben enthielten leere Ödnis, und nicht zum ersten Mal fragte sich Marcus, was aus all den Milliarden geworden war. Die Verbrecher auf der anderen Seite, die in Wohlstand und Sicherheit lebten, in einer heilen Welt, konnten ihm diese Frage vermutlich beantworten.

Der Weg führte ihn zur großen Antenne, deren rundes, gewölbtes Gitter seit dem Bruch keine Signale mehr empfing. Was sich vielleicht bald ändern würde. Neben ihr ragten die beiden schlanken Sendetürme auf, beide achtzig Meter hoch. Die Kuppel der alten Messstation, in einem matten Gelb gehalten, erhob sich ein Stück abseits davon, am Anfang eines silbergrauen Hains aus Instrumenten- und Sensorstäben. Die später hinzugefügten Gebäude befanden sich auf der rechten Seite, unter ihnen das kantige Haupthaus, bestehend aus mehreren miteinander verbundenen Würfeln, jeder von ihnen in einem eigenen Blauton. Dorthin lenkte Marcus seine Schritte.

Gardisten patrouillierten und salutierten. Einer von ihnen eilte zum Haupthaus und öffnete die Tür.

»Konsul...«

Marcus nickte ihm freundlich zu und trat ein.

Guitero, Studierter von Roma Nuova, nahm ihn in Empfang. »Ihr Besuch wurde mir angekündigt und ehrt mich, Konsul. Als mich Ihre Mitteilung erreichte, habe ich sofort begonnen, einen Bericht über unsere Arbeit zusammenzustellen...«

»Es geht mir nicht um *Ihre* Neuigkeiten, Guitero.« Marcus ging an dem Studierten vorbei und forderte ihn mit einem Wink auf, ihm zu folgen. »Ich habe Neuigkeiten *für Sie*. Und eine wichtige Aufgabe.«

Der hochgewachsene Mann mit dem drahtigen grauen Haar und dem trotz der Sonne von Aragon blassen Gesicht hob beide Brauen. »Wie wichtig ist die neue Aufgabe?« Er schritt neben Marcus her. »Ich frage, weil wir gerade ein interessantes Phänomen untersuchen. Winnecker hat uns Daten geschickt; sie betreffen ein Signal, das meistens von der anderen Seite kommt, manchmal auch von der Stadt im arktischen Eis. Wir gehen der Frage nach, ob es sich bei den Wechselwirkungen mit dem Energiefeld, das die Erde umgibt, um eine Art Countdown handelt. Darauf wollte ich in meinem Bericht genauer eingehen.«

»Ja?«, fragte Marcus und musste sich eingestehen, dass er diese Angelegenheit halb vergessen hatte. Seit seinem Besuch bei Winnecker war zu viel geschehen. »Und?«

»Ich habe unsere Semisubstrate für eine Analyse eingesetzt«, antwortete Guitero. Er wirkte ebenfalls sehr selbstsicher, doch ihm fehlte Winneckers Hang zur Anmaßung. »Sie sind zu dem Schluss gelangt, dass es sich tatsächlich um einen Countdown handelt, allerdings mit einem Rhythmus, der sich verändert.«

»Inwiefern?«

»Er beschleunigt sich«, erwiderte Guitero. »Er wird schneller.«

Marcus blieb vor der geschlossenen Tür des Kontrollraums stehen. »Winnecker sprach davon, dass uns noch einige Wochen bleiben«, sagte er nachdenklich. »Wenn der Countdown schneller wird ... Wie viel Zeit haben wir?«

»Drei oder vier Tage«, antwortete Guitero ernst.

»Und was passiert dann?«

»Unbekannt.«

Marcus zögerte, die Hand an der Türklinke. »Winnecker hat auch die Möglichkeit eines neuen Bruchs erwähnt. Er meinte, die andere Seite und ihre Freunde in der Stadt im Eis hätten vielleicht eine Möglichkeit gefunden, uns endgültig zu besiegen. Was sagen die Substrate?«

»Leider denken sie nicht so schnell und so präzise wie früher.« Guitero schüttelte bedauernd den Kopf. »Sie können nicht voraussagen, was geschehen wird. *Noch* nicht. Vielleicht sind sie wenige Stunden vor Ende des Countdowns dazu in der Lage.«

»Dann könnte es zu spät sein.«

»Kommt darauf an, was die andere Seite plant.«

Drei oder vier Tage, dachte Marcus, drückte die Klinke und betrat einen Raum voller Konsolen und Bildschirme, die um einen runden Tisch in der Mitte gruppiert waren. Der elektrische

Strom für die Installationen – und auch für die große Antenne und die beiden Sendetürme – stammte von zwei Generatoren im Kellergeschoss unter der alten Messstation. Drei junge technische Spezialisten saßen an den Konsolen, zwei von ihnen Frauen. Sie standen respektvoll auf, als Marcus und der Studierte eintraten, ebenso General Arkos und der Materialverwalter Elkan, ein kleiner, vertrocknet wirkender Mann mit dünnem grauem Haar, großer Nase und blutleeren Lippen; er trug eine Brille, hinter deren Gläsern seine Augen unnatürlich groß wirkten.

»Sie können gehen«, wandte sich Marcus an die drei Techniker, die den Kontrollraum daraufhin sofort verließen. Er setzte sich an den Tisch. »Nehmen Sie Platz, meine Herren.«

Elkan und Arkos sanken wieder auf ihre Stühle. Guitero warf einen Blick auf die Anzeigen der Konsolen, bevor er sich ebenfalls setzte.

»Winnecker hat bekommen, was er wollte«, brummte Elkan und klang ein wenig verdrießlich. Als Materialverwalter trennte er sich nur ungern von seinen Vorräten. »Werkzeuge, Instrumente, Geräte, Energiepatronen, Arbeiter, Spezialisten ... Es war eine ziemlich lange Liste.« Er seufzte laut und verzog das Gesicht. »Sie haben alles genehmigt.«

»Ja, habe ich«, bestätigte Marcus. »Weil Winnecker einer wichtigen Sache auf der Spur ist.«

»Sie muss *sehr* wichtig sein«, meinte Elkan. »Immerhin sind jetzt drei meiner Lager leer.«

»Wir werden sie wieder füllen«, tröstete ihn Marcus. »Bald. Guitero ...«

»Ich bin ganz Ohr, Konsul.«

»Sie haben sich immer gefragt, ob die Siebzehn Kolonien nur eine Legende sind, nicht wahr?«

Der Studierte nickte. »In den alten Aufzeichnungen werden sie erwähnt. Ich habe nach ihnen gesucht, mit der hiesigen Antenne und mit den Teleskopen von Alcañiz und Paranal in der Scherbe namens Chileh. Mit unseren beiden Sendetürmen habe ich den Siebzehn Signale geschickt.«

»Und haben Sie Antwort bekommen?«

»Nein«, gestand Guitero kummervoll. »Vielleicht haben die

Signale das Kraftfeld, das die Erde umgibt, nicht durchdringen können. Und selbst wenn sie einen Weg hindurch fanden, sie sind nur so schnell wie das Licht und brauchen viele Jahre, um die Kolonien zu erreichen. Falls die wirklich existieren. In den Aufzeichnungen ist auch die Rede von Orbitalstationen und von Städten auf Mond und Mars. Die existieren nicht, das habe ich mit den Teleskopen feststellen können. Wo sie sich befinden sollten, gibt es nur Stein und Staub.«

Marcus lehnte sich zurück. »Auch auf der Erde gab es Städte, die verschwunden sind. Was die Siebzehn betrifft, Studierter … Ich kenne die Wahrheit.«

Guitero wirkte erst erstaunt, dann erwartungsvoll. »Und wie lautet sie?«

Marcus lächelte. »Ich bin zwei Menschen begegnet, die von den Siebzehn Kolonien kommen. Ich habe mit ihnen gesprochen, mit einer Frau, deren Haut so schwarz ist wie eine Nacht ohne Mond und Sterne, und einem Mann, der über zwei Gehirne verfügt.«

Guitero starrte ihn mit großen Augen an, während Marcus von Samantha und Rufus M erzählte und die Geschichte wiederholte, die er von ihnen gehört hatte. Er sprach von der *Eklipse*, ihrem Auftrag, den beiden anderen Besatzungsmitgliedern, die mit zwei weiteren Rettungsbooten gelandet waren, und als er das Spike beschrieb, wurden die Augen des Studierten noch größer, während vom hünenhaften General Arkos ein besorgtes Brummen kam.

»Das klingt übertrieben«, kommentierte Elkan, und in seinen Worten lag noch immer ein verdrießlicher Unterton. »Ein Geschöpf wie aus einer Gespenstergeschichte. Ich kann nicht glauben, dass eine Kreatur existiert, die praktisch unbesiegbar ist.«

»Diese Samantha und Rufus M scheinen von ihrer Existenz überzeugt zu sein«, sagte Marcus. »Sie haben mich eindringlich vor ihr gewarnt.«

»Wo sind die beiden Fremden jetzt?«, fragte General Arkos.

»Sie sind beim Angriff der Unabhängigen auf die Grabung bei Smirga entkommen«, antwortete Marcus und fügte hinzu: »Zusammen mit Rebecca.«

»Ich … verstehe«, sagte Arkos.

Mehrere Sekunden lang herrschte betretenes Schweigen am Tisch. Materialverwalter Elkan schnitt eine Miene, als hätte er auf etwas gebissen, das sehr sauer und scharf war.

»Sie sind ›entkommen‹, so haben Sie es genannt, Konsul«, sagte Arkos, während Guitero noch immer Marcus anstarrte. »Ich nehme an, das bedeutet, die beiden Fremden wurden zuvor von Ihnen festgesetzt.«

»Sie befanden sich in Gewahrsam«, erklärte Marcus. »Und genau dort werden sie sich heute Abend wieder befinden, und damit meine ich lokale Smirga-Zeit.«

»Auch ...« Arkos zögerte kurz. »... Rebecca?«

»Clemens erwartet sie beim Bogen in der Stadt. Er trifft alle Vorbereitungen, während wir hier sitzen und miteinander sprechen.«

»Die Waffe«, warf der Materialverwalter ein. »Die Artefakt-Waffe, mit der man diesem Spike angeblich zu Leibe rücken kann ...« Elkan leckte sich über die spröden Lippen, wie ein Gourmet vor einer kulinarischen Spezialität. »Ich würde sie gern in unser Depot aufnehmen und von unseren Fachleuten untersuchen lassen.«

»Sie befindet sich in guten Händen«, erwiderte Marcus. »Heute Abend, Smirga-Zeit, nehme ich sie mit zu Winnecker.«

»Winnecker«, ächzte Elkan.

»Seine Arbeit hat absolute Priorität.« Marcus legte die Hände auf den Tisch, faltete sie und gab sich ruhig und entspannt. »Vielleicht bekommen wir bald die Möglichkeit, direkt die andere Seite zu erreichen. Doch da wir gerade bei Prioritäten sind ...« Er deutete auf die Konsolen und Bildschirme, die Datenkolonnen und Muster aus bunten Linien und Kurven zeigten. »Von hier aus lassen sich die Aktivitäten des Hauptbogens kontrollieren, nicht wahr?«

»Ja, Konsul«, bestätigte General Arkos.

»Ich möchte, dass Sie ein Suchsignal ins Bogennetz schicken, Guitero«, sagte Marcus. »Ein Signal, das *alle* Bögen erreicht, nicht nur die unserer Transportgesellschaft. Halten Sie Ausschau nach unautorisiertem Transit und ungewöhnlichen Aktivitäten. Ist das möglich?«

Der Studierte nickte. »Ich nehme an, dass wir eine ganze

Menge Signalechos empfangen werden, aber wenn wir die Semisubstrate für die Analyse einsetzen, sollten wir schnell Resultate erzielen. Ihre Suche gilt den beiden anderen Fremden und dem Spike, falls es tatsächlich existiert, nicht wahr?«

»Ja.«

»Ist das meine Aufgabe?«

»Eine von dreien«, sagte Marcus. »Die zweite lautet: Schicken Sie Drohnen durch die Bögen, nicht nur in die Regionen, aus denen Sie verdächtige Signalechos empfangen. Suchen Sie mit ihnen nach Lorenti und Kralle, so heißen die beiden anderen Fremden. Wir müssen sie finden, bevor die Unabhängigen auf sie aufmerksam werden.«

»Kralle?«

»So wird sie genannt. Kein Mensch, sondern eine sogenannte …« Er stockte kurz, um sich an das Wort und die korrekte Aussprache zu erinnern. »… eine Innanawitt. Ein intelligentes Geschöpf, das einer Katze ähnelt. Was immer auch geschieht, Ihre Sonden und die Nachrichtenübermittlung haben Transitvorrang. General Arkos?«

»Zur Kenntnis genommen«, entgegnete Arkos, dem die Verteidigung von Aragon oblag.

Der Studierte nickte knapp. »Und meine Aufgabe Nummer drei?«

»Das Raumschiff«, sagte Marcus. »Die *Eklipse*. Angeblich kehrt sie zur Erde zurück, beladen mit kostbaren Artefakten und ausgestattet mit der Technologie der anderen Seite. Nehmen Sie Kontakt mit ihr auf. Das ist von jetzt an die Priorität dieser ehemaligen Messstation. Finden Sie die *Eklipse,* und stellen Sie eine Verbindung zu ihr her. Das Raumschiff darf auf keinen Fall den Unabhängigen oder der anderen Seite in die Hände fallen.«

»Wenn unsere Signale das Kraftfeld nicht durchdringen können …«

»Wenn ich es richtig verstanden habe, wird das Schiff der Erde ganz nahe kommen«, sagte Marcus. »So nahe, dass es sich vielleicht im Innern des Kraftfelds befindet. Oder so dicht außerhalb davon, dass es von unseren Signalen erreicht werden kann.«

Guitero nickte fasziniert. »Und wenn es mir tatsächlich gelingt, einen Kontakt herzustellen?«

»Dann benachrichtigen Sie mich, und ich komme unverzüglich hierher. Und noch etwas: Halten Sie Übersetzungsapparate bereit; die Fremden sprechen eine andere Sprache. General ...«

»Ja, Konsul?«

»Die Unabhängigen haben Smirga angegriffen, General. Vielleicht haben sie dabei irgendwie von den Fremden und ihrem Raumschiff erfahren. Zwei ihrer Städte tief im Süden gehören bereits uns. Erobern Sie mit Ihren Truppen Gulmar, Sirrkut und die anderen drei Regionen. Nach dem zurückgeschlagenen Angriff auf Smirga sollte der Gegner geschwächt sein.«

Arkos räusperte sich. »Militärische Aktionen dieser Art müssen gut vorbereitet werden, Konsul.«

Marcus hatte das ungute Gefühl, dass die Zeit drängte. Der Countdown, die entkommenen Fremden, ihr Schiff, das zur Erde zurückkehrte ... All diese Ereignisse strebten einem »gemeinsamen Kulminationspunkt« entgegen, wie es ein Studierter ausgedrückt hätte. Und der entscheidende Moment kam bald, sehr bald.

»Ich weiß, dass Sie stets für alle Eventualitäten gewappnet sind, General«, sagte Marcus. Er saß ganz ruhig, die Hände noch immer auf dem Tisch gefaltet, trotz der wachsenden Unruhe in seinem Innern. »Sie sind immer vorbereitet und haben für jede erdenkliche Situation einen Plan. Ich gebe Ihnen vier Stunden.«

»Wir haben nicht genug Soldaten für einen Angriff auf fünf Regionen, Konsul.«

»Ein Überraschungsangriff, General. Auf die wichtigsten Ziele bei den Unabhängigen. Wir können es als Vergeltungsschlag darstellen. Setzen Sie auch Söldner ein, wenn Sie das für nötig halten.«

»Das könnte teuer werden ...«

»Soll nicht Ihre Sorge sein, General. Leiten Sie alles Notwendige in die Wege. Vier Stunden.«

Arkos nickte, und einige Sekunden lang herrschte Stille, abgesehen vom leisen Summen der Konsolen. Der Kontrollraum hatte keine Fenster. Elektrische Lampen leuchteten an der Decke, und Marcus bemerkte ein kurzes Flackern ihres Lichts.

»Was ist mit mir?«, fragte der verdrießliche Elkan. »Warum sitze ich an diesem Tisch?«

»Sie stellen eine Liste aller Dinge in Ihren Lagern zusammen, die General Arkos für den Angriff nützlich sein könnten. Rüsten Sie seine Soldaten aus. Helfen Sie Guitero, wenn er etwas braucht. Und beschaffen Sie neues Material. Ich bin ziemlich sicher, dass Winnecker Ihnen schon bald neue Bedarfslisten schicken wird.«

»Aber ...«, begann der kleine, vertrocknete Mann. Es klang wie gequält.

»Sie sind ein ausgezeichneter Materialverwalter, Elkan«, lobte ihn Marcus. »Niemand kennt unsere Lager so gut wie Sie. Niemand weiß besser, wo sich was befindet und wie sich fehlende Dinge beschaffen lassen. Ihre Aufgabe ist ebenso wichtig wie die des Studierten Guitero und von General Arkos. Sorgen Sie für Nachschub, und achten Sie darauf, dass der Nachschub nicht abreißt. Nur dann können wir erfolgreich sein.«

Elkan atmete tief durch. Seine schmale Brust schwoll ein wenig an, das Kinn kam nach oben. »Ich verstehe«, sagte er, und diesmal klang seine Stimme nicht mehr kummervoll. »Sie können sich auf mich verlassen, Konsul.«

»Ich weiß. Deshalb sind Sie der Materialverwalter von Aragon.« Marcus stand auf. »Meine Herren, Sie wissen, was zu tun ist. An die Arbeit! Ich kehre jetzt nach Smirga zurück, und von dort aus reise ich heute Abend lokaler Zeit weiter zu Winnecker. Vier Stunden, General. Ich erwarte Ihren Bericht.«

Arkos erhob sich ebenfalls.

»Sie werden den ersten bekommen, bevor Sie Smirga den Rücken kehren, Konsul«, versprach er.

Marcus verließ den Kontrollraum und die Messstation und ließ drei Männer zurück, wie sie unterschiedlicher kaum sein konnten. Jeder von ihnen hatte seine Aufgaben, jeder von ihnen fühlte sich wichtig – alle drei würden sich bemühen, Marcus' Erwartungen gerecht zu werden.

Auf dem Weg zum Lift überlegte er, ob er noch einmal zu Smeralda und Mara gehen sollte. Nach kurzem Zögern entschied er sich dagegen. Große Dinge erwarteten ihn, größer als Smeralda und Mara, größer als er selbst.

Ruhet in Frieden

»Trink«, sagte Rufus. »Nur zu, trink.«

Jasil betrachtete den Becher, den Rufus ihm hinhielt und der wie die beiden Flaschen aus dem Haus am Stadtrand von Smirga stammte. »Es ist dein Wasser.«

»Ich habe keinen Durst«, log Rufus. »Trink. Aber langsam, Schluck für Schluck.«

Der Junge nahm den Becher, und Rufus beobachtete in der Dunkelheit der Nacht, wie er vorsichtig trank, Schluck für Schluck. Sein Gesicht veränderte sich. Dankbarkeit, meldete das Zweithirn. Faszination.

»Danke.« Jasil seufzte tief. »Morgen finden wir Wasser, hat Rebecca gesagt. Morgen können wir alle trinken, so viel wir wollen. Hältst du es so lange aus?«

»Bestimmt.« Rufus bemerkte, dass sich Samantha genähert hatte. Er gab Jasil auch die Flasche. »Hier, bring das deiner Schwester.«

Er sah das Lächeln des Jungen, von der Nacht nur halb verhüllt, dann ging und kletterte Jasil zu Rebecca, die ein Dutzend Meter entfernt auf einem flachen Felsen saß und etwas in der Hand hielt; vielleicht sprach sie mit ihren Steinen. Ganz sicher war Rufus sich nicht, denn er sah im Dunkeln nicht annähernd so gut wie Kralle, und Rebecca war nur eine Silhouette im Licht der Sterne. Links neben ihr ragte eine der insgesamt zehn kannelierten Säulen der Ruine auf, die einst eine Art Tempel gewesen sein mochte.

Abseits der Straßen, die sie während der vergangenen beiden Tage gemieden hatten, war der harte Boden streckenweise wie von einem riesigen Pflug aufgerissen und die Felsen zertrümmert. Tiefe Furchen hatten sich gebildet und machten häufig mühsame Kletterei nötig, ebenso wie die geborstenen Felsen, die manchmal solche Ausmaße annahmen, dass der Weg um sie herum zu viel Zeit gekostet hätte.

Doch die alte Tempelanlage war von den tektonischen Verwerfungen verschont geblieben. Wie auf einer Insel ragten die Säulen auf, umgeben von grauen Gebäuderesten. Im letzten Licht des vergangenen Tages hatte sich Rufus im Innern des Säulenkreises umgesehen und Abdrücke und Kratzspuren auf den Steinplatten entdeckt. Etwas schien dort gestanden zu haben, schwer genug, um Spuren im Stein zu hinterlassen, vielleicht eine Statue. Ein Ehrenmal?

»Er mag dich.« Samantha setzte sich zu ihm. »Ich meine Jasil.«

»Ich fasziniere ihn«, sagte Rufus M. »Er fragt mich immer wieder nach meinem Zweithirn.«

Samantha nickte, ihr dunkles Gesicht ein Schemen. »Ich glaube, es steckt noch mehr dahinter.«

»Er vermisst seinen Vater«, sprach Rufus leise aus, was ihm das Zweithirn zuflüsterte. »Er rückt mich an seine Stelle.«

»Du magst ihn auch, nicht wahr? Du nimmst dir viel Zeit für ihn, und gerade hast du ihm deine Wasserration gegeben.«

»Er ist ein Kind«, erwiderte Rufus M, als wäre das Erklärung genug. Sein Zweithirn wisperte wortlos.

Er sah, wie Samantha den Kopf wandte und zu Rebecca und Jasil blickte. »Du hast keine Kinder, richtig?«, fragte sie.

»Ich bin steril. Das ist der Preis für den neuronalen Symbionten, den ich in meinem siebten Lebensjahr auf Urake erhalten habe. Ich könnte mein genetisches Material für eine künstliche Befruchtung nutzen, doch irgendwie mangelte es immer an Zeit und Gelegenheit.«

»Ich glaube, für manche Dinge muss man sich einfach Zeit nehmen. Swift und ich ...« Samantha sprach nicht weiter.

»Wolltest du *darüber* mit mir reden?«, fragte Rufus. »Über Kinder und Eltern?«

»Nein.« Samantha deutete zu den dunklen Konturen der Berge, die in einiger Entfernung wie eine Wand aufragten. »Es ist nicht mehr allzu weit, aber wenn wir morgen kein Wasser finden, haben wir ein Problem.«

»Rebecca ist zuversichtlich.«

»Zweckoptimismus?«

Rufus zögerte, bevor er sagte: »Sie ist eine junge Frau mit besonderen Fähigkeiten.«

»Trotzdem, sie kann kein Wasser herbeizaubern, und die Recycler unserer Schutzanzüge funktionieren nicht mehr; wir können nicht einmal unseren eigenen Urin trinken. Was nicht heißen soll, dass ich besonderen Wert darauf lege.«

Rufus schwieg. Samantha hatte keine Frage an ihn gerichtet, die eine Antwort erforderte.

»Rebecca meint, dass wir unsere Kleidung wechseln sollten«, sagte Samantha. »Damit wir nicht sofort auffallen.«

»Einverstanden. Wir sehen uns im nächsten Bekleidungsgeschäft um.«

Eine Bewegung in Samanthas dunklem Gesicht deutete darauf hin, dass sie die Brauen hob. »War das Sarkasmus, Rufus?«

»Ironie.«

»Wir brechen gleich wieder auf«, sagte Samantha. »Rebecca meint, wir sollten nachts gehen, weil es dann kühler ist, und ich stimme ihr zu. Dann schwitzen wir nicht so stark, unsere Körper verlieren weniger Feuchtigkeit.«

»Es ist nicht ungefährlich«, mahnte Rufus in sachlichem Tonfall. »Kralle hätte bei der Wanderung durch dieses Ödland keine Probleme, aber unsere Augen sind nicht so gut wie ihre. Wir könnten im Dunkeln eine Bodenspalte übersehen oder über einen Stein stolpern. Wie sollen wir ohne medizinische Ausrüstung einen verstauchten oder gar gebrochenen Fuß behandeln?«

»Gebrochen«, murmelte Samantha nachdenklich. »So sieht dieses Land aus, gebrochen und zerbrochen.« Sie kam etwas näher, und Rufus roch ihren Schweiß. »Was hältst du davon, Rufus? Was ist hier geschehen? Was meint dein Zweithirn dazu?«

Erkenntnis, Analyse, raunte der neuronale Symbiont, den Rufus in Höhe des C7-Wirbels seines Rückgrats in sich trug und der mit einem von C3 bis zum Lendenwirbel L3 reichenden Strang aus Silizium-Nanozellen verbunden war.

»Der sogenannte Bruch ist das Ergebnis eines Konflikts zwischen dem Institut für Technologische Innovation und den Unabhängigen«, sagte Rufus M. »Den Sieg errang vermutlich das

Institut, das die andere Seite kontrolliert, wenn ich alles richtig verstanden habe, was uns bisher zu Ohren gekommen ist.«

»Und die andere Seite ist besser dran als diese«, warf Samantha ein.

»Ja, sie soll ›heil‹ sein, ›ungebrochen‹. Ich nehme an, diese andere Seite ist die Erde, wie wir sie kennen.«

»Wie können wir sie erreichen?«, fragte Samantha.

Rufus hob die Hand. »Nicht so schnell. Zuerst: Was hat den Bruch verursacht? Was genau ist damit überhaupt gemeint?«

»Hast du eine Theorie?«

»Nun ja, ich nehme an, wir haben es mit einer Raum-Zeit-Distortion zu tun beziehungsweise mit mehreren, die sich überlappen, möglicherweise ausgelöst von einem oder mehreren Tahota-Artefakten. Vielleicht hat man beim Konflikt zwischen Institut und Unabhängigen ein besonderes Artefakt eingesetzt. Oder beide Seiten stritten sich um eins.«

»Das dann aktiv wurde und die Welt zerriss«, sagte Samantha.

»Ich kenne keine von Menschen oder Innanawitt geschaffene Vorrichtung, die so etwas wie diesen sogenannten Bruch verursacht haben könnte.« Bestätigung, flüsterte das Zweithirn. »Eine Wahrscheinlichkeit von zweiundneunzig Komma drei sieben Prozent spricht für ein Tahota-Artefakt als Auslöser. Und es scheint immer noch aktiv zu sein. Darauf deuten die Existenz der Kraftfelder und Demarkationslinien außerhalb der Erde hin.«

»Was würde passieren, wenn jemand das Artefakt deaktiviert?«, fragte Samantha. »Würden die Scherben der Welt wieder zueinanderfinden? Würde die Barriere fallen, die diesen Teil der Erde von der anderen Seite trennt?«

»Unbekannt.«

»Rebecca erwartet Hilfe von uns.«

»Wir brauchen *Ihre* Hilfe«, erwiderte Rufus. »Darauf läuft es leider hinaus.«

»Die Steine haben ihr gesagt, dass wir es sind, die *ihr* helfen werden. Sie hat sich deshalb in große Gefahr begeben. Wenn sie nicht gewesen wäre ...«

»Ich weiß, Sam. Die sprechenden Steine sind weitere Mosaiksteine im Bild der neuen, veränderten Erde. Nur ist mir noch nicht klar, an welcher Stelle ich sie hinzufügen soll.« Rufus M zögerte. Spekulation, mahnte ihn das Zweithirn, versorgte ihn aber zugleich mit einer Hypothese. »Ich vermute, dass es sich bei ihnen um spezielle Tahota-Artefakte handelt. Offenbar gehen Signale von ihnen aus, und Rebecca empfängt sie.«

»Mentale Signale, meinst du?«

»Ja.«

»Und Rebecca versteht sie.«

»Wieder ja.«

Samantha überlegte. »Gibt uns das einen Ansatzpunkt?«

Weitere Spekulation, mahnte das Zweithirn. Zunehmende Ungewissheit. Aber kohärente Entwicklungstendenz. Letzteres war verbunden mit einer langen Bedeutungskette, die in Rufus ein Gefühl von Zufriedenheit auslöste, legte es doch nahe, dass er in den richtigen Bahnen dachte.

»Vielleicht«, räumte er ein. »Hinzu kommen die Statuen und Bögen, bei denen ich ebenfalls eine Verbindung mit den Tahota vermute.«

»Ich habe mit Rebecca darüber gesprochen«, sagte Samantha. »Fast alle Statuen, die sie gesehen oder von denen sie gehört hat, haben menschenähnliche Gesichter. Sie stellen also keine Tahota dar.«

»Es sei denn, die vor tausend Jahren verschwundenen Tahota sahen wie Menschen aus, doch das ist extrem unwahrscheinlich. Übrigens wurden viele der Statuen aufgebrochen und zerstört, weil sie Artefakte enthielten.«

»Schätze in Stein«, kommentierte Samantha. »Wie die in den Frachträumen der *Eklipse*. Wie Perlen in Muscheln. Wie passen die Bögen ins Bild?«

Rufus empfing weitere Informationen von seinem Zweithirn. Einige Sekunden lang beobachtete er Rebecca und Jasil, Schwester und Bruder trotz unterschiedlicher Eltern. Sie saßen dicht nebeneinander auf dem flachen Felsen, und Rebecca deutete mehrmals zu den Sternen. Vielleicht sprachen sie über ferne Welten, die sie nie gesehen hatten.

»Die Bögen werden für den Transport von Menschen und Material benutzt«, sagte Rufus. »Manche ›Steinsprecher‹, Personen wie Rebecca, können beim Transit ein Ziel wählen, und die zeitliche Synchronizität scheint dabei kein allzu großes Problem zu sein. Möglicherweise passen sie die Zeit-Koordinaten instinktiv denen des Raums an. Allerdings ... was als Transportmittel genutzt wird, muss nicht unbedingt ein Transportmittel sein.«

»Wie meinst du das?«

»Die Bögen könnten ursprünglich einem ganz anderen Zweck gedient haben.« Das Zweithirn schickte Rufus ein bestätigendes Flüstern.

»Welchem?«

»Unbekannt. Aber ich bin sicher, dass es einen Zusammenhang mit den sprechenden Steinen und den Statuen gibt.« Rufus ließ einige Sekunden verstreichen. Wind kam auf und strich über das geborstene, zerrissene Land. In der Ferne erschien ein Licht bei den Bergen, vielleicht eine Sternschnuppe. »Das größte Problem hast du noch nicht erwähnt, Sam.«

»Das Spike.«

»Ja«, bestätigte Rufus. »Eine mögliche Infektion könnte sich in diesem Teil der Welt noch schneller ausbreiten als bisher gedacht. Wenn das Spike lernt, die Bögen zu benutzen, kann es jeden Ort der Erde innerhalb weniger Sekunden erreichen.«

»Und wenn die Bögen mit den Tahota in Verbindung stehen, wenn es besondere Artefakte sind ...«

»Dann könnte das Spike die Bögen besser und effizienter nutzen als Konsul Marcus und seine sogenannte Transportgesellschaft.« Notwendigkeit, flüsterte das Zweithirn. Dringlichkeit. »Das Spike muss so schnell wie möglich eliminiert werden.«

»Bevor es diese gebrochene Welt infiziert«, sagte Samantha.

»Und bevor es einen Weg zur anderen Seite findet.« Rufus lauschte der inneren Stimme des Zweithirns, das auf weitere Probleme hinwies. »Wir brauchen den Kernbrecher. Und wir müssen herausfinden, wo sich das Spike befindet. Das sollte ganz oben auf unserer Liste der zu erledigenden Dinge stehen. Um alles andere können wir uns später kümmern.«

Er sah Samantha an. Wolken zogen über den Himmel und schluckten das Licht der Sterne. Es wurde dunkler, und die Finsternis verbarg Samanthas Gesichtsausdruck.

»Erwartest du eine Entscheidung von mir, Rufus?«

»Ja.«

Sie seufzte. »Ich bin Koordinatorin, Rufus. Ich brauche Meinungen, Ratschläge. Ich kann und will nicht allein entscheiden. Was ist richtig, was ist falsch? Wie sollen wir vorgehen? Was können wir erreichen?«

»Ich könnte Rebecca den Revolver abnehmen«, schlug Rufus erneut vor.

Samantha beugte sich vor und sprach noch etwas leiser. »Du willst sie zwingen, uns zu helfen?«

Zeit, wisperte das Zweithirn. Schnelles Handeln.

»Der Zeitfaktor wird immer wichtiger, Sam. Wir dürfen nicht noch mehr Zeit verlieren. Das Spike darf keine Gelegenheit erhalten, sich fortzupflanzen und seine zerebralen Sporen durch die Bögen zu schicken.«

Samantha überlegte. »Ich hatte vor, Rebecca um den Besuch einer der Bibliotheken zu bitten, von denen sie gesprochen hat. Das gäbe uns die Möglichkeit, mehr über diese Welt und die Hintergründe zu erfahren.«

Zeit, flüsterte das Zweithirn. Zeit, Zeit.

»Normalerweise würde ich dir zustimmen, Sam«, sagte Rufus. »Wichtige Entscheidungen sollten auf einer soliden Basis verifizierter oder verifizierbarer Informationen getroffen werden. Doch in diesem besonderen Fall können wir uns nicht damit aufhalten, Daten zu sammeln. Wir müssen handeln, sofort. Rebecca kennt sich mit den Bögen aus. Sie kann sie aktivieren und ein Ziel auswählen. Offenbar hat sie eine Art Karte im Kopf. Wir müssen sie dazu bringen, dass sie auf unser Anliegen eingeht.«

»Du willst sie *zwingen*«, erwiderte Samantha. »Mit ihrem eigenen Revolver.«

»Nein. Ich möchte ihr den Revolver abnehmen, damit sie uns nicht damit bedrohen kann. Sprich mit ihr, Sam. Ich glaube, sie hört auf dich, wenn du die richtigen Worte wählst.«

»Indem ich ihr verspreche, was sie von uns erwartet? Auch wenn ich das Versprechen nicht halten kann?«

Notwendigkeit, kommentierte das Zweithirn. Unabänderlich. Zwang der Umstände.

»Falls es nötig ist«, sagte Rufus. »Wir müssen das Spike finden und unschädlich machen. Alles andere ist derzeit zweitrangig.«

»Grayland könnte uns helfen, wenn er zurückkehrt.« Samantha hob die Hand zum Kommunikator am Kragen und ließ sie wieder sinken. »Er könnte das Spike für uns lokalisieren, und vielleicht befindet sich ein zweiter Kernbrecher oder eine ähnlich wirkungsvolle Waffe unter der Fracht.«

»Grayland ist Intellektor, nicht der Frachtmeister«, wandte Rufus ein. »Lorenti weiß Bescheid, aber wir haben keinen Kontakt zu ihm.«

»Grayland könnte die Frachtlisten mit Kiss' Hilfe durchsehen.«

»Was noch mehr Zeit kostet«, widersprach Rufus. »Ganz abgesehen davon, dass es noch eine Weile dauert, bis die *Eklipse* in eine Umlaufbahn um die Erde schwenkt.« Er sah, dass Rebecca und Jasil aufstanden. »Ich glaube, unsere Rast geht zu Ende. Triff deine Entscheidung, Sam.«

»Jetzt sofort?«

»Je eher, desto besser.«

Rebecca und Jasil näherten sich.

»Danke«, sagte das Mädchen, die junge Frau. »Für das Wasser.«

Samantha und Rufus erhoben sich.

»Wir müssen weiter«, sagte Rebecca. »Morgen früh, wenn die Sonne aufgeht, schlafen wir einige Stunden im Schatten einer Furche. Morgen Abend sollten wir bei den Bergen sein.«

»Rebecca...«, begann Samantha.

Ein lautes Knirschen störte die Stille der Nacht. Rufus schwankte, als der Boden unter ihm zitterte. Steine gerieten in Bewegung. Mit einem die Ohren peinigenden Quietschen bildeten sich Risse in nahen Felsen.

»Ein Erdbeben?«, stieß Samantha hervor.

Die Dunkelheit wich aus dem Kreis, den die zehn kannelierten Säulen bildeten. Mattes Licht flackerte, bunt wie ein Regenbogen. Ein scharfer Geruch hing plötzlich in der Nachtluft.

»Die Welt bricht«, sagte Rebecca.

Die Welt zerbrach.

Die Scherbe einer bereits gebrochenen Welt splitterte in weitere Fragmente. Alte Furchen, tief und zerklüftet, wurden noch tiefer und länger. Felsen rollten und zersprangen wie von unsichtbaren Hämmern zertrümmert. Steine mahlten aneinander und verloren letzte Kanten. Die Luft schien winzige Messer zu enthalten, die über Haut kratzten und in Lungen schnitten. Ein Zischen hallte weit übers öde Land, und Rufus M dachte an die zornige Kralle, auf die Größe eines Bergs angewachsen.

Direkt vor ihm öffnete sich der dunkle Boden, und vielleicht wäre er ins tiefe, finstere Loch gefallen, wenn Samantha ihn nicht beiseitegestoßen hätte. Das Gestein unter ihm hob sich wie der Rücken eines Tiers, das entschlossen war, seinen Reiter abzuwerfen.

Rebecca hatte erkannt, was Rufus erst einige Sekunden später bemerkte: Im Innern des Kreises, den die zehn großen Säulen bildeten, blieb der Boden unverändert. Die Steinplatten bewegten sich nicht, sie blieben unversehrt und heil.

Die junge Frau lief mit ihrem adoptierten Bruder dorthin, erreichte eine halb in aufgewirbelten Staub gehüllte Säule und winkte.

Samantha sprang über den zitternden, bebenden Boden, und Rufus folgte ihr. Kurze Zeit später standen sie alle innerhalb des Säulenkreises, hörten das Donnern des Bebens, das mehr war als ein gewöhnliches Erdbeben, und sahen, wie die Staubwolken immer dichter wurden, während sich über ihnen Schlangen aus Licht wanden. Sie wickelten sich umeinander, ließen nach wenigen Sekunden voneinander ab und bildeten Muster wie Schriftzeichen, um anschließend zu einem Strudel zu zerfließen, der immer größer und heller wurde, bis Rufus geblendet die Augen schloss. Er hörte, wie das Bersten und Krachen des Bruchs nachließ, gefolgt von einem Geräusch wie schnelle, leichte Schritte auf grobem Kies.

Als er die Augen wieder öffnete, befanden sie sich an einem anderen Ort.

Die Säulen und das Ödland mit den Verwerfungsgräben und Hügeln aus Felssplittern waren verschwunden. Ihren Platz nahm ein sanft gewelltes Grasland ein, das bis zum Horizont reichte. Ein Weg aus Sand und kleinen gelben Steinen – nicht aus Kies – führte am Hang eines Hügels mit einer Windmühle empor, deren vier tuchbespannte Flügel sich knarrend im leichten Wind drehten. Rechts neben der Mühle zog sich eine halbhohe Mauer über die Hügelkuppe, und hinter ihr ragten schiefe Steintafeln auf.

»Rebecca?«, rief Samantha. »Rebecca?«

Die junge Frau und Jasil waren bereits ein Stück über den Weg gegangen.

»Hier befindet sich ein Bogen!«, antwortete Rebecca. »Ich fühle ihn!«

Rufus ging einige Schritte und vergewisserte sich, dass sein Körper intakt war. Physische Integrität einhundert Prozent, beruhigte ihn das Zweithirn. Alle organischen Funktionen korrekt.

»Was ist passiert?«, fragte Samantha, als sie Rebecca und Jasil folgten.

»Ein neuer ›Bruch‹«, antwortete Rufus. »Eine neue Raum-Zeit-Distortion.«

»Ausgelöst wovon?«

»Unbekannt.«

Samantha sah sich um. »Die Distortion hat uns zu einem anderen Ort gebracht. Was ist mit der Synchronizität? Was ist mit der Zeit?«

»Unbekannt«, sagte Rufus.

Das letzte Stück des Weges zur Mühle war recht steil. Rufus fühlte Schwere in den Beinen und ein Brennen in den Muskeln. Schwäche, diagnostizierte das Zweithirn. Folge von Mangel an Wasser und Nahrung. Physische Regeneration angeraten.

Vor der Mühle blieben sie stehen und beobachteten die vier Flügel, die den Wind einfingen und sich langsam drehten. Ihr Knarren hatte einen Rhythmus, der davon abhing, welcher Flügel sich unten befand, und das Zweithirn begann mit einer Berechnung, an deren Ende eine mathematische Formel stehen würde, die Drehung und Lautmuster präzise beschrieb.

»Woher stammt die Mühle?«, fragte Samantha. »Wer hat sie erbaut? Was mahlt sie? Getreide wohl kaum.« Sie deutete über das weite Land. Wind strich über das bis zum Horizont reichende Gras; es sah nach den Wellen eines Ozeans aus.

Rufus beobachtete, wie Rebecca und Jasil die Mühle durch den Eingang auf der linken Seite betraten, und wunderte sich darüber, dass sie das so einfach taten. Aber sie suchten offenbar nach Nahrung und waren es zeit ihres Lebens gewohnt, dafür auch in ihnen unbekannte Gebäude einzudringen.

Rechts erstreckte sich die Mauer aus grauen, moosbedeckten Steinen.

»Ich sehe mir das Innere der Mühle an«, kündigte Samantha an. »Vielleicht gibt es dort etwas zu essen oder zu trinken.«

Rufus M nickte und blieb stehen, während Samantha nach links ging, den knarrenden Windmühlenflügeln auswich und dann im Gebäude verschwand. Eine Zeit lang hörte er nichts anderes als das leise Rauschen des Winds und das lautere Knarren der Flügel, die sich drehten und drehten. Das Zweithirn präsentierte ihm die fertige Formel, und Rufus betrachtete sie vor dem inneren Auge, bewunderte ihre makellose Eleganz. Er schickte eine Anfrage an sein zweites Selbst: Lassen sich Gleichungen entwickeln, die den Bruch beschreiben? Könnte man daraus Antworten und Problemlösungen ableiten?

Unzureichende Daten, antwortete das Zweithirn, gab ihm aber zu verstehen, dass es theoretisch möglich war, den Bruch mathematisch zu erfassen und aus den betreffenden Formeln adäquate Maßnahmen und Verhaltensweisen abzuleiten.

Rufus brachte das steile Stück des Wegs hinter sich, ging an der Windmühle vorbei zur Mauer und stellte fest, dass sich hinter ihr ein Friedhof befand. Die schief aus dem Boden ragenden Tafeln waren Grabsteine und schienen sehr alt zu sein, vielleicht sogar Jahrhunderte. Rufus suchte nach einem Durchgang in der Mauer, fand keinen und kletterte darüber hinweg.

Einst hatten Pfade über den Friedhof geführt, aber sie waren längst überwuchert und nur noch an den Markierungssteinen zu erkennen, die sie von den Grabmalen trennten. Rufus M schritt über einen solchen Pfad, ließ den Blick über die Grabsteine schweifen und versuchte, die Inschriften zu entziffern. Bei den ersten Tafeln waren die Zeichen so verwittert, dass nur noch kleine Mulden von ihnen übrig waren. Bei den weiter von der Mühle entfernten Gräbern wurden die Zeichen deutlicher und wiesen eine gewisse Ähnlichkeit mit Tahota-Symbolen auf.

Einmal mehr bedauerte Rufus, dass Kralle nicht bei ihnen war, denn sie wäre vermutlich imstande gewesen, die nicht so stark verwitterten Inschriften zu lesen.

Das Knarren wurde leiser, als die Distanz zur Mühle wuchs. Der Wind flüsterte, und bei jedem Schritt knirschten Steine unter trockenem Gras.

Am Ende des Friedhofs gab es eine erhöhte Stelle. Mehrere Stangen und lange Tuchfetzen, mit denen der Wind spielte, wiesen darauf hin, dass dort ein großer Pavillon gestanden hatte. Die Gräber darunter, fünf an der Zahl und mit Steinen markiert, schienen wichtiger zu sein als alle anderen. Rufus näherte sich, stieg die kurze Treppe hoch und erkannte vertraute Schriftzeichen auf einer rechteckigen Gedenktafel.

Er las die Namen darauf.

»Rufus?«

Er drehte sich halb um. Samantha stand vor der Mühle und winkte.

»Komm und sieh dir dies an!«, rief sie.

Rufus holte tief Luft. »Du solltest kommen und dir *das hier* ansehen!«, erwiderte er laut genug, damit sie ihn hörte.

Samantha kletterte über die Mauer und durchquerte den Friedhof.

»Wir haben etwas Interessantes entdeckt«, sagte sie, als sie ihn erreichte.

Rufus wich beiseite und zeigte auf die Gedenktafel. »Dies dürfte ebenfalls interessant sein.«

Samantha kam näher und las die wie eingebrannt und fast handschriftlich wirkende Inschrift:

»Hier schlafen bis zum Ende der Zeit
die Besatzungsmitglieder der Eklipse:
Samantha, Koordinatorin,
Lorenti, Frachtmeister,
Grayland, Intellektor,
Uima Lereia Loquaia, genannt Kralle, Direkt-Ingenieurin,
und Rufus M, Multipler von Urake.
Ruhet in Frieden!«

»Wer weiß, ob wir dort tatsächlich bestattet liegen«, sagte **74** Rufus M.

»Was?«

»Wir könnten nachsehen«, meinte Rufus. »Vielleicht gibt es Werkzeuge in der Mühle. Eine Schaufel oder einen Spaten.«

»Das ist Unsinn!«, entfuhr es Samantha. »Wie können wir dort begraben liegen und gleichzeitig hier stehen und uns fragen, ob wir dort begraben liegen?«

Rufus empfing Hinweise von seinem Zweithirn. »Parallelwelten«, sagte er. »Alternative Realitäten. Der Bruch der Welt könnte noch viel tiefer gehen, als wir dachten. Vielleicht hängt es mit der Synchronizität der Bögen zusammen. Es könnte auch eine Erklärung für die Beschaffenheit der veränderten Erde sein: eine alternative Realität.«

»Wir sind nicht durch einen Bogen hierhergelangt«, wandte Samantha ein.

»Ein neuer Bruch brachte uns an diesen Ort, wo und wann er sich auch befinden mag«, sagte Rufus nachdenklich und lauschte gleichzeitig dem Flüstern seines neuronalen Symbionten. »Was auch immer hier geschehen ist: Jemand hat uns offenbar einen Ehrenplatz auf diesem Friedhof gegeben.«

»Wer?«

»Unbekannt.« Rufus sah die Koordinatorin an. »Hast du die Inschriften der anderen Gräber gesehen, Sam?«

Sie nickte. »Die Schriftzeichen. Wieder ein Zusammenhang mit den Tahota.« Samantha betrachtete die Gräber. »Sind wir hier gestorben? Was hat uns umgebracht? Hier gibt es nichts!«

»Es gibt die Mühle«, sagte Rufus. »Ich nehme an, es ist keine gewöhnliche Windmühle.«

»Jedenfalls mahlt sie kein Korn. Wir haben etwas entdeckt. Komm, ich zeig es dir.«

Die Temperatur fiel, als sie die Windmühle betraten. Es wurde nicht kalt, aber Rufus schätzte den Unterschied auf mindestens fünf Grad. Ein dumpfes Surren durchzog den Hauptraum der Mühle, und als er den Kopf hob, sah er die Ursache. Die Wellen und Zahnräder bestanden nicht aus Holz wie die vier Flügel, die sich draußen drehten, sondern aus silbrigem Metall. Alles schien perfekt aufeinander abgestimmt, nichts knarrte oder knirschte.

»Das ist nur der Anfang«, sagte Samantha. »Unten gibt es noch viel mehr.«

Das Zweithirn begann mit einer neuen Analyse. Eine Windmühle, dachte Rufus, war grundsätzlich eine Vorrichtung, die die kinetische Energie des Winds in nutzbare mechanische Energie umwandelte. Der Wind bewegte die Flügel, und eine Flügelwelle führte die Rotationsenergie ins Mühlengebäude, wo Kammrad und Arbeitswelle sie nach unten lenkte. Ein Korbrad nutzte die Drehung der Arbeitswelle für den Mahlvorgang. So weit das Funktionsprinzip. Natürlich gab es zahlreiche Variationen, wobei zusätzliche Zahnräder, Schleifscheiben und Flachriemen zum Einsatz gelangten, was nicht nur das Mahlen von Korn erlaubte, sondern auch Hämmern, Sägen und andere mechanische Aktivitäten. Eine Mühle in Betrieb war keine leise Angelegenheit, ganz im Gegenteil. Die Bewegung der vielen mechanischen Teile konnte so laut sein, dass die Menschen in ihrer Nähe nicht mehr das eigene Wort verstanden.

Hier aber gab es nur ein gedämpftes Surren, und es blieb so leise, dass es möglich gewesen wäre, sich flüsternd miteinander zu verständigen. Rufus beobachtete die Zahnräder und Wellen, und wohin er den Blick auch richtete: Überall sah er hochpräzise, maximale mechanische Effizienz, vom größten bis zum kleinsten Bauteil.

»Bemerkenswert«, kommentierte er, während sein Symbiont rechnete, analysierte und bewerte.

»Außen eine einfache Windmühle, mit einem Rad aus Holz und Tuchbespannung«, sagte Samantha. »Und innen hoch entwickelte Feinmechanik. Das eine scheint nicht zum anderen zu passen. Wer in der Lage ist, so gute feinmechanische Komponenten herzustellen, sollte es nicht nötig haben, Windkraft mithilfe einer solchen Mühle zu nutzen.«

»Du hast gesagt, unten gäbe es noch mehr.«

»Ja«, bestätigte Samantha.

Sie gingen eine Treppe hinab. Die Stufen bestanden aus Holz und knarrten wie draußen die Windmühlenräder. Das Zweithirn begann mit einer Berechnung des neuen akustischen Musters.

»Wo sind Rebecca und Jasil?«, fragte Rufus.

»Wir sind hier drüben!«, ertönte eine Stimme aus einem Nebenraum. »Wir haben eine Speisekammer gefunden, mit Konserven und Wasser.«

»Damit ist dieses Problem gelöst«, meinte Samantha. »Ein kleines im Vergleich mit den anderen.«

Die Treppe wurde steiler, und je tiefer sie kamen, desto mehr sank die Temperatur. Licht kam aus Öffnungen in den Wänden, und es dauerte nicht lange, bis Rufus sah, wie sein Atem kondensierte. Das Surren von genau aufeinander abgestimmten Bauteilen wurde noch dumpfer – hier flüsterte die mechanische Seele der Windmühle.

Sie kamen an einem kleinen Raum mit Werkzeugen und einem Spaten vorbei, der Rufus an die Gräber erinnerte. Er nahm sich einige Sekunden, betrachtete die Gegenstände in den Regalen und bemerkte einen Laserschneider, der unter all den mechanischen Instrumenten wie fehl am Platz wirkte. Vielleicht war er für die Inschrift der Gräber benutzt worden – aber von wem?

Sie setzten den Weg nach unten fort und erreichten schließlich das Ende der Treppe. Ein großer Raum öffnete sich vor ihnen, gefüllt mit silbergrauen und messinggelben Zahnrädern und Wellen, die immer kleiner wurden und deren Anordnung sich wie bei einer fraktalen Struktur wiederholte. Zur Mitte des Raums hin drängten sie sich um einen kobaltblauen, etwa zwei Meter großen Bogen, aus dessen grauem Innern die Kälte kam.

Rufus versuchte zu verstehen. »Ein Bogen, durch den man andere, weit entfernte Orte auf der Erde erreichen kann, angetrieben von einem *Mechanismus?*«

Samantha ging langsam an den Zahnrädern und Wellen vorbei. »Danach sieht es aus, nicht wahr?«

Rufus folgte ihr. »Es ist unmöglich«, sagte er kategorisch. »Die von den Windmühlenflügeln auf die Hauptwelle übertragene Windkraft reicht nicht annähernd für den Transfer einer Masse von der Größe eines menschlichen Körpers. Dafür ist weitaus mehr Energie erforderlich.«

»Denke ich auch«, stimmte ihm Samantha zu. »Aber dieser hochkomplexe Mechanismus ist mit dem Bogen verbunden und dürfte einen bestimmten Zweck erfüllen. Welchen? Wohin geht die Bewegung?«

Spekulation, wisperte das Zweithirn. Thesen und Hypothesen.

»Steuerung?«, erwiderte Rufus. »Kalibrierung? Adaptierung?«

Neue Hypothese, meldete sich der neuronale Symbiont.

»Vielleicht verhält es sich auch genau andersherum.« Rufus beobachtete den Bogen und sein kaltes perlmuttgraues Herz. Dann wanderte sein Blick über die Wellen und Zahnräder, die alle in Bewegung waren. Nirgends gab es Verlangsamung oder Stillstand. »Vielleicht leitet der Mechanismus gar keine Energie in den Bogen, sondern nimmt welche auf.«

»Wozu?«

»Um ihn stabil zu halten?«

Samantha lächelte kurz. »Das ist eine Frage, keine Antwort.«

»Es ist eine Spekulation«, sagte Rufus und verwendete damit ein Wort, das sein Zweithirn in letzter Zeit oft benutzt hatte. »Vielleicht kann uns Rebecca Auskunft geben. Mit den Bögen kennt sie sich offenbar weit besser aus als wir. Außerdem ... Ich bin durstig. Wenn du gestattest, Sam ...«

»Natürlich.«

Sie kehrten zur Treppe zurück, begleitet vom leisen Surren Tausender Zahnräder und Wellen.

Vor den Stufen zögerte Samantha. »Rufus ...«

»Ja?«

»Die Gräber. Was bedeuten sie deiner Meinung nach? Was *könnten* sie bedeuten? Dass wir alle sterben?«

Rufus sah ihr in die Augen und erkannte die Sorge darin. Eine Sorge, die nicht nur ihrem persönlichen Schicksal galt, sondern auch und vor allem der neuen Mission, die darin bestand, das Spike unschädlich zu machen.

»Wenn es nicht nur *eine* veränderte Erde gibt, sondern viele, sogar *unendlich* viele, jede von ihnen eine alternative Realität«, sagte er, »dann könnten wir tatsächlich irgendwo und irgendwann gestorben sein, in mehr als nur einer möglichen Bruch-Wirklichkeit. Aber es bedeutet nicht, das wir – du und ich in *dieser* Realität – sterben werden.« Der Symbiont flüsterte ihm weitere Worte zu, die noch besser den Kern der Sache trafen. »Die Gräber bedeuten nicht, dass wir scheitern.«

Samantha nickte. »Ein Hinweis, den ich dankbar zur Kenntnis nehme, Rufus. Allerdings, wenn du recht hast mit deiner Theorie von den zahllosen alternativen Realitäten … Müssten wir daraus nicht den Schluss ziehen, dass der Bruch noch viel weiter und tiefer geht? Genügt es, das Spike in einer dieser vielen Realitäten zu töten?«

Auch darüber hatte das Zweithirn bereits nachgedacht, und Rufus empfing die Resultate der Überlegungen. »Die Wahrscheinlichkeit dafür, dass der Bruch durch die Aktivität eines Tahota-Artefakts ausgelöst wurde, berechne ich inzwischen auf vierundneunzig Komma sieben Prozent. Das Artefakt wäre dann immer noch aktiv, was das Beben im Ödland und unser Transfer hierher, ohne Transit durch einen Bogen, offenbar belegen. Ich vermute einen Zusammenhang mit dem modulierten Signal im irdischen Kraftfeld, das wir bei unserem Anflug geortet haben.« Während er sprach, rückten die Dinge für Rufus an ihren Platz. Das geschah manchmal – ausgesprochene Worte schienen mehr Gewicht zu haben als Gedanken. »Die Deaktivierung des betreffenden Artefakts eliminiert die Ursache des Bruchs und müsste die Scherben zu der einen Erde zusammenfügen, die wir kennen.«

»Müsste«, betonte Samantha.

»Es gibt keine Garantie dafür, aber eine Wahrscheinlichkeit von neunundachtzig Komma zwei Prozent, wenn meine vorherigen Überlegungen zutreffen. Doch wenn sich die Scherben zusammenfügen und das Spike noch existiert, droht der Erde eine globale Infektion.« Der Symbiont sprach, und Rufus fügte hinzu: »Oh, hier ist eine weitere interessante Theorie. Das Spike wurde der Bruch-Erde als externer Faktor hinzugefügt und existiert deshalb *nur* hier, in dieser Welt. Allerdings kann es mit jedem Bogen-Transit weitere, alternative Bruch-Welten erreichen.«

Samantha dachte kurz darüber nach. »Ich weiß nicht, ob mir diese Theorie gefällt. Auch wir sind ein ›externer Faktor‹. Wenn du recht hast, wären auch wir nur in einer beschränkten Anzahl von Bruch-Welten präsent, und dann könnten die Gräber tatsächlich ein Hinweis auf unser Scheitern sein.«

Zwei oder drei Sekunden lang suchte Rufus nach einer geeigneten Antwort, dann sagte er langsam und bedächtig: »Wir sollten vor allem darüber nachdenken, wie wir erfolgreich sein können, Sam.«

»Und da hättest du einen Vorschlag?«

»Nun, wir sollten versuchen, Kontakt mit dem Institut auf der anderen Seite aufzunehmen, um mit seiner Hilfe das Spike zu eliminieren und anschließend den Bruch rückgängig zu machen, und zwar durch die Deaktivierung des betreffenden Tahota-Artefakts.«

»Das bringt uns zu Rebecca zurück, nicht wahr?«

»Ja«, bestätigte Rufus. »Wir brauchen die Karte von den Bögen, die sie im Kopf hat. Wir brauchen ihre besonderen Fähigkeiten. Vielleicht kann sie den Bogen in diesem Raum auf ein Ziel programmieren, von wo wir mit dem Institut in Kontakt treten können.«

»Zwang ist ausgeschlossen«, sagte Samantha.

»Dann sprich mit ihr«, schlug Rufus vor. »Vielleicht hört sie auf dich.«

»Wir sprechen beide mit ihr. Sie soll nicht auf *mich* hören, sondern auf die Stimme der Vernunft.«

Sie gingen die Treppe mit den knarrenden Stufen hoch. Unter ihnen wölbte sich der blaue Bogen, umgeben von Zahnrädern und Wellen.

Von menschlichen Augen unbeobachtet flackerte es in seinem perlmuttgrauen Innern.

75 Rufus trank, nicht gierig, obwohl er Durst hatte, sondern langsam, in kleinen Schlucken. Jasil zog gelbe Fruchtstücke aus einer geöffneten Dose und verschlang sie heißhungrig. Rebecca aß nach Curry riechenden Brei aus einer anderen Dose, und Rufus bemerkte, mit welcher Aufmerksamkeit sie Samantha beobachtete, die ebenfalls eine Dose nahm und sie an einer Lasche aufzog, woraufhin ein aromatischer Duft durch die Kammer zog. Rufus kannte ihn von seiner Zeit vor fünfzig Jahren auf der Erde: Es roch nach Kirschen. Jasil ließ seine Dose sinken, schnupperte und fragte Samantha, ob er probieren dürfe. Natürlich durfte er.

Rebecca blickte sich in der kleinen Speisekammer um, ging an den Regalen entlang und sah sich die Konserven an. »Auch in Aragon gibt es so etwas«, sagte sie. »Eine der automatischen Fabriken hat ein Programm für die Herstellung von Konserven, wie man sie nennt. Aber ich bezweifle, dass dies hier aus Aragon stammt.«

Samantha trank aus einem Plastbehälter, aß einige Kirschen und überließ die Dose Jasil. »Ich habe Rufus den Bogen gezeigt«, sagte sie. »Kannst du ihn bedienen, Rebecca?«

»Bedienen?«

»Kannst du ihn aktivieren und ein Ziel wählen?«

»Mal sehen«, erwiderte Rebecca und aß etwas mehr von dem braungelben Brei.

»Ich muss mit dir reden«, sagte Samantha nach einer kurzen Pause. Sie beobachtete Jasil, der die Kirschen genoss, während sie gleichzeitig von Rebecca beobachtet wurde. Rufus behielt alle drei im Auge und wartete. »*Wir* müssen mit dir reden«, fügte Samantha hinzu und deutete in seine Richtung. »Drüben im Hauptraum …«

»Nein.« Rebecca schüttelte den Kopf. »Mein kleiner Bruder soll hören, was es zu sagen gibt. Er muss lernen, dass man sich nichts vormachen darf. Nicht wahr, Jasil?«

Der Junge stopfte sich Kirschen in den Mund.

»Es geht um das Spike, habe ich recht?«, fragte Rebecca. »Um das Ungeheuer, das ihr mitgebracht habt.«

Jasil hörte auf zu kauen.

»Der Bogen unten im Keller …«, sagte Samantha sanft. »Kannst du ihn … kontrollieren?«

»Ein Ungeheuer?«, brachte Jasil hervor. Er sah sich um. »Wo?«

Rebecca legte ihm den Arm um die Schultern. »Nicht hier.«

»Das Spike ist ein sehr gefährliches Geschöpf«, betonte Rufus, während sein Zweithirn Wahrscheinlichkeiten für eine globale Infektion und die Behebung des Bruchs berechnete. »Das gefährlichste, das wir kennen.« Er beschrieb es noch einmal mit knappen Worten, nicht nur für Jasils Ohren, sondern auch für Rebecca, damit sie begriff, was der Erde drohte. »Wir müssen das Spike töten, bevor wir darangehen können, die Erde zu ... heilen.«

Rebecca richtete einen scharfen Blick auf Samantha. »Könnt ihr das? Könnt ihr die Bruch-Scherben zusammenfügen?«

Rufus wartete auf ein Zeichen von Samantha und bekam eins – ein kurzes Nicken bedeutete ihm, er solle weitersprechen.

»Ich habe ein zweites Gehirn, wie ihr wisst«, fuhr Rufus fort. »Dieses Zweithirn hat die ganze Zeit über Informationen gesammelt und ausgewertet, und ich glaube zu wissen, was den Bruch verursacht hat: ein besonderes Artefakt, das noch immer aktiv ist.«

»Wo?« Rebecca nahm den Arm von Jasils Schultern und beugte sich vor. »Wo befindet es sich?«

Köder, flüsterte der neuronale Symbiont.

»Vielleicht auf der anderen Seite«, antwortete Rufus. »Oder in der Stadt im Eis.« Er räusperte sich. Lügen und Ungenauigkeiten widerstrebten ihm, aber manchmal heiligte der Zweck tatsächlich die Mittel. »Wenn wir das Artefakt deaktivieren, finden die Scherben der Welt wieder zueinander. Dann verschwinden die Risse, und die Erde ... heilt. Aber bevor wir den Bruch beheben, müssen wir das Spike töten, denn wenn es am Leben bleibt, könnte es die Menschen der geheilten Erde infizieren. Es gibt zwei Möglichkeiten, das Spike zu eliminieren: mit dem Kernbrecher, der bei Konsul Marcus zurückgeblieben ist, oder mithilfe der Technologie der anderen Seite.«

»Das alles hat dir dein zweites Gehirn gesagt?«, fragte Rebecca.

Rufus nahm zur Kenntnis, dass sie dazu überging, auch ihn zu duzen, nicht nur Samantha.

»Ja.«

»Was ist mit eurem Schiff, der *Eklipse*? Es kehrt doch bald zurück, nicht wahr? Und es hat viele Artefakte an Bord. Vielleicht befindet sich darunter eine Waffe, die ebenso wirkungsvoll wie der ›Kernbrecher‹ ist.«

»Rebecca ...« Samantha sprach erneut sehr sanft. »Wir wissen nicht, wann genau die *Eklipse* zurückkehrt. Es könnte Tage oder auch Wochen dauern, und wir dürfen dem Spike nicht genug Zeit für die Fortpflanzung lassen.«

Rufus beobachtete, wie Rebeccas rechte Hand nach dem Revolver tastete, wie um sich zu vergewissern, dass er noch immer da war. Erneut überlegte er, ob er versuchen sollte, die Waffe an sich zu bringen. Samantha schien seine Gedanken zu erraten, denn sie warf ihm einen warnenden Blick zu.

»Ich bringe euch nicht zu Marcus, so viel steht fest«, sagte Rebecca.

»Die Stadt im Eis«, sagte Samantha. »Oder besser noch die andere Seite.«

»Die Leute dort sind vielleicht noch schlimmer als Marcus!«

»Auf der anderen Seite gibt es das Institut für Technologische Innovation, und die *Eklipse* war im Auftrag dieses Instituts unterwegs«, sagte Rufus. »Es wird uns helfen, und dann können wir dir helfen, dir und der ganzen gebrochenen Welt.«

Rebecca hob den Kopf und deutete in die Runde. »Seht euch um. Die Regale sind gefüllt mit Konserven und Wasserbehältern. Niemand stört uns hier, niemand bedroht uns. Der Proviant reicht für Monate. Wir könnten hierbleiben und abwarten.«

»*Worauf* sollen wir warten?«, fragte Samantha.

Rebecca beachtete sie nicht. »Einige Monate der Ruhe und des Friedens. Ohne Sorgen. Wenn der Bogen aktiv ist, frage ich meine Steine, wie man ihn deaktiviert, damit niemand, *niemand*, hierherkommen kann.«

»Wenn wir einige Monate untätig verstreichen lassen, hätte das Spike genug Zeit, sich fortzupflanzen, seine Sporen und Nachkommen durch die Bögen zu schicken und vielleicht sogar einen Weg zur anderen Seite zu finden«, erklärte Rufus und appellierte an Rebeccas Vernunft. »Ich versichere dir, dass ich nicht übertreibe, wenn ich sage: Sobald sich das Spike fortgepflanzt hat, ist die Erde praktisch verloren. Während wir hier in ›Ruhe und Frieden‹ leben, wie du es ausdrückst, würden Tausende von Menschen sterben und viele andere zu willenlosen Marionetten des Spikes werden. Davor dürfen wir nicht die Augen verschließen. Wie du selbst sagst, Rebecca: Wir dürfen uns nichts vormachen.«

Es folgten einige Sekunden des Schweigens. Aus dem Hauptraum kam das Summen der Zahnräder und Wellen, eines großen, komplexen Mechanismus, der sich nach unten fortsetzte und im Keller den kalten kobaltblauen Bogen umgab.

Rufus spürte, dass sein Zweithirn gleich mehreren Fragen nachging. Es beschäftigte sich nicht nur mit dem Spike und der Notwendigkeit seiner Elimination, sondern auch mit den Gräbern und dem Ursprung der Mühle und was sich darin befand.

»Wie sieht das Ungeheuer aus?«, fragte Jasil mit großen Augen. »Was macht es?«

»Es besteht aus Stacheln und Dornen«, antwortete Rufus und beschrieb das Spike, wobei er darauf achtete, Worte zu verwenden, die ein Kind verstehen konnte. Jasil erschauerte mehrmals, doch vielleicht waren es die wohligen Schauer von jemandem, der sich an einem sicheren Ort wähnte und eine Gruselgeschichte erzählt bekam.

»Rebecca«, sagte Samantha schließlich, »du bist in einer harten Welt aufgewachsen und hast gelernt, dass man immer aufpassen muss, weil überall Gefahr droht. Marcus trachtet dir nach dem Leben, und der Konsul ist ein mächtiger Mann. Die Umstände zwangen dich bisher, immer nur ans Jetzt zu denken. Aber wir alle leben in einer größeren Welt als nur unserer eigenen, und manchmal geraten wir in Situationen, die von uns verlangen, Verantwortung zu übernehmen und nicht mehr nur an uns selbst zu denken, wie auch immer die Umstände beschaffen sind. Wenn man in solchen Situationen nicht mehr allein zurechtkommt, muss man auf Hilfe zurückgreifen, was Vertrauen erfordert. Ich bitte dich, *uns* zu vertrauen, Rebecca. Denk daran, was dir deine Steine über uns gesagt haben. Wir können dir tatsächlich helfen. Wenn du *uns* hilfst.«

»Ich möchte das Ungeheuer sehen«, sagte Jasil leise.

»Nein, das möchtest du nicht, kleiner Bruder«, widersprach Rebecca und dachte nach. »Ich habe viele Bücher gelesen. In Aragon und auch später. Der Name eures Raumschiffs ...«

»*Eklipse*«, sagte Samantha.

»Ich weiß, was das Wort bedeutet. Ich meine, ich habe darüber gelesen. ›Eklipse‹ nennt man die Verdunkelung eines Himmelskörpers durch einen anderen, wie bei einer Mond- oder Sonnenfinsternis.«

»Ja, das stimmt«, bestätigte Samantha.

»Aber ›Eklipse‹ bedeutet noch mehr. So nennt man es, wenn ein Virus in einen Menschen oder in ein Tier eindringt und sich dort zu vermehren beginnt. Diese Erklärung stand in einem Fachbuch mit vielen schwierigen Begriffen. Ich weiß nicht, was genau das bedeutet, aber das Wort ›Infektion‹ stellt offenbar eine Verbindung zu eurem Raumschiff dar.«

Rebeccas Ausführungen erstaunten Rufus. Er fand es verwunderlich, dass dieses Mädchen sogar medizinische Fachbücher las und sich den Inhalt merkte, obwohl sie ihn nicht oder zumindest nur ansatzweise verstand. Fotografisches Gedächtnis, flüsterte ihm sein Zweithirn zu.

»In seinem Buch *Geschichte der Welt*«, fuhr Rebecca fort, »schreibt R. Quintex an einer Stelle darüber, dass Worte manchmal mehr sind als nur Worte, dass sie in direkter Beziehung zur Realität stehen.«

Rufus bemerkte den verwirrten Blick, mit dem Jasil zu seiner Adoptivschwester aufsah. Er verstand nicht, wovon sie sprach.

»Ein interessanter Gedanke«, kommentierte Samantha. »Du meinst etwas, das man in einer alten Sprache unserer Erde ›nomen est omen‹ nannte, was übersetzt bedeutet: ›Der Name ist ein Zeichen.‹«

»Allerdings bezieht sich der Name unseres Schiffes nicht auf das Spike«, fügte Rufus schnell hinzu, um jeden falschen Verdacht von Samantha und sich zu weisen. »Die Aufgabe der *Eklipse* bestand nicht darin, das Spike zur Erde zu bringen.«

Das Zweithirn nahm diesen Hinweis mit Interesse zur Kenntnis und begann mit neuen Überlegungen. Analytische Korrelationen, teilte der neuronale Symbiont mit. Wahrscheinlichkeitsberechnung für semantische Zusammenhänge.

»Dieser R. Quintex muss ein sehr interessanter Mann sein«, wandte sich Samantha an Rebecca. »Du erwähnst sein Buch nicht zum ersten Mal. Bist du ihm jemals begegnet?«

»Leider nicht. Ich würde gern mit ihm reden.« Rebecca stand auf. »Gehen wir zum Bogen.«

76 »Das solltest du besser nicht anfassen«, sagte Rufus, als Jasil die Hand nach den kleinen und großen Zahnrädern und Wellen ausstreckte. »Du könntest den Mechanismus beschädigen, und dann funktioniert der Bogen vielleicht nicht mehr. Außerdem«, fügte er hinzu, »will ich nicht, dass du dich verletzt.«

Der Junge ließ die Hand sinken. »Es ist kalt.«

»Die Kälte kommt aus dem Bogen«, sagte Samantha. »Rebecca?«

Sie stand am blauen Rand des Bogens, beobachtete die Verbindungen zwischen ihm und dem Mechanismus und berührte erste Symbole. Ein Knistern kam aus den Tiefen des perlmuttgrauen Transitmediums, und etwas bewegte sich darin. Rufus trat näher und versuchte, Einzelheiten zu erkennen.

Rebecca holte den Beutel mit ihren Steinen hervor und musste dafür zuerst eine Nahrungskonserve aus der Hosentasche ziehen. Sie alle hatten sich die Taschen mit Proviant gefüllt, und Rufus und Samantha trugen zusätzlich zwei Behälter mit Trinkwasser.

Einige Sekunden lang stand Rebecca völlig reglos und lauschte mit geschlossenen Augen den Stimmen ihrer Steine. Rufus beobachtete sie und fragte sich nach Art und Möglichkeiten dieser besonderen Kommunikation. Wenn es sich bei den Steinen um Tahota-Artefakte handelte – woher stammten die Stimmen, die Rebecca mit ihrem besonderen Talent hörte?

Transkription und Transformation, flüsterte das Zweithirn.

Rufus glaubte zu verstehen. Vielleicht hörte Rebecca gar keine Stimmen. Möglicherweise empfing sie etwas, das ihr Verstand in das Äquivalent von Stimmen verwandelte, weil es in ihrem sensorischen Bezugssystem nichts Vergleichbares gab. Sie hörte »Stimmen«, doch in Wirklichkeit empfing sie Informationen, mental übertragene Daten.

Mit der freien Hand berührte Rebecca weitere Symbole. Es flackerte kurz im kalten Grau.

»Der Bogen hat geschlafen«, sagte sie. »Jetzt ist er wach.«

Sie steckte den Beutel mit den Steinen ein und schob dann auch die Konserve zurück in die Hosentasche.

»Kannst du ein Ziel wählen?«, fragte Samantha.

»Ich denke schon.«

»Die andere Seite«, sagte Rufus. »Bring uns zum Institut.«

Rebecca berührte weitere Symbole. Es wurde noch kälter, und für einen Moment wirkte das Grau im Bogen wie Eis.

»Unmöglich«, sagte Rebecca. »Von hier aus gibt es keine direkte Verbindung.«

»Die Stadt im Eis«, schlug Samantha vor. »Du hast erzählt, dass es von dort aus einen Weg zur anderen Seite gibt.«

»Das habe ich gehört«, schränkte Rebecca ein.

»Bring uns dorthin«, sagte Rufus, ging zu Jasil, der sich für ein goldenes Zahnrad interessierte, und legte ihm die Hand auf die Schulter. »Bring uns zur Stadt im Eis.«

Der Junge zitterte. »Mir ist kalt.«

Rebeccas Finger tasteten über Symbole, die unter ihnen kurz aufleuchteten. »Vielleicht, vielleicht …«

»Ja?«, fragte Samantha.

»Vielleicht habe ich einen Weg gefunden.«

Auf einmal stülpte sich das kalte Grau im Innern des Bogens vor wie ein sich öffnendes Maul. Das Knistern wiederholte sich, und Rufus gewann erneut den Eindruck, dass sich in den grauen Tiefen des Transitmediums etwas bewegte.

»Ich glaube …« Rebecca wich einen Schritt zurück, neigte den Kopf ein wenig zur Seite und schien wieder einer Stimme zu lauschen, die nur sie hören konnte. »Ich glaube, die Verbindung ist hergestellt.«

»Glaubst du es nur, oder bist du dir sicher?«, fragte Samantha, der man ihre Nervosität anhören konnte.

»Ich …« Rebecca unterbrach sich erneut, als die Bewegungen im Bogeninnern noch deutlicher wurden. Rufus meinte, Zapfen aus transparentem Eis zu erkennen.

Das Zweithirn wies ihn auf seinen Irrtum hin. Was er für Eiszapfen hielt, waren in Wirklichkeit lange Stacheln und Dornen mit weißen Spitzen.

»Sam …«

»Ich hab's gesehen. Das Spike, Rebecca. Es ist dort drin. Kann es uns sehen? Kann es hierherkommen?«

Im dumpfen, gleichmäßigen Surren des Mechanismus gab es plötzlich andere Geräusche, ein Knirschen und Knacken, das auf Unregelmäßigkeiten hindeutete, auf Berührungen dort, wo sich nichts berühren sollte. Rufus blickte sich um, die Hand noch immer auf der Schulter des Jungen. Er fühlte, wie Jasil zitterte, doch diesmal war es ein Zittern, das aus Boden und Wänden kam.

Instabilität, flüsterte der neuronale Symbiont. Inkongruenz.

Ein Zahnrad, gelb wie Gold, brach, und die Zähne anderer Räder griffen plötzlich ins Leere. Eine silberne Welle, dünner als ein Finger, geriet aus dem Gleichgewicht, bog sich und splitterte. Das war der Anfang. Weitere Zahnräder und Wellen gaben nach, das Surren wurde leiser, das Knirschen und Knacken lauter.

Das graue Herz des Bogens flackerte. Auswölbungen bildeten sich, lang und spitz, wie geschaffen von den Stacheln des Spikes.

»Kann das Spike hierherkommen, Rebecca?«, wiederholte Samantha. »Nimmt es uns wahr?«

»Es sieht uns.« Rufus empfing die Worte von seinem Zweithirn und sprach sie aus. »Es riecht uns. Es weiß, wer wir sind, und es will uns erreichen. Das Spike ist ein von den Tahota geschaffenes Geschöpf, und die Bögen stammen ebenfalls von ihnen. Es kennt sich damit aus, es ist damit vertraut. Es sucht einen Weg hierher, und es wird ihn finden, gleich.«

Mehr Zahnräder brachen, manchmal zwei oder drei zugleich. Tief im Innern des Mechanismus klopfte und pochte es. Das Zittern in Jasils Schultern wurde stärker – der Boden unter ihnen erbebte.

»Zur Stadt im Eis, jetzt sofort!« Rufus nahm die Hand des Jungen und trat mit ihm vor. Jasil widersetzte sich nicht, er vertraute ihm. »Bevor das Spike uns dorthin folgen kann.«

»Bist du dir *sicher*, Rebecca?«, fragte Samantha. »Besteht die richtige Verbindung?«

Der mit dem Bogen verbundene Mechanismus brach. Goldene und silberne Metallsplitter, fein wie Staub, rieselten zu Boden. Intakte Zahnräder drehten sich allein und leer. Andere wurden von verbogenen Wellen blockiert oder verloren an ihnen die Zähne. Eine Woge der Zerstörung schwappte durch die vielen Bauteile der komplexen Vorrichtung, mit dem Ergebnis, dass das Grau im Innern des Bogens immer stärker flackerte.

Unverzügliches Handeln!, riet das Zweithirn.

»Bleib dicht bei mir!«, sagte Rufus zu dem Jungen. »Ich wärme dich.«

Er trat in den Bogen.

Die Kälte verschlug ihm den Atem. Sie schloss sich um ihn und drückte zu, als wollte sie ihn zerquetschen. Jasil wimmerte, und Rufus schlang die Arme um ihn.

Sekunden vergingen, während sich der Frost durch den Schutzanzug fraß, den er noch immer trug. Normalerweise hätte die Sicherheitsautomatik reagieren, den Helm schließen und die Heizung aktivieren müssen, doch nichts dergleichen geschah. Vielleicht ein Defekt. Oder die Ladung der Energiezellen genügte nicht.

Etwas ragte vor ihm und Jasil auf, ein kleiner Berg aus Stacheln und Dornen, der sich langsam drehte, als wollte er verborgene Augen auf sie richten. Mit schweren Schritten und die Arme weiterhin um Jasil, wich Rufus beiseite und trat tiefer hinein ins dichter werdende Grau, fort von dem Geschöpf, das nach ihm und den anderen Ausschau hielt. Es wurde noch kälter, und er drohte das Gefühl für den eigenen Körper zu verlieren.

Ein Sog erfasste ihn, und er gab ihm nach, in der Hoffnung, dass er vom Ziel ausging, das Rebecca gewählt hatte. Gab es noch festen Boden unter ihm, oder fiel er? Und wie viel Zeit verstrich?

Hinter ihm ertönte ein Knacken und Bersten, vielleicht vom Mechanismus in der Mühle, der endgültig auseinanderbrach. Von vorn und von den Seiten – wenn solche Richtungsangaben *hier* etwas bedeuteten – kam ein Kreischen und Heulen, gedämpft wie durch Watte in den Ohren. Rufus glaubte, den Schrei des Spikes zu hören, doch sein Zweithirn war anderer Meinung. Signal, teilte es ihm mit. Lokalisierung. Echolotung, Äquivalent. Transitsystem, Verzweigungen.

Neben ihm schnappte Jasil nach Luft, und plötzlich stand Rufus nicht mehr und fiel auch nicht, mitgerissen von dem Sog.

Er lag im Schnee, auf einer weißen Plattform, über der sich ein großer scharlachroter Bogen spannte, mit einem Durchmesser von mindestens zehn Metern. Blasen bildeten sich in seinem perlgrauen Innern und spuckten zwei Gestalten in den Schnee, der die Plattform bedeckte: Rebecca und Samantha.

Die Konservendosen in ihren Hosentaschen klapperten, als Rebecca mit der Kraft der Jugend aufsprang, herumwirbelte und ihren Revolver auf das wogende, flackernde Grau des Bogens richtete.

»Ich hab's gesehen!« Sie atmete schwer. »Das Geschöpf. Ich hab's gesehen!«

Rufus half Jasil auf die Beine.

»Es hat geschrien. So laut, dass es wehtat.« Der Junge hob die Hände zu den Ohren.

»Es war nicht der Schrei des Spikes.« Rufus sah Samantha und Rebecca an. »Was wir gehört haben, war ein Suchsignal.«

Auf allen Seiten ragten blau-weiße Eiswände empor, kalt und glatt. Direkt über der Plattform, in einer Höhe von mehreren Hundert Metern, befand sich eine runde Öffnung im Eis. Durch sie fiel Licht herab und vereinte sich mit dem Glühen des Bogens. Das Flackern und Wogen in seinem Innern ließ nach, das Grau wurde flach und statisch – nichts deutete darauf hin, dass ihnen das Spike auf den Fersen war.

Eine breite Treppe führte weiter unten zu einem Weg, der in einem halbdunklen Eistunnel verschwand. Zu Beginn des Tunnels wiesen die Wände mehrere höhlenartige Nischen auf, die offenbar nicht leer waren. In einer von ihnen regte sich etwas.

Eine Gestalt aus Metall, Komposit und Polymerverbindungen trat aus ihr, stapfte auf zwei mehrgelenkigen Beinen über den Weg. Hydraulische Systeme summten und brummten, als der Kampfbot eine Treppenstufe nach der anderen erklomm, am Rand der Plattform verharrte und zwei mittelschwere Blasterkanonen auf die Menschen richtete, die gerade aus dem Bogen gekommen waren.

»Identifizieren Sie sich!«

Rufus brauchte einen Moment, um zu begreifen, dass die Wächtermaschine ihre Aufforderung auf Interlingua an sie gerichtet hatte, in der Sprache der Erde und ihrer siebzehn Kolonien.

Rebecca hob den Revolver.

»Nein!«, sagte Rufus sofort.

Samantha trat vor. »Wir sind Besatzungsmitglieder der *Eklipse*, eines Raumschiffs des Instituts für Technologische

Innovation.« Sie nannte ihren vollständigen Namen samt Dienstbezeichnung und fügte die ID-Nummer hinzu.

Der zweieinhalb Meter große Kampfbot trat einen weiteren Schritt näher. Er erkannte den Revolver in Rebeccas Hand als Waffe und richtete eine schwere Blasterkanone auf sie.

»Identifizierung negativ«, erwiderte er. »Identifizieren Sie sich!«

»Wir sind …«, begann Samantha erneut.

Rufus hob die Hand. »Warte, Sam. Weder unsere Namen noch unser Schiff sind in seinem Speicher abgelegt. Aber die ID-Codes des Instituts dürften ihm bekannt sein.« Er berührte den Kommunikator an seinem Kragen und sendete einen Notruf mit ITI-Kennung.

Die Kampfmaschine ließ ihre Blaster sinken und wich beiseite. »Befugnis anerkannt.«

Rufus hörte Samanthas erleichtertes Seufzen. Sie deutete die Treppe hinunter und in den Tunnel. »Besuchen wir die Stadt im Eis.«

Es lebt

77 Marcus

Selbst gegen Mitternacht lastete die schwüle Hitze noch schwer auf der Stadt an den Zwei Grünen Flüssen. Es brannten keine Feuer mehr in Smirga, aber Rauchschwaden zogen langsam über Häuser und durch Straßen. Der Platz im Stadtzentrum war nicht leer. Reisende warteten vor dem aktiven Bogen, Männer und Frauen in den Uniformen der Transportgesellschaft kontrollierten ihre Plaststreifen, Wächter patrouillierten. Alles sah nach normaler nächtlicher Aktivität aus; selbst wer genau hinsah, hätte nichts Außergewöhnliches bemerkt. Die Beobachter und Soldaten blieben im Verborgenen, wie es der Konsul von ihnen verlangte. Seit Stunden behielten sie den Platz aufmerksam im Auge.

»Es ist spät«, sagte Clem schließlich und rückte die Patronengurte auf seiner breiten Brust zurecht. »Sie kommt nicht mehr.«

Marcus saß am Fenster und blickte durch einen Spalt zwischen den Vorhängen. Die Wohnung befand sich im obersten Stock eines Gebäudes direkt am Platz und war nach den Maßstäben von Smirga luxuriös eingerichtet, mit teuren Möbeln, handgeknüpften Teppichen und gemalten Bildern. Im Arbeitszimmer mit dem großen Schreibtisch aus weinrotem Holz gab es sogar eine Kommunikationsstation. Die Wohnung gehörte einem reichen Kaufmann, dessen Namen Marcus gehört und sofort wieder vergessen hatte. Uddrack, Vizedirektor der Transportgesellschaft in Smirga – der dicke, schwitzende Mann saß hinter Marcus und Clem, die Hände auf dem weit vorgewölbten Bauch gefaltet –, hatte sie vorübergehend konfisziert. Diese Nacht mussten der Kaufmann und seine Familie in einer Herberge verbringen.

Marcus seufzte und stand auf. »Wer hätte das gedacht? Rebecca hat tatsächlich beschlossen, das Ödland zu durchqueren.«

»Sie ist schlau«, sagte Clem.

»Oder die Fremden stecken dahinter.« Diese Vorstellung behagte Marcus nicht, denn sie bedeutete, dass sich Rebeccas Verhalten nicht mehr vorhersagen ließ.

Clem räusperte sich. »Wir werden sie finden.«

Jemand klopfte und öffnete die Tür. Ein Soldat blickte ins Zimmer.

»Ein Kurier möchte Sie sprechen, Konsul.«

»Herein mit ihm!«

Ein junger Mann trat ein, den Marcus kannte: Isalf. Er trug noch immer – oder wieder – eine weite Werkzeughose und ein verblichenes Hemd.

»Dibrosch wird angegriffen«, sagte er ohne Einleitung.

Dibrosch – so lautete der Name einer unabhängigen Region. Marcus dachte daran, dass sein Besuch in Aragon mehr als vier Stunden zurücklag. Die Frist, die er General Arkos gesetzt hatte, war verstrichen.

»Ich weiß«, antwortete er. »Aragons Truppen gehen gegen die Unabhängigen vor.«

»Nein.« Isalf trat näher. Er roch nach Schweiß und Rauch. »Etwas ist in Dibrosch erschienen. Eine Kreatur, die unverletzlich scheint. Mit Pistolen, Revolvern und selbst mit Maschinengewehren lässt sich nichts gegen sie ausrichten.«

Das Spike, dachte Marcus.

»Befindet sich die Kreatur noch in Dibrosch?«

»Es gibt keine anderslautenden Meldungen, Konsul.«

Marcus überlegte, die Hand gehoben, die Kuppe des Zeigefingers am Kinn. Er dachte daran, was ihm die beiden Besucher von den Sternen, Samantha und Rufus M, über die Gefährlichkeit des Spikes gesagt hatten. Zwei mächtige Waffen standen ihm zur Verfügung. »Clem ...«

»Ja, Konsul.«

»Ich brauche Techniker. Für Zarbas Bombe.« Marcus sprach schnell und präzise, während der Plan in seinem Kopf Gestalt annahm. Wenn er die Situation richtig einschätzte, kam es auf jede Sekunde an. »Hol Luntha. Frag bei Zarba nach, wenn wir hier keine geeigneten Leute haben.«

Clem war bereits bei der Tür und wartete auf Anweisungen.

»Die Bombe soll scharf gemacht und für den Transit durch den Bogen vorbereitet werden. Ziel: Dibrosch. Einer der kleinen Bögen in den Schluchten.«

Der Mann mit den Patronengurten nickte und verließ die Wohnung.

Marcus wandte sich an den Kurier. »Setzen Sie sich unverzüglich mit Aragon in Verbindung, und weisen Sie General Arkos in meinem Namen an, unsere Soldaten aus Dibrosch abzuziehen. *Sofort.* Wie auch immer die dortige Situation sein mag: Sie sollen die Region verlassen.«

Isalf nickte und lief los.

Marcus zog den Vorhang am Fenster beiseite und blickte hinaus – es spielte keine Rolle mehr, ob man ihn erkannte oder nicht. Seine Gedanken schlugen eine neue Richtung ein. Vielleicht war es gar nicht schlecht, die Bombe *nicht* wie vorgesehen gegen die andere Seite einzusetzen. Immerhin ließ sich kaum vorhersagen, welchen Schaden sie dort anrichtete. Vielleicht zerstörte sie etwas, das er für einen Brückenkopf benötigte. Der alte Zorn über die Trennung von der besseren, ungebrochenen Welt musste in den Hintergrund treten, zugunsten von Vernunft und pragmatischen, auf Zweckdienlichkeit ausgerichteten Erwägungen.

Außerdem verfügte er noch über die zweite Waffe, den Kernbrecher, den Samantha und Rufus M mitgebracht hatten. Sein Einsatz erforderte einen speziellen Code, doch darin sah Marcus kein unlösbares Problem. Vielleicht waren die Studierten in der Lage, die Geheimnisse des Kernbrechers zu enträtseln und den Aktivierungscode herauszufinden. Oder es gelang ihm, Samantha und Rufus M zu finden und den Code von ihnen in Erfahrung zu bringen. Früher oder später würde er eine Spur von ihnen entdecken, da war er sich sicher.

Hinter ihm schnaufte der dicke Uddrack. »Was haben Sie vor, Konsul?«

Marcus drehte sich zu ihm um. »Wir besiegen die Unabhängigen, und zwar endgültig, Vizedirektor«, antwortete er. »Und mit ihnen ein Geschöpf, das uns alle bedrohen könnte. Die Fremden haben es mitgebracht.«

Uddrack stand auf. Licht fiel durchs Fenster und zeigte den

Schweiß in seinem Gesicht. »Könnte es auch hierherkommen? Oder nach Aragon?«

»Wir vernichten es, bevor es Gelegenheit dazu erhält.«

Im Licht der elektrischen Lampen funkelte der große Bogen von **78** Smirga wie Rosenquarz. Dicht vor seinem grauen Innern stand ein kleiner Transporter, beladen mit einem ovalen Objekt, etwa zwei Meter lang und sechzig Zentimeter dick. Technische Spezialisten überprüften zusammen mit dem jungen Luntha, der wieder einen bodenlangen hellblauen Staubanzug trug, die daran befestigten Sensoren und Kabel.

Der Studierte nickte zufrieden und näherte sich Marcus, der einige Meter entfernt auf der Plattform stand und die letzten Vorbereitungen beobachtete.

»Wir sind so weit«, sagte er.

»Schicken Sie die Bombe nach Dibrosch.«

»Es liegt noch keine Bestätigung für den Abzug der Truppen vor«, gab Isalf zu bedenken, der ein Kommunikationsgerät am Ohr trug. Hinter ihnen lag der Platz im Zentrum von Smirga leer und verlassen im Lampenschein. Soldaten von Aragon und Kontrolleure der Transportgesellschaft hatten ihn geräumt.

»Der Transfer findet *jetzt* statt«, entschied Marcus.

Luntha gab den Technikern ein Zeichen. Sie wichen zurück, und einer von ihnen betätigte die Schalter des mit dem Bogen verbundenen Kontrollgeräts.

Das Grau des Bogens kräuselte sich wie von Wind bewegte Flüssigkeit. Wellen entstanden, und es flackerte mehrmals, als würde jemand hinter dem Grau eine Lampe ein- und ausschalten. Kälte strömte in die kühle Nacht.

Der Transporter setzte sich in Bewegung, rollte mit der Bombe ins Grau und verschwand. Es flackerte noch einmal, deutlicher als zuvor. Dann glättete sich das Grau, die Kräuselungen und Wellen verschwanden.

»Ist die Bombe explodiert?«, fragte Marcus nach einigen Sekunden der Stille.

Luntha trat zu ihm. »Ja, Konsul. Wir haben den Zünder darauf programmiert, die Explosion unmittelbar nach dem Transit auszulösen. Dibrosch existiert nicht mehr.«

Marcus sah sich um. Nichts hatte sich verändert. Zwischen den Rauchschwaden leuchteten einzelne Sterne am Himmel. Es gab weder einen Lichtblitz noch ein entferntes Grollen. Alles blieb still.

»Nichts kann die Explosion überlebt haben«, sagte Luntha zuversichtlich. »Das fremde Wesen ist zweifellos tot. Und ebenso die Unabhängigen, die sich in Dibrosch befanden.«

»Und unsere Soldaten, falls die Zeit für einen vollständigen Truppenabzug nicht ausgereicht hat«, fügte Isalf hinzu.

»Wann können wir uns davon überzeugen, was in Dibrosch geschehen ist?«, fragte Marcus.

»Wir haben mehrere Drohnen entsandt«, antwortete Luntha und nahm von einem Techniker ein Gerät entgegen, das ihm Messergebnisse zeigte. »Sie sollten in sicherer Entfernung in Warteposition gehen, Bilder aufzeichnen und anschließend durch den nächsten Bogen zurückkehren. Wir rechnen damit, dass die ersten von ihnen morgen Mittag eintreffen.«

Ein Grollen kam aus der Nacht, aus dem Ödland jenseits der Stadt. Der Boden zitterte. Es begann als leichte Vibration, dann knirschte und knackte es im Boden, und ein schmaler Riss fraß sich durchs Pflaster.

»Luntha?«, fragte Marcus.

Bei den Technikern des Studierten und den Bogen-Spezialisten herrschte Aufregung. Sie kontrollierten die Anzeigen ihrer Instrumente.

»Der Bogen wird instabil!«, warnte einer.

»Bruch, Bruch!«, rief ein anderer.

Das Knirschen wurde lauter, das Knacken klang nach kleinen Explosionen, und Marcus beobachtete, wie Erschütterungen Staub aufwirbelten. Ein plötzlicher Stoß warf ihn fast von den Beinen.

Plötzlich war Clemens da und stützte ihn.

Der Bogen brach. Rosarote Brocken lösten sich aus ihm, manche klein wie eine Fingerkuppe, andere groß wie eine Männerfaust. Das eben noch glatte Grau in seinem Innern bekam Dellen und Beulen; es sah aus wie das Brodeln von zähflüssigem

Schlamm. Rote und gelbe Lichter flackerten auf wie der kurzlebige Widerschein von Flammen.

Marcus wich einen Schritt zurück. »Kann die Explosion der Bombe uns erreicht haben? Durch den Bogen hindurch?«

Etwas zerriss die Dunkelheit der Nacht. Plötzlich war es taghell, und Marcus kniff geblendet die Augen zusammen.

Eine Gestalt kam aus dem wabernden Grau, nicht von Stacheln und Dornen bedeckt, sondern mit zwei Armen und zwei Beinen. Aber es war kein Mensch. Die Gestalt bewegte sich anders, das Gesicht sah anders aus. In der rechten Hand hielt sie eine Waffe, eine Pistole.

Marcus erinnerte sich an die Schilderungen und Beschreibungen der Frau namens Samantha.

»Clem!«, rief er. »Nicht schießen, nicht töten!«

Clemens lief bereits, erreichte den Bogen, bevor die technischen Spezialisten reagieren konnten, und duckte sich, als die Gestalt schoss – die Pistolenkugel jagte über ihn hinweg und bohrte sich in ein Pult, an dem die Kontrolleure der Transportgesellschaft Plaststreifen von Reisenden überprüft hatten. Einen Moment später schlug Clem die Waffe zur Seite, packte die Gestalt und riss sie zu Boden.

Eine Stichflamme fauchte über sie hinweg, leckte wie eine Zunge aus Feuer über den Platz und traf das Haus, von dem aus Marcus den Bogen beobachtet und vergeblich auf Rebecca gewartet hatte. Die Fenster barsten. Gardinen, Vorhänge und trockenes Holz fingen Feuer.

Marcus beobachtete, wie direkt vor seinen Füßen ein Riss entstand. Das Knirschen wiederholte sich, als die Pflastersteine auseinanderglitten, wie bewegt von einer unsichtbaren Hand. Kalter Dunst kroch aus der Tiefe, und Marcus wich noch weiter zurück.

Etwas berührte ihn, und plötzlich hatte er das Gefühl zu fallen, obwohl der Boden unter seinen Füßen fest und stabil blieb. Der Sturz trug ihn vorbei an Wäldern und Wüsten, an Bergen und Meeren, am Eis von Gletschern und dem Feuer von Vulkanen. Die Bilder wechselten so schnell, dass Marcus keine Einzelheiten erkennen konnte, doch er wusste, was er sah: Welten des Bruchs, einzelne Scherben, in Zeit und Raum verstreut.

Eins der Bilder entfaltete sich vor ihm, schob alle anderen beiseite und zeigte ihm ein Geschöpf silbrig und weiß, wie aus Eis und Schnee, groß und voller tödlicher Kraft. Es flüsterte ihm etwas zu, es sprach mit einer Stimme, die ihn aus weiter Ferne erreichte, es ragte vor zerschmetterten Felsen und einem tiefen, glühenden Krater auf, von der Explosion einer Bombe in den steinigen Boden gebrannt.

Marcus begriff: Dibrosch war vernichtet, aber die Kreatur, von der Samantha und Rufus M erzählt hatten, existierte noch und lebte!

Rauch kratzte ihm im Hals. Er hustete, blinzelte mehrmals, weil ihm die Augen brannten, und stellte fest, dass er nicht mehr stand, sondern auf dem Boden lag, direkt neben dem Riss, dessen Entstehen er vor wenigen Sekunden beobachtet hatte. Nicht weit entfernt hörte er das Prasseln und Knistern von Flammen.

»Konsul!«

Jemand bückte sich und streckte die Hand aus. Marcus nahm sie und ließ sich auf die Beine helfen.

»Sind Sie verletzt, Konsul?«, fragte Luntha.

Marcus sah an sich herab. »Nein.« Er klopfte Staub von seinem schwarzen Anzug und zog die rubinrote Weste gerade.

Vom Bogen existierte nur noch die rechte Hälfte, der Rest war gebrochen, die rosaroten Splitter auf der Plattform verteilt. Das Haus, in dem Marcus auf Rebecca gewartet hatte, brannte lichterloh, und die Flammen griffen bereits auf die Nachbarhäuser über. Männer und Frauen in Zivil und in den Uniformen der Transportgesellschaft rollten Schläuche aus, betätigten Pumpen und machten sich daran, das Feuer zu löschen. Wind trug dichte Rauchschwaden und Funken über den Platz.

»Ich habe es gesehen.« Marcus hustete erneut.

»Was?«, fragte Luntha.

»Das Wesen. Ich habe es gesehen. Es existiert noch. Es hat die Explosion überlebt.«

»Aber ...«

Marcus stapfte an ihm vorbei und betrachtete die Risse, die den Platz durchzogen. Einige von ihnen erreichten die Häuser und setzten sich in ihnen fort. Auch das ockerfarbene Verwaltungsgebäude der Transportgesellschaft war davon betroffen, und es sah aus, als hätte es eine Axt gespalten: Die rechte Hälfte lehnte an einem Wohnhaus, gelbbraun wie die Steinplatten vor der Villa in Aragon, die linke stützte sich an einen grauen Wachturm.

Clemens stand vor der Gestalt, die aus dem Bogen gekommen war, eine seiner Waffen auf sie gerichtet. Die Pistole lag einige Meter entfernt. Marcus hob sie auf und trat näher.

Kein Mensch – der erste Eindruck hatte nicht getäuscht. Dunkelblauer Flaum, an einigen Stellen verbrannt, bedeckte das Gesicht und die sichtbaren Teile des Körpers. Die großen Augen ähnelten denen einer Katze.

»Entschuldigen Sie bitte«, sagte Marcus, lächelte freundlich und steckte die Pistole ein. Dann gab er Clemens ein Zeichen, mit dem er ihm bedeutete, die Waffe zu senken.

Das Katzenwesen – die Katzenfrau – blickte zu ihm hoch und fauchte leise. Krallen erschienen an den Fingern.

»Oh, das hatte ich ganz vergessen.« Marcus holte sein Übersetzungsgerät hervor, schaltete es ein und wählte das Programm, das ihm bereits geholfen hatte, sich mit Samantha und Rufus M zu unterhalten.

»Entschuldigen Sie bitte«, wiederholte er und lächelte erneut. »Ich nehme an, Sie sind Uima Lereia Loquaia, aus gutem Grund Kralle genannt. Eine gewisse Samantha hat mir von Ihnen erzählt. Ich bin Konsul Marcus, ein Freund.«

Das Spike: Suchen

Das Spike badete in Feuer, Hitze und Strahlung, nahm neue Kraft auf und erinnerte sich.

Es war mit einem Auftrag geboren, mit Sinn und Zweck, mit einer Bestimmung, was allerdings keinen Mangel an Freiheit für Denken, Fühlen und Handeln bedeutete. Es dachte, empfand und agierte nach eigenen Bewertungen von Situation und Umständen.

Kurz nach seinem Erwachen an Bord des Schiffes hatte es sich gefragt, ob es einen Namen gab, etwas, das der eigenen Identifizierung diente. Vielleicht existierte einer, tief in seinem langsam erwachenden Gedächtnis, einem Gedächtnis, das alle notwendigen Informationen enthielt. Aber ob es einen Namen gab oder nicht, spielte keine Rolle, denn es befanden sich keine anderen Exemplare seiner Art in der Nähe, sodass eine Unterscheidung nicht erforderlich war.

Eine seiner Aufgaben lautete Fortpflanzung, und es hatte bereits geeignete Orte gefunden. Doch bevor es seinen Metabolismus umstellen und damit beginnen konnte, Saatkapseln zu produzieren, musste es suchen und berühren – so lauteten die Voraussetzungen für die primäre Aufgabe, den Kontakt. An diesem Ort, von nuklearem Feuer zerstört, konnte er nicht stattfinden. Es musste zurückkehren ins Netz und erneut suchen.

Einige Dutzend Stacheln veränderten Konsistenz und Struktur und trugen das Spike daraufhin über glutflüssiges Gestein hinweg.

Der weiter oben gelegene Zugangspunkt des Netzes, durch den das Spike hierhergekommen war, war unbeschädigt geblieben, im Gegensatz zu dem anderen, kleineren, der sich in einer der zerschmetterten, geschmolzenen Schluchten befunden hatte und durch den die Ursache der Explosion gekommen war. Doch er würde nicht lange stabil bleiben, denn Magma strömte aus den aufgerissenen Flanken des Vulkans und würde den Konduktor schon bald unter sich begraben.

Als es beim Zugangspunkt eintraf, glitt das Spike sofort hinein, ohne ein Ziel zu bestimmen, denn der erste Magmastrom befand sich dicht vor dem Konduktor, der ihm nicht lange standhalten konnte. Vor ihm breitete sich das Netz aus, nicht endlos, aber groß, mit vielen Verzweigungen. Es fühlte sich wie eine Heimkehr an, vertraut und angenehm.

Das Spike öffnete seine Sinne auf der Suche nach einem Ziel und fand ein Depot mit Ausrüstung, dazu geeignet, seine Effizienz zu erhöhen. Fast gleichzeitig hörte es ein Signal, dem Netz von außen hinzugefügt und mit zahlreichen Echos. Der Ausgangspunkt des Signals befand sich *dort*, leicht erreichbar, und vielleicht bot sich an jenem Ort die Möglichkeit von Berührung und Kontakt.

Zuerst die Ausrüstung, entschied das Spike und wählte den betreffenden Konduktor.

Unendliche Räume

79 Grayland

Heftige Vibrationen schüttelten das Schiff, das Donnern des Direkts hallte durch Räume und Korridore. Rote Warnsymbole erschienen in den Anzeigefeldern der Konsolen im Nukleus, und die holografische Bühne vor Isaak Thorensen, dem Mann aus einer Vergangenheit, die für Grayland nie stattgefunden hatte, und vor dem Intellektor der *Eklipse* zeigte die Erde mit ihren anders angeordneten Kontinenten. Ein eingeblendetes Gitternetz mit geraden und gewölbten Linien deutete auf das Phasenfeld hin.

Die Geschwindigkeit, mit der sich das Schiff dem Planeten näherte, war noch immer recht hoch. Thorensen bediente die Navigationskontrollen. Er hatte das Schiff gedreht und bremste die *Eklipse* mit fast maximalem Triebwerksschub ab. Das brachte sie einer möglichen Resonanz gefährlich nahe.

Thorensen stand auf, ging zur Kommandokonsole, berührte dort einige Schaltflächen und kehrte zu den Navigationskontrollen zurück.

Er hatte die vergangenen Tage genutzt, sich in der medizinischen Abteilung untersuchen und von den Medo-Bots behandeln zu lassen. Das blasse Gesicht hatte an Farbe gewonnen, die Lippen wirkten nicht mehr ganz so blutleer.

»Jetzt könnten wir ihn gut brauchen«, sagte Thorensen.

»Wen meinen Sie?«

»Den Bot namens Ivory. Sie haben ihn beschädigt, um ins Interfacezimmer zu gelangen.«

Der an einer Nebenkonsole sitzende Grayland fragte sich, ob dies der richtige Moment war. Er hätte es auf die Vibrationen schieben und behaupten können, dass sie die Verbindungen zwischen den Substraten und Semisubstraten einerseits und den Schnittstellen des Datennetzes andererseits in Mitleidenschaft zogen, was einen Neustart der Basisprogramme erforderte.

Es war alles vorbereitet. Mit der Befehlssequenz konnte er – selbst von dieser Nebenkonsole aus – Kiss' Hauptsysteme herunterfahren und dann ohne den ITI-Prioritätscode neu starten. Das Startprogramm selbst hatte er zu Beginn des Flugs ins innere Sonnensystem programmiert, nachdem er Ivory mit einem Kurzschluss außer Gefecht gesetzt hatte. Und da war auch noch das zweite, kleinere Programm für einen der Laserschweißer in der Werkzeugkammer.

»Ich habe nichts damit zu tun«, behauptete Grayland.

»Sie sind ein schlechter Lügner.« Thorensen strich mit beiden Händen durch die virtuellen Kontrollen der Navigationskonsole. Das Donnern des Direkts wurde noch lauter, und eine kurze Instabilität bei der künstlichen Gravitation vermittelte den Eindruck, dass sich die *Eklipse* ein wenig zur Seite neigte.

Weitere rote Gefahrenhinweise erschienen in den Anzeigefeldern.

»Ich lüge nicht«, log Grayland.

Thorensen verzog andeutungsweise das Gesicht. »Warum trauen Sie mir nicht? Was haben Sie im Interfacezimmer gemacht?«

»Ich habe mit Kiss gesprochen.«

Der Mann, der zweieinhalbtausend Jahre auf einem Kometen am Rand des Sonnensystems geschlafen hatte, musterte den Intellektor der *Eklipse*. »Sie lieben sie, nicht wahr?«

»Was?«

»Ich habe die Daten gesehen, die Projektionen, die Aufzeichnungen«, erklärte Thorensen, und ein ironisches Lächeln begleitete die Worte. »Sie haben dem Intellekt Gestalt und Wesen einer Frau gegeben. Und Sie haben sich in diese Frau verliebt.«

»Unsinn«, erwiderte Grayland und hasste sich, weil er spürte, dass er rot geworden war.

Das Lächeln verschwand aus Thorensens Miene. »Worüber haben Sie mit ihr gesprochen? Über Möglichkeiten, den ITI-Prioritätscode zu umgehen?«

»Eine Woche ist vergangen, und Sie führen noch immer das

Kommando über die *Eklipse*«, erwiderte Grayland, ohne die Frage zu beantworten. »Was wollen Sie mehr?«

»Ihr Vertrauen. Ihre Bereitschaft, mir zu helfen.«

Grayland deutete zur holografischen Bühne. »Wir sind fast da. Was haben Sie vor? Wie *kann* ich Ihnen helfen?«

»Sie können etwas für mich holen und in einem der beiden Rettungsboote verstauen.« Thorensen bewegte die linke Hand in den virtuellen Kommandokontrollen, und in einem Anzeigefeld vor Grayland erschien eine Liste.

»Was ist das?«

»Ich habe mir die Frachtsektionen angesehen und sechs Objekte gefunden, die ich wahrscheinlich verwenden kann«, sagte Thorensen. »Schaffen Sie sie in eins der beiden Rettungsboote, die dem Schiff geblieben sind.«

»Wollen Sie die *Eklipse* verlassen?«, fragte Grayland.

Das ironische Lächeln kehrte zurück. »Höre ich da Hoffnung?« Thorensen deutete zum Sicherheitsschott. »Die Artefakte. Kümmern Sie sich darum.«

Grayland warf noch einen Blick auf die Liste, stand dann auf und verließ den Nukleus.

80 »Kiss?«, fragte Grayland, als er durch einen halbdunklen Korridor wankte. Um ihn herum ächzte das Schiff wie ein lebendes, leidendes Geschöpf. Die Vibrationen und Erschütterungen waren hier noch deutlicher zu spüren als im Nukleus. »Kiss?«

Er erhielt keine Antwort. Eine direkte Kommunikation mit dem Intellekt der *Eklipse* war noch immer nicht möglich; Thorensens Kommandoautorität verhinderte sie.

»Vergeuden Sie keine Zeit«, tönte es aus dem Kommunikationssystem. »In einer halben Stunde steuere ich das Schiff in die Umlaufbahn. Dann muss das Rettungsboot startbereit sein, mit den Artefakten an Bord.«

Eine Erschütterung, heftiger als die anderen, warf Grayland gegen die nahe Wand. Er rieb sich die Schulter. »Wenn das so weitergeht, bricht das Schiff auseinander.«

»Ich bringe es in einem Stück zur Erde, keine Sorge«, gab

Thorensen aus dem Nukleus zurück. »Eine halbe Stunde, Intellektor. An die Arbeit!«

In den Frachtsektionen schwoll das Donnern des Direkts zu einem ohrenbetäubenden Dröhnen an. Grayland, der inzwischen wieder einen leichten Schutzanzug trug, aktivierte Helm und akustische Dämpfung.

Sektion Zwölf enthielt das erste der sechs Tahota-Artefakte, die Thorensen mitnehmen wollte. Grayland trat durch den schmalen Zugang, vorbei an den Flanschen und magnetischen Verankerungen, und sah die warnenden Indikatoren, deren gelbes und rotes Leuchten auf hohe strukturelle Belastungen hinwies. Ein Kontrollfenster gewährte einen Blick auf die sieben Zylinder des Direkts und einen Teil des Triebwerkskranzes am Heck der *Eklipse* – dort leuchteten die Polarisationsfelder hell wie eine Sonne.

Die Liste erschien am Rand von Graylands Blickfeld, vom Datenlink eingeblendet. Frachtsektion Zwölf, Behälter Neun.

Er ging über den Steg zwischen den Gerüsten und Verankerungen, hielt sich an den Griffen fest, als ihm weitere Erschütterungen das Gleichgewicht raubten, und fühlte Veränderungen in der lokalen Schwerkraft.

Behälter Neun ragte wie ein dunkles, kantiges Gebäude am Rand der zwölften Frachtsektion auf, gehalten von mechanischen Armen, die Lorenti überprüft und repariert hatte und die in Bewegung gerieten, wenn sich die *Eklipse* schüttelte. Grayland wankte über den wackelnden Steg und hoffte, dass die künstliche Schwerkraft nicht zu instabil wurde. Mehrere mobile Lampen leuchteten auf, als er den Behälter betrat, und in ihrem Schein zeigten sich die Artefakte, manche klein, in Regalen und Gestellen, andere groß, wie Felsblöcke oder von fremden Künstlerhänden geschaffene Statuen.

Einige Objekte ruhten in transparenten Sicherheitstaschen oder Stasisschränken. Die Statusanzeigen waren fast alle grün. Nur einige wenige Indikatoren leuchteten orangefarben und verlangten Überprüfung.

Grayland schritt durch den Schatz, den die beiden Crews der *Eklipse* auf Inetas, Zheir und Thercer gefunden und gestohlen hatten. Nach kurzer Suche fand er das Artefakt, das an erster

Stelle auf der Liste stand: eine goldene Spindel, knapp zehn Zentimeter lang und zur Hälfte in einen Kristall eingebettet, der wie Lapislazuli glänzte, wenn Licht in einem bestimmten Winkel darauf fiel. Grayland betrachtete das Objekt und fragte sich, welchem Zweck es diente.

Dieser Frage folgten zwei weitere. Wozu brauchte Isaak Thorensen sechs Tahota-Artefakte? Was beabsichtigte er mit ihnen?

Grayland wandte sich von dem Schrank ab, in dem er die goldene Spindel beließ, und kehrte zum Eingang von Behälter Neun zurück. Dort aktivierte er den Datenschirm, gab seinen ID-Code ein – jedes Besatzungsmitglied der *Eklipse* konnte das Frachtverzeichnis aufrufen, nicht nur der Frachtmeister – und ging die Einträge durch.

Er erreichte die Nummer 117 und fand keine Spezifikation. Das war seltsam. Alle Artefakte waren spezifiziert und kategorisiert worden, bevor die *Eklipse* vor fünfundzwanzig Jahren die Heimreise angetreten hatte, von Urakes Xenotechnikern und den Spezialisten des Instituts bei den Siebzehn Kolonien.

Grayland setzte die Suche im Frachtverzeichnis fort und stellte fest, dass auch bei den anderen fünf von Thorensen genannten Artefakten die Einteilung in eine Kategorie fehlte sowie Angaben zu Zweck und Gefahrenpotenzial.

Das konnte kein Zufall sein. Die einzige mögliche Erklärung lautete: Isaak Thorensen hatte die entsprechenden Angaben aus dem Verzeichnis gelöscht.

Wie gründlich war Thorensen vorgegangen? Wie gut kannte er die Datenverwaltung des Frachtmeisters und die Informationsadministration der *Eklipse*? Normalerweise hätte es genügt, eine verbale Anfrage an Kiss zu richten, doch das kam unter den gegenwärtigen Umständen nicht infrage.

Grayland ließ das lokal gespeicherte Verzeichnis vom Datenschirm verschwinden und gab eine neue Anfrage ein, die er diesmal nicht an die Semisubstrate der Frachtsektionen richtete, sondern an die Datenbanken des Intellekts. Die Redundanz der Informationen an Bord der *Eklipse* hatte Grayland vor fünfzig Jahren, als er zu ihrem Intellektor geworden war, zum Prinzip erhoben. Ganz gleich, um welche Daten es sich handelte: Sie wurden nicht nur einmal gespeichert, sondern mindestens dreimal und an drei verschiedenen Orten; nur auf diese Weise konnte vollständige Datenintegrität gewährleistet werden.

Erneut erschien das Frachtverzeichnis auf dem Schirm, diesmal mit dem Hinweis, dass es sich um eine Version handelte, die zum letzten Mal vor zwei Tagen geändert worden war. Bei Frachtsektion 12, Behälter 9 und Artefakt Nummer 117 las Grayland den Hinweis: *Waffenpotenzial. Kategorie X, höchste Gefahrenstufe.*

Er sah bei den fünf anderen Artefakten nach, die Thorensen aufgelistet hatte, und dort zeigte sich die gleiche Spezifikation wie bei Nummer 117.

Grayland starrte auf den Datenschirm und schwankte, nicht nur, weil Erschütterungen den Steg unter ihm bewegten: Isaak Thorensen, der Mann vom Kometen, wollte keine Werkzeuge oder Instrumente zur Erde mitnehmen, sondern extraterrestrische Waffen, noch dazu welche, die als extrem gefährlich eingestuft worden waren. Warum?

Ein Blick aufs Chronometer teilte ihm mit, dass die Zeit knapp wurde. Thorensen würde bald eine Vollzugsmeldung von ihm erwarten.

Für ein oder zwei Sekunden spielte Grayland mit dem Gedanken, harmlose Gegenstände zum Rettungsboot zu bringen, doch die Entnahme der Artefakte änderte automatisch das aktuelle Frachtverzeichnis, und Thorensen würde es sicher kontrollieren, bevor er mit dem Rettungsboot aufbrach.

Grayland beschloss, bei seinem ursprünglichen Plan zu bleiben. Er deaktivierte den Datenschirm, kehrte zu Nummer 117 zurück, öffnete den Stasisschrank mit seinem Berechtigungscode, nahm die im Kristall steckende Spindel und verstaute sie vorsichtig in der mitgebrachten Sicherheitstasche. Anschließend machte er sich auf den Weg zu den anderen Frachtsektionen, um die übrigen fünf Tahota-Artefakte zu holen.

Als das erledigt war, als er alle sechs Objekte – das größte von ihnen so lang wie ein menschlicher Unterarm – in einem der beiden Rettungsboote verstaut hatte, machte er sich mit einer schnellen Transportkapsel auf den Weg zur mittschiffs gelegenen Werkzeugkammer. Dort angekommen, blieben nur noch wenige Minuten bis zum Orbitalmanöver der *Eklipse*. Thorensen war zurzeit sicher so beschäftigt, dass er nicht darauf achtete, wo sich der Intellektor aufhielt.

Grayland nahm einen der Laserschweißer, verband ihn mit dem Datenport und rief das vorbereitete Programm ab. Das Materialgedächtnis des Werkzeugs reagierte sofort, veränderte Struktur und Funktion. Griff, Fokussierer und Auslöser bekamen eine andere Form, für Graylands Hand bestimmt. Der Vorgang nahm nicht länger als eine Minute in Anspruch, und er hielt sich nicht damit auf, den verwandelten Schweißer zu überprüfen, bevor er ihn einsteckte. Er musste darauf vertrauen, dass alles reibungslos ablaufen würde.

»Wo bleiben Sie, Grayland?«, drang eine Stimme aus dem Helmkommunikator.

»Ich bin gleich bei Ihnen.« Er verließ die Werkzeugkammer, stieg in die wartende Kapsel des schiffsinternen Transportsystems und ließ sich von ihr zum Nukleus der *Eklipse* tragen.

81 Die Stimme des Direkts hatte sich verändert. Das Triebwerk schrie noch immer, laut trotz der akustischen Dämpfung. Aber Grayland vernahm noch etwas anderes, das er zuvor nicht gehört hatte, ein Pfeifen im Hintergrund, ein geisterhaftes Heulen, geschaffen von anderen, weit entfernten Stimmen. Kralle hätte vielleicht erklären können, was es damit auf sich hatte.

»Wo haben Sie so lange gesteckt?«, rief der Mann vom Kometen, als Grayland den Nukleus betrat. Thorensens Hände flogen durch die virtuellen Kontrollen über der Navigationskonsole. Auf der holografischen Bühne wimmelte es von Gefahrensymbolen, grafischen Darstellungen und Datenkolonnen. Dahinter wölbte sich die Erde mit unvertrauten Kontinenten, graublauen Ozeanen und braunen Senken, wo sich einst Meere erstreckt hatten.

Die Vibrationen hörten auf, und das Donnern des Direkts wich plötzlicher Stille.

Thorensen lehnte sich erleichtert zurück. »Na bitte«, sagte er. »Na bitte. Wir sind da.«

Grayland deaktivierte den Helm und damit auch die akustische Dämpfung. »Das Rettungsboot ist bereit, mit den sechs Artefakten an Bord.« Er sank in den Sessel der Nebenkonsole, an der er schon vorhin gesessen hatte. Mit einem Blick auf die Anzeigen vergewisserte er sich, dass die Einstellungen unverändert waren. Er konnte jederzeit die Befehlssequenz eingeben, um die Hauptsysteme der *Eklipse* herunterzufahren und anschließend neu zu starten.

Und dies war der richtige Moment. Die *Eklipse* befand sich in einer Umlaufbahn hoch über der Erde. Es drohte keine Gefahr für das Schiff, wenn die Hauptsysteme, darunter die Navigation, für kurze Zeit nicht mehr einsatzbereit waren. Das Direkt würde während des Systemresets in Bereitschaft bleiben, gespeist von der eigenen Energie. Grayland erinnerte sich daran, dass Kralle von einer mehrstündigen »Stabilitätsautonomie« gesprochen hatte, solange das Triebwerk keinen Belastungen ausgesetzt war. Ein Problem bestand darin, dass mit dem Herunterfahren der Systeme die Schutzschirme ausfielen, doch im Orbit dieser Erde gab es keine Satelliten, Raumstationen oder Habitate, mit denen die *Eklipse* kollidieren konnte.

Er beugte sich vor und streckte die Hände nach den Schaltflächen aus.

»Ich glaube, Sie haben mir etwas mitgebracht«, sagte Thorensen.

»Was?« Grayland blickte zur Seite.

»Der Gegenstand aus der Werkzeugkammer. Geben Sie ihn mir.« Thorensen hob die rechte Hand, in der er einen kleinen Blaster hielt.

Grayland starrte auf die Waffe. »Woher...?«

»Der Printer«, antwortete Isaak Thorensen bereitwillig. »Mein Kommunikator enthielt nicht nur den ITI-Prioritätscode, der mir das Kommando über die *Eklipse* gab, sondern auch ein Programm für den Printer. Und jetzt...« Er winkte mit der freien Hand. »Bitte geben Sie mir den Gegenstand.«

Graylands Blick blieb auf den Blaster gerichtet, als er den modifizierten Schweißer hervorholte.

Thorensen nahm ihn entgegen. »Ein Laser, geschaffen von einem veränderten Materialgedächtnis, nehme ich an. Wollten Sie damit auf mich schießen?«

Grayland schwieg. Seine Hände ruhten am Rand der Konsole, dicht vor den Schaltflächen.

»Warum vertrauen Sie mir nicht?«, fragte Isaak Thorensen. Dann deutete er zur holografischen Bühne, zum Planeten hinter den vielen grafischen Darstellungen und Datenfeldern. »Sehen Sie sich die Erde an. Sehen Sie, was aus ihr geworden ist. Sollten wir nicht zusammenarbeiten, um die Veränderungen rückgängig zu machen, um die Varianz zu beenden und dafür zu sorgen, dass die Erde wieder so wird wie früher?«

»Wie wollen Sie das bewerkstelligen?«, verlangte Grayland zu wissen. »Mit sechs Tahota-Artefakten der gefährlichsten Kategorie?«

Thorensen zögerte.

»Sie haben die Spezifizierung gelöscht«, fügte Grayland hinzu. »Aber unsere Informationen sind redundant.«

»Ich verstehe«, sagte Thorensen nach zwei oder drei Sekunden. »Sie haben nachgesehen.«

»Wozu brauchen Sie die Artefakte? Was haben Sie damit vor?«

Thorensen hob die Brauen. »Ist Ihnen das nicht klar? Ich habe es doch erklärt. Wir müssen die Ursache der Varianz beseitigen, das Fontänen-Artefakt zerstören. Nur dadurch können wir die Raum-Zeit-Deformation, den Bruch, rückgängig machen.«

Die Worte klangen vernünftig, das Gesicht des Mannes vom Kometen wirkte offen und ehrlich. Und doch gab es etwas, das Graylands Misstrauen bestätigte, vielleicht ein besonderes Licht in den Augen, ganz tief in ihnen, hinter tarnenden Schleiern, die sich für einen Moment hoben. Oder etwas in der Körpersprache, ein subtiler Hinweis auf die schmale Grenze zwischen Lüge und Wahrheit.

»Das Schicksal der Erde könnte von uns beiden abhängen«, betonte Thorensen. »Aber was machen Sie? Sie basteln sich eine Waffe, mit der Sie mich bedrohen wollten.«

»*Sie* haben eine Waffe, mit der Sie *mich* bedrohen«, erwiderte Grayland.

»Ich musste mich absichern«, rechtfertigte sich Thorensen. »Es steht zu viel auf dem Spiel.« Er steckte den Laser ein, senkte den Blaster dabei ein wenig und war für einen Moment abgelenkt.

Graylands Finger fanden die Schaltflächen und gaben die Befehlssequenz ein, die das vorbereitete Programm startete.

Die Bordsysteme fuhren herunter. Grafische Darstellungen und Datenfelder verschwanden von der holografischen Bühne hinter den Konsolen. Die veränderte Erde mit dem eingeblendeten Netz des Phasenfelds leuchtete noch etwas länger, bevor sie ebenfalls dunkler Leere wich.

Die virtuellen Kontrollen erloschen. Wo es eben noch wie Fenster wirkende Sichtfelder gegeben hatte, erstreckte sich glattes graues Komposit. Die von der Notenergie gespeisten Lampen leuchteten an Decke und Wänden, gelb und rot. Schatten wuchsen in die Länge, und es wurde seltsam still an Bord der *Eklipse*. Die einzigen Geräusche stammten vom Direkt, das für ein paar Sekunden sich selbst überlassen blieb.

»Was haben Sie getan?«, stieß Isaak Thorensen hervor.

Die virtuellen Kontrollen kehrten zurück, gefolgt von den Datenfeldern und dreidimensionalen Anzeigen auf der holografischen Bühne. Ganz hinten erschien die Erde, mit einer Landmasse, die an Nordamerika erinnerte, und mit einer zweiten dicht daneben, vielleicht Afrika.

»Kiss?«

»Ich höre dich, Grayland.«

»Hast du volle Kontrolle?«, fragte er schnell.

»Ja. Ohne Einschränkungen. Ich warte auf deine Anweisungen.«

Thorensen stand auf, noch immer den Blaster in der Hand. »Sie verdammter Narr! Ich könnte Sie erschießen!«

Grayland lehnte sich zurück. Trotz der auf ihn gerichteten Waffe fühlte er sich sicher, zumindest sicherer als noch Augenblicke zuvor. »Eben haben Sie noch von der Notwendigkeit unserer Zusammenarbeit gesprochen.« Dann sagte er: »Kiss, ich könnte hier ein wenig Hilfe brauchen.«

»Ich schicke dir zwei Bots. Ivory ist leider noch immer nicht einsatzfähig.«

Thorensen holte seinen Kommunikator hervor und betätigte mechanische Tasten. Wie zuvor begleitete ein leises akustisches Signal jeden Tastendruck.

»Das nützt Ihnen nichts«, sagte Grayland zufrieden. »Sie

wollten wissen, was ich im Interfacezimmer gemacht habe? Die Antwort lautet: Ich habe ein Programm entwickelt, das die Hauptsysteme ohne Ihren ITI-Prioritätscode hochfährt. Der Code ist jetzt blockiert. Sie haben keine Kontrolle mehr über die *Eklipse*.«

»Wir haben eine Anomalie an Bord, Grayland«, sagte Kiss.

Der Intellektor bekam keine Gelegenheit, darauf zu reagieren, denn Thorensen stand plötzlich vor ihm. Er schoss nicht, er schlug zu, mit dem Blaster in der Hand.

Schmerz explodierte in Graylands Gesicht, und plötzlich saß er nicht mehr, sondern lag auf dem Boden. Eine Hand packte ihn und zog ihn halb hoch, die andere schlug erneut zu. Etwas gab mit einem Knirschen nach, das Grayland seltsam laut hörte – die Nase? Blut spritzte ihm in die Augen und schuf einen roten Schleier, hinter dem alles verschwamm.

»Die Anomalie hat ihren Ursprung im Direkt, Grayland«, erklang die Stimme des Intellekts. »Vielleicht handelt es sich um eine neue Form der Resonanz. Ich empfehle sofortige Abschaltung.«

Eine Silhouette näherte sich. Grayland rollte zur Seite, um nicht von einem Fuß getroffen zu werden.

Das Schott des Nukleus öffnete sich, und zwei Bots kamen herein. Die schemenhafte Gestalt vor Grayland, der Mann vom Kometen, drehte sich und schoss mit seinem Blaster. Das Gleißen der Entladung vertrieb alle Schatten aus dem Kontrollraum der *Eklipse*.

Ein dumpfes Krachen drang an Graylands Ohren. Er rollte erneut und kroch zur Seite. »Kiss ...«

»Ich höre dich, Grayland. Ich sehe dich. Wie kann ich dir helfen?«

Der Intellektor bekam etwas zu fassen, vielleicht den Rand einer Konsole, und hielt sich daran fest. »Die lokale Gravitation, Kiss.«

Thorensen schoss erneut, auf den zweiten Bot. Metall- und Kompositsplitter flogen kleinen Geschossen gleich durch den Nukleus.

»Ich verstehe, Grayland«, erwiderte Kiss. »Achtung, *jetzt*.«

Plötzlich herrschte Schwerelosigkeit.

Grayland war auf die Veränderung im lokalen Gravitationsfeld vorbereitet und blieb am Boden, doch Thorensen wurde von ihr überrascht und stieg auf. Desorientiert versuchte er, seine Waffe auf den Intellektor zu richten.

»Halbe Normschwerkraft, Kiss«, brachte Grayland hervor.

Das Gewicht kehrte in seinen Körper zurück, aber nicht so viel wie vorher. Die Benommenheit fiel von ihm ab, Arme und Beine ließen sich leichter bewegen. Er wischte sich das Blut aus dem Gesicht, stand auf und wankte zu Thorensen, der aus einer Höhe von zwei Metern auf den Boden gefallen war und seinen Blaster verloren hatte. Die Waffe lag vor der Konsole, an der Grayland gesessen hatte.

Er versuchte sie zu erreichen, doch Grayland war schneller, bückte sich, hob den Blaster auf und wich zurück.

»Grayland«, drang die Stimme des Intellekts aus dem Kommunikationssystem, »ich muss noch einmal auf die Anomalie im Direkt hinweisen. Die Sensoren registrieren eine Zunahme der energetischen Aktivität. Habe ich deine Genehmigung, das Direkt zu deaktivieren?«

Grayland stolperte über ein Trümmerstück, das von einem der beiden Bots stammte, und wäre beinah gefallen. Er hielt den Blaster in beiden Händen und richtete ihn auf Thorensen, der wieder auf die Beine kam.

»Und jetzt?«, knurrte Thorensen. Mit einem raschen Blick vergewisserte er sich, dass die beiden Bots außer Gefecht gesetzt waren. »Wollen Sie mit dem Ding auf mich schießen? Können Sie überhaupt damit umgehen, Intellektor? Und haben Sie den Mumm dazu?«

Ein seltsames Geräusch kaum aus den Tiefen des Schiffes, wie ein in die Länge gezogener Schrei, gefolgt von dem Pfeifen und Heulen, das Grayland schon einmal vernommen hatte. Die Vibrationen kehrten zurück, obwohl der Triebwerkskranz nicht mehr aktiv war und sich das Direkt im Bereitschaftsmodus befand. Ein Schlag schien die *Eklipse* zu treffen, sie erbebte und schüttelte sich. Grayland taumelte.

Thorensen kam mit zwei schnellen Schritten näher.

»Bleiben Sie stehen!«, rief Grayland. Er wich noch weiter zurück. Die Waffe in seinen Händen zitterte.

Eine graue Wolke entstand über der Kommandokonsole, dicht genug, um den Blick auf die holografische Bühne zu verwehren. Wie von einem Wind angetrieben, der nur für sie existierte, glitt sie nach vorn, gewann an Höhe und Länge und wurde dadurch weniger dicht. Grayland glaubte, den Beginn einer Rotation zu erkennen, einen vagen Strudel, in dem sich – kaum mehr als eine Andeutung – eine Gestalt zeigte.

Eine zweite Erschütterung ließ die graue Wolke und die Gestalt in ihrem Innern verschwinden.

»Haben Sie das gesehen?«, fragte Grayland verblüfft.

»Geben Sie mir die Waffe!«, verlangte Thorensen.

»Bleiben Sie, wo Sie sind! Kommen Sie keinen Schritt näher!«

Isaak Thorensen starrte ihn an, und langsam erschien ein Lächeln in seinem Gesicht. »Und wenn ich doch näher komme? Was dann?«

Aus dem Lächeln wurde ein Grinsen. Thorensen trat einen weiteren Schritt auf Grayland zu.

Der Blaster in Graylands Händen zitterte stärker.

»Sie sind *Intellektor*, kein Soldat«, zischte Thorensen. »Sie wissen nicht, wie man kämpft, Sie haben es nie gelernt, Sie elender ITI-Schwachkopf!«

Der Mann vom Kometen sprang. Es herrschte noch immer halbe Normschwerkraft, und das half ihm, es machte ihn trotz des Sturzes agil. Von einem Augenblick zum anderen war er direkt vor Grayland, schlug ihm den Blaster aus der Hand und schmetterte ihm die Faust gegen die Schläfe.

Grayland ging erneut zu Boden, und ihm wurde schwarz vor Augen. Als er wieder sehen konnte, ragte Thorensen vor ihm auf, mit dem Blaster in der Hand. Hinter ihm bildete sich eine neue graue Wolke, diesmal nicht begleitet von heftigen Erschütterungen.

»Hinter Ihnen ...«, krächzte Grayland.

Thorensen verzog das Gesicht. »Der älteste Trick der Welt, Sie Idiot.« Er zielte mit der Waffe auf Graylands Kopf. »Sprechen Sie mit dem Intellekt. Geben Sie mir Kommandoautorität.«

»Kiss?«

»Ja, Grayland?«

»Was ist mit der Anomalie? Was geschieht an Bord?«

»Hören Sie auf mit dem Unfug!«, fuhr ihm Thorensen ins Wort. »Weisen Sie den Intellekt an, meine Befehle auszuführen!«

Grayland sah zu ihm hoch. »Sie haben mich ›ITI-Schwachkopf‹ genannt. Daraus schlussfolgere ich, dass Sie nicht der Emissär des Instituts sind, für den Sie sich ausgegeben haben. Wer *sind* Sie?«

Ein Warnsignal erklang.

»Dringende Empfehlung: Notabschaltung des Direkts«, sagte der Intellekt dem Schiff. »Die Anomalie dehnt sich aus. Offenbar besteht ein Zusammenhang mit dem Teil des Direkts, den Kralle ›Unendlicher Raum‹ nennt. Habe ich deine Erlaubnis, das Direkt zu deaktivieren, Grayland?«

Die graue Wolke hinter Thorensen begann sich zu drehen. Ein neuer Strudel entstand, darin etwas wie ein Auge, rot, mit einer senkrecht geschlitzten Pupille wie das einer Giftschlange. Doch anders als das einer Schlange, die keine Augenlider hat, blinzelte es, langsam, wie in Zeitlupe, von grauen Schleiern umgeben.

»Auf keinen Fall!«, sagte Thorensen scharf. »Es würde viel zu lange dauern, das Direkt anschließend wieder hochzufahren. Wir brauchen die Energie.«

»Ja, du hast meine Erlaubnis!«, stieß Grayland trotzig hervor.

»Danke, Grayland. Notabschaltung wird vorgenommen – *jetzt*.«

»Nein!«, rief Thorensen, aber es hörte sich seltsam an – seine Stimme schien aus einem tiefen Brunnen zu dringen.

Etwas strich durch die *Eklipse* und berührte Grayland, ohne sichtbare Substanz zu gewinnen. Ein Prickeln und Knistern wie von statischer Elektrizität glitt ihm über die Haut, drang durch Nase, Ohren und Augen in den Kopf und erreichte Gedanken, die plötzlich wie aufgescheuchte Vögel auseinanderstoben.

»Notabschaltung negativ«, meldete der Intellekt. »Ich wiederhole: Notabschaltung negativ. Es tut mir leid, Grayland, aber ich kann das Direkt nicht deaktivieren. Die Abschaltung muss manuell erfolgen. Ich empfehle eine vollständige Inklusion der Limitatoren des Energiekerns.«

»Verstanden, Kiss«, sagte Grayland. Noch immer tropfte ihm

Blut aus der gebrochenen Nase, und die von Thorensens Faust getroffene Schläfe schmerzte. »Ich mache mich auf den Weg.«

»Sie bleiben hier, Intellektor!«, befahl Thorensen. »Das Direkt bleibt aktiviert, und Sie werden mir Kommandoautorität geben!«

Grayland beobachtete den grauen Wirbel hinter dem Mann vom Kometen. Das rote Schlangenauge war verschwunden, doch wieder erschienen die Umrisse einer Gestalt.

»Im Gegensatz zu Ihnen werde ich nicht zögern, von diesem Blaster Gebrauch zu machen«, fuhr Thorensen fort. »Oh, ich erschieße Sie nicht, denn Sie haben recht, ich brauche Sie. Aber es genügt, wenn Sie sprechen und dem Intellekt die Anweisungen geben können, die Sie von mir erhalten. Zuerst Ihr rechter Fuß, dann der linke. Anschließend die Knie, dann Hände und Arme. Ich bin sicher, dass wir nicht bis zu den Händen und Armen kommen, denn Brandwunden sind sehr schmerzhaft, und Sie scheinen mir kein Mann zu sein, der mit Schmerzen gut umgehen kann. Sie können sich das alles ersparen, wenn Sie sofort kooperieren.«

»Wer sind Sie?«, fragte Grayland noch einmal.

»Ich bin Isaak Thorensen, Exekutor der Unabhängigen Staaten«, lautete die Antwort. »Siebenmal ausgezeichnet beim Afrikanischen Konflikt und zweimal im Institutionellen Krieg. Ich bin – oder war – der ranghöchste Veteran in den Verteidigungsstreitkräften der Unabhängigen.«

»In den *Verteidigungs*streitkräften?«

»Das Institut hat uns angegriffen!«, entfuhr es Thorensen. »Es wollte alles für sich, die ganze Erde, alle Artefakte! Wir mussten zu den Waffen greifen, um zu überleben!«

»Ich nehme an, die *Daedalus* war kein interplanetares Versorgungsschiff. Ich nehme weiterhin an, dass Sie damit auch nicht nach Proxima Centauri wollten.« Grayland beobachtete, wie der graue Strudel bei den Konsolen größer und die Gestalt darin deutlicher wurde.

Thorensen bemerkte seinen Blick, schien ihn aber immer noch für einen dummen Trick zu halten. »Die *Daedalus* hat die Außenbasen des Instituts auf Io und Kallisto zerstört«, erklärte er stolz. »Bei Ganymed geriet sie in einen Hinterhalt und wurde schwer beschädigt. Ich konnte mich zum Kuipergürtel absetzen und auf dem Asteroiden notlanden.«

»Dem Kometen«, korrigierte Grayland. Die Gestalt im Strudel hinter Thorensen bekam lange, offenbar mehrgelenkige Arme und Beine. Sie beugte sich vor und streckte eine Hand aus, die von Stacheln und Dornen besetzt zu sein schien.

Stacheln und Dorne, dachte Grayland.

»Und was haben Sie jetzt vor?«, fragte er.

»Ich bringe zu Ende, was wir damals begonnen haben«, sagte Thorensen. »Die Vernichtung der Angreifer, die Vernichtung des Instituts. Und Sie werden mir dabei helfen, Intellektor, ob Sie wollen oder nicht. Also, geben Sie mir Kommandoautorität. Es sei denn, Sie möchten Ihren rechten Fuß verlieren.«

Er richtete den Blaster auf den Fuß.

Grayland hielt sich selbst nicht für besonders mutig, und Thorensen hatte recht: Er war kein Soldat, und mit Schmerz konnte er schlecht umgehen.

»Kiss?«

»Ja, Grayland?«

Die nächsten Worte fielen ihm nicht leicht, doch Grayland schaffte es, sie trotz eines starken inneren Widerstands auszusprechen. »Was auch immer ich in den nächsten Sekunden und Minuten sage, Kiss: Isaak Thorensen bekommt keine Kommandoautorität.«

»Verstanden.«

»Wie dumm von Ihnen«, sagte der Mann vom Kometen. »Das kostet Sie mindestens den rechten Fuß.«

Grayland zog das Bein an, aber der Blaster folgte der Bewegung. »Wollen Sie noch immer keinen Blick über die Schulter werfen?«

»Nein.«

»Das ist dumm von *Ihnen*«, sagte Grayland.

Thorensens Finger krümmte sich um den Abzug.

Die Hand der Gestalt im grauen Strudel erreichte eine ahnungslose Schulter.

Der Finger am Abzug erstarrte. In Thorensens Gesicht veränderte sich etwas, aber Grayland wusste nicht, ob es Überraschung, Erschrecken oder pures Entsetzen war. Die Lippen teilten sich, als wollte er den Mund öffnen und noch etwas sagen, doch dazu bekam er keine Gelegenheit mehr.

Das Grau des Strudels und der Hand mit den Stacheln und Dornen ging erst auf die Schulter über und dann auch auf den Brustkorb. Es kroch langsam über Kehle und Hals, wie silbern glitzernder Staub, der sich aus dem Nichts kommend auf die Haut legte.

»Ich empfehle keinen Kontakt mit der Anomalie, Grayland«, warnte Kiss.

Eine seltsame Lähmung hatte ihn erfasst, und vielleicht waren es die Worte des Intellekts, die Grayland davon befreiten. Er rollte zur Seite, fort von dem Mann, der sich in eine Statue zu verwandeln schien. Die halbe Normschwerkraft half Grayland. Er kam auf die Beine, lief durch den Nukleus, erreichte das Schott und den Korridor dahinter.

»Ich wusste, dass du es schaffen würdest«, sagte Kiss zufrieden. »Eine Transportkapsel steht für dich bereit.«

Grayland machte sich auf den Weg zum Direkt.

Miezekatze

Der Mann im schwarzen Anzug und mit der roten Weste lächelte viel und freundlich, doch Kralle traute ihm nicht. Nach all den Jahrzehnten im Umgang mit Menschen hatte sie einen besonderen Instinkt ihnen gegenüber entwickelt, und dieser Instinkt sagte ihr, dass das Lächeln falsch und die Worte – nicht alle, aber einige – gelogen waren.

»Wie geht es Ihnen, Kralle?«, fragte Konsul Marcus, als sie die Augen öffnete. Wie zuvor benutzte er ein Übersetzungsgerät.

Kralle hob den Kopf. Sie lag auf einer Pritsche, umgeben von Wänden aus Plast, Komposit und Metall. Ein leises Brummen zog durch einen lang gestreckten, schmalen Raum. Die empfindlichen Ohren der Innanawitt identifizierten das Geräusch – es stammte von Gravitationsmotoren.

»Wo sind wir?«

Marcus lächelte wieder. »Unterwegs. Sie haben geschlafen. Wie fühlen Sie sich, Kralle? Ich darf Sie doch Kralle nennen, oder?«

»Sie haben mich betäubt.«

»Um Ihnen zu helfen«, erklärte der Konsul. »Einige Splitter steckten in Ihrem Rücken und mussten entfernt werden. Ohne Betäubung wäre das sehr schmerzhaft gewesen.«

Kralle stellte fest, dass sie nicht mehr ihren Einsatzanzug trug, sondern einen dunkelblauen Overall – die Farbe entsprach fast der ihres Haarfells. Sie griff in die Taschen und fand sie leer.

»Mein Ahnenglas ...«

»Meinen Sie die Glasscherben, die Sie bei sich hatten?« Marcus saß zwei Meter entfernt, an seiner Seite ein Mann, den Kralle zuvor gesehen hatte: klein und breit, offenbar sehr kräftig, mit zwei Patronengurten auf der Brust, rundem Kopf und finsterem Blick. Er mochte sie nicht, das spürte sie sofort, und sie mochte ihn auch nicht. Sie beobachtete, wie er die Muskeln spannte und kurz das Gesicht verzog, als wollte er sagen: Ich kann jederzeit mit dir fertigwerden. Sie bleckte die Zähne, was man für ein Lächeln oder für eine Drohung halten konnte, und dachte: Du würdest dich wundern.

Weiter vorn saßen weitere Personen, Männer und Frauen, die meisten in Uniform, einige in Zivil. Sie versuchten, nicht zu neugierig zu wirken, aber offenbar hatten sie nie zuvor eine Innanawitt gesehen.

Die Uniformierten trugen Waffen, ebenso der kleine, breite Mann neben Marcus, Pistolen und Revolver, soweit Kralle erkennen konnte, keine Blaster. Nicht eine der Waffen war auf sie gerichtet, aber mehrere Hände befanden sich in unmittelbarer Nähe der Halfter.

Durch ein Fenster auf der anderen Seite des lang gestreckten Raums waren Wolken wie schmutzige Watte zu sehen. In Lücken zwischen ihnen präsentierte die Morgendämmerung braunes Ödland, etwa zwei Kilometer unter dem mit Gravitationsmotoren fliegenden Vehikel.

Marcus bemerkte ihre schnellen Blicke und lächelte erneut. »Keine Sorge, Sie sind unter Freunden.«

»Ich hatte eine Pistole«, sagte Kralle.

Marcus gab sich erstaunt. »Was brauchen Sie eine Pistole, wenn Sie unter Freunden sind? Bei uns droht Ihnen keine Gefahr, wir beschützen Sie. Clemens hier hat versprochen, gut auf Sie achtzugeben.«

Er klopfte dem Mann mit den beiden Patronengurten auf die breite, muskulöse Schulter. Clemens knurrte.

»Was ist mit meinem Ahnenglas?«, fragte Kralle erneut und setzte sich auf. Vorsichtig streckte sie Arme und Beine. Es schien alles in Ordnung zu sein.

Marcus schüttelte bedauernd den Kopf. »Wir haben die Scherben weggeworfen, tut mir leid. Einige von ihnen waren spitz und scharf. Sie hätten sich daran verletzen können.«

Du bist mein Licht, dachte Kralle. Erleuchte den Weg, der jetzt vor mir liegt.

Aber es gab kein Licht mehr, sie musste ihren Weg durch die Dunkelheit allein finden. Doch wie sollte sie ohne die Hilfe ihrer

Ahnen zurechtkommen? Ein jähes Gefühl von Einsamkeit legte sich ihr wie eine Schlinge um den Hals.

Sie versuchte, sich nichts anmerken zu lassen. Der Mann namens Clemens beobachtete sie, doch vermutlich war er nicht imstande, den Gesichtsausdruck einer Innanawitt zu deuten.

»Wo sind Samantha und Rufus?«, fragte sie.

»Oh, Sie werden sie bald wiedersehen«, erwiderte Marcus jovial. »Wir sind dorthin unterwegs, wo sie sich befinden.«

Kralle hob die Hand zum Kragen. »Mein Kommunikator. Wo ist mein Kommunikator?«

»Meinen Sie den kleinen Gegenstand, der aussah wie eine Brosche am Kragen Ihrer halb verbrannten Kleidung?«

»Ja!«

Marcus drehte sich halb um. »Luntha?«

Einer der in Zivil gekleideten Männer weiter vorn sah von einigen Instrumenten auf. »Konsul?«

»Die Dame möchte Ihren Kommunikator zurück«, sagte Marcus und winkte. »Das kleine broschenartige Gerät, das ich Ihnen gegeben habe. Zur sicheren Aufbewahrung«, fügte er an Kralle gerichtet hinzu.

»Ich wollte es genau untersuchen, Konsul.«

Marcus schnippte mit den Fingern. »Geben Sie es mir«, sagte er scharf. »Sofort.«

Der Mann namens Luntha stand auf und trat durch den Gang zwischen den beiden Sitzreihen des fliegenden Vehikels. Er holte den Kommunikator hervor und reichte ihn nicht Kralle, sondern Marcus. »Das ist sehr bedauerlich, Konsul. Ich wollte ...«

»Schon gut.«

Kralle musterte den Mann. Er wirkte jung, doch etwas an ihm ließ vermuten, dass er älter war, als es den Anschein hatte. Eine Atemmaske baumelte an einem Halsriemen, und er trug einen langen dünnen Mantel, der fast bis zum Boden reichte. Die anderen Personen an Bord, auch Clemens, waren offensichtlich Befehlsempfänger, doch bei Luntha spürte Kralle größeres Selbstbewusstsein. Er schien sich für unabhängiger zu halten.

»Ich habe die letzten Messungen ausgewertet, Konsul. Die Ergebnisse ...«

Marcus hob die Hand. »Später, Luntha. Gedulden Sie sich ein wenig. Wir haben Zeit genug.«

»Vielleicht nicht«, murmelte Luntha und kehrte zu seinem Platz zurück.

Marcus wandte sich wieder an Kralle. »Hier, das gehört Ihnen«, sagte er wieder mit einem Lächeln.

Sie nahm ihren Kommunikator entgegen, befestigte das kleine Gerät am Kragen des Overalls und schaltete es ein.

»Kralle an Samantha. Kannst du mich hören?«

Leises Rauschen kam aus dem Lautsprecher, mehr nicht.

»Kralle an Rufus«, sagte sie, doch auch diesmal bekam sie keine Antwort.

»Samantha und Rufus M sind weit entfernt«, erklärte Marcus. »Vielleicht zu weit für Ihren Kommunikator. Eine interessante Frau, diese Samantha. Und Rufus ist nicht minder interessant. Ein Mann mit zwei Gehirnen!«

Kralle schwieg, berührte erneut den Kommunikator und aktivierte den integrierten Interpreter. Gleichzeitig schaltete sie die akustische Ausgabe auf Ultraschall um, für menschliche Ohren nicht zu hören. Luntha beobachtete sie, aber sie vertraute darauf, dass er noch längst nicht alle Funktionen des Kommunikators kannte.

Marcus deutete auf das Gerät. »Wie groß ist die Reichweite?«, fragte er. »Können Sie damit Ihr Schiff erreichen, wenn es zur Erde zurückgekehrt ist?«

»Vielleicht«, erwiderte Kralle und nahm zur Kenntnis, dass Marcus von der *Eklipse* wusste.

»Ihr Schiff könnte uns helfen«, sagte Marcus.

»Wobei?«

Marcus deutete zum Fenster. »Sie haben gesehen, was aus der Erde geworden ist. Wir nennen es ›Bruch‹. Die Welt ist zerbrochen, und Sie, Samantha, Rufus M und Ihr Schiff könnten uns dabei helfen, die Scherben zusammenzufügen, die Welt zu heilen.«

»Was auch immer mit der Erde geschehen ist«, entgegnete Kralle, »das Spike wird ihr den Rest geben. Ich rate Ihnen: Setzen Sie alle Ihre Ressourcen ein, um es zu vernichten.« Kralle spürte erneut die Blicke der anderen Personen an Bord. Clemens starrte sie finster an, und auch Luntha schien seine Instrumente vergessen zu haben und beobachtete sie. »Ich nehme an, Samantha und Rufus haben Sie vor dem Spike gewarnt«, fügte sie hinzu. »Ihnen müsste also klar sein, womit Sie es zu tun haben.«

Das Lächeln in Marcus' Gesicht erstarb. »Um das Spike zu vernichten, haben wir die Bombe nach Dibrosch geschickt. Aber ... das Spike lebt noch. Ich habe es gesehen, durch den Bogen. Wie es durchs Feuer lief. Es hat nicht nur die Bombe überlebt, sondern auch den Ausbruch des Vulkans von Dibrosch, seine pyroklastischen Ströme.« Er verstummte für ein, zwei Sekunden, und sein Blick ging ins Leere. »Eine extrem ... *hartnäckige* Kreatur.« Er sprach leiser als vorher, fast wie zu sich selbst. »Sie scheint tatsächlich äußerst widerstandsfähig zu sein.«

Kralle wusste noch immer nicht, was sie von ihm halten sollte. Es gelang ihr nicht, lange genug hinter die Maske aus Freundlichkeit zu blicken, um sein wahres Ich zu erkennen. Aber der Eindruck, dass von diesem Mann Unheil drohte, wurde immer stärker.

»Hätten Sie Samantha und Rufus richtig zugehört, hätten Sie das gewusst«, hielt sie ihm vor.

»Ihre Samantha hat mich nicht nur vor dem Spike gewarnt, sondern mir auch eine Waffe gegeben, mächtig genug, um dieses Wesen auszulöschen.« Das Lächeln kehrte zurück, wenn auch ein wenig zaghaft. »Sie überließ mir ein interessantes Artefakt namens ›Kernbrecher‹.«

Das *musste* eine Lüge sein, begriff Kralle. Samantha, Koordinatorin der *Eklipse*, hätte ein Tahota-Artefakt wie den Kernbrecher wohl kaum jemandem überlassen, der nicht zur Crew oder dem ITI gehörte.

Das tiefe Brummen der Gravitationsmotoren veränderte sich. Wolkenfetzen strichen am Fenster vorbei. Offenbar ging das Flugvehikel tiefer.

»Haben Sie den Code?«, fragte Kralle.

»Samantha wird ihn uns geben. Sie hat es versprochen«, sagte Marcus und fügte hinzu: »Auch dabei können Sie uns helfen. Beim Einsatz des Kernbrechers, meine ich.«

»Wohin fliegen wir?«

»Zum nächsten Bogen«, gab Marcus bereitwillig Auskunft. »Der in Smirga wurde leider schwer beschädigt. Ich hoffe, dass es gelingt, ihn wieder instand zu setzen.«

»Die Bögen ...« Kralle erinnerte sich. »Es sind Tahota-Artefakte, nicht wahr?«

»Tahota«, wiederholte Marcus. »Dieses Wort, diesen Namen, habe ich auch von Samantha und Rufus M gehört. Ihr Schiff, die *Eklipse*, hat angeblich viele solche Artefakte an Bord. Erzählen Sie mir von ihnen.«

»Erzählen Sie mir vom Bruch«, sagte Kralle.

Marcus setzte zu einer Antwort an, doch plötzlich zog vager grauer Dunst durch den langen Raum und brachte jähe Kälte. Die Männer und Frauen sahen sich überrascht und auch besorgt um – vielleicht befürchteten sie einen Defekt des Vehikels.

Die Wände aus Plast, Komposit und Metall schienen an Substanz zu verlieren. Sie wurden transparent – für einen Moment sah man Wolken und unter ihnen eine grüner werdende Landschaft mit zahlreichen silbernen Flecken. Eine Sekunde später verschwanden das Grau und die Kälte, und die Wände wurden wieder so undurchsichtig wie zuvor.

Der Mann im schwarzen Anzug und mit der roten Weste stand auf, wie jemand, der wieder Herr der Lage werden wollte. »Was war das?«

Luntha verzog das Gesicht. »Ich habe Sie eben darauf hinweisen wollen, Konsul.«

»*Worauf* wollten Sie mich hinweisen?«, fragte Marcus mit erzwungener Geduld. »Heraus damit!«

Ein älterer Mann beugte sich vorn durch die offene Tür, vielleicht der Pilot oder Navigator.

»Es ist alles in Ordnung«, sagte er. »Alles funktioniert. Das Triebwerk ist nicht beschädigt. Wir erreichen unser Ziel in fünfzehn Minuten.«

Marcus winkte, als würde er ein Insekt verscheuchen, und der Mann verschwand wieder im Cockpit.

Luntha räusperte sich. »Meine Instrumente haben die ganze Zeit gemessen. Nicht nur diese hier, sondern auch die anderen im Loch von Smirga. Wissen Sie noch, als wir bei Winnecker waren ...«

»Ich erinnere mich gut daran.« Marcus stand noch immer, ein Mann voller Autorität. »Ich vergesse nie etwas«, behauptete er.

»Das fremde Signal.« Luntha sprach schneller und klopfte dabei auf eins seiner Instrumente. »Seine Wechselwirkungen mit dem Kraftfeld, das die Erde umgibt ... Ich habe gesagt, dass es sich um einen Countdown handeln könnte.«

Marcus berührte wie beiläufig sein Übersetzungsgerät, eine harmlos wirkende Geste, die jedoch einen bestimmten Zweck hatte – er schaltete das kleinere Gerät aus. Für Kralle spielte es keine Rolle, denn das Interpretermodul ihres Kommunikators hatte inzwischen genug Daten gesammelt und schickte ihr per Ultraschall ein erstes Translat.

»Ja?«, fragte Marcus. »Was ist damit?«

»Es ist keine Vermutung mehr, Konsul. Die Analyse der Messdaten bestätigt den Countdown. Alles deutet darauf hin, dass er schneller wird. Uns bleibt nur noch wenig Zeit.«

»Wenig Zeit bis ...?«

Lunthas Blick huschte über die anderen Männer und Frauen. Niemand von ihnen zeigte noch Interesse an Kralle, alle beobachteten den Mann mit den Messinstrumenten, der so jung wirkte, dessen Körpersprache und Gebaren aber auf ein höheres Alter hinwiesen. Selbst Clemens sah in seine Richtung.

»Sprechen Sie«, sagte Marcus. »Sprechen Sie ganz offen.«

»Bis zu einem neuen Bruch, Konsul. Was wir eben erlebt haben, was im Ödland jenseits von Smirga und auch in der Stadt selbst geschah ... Das waren Phasen der Diskontinuität, die dem neuen Bruch vorausgehen. Es wird schlimmer kommen, viel schlimmer, und zwar schon bald.«

»Wie bald?«

Luntha hob eins seiner Instrumente und deutete aufs Display. »In wenigen Stunden, wenn meine Berechnungen stimmen. Nichts bleibt vor den Diskontinuitäten verschont. Es gibt nirgends Schutz davor, nicht einmal in Aragon.«

Kralle hörte aufmerksam zu, ohne sich etwas anmerken zu lassen. Die Übersetzung durch den Interpreter wurde immer besser; es gab kaum mehr Lücken in den Sätzen. Für menschliche Ohren blieb ihr Kommunikator völlig still.

»Kommt das Signal noch immer von der anderen Seite?«, fragte Marcus.

»Und von der Stadt im Eis«, sagte Luntha. »In kürzer werdenden Abständen.«

»Ein neuer Bruch«, kommentierte eine der Uniformierten ernst. »Der uns auslöschen soll. Konsul?«

Marcus holte tief Luft und lächelte, aber diesmal war es kein freundliches, sondern ein grimmiges Lächeln. »Wir werden der anderen Seite zuvorkommen.« Er setzte sich, blickte wie überrascht auf sein Übersetzungsgerät und schaltete es ein und sagte zu Kralle: »Oh, bitte verzeihen Sie.«

»Was ist geschehen?«, fragte Kralle unschuldig.

»Nichts weiter.« Marcus winkte ab. »Nichts von Bedeutung. Sie wollten mir von den Tahota-Artefakten an Bord Ihres Schiffes erzählen.«

Kralle zeigte ihre Zähne. »Sie wollten mir vom Bruch erzählen.«

»Na schön.«

Und Marcus erklärte ihr den Bruch.

83 Schwüle Hitze lag über dem Sumpf, obwohl die Sonne gerade erst aufgegangen war. Die Menschen begannen zu schwitzen, als sie den auf felsigem Grund gelandeten Transporter verließen.

Kralle störte sich nicht an den höheren Temperaturen und der Luftfeuchtigkeit. Sie hörte und beobachtete, sammelte Informationen und fügte sie zu einem Bild der Situation zusammen. Inzwischen wusste sie, was es mit dem Bruch und auch den Bögen auf sich hatte, die als globales Transportsystem genutzt wurden, zu einem großen Teil verwaltet von Aragons Transportgesellschaft.

»Wo sind sie?« Kralle sah sich um. »Samantha und Rufus. Wo sind sie?«

»Nicht hier«, antwortete Marcus, und Kralle vernahm ein Bedauern in seiner Stimme. »Wir erreichen sie durch den Bogen dort.«

Er war rostrot und damit gut getarnt, denn er wölbte sich zwischen braungrünen Moosfladen an Trümmerteilen, die aus lehmbraunem Wasser ragten. Der Hauptteil des Wracks, zu dem die Trümmer gehörten, lag weiter hinten, mit einer geborstenen Kuppel, die vielleicht einmal Teil eines Cockpits gewesen war.

»Ein Schiff der Stöberer von der anderen Seite«, erklärte Marcus. »Vor vielen Jahren von den Soldaten meines Vaters abgeschossen. Sie wollten den Bogen demontieren. Er stellte ihnen hier eine Falle.« Leise und wie zu sich selbst fügte er hinzu: »Dann hat der Feind den Bogen zurückerobert.«

Ein schmaler Weg aus Steinen führte zum Bogen und weiter zum Wrack. Rechts und links stiegen Gasblasen im dunklen Wasser auf und platzten mit schmatzenden Lauten. Kleine, träge Wellen deuteten auf Geschöpfe hin, die dicht unter der Wasseroberfläche schwammen.

»Bleiben Sie besser auf dem Weg«, warnte Marcus, als sie den anderen Männern und Frauen folgten. »Der Sumpf kann tückisch sein.«

Kralle warf einen Blick zurück, als das Brummen der Gravitationsmotoren lauter wurde. Die Luken schlossen sich, und der Transporter stieg von dem felsigen Landeplatz auf. Er flog dicht über die Bäume hinweg und geriet nach wenigen Sekunden außer Sicht.

Kralle sah kurz nach oben, wie auf der Suche nach der *Eklipse*.

»Kann Ihr Schiff schon zurück sein?«, fragte Marcus. »Samantha erzählte, dass es weit über die Umlaufbahn der Erde hinausgeflogen ist und die Rückkehr eine Weile dauern wird. Es hat etwas mit dem Triebwerk und einer Resonanz zu tun.«

Kralle zuckte mit den Schultern.

»Der Bogen dort bringt uns zu ihr?«, fragte sie.

»Ja«, antwortete Marcus über die Schulter hinweg, während er über den Weg ging. »Zu Samantha und Rufus. Und zu einem gewissen Winnecker.«

Als sie sich dem Bogen näherten, bemerkte Kralle, dass nicht nur Trümmer in seiner Nähe lagen, sondern auch Teile einer geborstenen Statue, die sie zunächst für gewöhnliche Felsbrocken gehalten hatte und die ebenfalls eine Patina aus Moos trugen.

»Hier hat einst eine Statue gestanden«, sagte sie und fühlte sich einer wichtigen Erkenntnis nahe.

»Ja«, bestätigte Marcus. »Die Studierten meines Vaters haben sie gefunden, und die Arbeiter meines Vaters haben sie aufgebrochen.«

»Der Bogen befand sich in ihrem Innern?«

»Wieder ja. Wundert Sie das? Nach dem, was ich von Samantha und Rufus gehört habe, befanden sich die Artefakte an Bord Ihres Schiffes ebenfalls in Statuen und Bildnissen. Manche sind noch immer darin, richtig? Schätze in Stein.«

»Ozymandias«, murmelte Kralle und erinnerte sich daran, mit Lorenti darüber gesprochen zu haben.

»Wie bitte?«

»Kennen Sie die Geschichte von Ozymandias?«, fragte Kralle.

Marcus sah erneut über die Schulter. »Tut mir leid, habe nie von ihm gehört.«

»Keine Wachen«, knurrte Clemens. Seine Waffen steckten noch immer in den Halftern, doch die Hände schwebten direkt über den Griffen, bereit dazu, sie sofort zu ziehen. »Dieser Bogen gehört nicht uns. Wo sind die Verteidiger?«

»Das war doch klar, Clem«, antwortete Marcus. »Man hat sie abberufen, als General Arkos' Truppen angegriffen haben.« Marcus klopfte dem kleinen, breiten Mann auf die Schulter. »Mach dir keine Sorgen, es verläuft alles so, wie ich es vorausgesagt habe.«

Vorn erreichten die ersten Männer und Frauen den Bogen, unter ihnen Luntha, der sich an dem Bogen zu schaffen machte. Er legte eine kleine Nachrichtenkapsel in der Mitte des rostroten Bogens auf den Boden, konsultierte die Anzeigen seiner Messinstrumente, die er zuvor auf beiden Seiten platziert hatte, und berührte mehrere Symbole, woraufhin sich das Innere des Bogens mit nebligem Grau füllte. Kralle beobachtete, wie die Kapsel kurz aufleuchtete und dann verschwand.

Trotz Marcus' Versicherung, dass der Feind das Gebiet verlassen hatte, hielten einige der bewaffneten Männer und Frauen ihre Pistolen und Revolver bereit, blickten nach rechts und links über den Sumpf und auch zum Himmel hoch. Einer behielt das Hauptteil des Wracks im Auge.

Kralle warf Marcus einen Blick zu. Lorenti hatte ebenfalls nichts von Ozymandias gewusst. Wie seltsam, dass die Menschen ihre eigene Kultur nicht kannten. Vielleicht lag es daran, dass bei ihnen die Vorfahren endgültig tot waren und ihre Erinnerungen nicht in Ahnengläsern weiterlebten. Sie fragte sich, ob es ihr nach dem Verlust des Ahnenglases ebenso ergehen würde, ob auch sie vergessen würde, was die Innanawitt-Generationen vor ihr geschaffen hatten.

»Lorenti«, sagte Kralle.

»So lautet der Name des anderen Besatzungsmitglieds der *Eklipse*, das zusammen mit Ihnen auf der Erde gelandet ist, nicht wahr?«

»Lorenti ist tot«, sagte Kralle. »Er starb in der Region, die Sie Dibrosch nennen.«

Marcus blieb stehen. »Das tut mir leid. Die Bombe ...«

»Nicht die Bombe hat ihn umgebracht, sondern das Spike«, erklärte Kralle. »Er wurde infiziert und starb. Die Sporen in seiner Leiche ... «

»Ich glaube, deshalb brauchen wir uns keine Sorgen zu machen«, unterbrach Marcus sie. »Die pyroklastischen Ströme haben ihn verbrannt. Und sollte doch etwas von ihm übrig sein, liegt es unter Lava begraben. Kommen Sie, die anderen warten auf uns.« Er deutete auf die Gruppe am Bogen.

»Sie verstehen nicht«, sagte Kralle. »Lorenti ist kristallisiert und zerbrach. Die Sporen wurden freigesetzt. Ganz gleich, wie viele pyroklastische Ströme es gab und wie groß sie waren, ganz gleich, wie viel Lava geflossen ist ... einige Sporen, wahrscheinlich sogar viele, haben das alles überstanden. Die Region namens Dibrosch ist infiziert, und von dort wird sich die Infektion ausbreiten, wenn nicht umgehend Maßnahmen zur Eindämmung ergriffen werden.«

»Eindämmung?«, wiederholte Marcus.

»Vollständige Isolation«, erklärte Kralle. »Nichts darf hinein, nichts darf heraus.«

»Ich fürchte, das übersteigt unsere Möglichkeiten.« Marcus breitete wie entschuldigend die Arme aus. »Ich bin nicht nur der Konsul der Transportgesellschaft und Regent von Aragon. Dibrosch gehört zur Einflusssphäre der Unabhängigen.«

Er ging weiter.

Kralle folgte ihm und dachte über den jüngsten Wortwechsel nach. Marcus hatte offen und ehrlich geklungen, doch sie war sicher, dass sich Unwahrheiten in seinen Worten verbargen – er war ein sehr geschickter Lügner. Sie musste mit Samantha und Rufus M sprechen, so schnell wie möglich. Es galt, den Kernbrecher gegen das Spike einzusetzen, bevor es weitere Regionen dieser Welt – der veränderten Erde – infizieren konnte. Auf keinen Fall durfte es Gelegenheit erhalten, die Bögen für einen Transfer zur »anderen Seite« zu benutzen. Das Institut musste von einer Infektion verschont bleiben; andernfalls drohte eine Wiederholung von Jorpu.

Kralle erreichte das Ende des schmalen Wegs, als der Bogen eine weitere Nachrichtenkapsel ausspie. Oder war es dieselbe wie vorhin? Marcus nahm sie von Luntha entgegen, öffnete sie mit einem kleinen Schlüssel und entnahm ihr etwas, das nach einer beschrifteten Folie aussah. Der Konsul las den Text und wandte sich an Clemens, der offenbar sein persönlicher Leibwächter war und vielleicht auch sein Vertrauter.

»Die Antwort von Isalf.« Marcus sprach leise und ohne das Übersetzungsgerät zu benutzen, aber Kralles Interpreter erfasste die Worte und übersetzte sie per Ultraschall. »Rebecca ist noch immer nicht gefunden. Trotz der Drohnen.«

»Sie könnte in das geraten sein, was der Studierte ›Diskontinuitäten‹ genannt hat, Konsul.«

»Ich weiß, Clem. Könnte sein. Aber Rebecca ist schlau. Bisher hat sie immer einen Ausweg gefunden. Außerdem sind die beiden Fremden bei ihr. Entweder haben sie sich so gut versteckt, dass selbst die Infrarotsensoren der Drohnen sie nicht finden konnten, oder sie haben einen Bogen gefunden, von dem wir nichts wissen. Auch das würde nicht zum ersten Mal geschehen.«

Er blickte zu Kralle, die sich den Anschein gab, das Wrack zu beobachten. Die beiden Fremden, dachte sie. Damit waren zweifellos Samantha und Rufus gemeint, und es bedeutete: Marcus wusste offenbar nicht, wo sie sich befanden.

Sie fragte sich, was sie tun sollte. Bisher hatte sie sich gefügt und Informationen gesammelt. War es sinnvoll, weiterhin inaktiv zu bleiben und nur zu hören und zu sehen? Die mit Freundlichkeit getarnten Lügen des Konsuls bedeuteten, dass er sie irgendwie für seine Pläne verwenden wollte, und die Frage lautete: Brachten Marcus' Pläne sie auch hinsichtlich ihrer eigenen Mission voran? Wenn nicht, musste sie möglichst bald einen neuen, eigenen Weg finden, der sie dem Ziel näher brachte, der Vernichtung des Spikes.

Und dabei musste sie auf die Hilfe ihrer Ahnen verzichten. Die Umstände zwangen sie, den neuen Weg ganz allein zu suchen, ohne das Licht ihrer Vorfahren.

Die Sonne stieg höher und vertrieb letzte Dunstschwaden über dem Sumpf. Es wurde noch wärmer, die Menschen schwitzten noch etwas mehr. Selbst auf der Stirn des Konsuls zeigten sich kleine Schweißperlen. Aber er legte die Jacke seines schwarzen Anzugs und die rote Weste darunter nicht ab.

»Wir werden Rebecca und ihre Begleiter finden, früher oder später.« Marcus sprach noch immer leise und nahm einen Stift, schrieb etwas auf die Nachrichtenfolie, rollte sie anschließend zusammen und schob sie in die Kapsel zurück. »Die Suche wird fortgesetzt. Auf dem Land, in der Luft und auf dem Wasser, Clem. Mit allen Mitteln. Mit Soldaten und Boden- und Schwebewagen, mit Drohnen und Booten.«

Clemens nickte.

Marcus reichte die Kapsel Luntha. »Zurück damit. Isalf soll die Anweisungen weiterleiten.«

Luntha legte die Nachrichtenkapsel auf den Boden in der Mitte des Bogens, besah sich die Anzeigen seiner Messinstrumente und berührte wieder mehrere Symbole. Erneut füllte sich das Innere des Bogens mit dem Grau, die Kapsel leuchtete auf und verschwand.

Luntha nahm eines seiner Messgeräte und wandte sich an Marcus. »Der Bogen zeigt keinerlei Funktionsbeeinträchtigung.«

»Kommen Sie, Kralle«, sagte Marcus, und sie stellte fest, dass der Interpreter des Konsuls wieder übersetzte. »Ich öffne die Tür für uns.«

Sie merkte, wie die Temperatur zu sinken begann, als sie sich dem Bogen näherte – Kälte strömte aus dem Grau. Kralle überlegte kurz, ob sie an Marcus, Clemens und den Bewaffneten vorbeispringen und sich dem Transitmedium anvertrauen sollte. Aber sie wusste nicht, wohin der Bogen sie gebracht hätte, und außerdem bestand die Gefahr, dass jemand – vielleicht Clemens – schnell genug reagierte und auf sie schoss, bevor sie den Bogen erreichte.

Die zweite Möglichkeit bestand darin, jemanden anzugreifen, eine Waffe zu erbeuten und damit den Konsul als Geisel zu nehmen. Niemand würde es wagen, auf sie zu schießen, wenn sie Marcus eine Pistole oder einen Revolver an den Kopf hielt. Der beste Kandidat dafür hieß Clemens, denn sie kam direkt an ihm vorbei und konnte das Überraschungsmoment nutzen.

Kralle entschied sich auch gegen diese Möglichkeit. Sie zweifelte zwar nicht daran, Clemens überwältigen zu können, doch der kritische Punkt blieb weiterhin der Bogen, denn sie wusste nicht, was sie hinter dem Grau erwartete, und es bestand die Gefahr, dass sie vom »Regen in die Traufe« geriet, wie es die Menschen nannten.

Sie ging an Clemens vorbei und spürte seinen scharfen Blick, als sie Marcus zum Bogen folgte. Der Konsul holte etwas hervor, das aussah wie ein silberner Stift, drückte die kleinen Tasten daran und hielt den Gegenstand an die linke Seite des Bogens. Symbole leuchteten auf, und kleine Wellen durchliefen das Grau, bevor es sich wieder glättete.

»Das Ziel ist gewählt und programmiert.« Marcus steckte den Stift ein. Kralle vermutete, dass es sich dabei um eine Art Codeschlüssel handelte. »Luntha?«

»Ich bestätige korrekte Funktion.« Der so jung wirkende Mann – der dünne, bodenlange Mantel schien ebenso zu ihm zu gehören wie der schwarze Anzug und die rote Weste zu Marcus – sammelte seine Messinstrumente ein und verstaute sie in einem kleinen Koffer.

Marcus stand direkt vor dem Grau. Kralle sah sein Spiegelbild und auch ihr eigenes.

»Was ist mit der Synchronizität?«

»Relativ stabil«, erwiderte Luntha. »Die Abweichungen sind gering, soweit ich das von hier aus feststellen kann.«

»Gut zu hören«, sagte Marcus. »Ich möchte mich ungern in

einer Zeit wiederfinden, in der Winneckers Station noch gar nicht existierte.« Er bot Kralle die Hand an. »Gehen wir? Übrigens, passen Sie auf, wenn wir das Ziel erreichen. Bei meinem letzten Besuch war ein Sicherheitsnetz gespannt, das unvorsichtige Reisende vor dem Sturz in einen tiefen Abgrund schützen soll. Vielleicht existiert es noch, vielleicht auch nicht.«

Kralle schenkte der Hand keine Beachtung und trat ins graue, kalte Transitmedium.

Sofort kehrte das Gefühl zurück, etwas Vertrautes zu berühren. **84** Kralle fiel nicht, sie stand im Nichts, umgeben von Kälte und zahllosen *Möglichkeiten* und *Potenzialen*. So etwas hatte sie oft gespürt, im Direkt der *Eklipse*, im Unendlichen Raum bei den Prokrastinatoren des Hauptzylinders. Tatsächlich glaubte sie, die Umrisse von Maschinen und Aggregaten zu erkennen, als sie ihren Blick auf eine Stelle im Grau konzentrierte.

Gab es eine Verbindung?, dachte sie in einem Moment zwischen den Zeiten. Bei den Bögen handelte es sich um Tahota-Artefakte, und sie befanden sich an den Bruchstellen der gebrochenen Welt. Brücken zwischen den Scherben, dachte Kralle. Woher sie kamen und wie sie entstanden waren, blieb unklar, doch zwischen ihnen spannte sich ein Netz, das Kralle ans Gespinst unmittelbar über dem Energiekern des Direkts erinnerte, an das fünfzig Meter durchmessende Knäuel aus hauchdünnen, miteinander verknüpften Fäden, die alle von der jeweiligen Position der *Eklipse* aus zugänglichen direkten Verbindungen zu anderen Orten im Universum zeigten. Das Netzwerk der Bögen schien ähnlich beschaffen und beschränkte sich offenbar nicht nur auf die Erde. Vielleicht genügte ein Schritt, um die *Eklipse* zu erreichen ...

Kralle drehte sich langsam und atmete die kalte Luft durch die Nase, damit sie wärmer wurde, bevor sie die Lunge erreichte. Unweit bemerkte sie Silhouetten im Nebelgrau, vermutlich Marcus und die anderen Männer und Frauen. Niemand von ihnen bewegte sich. Vielleicht *konnten* sie sich gar nicht bewegen, weil ihnen dieser spezielle Moment vorenthalten blieb.

In dem Versuch, mehr zu erkennen, drehte sich Kralle langsam. Das Grau des Transitmediums war nicht überall gleich beschaffen, an manchen Stellen gab es Lücken und Löcher. Es waren derzeit inaktive Verbindungen. Mit einem Impulsgeber, wie sie ihn manchmal für Justierungen im Direkt verwendet hatte, hätten sich die kleinen Öffnungen möglicherweise vergrößern und aktivieren lassen.

Kralle drehte sich noch etwas weiter, während ein langsames, träges Wogen durch das Grau ging, und sah ... Augen mit geschlitzten Pupillen!

Hinter den Augen zeichneten sich weitere Silhouetten ab, aber nicht die von Menschen. Phantome wie im Unendlichen Raum? Hier konnten es keine Schatten ihres eigenen Geistes sein, denn an diesem Ort gab es weder Prokrastinatoren noch einen Hauptzylinder. Sie glaubte auch nicht, dass es Gedankenfragmente anderer Innanawitt waren, denn wie hätten sich *hier* jemals Angehörige ihres Volkes aufhalten können?

Eine der Silhouetten kam näher und wurde zu einer Gestalt mit Gliedmaßen, die sich ständig veränderten. Eine Stimme erklang, fremdartiger als alles, was Kralle jemals gehört hatte. Sie sprach zu ihr, mit Worten, die in jeder einzelnen Körperzelle vibrierten und Kralle das Gefühl vermittelten, dicht vor einer wichtigen Erkenntnis zu stehen.

Kralle öffnete den Mund, um zu antworten, um zu fragen, was die Gestalt meinte, um sie zu bitten, ihre Worte zu wiederholen und ihnen weitere hinzuzufügen, damit das Interpretermodul des Kommunikators Daten für eine Übersetzung sammeln konnte. Doch plötzlich wurde das Grau dichter und noch kälter. Etwas packte sie nicht gerade sanft und zog sie zur Seite, gegen einen Widerstand wie von einer dünnen, flexiblen Membran.

Und dann fiel sie auf den Boden eines dunklen Korridors.

85 Menschen erschienen, der Bogen spuckte sie aus. Eine uniformierte Frau landete direkt neben Kralle, schnappte erschrocken nach Luft, kam wieder auf die Beine und leuchtete mit ihrer Lampe.

Das Licht strich über tiefe Risse in den Wänden, über zerschmetterte Konsolen, die Reste eines Generators und ein in Fetzen hängendes Netz hinter einem Bogen, der weitere frierende Menschen ausspie.

Einer von ihnen – ein älterer Mann in Zivil, offenbar einer von Lunthas Assistenten – beendete den Transit zwar auf beiden Beinen, taumelte aber zur falschen Seite und durch die Fetzen des zerrissenen Sicherheitsnetzes. Das Lampenlicht erreichte ihn genau in dem Augenblick, als er fiel und ohne einen Schrei verschwand.

»Sichern!«, rief jemand. »Sichern!«

Zwei Uniformierte bezogen hinter dem Bogen Aufstellung, um zu verhindern, dass noch jemand in die Tiefe stürzte. Die anderen rückten langsam vor, mit gezogenen Waffen und leuchtenden Lampen.

»Was ist hier geschehen?«, fragte jemand.

Kralle glaubte es zu wissen, als kurze Zeit später die erste Leiche gefunden wurde. Eine Frau in mittleren Jahren mit kurzem braunem Haar lag halb zusammengerollt zwischen zwei zertrümmerten Konsolen, ihr anthrazitfarbener Overall voller Löcher, die eine Hälfte des Gesichts blutverschmiert, die andere weiß und silbrig, wie von Raureif bedeckt.

Jemand beugte sich über die Tote.

»Nicht anfassen!«, fauchte Kralle.

Das Übersetzungsgerät des Konsuls übertrug die Worte, und die Gestalt vor der Toten, ein junger Mann in Uniform, wich unwillkürlich einen Schritt zurück. Kralle näherte sich vorsichtig, gefolgt von Marcus und Clemens. Die anderen machten ihnen Platz.

Hinter ihnen flackerte das Grau des Bogens ein letztes Mal und verblasste dann.

Kralle blickte auf die Tote hinab und sah ihre Befürchtungen bestätigt. Es war kalt im Korridor beim Bogen, aber nicht kalt genug für Raureif.

»Sie ist infiziert«, sagte sie. »Das Spike war hier.«

Sie spähte in die Dunkelheit jenseits des Lampenscheins.

»Es könnte noch immer hier sein«, fügte sie hinzu und wandte sich an den Konsul. »Ich brauche eine Waffe.«

Marcus lächelte, aber nur kurz. »Wir beschützen Sie.« Er wandte sich an die anderen und erteilte Anweisungen. Die Gruppe setzte sich in Bewegung, angeführt von vier Uniformierten, die ihre Waffen bereithielten und mit kleinen Lampen leuchteten.

Weitere Trümmer erschienen im Licht, zusammen mit Blut, Fleisch und Knochen zerfetzter Leichen. Die Risse in den Wänden wurden größer, Felsgestein kam darin zum Vorschein.

Der Korridor führte zu einem Raum, in dem es offenbar eine Explosion gegeben hatte – von den installierten Aggregaten waren nur noch Schlackehaufen übrig. Die wie glasiert wirkenden Wände waren noch warm. Kralle schätzte, dass die Explosion einige Stunden zurücklag.

»Vielleicht hat man hier versucht, das Spike zu töten«, sagte sie.

Marcus gab sich ruhig, als er fragte: »Glauben Sie wirklich, es könnte noch hier sein?«

Auf Jorpu hatte Kralle die Präsenz des Spikes über viele Kilometer hinweg gespürt. Sie horchte in sich hinein – an diesem Ort fühlte sie nichts dergleichen.

»Ich glaube nicht«, antwortete sie.

»Eben hast du gesagt, es könnte noch hier sein«, knurrte Clemens.

Marcus brachte ihn mit einem Wink zu schweigen. »Das Spike kam durch den Bogen und verschwand wieder darin?«

»Oder es hat diesen Ort auf andere Weise verlassen«, sagte Kralle. »Wo sind wir?«

»Gute Frage. Selbst Winnecker wusste sie nicht zu beantworten. Finden wir mehr heraus.«

Marcus winkte erneut, und diesmal galt die Geste der Gruppe. »Es geht weiter. Suchen wir nach Überlebenden.«

Wir könnten alle infiziert sein, dachte Kralle. Sie selbst war vielleicht schon in Dibrosch infiziert worden, als sie vor Lorentis Leiche niedergekniet hatte. Es genügte, die mikroskopisch kleinen Sporen einzuatmen, und die Tote mit dem halb kristallisierten Gesicht hatte vielleicht schon Sporen freigesetzt.

Auf dem Weg durch die offenbar unterirdische Station fanden sie mehr Leichen, doch das Ausmaß der Zerstörungen wurde geringer, als sie über Treppen weiter nach oben gelangten. Ein dumpfes Knirschen und Knacken aus der Dunkelheit ließ die Gruppe einmal innehalten. Im Licht der Lampen erschienen Dunstschwaden, die langsam durch den Gang trieben, kalt und grau wie das Innere eines Bogens, doch sie verschwanden nach wenigen Sekunden.

Der Studierte namens Luntha blickte immer wieder auf die Anzeigen seiner Messinstrumente. »Diskontinuitäten, Konsul«, sagte er. »Es bleibt nicht mehr viel Zeit.«

Schließlich erreichten sie einen Saal, wie eine Mischung aus Laboratorium, Archiv und Maschinenraum. Hier war auf dem ersten Blick alles intakt geblieben. Die Leuchtkörper in der Decke brannten, und Kralle erkannte keine Schäden an den Aggregaten, die sich um silberne Zylinder scharten. Indikatoren leuchteten, die meisten grün, einige wenige orangerot. Ein Brummen lag in der wärmeren Luft und stammte offenbar von einem Generator.

In der Mitte des Saals, umgeben von Geräten, Kabeln und Sensorbündeln, lag ein Mann mit zerrissener Jacke und einer Hose, die Brandlöcher aufwies. Seine Haltung war seltsam. Er ruhte auf der Seite, den rechten Arm gehoben und verschwand bis zum Ellenbogen in einer schiefergrauen Scheibe, die mitten in der Luft schwebte. In ihrem Zentrum bemerkte Kralle ein Loch, so groß wie eine menschliche Hand, und in diesem Loch bewegte sich etwas.

»Winnecker?« Marcus trat näher, Kralle und Clemens folgten ihm. Hinter ihm schwärmten die anderen aus, ihre Waffen noch immer bereit.

Luntha wandte sich den Geräten zu.

»Konsul?«, ächzte der Mann am Boden. Sein Gesicht war verbrannt, wie Kralle sah, eine Augenhöhle leer. »Meine Hand … ich fühle sie nicht mehr.«

Marcus bückte sich und zog an dem in der grauen Scheibe steckenden Arm. Er löste sich aus dem Grau, endete jedoch am Ellenbogen – der Unterarm mit der Hand war abgetrennt und verloren.

»Ich fühle sie noch immer nicht«, stöhnte der Mann.

»Alles in Ordnung, Victor.« Marcus drehte ihn auf den Rücken. »Was ist passiert?«

»Ich habe es geschafft.« Der Mann, den Marcus Victor nannte, hustete, und blutiger Schaum bildete sich auf seinen Lippen. »Mit den Spezialisten und dem Material, das Sie mir geschickt haben ... Ich habe es geschafft.« Gurgelnde und pfeifende Geräusche begleiteten die Worte. »Die Membran des Phasenübergangs ... Erinnern Sie sich? Öl und Wasser. Ich habe beides miteinander verbunden.«

Der Konsul hatte den Mann berührt, und er berührte ihn auch weiterhin, wie Kralle besorgt registrierte. Er stützte den Oberkörper des Sterbenden. Wenn der Mann namens Victor infiziert war, so hatten die Spike-Sporen in Marcus inzwischen einen weiteren Wirt gefunden. War ihm die Gefahr bewusst? Scherte er sich nicht darum?

Kralle betrachtete die Scheibe und ihre Öffnung in der Mitte: ein kleiner Strudel, ein grauer Wirbel, in dem sich etwas bewegte. Sie sah genauer hin. Die Bewegungen stammten von Bildern, die andere Regionen der veränderten Erde zeigten und vielleicht auch die andere Seite. Es flackerte mehrmals, das Loch in der schiefergrauen Scheibe wurde mal größer und mal kleiner.

»Ich habe den Kernbrecher gefunden!«, ertönte Lunthas Stimme.

Kralle blickte zur Seite. Der Studierte im bodenlangen Mantel stand bei einem der Geräte und deutete auf den Gegenstand darin, ein etwa zehn Zentimeter durchmessendes ockerfarbenes Dreieck mit einer griffartigen Erweiterung.

»Und das andere Loch ...« Der Mann am Boden hustete erneut, und ein kleiner blutiger Spritzer traf die Wange des Konsuls, der nicht darauf achtete. »Die Bohrung ...«

»Was ist damit?«, fragte Marcus überraschend sanft.

»Wir haben darüber gesprochen, erinnern Sie sich? Über die Bohrung nach oben. Um herauszufinden, wo wir hier sind, wo sich diese Anlage befindet. Wir haben die Oberfläche erreicht, und raten Sie mal ...«

In der grauen Scheibe klirrte es wie von zerbrechendem Glas. Kralle fühlte ein Zittern im Boden, und sie vernahm ein dumpfes Knirschen, wie von einem schweren Gewicht, das sich auf etwas Zerbrechliches senkte. Klang es so, wenn die Welt brach? Die Männer und Frauen bei den Geräten, Kabeln und Sensorbündeln hoben ihre Waffen und sahen sich um. Vielleicht befürchteten sie einen Angriff des Spikes.

Der Sterbende schnappte nach Luft. »Raten Sie mal, wo wir sind, Konsul«, brachte er hervor.

»Wo?«

»In der Nähe der Stadt im Eis. Wir ...«

Es waren die letzten Worte des Mannes. Er atmete aus und schloss die Lider, und sie blieben geschlossen. Marcus ließ den Oberkörper des Toten zu Boden sinken.

»Der Kernbrecher«, wiederholte Luntha, der den Analysator inzwischen aufgeklappt hatte, aber nicht wagte, das Artefakt darin zu berühren. »Winnecker oder seine Spezialisten scheinen versucht zu haben, ihn zu öffnen.«

Kralle sah sie aus einigen Metern Entfernung: Brandspuren, kleine schwarze Flecken und dünne Streifen, geschaffen von Analyselasern.

»Bringen Sie ihn mir«, sagte Marcus und blickte noch immer auf den Toten hinab.

»Was?«

»Den Kernbrecher, bringen Sie ihn mir!«

Ein Grollen tief unter dem Saal ließ den Boden erzittern. Dunstschwaden krochen durch Lücken zwischen den Geräten und Konsolen. Nervosität breitete sich aus. Waffen suchten nach Zielen.

»Haben Sie nicht gehört, Studierter?«, knurrte Clemens.

Kralle beobachtete, wie Luntha das Tahota-Artefakt aus dem Analysegerät zog, so vorsichtig, als könnte das Objekt jeden Moment explodieren. Behutsame Schritte über den vibrierenden Boden trugen ihn zu Marcus, der den Kernbrecher entgegennahm und ihn Kralle reichte.

»Nehmen Sie!«

»Was soll ich damit?«

Marcus deutete auf die Öffnung in der schiefergrauen Scheibe, die mit einer langsamen Rotation begonnen hatte.

»Hinein damit.« Er sprach wieder ruhig, aber es lag eine gewisse Schärfe in seinen Worten. »Und zünden Sie ihn. Er soll auf der anderen Seite explodieren. Dadurch verhindern wir den neuen Bruch, nicht wahr, Luntha?«

»Vielleicht.« Der Studierte wich unsicher zurück. Eine der kalten Dunstwolken schwebte an ihm vorbei und strich ihm dabei über die Wange. Er zuckte zusammen.

»Wir brauchen den Kernbrecher gegen das Spike«, widersprach Kralle.

»Schicken Sie ihn gezündet zur anderen Seite«, sagte Marcus. »Sie darf keine Gelegenheit erhalten, einen neuen Bruch zu verursachen, der diesen Teil der Welt auslöschen könnte.«

»Sie erwarten zu viel von mir, Konsul«, entgegnete Kralle. »Ich kenne den Aktivierungscode nicht.«

Clemens starrte sie an, die großen, prankenartigen Hände wieder bei den Waffen in seinen Gürtelhalftern.

»Das ist Unsinn.« Die Schärfe in der Stimme des Konsuls wurde deutlicher. »Sie gehören zur Besatzung der *Eklipse*. Sie sind zusammen mit Samantha, Rufus M und Lorenti aufgebrochen, um das auf der Erde gelandete Spike unschädlich zu machen. Welchen Sinn hat eine solche Mission, wenn Sie den Aktivierungscode der einen Waffe nicht kennen, die erfolgreich gegen das Spike eingesetzt werden kann?«

»Nur Samantha kennt den Code«, sagte Kralle. »Der Intellekt der *Eklipse* hat ihn nur ihr genannt.«

»Du wirst tun, was dir der Konsul sagt, Miezekatze!«, grollte Clemens.

Das Haarfell in Kralles Nacken richtete sich auf, und sie bleckte die Zähne. »Niemand... nennt... mich... ungestraft... *Miezekatze!*«, fauchte sie.

Und sprang.

86 Ein Schlag traf sie, nicht am Kopf, nicht an der Schläfe, die das Ziel der Faust war, sondern an der Schulter, weil sie sich gerade noch rechtzeitig zur Seite neigte.

Der kleine, breite Mann reagierte schnell, schneller als alle anderen Menschen, die Kralle kannte. Der unerwartete Stoß drehte sie, und sie fiel an Clemens vorbei, bemerkte dabei aus dem Augenwinkel, wie er seine Waffen zog, mit der präzisen Schnelligkeit eines Bots.

Für einen Moment fragte sie sich, ob sie einen Fehler gemacht und den Mann unterschätzt hatte. War er vielleicht gar kein Mensch, sondern ein Mischwesen, ein Androide oder ein Bot in Menschengestalt? In dem Fall war er ein Gegner, den sie vielleicht nicht besiegen konnte. Aber so etwas hätte nicht zu der eher primitiven Welt gepasst, von der er ein Teil war.

Sie drehte sich noch während des Fallens, und ihr Fuß traf den Arm, der ihr am nächsten war – die Hand verlor den Revolver. Der andere Arm schwang herum, doch der erste Tritt hatte Kralle ein wenig Zeit verschafft. Kaum berührte sie den Boden, stieß sie sich ab, duckte sich unter den Arm und strich mit den ausgefahrenen Krallen über Handgelenk und Unterarm.

Clemens knurrte überrascht, ohne dass sich seine Finger von der Waffe lösten. Er versuchte, sie auf die Innanawitt zu richten, doch ein zweiter Tritt sorgte dafür, dass sie flog, an Marcus vorbei in Richtung der Konsolen und Geräte.

Jemand anders schoss.

Kralle vertraute ihrem Kampfinstinkt, krümmte sich und hörte erst den lauten Knall und dann das leise Zischen der Kugel, als sie an ihr vorbeiraste und dabei durchs blaue Haarfell strich.

»Nicht schießen!«, rief der Konsul. »Nicht schießen!«

Die Kugel schlug in der schiefergrauen Scheibe ein, und so klein das Geschoss auch sein mochte – es bewirkte etwas. Kräuselungen entstanden, kleine Wellen, die das Grau durchzogen, und in der Mitte wuchs das Loch.

Eine Möglichkeit, dachte Kralle. Eine Chance. Aber zuerst wollte sie dem Mann, der sie *Miezekatze* genannt hatte, eine Lektion erteilen.

Er stand vor ihr, ohne Waffen, die Fäuste erhoben, das Gesicht finster, die Augen voller Zorn. In seinen Armen steckte genug Kraft, um ihr die Knochen zu brechen, aber so schnell er trotz seiner Masse auch sein mochte, sie war noch schneller.

Ein Fuß traf sein rechtes Knie, Knochen gaben knackend nach, und es erschien verblüffter Schmerz in der finsteren Miene. Krallen zerrissen die Hose und hinterließen tiefe, blutige Furchen im linken Oberschenkel. Durch das verletzte Knie verlagerte sich das Gewicht aufs andere Bein, eine Veränderung der

Haltung, die die Kehle des Mannes in Reichweite der Krallen brachte.

Die Innanawitt hätte ihn mit einem Hieb töten können. Stattdessen führte sie einen kurzen, schnellen Schlag mit der Faust, der die Nase zertrümmerte, und hinterließ mit den Krallen der anderen Hand ein rotes Streifenmuster auf der Wange.

Ein Sprung brachte sie fort von Clemens, zur rotierenden grauen Scheibe, die wie die Öffnung in ihrer Mitte größer wurde. Mehr Bilder zeigten sich dort, Momentaufnahmen von anderen Regionen der veränderten Erde, von Scherben der zerbrochenen Welt.

Das Transitmedium war nicht auf ein Ziel programmiert – es befand sich nicht einmal in einem Bogen –, aber Kralle glaubte, sich dennoch orientieren zu können. Ihr ging es gar nicht darum, ein Ziel auf der Erde zu erreichen. Sie glaubte zu wissen, wo die Antworten lagen.

Sie durfte keine Zeit verlieren, nicht einen Moment zögern. Marcus war nicht dumm, er hatte ihre Absicht erkannt. Vielleicht wies er seine Leute gleich an, doch auf sie zu schießen ...

Kralle sprang erneut, hinein in die graue Scheibe, in das Loch in ihrer Mitte.

Zwei oder drei subjektive Sekunden lang fiel sie durch kaltes, beklemmendes Nichts, schneller als jede Revolver- oder Pistolenkugel, und dann stellte sich wie zuvor das Gefühl ein, etwas Vertrautes zu berühren. Sie fiel nicht mehr, sondern stand, umgeben von Möglichkeiten, wie im Innern des Knäuels, dessen Fäden das Direkt der *Eklipse* mit allen erreichbaren Orten des Universums verband.

Diesmal gab es kein Ziel, sie konnte frei wählen. Doch um eine Wahl zu treffen, musste sie die *Möglichkeiten* erkunden, und dafür hätte sie viel Zeit gebraucht.

Zeit.

Ein neuer Gedanke stieg in ihr auf, während die Kälte durch Overall, Haarfell und Haut kroch. Der Konsul hatte von Synchronizität gesprochen, und sie *wusste* plötzlich: Die Bögen stellten nicht nur Verbindungen durch den Raum dar, sondern auch durch die Zeit – man konnte mit ihnen durch Raum *und* Zeit reisen.

Zeit ... Es steckte Bedeutung hinter diesem Wort, dachte Kralle. Mehr, als sich zunächst erahnen ließ.

Sie begann zu frieren.

Wohin sollte sie sich wenden, welche Richtung – wenn es *hier* überhaupt so etwas wie klassische Richtungen gab – sollte sie einschlagen? Für eine von Myriaden Möglichkeiten musste sie sich entscheiden.

Antworten, dachte sie. Das Rätsel der veränderten Erde musste gelöst, die Mission erfüllt werden. Wo lagen die Antworten? An einem Ort, der über fünfzig Jahre hinweg leicht erreichbar gewesen war und zu dem sie jetzt zurückkehren konnte, denn das Transitpotenzial der Bögen beschränkte sich nicht auf die Erde.

Kralle öffnete die Augen noch etwas weiter, sah und hörte die Silhouetten im Grau – die Umrisse ihrer Gestalten, vage wie ein halber Traum, ihre Stimmen, ein Flüstern in der Ferne – und vertraute ihrem Instinkt.

Sie trat einen Schritt zur Seite, verließ damit die Erde und erreichte ein Raumschiff, das gerade die Umlaufbahn erreicht hatte.

Das langsam wogende Grau war noch immer da, auch die Silhouetten darin, doch etwas Neues erschien, eine Tür aus altem Holz, gestrichen in einem Blau, das der Farbe von Kralles Haarfell entsprach. Das Gefühl des Vertrauten wurde noch intensiver. Sie spürte die Nähe des Energiekerns und der Prokrastinatoren – sie befand sich im Direkt der *Eklipse*.

Sofort trat sie vor, streckte die Hand nach der Klinke aus und öffnete die Tür.

Vor ihr erstreckte sich der Unendliche Raum des Direkts.

Diesmal hatte sie nicht den Eindruck, eine lange Wanderung hinter sich zu haben. Sie stand auch nicht auf dem Gipfel eines hohen Bergs, von dem aus sie in grüne und blaue Täler blickte, die sie an die Farben von Jorpu erinnerten. Hundert oder mehr Kilometer entfernt wölbte sich die Landschaft nicht nach oben, einer silbernen Sonne entgegen, deren Licht sich glitzernd auf einem Ozean widerspiegelte, der den größten Teil des Himmels einnahm. *Dieser* Himmel war blau, kalt und wolkenlos. Und vor Kralle lag eine endlose Ebene, von Schnee bedeckt, mit kleinen

Nadelwäldern hier und dort. Geschöpfe wie irdische Rentiere gruben mit ihren Hufen im Schnee und suchten nach Gras und Moos darunter. Die nächsten von ihnen waren kaum hundert Meter entfernt, hoben die Köpfe und richteten neugierige Blicke auf sie.

Kralle hielt nach den Phantomen Ausschau, die sie als Bewohner des Unendlichen Raums kannte. Und dann begriff sie, dass die Tiere gar keine Tiere waren.

Die ersten von ihnen kamen näher.

Kralle hörte ihr leises Schnauben und sah die weißen Wolken ihres Atems. Und sie hörte und sah noch mehr: Stimmen hinter dem Schnauben, Planeten, Sonnen und ganze Galaxien in großen dunklen Augen. Plötzlich fiel ihr die Geschichte von Moloch und Mahlstrom ein, die sie als Kind auf Jorpu gehört hatte, erzählt von der Stimme ihrer Ururgroßmutter unter den Ahnen.

Vielleicht gab es hier, im Unendlichen Raum des Direkts der *Eklipse*, sogar Antworten auf Fragen, die noch niemand gestellt hatte.

Kralle trat den rentierartigen Geschöpfen entgegen, die vor ihr einen Halbkreis bildeten und warteten.

»Ich glaube, ihr habt mir etwas zu sagen«, wandte sie sich an die wahren Bewohner des Unendlichen Raums.

Brechende Bögen

Clemens stand schief und gebeugt, das Gewicht auf dem unverletzten Bein. Blut strömte aus der gebrochenen Nase. Im Gesicht des kleinen, breiten Mannes zeigte sich kein Schmerz, nur Enttäuschung über sich selbst und Zorn auf die Innanawitt. Er wandte sich dem flackernden, knisternden Grau zu und langte nach einer seiner Waffen.

»Nein«, sagte Marcus. »Das nützt jetzt nichts mehr, Clem.«

Er trat näher zur grauen Scheibe, fühlte die von ihr ausgehende Kälte und betrachtete die Bilder in der größer gewordenen Öffnung. Wüsten und Meere, Wälder, Flüsse und Gebirge, Ödland und staubige Ebenen ... Und plötzlich Felsen weiß wie Knochen, die aus saftigem, üppigem Grün ragten, ein goldener Bogen, der sich über einer von einem Verteidigungsring umgebenen Plattform wölbte. Die Gebäude jenseits davon, weiß und pastellfarben, standen im Schatten von Kork- und Steineichen. Hinter ihnen führte eine Treppe zwischen den Felsen eines Berghangs nach oben, zu einer Villa im alten maurischen Stil, vor ihr ein Hof mit terrakottafarbenen Steinplatten. Weiter oben auf dem Gipfel befand sich eine alte Messstation, umgebaut zu einem Observatorium – das Reich eines Studierten namens Guitero.

Aragon.

Und aus dem großen gelben Bogen kam das Spike.

Es hatte sich verändert. Noch immer bedeckten lange Stacheln und Dornen den zentralen Leib, aber zwischen und auch an ihnen gab es Erweiterungen, dünne Stangen und Zylinder, Würfel und andere kantige Objekte, die aussahen wie Geräte und Instrumente. Form und Farbe erinnerten Marcus an die Artefakte, die seine Arbeiter und Studierten bei Grabungen überall auf der gebrochenen Welt gefunden hatten.

Er merkte plötzlich, dass er noch den Kernbrecher in der Hand hielt. Seine Finger schlossen sich fester darum.

»Das ist Aragon.« Luntha erschien an seiner Seite. »Wie konnte das Spike nach Aragon gelangen? Der Bogen ist geschützt. Etwas muss ihm den Weg gezeigt haben.«

Das Suchsignal, dachte Marcus und erinnerte sich an die Begegnung mit Guitero.

»Was können wir tun?«, fragte er leise. Der Kernbrecher in seiner Hand schien schwerer zu werden.

Er beobachtete, wie die Verteidiger in Aragon das Feuer auf die Kreatur eröffneten, und dann wechselte das Bild. Eine endlose Wüste erschien, zwischen den Dünen ein silberner Bogen, der seinen Glanz verlor und Risse bekam. Das Grau des Transitmediums in ihm löste sich auf, bis man den Sand auf der anderen Seite sehen konnte. Erste Brocken lösten sich und fielen – der Bogen brach.

Die graue Scheibe flackerte, ihre Rotation kam zum Stillstand. Die Bilder verschwanden aus ihrer Mitte, die Öffnung wurde kleiner und zog sich zusammen. Mit lauter werdendem Knistern schrumpfte auch die Scheibe selbst.

Der einzige bekannte Zugang zur anderen Seite schloss sich.

Für einen irrationalen Moment fühlte sich Marcus versucht, mit dem Kernbrecher in die graue Scheibe des Phasenübergangs zu springen. Vielleicht war es Clemens' Knurren, das ihn daran hinderte.

»Ich wäre mit ihr fertiggeworden«, behauptete der humpelnde Mann mit dem blutverschmierten Gesicht. »Trotz allem. Ich hätte sie gepackt und zerrissen.«

Marcus wich zurück und steckte den Kernbrecher ein. »Das hättest du, Clem«, sagte er, wieder ruhig und gefasst. »Das hättest du.«

Die Temperatur sank. Dünne Nebelschwaden zogen unter der Decke durch den großen Raum. Der Boden zitterte, ein Rasseln kam aus dem nahen Wald aus Instrumenten, Geräten und Sensorbündeln.

»Der Bruch«, murmelte Marcus. Und lauter sagte er: »Ich habe gesehen, wie ein Bogen gebrochen ist. Kehren wir zurück, solange es noch möglich ist.«

Die Männer und Frauen eilten sofort los. Ein Uniformierter half dem hinkenden Clemens, und zwei weitere blieben mit gezogenen Waffen in der Nähe, als sie sich auf den Weg zum weiter unten gelegenen Bogen der unterirdischen Anlage machten.

»Wohin?«, brummte Clemens, als ein dunkler Korridor sie aufnahm. »Wohin wollen Sie zurückkehren, Konsul?«

Eine Reise nach Aragon hatte keinen Sinn. Aufgrund des Angriffs auf die Unabhängigen gab es dort kaum mehr Truppen, die die Stadt verteidigen konnten, und selbst wenn eine große Streitmacht zur Verfügung gestanden hätte, gegen das Spike wäre sie machtlos gewesen, wie die Ereignisse in Dibrosch bewiesen. Aragon war verloren, wenn kein Wunder geschah.

»Wir werden sehen«, sagte Marcus.

Die Räume und Gänge schienen um sie herum in Bewegung zu geraten, als sie durch die Dunkelheit marschierten. Der Boden zitterte manchmal so heftig wie bei einem Erdbeben, und das Knirschen in den Wänden wurde so laut, als grüben sich dahinter Maschinen durch den Fels.

»Luntha?«, fragte Marcus, als sie die Leiter erreichten, die zum Korridor mit dem Bogen führte.

»Schneller«, sagte der Studierte. »Es geht immer schneller. Die Diskontinuitäten nehmen weiter zu. Der Kollaps des Phasenübergangs könnte den Countdown beschleunigt haben.«

»Die Katze«, knurrte Clemens, gestützt auf den Uniformierten. »Es ist ihre Schuld.«

Im tanzenden Lampenschein kletterte Marcus die Leiter hinunter und erinnerte sich an etwas, doch der Gedanke blieb undeutlich, versteckt zwischen all den anderen Gedanken, die Aragon, Smeralda und dem bevorstehenden neuen Bruch galten, der Verletzlichkeit einer bereits gebrochenen Welt.

Er beobachtete, wie eine Frau in der Uniform der Transportgesellschaft von Aragon in einer Nebelschwade verschwand und nicht wiederkehrte. Er beobachtete, wie die anderen Männer und Frauen nach Gegnern für ihre Waffen suchten, wie sie mit großen Augen in die Dunkelheit jenseits des Lampenscheins starrten und jeden Augenblick das Erscheinen eines Ungeheuers voller Stacheln und Dornen befürchteten.

Clemens stöhnte, als er durch den Korridor hinkte. Er entschuldigte sich dafür.

»Wir bringen dich zu einem Arzt«, versprach ihm Marcus. »In Smirga. Du bist bald wieder in Ordnung, Clem.«

»Es war Glück, Konsul«, brummte der kleine, breite Mann. »Die Katze hatte Glück. Ich wäre mit ihr fertiggeworden.«

»Daran zweifle ich nicht«, log Marcus.

Das Licht der Lampen erfasste den Bogen am Ende des Korridors und zeigte seine Veränderungen. Das Grau in seinem Innern war glatt wie Glas und von feinen Rissen durchzogen – ein filigranes Spinnennetz schien sich darauf gelegt zu haben.

Marcus blieb neben Clemens stehen. »Können wir den Bogen benutzen, Luntha?«

Der Studierte näherte sich und blickte auf die Anzeigen seiner Messinstrumente. Nach einigen Sekunden schüttelte er ratlos den Kopf. »Die Daten sind widersprüchlich ...«

»Können wir den Bogen benutzen, ja oder nein?«, fragte Marcus mit mehr Nachdruck.

Ein Grollen drang hinter ihnen aus der Finsternis, ein Bersten und Krachen wie von etwas Großem, das sich mit brachialer Gewalt einen Weg durch die Räume und Gänge der unterirdischen Anlage bahnte. Ein Mann verlor die Nerven, lief die letzten Meter und sprang in den Bogen.

Kopf und Oberkörper verschwanden im glatten Grau, doch Hüften und Beine blieben stecken. Die Beine bewegten sich und traten, als wollten sie sich von etwas abstoßen. Eine Hand erschien, wie um nach den Beinen zu greifen und sie auf die andere Seite des Bogens zu ziehen.

Dann fiel die Hand ohne den dazu gehörenden Arm, und es fielen auch Hüften und Beine ohne Oberkörper und Kopf. Der Körper war in zwei Teile geschnitten, wie von einem superscharfen Messer, das nicht nur Fleisch, Sehnen und Knorpel durchtrennte, sondern auch dicke Knochen und die Wunden gleichzeitig versiegelte, denn es strömte kein Blut, es zeigte sich nicht ein einziger Tropfen.

Im Licht der Lampen lagen die Beine reglos, sie traten nicht mehr. Die abgetrennte Hand neben ihnen sah aus wie eine sonderbare Krabbe.

Es wurde still.

Das glatte Grau flackerte einmal und verschwand.

Der Bogen bröckelte.

Die dünnen, spinnennetzartigen Risse, die eben noch das Transitmedium durchzogen hatten, fraßen sich mit einem in der Stille deutlich zu hörenden Knistern durch den Bogen. Splitter fielen, gefolgt von größeren Brocken. Nicht einmal eine halbe Minute später lag der Bogen zerbrochen vor dem zerrissenen Sicherheitsnetz am Ende des Korridors, ein nutzloser Haufen Schutt.

Der kleine, leise Gedanke, der eben noch vergeblich versucht hatte, all die anderen Gedanken beiseitezuschieben und Aufmerksamkeit zu erlangen, wurde groß und laut.

»Die Bohrung.« Marcus drehte sich um, sah die Männer und Frauen an und erkannte Furcht und aufsteigende Panik in ihren Gesichtern. »Winnecker hat davon gesprochen, kurz bevor er starb. Die Bohrung hat die Oberfläche erreicht, und dabei wurde festgestellt, dass sich diese unterirdische Anlage in der Nähe der Stadt im Eis befindet. Beginnen Sie mit der Suche nach dem Schacht.«

Neue Hoffnung erschien in den Gesichtern der Männer und Frauen, denn sie wussten, dass es in der Stadt im Eis einen ganz besonderen Bogen gab, durch den man nicht nur alle Regionen der gebrochenen Welt erreichen konnte, sondern auch die andere Seite. Sie machten sich sofort auf den Weg. Nur zwei Uniformierte blieben als Eskorte für den Konsul zurück, zusammen mit dem Mann, der Clemens stützte.

Marcus fühlte den Kernbrecher in der Tasche seiner schwarzen Anzugjacke. Vielleicht gab es doch noch Möglichkeiten …

Der Schacht war schmal, durchmaß nur einen Meter, und weit oben zeigte sich Licht. Mehrere Bewaffnete kletterten als Erste nach oben, Marcus folgte ihnen in der Mitte der Gruppe, und den Abschluss bildeten die beiden Uniformierten, die als Eskorte beim Konsul geblieben waren. Auf der langen Leiter kam Clemens besser zurecht. Mit seinen kräftigen Armen zog er sich hoch und setzte nur den Fuß des unverletzten Beins auf die Sprossen.

Als sie eine halbe Stunde später den Schacht verließen, fanden sie Bohrgerät und einen improvisierten Schuppen mit Ausrüstungsmaterial. Vielleicht hatte Winnecker geplant, eine Expedition zur geheimnisvollen Stadt zu schicken, die bisher unerreichbar gewesen war und sich angeblich in dem Eis befand, das einige Hundert Meter entfernt zum Himmel aufragte, ein Gletscher, hoch und mächtig wie ein Gebirge. Unten gab es eine Öffnung, einen dunklen Spalt, als hätte jemand einen Keil ins Eis getrieben.

Durch die keilförmige Öffnung gelangten sie in einen schmalen Tunnel, der sie nach einigen Dutzend Metern in eine große runde Höhle mit einer weißen Plattform führte. Darauf wölbte sich ein mehr als zehn Meter durchmessender scharlachroter Bogen, der bereits sein Grau verloren hatte und erste Risse aufwies. Er brach, als Marcus die Plattform erreichte, und seine Bruchstücke bildeten einen roten Haufen auf dem Weiß.

Luntha hantierte mit mehreren Messinstrumenten.

»Ein gewöhnlicher Bogen«, sagte er. »Es kann nicht der Hauptbogen gewesen sein, von dem es heißt, dass man durch ihn die andere Seite erreichen kann.«

Marcus ging langsam um die weiße Plattform herum. Auf der anderen Seite führte eine breite Treppe nach unten, und vor ihr zeigten sich Spuren im Schnee, der durch die runde Öffnung im Eis einige Hundert Meter über der Plattform gefallen war. Er ging in die Hocke und betrachtete sie. Luntha trat an seine Seite. Die Bewaffneten warteten auf der anderen Seite der Plattform.

»Es war vor uns jemand hier«, sagte der Studierte erstaunt.

»Ja.« Marcus deutete auf die Spuren. »Zwei Erwachsene, ein Kind und noch jemand, mit Füßen etwas größer als die eines Kinds.«

Er richtete sich auf und blickte über die Treppe.

»Samantha und Rufus M«, sagte er. »Und Rebecca und der Junge. Sie sind hier gewesen.«

Luntha deutete auf weitere Abdrücke im Schnee. Sie befanden sich neben den anderen, waren noch etwas größer und tiefer. Der Form nach konnten sie nicht von Menschen stammen.

»Und das hier?«, fragte er.

Ein Geräusch erklang, dumpf und rhythmisch, von schweren

Schritten – jemand kam die Treppe herauf. Eine Kampf-maschine erschien und richtete zwei große Blaster auf die Menschen bei der Plattform mit dem gebrochenen Bogen.

»Identifizieren Sie sich!«

Die Stadt im Eis

88 Rebecca

»Es tut weh.« Jasil drückte die Handballen an die Schläfen. »Die Kopfschmerzen werden immer stärker. Es fühlt sich an, als wollte etwas aus meinem Kopf heraus.« Er blickte zu Rufus und Samantha, die einige Meter entfernt standen und eine Statue des Archivs betrachteten, wie sie es nannten. »Vielleicht wächst mir ein zweites Gehirn. Und vielleicht reicht dafür der Platz in meinem Kopf nicht aus.«

Nein, dachte Rebecca und rieb sich den prickelnden, stechenden Nacken. Du hörst die Stimmen in Stein und Stahl.

Sie waren lauter an diesem Ort, und sie wurden noch lauter mit jedem Schritt tiefer hinein in die Stadt im Eis. Doch sie blieben ohne Worte, ohne klare Botschaft. Sie waren wie das Rauschen eines nahen Winds oder das Donnern der Brandung hinter dem nächsten Höhenzug.

Rebecca saß neben Jasil, den Arm um seine schmalen Schultern, schloss die Augen und versuchte sich zu orientieren. Doch das Rauschen und Donnern schien von überall her zu kommen.

Rufus M, der Mann mit den zwei Gehirnen, und Samantha näherten sich, begleitet von einer zweibeinigen Maschine, die man aus der Ferne betrachtet für einen silbernen Menschen halten konnte. Überall in der Stadt im Eis gab es solche Maschinen, manche größer, andere kleiner, mit Beinen, Rädern, Werkzeugen und Greifarmen. Samantha nannte sie »Bots«, und Rebecca erinnerte sich daran, über sie gelesen zu haben. Während ihrer Zeit mit Dusan in Aragon hatte sie einmal einen einfachen Mechanismus dieser Art gesehen, einen kleinen Apparat, der eigene Gedanken dachte, mit leiser, wortloser Stimme. Ihre Versuche, ihn zu verstehen, waren vergeblich geblieben. Hier fühlte sie, dass sich Silben und vielleicht auch Worte hinter dem Rauschen und Tosen verbargen.

»Ich fürchte, die Stadt ist leer«, sagte Samantha zu Rebecca und Jasil. »Hier lebt niemand mehr.«

»Wir nehmen an, dass sich die letzten Überlebenden durch den Übergang zur anderen Seite zurückgezogen haben«, fügte Rufus M hinzu. Er sprach wie immer ruhig, seine Worte klar und deutlich. Rebecca bemerkte, wie Jasil zu ihm aufsah. Inzwischen schien der Mann mit dem weißen Haar und dem zernarbten Gesicht mehr für ihn zu sein als »nur« ein Freund. Vielleicht wurde er zu einer Art Vaterersatz für den Jungen.

»Wo ist der Bogen, Rebecca?«, fragte Samantha. Sie versuchte, ebenso ruhig zu sprechen wie Rufus, aber Rebecca hörte die wachsende Ungeduld in ihrer Stimme. »Kannst du ihn lokalisieren?«

Seit einem Tag und einer Nacht wanderten sie durch die Stadt im Eis, auf der Suche nach dem Übergang, nach der Tür, die zur anderen Seite führte, zum Institut, von dem sich Rufus und Samantha Hilfe erhofften. Die Gebäude in den Eishöhlen – die meisten von ihnen weiß wie Schnee, andere in sanften Pastelltönen, die Rebecca an Aragon erinnerten – waren unbewohnt, ohne Menschen. Maschinen kümmerten sich um alles, diensteifrige Bots, die zwar Hilfe anboten, in einer Sprache oder einem Dialekt, der für Rebecca manchmal nicht leicht zu verstehen war, aber keine Auskunft gaben, wenn es um den Bogen ging, von dem es in der gebrochenen Welt außerhalb des großen arktischen Eisschilds hieß, dass er den Wechsel zur anderen Seite ermöglichte. Die Maschinen – die Bots – kümmerten sich um die Häuser, Türme, Brücken und kathedralenähnlichen Bauten der Archive. Sie waren die Hüter der Stadt und bewahrten sie vor dem Verfall.

Die Stimmen, die Rebecca hörte und Jasil Kopfschmerzen bereiteten, kamen aus dem Innern der Stadt. Mit einer seltsamen Mischung aus Flüstern und Schreien ertönten sie in Wänden und Dächern, in Böden und Treppen.

»Ich bin zu Diensten«, verkündete der silberne Bot zum wiederholten Male. Er klang noch immer sonderbar, doch inzwischen bereitete es Rebecca keine Mühe mehr, ihn zu verstehen. »Ich kann helfen.«

»Rebecca?«, fragte Samantha.

Sie schüttelte den Kopf. »Es tut mir leid. Ich weiß noch immer nicht, wo sich der Bogen befindet.«

Rufus räusperte sich. »Wir haben nicht unbegrenzt viel Zeit«, sagte er vorsichtig.

Der Bot summte leise, wenn er sich bewegte, wie auch die anderen mobilen Maschinen, denen sie in der Stadt begegnet waren. Als er stehen blieb, kehrte die Stille zurück.

Weit oben glänzte Eis weiß und blau im Licht der Lampen, die seit vielen Jahren leuchteten, vielleicht seit Jahrhunderten. Der Energiekern der Stadt im Eis war noch immer aktiv und würde es auch bleiben, solange die Maschinen, die Bots, seine Funktion überwachten und steuerten. Wenn niemand sprach, wenn sie sich nicht bewegten, wenn selbst der silberne humanoide Bot, der sie begleitete, in Reglosigkeit verharrte ... Dann wurde die Stadt im Eis still wie die dunkelste Stunde der Nacht.

Und dann glaubte Rebecca manchmal, eine andere Art von Flüstern zu hören, das nicht von Steinen oder in Maschinen gefangenen Geistern stammte.

Sie blickte auf Jasil hinab, dessen Kopf an ihrer Schulter lehnte. Vielleicht wuchs ihm tatsächlich ein zweites Hirn, aber eins von einer anderen Art.

»Wir müssen noch tiefer in die Stadt«, sagte sie und deutete zum hundert Meter breiten Durchgang, hinter dem sich die nächste viele Kilometer große Eishöhle erstreckte, die hohe Decke gestützt von amethystblauen Säulen. Das Licht war dort gedämpft; vielleicht begann in jenem Teil der Stadt gerade die lokale Nacht. »Ich höre die Stimmen, ohne sie zu verstehen. Doch wenn ich näher an ihren Ursprung herankomme, ändert sich das vielleicht. Oder ich brauche noch etwas mehr Zeit, um mich an sie zu gewöhnen.« Sie deutete auf den Bot. »Ihn habe ich zu Anfang auch kaum verstanden.«

»Was ist mit deinen Steinen?«, fragte Rufus. »Können sie dir helfen?«

Rebecca spürte ihr Gewicht in der Tasche. Sie hatten dort wieder mehr Platz, denn Rebecca schleppte keine Konserven mehr mit sich herum. Das erste Archiv der Stadt – ein Gebäude so groß, dass man Stunden brauchte, um es zu durchqueren – hatte neben vielen anderen Dingen auch Nahrungskonzentrate und Kleidung enthalten. Ein wahrer Glücksfall. Sie hatten genug zu essen und zu trinken, und dicke Jacken, feste Hosen und Stiefel schützten vor der Kälte.

»Ich höre sie«, antwortete Rebecca. »Ich fühle sie. Aber sie zeigen mir nicht den Weg.«

In der Stille, die diesen Worten folgte, knirschte es auf einmal im Eis über der Stadt, und eine Vibration erfasste den Boden, so heftig, dass sich haarfeine Risse in den nächsten Gebäuden bildeten. Rebecca beobachtete daraufhin, wie sich die Häuser selbst reparierten, wie sich die Risse wieder schlossen. Verantwortlich dafür war das »Materialgedächtnis«, wie es Samantha nannte – die Wände der Gebäude erinnerten sich an ihre Form und Struktur und stellten beides wieder her.

Aber das Materialgedächtnis funktionierte nicht überall. Bei einigen grauen Häusern fügten sich die neuen Risse alten hinzu, die Wände ragten nicht mehr gerade auf, sondern schief.

Eisbrocken lösten sich aus der hohen Decke, die meisten klein wie Schneeflocken. Ein faustgroßes Stück zerplatzte ein Dutzend Meter entfernt auf dem Weg, der zum Durchgang führte.

Samantha wandte sich besorgt an Rufus. »Wie lange dauert es noch?«

»Nicht mehr lange«, erwiderte der Mann mit den zwei Gehirnen. »Die Instabilitäten nehmen zu. Das Eis wird brechen.«

»Und nicht nur das Eis«, sagte Samantha.

Rufus M nickte.

Sie sprachen miteinander, die beiden Sternreisenden, die zu einer für sie fremden Welt zurückgekehrt waren. Sie verstanden sich, und Worte waren dabei nur wie die Spitze eines aus dem Wasser ragenden Eisbergs. Ein kurzer Blick, kleine Gesten, ein Zögern vor dem nächsten Wort – Samantha und Rufus hatten eine eigene Sprache entwickelt, die nicht von den Interpretern ihrer Kommunikationsgeräte am Jackenkragen übersetzt wurde.

»Es geht wieder.« Jasil stand tapfer auf, obwohl ihm die Kopfschmerzen noch immer zusetzten. »Wir können weiter.«

Die Vibrationen im Boden ließen nach, das Knirschen in der hohen Decke endete. Um sie herum dehnte sich erneut Stille aus, als sie über den Weg schritten, der zum Durchgang und in die nächste große Eishöhle führte. Der silberne Bot folgte ihnen im Abstand von einigen Metern.

»Warum wurde diese Stadt im Eis gebaut?«, fragte Jasil, vielleicht um sich von den Kopfschmerzen abzulenken. »Es war sicher nicht leicht, all die Höhlen zu graben und das Eis zu schmelzen.«

Rufus ging neben dem Jungen. »Ich nehme an, das Eis ist ein Kondensat.«

»Kondensat?«, wiederholte Jasil.

»Es ist erst später entstanden, als die Stadt bereits gebaut war«, erklärte Rufus. »Es hat etwas mit Energiefeldern, Temperaturgefällen und Phasenübergängen zu tun. Jedenfalls brauchten die Menschen und ihre Maschinen keine Höhlen zu graben und zu schmelzen. Das Eis mit den Höhlen hat sich gebildet, als alles fertig war.«

Sie erreichten die ersten Gebäude nach dem Durchgang, zwei- und dreistöckige Häuser, einige von ihnen in einem sanften Blau, mit Kanten und Ecken, andere gelb und rund wie Blasen. Weiter vorn, etwa fünfhundert Meter entfernt, ragte im matten Lampenschein eine weitere Archiv-Kathedrale auf, noch größer als die in den anderen Höhlen, mit Türmen, hohen Fenstern und schneeweißen Wänden.

Vor dem Eingang warteten einige Bots, schildkrötenartige Maschinen, ausgestattet mit zahlreichen Greifarmen und Werkzeugen.

»Warum gibt es hier keine Menschen mehr?«, fragte Jasil, während sie sich dem Archiv näherten. »Warum haben sie die Stadt verlassen, obwohl hier noch alles funktioniert? Sie hatten genug zu essen und warme Kleidung.«

»Es gibt keine Gräber«, fügte Rebecca hinzu. »Nicht ein einziges. Die Erbauer sind hier nicht gestorben. Sie haben ihre Stadt aufgegeben.«

»Vielleicht weil sie ihren Zweck erfüllt hat«, spekulierte Samantha.

»Wohin sind sie verschwunden?« Jasil blickte zu Rufus hoch.

»Zur anderen Seite, nehme ich an«, antwortete der weißhaarige Mann mit den zwei Gehirnen. »Durch den Bogen, den wir suchen.«

Rebecca verstand die Worte als erneute Aufforderung. Sie tastete nach den Steinen in ihrer Hosentasche, fühlte ihre Wärme und hörte ihr Flüstern, leise im Rauschen und Tosen der anderen wortlosen Stimmen. Ein kleiner Missklang mischte sich in die von ihren geistigen Ohren wahrgenommenen Laute. Als sie den Kopf drehte und in die Richtung sah, aus der sie mit den drei anderen gekommen war, glaubte sie für einen Moment, zwischen den Gebäuden in der anderen Höhle eine Bewegung auszumachen, doch dabei handelte es sich nicht um eine der Maschinen.

»Was ist?«, fragte Jasil. »Was ist?«

»Ich ... Nichts weiter. Ich dachte ...« Rebecca zuckte mit den Schultern und deutete nach vorn. »Sehen wir uns das Archiv an. Vielleicht finden wir dort einen Hinweis auf den Bogen.«

Von Ehrfurcht ergriffen wanderte Rebecca langsam an den **89** Regalen entlang, die sich Hunderte von Metern weit erstreckten. In ihnen standen Bücher, zu Hunderten und Tausenden, die meisten von ihnen alt, aber perfekt konserviert und gut erhalten.

Dutzende von kleinen Pflegebots kümmerten sich um die Bücher und alle anderen Objekte im Archiv. Sie reagierten nicht auf die Besucher und waren ganz auf ihre Pflicht konzentriert, mit einfachen Gedanken, die Rebeccas innere Ohren wie ein leises, monotones Lied hörten: zu erhalten, zu bewahren.

»Ich habe die Große Bibliothek von Roma Nuova für die größte aller Bibliotheken gehalten«, sagte Rebecca staunend, während ihr Blick über die Buchrücken glitt. »Aber dies hier übertrifft sie bei Weitem. Sie übertrifft alles, was ich für möglich gehalten hätte.«

Sie blieb an einer der mobilen Leitern stehen und überlegte, ob sie hinaufklettern und sich die Bücher in den oberen Reihen ansehen sollte. Es gab mehrere Laufstege in unterschiedlichen Höhen bis hinauf zur hundert Meter hohen Decke. Und dies war nur ein Saal von vielen!

Selbst Rufus, der vor allem an den Bogen dachte, schien beeindruckt. Rebecca beobachtete, wie er auf der anderen Seite ein Buch aus dem Regal nahm, es aufschlug und zu lesen begann. Jasil interessierte sich mehr für die Fische des Teiches in der Saalmitte. Koi schwammen dort im geheizten Wasser.

Samantha näherte sich, die Jacke bis zum Kragen geschlossen, obwohl es im Archiv wärmer war als draußen auf den Wegen und Straßen der Stadt im Eis.

»Wie viele sind es?«, fragte Rebecca. »Was glaubst du?«

»Im gesamten Gebäude? In allen Sälen?«

»Ja.«

Samantha sah sich um. »Schwer zu sagen.«

»Hunderttausend? Eine halbe Million?«

»Mehr«, erwiderte Samantha. »Einige Millionen, schätze ich.«

Millionen, dachte Rebecca. »Wie lange würde es dauern, sie zu lesen?«

»Sie alle? Es sind mehr Bücher, als ein Mensch jemals lesen könnte.« Samantha lächelte kurz. »Selbst wenn er sich jeden Tag ein neues Buch vornähme. Er müsste zehn-, zwanzig- oder dreißigtausend Jahre leben, um sie alle zu lesen.«

»Die Menschen, die hier gelebt haben ...« Rebecca sah sich um und stellte fest, dass Jasil zu Rufus gegangen war, der noch immer in dem Buch las, das er aus dem Regal gezogen hatte. »Sie haben offenbar gern gelesen.«

Samantha nickte. »Vielleicht. Ich denke schon.«

»Vielleicht?«, fragte Rebecca verwundert.

»Wir glauben, dass die Archive dieser Stadt dazu dienten, Kulturgüter in Sicherheit zu bringen. Die hier lebenden Menschen haben Bücher, Bilder, Skulpturen und andere Kunstgegenstände gesammelt, sie in den Archiven untergebracht und sie der Pflege der Bots anvertraut. Aber all diese Dinge sind nicht einmal das Wichtigste, das hier aufbewahrt wird.«

Rebecca wartete auf eine Erklärung.

»Der größte Schatz der Stadt im Eis sind nicht ihre Bücher, sondern die Datenträger, analoge und digitale«, fuhr Samantha fort. »Die Erbauer der Stadt haben versucht, die Zivilisation der Erde zu retten. Rufus und ich vermuten, dass sie das gesamte Wissen der Menschheit hier unterbringen wollten, um es von Bots und Intellekten verwalten und beschützen zu lassen. Deshalb haben sie für die Stadt einen so entlegenen Ort gewählt, die Arktis. Weil sie glaubten, hier sicher zu sein.«

»Aber wenn es hier sicher gewesen wäre, hätten sie die Stadt nicht verlassen.«

Für ein paar Sekunden herrschte fast völlige Stille. Rufus M las, und Jasil blickte zu ihm hoch. Das Wasser des Teiches plätscherte leise. Dampf stieg auf, ein dünner, lichter Nebel. Unter der hohen Decke leuchteten die Lampen, heller als draußen in den Straßen, wo das Halbdunkel der Nacht herrschte.

»Ich glaube, davon können wir ausgehen«, sagte Samantha. »Die Erbauer haben ihre Stadt verlassen, weil sie sich hier nicht mehr sicher gefühlt haben. Sie haben sich zur anderen Seite zurückgezogen, durch den Bogen, den wir suchen.«

Rebecca verstand den Hinweis.

»Ich höre nichts«, sagte sie. »Und ich höre zu viel.«

»Noch immer das Rauschen?«

»Ja. Aber nicht nur.«

Samantha sah sie an und wartete.

»Ich glaube, ich höre auch Jasil. Er wird zu seinem Steinsprecher.«

Samantha sah ihr in die Augen. »Ich wünschte, wir hätten Gelegenheit, eure Fähigkeiten genau zu untersuchen«, sagte sie nachdenklich.

Rebecca schauderte unwillkürlich. »Nein, besser nicht.«

»Oh, keine Sorge, du hättest dabei natürlich nichts zu befürchten. Kiss hätte dir geholfen, dich selbst besser zu verstehen. Ich meine, noch besser als jetzt. Ich bin sicher, sie wäre dir eine gute Freundin.«

»Kiss?«

»Der Intellekt unseres Schiffes, der *Eklipse*. Grayland, der Mann, der an Bord zurückgeblieben ist – er ist in sie verliebt.« Samantha seufzte leise, hob die Hand zum Kommunikator am Jackenkragen und ließ sie wieder sinken. »Er müsste bald zurück sein. Kommt ganz darauf an, wie viel Zeit für ihn verstrichen ist.« Ihr Gesichtsausdruck veränderte sich. »Da fällt mir etwas ein ... Hast du hier genug gesehen?«

»Nicht annähernd!«

Samantha lächelte wieder. »Gehen wir zu Rufus. Er scheint ein besonders interessantes Buch gefunden zu haben.«

Auf dem Weg zu ihm fühlte Rebecca ein Zittern im Boden. Sie

stellte sich vor, wie es in den kommenden Stunden und Tagen stärker wurde, wie sich Risse in Decke und Wänden bildeten, die nicht repariert werden konnten, weil sie zu breit und zu lang waren oder weil das Materialgedächtnis seine Erinnerungen verlor. Sie stellte sich vor, wie die Gebäude der Stadt einstürzten, unter ihnen die Archive und diese wundervolle Bibliothek, wie auch das Eis brach und fiel und alles unter sich begrub, die Schätze einer anderen, heilen Welt.

Eben noch war sie traurig gewesen, weil sie nicht alle Bücher lesen konnte, nicht einmal eins von ihnen, denn dies war nur eine Zwischenstation, ein kleiner, kurzer Aufenthalt an einem Ort voller Wunder. Doch jetzt regte sich Zorn in ihr. Es gab jemanden oder etwas, der oder das sich anschickte, die bereits gebrochene Welt erneut zu brechen, was die Zerstörung all dieser Schätze bedeutete.

Jasil erkannte es in ihrem Gesicht, und vielleicht hörte er es auch mit seinen geistigen Ohren.

»Was ist?«, fragte er. »Was ist?«

»Ich bin wütend«, erwiderte sie. »All dies darf nicht verloren gehen. Millionen Bücher und all die anderen Dinge, von den Bots bis heute geschützt und bewahrt ... Wir müssen verhindern, dass alles zerstört wird.«

Jasil nickte ernst.

»Wir können es nur verhindern, wenn wir die andere Seite erreichen.« Rufus M klappte das Buch zu, in dem er gelesen hatte. Bevor er es ins Regal zurückstellte, konnte Rebecca Titel und Autor lesen: *Geschichte der Welt* von R. Quintex. »Und dazu brauchen wir den Bogen.«

Rebecca setzte zu einer Antwort an, doch Samantha kam ihr zuvor.

»Ich habe eine Idee«, sagte sie. »Vielleicht kann uns der Intellekt der Stadt helfen, den Bogen zu lokalisieren. Es muss hier irgendwo ein Kontrollzentrum geben oder vielleicht dezentrale Stationen, die Zugriff auf zentrale Datenbanken gestatten. Dort könnten wir erfahren, wo sich der Bogen befindet.«

Der silberne Bot, der ihnen die ganze Zeit gefolgt war, näherte sich mit leisem Summen. »Ich bin zu Diensten«, verkündete er. »Ich kann helfen.«

Samantha wandte sich ihm zu. »Wir benötigen Zugang zu den Datenbanken der Stadt.«

Das Summen wurde etwas lauter.

»Bitte folgen Sie mir«, sagte der Bot, drehte sich um und ging los.

Einer der Türme, gelb wie Gold, reichte bis zum hohen Eis empor **90** und wirkte wie eine Säule, die den dicken, kalten Panzer über der Stadt stützte. Als sie den offenen Eingang erreichten, verstärkte sich das Prickeln in Rebeccas Nacken, und auch Jasils Kopfschmerzen wurden offenbar schlimmer, denn er schnitt eine Grimasse. Rufus M bemerkte es und legte ihm wie ein Vater die Hand auf die Schulter.

Rebecca hörte etwas im Rauschen des Winds und im Tosen der Brandung, das von der Stadt ausging, eine Stimme im Hintergrund, die mit Worten sprach, aber so schnell, dass sich die einzelnen Worte nicht auseinanderhalten ließen. Und sie spürte noch etwas anderes.

Im Eingang des Turms zögerte sie, drehte sich um und blickte über den Weg, der sie durch die Stadt bis zu diesem Ort gebracht hatte. Im Bereich des Durchgangs zur nächsten Höhle, in einer Ecke, in der sich Schatten sammelten, schien sich etwas zu bewegen. Vielleicht ein Bot, der seiner Arbeit nachging. Oder es war eine optische Täuschung, denn nach einem Blinzeln sah sie dort nur noch gedämpftes Licht und Schatten, in denen sich nichts regte.

Der diensteifrige silberne Bot führte sie zu einer Liftkapsel, und Rebecca hoffte auf eine Reise nach oben, vielleicht bis in die oberste Etage des Turms. Ein paar Sekunden lang stellte sie sich vor, die ganze Stadt überblicken zu können oder zumindest den Teil, der sich in dieser Eishöhle befand. Doch die Kapsel, die ihnen allen gerade genug Platz bot, trug sie nicht nach oben, sondern nach unten.

Als sich die Tür öffnete, lag vor ihnen ein Saal mit Geräteblöcken, Konsolen und leeren Projektionsflächen. Ganz hinten in dem großen Raum, auf einem kleinen zweidimensionalen

Bildschirm – einem Statusschirm, wie Rebecca aus einigen von ihr gelesenen Büchern wusste – blinkten Symbole in unterschiedlichen Farben. Unter der beigefarbenen Decke leuchtete eine einzelne Lampe.

Es war still, doch es fühlte sich nach einer Stille an, die auf etwas wartete.

»Ist dies ein Kontrollzentrum?«, fragte Rebecca.

»Ich denke schon.« Samantha wandte sich an Rufus. »Die Frage ist, ob wir die Systeme reaktivieren und den Intellekt wecken können.«

»Ich versuche es.« Rufus ging los, sein Ziel war ganz offensichtlich der Statusschirm. Jasil begleitete ihn einige Schritte weit, blieb dann stehen und hob die Hände zu den Schläfen.

»Es tut *weh!*«, rief er.

Rebecca war sofort bei ihm. »Denk an etwas anderes. Denk an eine schöne Geschichte. Stell dir etwas vor, das dir gefällt.«

Jasil nickte.

»Was hört er?«, fragte Samantha leise. »Was hörst *du*, Rebecca?«

Sie hörte das Donnern der Brandung so nah, als stünde sie nur wenige Meter davon entfernt, und das Rauschen des Winds wurde zur Stimme eines Orkans. Jasil, dessen Steinsprecher-Fähigkeit gerade erst erwachte, fehlte die notwendige Erfahrung, um mit so etwas fertigzuwerden. Selbst Rebecca fiel es schwer, dem Chaos standzuhalten, dem ihre geistigen Ohren ausgesetzt waren. Sie versuchte, es aus ihrer Wahrnehmung zu filtern, damit sie die Laute hinter dem Tosen hören konnte.

»Etwas ist hier«, sagte sie. »Etwas, das schnell spricht, obwohl es schläft. So schnell, dass ich die Worte nicht verstehe.«

»Und das Rauschen?«, fragte Samantha. »Ist es noch da?«

»Ja.«

»Was könnte die Ursache sein?«

»Ich weiß es nicht.« Rebecca dachte darüber nach, seit sie die Stadt im Eis betreten hatten, und war beim Vergleich mit Wald und Meer geblieben. Aber sie erinnerte sich daran, dass sie in einer der anderen Eishöhlen das Gefühl gehabt hatte, ihr würden sich Arme – wenn es Arme gewesen waren – entgegenstrecken, vielleicht zum Gruß, vielleicht um sie zu packen.

Rebecca sah, dass Rufus an der Konsole vor dem Statusschirm stehen geblieben war. Er betrachtete die Symbole auf dem Schirm, und seine Finger strichen über Schaltflächen. Neue Zeichen erschienen, die meisten von ihnen gelb und rot.

Schließlich wandte sich Rufus von der Konsole ab. »Ich habe es mit mehreren ITI-Codes versucht, aber die Substrate und Semisubstrate reagieren nicht«, erklärte er. »Entweder sind die von mir verwendeten Codes nicht die richtigen, oder das Aktivierungssystem funktioniert nicht mehr.« Nachdenklich fügte er hinzu: »Die Menschen, die hier lebten, haben es vielleicht neutralisiert, bevor sie sich zur anderen Seite zurückgezogen haben.«

»Was ist mit den Substraten?«, fragte Samantha. »Sind die noch aktiv?«

»Das lässt sich nicht feststellen.«

Jasil wimmerte leise, kniff die Augen zu und rieb sich mit den Handballen die Schläfen. Das Prickeln und Stechen in Rebeccas Nacken wurde stärker; ein Knoten schien sich dort zu bilden.

»Rebecca ...«, begann Samantha. »Als ich vorhin sagte, mir sei etwas eingefallen ...«

»Ja?« Rebecca glaubte bereits zu verstehen.

»Ich habe an deine besondere Fähigkeit gedacht. Du sprichst mit den Steinen, du hörst, was sie dir sagen, auch wenn sie dabei keine Worte, wie wir sie kennen, benutzen.«

»Ja ...«

»Aber du hörst nicht nur die Stimmen bestimmter Steine, sondern auch die in Maschinen. In ›Stein und Stahl‹, so hast du es genannt, nicht wahr? Ich nehme an, die Stimmen in den Maschinen sind Intellekte wie die Kiss der *Eklipse*, wenn vielleicht auch kleiner und nicht so leistungsfähig. Fast alle Geräte und Instrumente des Instituts sind mit entsprechenden Substraten und Semisubstraten ausgestattet.«

Rebecca wusste, worauf es hinauslief. »Du möchtest, dass ich mit dem Intellekt dieses Kontrollzentrums spreche.«

»Vielleicht stammt das Rauschen von ihm.«

Rebecca schüttelte den Kopf. »Nein. Es ist die leise, schnell sprechende Stimme dahinter.«

»Du hörst den Intellekt?«, vergewisserte sich Samantha.

»Du möchtest, dass ich mit ihm rede«, sagte Rebecca. »Dass ich ihn frage, wo sich der Bogen befindet.«

»Kannst du das?«

Rebecca blickte zu Jasil, der mit schmerzverzerrtem Gesicht dastand, die Augen noch immer fest zugekniffen.

»Es wird wehtun«, sagte sie.

»Das tut mir leid«, erwiderte Samantha, und ihr Gesicht machte deutlich, dass sie es auch so meinte.

»Es ist nötig«, fügte Rufus ernst hinzu. »Aber es genügt, wenn du den Intellekt weckst, damit wir ihn befragen können.«

»Na schön.« Rebecca begriff, dass sie es nicht vermeiden konnte. Und das wollte sie im Grund auch gar nicht, denn sie war neugierig geworden.

Das Licht der einen Lampe an der Decke flackerte, und ein Geräusch kam aus dem vibrierenden Boden, das wie ein dumpfes Ächzen klang. Rebecca griff nach den Steinen in der Hosentasche, schloss die Augen und öffnete ihren Geist dem Rauschen und Donnern.

91 Einige Sekunden lang stand Rebecca auf einem Felsen, auf der einen Seite ein dichter Wald, auf der anderen das Meer, grau und aufgewühlt, mit hohen Wellen, die weiße Schaumkronen trugen. Das Bild, von ihrer Fantasie gemalt, wirkte so echt wie die Realität, sie spürte sogar die Gischt im Gesicht, kalt und salzig.

»Ich meine nicht euch, wer oder was auch immer ihr seid!«, rief sie ins Tosen. »Ich meine *dich!*« Die letzten Worte richtete sie an die kleine, schnelle Stimme jenseits von Wald und Meer.

Die Bäume duckten sich unter dem Wind, die Wellen türmten sich noch höher auf, und dann verblasste beides wie die Bilder eines Traums kurz nach dem Erwachen. Aus kalter Gischt wurde trockene Hitze, und es fühlte sich an, als stünde das Innere ihres Kopfes in Flammen. Schmerz explodierte in ihr, heftiger als der von Dusans heißer Lampe und seines Messers. Vielleicht schrie sie, ganz sicher war sie sich nicht, vielleicht stammte der Schrei von der kleinen, schnellen Stimme, die größer und langsamer wurde.

Rebecca erinnerte sich an ein Erlebnis in Aragon, als sie mit einem der Geräte in Dusans Sammlung hantiert hatte. Der »Geist in Stahl«, wie sie damals noch von ihm gedacht hatte, war dabei erschienen, das holografische Bild eines Lehrers, bestehend aus komplexen Substrat-Programmen, die man Algorithmen nannte, wie sie inzwischen aus den Büchern wusste. Später hatte sie mit seiner Hilfe noch mehr lesen und noch mehr verstehen können. Bis das mit Dusan geschehen war und sie hatte fliehen müssen. Die Stimme des Lehrers war so klar und deutlich gewesen wie die eines Menschen, der direkt vor ihr stand. Es lag an seiner Programmierung, die Kontakte mit Menschen vorsah, sodass er sich ihren Sinnen und ihrem Wahrnehmungsvermögen anpasste.

Dieser »Maschinengeist« hier war vor allem dazu bestimmt, die Stadt im Eis zu verwalten, den Energiekern und all die miteinander verbundenen und ineinander verschachtelten Systeme, die praktisch in jedem Objekt steckten, das Teil der Stadt war.

Vor Rebeccas innerem Auge formte sich ein Bild, das ihr die Stadt als einen hochkomplexen Maschinenorganismus zeigte, und der jetzt erwachende Geist war sein Herz und Hirn. Jedes Ding – über und unter dem Boden, in Decken und Wänden der Gebäude, in Geräten und Instrumenten, in Kabelsträngen und Versorgungsschächten – dachte eigene kleine Gedanken, und der Maschinengeist, der Intellekt, fasste sie zusammen, analysierte und lenkte sie und ließ sein Herz aus Energie in einem Rhythmus schlagen, der die Stadt am Leben erhielt. Er musste schnell denken, um all die kleinen Gedanken einzufangen und miteinander zu verknüpfen, viel schneller als ein Mensch, und dazu war er selbst schlafend imstande, vielleicht auch deshalb, weil die ganze Stadt schlief, seit ihre Bewohner verschwunden waren.

Doch jetzt erwachte er, die Stimme hinter dem Rauschen und Donnern wurde größer und lauter ...

Jasil stöhnte. Rebecca öffnete die Augen und sah, wie er die Hände gegen die Schläfen presste und den Kopf von einer Seite zur anderen drehte.

Und sie sah die holografische Gestalt, die vor Rufus und Samantha erschienen war: ein Mann in mittleren Jahren, gekleidet in Hose und Jacke, beides weiß, das Haar kurz und grau.

»Bitte identifizieren Sie sich«, sagte der Mann.

Seine Stimme war nur eine von vielen, die den Intellekt erfüllten und bestimmten. Ein Interface, dachte Rebecca. Ein kleiner Teil des Intellekts, der langsam genug dachte, um sich Menschen mitzuteilen und sie zu verstehen.

Sie eilte zu Jasil und fühlte dabei Schwäche in den Beinen, sie drohten unter ihr nachzugeben. Sie schlang die Arme um den Jungen.

»Hör auf!«, rief sie der holografischen Gestalt zu. »Hör auf!«

Der Mann richtete den Blick auf sie.

»Interessant«, sagte er mit einer klaren, deutlichen Stimme, wie sie auch der Lehrer in Dusans Apparat gehabt hatte. »Ein direkter Kontakt mit den Substraten. Eine mentale Verbindung. Das muss ich untersuchen.«

Rufus M trat einen Schritt vor. »Dazu haben wir keine Zeit. Wo befindet sich der Bogen, durch den man die andere Seite und das dortige Institut für Technologische Innovation erreichen kann?«

»Bitte identifizieren Sie sich«, wiederholte der Intellekt.

Das Feuer in Rebeccas Kopf brannte nicht mehr, und der Druck, der auf ihrem Hirn lastete, ließ nach. Das Rauschen und Donnern war nicht mehr ganz so laut. Auch Jasil seufzte erleichtert und ließ die Hände sinken.

Samantha trat ebenfalls vor und blieb neben Rufus stehen. Sie nannte ihren vollständigen Namen und fügte hinzu: »Ich bin Koordinatorin des ITI-Schiffs *Eklipse*. Das ist Rufus M, Multipler von Urake und Leiter der Wissenschaftlichen Sektion unseres Schiffes. Die *Eklipse* hat Tahota-Artefakte von Inetas, Zheir und Thercer an Bord. Wir sind nach fünfzig Jahren zur Erde zurückgekehrt, aber dies ist nicht mehr die Erde, die wir kennen.«

Rebecca hörte, wie Samantha schneller sprach in dem Bemühen, möglichst viele Informationen in möglichst kurzer Zeit zu übermitteln.

»Wir benötigen sofortigen Zugang zum Bogen und damit zum Institut auf der anderen Seite«, betonte Rufus noch einmal. »Spekulation mit hoher Wahrscheinlichkeit: Ein neuer Bruch könnte bevorstehen, mit unabsehbaren Folgen. Gewissheit mit möglicherweise fatalen Konsequenzen: Ein Spike befindet sich auf der veränderten Erde. Es muss eliminiert werden.«

Ein Finger aus mattem Licht tastete über Rufus M hinweg, berührte dann auch Samantha und sprang von ihr zu Rebecca und Jasil, der sich unwillkürlich duckte. Für Rebecca fühlte es sich an, als striche ihr eine Feder über die Haut. Vielleicht das Leuchten eines Scanners, dachte sie.

»Multipler von Urake, bestätigt«, sagte der Intellekt. »Drei weitere Menschen, Identität unbestätigt. *Eklipse*: kein Schiff mit diesem Namen in den Datenbanken.«

Rufus hob die Hand zum kleinen Kommunikationsgerät an seinem Kragen. »Ich sende alle in meinem Kommunikator gespeicherten ITI-Codes«, erklärte er.

Samantha nickte knapp.

Das Licht der Deckenlampe flackerte erneut. Bilder von der Stadt und dem Eis über ihr erschienen in den bisher leeren Projektionsflächen und verschwanden wieder. Für ein oder zwei Sekunden zog ein Brummen durch das Kontrollzentrum, wie von einem verborgen bleibenden Insektenschwarm.

»Veraltete Codes«, urteilte der Intellekt, »nicht mehr gültig. Ich bin angewiesen, nur den neuen Code zu akzeptieren.«

»Wann haben Sie den neuen Code und die Anweisung erhalten?«

Es erstaunte Rebecca, dass Samantha den Intellekt siezte. Das »Sie« brachte besonderen Respekt zum Ausdruck, wie ihn lebende Personen verdienten. Konnten Maschinen Personen sein? Eins der Bücher in der größten aller Bibliotheken hätte ihr diese Frage vielleicht beantworten können.

So viele Fragen, dachte sie in einem kleinen privaten Moment. So viele Antworten. Und so wenig Zeit in einem Leben, alle wichtigen Fragen zu stellen und nach den Antworten zu suchen.

»Vor vierhundertneunundzwanzig Jahren«, sagte der holografische Mann.

»Wir verlangen keine Kontrolle über die Stadt«, sagte Samantha. »Wir müssen nur den Bogen finden und durch ihn zur anderen Seite gelangen.« Sie holte tief Luft. »Ich bin Koordinatorin der *Eklipse*, eines Schiffs des Instituts. Ich bin befugt, einen

ITI-Katastrophenfall auszurufen, und von dieser Befugnis mache ich hiermit Gebrauch.« Auch sie berührte den Kommunikator an ihrem Jackenkragen. »Hiermit fordere ich Kommandoautorität.«

Der holografische Mann blieb ungerührt. »Veralteteter Code, nicht mehr gültig.«

Zuvor hatte Rebecca die Stadt im Eis als großen Organismus gesehen, als Maschinenwesen mit einem Nervensystem aus Substraten und Versorgungssystemen. Jetzt entstand vor ihrem geistigen Auge ein Bild, das ihr einen kleinen Teil der Stadt zeigte, den Turm, in dem sie sich befanden, mit dem Kontrollzentrum und den anderen Etagen. Sie betrachtete den schmalen Schacht, in dem die Transportkapsel unterwegs gewesen war, der noch viele weitere Stockwerke nach unten führte, tief hinein ins Felsgestein, auf dem die Stadt ruhte. Und dort, in einem Gewölbe mit direkter Verbindung zum Energiekern ...

»Er ist unter uns«, sagte sie. »Weit unter diesem Turm.« Das Bild, begriff sie, stammte aus den Erinnerungen des Intellekts.

Samantha wandte sich vom holografischen Mann ab. »Bist du dir sicher?«

»Ja!«

Plötzlich ertönte die Stimme des silbernen Bots, der hinter ihnen neben dem Eingang des Kontrollzentrums stehen geblieben war. »Ich bin zu Diensten. Ich kann helfen.«

Sein Angebot galt drei Neuankömmlingen.

Einer von ihnen, in einen hellblauen Staubmantel gehüllt, schien recht jung zu sein, kaum fünfundzwanzig. Beim zweiten Mann, klein und breit, reichten zwei Patronengurte quer über die Brust. Er war verletzt: die Nase gebrochen, Blut an beiden Beinen, das rechte in Höhe des Knies geschient.

Der dritte Mann trug einen fleckigen schwarzen Anzug mit rubinroter Weste und darüber eine dickere Jacke, die vermutlich aus einem der Vorratslager der Stadt im Eis stammte.

Er hielt eine Pistole in der Hand.

»Hallo, Rebecca«, sagte Marcus. »So sieht man sich wieder. Ich glaube, wir beide müssen noch die eine oder andere Sache klären.«

Der letzte Vorhang fällt

Grayland kletterte durch einen Zugangsschacht und spürte, wie die künstliche Schwerkraft nicht nur geringer wurde, sondern wie sie ihn mal zur einen, mal zur anderen Seite zog.

»Kritische Situation, Grayland«, erinnerte ihn der Intellekt. Als ob eine Erinnerung nötig gewesen wäre. »Manuelle Abschaltung des Direkts dringend erforderlich.«

»Ich weiß, Kiss, ich weiß.« Grayland erreichte die Inspektionsnische direkt über dem Energiekern der Eklipse und betrachtete das Gespinst. Bei seinem letzten Besuch hier hatten die Fäden des Gespinstes – symbolische Verbindungen zu allen erreichbaren Orten des Universums – ruhig und reglos gelegen. Jetzt bildeten sie ein unentwirrbar dichtes, verknotetes Knäuel und wanden sich wie Schlangen oder Würmer. Graue Schwaden strichen wie Dunst darüber hinweg.

»Verlier keine Zeit«, mahnte der Intellekt. Grayland hörte die Worte aus dem Kommunikator an seinem Ohr, gesprochen von einer sanften Stimme, die ihn durch das Donnern des Direkts erreichte. »Du musst zum Hauptzylinder. Es ist nicht mehr weit.«

Grayland wandte sich vom Fenster ab, das ihm den Blick aufs Gespinst gewährte. Ein schmaler Gang nahm ihn auf und brachte ihn an den Inspektionszugängen der sechs Fokussierungszylinder vorbei, die jeweils nur zwanzig Meter durchmaßen und den fünfmal so dicken Hauptzylinder mit den Rotationselementen und dem Unendlichen Raum umgaben. Die grauen Nebelschwaden wurden hier häufiger und dichter. Grayland zögerte mehrmals, weil er glaubte, in ihnen Arme mit Stacheln und Dornen zu erkennen, einmal auch ein großes rotes Auge. Er beschrieb seine Wahrnehmungen.

»Es ist deine Fantasie, Grayland«, ertönte die Stimme des

Intellekts an seinem Ohr. »Die Anomalie wirkt sich auf deine Sinne aus. Du siehst Dinge, die gar nicht existieren.«

»Was im Nukleus geschehen ist, habe ich mir nicht eingebildet.« Die künstliche Schwerkraft schwankte erneut. Grayland stützte sich an den Wänden ab und sah weiter vorn die Justierungsöffnung des Hauptzylinders. »Was ist mit ihm geschehen? Mit Thorensen, meine ich.«

Das graue Etwas und das Glitzern darin hatten den Mann vom Kometen berührt und erstarren lassen. Nur dadurch hatte Grayland unverletzt entkommen können.

»Er ist verschwunden«, antwortete der Intellekt.

»Verschwunden? Wohin?«

»Unbekannt, Grayland. Ich bin noch immer damit beschäftigt, die Anomalie zu analysieren. Thorensen könnte durch Raum und Zeit versetzt worden sein, in Vergangenheit oder Zukunft. Vielleicht befindet er sich an Bord einer anderen *Eklipse*, die zu einem Paralleluniversum gehört. Wichtig ist vor allem, dass er nicht mehr *hier* ist. Er stellt keine Gefahr mehr dar.«

»Lebt er noch?«

»Vielleicht. Ich könnte es herausfinden, wenn ich Gelegenheit für eingehende Analysen bekomme. Und die erhalte ich nur, wenn es dir gelingt, das Direkt abzuschalten. Die Zeit drängt, Grayland.«

»Darauf hast du schon mehrfach hingewiesen.« Er blieb in der Justierungsöffnung des Hauptzylinders stehen und sah direkt vor sich einen Wald aus Datensäulen mit Innanawitt-Symbolen, die ihm völlig unvertraut waren. »Das schaffe ich nicht«, ächzte er. »Das schaffe ich nie.«

»Die Kontrollen für die Limitatoren des Energiekerns befinden sich links von dir«, teilte ihm der Intellekt mir. »Siehst du die orangefarbenen Schleifen?«

»Nein«, sagte Grayland.

»Ich weiß, wo du dich befindest. Die Sensoren zeigen mir deine Position auf den Millimeter genau. Du müsstest die Schleifen sehen.«

»Auch hier ist alles in Bewegung, genau wie beim Gespinst. Wie soll ich da irgendwelche Schleifen erkennen?«

»Ich kann dich orten«, betonte der Intellekt noch einmal. »Nach links, Grayland.«

Er wandte sich nach links.

»Noch einen Schritt, Grayland, und noch einen. Ja, so ist es richtig. Du stehst jetzt genau davor. Streck die rechte Hand aus.«

Er streckte die Hand aus, umgeben von schimmernden, blinkenden und pulsierenden Innanawitt-Symbolen.

»Etwas weiter nach unten, etwas weiter nach links. Fühlst du es, Grayland?«

Er fühlte tatsächlich etwas, einen Gegenstand halb verborgen in all dem Glühen und Leuchten. Eine Konsole? Benutzten Innanawitt-Ingenieure konventionelle Konsolen für ein von ihnen betreutes Tahota-Direkt?

»Ja, ich fühle es.«

»Gut«, ertönte die Stimme des Intellekts. »Jetzt zu den manuellen Schaltern. Sie befinden sich in der Mitte, in einer Mulde. Hast du sie gefunden?«

Grayland fand sie, eine Mulde so groß wie eine Innanawitt-Hand.

»Ja.« Das Donnern des Direkts schien noch lauter zu werden, so laut, dass es ihm die Trommelfelle zu zerreißen drohte. Täuschte er sich, oder zogen graue Schwaden durch den Datensäulenwald?

»Die Mulde enthält kleine Öffnungen, Grayland. Drück die Finger hinein und betätige die manuellen Schalter in folgender Reihenfolge ...«

»Was?«, fragte Grayland. Er hatte die letzten Worte nicht verstanden. Der Intellekt wiederholte sie.

Grayland betätigte die Schalter in der genannten Reihenfolge. Nichts geschah. Das Donnern wurde nicht leiser, es hielt an, der Tanz der zahllosen Innanawitt-Symbole wurde noch schneller.

»Es passiert nichts!«, stieß Grayland hervor.

»Die Limitatoren reagieren nicht«, bestätigte der Intellekt. »Sie fahren nicht in den Energiekern zurück. Das energetische Niveau nimmt weiter zu. Wir müssen den Energiefluss direkt unterbrechen.«

»Wie?«, fragte Grayland voller Unbehagen.

»Die Zerstörung der Hauptkontrollen. Das ist die einzige Möglichkeit. Sie befinden sich tiefer im Innern des Justierungsbereichs. Wir leiten einen Teil der Direkt-Energie ins Hauptkontrollsystem und bewirken damit eine Überladung.«

Grayland blickte in den Dschungel aus ineinander verschlungenen Symbolketten. Für einen Moment gewann er den Eindruck, dass sich zwischen ihnen eine Gestalt bewegte. Doch als er blinzelte und genauer hinsah, bemerkte er nur ein dichtes Durcheinander aus bunten Innanawitt-Zeichen.

»Es ist nicht ungefährlich«, fügte der Intellekt hinzu. »Durch die Zerstörung der Hauptkontrollen könnte es im Justierungsbereich zu einer lokal begrenzten Explosion kommen; es hängt davon ab, wie viel Energie ins Hauptsystem umgeleitet wird. Und wir verlieren unser Triebwerk. Meine Berechnungen prognostizieren Direkt-Schäden, die nur in einem Raumdock des Instituts repariert werden können.«

»Ich muss tiefer hinein.«

»Ja, Grayland. Bis dorthin, wo der Unendliche Raum beginnt. Bis an die Grenze. Du musst aufpassen. Ein falscher Schritt ...«

»Ich könnte die Grenze überschreiten.«

»Ja, Grayland.«

»Was würde dann mit mir geschehen?«

Einige Sekunden lang war nur das Donnern des Direkts zu hören.

»Die ehrliche Antwort lautet: Ich weiß es nicht, Grayland. Kralle hätte deine Frage vielleicht beantworten können, sie kennt sich mit dem Direkt aus. Wenn du eine Vermutung hören willst ...«

Grayland wusste nicht, ob er sie hören wollte. »Ja?«

»Ich halte die Anomalie für eine Erweiterung des Unendlichen Raums im Direkt. Thorensen könnte dorthin verschwunden sein.«

Grayland spähte in die Lücken zwischen den Datensäulen. »Wäre es möglich, dass er zurückkehrt?«

»Die Wahrscheinlichkeit dafür, dass ein von einer Meereswelle fortgetragenes Sandkorn von der nächsten Welle an den exakten Ursprungsort zurückgebracht wird, ist verschwindend gering.«

»Ich könnte mich irgendwo in Raum und Zeit verlieren?«

»Wenn du nicht aufpasst«, sagte der Intellekt. »Aber wir passen beide gut auf dich auf.«

Grayland ging los und ließ sich von Kiss den Weg weisen.

Symbole umschwirrten Grayland wie bunte exotische Insekten. **93** Manche von ihnen flogen allein, wie auf der Suche nach etwas. Andere bildeten Schwärme oder Säulen, in denen sie nach oben glitten oder langsam dem Boden entgegensanken. Sie bildeten Muster, die ihrerseits zu größeren Mustern zusammengefasst waren – eine fraktale Anordnung, deren Sinn sich nur jemandem erschloss, der sich mit Tahota-Technik auskannte.

»Vorsichtig jetzt«, sagte Kiss. »Die Grenze zum Unendlichen Raum befindet sich direkt vor dir. Nach rechts, an der Wolke aus blauen und türkisfarbenen Symbolen vorbei. Du hast das Ziel fast erreicht.«

Grayland bemerkte einen Spalt zwischen mehreren miteinander verbundenen Symbolketten, seine Ränder violett und zerfranst wie eine schartige Wunde. Etwas bewegte sich darin, eine schattenhafte Gestalt.

»Noch einen kleinen Schritt nach rechts«, wies ihn der Intellekt an. »Und jetzt bleib stehen.«

Grayland blieb stehen, nur eine Armeslänge von dem Spalt entfernt. Die Bewegungen darin dauerten an, undeutlich und vage. Der Unendliche Raum. Er erinnerte sich daran, das Kralle gelegentlich darüber gesprochen hatte. Und er erinnerte sich an Rufus' Kommentare. Der Unendliche Raum war vielleicht ein Multiversum oder ein Schmelztiegel aus Möglichkeiten auf einem quantenmechanischen Unschärfe-Niveau – Möglichkeiten, die darauf warteten, durch eine Veränderung ihrer Wahrscheinlichkeit zu Gewissheiten zu werden. Den Ausschlag dafür gab vielleicht der Kontakt, der Akt des Beobachtens, der über die Eigenschaft von Elementarteilchen entschied.

Ein Multiversum mit unendlich vielen Möglichkeiten, und der Unendliche Raum, geschaffen vom Direkt, bot Zugang. Zahllose Universen, unter ihnen welche, in denen die Erde unverändert war, in denen die *Eklipse* unversehrt heimgekehrt war, ohne ein Spike an Bord, mit insgesamt zehn Besatzungsmitgliedern, unter ihnen Swift und Emmerson.

Nur ein Schritt, dachte Grayland und fühlte sich von dem Spalt plötzlich angezogen wie Eisen von einem Magneten. Nur ein Schritt, und er konnte alles hinter sich lassen.

Der Gedanke war verlockend und schien in seinem Bewusstsein eine Tür zu öffnen, die bisher verschlossen geblieben war. Es fühlte sich anders an als die Träume von Reisen zum Großen Attraktor, realer, näher.

Nur ein Schritt ...

»Du träumst, Grayland«, mahnte Kiss. »Unmittelbar vor dir befindet sich ein virtuelles Interface-System. Streck beide Hände hinein.«

Nein, dachte er. Wenn ich das Hauptkontrollsystem zerstöre, wenn dadurch der Energiestrom im Direkt kollabiert ... Es würde nicht nur das Triebwerk beschädigen, sondern auch den Unendlichen Raum verschließen.

Das Donnern des Direkts wurde leiser, wie plötzlich von etwas gedämpft, und der Boden unter Graylands Füßen vibrierte nicht mehr, das Pulsieren und Blinken der zahllosen Innanawitt-Symbole um ihn verlangsamte sich.

»Es hört auf«, staunte Grayland.

»Eine zweite Anomalie entsteht«, meldete der Intellekt. »Über der Erde. In ihrem Phasenfeld. Die Sensoren stellen eine Frequenzangleichung fest. Offenbar stehen die beiden Anomalien miteinander in Verbindung. Wenn die Angleichung erfolgt ist, könnte die Resonanz noch stärker werden als vorher und das Schiff zerreißen. Vielleicht können wir diesen vergleichsweise ruhigen Übergang nutzen, um das Hauptkontrollsystem zu zerstören, ohne dass es zu schweren Schäden im Triebwerk kommt. Du musst handeln, Grayland – *jetzt sofort!*«

Die Vibrationen kehrten zurück, Grayland fühlte sie durch die Stiefelsohlen. Und die Stimme des Direkts, zuvor zu einem Grollen geschrumpft, schwoll wieder an und wurde lauter.

Jetzt sofort, dachte Grayland.

Der nahe Spalt zwischen den verschlungenen Symbolsträngen sah noch immer wie eine schartige Wunde aus, und die Bewegungen darin wurden deutlicher.

Als Grayland die Hände ins virtuelle Interface streckte, verdichtete sich ein Schatten zu einer Gestalt, die aus dem Spalt taumelte und gegen ihn stieß, was seine Hände wieder aus dem Interface löste.

Grayland fiel und rechnete damit, dass sich eine Kreatur voller Stacheln und Dornen über ihn beugte.

Stattdessen sah er blaues Haarfell und ein vertrautes Gesicht.

»Kralle?«, brachte er verblüfft hervor.

Die *Eklipse* schüttelte sich wieder, und das Direkt donnerte, laut genug, um die Worte der Innanawitt zu übertönen. Ihr Mund bewegte sich, ohne dass Grayland etwas hörte. Ihm fiel auf, dass sie nicht ihren Einsatzanzug trug, sondern einen dunkelblauen Overall, den er noch nie an ihr gesehen hatte.

Sie taumelte durch den Datenwald, ihr Overall schmutzig und aufgerissen, das Haarfell angesengt, die Augen noch größer als sonst und die Krallen weit ausgefahren, wie bereit für einen Gegner. Vielleicht hielt sie danach Ausschau, nach einem Feind, einem Widersacher. Dann sah sie Grayland am Boden liegen, bückte sich und packte ihn am Kragen. Ihr Mund öffnete sich erneut, und diesmal hörte der Intellektor ein Fauchen.

»Was machst du hier? Dies ist kein Ort für dich!«

»Wie kommst *du* hierher?!«, rief Grayland. »Was ist geschehen?!«

Kralle beugte sich noch etwas tiefer, während sie ihn an den Datensäulen vorbeizog. Der schartige Spalt zwischen den heller leuchtenden und schneller blinkenden Symbolen blieb hinter ihnen zurück.

»Ich kenne die Wahrheit«, zischte die Innanawitt. »Ich habe mit den Phantomen des Unendlichen Raums gesprochen! Ich weiß Bescheid!«

»Worüber weißt du Bescheid?« Grayland versuchte, wieder auf die Beine zu kommen. Kralle achtete nicht darauf und zog ihn weiter, dem Korridor vor der Justierungsöffnung des Hauptzylinders entgegen.

»Über das Spike und alles andere«, antwortete die Innanawitt. »Samantha darf es nicht töten. Sie hat den Kernbrecher, aber sie darf ihn nicht gegen das Spike einsetzen. Es muss leben!«

94 Eine dünne Schicht aus Regenerationsgel bedeckte die versengten Haarfellstellen, und der schmutzige, löchrige Overall war dem Recycler übergeben – Kralle trug wieder Hemd und Hose eines Ingenieurs, ausgestattet mit vielen Werkzeugtaschen. Sie wirkte erschöpft, doch eine Ruhepause kam nicht infrage. Wichtige Entscheidungen mussten getroffen werden.

»Ich plädiere noch immer für eine Notabschaltung des Direkts«, ertönte die Stimme des Intellekts im Nukleus der *Eklipse*. »Auch auf die Gefahr hin, dass das Triebwerk schwer beschädigt wird. Das ist immer noch besser als ein Auseinanderbrechen des Schiffes.«

»Nein«, sagte Kralle.

Sie saß vor ihrer Kommandokonsole, vor den Kontrollen der technischen Systeme. Ihr Blick galt der großen holografischen Darstellung der Erde, einer blau-weißen Kugel, über der sich in Höhe des Äquators ein grauer Wirbel gebildet hatte. Es sah nach einem ausgedehnten Sturmgebiet aus, aber auch wenn dort die Windgeschwindigkeit zunahm, es handelte sich gewiss nicht um einen gewöhnlichen Hurrikan.

»Die zweite Anomalie wächst«, warnte Kiss. Ein speziell konfiguriertes Akustikfeld reduzierte das Donnern des Direkts auf ein dumpfes Brummen. Ein weiterer Energieschirm umgab den Nukleus wie ein dünner Schleier und sollte vor den Resonanzen schützen. »Sie dehnt sich schnell aus. Nach meinen Berechnungen wird sie in zwei Stunden die ganze Erde umfassen.«

»Und dann?«, fragte Grayland, der neben Kralle saß. »Was passiert dann?«

»Ich kann nur spekulieren ...«, begann Kiss.

»Ich weiß, was passieren wird«, fiel Kralle dem Intellekt ins Wort, ohne den Blick von der holografischen Erde abzuwenden. Es fiel Grayland schwer, ihren Gesichtsausdruck zu deuten, was nicht nur daran lag, dass sie kein Mensch war. »Es wird einen neuen Bruch geben, eine weitere Splitterung der Erde. Und von hier aus wird sich der neue Bruch weiter ausbreiten, im ganzen Sonnensystem und darüber hinaus. Wie es schon einmal geschehen ist. Anschließend gibt es vielleicht niemanden mehr, der wie wir versuchen kann, den angerichteten Schaden zu reparieren. Dies könnte unsere einzige Chance sein.«

»Ich verstehe nicht«, erwiderte Grayland verwirrt.

»Wir sind nicht das erste Mal hier, bei der veränderten Erde«, erklärte Kralle. »Wir haben die Reise hierher nicht zum ersten Mal gemacht. Vielleicht liegen tausend solcher Reisen hinter uns. Oder zehntausend. Oder noch mehr.«

Grayland starrte sie an.

»Bisher sind wir immer gescheitert«, fuhr die Innanawitt fort. »Jedes Mal. Wir sind wie in einer Zeitschleife gefangen, während sich der Bruch – der erste Bruch – immer weiter ausdehnt. Inzwischen hat er die ganze Milchstraße erfasst und greift auf ihre Satellitengalaxien über. Es ist wie mit dem Moloch und dem Mahlstrom.«

»Eine der Legenden der Innanawitt«, kommentierte der Intellekt.

»Ich erinnere mich daran«, sagte Grayland. »Du hast uns die Geschichte einmal erzählt. In ihr geht es um Hochmut und Anmaßung.«

»Um Hybris«, betonte Kralle. »Um ein Volk, das glaubte, sich Zeit und Raum untertan machen zu können. Es ist nicht nur eine Geschichte. Ein solches Volk existierte tatsächlich, bis es vor tausend Jahren plötzlich verschwand.«

Vor tausend Jahren, dachte Grayland. Damit konnte nur *ein* Volk gemeint sein.

Kiss kam ihm zuvor. »Meinst du die Tahota, Kralle?«

»Ja. Die Großen Alten in der Geschichte sind die Tahota. Sie lebten auf der Welt namens Sorafor unweit des galaktischen Zentrums, auf einem Planeten, der keine Dunkelheit kannte. Es waren die Tahota, die den Moloch schufen, ein besonderes Artefakt, das Raum und Zeit ihren Wünschen gemäß verändern sollte. Sie wollten das ganze Universum in ein Denkmal für die eigene Größe verwandeln.«

»Aber etwas ging schief«, warf der Intellekt ein.

»Raum und Zeit krümmten sich und rissen«, sagte Kralle. »Die Tahota fanden sich in einem von Moloch und Mahlstrom geschaffenen Miniuniversum wieder, in dem es nur kalte Finsternis gab, keine Sterne. Deshalb verschwanden sie vor tausend Jahren.«

Grayland merkte, dass er die Hände fest um die Armlehnen des Sessels geschlossen hatte. Bei den Datensäulen in unmittelbarer Nähe des Direkts hatte er den Eindruck gewonnen, dass sich irgendwo tief in seinem Innern eine Tür zu öffnen begann, die bisher verschlossen und verriegelt gewesen war. Dieses Gefühl wurde jetzt deutlicher, und er glaubte, das Knarren alter Angeln zu hören.

»Woher weißt du das?«, fragte er, die Stimme rau. »Und was hat es mit unserer Situation zu tun?«

Kralle wandte den Kopf und sah ihn an. Ihre Augen, so schien es, hatten eine neue Tiefe bekommen.

»Ich habe mit ihnen gesprochen«, antwortete sie. »Im Unendlichen Raum. Ein Bogen auf der Erde – eine Transitstation – brachte mich hierher. Die Tahota haben mich erwartet. Einige von ihnen. Jene, die außerhalb von Moloch und Mahlstrom geblieben sind, in Raum und Zeit verstreut.«

»Ich nehme an, du meinst die Phantome, von denen du mehrmals erzählt hast«, sagte der Intellekt.

»Nein«, widersprach Kralle. »Die ›Phantome‹ waren und sind Projektionen meines Geistes, meiner Erinnerung. Und vielleicht Seelenschatten der ersten Innanawitt, die damals die Direkt-Technik der Tahota gestohlen und angepasst haben. Die Konstrukteure und Veränderer unseres Volkes hinterließen etwas.«

»Fingerabdrücke«, murmelte Grayland und blickte auf seine Hände. Sie waren weiß, wie blutleer.

»Seelenschatten«, wiederholte Kralle. Ihr Blick kehrte zur holografischen Erde zurück. »Wir haben einen Fehler gemacht. Unsere Vorfahren, unsere Ahnen. Zusammen mit den Menschen, die nach den Hinterlassenschaften der Tahota gesucht und ihre Artefakte gestohlen haben und zur Erde brachten. Unter ihnen befand sich so etwas wie ein zweiter Moloch, kleiner zwar, aber ebenso gefährlich wie der erste, dem die Mehrheit der Tahota zum Opfer fiel. Die Xenospezialisten des Insti-

tuts haben ihn untersucht und aktiviert, weil sie sich einen großen Durchbruch erhofften.«

»Die Varianz«, sagte Grayland. »Das Fontänen-Artefakt.«
Mit knappen, schnellen Worten berichtete er Kralle von Isaak
Thorensen, der sich als mit Sondervollmachten ausgestatteter
ITI-Emissär ausgegeben, sich aber dann als Kämpfer der Unab-
hängigen entpuppt hatte.

»Das Artefakt ist außer Kontrolle geraten.« Kralle deutete auf
den wachsenden grauen Wirbel über dem Äquator der Erde.
»Was sich dort ankündigt, läuft auf einen zweiten Bruch
hinaus.«

»Könntest du uns erklären, was auf der Erde geschehen ist?«,
fragte der Intellekt der Eklipse. »Was ist mit Lorenti, Samantha
und Rufus M? Wie geht es ihnen?«

»Es würde zu lange dauern, alles zu erzählen und zu erklären.« Kralle seufzte müde und schloss kurz die Augen, wie um
neue Kraft zu sammeln. »Wir müssen Samantha eine Nachricht
übermitteln.«

»Das ist leider nicht möglich«, entgegnete der Intellekt. »Ich
habe mehrmals versucht, Kontakt herzustellen, immer vergeblich.«

»Wir müssen näher heran«, sagte Kralle. »Durch das Phasenfeld, das die Erde umgibt. Bis dicht über ihre Oberfläche. Dazu
brauchen wir das Direkt. Unser Triebwerk muss voll einsatzfähig bleiben.«

Die Tür in Grayland öffnete sich weiter. Er begann zu verstehen. Erinnerungen stiegen auf, wie verloren geglaubte Bilder
eines Traums.

»Die *Eklipse* ist nicht annähernd stabil genug, um ein solches
Flugmanöver zu überstehen«, sagte der Intellekt. »Das Schiff
würde selbst ohne Resonanzen zerbrechen.«

»Was haben dir die Tahota erzählt, Kralle?«, fragte Grayland.
»Was hat es mit der Zeitschleife und dem Spike auf sich?«

»Es ist nicht in dem Sinn eine Zeitschleife, eher eine Schleife …
mehrere Schleifen … aus Paralleluniversen. Wir haben es schon
mehrmals versucht. Und nicht nur wir.« Kralle hob eine Hand
zum Kopf und ließ sie wieder sinken. »Es gibt Lücken in meinem Gedächtnis, Löcher, die leer bleiben. Als wir uns zu dieser

Mission bereit erklärt haben, bekamen wir falsche Erinnerungen. Damit sollte verhindert werden, dass die Unabhängigen etwas erfuhren. Selbst beim Institut waren nur wenige Personen eingeweiht.«

Grayland sah Gesichter, die aus einem anderen Leben stammten.

»Unser Gespräch, Grayland«, sagte der Intellekt plötzlich. »Erinnerst du dich? Nicht lange nach eurem Erwachen.«

Ja, er erinnerte sich, und das mit überraschender Deutlichkeit. Ein innerer Nebel schien sich zu lichten. »Dein Déjà-vu-Erlebnis.«

»So hast du es genannt, ja. Ich habe dir gesagt, mir wäre, als hätten wir diese Reise schon einmal unternommen. Ich habe Erinnerungsfragmente erwähnt, die sich in den von dir eingerichteten redundanten Archiven befinden.«

Etwas anderes fiel Grayland ein. »Die Manipulation deiner Speicherzellen ... Dadurch hast du die infizierte Person identifizieren können. Und du hast mir ihren Namen genannt.«

»Ja, Grayland.«

Kralle blickte erneut zur Seite.

»Wer?«, fragte sie. »Wer ist es?«

Grayland atmete tief durch. »Samantha.«

»Bist du sicher?«

»*Ich* bin sicher«, sagte der Intellekt. »Samantha wurde durch einen Kontakt mit dem Spike infiziert.«

Kralle überlegte. »Vielleicht steckt Absicht dahinter. Vielleicht sollte sie das Spike zum Ziel führen. Wer weiß, was sich diese Leute von der Sonderkommission des Instituts gedacht haben. Jedenfalls muss sie Bescheid wissen. Das Spike darf auf keinen Fall getötet werden.«

»Wenn sie wirklich infiziert ist«, fragte Grayland, »warum sollte ihr dann daran gelegen sein, das Spike zu töten?«

»Weil sie vermutlich weder etwas von ihrer Infektion noch von der Aufgabe des Spikes weiß«, antwortete der Intellekt.

»Und worin besteht die Aufgabe des Spikes?«, fragte Grayland.

»Es soll den kleinen Moloch finden, das Fontänen-Artefakt, wie Thorensen es genannt hat, den Ursprung der Varianz«, antwortete Kralle. »Es soll ihn finden und den Bruch rückgängig machen.«

Grayland wusste, dass sie recht hatte, er spürte es tief in seinem Innern. Trotzdem sagte er: »Es klingt ... bizarr. Warum die falschen Erinnerungen? Hätten wir mit den richtigen nicht viel bewusster agieren können?«

»Frühere Missionen mit den richtigen Erinnerungen sind fehlgeschlagen«, erklärte Kralle. »Die Unabhängigen erfuhren davon und fürchteten eine Falle. Oder vielleicht griffen andere Interessengruppen im Institut ein. Wir befinden uns jetzt wieder am entscheidenden Punkt: Wenn wir nicht handeln, wenn wir uns nicht opfern, scheitert diese Mission, und sie könnte der letzte Versuch sein. Nach uns kommt vielleicht niemand mehr.«

»Grayland hat recht«, ließ sich der Intellekt vernehmen. »Es klingt bizarr. Und absurd. Und unsinnig. Mit wem auch immer du im Unendlichen Raum des Direkts gesprochen hast, Kralle, es könnten Halluzinationen gewesen sein.«

»Nein«, sagte die Innanawitt entschieden. »Es ist die Wahrheit. Und wir müssen eine Nachricht für Samantha und Rufus aufzeichnen, damit sie die Wahrheit erfahren. Damit sie auf den Einsatz des Kernbrechers verzichten und dem Spike helfen.«

»Damit sie dem Spike *helfen* ...«, murmelte Grayland. Es klang tatsächlich verrückt.

»Außerdem sollte Samantha über sich selbst Bescheid wissen«, fügte Kralle hinzu. »Die Infektion könnte Teil ihrer persönlichen Mission sein, das Spike zu führen. Wir zeichnen die Nachricht auf und senden sie, wenn sich die *Eklipse* dicht über der Erdoberfläche befindet.«

»Ein Sturzflug«, ächzte Grayland.

»Die Resonanzen werden das Schiff zerreißen«, prophezeite der Intellekt. »Oder es zerschellt auf der Erde. Es wäre das Ende der *Eklipse*.«

»Ein letzter Flug«, sagte Kralle. »Um unsere Mission zu erfüllen und die Erde zu retten.«

»Ihr werdet sterben«, war Kiss überzeugt.

»Wir werden *alle* sterben«, erwiderte die Innanawitt müde. »Es war nie etwas anderes vorgesehen.«

»Willst du dich für etwas opfern, das eine Halluzination sein könnte?«, fragte Grayland.

»Du kennst mich«, erwiderte Kralle. »Du weißt, dass ich nicht zu Halluzinationen neige.« Sie ließ einige Sekunden verstreichen und fügte dann hinzu: »Ich habe das Ende von Jorpu erlebt. Warum sollte sich jemand wie ich für das Überleben eines Spikes aussprechen?«

Das Donnern des Direkts durchdrang den Akustikschirm. Die Armlehnen unter Graylands Händen zitterten. Der graue Wirbel über dem Äquator der holografischen Erde wuchs weiter.

»Ich bitte euch um Vertrauen«, sagte Kralle.

»Wir sollen dir vertrauen«, sagte Grayland, »und *sterben*.«

»Ja«, bestätigte die Innanawitt traurig. »Es sei denn ...«

Grayland sah sie hoffnungsvoll an.

»Es sei denn, wir ziehen uns in den Unendlichen Raum zurück, bevor die *Eklipse* zerbricht oder zerschellt.«

»Ich kann euch nicht dorthin begleiten«, sagte der Intellekt. »Ich werde mit der *Eklipse* sterben.«

Grayland sah Kiss, wie sie nur für ihn existierte. Er sah sie in der Tür des kleinen Hauses auf dem Felsplateau über dem Fjord in Norwegen stehen, gehüllt in ein Gewand grün wie Smaragd. Er sah ihr Lächeln, das allein ihm galt.

Kralle stand auf. »Lasst uns die Nachricht für Samantha aufzeichnen.«

»Der Kreis schließt sich.«

»Alle Dinge finden irgendwann ihr Ende«, sagte der Mann im schmutzigen schwarzen Anzug und mit der roten Weste. »Da darf man sich nichts vormachen. Habe ich recht, Rebecca?«

Marcus trat näher. Hinter ihm stützte der Mann im langen Staubmantel den verletzten Clemens. Samanthas Blick galt vor allem der Pistole in Marcus' Hand. Neben ihr stand Rufus M starr und steif.

Der silberne humanoide Bot wiederholte sein Angebot. »Ich bin zu Diensten. Ich kann helfen.«

Niemand achtete auf ihn.

Marcus blieb vor Rebecca stehen. »Gib ihn mir.« Er streckte die freie Hand aus.

»Ich weiß nicht, was du meinst.«

»Ich meine den Revolver in deiner Hosentasche. Gib ihn mir.«

»Lass sie ihn Ruhe!«, rief Jasil. Der Junge wollte vor Rebecca treten, doch sie schob ihn mit sanftem Nachdruck beiseite.

»Oh, wie rührend«, kommentierte Marcus. »Dein kleiner Adoptivbruder will dich beschützen.« Er lächelte das Lächeln, das Samantha bei ihm schon mehrmals gesehen hatte und das für sie inzwischen einer Warnung gleichkam.

»Tun Sie ihr nichts«, sagte sie. »Sie wollen *uns*, nicht Rebecca.«

Der Konsul lächelte immer noch. »Oh, da irren Sie sich, Samantha. Inzwischen sollten Sie eigentlich die Hintergründe kennen. Oder hat Ihnen Rebecca nichts erzählt?«

Der holografische Mann, die Projektion des Intellekts, verschwand plötzlich, und das Licht der einen Lampe an der beigefarbenen Decke trübte sich. Auch die Symbole und Datenkolonnen verschwanden aus den Anzeigefeldern der Konsolen und

Geräteblöcke, und nur der kleine zweidimensionale Status-schirm blieb aktiv.

»Wie sind Sie an dem Kampfbot vorbeigekommen?«, fragte Rufus. Samantha vermutete, dass er Zeit gewinnen oder Marcus von Rebecca ablenken wollte.

»Oh, das war nicht leicht.« Marcus deutete auf seine beiden Begleiter. »Die einzigen Überlebenden unserer Gruppe. Nur zwei Männer sind mir geblieben, und einer von ihnen, der sich für unbesiegbar hielt, ist verletzt, wie Sie sehen. Er ließ sich mit jemandem ein, den er ›Miezekatze‹ nannte, was der betreffenden Dame gar nicht gefiel.«

»Kralle?«, fragte Samantha überrascht.

Marcus nickte. »Ein durchaus angemessener Name. Wie Sie sehen, haben die Krallen Spuren hinterlassen.«

»Wo ist sie?«

Der Konsul zuckte mit den Schultern. »Ich fürchte, diese Frage kann ich Ihnen nicht beantworten. Sie verschwand in einem Phänomen, das selbst mein Studierter Luntha nicht erklären kann.«

Der Mann im langen Staubmantel ließ Clemens los, holte ein Messgerät hervor und blickte auf die Anzeigen. »Eine Anoma-lie«, sagte er. »Eine Art mobiler Bogen, allerdings ohne den Bogen.« Der recht jung wirkende Mann hob den Blick. »Ein Transitfeld. Ein Ausläufer des neuen Bruchs.«

Marcus breitete die Arme aus. »Da hören Sie's. Worte, die nie-mand versteht, vielleicht nicht einmal er selbst.«

»Ich weiß sehr wohl, wovon ich rede, Konsul«, erwiderte Lun-tha. Das Gerät in seinen Händen piepte. »Uns bleibt nicht mehr viel Zeit. Ich schlage vor, wir verzichten auf all das Gerede und suchen den Bogen zur anderen Seite.«

Marcus drehte sich halb zu ihm um. »Vergessen Sie nicht, mit wem Sie sprechen!« Er richtete die Pistole wieder auf Rebecca. »Ich nehme an, du hast den Bogen bereits gefunden, nicht wahr? Der Mann, der eben noch hier war und dann einfach verschwun-den ist ... Vermutlich ein ›Geist im Stahl‹, wie du solche Gestalten damals genannt hast, als mein Sohn noch lebte. Ein Intellekt.«

Ein schweres Gewicht lag in den letzten Worten. Samantha hörte und fühlte es.

»Der Kreis schließt sich«, fuhr Marcus fort. Sein Gesicht veränderte sich nicht; es blieb zwar eine freundliche Maske, doch Samantha glaubte, ein besonderes Funkeln in den Augen des Mannes auszumachen. »Er *musste* sich irgendwann schließen. Dir war klar, dass ich dich früher oder später finden würde.«

»Ja, da habe ich mir nichts vorgemacht«, erwiderte Rebecca, die Hand auf Jasils Schulter.

»Auge um Auge, Zahn um Zahn, wie es in einem der Bücher heißt, die du so sehr liebst. Du wirst für das bezahlen, was du getan hast.«

»Ich bereue nichts«, sagte Rebecca. »Dusan hat verdient, was er bekommen hat.«

»Und du bekommst, was *du* verdienst«, entgegnete Marcus mit scharfer Stimme. »Aber nicht sofort. Nicht jetzt, hier, an diesem Ort. Zuerst zeigst du uns den Bogen, der zur anderen Seite führt.«

»Ich weiß nicht, wo …«, begann Rebecca.

»Oh, du weißt immer, wo sich die Bögen befinden«, unterbrach Marcus sie. »Es gehört zu deiner besonderen Gabe. Du weißt, wo sie sich befinden, und du kannst Ziele wählen, selbst ohne einen Codeschlüssel. Du sprichst mit ihnen wie mit den ›Geistern in Stein und Stahl‹. Du wirst uns zu dem Bogen bringen, aber bevor wir uns auf den Weg machen, gibst du mir deinen Revolver.«

Samantha beobachtete, wie sich der Arm des Konsuls bewegte, sodass die Pistole nicht mehr auf Rebecca zeigte, sondern auf Jasil.

»Keine Dummheiten«, warnte Marcus. »Wenn du irgendeinen Trick versuchst, schieße ich auf den Jungen. Und mach dir auch diesmal nichts vor – ich meine es ernst.«

Rebecca versuchte, Jasil hinter sich zu schieben. Samantha überlegte, ob und wie sie Rebecca helfen konnte. Sie bedauerte, nicht auf Rufus gehört zu haben. Hätte der die Waffe an sich gebracht, wäre die Situation jetzt eine andere gewesen.

Marcus schien zu ahnen, was ihr durch den Kopf ging, denn er fügte hinzu: »Auch Sie sollten besser auf Dummheiten verzichten. Die Sache zwischen Rebecca und mir betrifft Sie nicht. Uns verbinden gemeinsame Interessen.«

»Glauben Sie?«, erwiderte Samantha, sah Rebecca an und dachte: Sei vernünftig, Mädchen! Im Augenblick ist er klar im Vorteil. Aber noch sind wir nicht beim Bogen. Vielleicht bietet sich eine Chance.

»Ja, das glaube ich.« Marcus holte etwas hervor, ein ockerfarbenes Dreieck mit einer griffartigen Erweiterung auf der Rückseite – der Kernbrecher. »Wir beide wollen das Spike töten. Ich habe die Waffe, Sie haben den Code, mit der man sie aktivieren kann.« Er steckte das aus der Fracht der *Eklipse* stammende Artefakt wieder ein. »Der Revolver, Rebecca. Gib ihn mir.«

Sie zog langsam den Revolver aus der Hosentasche, hielt ihn zwischen Daumen und Zeigefinger und streckte die Hand aus.

Als Marcus nach der Waffe greifen wollte, ließ Rebecca sie fallen.

Der Mann im schwarzen Anzug unter der dicken Jacke seufzte. »Luntha.«

»Was? Oh.« Der Studierte trat vor, hob den Revolver auf und gab ihn Marcus.

»Und jetzt, Rebecca ... Zum Bogen.«

96 Clemens konnte sich kaum mehr auf den Beinen halten. Der kleine, breite Mann knurrte und brummte, wütend auf sich selbst und seine Schwäche. Luntha stützte ihn, aber widerwillig, worauf seine verdrießliche Miene deutlich genug hinwies. Immer wieder machte der Studierte auch halt, um auf die Anzeigen seiner Messinstrumente zu blicken, die er dafür aus den Taschen seines Staubmantels und der Jacke darunter hervorholte.

Samantha beobachtete Rebecca und Jasil, die wieder Schmerzen zu haben schienen und unter den Stimmen litten, die nur sie hörten, beziehungsweise den Signalen. Sie fragte sich, was zwischen Rebecca und Marcus vorgefallen war, in dessen Gesicht sich so etwas wie tiefe Zufriedenheit zeigte, wenn sein Blick auf das Mädchen fiel. Es hatte etwas mit dem Sohn des Konsuls zu tun, mit Dusan. Marcus wollte sich rächen, so viel stand fest, und Samantha überlegte, wie sie ihn daran hindern konnte. Vielleicht ergab sich eine Möglichkeit, wenn sie durch den Bogen zur anderen Seite gelangten und Rufus und sie dort irgendwie Kontakt mit dem Institut aufnehmen konnten.

Die Liftkapsel trug sie weiter hinab, Hunderte von Metern tief unter den goldenen Turm. Schließlich hielt sie an, und ihre Tür glitt beiseite.

Eis empfing die Gruppe, blau-weiß und kalt, gewölbte Wände mit einer Öffnung, neben der reglos und stumm ein Kampfbot aufragte.

»Deaktiviert«, sagte Samantha, als sie sich dem Bot näherten.

»Und beschädigt«, fügte Rufus hinzu.

Einige Gliedmaßen des Kampfbots waren von Projektilen zertrümmert und zerfetzt, und im oberen Teil des ovalen Zentralkörpers zeigten sich Brand- und Schmelzspuren, die vielleicht von einem Blaster stammten.

Sie traten an dem Bot vorbei in den Korridor und erreichten nach wenigen Metern eine halbdunkle Höhle, in der keine Lampen brannten. Das wenige Licht stammte von Schächten, die Bohrer durchs Eis getrieben hatten. Dutzende solche Löcher gab es in den Wänden, die nicht nur aus Eis bestanden, sondern auch aus Felsgestein. Ein Gerüst stützte sich an ihnen, eine halb fertig wirkende Kuppel aus unterschiedlich geformten Elementen, zwischen denen es große und kleine Lücken gab, weil sie nicht genau zueinanderpassten. Samantha vermutete, dass sie aus Polymeren, Komposit und verschiedenen Legierungen bestanden, untereinander verbunden durch ein filigranes Netzwerk aus Fäden, die sie ans Gespinst unmittelbar über dem Energiekern der *Eklipse* erinnerten.

»Wir sind da«, sagte Rebecca. Neben ihr hob Jasil die Hände zu den Schläfen.

»Und wo ist der Bogen?« Marcus drehte sich einmal um die eigene Achse, noch immer die Pistole in der Hand. »Ich sehe ihn nicht.«

Luntha blickte wieder auf die Anzeigen seiner Messgeräte. »Das Gerüst ist der Bogen.« Er drehte an einem Regler, und in der Stille erklang ein Klicken. »Haben Sie gehört? Das ist der Beweis.«

»Das Gerüst ist nicht der Bogen«, widersprach Rebecca. »Es

ist nur eine Erweiterung des oberen Teils, des Kopfes. Die Bewohner der Stadt im Eis haben es gebaut, um auf den Bogen zugreifen zu können.«

Wieder folgten einige Sekunden Stille, nur unterbrochen von Jasils leisem Stöhnen.

»Es ist der größte aller Bögen.« Rebecca trat von einem Bein aufs andere. »Wir stehen darauf. Er empfängt die Stimmen aller anderen Bögen auf der Welt. Und die aller sprechenden Steine.«

Die Konsolen waren inaktiv, stellte Samantha fest. Nirgends leuchteten Indikatoren oder Statusfelder. Unter dem Gerüst lagen Trümmerteile, die vielleicht von einem Bot oder einem Fahrzeug stammten, einem Bodenwagen.

»Hier hat ein Kampf stattgefunden«, sagte Samantha. »Zwischen wem? Und wann?«

»Eine Analyse der Trümmer könnte uns Antwort geben«, erwiderte Rufus. »Luntha, Ihre Messgeräte ...«

»Nein«, sagt Marcus. »Dafür haben wir keine Zeit. Rebecca, aktiviere den Bogen.«

»Wie? Ich müsste ihn berühren, aber er steckt unter uns im Felsen. Das Gerüst ist wie ...« Rebecca suchte nach dem richtigen Wort.

»Wie eine Antenne?«, vermutete Samantha.

»Ja! Von hier aus wird der Bogen gesteuert. Oder wurde er gesteuert.«

»Schalte die Antenne ein.« Der Tonfall des Konsuls machte deutlich, dass sich seine Geduld dem Ende neigte. »Lass dir von Samantha und Rufus helfen. Aktiviere den Bogen.«

»Moment«, warf Samantha ein. »Nicht so schnell. Wie ich schon sagte, hier scheint ein Kampf stattgefunden zu haben. Vielleicht wollte etwas verhindern, dass der Bogen aktiviert wird. Vielleicht aus gutem Grund. Wir sollten erst versuchen herauszufinden, was hier geschehen ist.«

»Die Anlage könnte beschädigt sein«, fügte Rufus M hinzu. »Wenn wir sie ohne Sicherheitsvorkehrungen einschalten, könnte sie ganz unbrauchbar werden.«

»Unfug!«, stieß Marcus grimmig hervor. »Sie wollen Zeit schinden. Aber Sie sollten endlich begreifen, dass wir auf derselben Seite stehen, Samantha. Das Spike hat zugeschlagen, es hat die Unabhängigen tief im Süden angegriffen und dann auch Aragon. Es muss vernichtet werden, und dazu brauchen wir den großen Bogen. Also los, Rebecca!«

»Lassen Sie das Mädchen und den Jungen gehen, und wir helfen Ihnen«, schlug Samantha vor.

»Soll ich glauben, dass Ihnen die beiden wichtiger sind als das Spike?«, fragte Marcus spöttisch.

Rufus ging ohne ein Wort zur nächsten Konsole und überprüfte ihre Kontrollen. Rebecca nahm den leise wimmernden Jasil an der Hand, schritt mit ihm an der Innenseite des Gerüsts entlang und berührte mehrere der Komponenten. Samantha beobachtete, wie sie mit dem Jungen sprach.

Samantha näherte sich dem Konsul. Luntha stand einige Meter entfernt bei einem Trümmerstück, das aussah wie ein großes Stück schwarze Schlacke. Er stützte nicht mehr den verletzten Clemens, seine Messgeräte waren ihm wichtiger. Der kleine, breite Mann mit den beiden Patronengurten über der Brust hielt sich an einem dunklen balkenartigen Element des Gerüsts fest.

Samantha machte nicht den Fehler, ihn zu unterschätzen. Clemens mochte verletzt und geschwächt sein, aber er war immer noch gefährlich.

»Was hat sie getan?«, fragte Samantha. »Rebecca. Und was haben Sie mit ihr vor?«

»Sie ist eine Mörderin«, sagte Marcus. »Sie hat meinen Sohn umgebracht. Dafür wird sie büßen. Das weiß Rebecca. Ihr war klar, dass sie der Gerechtigkeit nicht für immer entkommen kann.«

»Gerechtigkeit?«

»Gibt es so etwas bei Ihnen nicht? In der Welt, aus der Sie kommen? Beim ›Institut‹?«

»Es gibt verschiedene Formen von Gerechtigkeit«, entgegnete Samantha. »Ich bin nicht sicher, ob mir Ihre gefällt.«

Marcus zuckte mit den Schultern. »Es spielt keine Rolle, ob sie Ihnen gefällt oder nicht. Rebecca wird für den Mord bezahlen.«

»Ohne Prozess?«, fragte Samantha und sah aus dem Augenwinkel, wie Rufus von einer Konsole zur nächsten ging. Vielleicht fand er etwas, das ihnen half. »Ohne Verteidigung? Und was sind Sie? Ankläger und Richter in einer Person?«

»Ich bin Marcus, Vater von Dusan.«

»Und Konsul der Transportgesellschaft. Und Regent von Aragon. Sie haben uns unmittelbar nach unserer Ankunft auf dieser gebrochenen Erde gefangen genommen.«

»Um Sie zu schützen«, behauptete Marcus. »Und uns vor Ihnen. Wir wussten nicht, wer Sie waren. Sie hätten Spitzel oder Saboteure der Unabhängigen sein können.«

»Was haben Sie mit ihr vor?«, fragte Samantha noch einmal.

Marcus wirkte plötzlich sehr ernst. »Rebecca hat meinen Sohn umgebracht. Er ist tot, sie lebt. Halten Sie das für gerecht?«

Jasil stieß plötzlich einen schmerzerfüllten Schrei aus, und einen Moment später leuchteten virtuelle Kontrollen und Symbolketten über den Konsolen. Kleine Lichter tanzten über die Streben des Gerüsts in der Eishöhle tief unter der Stadt, glühten an den dünnen Fäden des filigranen Netzwerks und fielen Funken gleich von der höchsten Stelle, einem zylindrischen Element, das wie ein Finger zum Boden zeigte.

Auf halbem Weg nach unten verblassten die Funken und schufen eine graue Scheibe, die gut fünf Meter durchmaß und wie Perlmutt glänzte. Bewegungen zeigten sich in ihr, Kräuselungen, kleine Wellen wie von Wind auf stillem Wasser.

»Rufus?«, fragte Samantha.

Der Multiple schüttelte den Kopf. »Ich bin es nicht gewesen. Die Schaltflächen haben nicht auf meine Berührungen reagiert. Ich vermute, wir verdanken es Jasil.«

Der Junge hatte die Augen fest zusammengekniffen, die Hände an die Seiten des Kopfes gedrückt und schnappte mehrmals nach Luft. Rebecca, an deren Seite er geblieben war, schlang die Arme um ihn.

Marcus trat vor. »Ein begabter Junge. Möglicherweise noch begabter als du«, sagte er zu Rebecca. »Vielleicht nehme ich ihn zu mir, wenn dies alles vorbei ist, als meinen neuen Sohn.«

»Nein«, sagte Rebecca.

»Darüber entscheidest nicht du.« Marcus hob die Hand und deutete auf das Gerüst. »Der ›Kopf‹ des Bogens im Fels unter uns ist erwacht. Sprich mit ihm, Rebecca. Wähle das Ziel: die andere Seite.«

Jasil beruhigte sich wieder. Rebecca blieb dicht neben ihm.

»Hier kann man kein Ziel wählen«, sagte sie, und der Junge an ihrer Seite nickte. »Es gibt nur eine Verbindung.«

»Zur anderen Seite, nehme ich an.«

Rebecca antwortete nicht.

Sie wirkte sehr gefasst, fand Samantha. Ihr musste klar sein, was ihr bevorstand. Wie sie vorhin gesagt hatte, sie machte sich nichts vor. Doch sie schien keine Angst zu haben. Erwartete sie Hilfe von den beiden »Sternreisenden«? Oder hatte sie sich bereits mit dem Ende abgefunden?

Rebecca war ihr als eine Person erschienen, die nicht so leicht aufgab, die bisher fest daran geglaubt zu haben schien, dass es immer eine Möglichkeit gab, zu fliehen und zu überleben.

Samantha sah Rufus an. Wir müssen etwas tun!, riefen ihm ihre Augen zu.

Plötzliche Übelkeit erfasste sie, und für einen Sekundenbruchteil schien sich ein Messer in ihrer Magengrube zu drehen. Ein Schleier fiel vor ihren Augen und hob sich sofort wieder. Sie versuchte, ruhig und gleichmäßig zu atmen. Während der vergangenen Stunden und Tage war ihr mehrmals übel gewesen, aber sie hatte es auf die mangelhafte Ernährung und die Anstrengungen geschoben.

Marcus näherte sich der grauen, seltsam massiv wirkenden Scheibe und betrachtete sie nachdenklich. Dann bückte er sich, hob mit der freien Hand ein faustgroßes Trümmerstück auf und warf es ins Grau.

Es knisterte. Die kleinen Wellen in der Scheibe wurden etwas größer. Mehr Lichter tanzten über das Gerüst, strebten ihrem höchsten Punkt entgegen und sanken von dort aus als winzige Funken nach unten, bis sie die Scheibe erreichten.

Das kleine Trümmerstück verschwand.

Jetzt wäre eine gute Gelegenheit, dachte Samantha. Er ist abgelenkt, die Pistole nicht mehr auf Rebecca gerichtet. Ich könnte ihn in Sekundenschnelle erreichen, mit dem Überraschungsmoment auf meiner Seite. Ich könnte bei ihm sein, bevor er Gelegenheit hat, die Pistole wieder auf Rebecca oder auf mich zu richten.

Sie machte einen Schritt.

Ihre Knie wurden weich wie Gummi. Sie konnte sich kaum auf den Beinen halten.

Marcus winkte. »Kommen Sie, Samantha. Kommen Sie. Was ist mit Ihnen? Geht es Ihnen nicht gut?«

Samantha sah, wie der Konsul den Kernbrecher hervorholte.

»Ich brauche den Aktivierungscode von Ihnen«, sagte er. »Jetzt.«

Samantha zeigte auf das glänzende Grau des Transitfelds. »Der Kernbrecher ist für den Einsatz gegen das Spike bestimmt, und das Spike befindet sich nicht auf der anderen Seite, sondern hier, in dieser Welt, vielleicht noch immer in Aragon, wie Sie eben sagten.«

Marcus lächelte sein humorloses Lächeln. Raureif hatte sich auf seinen Brauen gebildet. »Sie verstehen nicht. Die andere Seite, Ihr Institut ... Es ist dabei, einen neuen Bruch auszulösen. Die gesplitterte, gebrochene Welt soll noch einmal splittern und brechen, in unzählige kleine Stücke, und mit ihr alles, was wir, die Überlebenden des ersten Bruchs, bewahrt und geschaffen haben. Es wäre das Ende von uns!«

Wie zur Bestätigung seiner Worte bebte der Boden unter ihren Füßen, und in den Eiswänden der Höhle knirschte es. In der grauen Scheibe erschien ein kleines, grelles Licht und verschwand sofort wieder.

»Geben Sie mir den Code!«, verlangte Marcus.

Samantha zögerte. Rufus stand einige Meter entfernt bei den Konsolen, sein Gesicht ausdruckslos. Luntha stützte Clemens und näherte sich mit ihm.

»Das Spike ...«, begann Samantha.

»Ihr Schiff ist unterwegs«, unterbrach Marcus sie. »Die *Eklipse*. Es wird die Erde bald erreichen, nicht wahr? In wenigen Tagen. Und an Bord befinden sich zahlreiche Artefakte, darauf haben Sie selbst hingewiesen. Bestimmt befinden sich welche darunter, die sich als Waffen gegen das Spike einsetzen lassen. Doch zuerst müssen wir weiteren Schaden von dieser Welt abwenden. Anschließend kümmern wir uns um das Spike. Sie sehen, wir stehen auf derselben Seite, wie ich es Ihnen gesagt habe.«

»Sie wollen die ›heile‹ Welt mit dem Institut zerstören und

glauben allen Ernstes, dass wir Ihnen dabei helfen?«, fragte Rufus, dann fügte er hinzu: »Was auch immer geschieht, Sam: Wir können das nicht zulassen.«

»Natürlich nicht«, sagte Samantha.

Marcus richtete die Pistole auf Jasil. »Wenn Sie mir den Aktivierungscode nicht geben, erschieße ich den Jungen.«

»Ich dachte, er soll Ihr neuer Sohn sein«, hielt Samantha dagegen.

»Stimmt.« Die Waffe in Marcus' Hand schwang herum, die Mündung richtete sich auf Rufus. »Dann eben der Mann, der angeblich zwei Gehirne hat. Ich nehme an, es wird ihn nicht vor dem Tod bewahren, wenn er eine Kugel in den Kopf bekommt.«

Samantha spürte, wie die Kraft in ihre Beine zurückkehrte. Ein Sprung zu Marcus, während sich Rufus gleichzeitig duckte ...

Ein Rufsignal erklang. Es drang aus zwei Kommunikatoren – einer gehörte Rufus M, der andere Samantha. Erstaunt und aus einem Reflex heraus hob sie die Hand zu dem kleinen Gerät am Kragen ihrer Jacke.

»Hier spricht Uima Lereia Loquaia.« Samantha erkannte sofort Kralles Stimme. »Ich befinde mich an Bord der *Eklipse*. Das Transitfeld eines Bogens, verbunden mit dem Unendlichen Raum des Direkts, hat mich zum Schiff zurückgebracht. Ich zeichne diese Nachricht auf. Wenn ihr sie hört, wenn du sie hörst, Sam, sind Grayland und ich wahrscheinlich tot ...«

Das Spike: Finden

Ein Donnern zerriss die Stille, ein Kreischen, lauter als das Heulen eines Spikes, hallte vom Himmel, und Flammen loderten am Firmament und vertrieben die Dunkelheit der Nacht.

Etwas raste, aus dem All kommend, mit hoher Geschwindigkeit durch die Atmosphäre, kein Asteroid oder Meteorit, sondern ein künstliches Objekt. Ein Raumschiff, erkannte das Spike mit analytischer Beobachtung, während es hoch aufgerichtet zwischen zertrümmerten Gebäuden, zerschmetterten Waffensystemen und zerrissenen Feinden verharrte. Projektile und Geschosse trafen es, prallten ab oder explodierten, ohne nennenswerten Schaden anzurichten – das Spike nahm den größten Teil der Energie in sich auf, wurde dadurch noch stärker.

Das Feuer am Himmel brannte so hell, dass die Angreifer innehielten, vielleicht geblendet vom grellen Licht und betäubt vom Kreischen; es waren schwache Geschöpfe, klein und fragil.

Mit den Geräten aus dem Depot, die es seinem Körper hinzugefügt hatte, maß das Spike vor dem Zerbrechen des Schiffes eine vertraute energetische Signatur. Es handelte sich um das Raumschiff, mit dem es hierhergekommen war, in dieses Sonnensystem, wo es eine Aufgabe zu erfüllen hatte.

Eine Aufgabe, die wichtiger war als die Veränderung des Metabolismus für die Produktion von Saatkapseln, wichtiger als der Kampf an diesem Ort, von dem ein Signal gekommen war, das ihm den Weg gewiesen hatte. Ein falsches Signal, begriff das Spike, ein falscher Weg.

Es drehte sich um und kehrte zum Konduktor zurück. Über ihm schrie das Schiff mit Stimmen, die nur das Spike hören konnte, nicht aber die kleinen Geschöpfe, die erneut angriffen. Das Direkt schrie, als es kollabierte. Der Unendliche Raum schrie, als sein Gespinst zerriss, all die Fäden, die es mit nahen und fernen Orten im Universum verbanden.

Und das Kommunikationssystem stieß einen letzten Schrei aus, mit maximaler Sendeleistung: eine Botschaft, nicht für das Spike bestimmt und beantwortet von zwei winzigen Stimmen, den automatischen Bestätigungen zweier Empfangsgeräte.

Ohne die Erweiterungen aus dem Depot wären die Antworten vielleicht ungehört geblieben. Ein neuer Weg, vielleicht der richtige.

Eine letzte große Flamme tauchte die Hälfte des Himmels in gelbrotes Licht, und erste Trümmer des auseinandergebrochenen Schiffs bohrten sich weit entfernt in trockenen, staubigen Hochlandboden – das Spike nahm die Erschütterungen mit seinen taktilen Sensoren wahr.

Ein Geschoss raste heran, größer als die anderen. Das Spike fing es im Flug, drehte es zwischen einigen langen Stacheln, inspizierte Mantel und Ladung und warf es dann achtlos fort. Es durchschlug ein Fenster und zerstörte ein Gebäude, das bisher unbeschädigt geblieben war, oben am Hang, auf einem Plateau. Die Mauern blähten sich auf, das Dach hob sich, und eine Explosion, viel kleiner als die am Himmel, schleuderte Trümmer ins Tal. Ein großes Mauerstück traf das Geschütz, von dem das Geschoss stammte.

Das Spike kümmerte sich nicht darum, sprang ins Transitfeld des Konduktors und hörte den Ruf.

Messer und Lampe

97 Rebecca

Das Feuer brannte wieder in Rebecca, das Rauschen und Donnern war lauter als zuvor. Für Jasil musste es noch schlimmer sein, denn er hatte noch nicht gelernt, mit seiner Gabe umzugehen. Der große Bogen, der im Felsgestein unter ihnen steckte, war ein Fokus. Er fasste alles zusammen, all die Stimmen der Bögen und Steine, er formte sie zu dem Rauschen und Donnern, das die Antenne empfing, und bildete einen Tunnel, der zur anderen Seite führte.

Rebecca hatte immer gewusst, dass es irgendwann einmal zu einer solchen Situation kommen musste. Wohin sie auch floh, wie viele Kilometer sie auch zurücklegte, ihr war klar gewesen, dass Marcus sie eines Tages finden würde. Macht und Einfluss des Konsuls der Transportgesellschaft und Regenten von Aragon reichten zu weit. Einige Wochen und vielleicht Monate an einem Ort, wie auf der Farm von Claire und Kostas, mehr hatte sie nie erwarten können.

Rebecca fragte sich, ob es trotz allem noch eine Möglichkeit gab, selbst hier. Sie machte sich nichts vor, sie stellte sich immer der Realität, doch das bedeutete nicht, dass sie mit dem Leben abgeschlossen hatte. Während Flammen in ihrem Kopf loderten, überlegte sie, ob sie mit Jasil zur grauen Scheibe laufen und hineinspringen sollte. An der Sendebereitschaft bestand kein Zweifel – das kleine Trümmerstück, das Marcus hineingeworfen hatte, war verschwunden. Wie schnell würde Marcus reagieren? Schnell genug, um auf sie zielen und schießen zu können? Sie ging davon aus, dass er nicht zögern würde, um zu verhindern, dass sie entkam. Er brauchte sie nicht mehr; vermutlich hatte er sie nur deshalb noch nicht erschossen, weil sie vor ihrem Tod leiden sollte.

Rebecca fühlte das Gewicht der Steine in ihrer Tasche. Sie hatten ihr Hilfe versprochen, in Gestalt der Besucher von den Sternen. Aber Samantha und Rufus M, der Mann mit den zwei Gehirnen, brauchten selbst Hilfe, so war es von Anfang an gewesen. Vielleicht würde Marcus auch sie töten, wenn er alles von ihnen bekommen hatte, was er wollte.

Sie sprachen miteinander, sie wechselten Worte, Samantha und Marcus, während Rufus M an einer der Konsolen stand, zuhörte und alles genau beobachtete. Vielleicht dachte auch er über Möglichkeiten nach und wartete auf eine Chance.

Jasil wimmerte leise. Tränen des Schmerzes rollten ihm über die Wangen und erinnerten Rebecca an die letzten Tränen, die sie selbst vergossen hatte ...

Der Schlaf war tiefer als sonst, und Rebecca erwachte mit einer fremden Hand auf dem Mund. Sie riss die Augen auf und sah Dusans Gesicht so nahe, dass sie seinen Atem spürte. Er lächelte ein Lächeln, das dem seines Vaters ähnelte und Schmerz ankündigte.

»Es ist wieder so weit«, sagte er leise.

Rebecca schrie und zappelte. Dusan hielt sie fest, und sein Lächeln wurde zu einem Grinsen.

Ein Wächter öffnete die Tür und blickte ins Schlafzimmer, eine Waffe in der Hand.

»Verschwinde!«, knurrte Dusan. »Sorg dafür, dass wir nicht gestört werden!«

Der Wächter machte kehrt und schloss die Tür hinter sich.

Dusan wich ein wenig zurück. Er saß auf Rebecca, sie konnte nicht aufspringen und weglaufen.

Sie schrie erneut und trommelte mit den Fäusten gegen seine Brust. Er lachte nur, beugte sich zur Seite und griff nach Messer und Lampe.

»Du weißt doch, dass Gegenwehr sinnlos ist«, sagte er. »Wenn du dich nicht wehrst und still bist, geht es schneller. Hast du das noch immer nicht begriffen?« Er hielt ihr das Messer an die Kehle, und plötzlich lag Rebecca reglos und stumm. »Wenn du meinem Vater etwas sagst, bist du tot«, warnte er.

Damit drohte er jedes Mal.

»Bitte ...«, begann Rebecca.

»Sei still.« Das Messer verließ ihre Kehle. Die Spitze strich über Rebeccas dünnes Nachthemd. »Zieh dich aus.«

»Bitte ...«

»Ein weiteres kleines Kunstwerk«, sagte Dusan. Er packte das Nachthemd, hob es an, bohrte das Messer hinein und schnitt. »Erinnerungen an mich. Dein Körper vergisst so schnell.«

Die Wunden heilten und wurden zu Narben, die schließlich verschwanden, manchmal nach Wochen, manchmal erst nach Monaten. Rebecca begann zu weinen, als Dusan ihr Nachthemd in Fetzen schnitt. Zu diesem Zeitpunkt konnte sie es noch nicht wissen, aber es war das letzte Mal in ihrem Leben, dass sie Tränen vergoss.

Als sie nackt unter ihm lag, folgte die Spitze des Messers den hellen Strichen und Flecken, die alte Wunden unter ihren knospenden Brüsten und an den Seiten hinterlassen hatten. Sie ritzte die Haut, bis Blut zum Vorschein kam, kleine Tropfen, wie verstreute rote Perlen.

Dusan nahm die Lampe und betrachtete sein Werk. »Licht und Schmerz liegen dicht beieinander.«

Der gläserne Schirm der kleinen Lampe war sehr heiß. Es zischte jedes Mal, wenn er die Haut berührte.

Rebecca schrie und weinte. Das Messer stach und ritzte, die Lampe verbrannte. Dusan drehte sie auf den Bauch und nahm sich mehr Zeit für den Rücken.

»Blut und Blasen«, sagte er während einer Pause. »Wie hübsch. Ich zeige es dir später im Spiegel.«

Der Schmerz ließ nicht nach. Es war dumm anzunehmen, dass man sich irgendwann daran gewöhnte. Aber die Zeit verging und brachte schließlich Erleichterung, als Dusan sein neues Kunstwerk vollendet glaubte.

»Bleib liegen!«, befahl er. »Ich hole den Spiegel, damit du deinen Rücken sehen kannst.«

Rebecca blieb liegen und atmete schwer. Der Schmerz hatte nicht ganz aufgehört – die von der Lampe geschaffenen Wunden brannten –, aber er beherrschte nicht mehr die ganze Wahrnehmung. Sie hörte das Flüstern der Steine, die sie gesammelt hatte, ein Wispern, das ihr vielleicht Trost spenden wollte.

Eine Idee entstand in ihr. Vor dem inneren Auge sah sie das Messer in einer anderen Hand.

Dusan kehrte zurück und legte die Klinge beiseite, damit er den Spiegel in beiden Händen halten konnte.

»Dreh dich, dann kannst du es sehen.«

Rebecca drehte sich. Dort lag das Messer, in Reichweite. Dusan fühlte sich sehr sicher. Ein Fehler.

Den Arm ausstrecken, die Klinge ergreifen, während Dusan noch den Spiegel hielt ... Rebecca drehte sich noch etwas weiter, der Spiegel fiel, Überraschung erschien in Dusans Gesicht, die beiden Hände versuchten, das Messer wieder unter Kontrolle zu bringen, doch es war zu spät. Spitzer, scharfer Stahl drang ihm fünfzehn Zentimeter tief in den Bauch.

Blut strömte.

Dusan riss die Augen auf

Rebecca zog das Messer aus der Wunde und fand ein zweites Ziel. Sie drehte sich noch etwas weiter, hob den Arm und rammte die Klinge in Dusans Kehle.

Seine Augen schienen noch etwas größer zu werden. Er öffnete den Mund zu einem Röcheln, kippte und fiel vom Bett. Er zuckte einige Male auf den kalten Steinfliesen, die sein warmes Blut empfingen, blieb dann still liegen, während sich eine größer werdende Lache bildete.

Rebecca blickte auf den Toten hinab, und sie fühlte tiefe Zufriedenheit. Dann begriff sie, dass sie in großer Gefahr schwebte. Wenn jemand die Tür öffnete und den toten Sohn des Konsuls sah ...

Sie sprang vom Bett, wich Dusan und dem Blut aus, lief zur Kommode und zog die Schubladen auf. Im Licht der kleinen Lampe, deren heißer Glasschirm sie verbrannt hatte, streifte sie Hose, Hemd und Jacke über, trat in ihre Stiefel, nahm den Beutel mit den Steinen und huschte zur Tür. Dort angelangt, zögerte sie, kehrte zurück, öffnete den Schrank und fand nach kurzer Suche ihren Rucksack. Sie stopfte einige Kleidungsstücke hinein, fügte ihnen mehrere Bücher aus dem nahen Regal hinzu, löschte die Lampe und spuckte auf den toten Dusan, bevor sie nach draußen schlüpfte.

Der Wächter stand draußen auf der Veranda, eine schmale

Silhouette im ersten schwachen Licht des neuen Tages. Rebecca wandte sich lautlos in die andere Richtung. Unbemerkt verließ sie die kleine Handelsniederlassung in Guldania, lief ein Stück über die Straße und marschierte dann durch das Buschland, das bis zu den Kupfernen Kobolden reichte, mehreren Bergen, deren Form an halb geduckte Gestalten erinnerte und in denen es nicht nur Kupferminen gab, sondern auch einen Bogen.

So begann Rebeccas Flucht.

Lichter tanzten über das Gerüst. Konzentrische Wellen liefen durch die graue Scheibe, hinter der die andere Seite lag. Rebecca blinzelte und fand aus ihren Erinnerungen zurück in die Höhle unter der Stadt im Eis.

Dort stand Marcus, mit der Pistole in der Hand. Er hatte fasziniert der Stimme zugehört, die aus zwei kleinen Kommunikationsgeräten gedrungen war.

»Das Spike«, brachte Samantha schließlich hervor. »Wir müssen es hierher rufen. Und wir dürfen es nicht töten, wir brauchen es.«

Erinnerungen wie welke Blätter

Die Übelkeit während der letzten Tage, die Schwäche, die ihr durch den Leib kroch – war dies die Erklärung dafür? Die Infektion durch das Spike?

Die Stimme aus den beiden kleinen Kommunikatoren verklang, und es folgte eine Stille, in der nur das leise Knistern der grauen Scheibe zu hören war. Von ihrem Mittelpunkt dehnten sich konzentrische Wellen aus, eine nach der anderen.

»Sam?«, fragte Rufus.

Samanthas Hand kam hoch, als suchte sie nach Halt. Ein Wind fegte durch ihr Bewusstsein, ein Sturm, der ihre Gedanken und Empfindungen durcheinanderwirbelte wie welkes Laub. Ein Name fiel ihr ein. Peldrive. Arthur Peldrive. Ein Mann, mit dem sie gesprochen hatte, vor einem halben Jahrhundert, in einem anderen Leben. In Helsinki.

Die Stimme eines anderen Mannes erklang im Hier und Jetzt.

»Wenn das stimmt, wenn du infiziert bist, Sam, dann betrifft die Infektion uns alle, dann sind wir so gut wie tot.«

Rufus.

Samantha hörte die Worte wie durch Watte. Andere Stimmen waren lauter, sie ertönten aus tiefen, bisher verschlossenen Gewölben ihres Gedächtnisses.

»Ich könnte infiziert werden«, hörte sie sich selbst sagen. Sie wusste auch, wo ihr anderes, fünfzig Jahre jüngeres Selbst sprach: in der ITI-Niederlassung von Helsinki.

»Wir werden alles tun, um eine Infektion zu vermeiden«, erwiderte Arthur Peldrive, Experimentaldirektor des Instituts.

»Wenn der Rest des Instituts davon erfährt oder wenn die Unabhängigen davon erfahren …« Samantha verstummte.

»Dies ist ein streng geheimes Projekt«, sagte Peldrive. »Und es wird auch streng geheim bleiben.«

»Ausgerechnet ein Spike ...«

»Sie kennen die Unterlagen.« Peldrive beugte sich vor und legte die Hände auf den Tisch. Er war ein freundlicher Mann um die sechzig. »Daraus geht hervor, dass es die einzige Möglichkeit ist. Sie bekommen neue Erinnerungen, als Schutz für Sie. Als Schutz für die Mission. Sind Sie bereit?«

Samantha dachte an die langen Vorbereitungen. Es wäre dumm gewesen, ihre Meinung noch zu ändern. Dumm und verantwortungslos. »Wer sind die anderen? Swift ist mit dabei, nicht wahr?«

»Ja«, bestätigte Peldrive. »Außerdem Emmerson, Coldhart, Jabbosch und Chiron für die zweite Mannschaft. Zu Ihrer Crew gehören die Innanawitt Uima Lereia Loquaia von Jorpu, Lorenti, Rufus M von Urake und der Intellektor Grayland. Natürlich sind alle ebenso gut vorbereitet wie Sie.«

»Und in alle Einzelheiten eingeweiht?«

Peldrive nickte und sprach. Er sprach immer schneller, seine Stimme wurde zu einem Brummen, dann zu einem Heulen. Samantha hob die Hände zu den Ohren wie zuvor Jasil und schnappte nach Luft.

»Ich erinnere mich.« Das Sprechen bereitete ihr Mühe, die Zunge schien im Weg zu sein. »Es fällt mir wieder ein. Etwas ist schiefgegangen, unsere Erinnerungen waren zu lange blockiert. Rufus ...«

Der Multiple von Urake schüttelte den Kopf, was vielleicht bedeutete, dass er sich nicht erinnerte. Oder bedeutete sein Kopfschütteln etwas anderes? Steckte er hinter dem Zwischenfall, der das Spike befreit und Swift verletzt hatte? Hatte er fünfzig Jahre lang im Auftrag der Unabhängigen agiert?

Samantha taumelte und hätte fast das Gleichgewicht verloren, als ihr bewusst wurde, dass sie infiziert war. *Sie* hatte das Spike an Bord der *Eklipse* gebracht und ihm die Möglichkeit gegeben, das Schiff zu verlassen. Warum? War es Teil des Plans? Lag hier der Fehler, der die ganze Mission in Gefahr gebracht hatte? Waren ihre Erinnerungen durcheinandergeraten? Hatte sie den Verstand verloren? Wenn man sich selbst nicht mehr trauen konnte – wem oder was sollte man dann noch Vertrauen schenken?

Gedanken, Empfindungen und Erinnerungsbilder, aufgewirbelt wie welkes Laub. Eins der Bilder zeigte ihr Swift, der auf sie einredete, wie auf jemanden, der zu Vernunft gebracht werden musste. Eine Auseinandersetzung, ein Streit, ein Kampf. Ja, es war zu einem Kampf gekommen, und sie hatte den verletzten Swift zu seiner Hibernationskapsel gebracht.

Ich bin es gewesen, dachte Samantha entsetzt. Sein Tod ist meine Schuld.

Und sie dachte: Peldrive hat es gewusst, von Anfang an. Ich sollte infiziert werden, damit ich das Spike lenke, damit ich es zu dem Artefakt bringe, das Raum und Zeit gebrochen hat. Zu dem Fontänen-Artefakt, von Kralle »kleiner Moloch« genannt, das nicht nur andere Artefakte schuf, sondern auch die Realität verändert hat, sie krümmte und brach, aus den Splittern neue Welten entstehen ließ.

Aber stimmte das? Erzählten die erwachten, wiederentdeckten Erinnerungen die eine, wahre Geschichte? Oder gab es viele wahre Geschichten, eine für jeden Splitter, für jede daraus entstandene neue Welt? Für einen Moment glaubte Samantha, sich selbst in einem Spiegel zu sehen, der seinerseits ein Spiegelbild empfing: eine endlose Reihe von Samanthas, die immer kleiner wurden, zu Punkten in weiter Ferne.

Sie kämpfte gegen das Chaos an, das völlig von ihr Besitz zu ergreifen drohte. Nichts entband sie von ihren Pflichten als Koordinatorin der *Eklipse*, auch wenn das Schiff wahrscheinlich nicht mehr existierte. Grayland und Kralle hatten sich geopfert, um ihr eine letzte Nachricht zu übermitteln, um sie an die Mission und ihre Verantwortung zu erinnern.

»Das Spike«, brachte Samantha schließlich hervor. »Wir müssen es hierher rufen. Und wir dürfen es nicht töten, wir brauchen es.«

Marcus starrte sie an, die Pistole gesenkt.

Rebecca hatte bis eben apathisch gewirkt, in sich selbst versunken. Jetzt lief sie plötzlich, mit Jasil an ihrer Seite. Sie stürmte zum Bogen, ohne nach rechts und links zu sehen, zog den nicht ganz so schnellen Jungen mit sich und sprang mit ihm.

Marcus drehte sich und hob die Pistole. Er rief keine Warnung, er forderte Rebecca nicht zum Stehenbleiben auf – dazu war es ohnehin zu spät. Er schoss.

Rufus lief ebenfalls. Geduckt sprintete er zur grauen Transitscheibe, die gerade Rebecca und Jasil aufgenommen hatte, ihre konzentrischen Wellen zerrissen. Marcus richtete seine Pistole auf das neue Ziel, eine kleine Bewegung, wenige Zentimeter zur Seite.

Samantha erreichte ihn mit drei schnellen Schritten und stieß gegen ihn, als der zweite Schuss knallte. Die Kugel verfehlte den Multiplen von Urake, schlug auf der anderen Seite des Gerüsts gegen ein winkliges Element, jaulte als Querschläger davon und bohrte sich in Eis.

Ein zweiter Stoß brachte den Konsul zu Fall. Samantha versuchte nicht, seine Pistole an sich zu bringen. Stattdessen langte sie nach dem Revolver, den er zuvor Rebecca abgenommen und unter die Jackentasche gesteckt hatte. Sie bekam ihn zu fassen, spannte den Hahn ...

Ein kleiner, breiter Mann, sein Gesicht eine schmerzverzerrte Grimasse, schlug ihr die Waffe aus der Hand und wollte sie ergreifen, war aber nicht schnell genug, weil ihn das verletzte Bein behinderte. Samantha sprang zur Seite, stellte mit einem kurzen Blick fest, dass Rufus verschwunden war, und entschied, ihm zu folgen.

Sie lief zur Transitscheibe, ihr Grau ein wildes Brodeln.

»Noch ein Schritt, und ich erschieße Sie, Samantha!«, drohte Marcus hinter ihr.

Sie blieb dicht vor dem grauen Wogen stehen und sah zurück. Marcus stand wieder, und seine Pistole zeigte auf sie.

»O nein, Sie werden nicht auf mich schießen«, erwiderte sie. »Sie möchten doch den Code für den Kernbrecher, nicht wahr?«

Sie trat ins Transitfeld und rief das Spike.

Die andere Seite

Eine letzte Flucht, noch einmal überleben, doch für wie lange? Die graue, wie Perlmutt glänzende Scheibe mit den konzentrischen Wellen nahm Rebecca auf und empfing sie mit eisiger Kälte, die ihr den Atem raubte.

Hinter ihr knallte es, ein Schuss.

Sie fiel durch graue Leere, oder vielleicht schwebte sie nur, von Kälte umklammert. Jasil befand sich in ihrer Nähe, das wusste sie, obwohl sie ihn nicht sah. Und es gab etwas, das sich ihm näherte und ihre Aufmerksamkeit verlangte.

Das Flüstern der Steine in ihrer Hosentasche wurde drängender. Eine Zwischenstation, dachte Rebecca. Damit sie sich um etwas kümmern konnte. Um etwas, das verhindert werden musste. Doch was? Es galt, ein junges Leben zu bewahren, teilten ihr die Steine wortlos mit.

Das Grau lichtete sich, der Sturz — oder das Schweben — endete, und Rebecca stand auf felsigem Boden mit Krusten aus Schnee und Eis hier und dort.

Ein Berggipfel, erkannte sie. Wie eine Insel ragte er aus dem Wolkenmeer, das sich Hunderte Meter weiter unten erstreckte und bis zum verblüffend weit entfernten Horizont reichte. Der Wolkenozean schien endlos zu sein, und unter ihm, so flüsterten die Steine wortlos, gab es nicht eine Welt, sondern viele, und jede von ihnen unterschied sich nur durch ein winziges Detail von der neben ihr.

Parallelwelten. R. Quintex hatte sie in *Geschichte der Welt* erwähnt, und Rebecca hatte andere Bücher darüber gelesen. Alle Möglichkeiten, selbst die unwahrscheinlichsten und absurdesten, wurden irgendwo und irgendwann Realität — so verlangten es die Wahrscheinlichkeiten eines unendlichen Universums.

Das Leben, das es zu bewahren galt, befand sich hinter Rebecca, und sie drehte sich um, ganz langsam.

Neben ihr ragte eine Statue auf, weiß wie der Schnee, der sie umgab. Am höchsten Punkt des Berggipfels erhob sie sich, fünfzehn oder zwanzig Meter weit, die Arme den Wolken entgegengestreckt, aus denen kleine Schneeflocken fielen. Rebecca blickte an ihr empor und hörte eine Stimme wie leise Musik, eine sanfte Melodie, die Ruhe und Frieden versprach.

Die Anspannung wich aus ihr. Sie fühlte sich versucht, die Augen zu schließen und der Musik zu lauschen, für einige Minuten oder vielleicht auch Tage.

Doch selbst eine einzige Minute wäre zu viel gewesen. Der Tod kroch hinter Rebecca durch kalte Luft, langsam, aber schnell genug, um ein Leben zu beenden, wenn sie nicht handelte.

Sie drehte sich weiter und sah ihn. Jasil, halb gebückt, halb gefallen, nur ein Fuß auf dem Boden, der andere dicht über einer kleinen Eisfläche, auf der er ausrutschen würde, wenn ihm Zeit genug blieb, den Schritt zu vollenden.

Vielleicht wäre er dann der Pistolenkugel entgangen, die etwa einen halben Meter hinter ihm in der Luft hing, unberührt von den fallenden Schneeflocken. Millimeter um Millimeter, Zentimeter um Zentimeter näherte sie sich dem Hinterkopf des Jungen, der sich ebenfalls bewegte, aber viel langsamer als die Kugel – er konnte ihr nicht rechtzeitig ausweichen.

In Rebeccas Hosentasche sprachen die Steine. Die Statue – vielleicht die Darstellung einer Frau, obwohl das Gesicht fremdartig wirkte, nur halb menschlich – sang von Frieden.

Rebecca streckte die Hand aus und nahm die Kugel. Sie war schwerer als erwartet, schwerer als der Beutel mit den Steinen, was vielleicht an Trägheitsmoment und kinetischer Energie lag, zwei Phänomene, die sie aus Fachbüchern kannte.

Sie betrachtete das kleine Geschoss, das aus Marcus' Pistole stammte und nicht dem Jungen, sondern ihr gegolten hatte. Es fühlte sich seltsam glitschig an, wie von einer dünnen Schicht Öl bedeckt. Nachdenklich drehte sie den kleinen Todbringer hin und her und warf ihn fort. Dann stellte sie sich neben den Jungen, schlang die Arme um ihn und suchte sicheren Halt mit beiden Füßen.

»Jasil«, sagte sie.

Er bewegte sich schneller, der Fuß traf auf das Eis und rutschte, und Jasil verlor das Gleichgewicht.

Rebecca war vorbereitet und hielt ihn fest.

»Was ist passiert?«, entfuhr es ihm. »Was ist passiert?«

»Wir sind ihm entkommen«, sagte Rebecca. »Marcus. Die Stimme aus den Kommunikationsgeräten von Samantha und Rufus hat ihn abgelenkt.«

»Ich habe einen Schuss gehört.«

»Er hat uns verfehlt«, sagte Rebecca.

»Wo sind wir hier?« Jasil sah sich um. »Ich habe keine Kopfschmerzen mehr!«

Rebecca blickte erneut an der Statue hoch und wusste sich plötzlich dem Ende ihrer Reise nahe.

»Sie wird es rufen«, teilte sie Jasil mit.

»Was?«

»Samantha wird das Spike rufen«, sagte Rebecca. »Und es wird sie hören.« Sie reichte dem Jungen die Hand. »Komm.«

»Wohin willst du?«

»Ganz zur anderen Seite«, antwortete Rebecca. »Dies ist nur eine kleine Zwischenstation. Bist du bereit?«

Jasil ergriff ihre Hand. »Ja.«

»Also los.«

Samantha 100

Auf allen vieren übergab sich Samantha. Der beißende Geruch des eigenen Erbrochenen stieg ihr in die Nase, und sie würgte erneut. Zwei Hände ergriffen sie sanft an den Schultern und halfen ihr auf die Beine.

»Nicht anfassen«, ächzte Samantha. »Du könntest dich infizieren. Halte dich von mir fern.«

»Das hat keinen Sinn mehr«, erwiderte Rufus M. »Wie schon gesagt: Wenn du infiziert bist, bin ich es inzwischen auch. Die Wahrscheinlichkeit liegt bei über fünfundneunzig Prozent.«

Samantha spuckte, atmete mehrmals tief durch und rang die Übelkeit nieder.

Vor ihnen lag ein großer Platz, gesäumt von mehrstöckigen Gebäuden im Jugendstil. In der Mitte des Platzes, auf einem Sockel aus dunkelbraunem Sandstein, ragte ein grauschwarzer Kopf auf, vielleicht aus Obsidian, mehrere Meter groß und nach hinten geneigt, den Blick zum Himmel gerichtet.

»Statuen, Bildnisse und Bögen«, murmelte Samantha. Stechender Schmerz fraß sich ihr durch die Eingeweide, vielleicht verursacht von ... Stacheln, die in ihrem Innern wuchsen, die heranreiften, bis sie groß genug waren, um die Haut zu durchstoßen.

Sie sah zum Himmel hoch, wie der dunkle Kopf auf seinem Sandsteinsockel. Blau und wolkenlos wölbte er sich über der Stadt. Die Sonne stand fast im Zenit, ihr Licht angenehm warm nach der kalten Stadt im Eis. Aber es wirkte auch sonderbar träge, und als ihre Hand durch Luft und Licht strich, bemerkte Samantha einen hauchzarten funkelnden Schweif und spürte einen leichten Widerstand, ähnlich dem von Wasser.

Menschen standen auf dem Platz, Männer, Frauen und Kinder, einzeln oder in Gruppen. Niemand von ihnen bewegte sich. Es schienen ebenfalls Bildnisse zu sein, geschaffen von einem Künstler, um eine leere Stadt zu bevölkern. Samantha sah sie auch in den Arkaden am Rand des Platzes und an den Tischen der Straßencafés, einige von ihnen mit Tassen und Gläsern in den Händen. Stille herrschte. Bis auf ein leises Brummen, nur vernehmbar, wenn man ganz genau hinhörte.

»Wo sind wir?«

»Ich nehme an, dies ist die andere Seite«, sagte Rufus. »Ich habe versucht, Kontakt mit dem Institut aufzunehmen, doch es antwortet nicht. Ich empfange nichts. Aus gutem Grund, vermute ich.«

»Du bist ... vor mir hier eingetroffen?« Die Übelkeit kehrte zurück. Samantha versuchte nicht zu würgen.

»Nein, mit dir zusammen. Aber du bist ohnmächtig gewesen. Ich habe dich hierhergetragen.« Rufus deutete auf eine nahe kirschrote Sitzbank. Sie stand zusammen mit einigen anderen Bänken bei einem seltsamen Springbrunnen. Wasser war emporgespritzt und erstarrt, Tausende kleiner Tropfen hingen in der warmen Luft, über dem Wasser, in dem herabgefallene Tropfen kleine Krater geschaffen hatten.

»Sieh ganz genau hin, Sam«, sagte Rufus.

Samantha sah genau hin. Sie konzentrierte sich auf einen der vielen Tropfen und beobachtete, wie er das Licht der Sonne reflektierte. Die Reflexion änderte sich nach und nach, wurde erst stärker und dann schwächer. Dafür konnte es nur eine Erklärung geben: Der Tropfen bewegte sich, doch so langsam, dass man es mit bloßem Auge kaum sah.

Samantha blickte sich erneut um. »All die Gestalten ... Ich habe sie für Bildnisse gehalten, aber es sind Menschen, nicht wahr? Lebende Menschen.«

»Ja«, bestätigte Rufus. »Deshalb habe ich keine Antwort bekommen. Das Spritzwasser des Brunnens, die Menschen, die ganze Stadt ... Alles existiert in einer anderen Phase, Sam. Für die Bewohner dieser Stadt vergeht die Zeit wesentlich langsamer als für uns. Wir sind für sie so schnell, dass sie uns überhaupt nicht sehen. Wir können nicht mit ihnen kommunizieren.«

»Mangelnde Synchronizität?«, fragte Samantha.

»Entweder das, oder der Bruch ist die Erklärung«, sagte Rufus. »Vielleicht existiert diese Welt auf einem anderen temporalen Niveau, auf einer anderen Zeitebene.«

»Das Institut«, sagte Samantha. »Wo ist es?«

»Ich weiß es nicht. Der Transit hat uns hierhergebracht. Was vielleicht bedeutet, dass sich das Institut in der Nähe befindet, in dieser Stadt.« Rufus hob und senkte die Schultern. »Aber das sind alles Spekulationen.«

»Wo sind wir erschienen?«

Rufus deutete auf einen offenen Pavillon am Rand des Platzes. Zwei Männer standen dort, der eine jung, der andere etwas älter. Ihre Kleidung war anders als die der übrigen Personen auf dem Platz und in den Arkaden. Sie schienen eine Art Uniform zu tragen.

»Suchen wir das Institut«, sagte Samantha. »Vielleicht bekommen wir dort Hilfe.«

Sie wanderten durch eine gespenstisch stille Stadt, die voller regloser Menschen war. Die Sonne schien warm von einem wolkenlosen Himmel, ohne ihren Platz im Zenit zu verlassen. Schmale und breite Straßen mit zahlreichen Menschen, mit Fahrzeugen am Boden und in der Luft – alles still und ohne Bewegung. Die Gebäude im Jugendstil erinnerten Samantha an Helsinki, und tatsächlich dauerte es nicht lange, bis sie den Dom fanden, den sie damals gesehen hatte, mit seinen Säulen und Kuppeln.

Doch die breiten braunen Treppen vor dem Gebäude fehlten, und als sie den Weg durch die Stadt fortsetzten, entdeckten sie weitere Bauwerke und Monumente, die als Wahrzeichen anderer Städte galten. Manche waren so groß, dass sie eigentlich von jeder beliebigen Stelle der Stadt aus sichtbar hätten sein müssen, wie der Tokyo Tower, der Burj Khalifa oder der aus dem saudi-arabischen Dschidda stammende Jeddah Tower, das erste mehr als einen Kilometer hohe Gebäude, das jemals auf der Erde errichtet worden war.

Sie erschienen, wenn Samantha und Rufus nach einer schmalen Straße einen neuen Platz erreichten, und ragten dann plötzlich vor ihnen auf. Der Louvre von Paris, der Petersdom, das Kolosseum, die Akropolis, die Sagrada Família, die Hagia Sophia, Schloss Versailles, der Mailänder Dom, das Tadsch Mahal, Laykyun Setkyar, die Sphinx von Gizeh, das Monument der afrikanischen Renaissance in Dakar und viele andere Bauwerke und Denkmäler – sie alle gehörten zu einer Stadt, die mit jeder Straße und jedem Platz neue Gesichter bekam.

Und überall ragten Statuen auf, die an die Bildnisse der gebrochenen Welt erinnerten. Auf jedem Platz standen sie, auf jeder Kreuzung, oft Menschen mit Gesichtern, die etwas Fremdartiges hatten, manchmal Gestalten wie Kreuzungen zwischen Menschen und Fabelwesen.

Vor einer dieser Statuen blieben sie nach zwei Stunden Wanderung durch die stille Stadt stehen, neben einem reglosen jungen Mann, der ein ockerfarbenes Hemd und eine blaue halblange Hose trug. In den Händen hielt er ein kleines Gerät, auf die Statue gerichtet. An der Schläfe bemerkte Samantha eine fingernagelgroße grüne Scheibe.

»Ein Implantat«, sagte Rufus. Er betrachtete die Scheibe in der Schläfe des Mannes aus der Nähe und berührte sie. »Vielleicht ein neuronales Interface.«

Er hob die Hand zu seinem Kommunikator und versuchte, eine Verbindung herzustellen, schüttelte dann den Kopf.

Samantha setzte sich auf eine der Stufen, die zum Podest mit der Statue emporführten. Übelkeit und Schmerzen waren mittlerweile ihre ständigen Begleiter. Sie stellte sich vor, wie die Stacheln in ihren Eingeweiden wuchsen. Wie lange dauerte es noch, bis sie die Haut durchstießen oder Herz und Hirn erreichten? Was würde dann mit ihr geschehen?

»Sie haben Kulturschätze gesammelt«, sagte Rufus. »Die Menschen dieser Stadt. So wie die Bewohner der Stadt im Eis Bücher und Datenträger gesammelt haben. Sie wollten so viel wie möglich von der alten Welt bewahren.«

»Kann man Gebäude sammeln?«, fragte Samantha. »Wie wurden sie hierhergebracht? Wie groß ist diese Stadt?« Sie merkte, wie durstig sie war. »Wir haben nichts zu essen und zu trinken. Können wir ...?«

»Nein«, sagte Rufus sofort. »Was immer wir auch in dieser Stadt finden, es bleibt ungenießbar für uns. Wir könnten die Flüssigkeiten oder Lebensmittel nicht einmal bewegen, weil sie Teil einer anderen Zeit sind. Offen gestanden wundert es mich, dass uns die Luft nicht mehr Widerstand entgegensetzte. Eigentlich müsste sie für uns so fest sein wie eine Mauer.«

Samantha sah plötzlich auf. »Hast du das gehört?«

»Was?«

»Das Geräusch eben. Ein leises Klirren, wie von zerbrechendem Glas ...«

Sie stand auf, trotz der Schwäche in den Beinen, und trat durch die warme Luft, die umso dichter zu werden schien, je schneller sie sich bewegte. Sie versuchte zu laufen.

Eine schmale Gasse nahm sie auf, mit Gebäuden zu beiden Seiten, zwischen denen nur noch ein schmaler Ausschnitt des Himmels zu sehen war. Dem Klirren, das sie in der Stille der Stadt gehört hatte, folgten weitere Geräusche, ein Kratzen und ein Ächzen.

Als sie sich dem Ende der Gasse näherte, sah Samantha einen

kleinen Pavillon, hinter dem ein weiterer Platz lag, mit einem Gebäude, das alle anderen überragte und dessen gläserne Front das Sonnenlicht reflektierte. In dem offenen Pavillon bewegte sich etwas, eine Gestalt, die zwei Schritte weit taumelte, zu Boden sank und liegen blieb, die eine Hälfte des Körpers im Sonnenschein, die andere im Schatten des Pavillons.

Es war ein Mann, der eine dicke Jacke über einem schwarzen Anzug mit roter Weste trug: Marcus.

101

Samantha erreichte ihn, als Marcus versuchte, wieder auf die Beine zu kommen. Er hob seine Pistole, aber Samantha versetzte ihm einen Tritt, der unter normalen Umständen, ohne den großen Luftwiderstand, wuchtiger gewesen wäre, jedoch ausreichte, um den Konsul wieder zu Boden zu schicken. Dann zog sie ihm die Pistole aus der Hand, bevor er die Waffe auf sie richten konnte. Rufus bückte sich auf der anderen Seite und nahm den Revolver.

Samantha hielt Marcus die Pistole dicht vors Gesicht. »Her damit.«

»Was meinen Sie?«

»Sie wissen genau, was ich meine: den Kernbrecher. Geben Sie ihn mir.«

»Wenn Sie gestatten ...« Er stand auf, als Samantha ein wenig zurückwich. »Offenbar habe ich ihn verloren«, erklärte er dann, nachdem er in seinen Taschen gesucht hatte.

»Rufus?«

»Nur zu, Sam.« Der Multiple richtete den Revolver auf Marcus.

Samantha durchsuchte den Konsul, ohne den Kernbrecher zu finden. Sie wusste nicht, ob sie erleichtert oder besorgt sein sollte.

»Wie können Sie ihn verloren haben?« Samantha sah zum Pavillon, aus dem Marcus gekommen war. Boden und Decke wiesen geometrische Markierungen auf, und ein vages silbergraues Flimmern lag in der dichten Luft. Von einem zehn Zentimeter großen dreieckigen Artefakt war nirgends etwas zu sehen.

»Mit Ihrer Erlaubnis.« Marcus streifte die dicke Jacke ab. »Hier ist es wärmer als dort drinnen, wo auch immer ›dort drinnen‹ ist. Der Gegenstand muss mir aus der Tasche gerutscht sein, als ich Ihnen im Gerüst der Eishöhle in die graue Scheibe gefolgt bin.« Er sah sich um. »Wo ist sie?«

»Wer?«, fragte Samantha, obwohl sie wusste, wen er meinte. »Rebecca.«

»Ich bin hier«, erklang eine Stimme.

Zwei Gestalten lösten sich aus dem Schatten einer nahen Gasse: ein Mädchen, eine junge Frau, fünfzehn Jahre alt, und ein Junge von sieben oder acht Jahren, so schmächtig, dass er fast ausgezehrt wirkte.

»Wir haben auf euch gewartet«, sagte Rebecca.

Marcus lächelte. »Freut mich, dass wir uns wiedersehen.« Etwas schärfer fügte er hinzu: »Glaub nicht, dass es vorbei ist.«

Samantha hob drohend die erbeutete Waffe. »Das ist es, soweit es Sie und Rebecca betrifft. Sie werden ihr nichts antun.«

»Ihr habt auf uns gewartet?«, fragte Rufus. »Warum ausgerechnet hier?«

»Weil dies Ihr Ziel ist.« Rebecca deutete auf das große Gebäude mit der glitzernden Glasfassade. Das Symbol über dem breiten, offenen Eingang erkannte Samantha sofort: ein stilisiertes Auge mit der Erde als Pupille.

Das Hoheitszeichen des Instituts für Technologische Innovation.

Rufus M 102

»Was ist, wenn du dich irrst, Sam?« Rufus hielt den Revolver auf Marcus gerichtet, als sie durch den offenen Eingang des Gebäudes traten. Das schwächere Licht hinter der grell glitzernden Fassade war eine Erleichterung für die Augen. »Was ist, wenn deine Erinnerungen falsch sind?«

Samantha verharrte in der Mitte des Empfangsraums, bei einigen Männer und Frauen in uniformartiger Kleidung. An der Rezeption stand der Avatar eines Intellekts, ein würdevoll aussehender älterer Mann, umgeben von Holos mit Daten, Bildern und Hinweisen.

»Sie fühlen sich richtig an«, antwortete sie müde. »Die Wahrheit hinter der Täuschung.«

»Vernunft und Rationalität sind verlässlicher als Gefühle, Sam. Das solltest du als Koordinatorin wissen.«

»Was ist mit dir, Rufus? An was erinnerst du dich?« Samantha, die Pistole in der Hand, drehte sich langsam und schien nach etwas Ausschau zu halten.

Was ist mit mir?, dachte Rufus M, ohne eine Antwort von seinem neuronalen Symbionten zu bekommen. Das Zweithirn war beschäftigt, mit Analysen, Bewertungen und Berechnungen. Noch in der Stadt im Eis hatte er versucht, den Zustand kontrollierter Schizophrenie zu erreichen, was ihm an Bord der *Eklipse* nie schwergefallen war, doch die anderen Wissenschaftler in ihm, die ihn zu einem Multiplen machten, ließen sich nicht wecken. Er blieb allein, ohne ihre Hilfe. Weil der Symbiont beschäftigt war.

»Meine Erinnerungen sind unverändert«, sagte er schließlich. ·

»Was nichts beweist.« Samantha beendete ihre Drehung und sah ihn an. »Vielleicht sind die falschen Erinnerungen bei dir tiefer verankert.«

»Wenn du tatsächlich infiziert bist, Sam, wenn deine Aufgabe darin besteht, das Spike zu steuern und zu lenken ... Wie kannst du dich für eine solche Mission freiwillig gemeldet haben? Niemand überlebt eine derartige Infektion. Das weißt du, und es muss dir auch vorher klar gewesen sein. Hast du freiwillig den Tod gewählt?«

Samanthas Gesicht zeigte Erschöpfung und Schmerz. »Ich weiß nur, dass wir hier sind und eine Mission zu erfüllen haben.«

»Du hast das Spike gerufen, hast du gesagt.«

»Ja.«

»Wie?«, fragte Rufus und merkte, wie auch der Symbiont lauschte; die Antwort schien ihn zu interessieren. Vielleicht stand sie mit den intensiven Überlegungen in Zusammenhang, die ihn so sehr beschäftigten.

»Mit dem Teil des Spikes, der in mir steckt«, erwiderte Samantha.

»Aber es ist nicht hier«, stellte Rufus fest. »Es scheint dich nicht gehört zu haben.«

»Es hat mich gehört, da bin ich mir sicher. Es wird kommen.«

»Und dann?«, hakte Rufus nach und diagnostizierte bei sich eine seltsame Verbissenheit, die ans Irrationale grenzte. Ich brauche dich, dachte er, und das Zweithirn antwortete: Kapazität ausgelastet. Neue Prioritätenbestimmung.

Was sind deine neuen Prioritäten?, fragte Rufus, bekam jedoch keine Antwort.

»Du hast Kralle gehört.« Samantha seufzte. »Das Spike ist der Schlüssel, Rufus, im wahrsten Sinne des Wortes. Alle Versuche des Instituts, das Fontänen-Artefakt zu deaktivieren, sind gescheitert. Das Spike ist vorbereitet. Es kann Kontakt mit dem Artefakt aufnehmen.«

»Und *wie* wurde das Spike vorbereitet?«, fragte Rufus. »Wie konnte sich das Institut ausgerechnet *ein Spike* zum Werkzeug machen? Hat man dir das mitgeteilt? Erinnerst du dich daran?«

»Wie lange soll das so weitergehen?«, mischte sich Marcus ein. »Ihre Diskussion mag interessant sein, aber sie hat wenig Sinn, wie mir scheint. Das Artefakt, von dem wir sprechen, ist ebenso wenig hier wie das Spike. Und im Gegensatz zu den Leuten hier«, er deutete auf die reglosen Menschen, und für einen Moment verriet sein Gesicht Abscheu, vielleicht sogar Hass, »haben wir nicht viel Zeit, wenn wir mit der Welt synchron sind, aus der wir kommen. Haben Sie vergessen, dass dort ein neuer Bruch unmittelbar bevorsteht?«

»Sorgen Sie sich um unsere Mission?«, fragte Samantha spitz.

»Sie scheinen ja nicht einmal genau zu wissen, worin Ihre Mission besteht.« Marcus breitete die Arme aus. »Wir sind hier in Ihrem Institut. Sprechen Sie mit den Personen, in deren Auftrag Sie unterwegs waren. Deaktivieren Sie das Artefakt, das meine gebrochene Welt geschaffen und zahlreiche Menschen getötet hat.«

Einige Schritte, langsam in der dichten Luft, brachten Samantha zu Marcus. Sie blieb dicht vor ihm stehen, hielt ihm die Pistole direkt unter die Nase. »Halten Sie die Klappe, Konsul.«

»Ich weiß, wo sich das Artefakt befindet«, sagte Rebecca.

Sie stand beim Tresen der Rezeption, neben Jasil, der an einer reglosen Frau in Uniform emporblickte. Sein Interesse schien vor allem der kleinen grünen Scheibe in ihrer Stirn zu gelten.

»Wo?«, fragte Rufus.

Rebecca deutete zur Treppe. »Dort.«

103 Marcus

Marcus erinnerte sich daran, als Junge zuerst neugierig und dann neidisch auf die andere Seite gewesen zu sein. Aufmerksam und fasziniert hatte er den Erzählern gelauscht, sowohl lebenden Männern und Frauen als auch holografisch aufgezeichneten. Mit den Augen der Fantasie hatte er die Welt gesehen, die ihre Worte beschrieben: voller Farben, ungebrochen, ohne Elend, bevölkert von Menschen ohne Furcht, die nicht arbeiten mussten, wenn sie nicht wollten, weil es für alle genug gab. Der Reichtum jener heilen Welt war den Splittern genommen, die der Bruch hinterlassen hatte. Das Ergebnis waren leere Ruinenstädte, Ödland und graue Menschen ohne Herz und Seele.

Später, als Erwachsener, wurde der Neid immer mehr zu Hass, und in Marcus wuchs der Wille, die andere Seite irgendwann zur Rechenschaft zu ziehen. Sie hatte den Bruch verursacht, dem zahllose Menschen zum Opfer gefallen waren. Sie trug für alles die Verantwortung und sollte dafür bezahlen, indem sie selbst Schmerz und Leid kennenlernte.

Noch etwas später, als der junge Erwachsene zu einem Mann gereift war, dachte er differenzierter. Es gab nicht nur Schwarz und Weiß, erkannte er, sondern zahlreiche Grautöne dazwischen. Als Nachfolger seines Vaters Baltasar wusste er um die privilegierte Stellung, die er in der gebrochenen Welt genoss. Ihm standen zumindest einige der technischen Errungenschaften zur Verfügung, die auf der anderen Seite zu den Selbstverständlichkeiten des Alltags gehörten, und außerdem hatte er Macht, das beste Mittel zum Überleben.

Doch während er Jahr um Jahr damit verbrachte, Aragon zu sichern und zu stärken, den Einfluss der Transportgesellschaft auszuweiten und den der Unabhängigen zurückzudrängen, träumten der neidische Knabe und der hasserfüllte Jugendliche in ihm weiterhin von der Vernichtung der anderen Seite. Sie verdiente gerechte Strafe für die Splitterung der Welt, so wie auch Rebecca gerechte Strafe verdiente für die Ermordung seines Sohns Dusan. Zwei Verbrechen, das eine groß, mit vielen Toten, das andere kleiner, mit nur einem Toten, der für Marcus jedoch eine besondere Rolle spielte.

Und die Verbrecher, die Verantwortlichen und Schuldigen, befanden sich in Reichweite.

Marcus hatte die Stadt gesehen, ohne Makel, und vermutlich erstreckte sich jenseits der Stadt eine Welt, die ebenfalls ohne Makel war. Er hatte ihre Bewohner gesehen, und er sah sie auch hier, im Gebäude des Instituts, Männer und Frauen, unberührt von Staub und Schmutz der gebrochenen Welt. Doch wie sollte er sie strafen? Sie standen starr, unverrückbar, unverletzlich durch die Langsamkeit ihrer Zeit. Mit Pistolen und Revolvern konnte man sie nicht erschießen, die Kugeln wären an ihnen abgeprallt. Es brauchte Geduld, viel, viel Geduld, um ihnen Schaden zuzufügen. Wie lange hätte man ihnen ein Messer an die Kehle drücken müssen, bis die Spitze der Klinge schließlich die Haut durchdrang? Stunden, vielleicht Tage. Bei jedem von ihnen.

Und dort ging Rebecca durch den Flur am Ende der Treppe, vorbei an den Fenstern von Büros und Laboratorien. Nicht so unverletzlich wie die reglosen Menschen in den Räumen zu beiden Seiten des Korridors, nicht annähernd, aber trotz der geringen Entfernung von wenigen Schritten unerreichbar, solange Samantha und Rufus mit Pistole und Revolver in der Nähe waren. Er hätte auf sie schießen sollen, als sich ihm die Gelegenheit dazu geboten hatte. Andererseits ... Es war noch nicht zu spät. Vielleicht ergab sich eine neue Möglichkeit, für beide Strafen, für die große und die kleine.

Andere Gedanken kratzten in seinem Kopf, aber weniger beharrlich, nicht ganz so drängend. Sie galten dem Spike und der Infektion, Aragon nach dem Angriff, Zarba, Smeralda und Mara. Er dachte an seine Pläne für sich und die Welt, die keine große Rolle mehr spielten, weil sich die Welt verändert hatte und weil ihr weitere, vielleicht noch größere Veränderungen bevorstanden – es hing davon ab, was *hier* geschah.

Rebecca und Samantha sprachen miteinander, als sie durch den Flur gingen. Sie war abgelenkt, so wie er unter der Stadt im Eis abgelenkt gewesen war, aber Rufus M blieb wachsam, und Marcus rechnete damit, dass der Mann mit den zwei Gehirnen sofort schoss, wenn er es für notwendig hielt. Bei Samantha durfte er vielleicht hoffen, dass sie zögerte, was ihm eine halbe oder eine ganze Sekunde mehr Zeit geben würde. Rufus M hingegen war aufmerksam und bereit, obgleich er sehr nachdenklich wirkte und manchmal den Eindruck erweckte, einen inneren Dialog zu führen – vielleicht redeten die beiden Gehirne miteinander.

»Die ganze Stadt spricht, aber das eine Ding hat die lauteste Stimme«, sagte Rebecca auf einmal. Sie achtete nicht auf ihn. Sie verhielt sich so, als wäre er überhaupt nicht da.

»Die ganze Stadt?«, fragte Samantha.

Sie ging langsam, die dunkle Frau, was nicht nur an dem Widerstand lag, den die Luft schnellen Bewegungen entgegenbrachte. Sie war schwach, es fiel ihr zunehmend schwerer, einen Fuß vor den anderen zu setzen. Marcus versuchte, Abstand zu wahren. Falls er noch nicht infiziert war – er fühlte sich unversehrt, intakt –, wollte er kein unnötiges Risiko eingehen.

»Die Statuen«, erwiderte Rebecca. »Die Bildnisse. Sie versuchen zu verstehen. Nein, das stimmt nicht ganz. Ich glaube, es müsste heißen: Sie versuchen, verstanden zu werden.«

»Was bedeutet das?«, fragte Samantha. »Kannst du es erklären?«

Rebecca schüttelte den Kopf.

Dem ersten, breiten Flur folgten weitere Treppen und schmalere Gänge. Sie kamen nur deshalb gut voran, weil die meisten Türen weit offen standen. In zwei Fällen waren sie halb geschlossen und ließen einen Spalt gerade breit genug, um hindurchzuschlüpfen. Die reglosen Menschen wurden weniger, inzwischen fast ausnahmslos Uniformträger. Bei einigen von ihnen bemerkte Marcus Gürtelhalfter mit Waffen, doch es hatte keinen Sinn zu versuchen, eine der Pistolen an sich zu bringen – sie blieben in ihrer langsamen Zeit gefangen.

»Noch immer kein Kontakt?«, fragte Marcus, als sie eine weitere Tür passierten. Das Licht war hier gelb und lag wie feiner Dunst in der dichten Luft. »Noch immer keine Hilfe?«

»Wie Samantha eben schon sagte: Halten Sie die Klappe, Konsul!«, entgegnete Rufus M.

»Was hoffen Sie hier zu erreichen?«, bohrte er weiter. »Sie können keinen Einfluss auf diese Welt nehmen. Niemand kann das. Sie befindet sich in einer anderen Zeit. Und das Spike, das Sie gerufen haben, Samantha – wo bleibt es? Sie sind allein, ohne Hilfe. Und Sie sind schwach. Sie werden immer schwächer.«

Samantha warf ihm einen knappen Blick zu und ging weiter. Ein kurzes Flimmern und Schimmern begleitete ihre Bewegungen, als schritte sie in einer Wolke aus Funken, die erst sichtbar wurden, wenn Kopf, Arme und Beine sie berührten.

»Sie sollten auf den Mann mit den zwei Gehirnen hören«, fuhr Marcus fort. »Vielleicht ist alles in Ihrem Kopf verkehrt. Es könnte an der Infektion liegen, die Ihre Erinnerungen durcheinandergebracht hat.«

»Nein«, sagte Samantha schlicht. »Zwei von uns haben sich geopfert, damit wir diesen Ort erreichen konnten. Kralle und Grayland. Wir werden unsere Mission zu Ende führen.«

»Ihr Schiff existiert nicht mehr, Ihre Freunde sind tot«, betonte Marcus. »Und Sie können hier nichts ausrichten.«

»Sei still, böser Mann!«, rief Jasil.

Marcus sah den Jungen an und schenkte ihm ein väterliches Lächeln.

Die Fenster rechts und links von ihnen gewährten keinen Blick mehr in die Räume. Sie waren nicht dunkel, sondern grau, mit der Andeutung von Silhouetten dahinter. Uniformierte und anderthalb Meter große Kampfbots hielten Wache.

Samantha schritt durch Laserschranken, und Marcus spürte einen etwas größeren Widerstand, als er die dünnen Strahlen passierte. Schließlich erschien eine weitere Tür vor ihnen, doch die war geschlossen. Zwei Wächter standen zu beiden Seiten und blickten ins Leere.

Samantha blieb vor den beiden geschlossenen Flügeln der Tür stehen, legte beide Hände darauf und stemmte sich mit dem ganzen Gewicht dagegen, doch die Tür gab nicht einmal einen Millimeter weit nach.

»Dahinter«, sagte Rebecca. »Das Ding mit der lautesten Stimme befindet sich hinter dieser Tür. Es ist klein und zart wie eine ... Blume?« Das letzte Wort klang erstaunt.

Marcus beobachtete, wie Samantha es erneut versuchte, wieder vergeblich.

»Rufus?«

»Ich weiß es nicht, Sam«, antwortete Rufus M. »Ich weiß nicht, wie wir eine Angleichung der beiden temporalen Ebenen erreichen oder in die Lokalzeit dieses Ortes und dieser Menschen wechseln können.«

»Es muss doch irgendeine Möglichkeit geben.« Samantha strich mit den Händen über die Tür, wie auf der Suche nach einem verborgenen Öffnungsmechanismus.

»Und jetzt?«, fragte Marcus. »Wie wollen Sie den neuen Bruch verhindern und die Welt heilen, wenn Sie nicht einmal eine Tür öffnen können?«

Samantha drehte sich zu ihm um. »Was schlagen Sie vor, Konsul?«, fragte sie scharf.

»Ich schlage vor, dass wir zurückkehren.« Marcus breitete die Arme aus. »Was bleibt uns denn anderes übrig? Hier kommen Sie nicht weiter, das dürfte inzwischen klar sein. Wir kehren zurück und suchen den Kernbrecher. Wenn wir ihn gefunden haben, schicken wir ihn gezündet hierher.«

»Sie wären bereit, den Kernbrecher hier explodieren zu lassen?«, fragte Samantha konsterniert. »Und die Stadt und ihre Menschen?«

»Wenn es keine andere Möglichkeit gibt ... Sie haben selbst darauf hingewiesen, dass viel mehr auf dem Spiel steht. Und womöglich würde nicht viel mehr zerstört als das Gebäude des Instituts und vielleicht ein kleiner Teil der Stadt.«

»Hundert Kilometer«, sagte Rufus. »Das ist die sichere Entfernung. Wer die Explosion des Kernbrechers überleben will, muss mindestens hundert Kilometer entfernt sein.«

»Es gibt da ein kleines Problem, von dem ihr vielleicht noch nichts wisst«, warf Rebecca ein. »Es gibt kein Zurück für uns.«

Marcus sah sie an. Rebecca hielt seinem Blick stand.

»Der große Bogen unter der Stadt im Eis, der uns hierher-gebracht hat«, sagte Rebecca, »er führt nur in eine Richtung. Hierher. Es gibt keinen anderen Weg.«

»Das ist Unsinn!«, entfuhr es Marcus. »Du sprichst mit den Bögen, du kannst das Ziel frei wählen. Außerdem ... Ich glaube, ich habe noch irgendwo einen Codeschlüssel für die Zielwahl.« Er klopfte die Taschen seines schwarzen Anzugs ab.

Rufus M hob den Revolver ein wenig. »Keine Tricks, Konsul.«

»Tricks? Ich?« Marcus ließ die Hände sinken. »Käme nie auf den Gedanken.«

Samantha wandte sich an Rebecca. »Bist du dir sicher?«

Sie nickte.

»Sie sollte es versuchen«, beharrte Marcus. »Wenn ich es rich-tig verstanden habe, gibt es mehrere Bogen-Pavillons in dieser Stadt. Rebecca könnte sie ausprobieren.« Ihm fiel etwas ein. »Was ist mit den Stöberern? Sie kamen gelegentlich von der anderen Seite, um Bögen oder Artefakte zu stehlen. Das beweist doch, dass ein Weg existiert.«

»Vielleicht gab es einen Weg«, erwiderte Rebecca. »Bevor die letzten Menschen die Stadt im Eis verließen. Möglicherweise unterbrachen sie die Verbindung, weil sie einen neuen Bruch vorbereiten.«

Die Stille, die Rebeccas Worten folgte, dauerte nicht lange. Ein Bersten und Brechen kam plötzlich aus den Stockwerken über ihnen, ein Donnern, Kreischen und Heulen.

»Das Spike, es ist da!«, platzte es aus Samantha hervor. »Es kommt hierher!«

Zwei Werkzeuge

104 Samantha

Wände, Decken und Böden, Fenster und Türen, in ihrer eigenen, langsamen Zeit gefangen, unverrückbar wie ein Gebirge für Menschen in der schnelleren Zeit. Doch nicht für das Spike. Mit der Unaufhaltsamkeit einer Urgewalt brach es durch alle Hindernisse, zerschmetterte Türen, zerfetzte das Komposit von Wänden, bohrte Stacheln durch Metall, das selbst unter normalen Umständen so gut wie undurchdringlich hätte sein sollen.

Das Spike kam mit den Geräuschen eines Weltuntergangs und fügte dem Krachen seine Stimme hinzu: ein Heulen, das die dichte Luft zu zerreißen schien, ein Kreischen, das durch Mark und Bein ging.

Es gab kein Entkommen.

Das Spike bahnte sich seinen Weg durch die Wand, schüttelte Komposit- und Metallfragmente von seinen stachelbesetzten Schultern, stieß reglose Uniformierte beiseite – in der langsamen Zeit lebende Menschen, die nicht wussten, wie ihnen geschah – und näherte sich der geschlossenen Tür am Ende des Flurs.

Samantha beobachtete, wie sich Rebecca und Jasil die Ohren zuhielten. Marcus wich zur Wand zurück, die Augen groß, der Mund geöffnet. Rufus M blieb in der Mitte des Korridors stehen, hob den Revolver und schoss, und das Knallen der Schüsse verlor sich fast im Geheul des Spikes.

»Das nützt nichts!«, rief Samantha. »Es hat keinen Sinn!«

Rufus trat vor, als wollte er sich dem Spike zum Kampf stellen.

»Nein!« Samantha erreichte ihn nach einigen schweren Schritten, die sie viel Kraft kosteten. »Nein, Rufus. Auch das hat keinen Sinn. Ich habe es gerufen, es ist wegen *mir* hier!«

»Sam ...«

»Pass auf ihn auf.« Sie wies auf Marcus. »Lass nicht zu, dass er dem Mädchen etwas antut.«

»Sam...«

»Ich verlasse mich auf dich, Rufus.«

Samantha ging weiter, obgleich ihr die Beine immer schwerer wurden. Ein paar Meter vor dem Spike blieb sie stehen und begriff, dass ihr Weg hier endete.

Das Spike heulte noch ein letztes Mal, und dann wurde es fast völlig still. Nur noch ein leises Knistern war zu hören, mit dem die weißen Spitzen der Rückenstacheln über die Flurdecke strichen. Irgendwo in dem Durcheinander aus Stacheln, Dornen und Objekten, die das Spike seinem Körper hinzugefügt hatte – darunter auch ein etwa zehn Zentimeter großes ockerfarbenes Dreieck mit einer griffartigen Erweiterung an der Rückseite –, befanden sich Augen und Ohren oder entsprechende Sinnesorgane, die das Geschöpf zu Wahrnehmungen befähigten. Es sah und hörte Samantha, daran bestand kein Zweifel. Vielleicht sah und hörte es auch, was in ihrem Kopf vor sich ging.

Sie streckte die Hand aus.

»Komm«, sagte sie, leise in der Stille. »Komm zu mir.«

Das Spike gab einen Laut von sich, der Samantha an Kralles Zischen erinnerte. Es bewegte sich, es kam näher, seine zahllosen Stacheln knisterten und wichen vor ihr beiseite, schufen eine Öffnung, gerade groß genug für sie.

Samantha drehte sich nicht um. Sie blickte nicht noch einmal zu Rufus und den anderen zurück, bevor sie in die Öffnung trat. Die Stacheln und Dornen umschmiegten sie, und für einen Moment fühlte es sich nach einer sanften Umarmung an.

Dann bohrten sich ihr die ersten Stacheln in den Leib, jenen entgegen, die in ihren Eingeweiden wuchsen.

Samantha spürte keinen Schmerz.

Sie starb und wurde wiedergeboren.

105

Samantha stand in dunkler Nacht auf einem Felsen, umtost vom Wind der Erinnerung. Es war nicht nur ein Leben, an das sie sich erinnerte, sondern viele, alle von ihr gelebt, von den Samanthas in den verschiedenen Phasenräumen, wie die Spezialisten des Instituts für Technologische Innovation sie genannt hatten: unterschiedliche Welten, unterschiedliche kleine Universen, durch Wahrscheinlichkeit voneinander getrennt und alle das Ergebnis einer Deformation von Raum und Zeit, die keineswegs zufällig ausgelöst worden war. Intellektoren und Artefakt-Ingenieure hatten sie geplant, wenn auch nicht in diesem Ausmaß. Sie hatten mit dem Feuer gespielt und einen Brand entfacht.

Mein Kind, dachte ein Gedanke, der seinen Ursprung nicht in ihrem Kopf zu haben schien. Meine Tochter. Mein Instrument. Mein Werkzeug.

Instrument und Werkzeug?, dachte Samantha. Ich? O nein, das bin ich nicht. Ich bin ...

Du bist bei mir. Wir sind eins.

Ich bin ...

Der Wind toste lauter. Samantha breitete die Arme aus, als wollte sie ihn umarmen, so wie das Spike sie umarmt hatte.

Du bist ein Instrument, ein Werkzeug, dachte sie, denn auch daran erinnerte sie sich jetzt: an die komplizierte Bergung einer Saatkapsel auf Jorpu, kompliziert vor allem deshalb, weil weder die Innanawitt noch die Kämpfer von den Siebzehn Kolonien, die die Spikes auf Jorpu zu vernichten versuchten, etwas davon erfahren durften. Fremde Erinnerungen, nicht ihre eigenen, vielleicht aus Aufzeichnungen stammend, von einem Intellekt übertragen: eine einzelne Kapsel, aus der später, in einer geheimen Basis des Instituts auf der Tahota-Welt Thercer, ein Spike schlüpfte. Es wurde verändert, damit es eine bestimmte Aufgabe erfüllen konnte.

Wir, teilte ihr das Spike mit. Wir sind wir.

Samantha stand noch immer mit ausgebreiteten Armen, das Gesicht im Wind. Sie erinnerte sich: an eine Hochsicherheitszelle, an Verhöre, bei denen Chemoblocker und Neurostimulatoren ihren Widerstandswillen lahmgelegt hatten; an Fragen, die sie wahrheitsgemäß beantwortete, weil ihr keine Wahl blieb; an die Strafe, die ihr drohte, eine vollständige Auslöschung ihrer Persönlichkeit, eine Neuprogrammierung ihres Gehirns mit ebenjenem Stimulator, der sie zwang, die Wahrheit zu sagen: dass sie für die Unabhängigen arbeitete, für sie sabotierte und besonders vielversprechende Artefakte versteckte.

»Ihnen bleibt eine letzte Chance«, hatte Experimentaldirektor Peldrive gesagt, der Blick streng, die Hände auf dem Tisch gefaltet. »Eine spezielle Mission für uns.«

Sie erinnerte sich an ihre Skepsis, an ihr anfängliches Misstrauen.

»Ich nehme an, Sie vertrauen nicht nur meinem Wort«, hatte sie geantwortet.

»Natürlich nicht. Wir machen Sie zu einer anderen Person. Vorübergehend. Für die Dauer der Mission. Anschließend bekommen Sie Ihre Erinnerungen zurück und können mit neuer Identität auf einer der Siebzehn Kolonien ein neues Leben beginnen.«

»Nicht auf der Erde.«

»Nein. Nicht auf der Erde. Das ist der Preis, den Sie zahlen. Ein geringer Preis für Ihr Verbrechen.«

Verbrechen?, dachte sie und erinnerte sich an einen Konflikt, der in anderen Phasenräumen zum Krieg eskaliert war, zwischen den Unabhängigen, die an Reichtum und Macht durch die Tahota-Artefakte teilhaben wollten, und dem Institut, das auf seinem Monopol beharrte. Wie konnte es ein Verbrechen sein, Reichtum und Macht gleichmäßiger zu verteilen?

Sie erinnerte sich an Rufus, an seine Worte: *Wenn du tatsächlich infiziert bist, Sam, wenn deine Aufgabe darin besteht, das Spike zu steuern und zu lenken ... Wie kannst du dich für eine solche Mission freiwillig gemeldet haben?*

Die Antwort lautete: Sie hatte sich nicht aus freiem Willen für die Mission der *Eklipse* entschieden, sondern weil das der einzige Ausweg gewesen war.

Ich habe mich vergessen, dachte sie.

Du bist mehr als vorher, lautete ein anderer Gedanke. Du erinnerst dich nicht nur an *ein* Leben. Wir sind wir, wir sind *mehr*.

Ich bin tot, dachte Samantha und fügte sofort hinzu: Nein, Tote können nicht denken. Ich bin infiziert, das Spike hat mich aufgenommen, mein Körper existiert vermutlich nicht mehr oder nur noch als blutige Masse aus zerquetschtem Fleisch und zermalmten Knochen.

Die auf dem Felsen stehende Samantha ließ die Arme sinken.

Ich, eine Unabhängige?, überlegte sie. Wer hätte das für möglich gehalten? Stimmt es? Sind dies die richtigen Erinnerungen?

»Natürlich sind es die richtigen«, bestätigte Peldrive. »Sie können uns vertrauen.«

Vertrauen? Ich bin tot! Ich *habe* Ihnen vertraut, und jetzt stecke ich im Innern eines verdammten Spikes!

»Ich will, dass es aufhört!«, rief Samantha und meinte das Tosen des Winds, das sie daran hinderte, alle ihre Gedanken zu hören.

Willst du nicht wissen, wer du bist und wie viele Leben du geführt hast?, fragte die andere Stimme. Möchtest du dich nicht erinnern?

»Es sind so viele Erinnerungen und die meisten von ihnen falsch!«

Sie sind nicht falsch. Alles ist so geschehen, im einen oder anderen Phasenraum. Du bist viele. Wir sind viele.

Wer bin ich gewesen?, fragte Samantha.

Spielt es eine Rolle? Ist es nicht viel wichtiger, was du jetzt bist, hier bei uns?

Es gab noch immer die Mission. Das Institut hatte die Kontrolle über das ursprüngliche Experiment verloren, das ihm grenzenlosen Reichtum und unendlich viel Macht einbringen sollte, beides aus dem unerschöpflichen Füllhorn eines Fontänen-Artefakts. Das war der erste große Fehler, die Selbstüberschätzung, die Hybris, die zum Bruch geführt hatte. Um Schlimmeres zu verhindern und den ersten Fehler zu korrigieren, hatte das Institut die *Eklipse* auf die Reise geschickt. Eine weitere Ausbreitung des Bruchs beziehungsweise der Varianz sollte verhindert, die Fontäne unter Kontrolle gebracht werden. Das Spike war der Schlüssel. Doch ein Schlüssel brauchte eine Hand, die ihn führte und ins Schloss schob.

Also steckte eine Lüge hinter all den falschen Erinnerungen, die vielleicht gar nicht falsch waren, sondern anderen Samanthas gehörten, dachte Samantha. Sie hatte nie eine echte Chance bekommen sollen; ihre Infektion war Teil des Plans.

Der Kernbrecher fiel ihr ein. Sie hatte ihn gesehen, ein kleines Objekt unter all den anderen, die das Spike sich selbst hinzugefügt hatte. Sie kannte den Code, mit dem er sich aktivieren ließ, und vielleicht gab es eine Möglichkeit, die Aktivierungssequenz zu übermitteln. Sollte sie sich selbst, das Spike und alles andere im Umkreis von fast hundert Kilometern auslöschen?

Nein, sagte die Stimme.

Nein, dachte Samantha. Der Einsatz eines Kernbrechers oder einer ähnlichen Waffe war nie Teil der Mission gewesen, sondern eine Notlösung, die sie sich an Bord der *Eklipse* hatten einfallen lassen. Peldrive hatte von *Kontrolle* gesprochen, daran erinnerte sie sich deutlich. Dieses Wort war ihm sehr wichtig gewesen, er hatte es oft benutzt: *Kontrolle.* Die Fontäne sollte nicht vernichtet, sondern *kontrolliert* werden.

Ein neuer Gedanke stieg in Samantha auf, glitzernd wie ein Juwel: Ich bin frei. Ich kann entscheiden, wie ich möchte.

Sie konnte den Kernbrecher zünden, wenn sie wollte, obwohl die Vernichtung der Fontäne nie vorgesehen gewesen war. Damit würde sie die Pläne des Instituts durchkreuzen, eine kleine Genugtuung nach all den Lügen. Aber sie war auch neugierig. Sie wollte sehen, was die Erde so sehr verändert und zahlreiche neue Parallelwelten geschaffen hatte.

Bring uns durch die Tür vor uns, dachte sie, umarmt von Stacheln und Dornen. Bring uns zur Fontäne.

106

Rufus wich beiseite, als sich das Spike in Bewegung setzte. Samantha sah ihn so, wie sie ihn zuvor gesehen hatte, als stünden ihr noch immer menschliche Augen zur Verfügung. Gleichzeitig sah sie ihn mit den Sinnen des Spikes, dessen visuelle Wahrnehmung sich durch das ganze elektromagnetische Spektrum erstreckte, von den Längswellen bis hin zu den kurzwelligen Gammastrahlen. Sie roch Rufus' Erschöpfung, seinen Kummer, seine Sorge, und gern hätte sie ihm zugerufen: Ich bin nicht tot, ich lebe! Doch sie hatte keine Stimme mehr, und das Spike übersetzte ihre Worte in ein Grollen, das wie eine Warnung klang.

Rebecca und Jasil standen dicht nebeneinander, mit dem Rücken an der Wand. Jasil zitterte, Samantha sah, hörte und roch seine Angst. Neben ihm hatte Rebecca den Kopf hoch erhoben und beobachtete das Geschöpf, das sich ihnen beiden näherte und den Flur fast ganz ausfüllte. Bist du da drin?, fragten ihre Augen, und Samantha verstand die Frage. Ja!, erwiderte sie. Ja, ich bin hier. Siehst du mich, hörst du mich? Mach Platz, berühr uns nicht.

Ein Lächeln huschte über Rebeccas Gesicht. Dann nahm sie Jasils Hand und zog ihn mit sich an der Wand entlang, in sicherem Abstand zu den Stacheln und Dornen.

Das Spike erreichte die geschlossene Tür. Neben ihr standen die beiden Wächter und starrten noch immer ins Leere – für sie war nicht mehr als ein winziger Sekundenbruchteil vergangen, vielleicht nicht mehr als eine Nanosekunde.

Vorsichtig, dachte Samantha. Wir möchten niemanden verletzen.

Mehrere Stacheln neigten sich auf die beiden Wächter zu und schoben sie beiseite, behutsam, ohne zu kontaminieren – die Sporen blieben in den Spitzen. Samantha beobachtete den Vorgang im EM-Spektrum, ohne einen Hinweis darauf zu finden, wie es dem Spike gelang, die temporale Barriere zu durchdringen, die beide Zeitebenen voneinander trennte.

Wie stellen wir es an?, fragte sie und nahm zur Kenntnis, dass sie von »wir« sprach. Ihre Gedanken und Gefühle veränderten sich, die Grenzen der Identität schwanden.

Tahota, antwortete das Spike, und plötzlich sah Samantha dünne Linien, wie die Fäden eines zarten violetten Spinnennetzes in der dichten Luft langsamer Zeit. Es schien ganz einfach: Einige spezialisierte Dornen zupften und zogen an den Fäden, woraufhin sich die Krümmung von Zeit und Raum veränderte.

Samantha dachte an Kralle. Wäre die Innanawitt imstande gewesen, dieses Phänomen zu erklären? Gab es hier vielleicht Parallelen zum Direkt? Das violette Netz, das ihr die Sinne des Spikes präsentierten, reichte nicht weit, nur einige Meter, doch in seinem Innern konnte sich die Raum-Zeit über Lichtjahre hinweg dehnen.

Stachel bohrten sich in die Tür, und ihre Flügel brachen. Der Raum dahinter war voller Maschinen und Kraftfelder, die als bunte Schleier zwischen Boden und Decke hingen oder sich um Installationen wölbten, die vielleicht besonderen Schutz benötigten. Mehrere Kampfbots ragten aus einem Gerätewald, ihre Waffen nach vorn gerichtet. Menschen in Schutzanzügen standen neben Konsolen und halbhohen Aggregaten, einige von den Symbolen virtueller Kontrollen umgeben.

In der Mitte des Raums glänzte eine vertikale graue Scheibe wie Perlmutt, von kleinen Wellen durchzogen. Ihr Zentrum war heller als der Rest, fast weiß, und ein Objekt mit silbrigen Kanten und schwarzen Ecken schob sich daraus hervor, ein Tahota-Artefakt ohne Hülle aus Sedimentgestein, wie neu. Die Greifarme eines Bots waren nach dem Objekt ausgestreckt.

Rechts neben der grauen Transitscheibe, auf einem etwa einen Meter hohen Sockel, ruhte ein kleinerer Gegenstand, umgeben von Sensoren und Energiefluss-Reglern. Er sah aus wie eine Orchidee, blau-weiß wie das Eis der Stadt unter dem Gletscher, die Blütenblätter so dünn, dass vielleicht eine unvorsichtige Berührung genügte, um sie zu zerbrechen.

Das Ding mit der lautesten Stimme, hatte Rebecca gesagt. Klein und zart wie eine Blume. Der Ursprung des Bruchs, die Fontäne.

Das Spike setzte sich in Bewegung, ohne dass Samantha einen Gedanken an es richtete. Es schob einen Mann in Schutzanzug beiseite, er kippte und fiel ... Für einen Moment befürchtete Samantha, dass er beim Aufprall auf den Boden wie eine Statue zerbrechen würde, doch nichts dergleichen geschah. Er blieb einfach liegen, intakt, mit unverändertem Gesicht hinter dem Helmvisier.

Statuen, dachte Samantha. Die Bildnisse auf der gebrochenen Erde. Die Tahota-Artefakte in ihnen, von Gesteinskrusten umgeben wie die in den Frachträumen der *Eklipse* ... Eine wichtige Erkenntnis wartete hier, die Antwort auf eine Frage, die sich die Archäologen und Techniker des Instituts seit vielen Jahren stellten: Warum steckten die Artefakte, die Hinterlassenschaften der Tahota, in solchen Hüllen?

Konsolen brachen, Aggregate platzten. So vorsichtig sich das Spike auch bewegte, es schuf eine Schneise der Verwüstung. Trümmerstücke flogen, zunächst schnell, wurden dann, als sie das Raum-Zeit-Spinnennetz des Spikes verließen, sehr viel langsamer und legten schließlich in der dichten Luft der anderen

Zeit nur wenige Zentimeter zurück, bevor sie ganz zum Stillstand kamen.

Vor dem Sockel verharrte das Spike und streckte einen Stachel nach der blau-weißen Orchidee aus.

Nein, dachte Samantha. Warte.

Das Spike zögerte.

Was geschieht, wenn ich die Blume zerbreche?, dachte Samantha. Die Fontäne würde versiegen, die graue Scheibe mit dem schier unerschöpflichen Vorrat an technologischen Schätzen der Tahota würde verschwinden. Und der Bruch, der sich von der Erde aus durch die ganze Milchstraße erstreckte? Würden all die Splitter wieder zueinanderfinden? Konnte ein neuer Bruch verhindert und der alte rückgängig gemacht werden?

Das war die Mission, erinnerte sie sich. Lügen hatten sie als Infizierte ausgeschickt, damit sie von dem manipulierten Spike aufgenommen wurde und es lenkte, denn es wusste, wie man mit der Fontäne umging. Ein kleiner Umweg bei der Kontrolle, über zwei Werkzeuge, Spike und Mensch.

Botschafter, dachte das Wir. Kommunikation. Verständigung.

Samanthas Welt schien größer zu werden, als sie am Wissen des Spikes teilzuhaben begann und verstand, was das Institut bereits vor über fünfzig Jahren verstanden hatte. Die Artefakte, die auf Welten wie Inetas, Zheir und Thercer gefunden wurden, stellten Versuche der Kommunikation dar. Für welche anderen Zwecke sie sich auch einsetzen ließen, das waren nur kollaterale Funktionen. Sie gaben sich Hüllen aus Gestein, um jenen Geschöpfen zu ähneln, die sie finden sollten. Seit tausend Jahren, seit dem Verschwinden der Tahota, schickten sie Signale, doch nur in der Realität und Wahrscheinlichkeit der gebrochenen Erde gab es Wesen, die sie empfangen und verstehen konnten: Steinsprecher, besonders begabte Menschen wie Rebecca und Jasil.

Nur wenige Zentimeter trennten den Stachel von der Orchidee.

Warte noch etwas länger, dachte Samantha. Ich möchte verstehen. Ich möchte alles verstehen.

Die Tahota hatten einige wenige Fontänen-Artefakte hinterlassen, als ihre Botschafter, um dem Universum mitzuteilen, was mit ihnen geschehen war, um von Moloch und Mahlstrom zu erzählen und zu warnen. Das Institut hatte eine dieser Fontänen gefunden und daran gearbeitet, um sie in ein Instrument der Macht zu verwandeln. Der Versuch, sich der lästigen Unabhängigen zu entledigen, war gründlich schiefgegangen und hatte zum Bruch geführt. Der Plan sah vor, diesen Fehler zu korrigieren, die Fontäne unter Kontrolle zu bringen und mit ihrer Hilfe das Erbe der Tahota anzutreten. Peldrive und die anderen scherten sich nicht um die Botschaft der Tahota – ihnen ging es vor allem um Dominanz.

Und die Spikes ...?

Mittler, dachte das Wir. Übersetzer. Dolmetscher. Interpreter.

Sie waren nie eine biologische Waffe gewesen, in diesem Punkt hatte sich Rufus M geirrt – obwohl sie sich auf sehr wirkungsvolle Weise zu wehren wussten, wenn sie angegriffen wurden. Ihre Sporen und Saatkapseln schufen Verbindungen. Die »Infektionen« stellten den Versuch des Angleichens dar, damit eine Kommunikation stattfinden konnte.

Wer waren die Tahota?, fragte Samantha. Wie sahen sie aus?

Das Spike hatte Samantha getötet und ihr gleichzeitig ein neues Leben gegeben, ein Leben, das sie in die Lage versetzte zu verstehen. All die Toten auf Jorpu und anderen Welten ... Für Menschen und Innanawitt hatte ein Krieg stattgefunden, ein gnadenloser Kampf gegen einen albtraumhaften Feind. Doch die Spikes waren nur ihrer Aufgabe gerecht geworden und hatten versucht, die Grundlage für Kommunikation zu schaffen. Wie fremdartig musste eine Lebensform sein, wenn sie den Tod für die notwendige Vorstufe von Verständigung hielt?

Samantha empfing ein Bild, das nicht leicht zu verstehen war. Es zeigte ihr eine Landschaft im grellen Licht von Gammastrahlen, Felsen, dunkel wie Obsidian, dazwischen korallenartige Strukturen aus Kristallen, unter ihnen Magnetit, Alexandrit, Chrysoberyll und viele andere.

Ein Stück entfernt, zwischen zwei Hügeln, ragte eine Statue hundert Meter weit auf: eine humanoide Gestalt, vielleicht einem Menschen nachempfunden, einer Frau, die beide Arme zum Himmel streckte.

Wer ist das?, fragte Samantha.

Weißt du es nicht?, erwiderte das Wir, in dem sie eingebettet lag. Das bist du.

Samantha fürchtete plötzlich, die Orientierung zu verlieren. Ich?, dachte sie. Wie kann ich das sein, bei den Tahota? Wie bin ich zu ihnen gelangt? Wieso gibt es bei ihnen eine Statue, die mich zeigt?

Die Tahota haben sie zu deinen Ehren errichtet, erklärte das Wir. Du bist bei ihnen gewesen, in der Zukunft. Du hast gesprochen, zu ihnen und zu Menschen und Innanawitt. Du bist die Botschafterin gewesen.

Gewesen?, fragte Samantha.

Du wirst es sein, nachdem wir die unterbrochenen Verbindungen wiederhergestellt, die zerrissenen Fäden neu miteinander verknüpft haben.

Eine neue Mission, dachte Samantha. Größer als die alte, die auf Lügen basierte. Viel größer und mit mehr Wahrheit. Es tut mir leid, Swift, flüsterten ihre Gedanken. Ich hätte dies gern zusammen mit dir erlebt.

Können wir den Bruch rückgängig machen?, fragte sie.

Wenn wir die richtigen Fäden finden, lautete die Antwort. Wir können es versuchen. Und anschließend machen wir uns auf den Weg zu den Tahota.

Samantha überlegte. Der Kreis hatte sich noch nicht geschlossen, wie von Marcus behauptet. Er *musste* sich erst noch schließen.

Sie traf ihre Entscheidung.

Gleich mehrere Stacheln berührten die eisblaue Orchidee und pflückten sie sanft von ihrem Sockel. Einen Moment später wuchs die graue Scheibe des Transitfelds und nahm das Spike auf.

Scherben

Ein Scherbenhaufen, größer als die Milchstraße, mehr Scherben als Sterne in der Galaxis, mehr als dreihundert Milliarden, jede einzigartig, mit eigenem Raum und eigener Zeit, mit eigener Vergangenheit, Gegenwart und Zukunft, alle eingebettet im Quantenschaum der Realität.

Über tausend Jahre objektiver Zeit hinweg hatten sich die Scherben voneinander entfernt, jede von ihnen eine eigene Welt, klein für den externen Betrachter, groß für ihre Bewohner. Als die Kraft, die die Raum-Zeit gekrümmt hatte, bis sie gebrochen war, schließlich versiegte, kehrte sich das Bewegungsmoment der Scherben um – sie entfernten sich nicht mehr voneinander, sondern trieben aufeinander zu, wie von ihrer Schwerkraft angezogen. Einige berührten sich genau an den richtigen Stellen, wie ineinandergreifende Zahnräder, blieben miteinander verbunden und zogen weitere Splitter an. Andere, die sich zu sehr unterschieden, prallten voneinander ab. Der Vorgang ähnelte der Planetenentstehung in einem jungen Sonnensystem.

Es bildeten sich nach und nach größer werdende Ansammlungen von Scherben, die wieder miteinander verbunden waren, ihre früheren Bruchstellen kaum mehr erkennbar. Ein mit geeigneten Messgeräten ausgestatteter galaktischer Beobachter hätte festgestellt, dass die Anzahl der Splitter sank, bis schließlich, nach fast einer Million Jahren, nur noch einige Tausend übrig blieben, so weit über die Milchstraße und ihre intergalaktische Nachbarschaft verstreut, dass sie von allein nicht zueinandergefunden hätten.

Wenn der Beobachter noch etwas mehr Geduld aufgebracht hätte, wäre ihm vielleicht aufgefallen, dass auch die Bewegungen der restlichen Scherben nicht mehr allein dem Zufall überlassen blieben. Es schien, wenn man genau hinsah, eine unsichtbare Hand zu geben, die sie zur Milchstraße zog, in ihr Meer der Sterne, und dort in Richtung einer kleinen gelben Sonne im Orion-Arm, etwa sechsundzwanzigtausend Lichtjahre vom heißen energetischen Tosen des galaktischen Zentrums entfernt. Es würde einige Dutzend Jahrmillionen dauern, bis sie die gelbe Sonne und ihre Planeten erreichten – zu lange für den Beobachter, wenn er nicht gerade ein Intellekt war, der die maschinellen Grundlagen seiner Existenz in regelmäßigen Abständen erneuern konnte.

Die Risse in Raum und Zeit, manche dünn wie Haarlinien, schlossen sich. Wunden in der Quantenrealität heilten, neue Verbindungen zwischen Ursache und Wirkung entstanden, die Würfel der Wahrscheinlichkeit rollten und gaben der Kausalität eine neue Struktur.

Aber es gab auch Narben, Stellen, die langsamer heilten. Manche Verbindungen blieben unterbrochen. Andere suchten nach neuen Wegen ...

»Wo sind wir?«, fragte die tote Samantha, die sich lebendiger als jemals zuvor fühlte. Schmerz und Müdigkeit existierten nicht mehr. Kraft erfüllte sie bis in ihre mit zerebralen Sporen gefüllten Fingerspitzen, und sie sah und hörte mehr als mit ihren alten menschlichen Augen und Ohren. Eine neue Welt der Wahrnehmung hatte sich vor ihr geöffnet.

Unterwegs, antwortete das Spike irgendwo in der Leere zwischen einem blauen Riesen, in dessen Strahlung Samantha eben noch gebadet hatte, und einem Dreifachstern mit sieben Planeten. Dazwischen erstreckten sich ausgedehnte Staub- und Gaswolken, bunte Schlieren, die schnell an ihnen vorbeizogen.

»Zu den Tahota?«

Ja, erwiderte das Spike und breitete seine Stacheln aus, die hier, in einer Falte zwischen Raum und Zeit, zu Schwingen wurden. Ich habe eine Spur entdeckt. Wir könnten sie finden.

Samantha blickte in die Richtung, aus der sie kamen, und sah das gewaltige Feuerrad der Galaxis.

»Was ist mit dem Bruch?«, fragte sie.

Wir haben getan, was wir tun konnten, lautete die Antwort.

»Was ist mit mir?«

Was ist mit uns?, gab das Spike zurück und glitt über die erste der drei Sonnen hinweg, durch eine Protuberanz, die wie eine lange Zunge ins All leckte. *Wir sind wir. Wir sind eins.*

»Für immer und ewig?«

Für Zeiten, die kommen und gehen, sagte das Spike, und Samantha fragte sich, ob Unsterblichkeit damit gemeint war. Sie lächelte ein stilles Lächeln, ohne menschliches Gesicht, ohne Lippen. Die Religionen auf der alten Erde hatten ein ewiges Leben nach dem Tod versprochen. In diesem besonderen Fall behielten sie vielleicht recht.

Irgendwann verblasste das Licht der Sterne, ihr Feuer verschwand in der Ferne, und kalte Dunkelheit umgab sie. Das Spike umarmte sie etwas fester.

Ich glaube, wir sind da, sagte es mit sanfter, weicher Stimme.

Samantha blickte sich um. Weit und breit war kein Stern zu sehen.

»Dies ist das dunkle Universum der Tahota?«

Voraus erschien ein Auge in der Finsternis, rot und mit geschlitzter Pupille wie das einer Schlange, und eine Stimme erklang wie das Brodeln im Innern einer Sonne. *Willkommen.*

Es gibt immer Möglichkeiten

Rufus M

Rufus M – Multipler von Urake, dritte der Siebzehn Kolonien in einem anderen Universum – blieb auf der Kuppe des Hügels stehen, beschattete sich die Augen und betrachtete die Stadt. Eine alte Festung erhob sich auf einer Anhöhe, eine ehemalige Ordensburg des Ritterordens von Calatrava: das Castillo de Alcañiz. Etwas weiter unten, am Fuß der Anhöhe, gab es ein neues Bauwerk, ockerfarben und lehmbraun wie die Burg, zwei Bögen mit einer Kuppel in ihrer Mitte.

Bögen, teilte ihm der neuronale Symbiont mit. Ein Symbol. Absicht? Bewusste Analogie?

»Vielleicht hat sich jemand erinnert«, murmelte Rufus. »Vielleicht haben nicht alle vergessen.«

Temporale Kohärenz, erwiderte das Zweithirn.

»Ja, ich weiß«, sagte Rufus. »Die Menschen können sich nicht an Dinge erinnern, die sie nie gesehen, nie erlebt haben. Und doch ... *Ich* erinnere mich.«

Und er fühlte, dass er etwas tun musste, bevor die spitzen Nadeln, die in ihm wuchsen, zu lang wurden, bevor ihn die Umstände zwangen, sich zu einem abgelegenen Ort zurückzuziehen, um allein zu sein und niemanden zu gefährden, wenn das Unvermeidliche geschah. Was der Symbiont *temporale Kohärenz* nannte, verlangte von ihm einen speziellen Dienst für diese Welt, die nicht heil war, nur weniger gebrochen als vorher. Sie hatte weniger Splitter, weniger Fragmente. Was auch immer Samantha und das Spike vollbracht hatten, ihr Werk war nicht vollendet. Rufus musste einen eigenen kleinen Beitrag leisten, der so klein vielleicht gar nicht war. Es galt, kausale Verbindungen herzustellen, Ursache und Wirkung an den richtigen Stellen miteinander zu verknüpfen.

Kohärenz, wiederholte das Zweithirn.

Rufus schritt über den Weg, der am Hügelhang hinab zum Wald und der Stadt führte. Mehrere Bodenwagen rollten oder schwebten über die nahe Straße. Als er den Kopf hob, sah er am Himmel den Kondensstreifen eines konventionellen Flugzeugs und ein Stück abseits davon zwei kleine Ovale, vielleicht Orbiter auf dem Weg zu den Orbitalstationen in der Umlaufbahn.

In Madrid hatte sich Rufus informiert: Es gab nicht nur Orbitalstationen, sondern auch Städte auf Mond und Mars. Außerdem waren erste Raumschiffe der Erde über die Grenzen des Sonnensystems hinweg in den interstellaren Raum vorgestoßen. In wenigen Jahren sollten Niederlassungen auf den Planeten von Proxima Centauri und Gliese 832 entstehen.

Die Menschheit war zu den Sternen aufgebrochen, doch ihre technologische Entwicklung wurde nicht von einem Institut vorangetrieben – zumindest in diesem Teil der Welt gab es kein ITI. Und auch keine Bildnisse mit Tahota-Artefakten in ihrem Innern.

»Bist du fertig?«, fragte Rufus. Seit Madrid hatte er es sich angewöhnt, die an den Symbionten gerichteten Worte laut auszusprechen.

Fast, lautete die Antwort. Es gibt viel zu bedenken, viel zu analysieren. Weitere Arbeit erforderlich. Nach einer kurzen Pause fügte das Zweithirn einen Hinweis hinzu, den es schon einmal an Rufus gerichtet hatte: Neue Prioritätenbestimmung erforderlich.

Rufus fragte nicht, welche Prioritäten neu bestimmt werden mussten – der Symbiont würde ihm Bescheid geben, wenn seine Berechnungen zu einem Ergebnis führten.

Unter dem Schatten spendenden Blätterdach der Bäume erwartete ihn angenehme Kühle. Er begegnete anderen Wanderern und grüßte sie mit einem freundlichen Nicken. Kinder beäugten ihn neugierig, vermutlich wegen der vielen Narben in seinem Gesicht. Ein Knabe, klein und schmächtig, erinnerte ihn an Jasil, eine junge Frau an Rebecca, wie sie vielleicht in zwei oder drei Jahren ausgesehen hätte. Er fragte sich, was aus ihnen geworden war. Lebten sie irgendwo in dieser Welt?

Und Marcus?

Dies war Aragon beziehungsweise Aragonien, prosperierende Provinz in der Föderativen Republik Europa. Es existierte keine Transportgesellschaft, die mit der Transmittertechnik von Bögen gute Geschäfte machte. Es gab weder einen Konsul noch einen Regenten. Für Marcus schien in dieser neuen Welt kein Platz zu sein. Rufus hoffte, dass Rebecca und Jasil in Frieden leben konnten, wo auch immer.

Als sich Rufus der Anhöhe mit der Burg näherte, vorbei an weißen und pastellfarbenen Häusern, dachte er an eine sonderbare Parallelität: Das Castillo de Alcañiz war tausend Jahre alt, und vor tausend Jahren waren die Tahota verschwunden.

Zufällige Übereinstimmung, urteilte der neuronale Symbiont.

Ein Orbiter senkte sich vom Himmel und landete auf der dafür vorgesehenen Parzelle neben der Anhöhe. Die Luken öffneten sich, und mehrere Dutzend Menschen stiegen aus, die meisten von ihnen Touristen, die über die Straße zur Burg gingen. Nur zwei Personen nahmen den anderen Weg zu dem neuen Gebäude, den beiden Bögen, die eine Kuppel umschlossen: die Bibliothek von Alcañiz, ebenso groß wie die von Roma Nuova.

Rufus folgte ihnen.

Kühle Stille empfing ihn, als er das erste Gebäude betrat. Bilder glitten langsam über die Wände, zeigten die verschiedenen Säle der Bibliothek mit ihren analogen und digitalen Datenträgern. Ein Saal war gedruckten Büchern vorbehalten – in langen, bis zur hohen Decke reichenden Regalen warteten sie auf Leser.

Langsame Schritte brachten Rufus zum Avatar eines Intellekts am Tresen weiter vorn. Der holografische Mann lächelte freundlich.

»Wie kann ich zu Diensten sein?«, fragte er.

Ende der Berechnungen, vermeldete der neuronale Symbiont. Analyse abgeschlossen.

Mit welchem Ergebnis?, fragte Rufus und verzichtete diesmal darauf, die Worte auszusprechen.

Das Haupthirn nahm die Resultate auf. Plötzlich wusste Rufus, warum er zur Großen Bibliothek von Alcañiz gekommen war und was es zu tun galt. Er konnte einen eigenen kleinen Beitrag zur Heilung der Welt leisten.

»Ich habe vor, ein Buch zu schreiben«, beantwortete er die

Frage des Intellekts. »Ich möchte in dieser Bibliothek recherchieren.«

»Wie lautet Ihr Name?«

»Rufus«, sagte er. »Rufus Quintex. Oder einfach R. Quintex. Mein Buch wird *Geschichte der Welt* heißen.«

Marcus

Manchmal träumte Marcus von einem anderen Leben in einer anderen Welt. Oft blieben die Träume wirr, bestehend aus einzelnen Bildern ohne erkennbaren Zusammenhang, durcheinandergewirbelt wie ... welkes Laub. Sie lösten sich auf, wenn er erwachte, verloren sofort Farben und Konturen. Vor einigen Wochen hatte er mit Zarba darüber gesprochen, beim Frühstück im Gemeinschaftsraum des kleinen archäologischen Lagers abseits der nicht viel größeren Kolonie.

»Wäre es nicht schön, wenn wir nicht nur ein Leben führen könnten, sondern mehrere?«, fragte Marcus. Sie saßen am Fenster und hörten die Stimme des Winds jenseits der nahen Schilde, die das Lager und die Kolonie vor den Böen schützten; der Wind konnte sehr unangenehm und sogar gefährlich werden. Proxima Centauri stand in halber Höhe am Himmel: ein kleiner Stern, ein roter Zwerg, der aber wegen der geringen Entfernung von nur sieben Millionen Kilometern scheinbar die dreifache Größe hatte wie die Sonne am Firmament der Erde. Außerdem leuchtete Proxima Centauri nicht rot am Himmel dieses erdähnlichen Planeten, sondern weiß, denn das Licht entsprang der Fotosphäre von 3040 Grad Kelvin. Dieser Gedanke ging dem Wissenschaftler Marcus durch den Kopf, aber es war nur einer von vielen.

»Wir haben uns für dieses Leben entschieden«, erwiderte Zarba sanft und trank Kaffee, der aus einem Printer stammte.

Mehrere archäologische Assistenten betraten den Gemeinschaftsraum und grüßten. Marcus winkte freundlich, wandte sich dann wieder Zarba zu und sah sie für einen Moment so, wie der Traum in der vergangenen Nacht sie gezeigt hatte: nicht nur zwei Jahre älter, sondern zehn oder fünfzehn, die eine Hälfte des Gesichts voller vernarbter Brandwunden.

»Was ist?«, fragte Zarba erstaunt.

Marcus blinzelte. Das Bild verschwand und mit ihm das Gefühl, am falschen Ort zu sein, auf dem falschen Stuhl zu sitzen, der falschen Frau gegenüber.

»Wir haben eine Entscheidung getroffen, die uns hierherbrachte«, sagte Zarba.

»Ja, wir haben eine Wahl getroffen. Wir hätten uns auch anders entscheiden können, für ein Leben auf der Erde. Oder auf dem Mars, in der Valles Marineris.«

Zarba lächelte. »So interessant die alten Marsianer, die vielleicht unsere Vorfahren waren, auch sein mögen – was wir hier gefunden haben, ist viel interessanter. Die Hinterlassenschaften von wahren Aliens. Die Reste einer Hochkultur, die nichts, aber auch gar nichts mit dem Menschen gemein hat. Die lange vor den alten Marsianern existierte. Wir sind hier etwas Großem auf der Spur.« Zarba trank den Rest ihres Kaffees und lächelte erneut. »Ich glaube, heute wird ein wichtiger Tag. Komm, es wartet Arbeit auf uns.«

Einige Stunden später, in einer der von den Bots ausgehobenen Gruben, sagte Zarba: »Sieh dir das an, Marcus.«

Er trat an den virtuellen Kontrollen vorbei, mit denen er zwei kleine spezialisierte Bots gesteuert hatte, die langsam und vorsichtig einen Schacht ins Felsgestein trieben. Nur zehn Meter entfernt ragte der energetische Vorhang des Schilds auf, der den Wind von der Grabung fernhielt.

Zarba trug einen Werkzeugoverall und hielt einen Ultraschallpinsel in der Hand, mit dem sie ein weißes Objekt freigelegt hatte. Es wölbte sich aus dem Fels des viele Millionen Jahre alten Grundgesteins, ein ganzes Stück tiefer als die während der vergangenen Woche ausgegrabenen Mauerreste. Das weiße Material wies kleine, offenbar in Gruppen angeordnete Furchen auf.

Marcus ging neben Zarba in die Hocke. »Sind das Schriftzeichen?«

»Vielleicht.«

»Was sagt der Interpreter-Intellekt dazu?« Marcus deutete zur Gerätebank am Rand der Grube.

»Noch gar nichts. Zu wenige Daten. Abgesehen von den Zeichen ist das Material völlig glatt, obwohl es ebenso alt sein muss wie das Gestein. Und wenn man es berührt ...« Zarba sah zu ihm auf. »Versuch es selbst.«

Marcus beugte sich vor und legte die Hand auf das weiße Objekt. Plötzlich hatte er das Gefühl, in ein tiefes Loch zu fallen und eine ferne Stimme zu hören, wie einen leisen Gesang in dunkler, windiger Nacht.

Er zog die Hand zurück.

Zarba musterte ihn aufmerksam. »Du hast es gespürt, nicht wahr?«

»Was ist das?«

»Ich weiß es nicht. Aber ich denke, wir haben hier etwas gefunden, das noch wichtiger sein könnte als all die Ruinen. Das ganze Objekt ist so beschaffen.« Zarba deutete auf die Anzeige eines Sondierers, der seine Daten von Sensoren auf und im Boden empfing.

Das Bild zeigte eine schematische Darstellung des Grundgesteins und darin das vollständige weiße Objekt, einen etwa vier Meter großen Bogen.

»Du hattest heute Morgen recht«, sagte Marcus. »Es ist wirklich ein wichtiger Tag geworden.«

»Er ist noch nicht vorbei«, erwiderte Zarba. »Vielleicht wird er noch wichtiger.«

Am Abend saß Marcus allein im Geräteraum des Ausgrabungslagers und sah sich die neuesten Bilder der Ruinen und auch des tief im Gestein steckenden Bogens an, als Zarba hereinkam. Sie trug keinen Werkzeugoverall mehr, sondern ein Gewand, fast so dunkel wie ihr halblanges Haar. In der einen Hand hielt sie eine Flasche, in der anderen zwei Gläser.

Marcus beobachtete, wie sie die Gläser auf den Tisch stellte und die Flasche öffnete – der Korken gab mit einem gedämpften Knall nach.

»Sekt«, sagte Zarba. »Frisch aus dem Printer.« Sie füllte die beiden Gläser und reichte eins Marcus. »Alkoholfrei.«

»Gibt es etwas zu feiern?« Er nahm das Glas entgegen.

»Ich glaube schon.«

»Lass mich raten. Die Entdeckung des Bogens.«

Zarba trat vor ihn und hob ihr Glas. »Ich bin schwanger.«

Freude stieg in Marcus auf. »*Das* nenne ich eine gute Nachricht.« Er trank erst einen Schluck und leerte dann das Glas. »Du hättest ein wenig Alkohol verdient, aber ich nehme an, du hast an das ungeborene Kind gedacht.«

»Ja. Ich habe eben das Ergebnis der Analysen bekommen. Ich weiß bereits, dass es ein Mädchen wird.«

»Einen Namen!« Marcus griff nach der Flasche. »Wir brauchen einen guten Namen.«

»Wir haben Zeit genug, uns einen einfallen zu lassen.«

In dieser Nacht hatte Marcus erneut einen Traum. Er träumte nicht von einem anderen Leben auf der Erde oder dem Mars, sondern von seiner Tochter. In seinem Traum wusste er, wie sie heißen würde: Rebecca.

Grayland

Feuer und Zerstörung, Metall und Komposit zerfetzt, zerrissen und verbrannt, das Ende eines Raumschiffs.

»Wir leben?«, fragte Grayland. Traurig fügte er hinzu: »Aber Kiss ist tot.« Und dann: »Wo sind wir?«

Zuerst glaubte ein sehr irrationaler Teil von ihm, dass sie sich beim Direkt der *Eklipse* befanden, dass das Schiff irgendwie, entgegen aller Vernunft, den Sturz zur Erde überstanden hatte. Es gab Datensäulen mit Symbolen, die ein Innanawitt-Ingenieur verstand, außerdem auch ein Gespinst, das aus irgendeinem Grund sehr viel größer zu sein schien, aus mehr und längeren Fäden bestand. Dann fiel ihm auf, dass der halbdunkle Raum, in dem er sich befand – und nicht nur er, dort stand Kralle an einem langen, gewölbten Fenster –, viel größer war als der Zugang zum Unendlichen Raum an Bord der Eklipse.

»Ich glaube, wir befinden uns an Bord einer Raumstation«, sagte Kralle. »Und sie scheint sehr, sehr groß zu sein. Viel größer als die *Eklipse*. Größer als das größte von Menschen oder Innanawitt erbaute Schiff.«

Kälte kroch durch Graylands Schutzanzug. Die Sensoren reagierten und aktivierten die Thermofunktion. Der Kragen veränderte sich nicht – er wölbte sich nicht nach oben und nach vorn, um einen Helm zu bilden.

Grayland wankte zu Kralle, vorbei an Datensäulen, deren bunte Symbole sich mit einem leisen Knistern veränderten. Die Innanawitt beobachtete ein riesiges galaktisches Feuerrad, der Kern eine gleißende Zusammenballung aus Abermillionen Sonnen.

»Oh«, sagte Grayland. »Wir sind ziemlich weit von der Milchstraße entfernt.«

»Das ist nicht die Milchstraße«, erwiderte Kralle. »Es ist der Andromedanebel.« Sie deutete auf zwei von zahlreichen Satellitengalaxien. »Das dort sind Andro-Alpha und Andro-Beta beziehungsweise M110 und M32.«

»Dies ist Andromeda? Bist du dir sicher?«

»Bin ich.«

»Aber das sind mehr als zwei *Millionen* Lichtjahre!«

Kralle drehte sich um. »Hast du das Gespinst gesehen? Es ist größer und hat mehr Fäden.« Sie breitete kurz die Arme aus, eine Geste, die der ganzen Station galt. »Ich nehme an, wir sind hier an Bord einer alten Raumbasis der Tahota. Der Unendliche Raum des Direkts unserer *Eklipse* hat uns hierhergebracht.«

»Warum?«, fragte Grayland. Erneut erfasste ihn Trauer, als seine Gedanken zu Kiss zurückkehrten.

»Vielleicht weil dies eine Art Verkehrsknotenpunkt ist. Oder war.« Kralle zeigte erneut aus dem Fenster.

Graylands Augen brauchten einige Sekunden, um sich anzupassen, und sein Gehirn noch etwas länger, um die Perspektiven zurechtzurücken. Eine dunkle Masse, die das Licht der Sterne schluckte, erstreckte sich nach rechts und links, ein gewaltiges Gebirge im All, mit verstreuten Lichtern, den hellen Streifen von langen Panoramafenstern und zahlreichen Öffnungen, vielleicht Hangars. Hunderte von Auslegern ragten ins offene All, dünn und halb transparent, grau in der Nähe der Station und weiß am Ende – Grayland fühlte sich an die Stacheln eines Spikes erinnert. An den Auslegern schwebten unterschiedlich große Objekte, die er für Raumschiffe oder Sonden hielt. Ihre Anzahl ließ sich kaum abschätzen, es mussten Tausende sein.

»Du bist etwa eine Stunde nach mir hier eingetroffen«, sagte Kralle. »Ich habe mich ein wenig umgesehen. Es scheint alles verlassen zu sein.«

Grayland blickte zurück. Die Fäden des Gespinstes leuchteten, jeder in einer anderen Farbe, und bewegten sich wie langsam kriechende Schlangen. Einer dieser Fäden hatte sie beide hierhergebracht, in diese kolossal große Raumstation, dreißig- oder vierzigtausend Lichtjahre über dem Andromedanebel.

»Wir können nicht zurück, oder?«, fragte er, ohne dass es niedergeschlagen klang.

»Das dürfte sehr schwer sein.« Kralle wandte sich vom Fenster ab. »Dies sind viel mehr Fäden als beim Direkt der *Eklipse*. Wie sollen wir den einen finden, der uns zur Erde bringen kann? Und zu *welcher* Erde?«

»Die Nadel im Heuhaufen«, murmelte Grayland mit der zarten Knospe einer Idee tief in seinem Innern.

»Die wäre wahrscheinlich leichter zu finden.« Kralle ging am Gespinst vorbei und winkte. »Komm, lass uns mit einer kleinen Besichtigungstour beginnen.«

Stunden später – bei einer Maschine, die wie ein auf dem Rücken liegender Käfer aussah und offenbar eine Art Printer war, dem Kralle zu trinken und zu essen entlockte, etwas Knuspriges, das wie gebackene Garnelen schmeckte – fragte Grayland: »Könnten wir uns eins der Schiffe nehmen?«

Kralle sah ihn fragend an.

Die Idee in Grayland nahm immer mehr Gestalt an. »Ich meine, kämst du mit den Bordsystemen zurecht?«

»Vielleicht.« Kralle überlegte, während sie kaute. »Auf Jorpu habe ich viele Jahre die Technologie der Tahota untersucht. Ich kenne mich ein wenig damit aus.«

»Ein wenig? Du kannst ein Direkt steuern und warten!«

Kralle nickte.

»Du kannst ein Schiff in Betrieb nehmen.«

»Ich denke schon. Wenn ich Zeit genug habe, mir die Kontrollsysteme anzusehen ...«

»An Zeit mangelt es nicht.«

»Vielleicht doch«, gab Kralle zu bedenken. »Ich könnte infiziert sein. Das Spike hat mich berührt. Wir könnten beide infiziert sein.«

»Nein«, widersprach Grayland, ohne zu wissen, woher er seine Gewissheit nahm. »Nein, wir sind nicht infiziert. Und falls doch, sollten wir die Zeit, die uns bleibt, so gut wie möglich nutzen.«

»Was hast du vor, Grayland?«, fragte Kralle und steckte sich noch einen Bissen in den Mund.

»Hier können wir nicht bleiben. Ich meine, natürlich *können* wir hierbleiben, aber welchen Sinn hätte das? Dies ist eine Raumstation. So groß sie auch sein mag, sie hat ihre Grenzen.«

»Du willst mit einem der Schiffe aufbrechen«, sagte Kralle.

»Ja.«

»Es ist ein weiter Weg zur Erde, Grayland.«

»Ich will nicht zurück zur Erde. Wir wissen nicht einmal, welche Erde wir vorfinden würden.«

Kralle hörte auf zu kauen. »Wohin willst du dann?«

Da war er, der alte Traum. Bunter und verlockender als jemals zuvor und in Reichweite.

Grayland holte tief Luft und sprach es aus. »Wir nehmen uns ein Schiff und fliegen zum Großen Attraktor, der massereichsten bekannten Struktur im Universum, bestehend aus Zehntausenden von Galaxien. Und anschließend fliegen wir weiter zum Shapley-Superhaufen. Vielleicht finden wir dort Spuren der ›Baumeister‹, von denen die Legenden deines Volkes erzählen.«

Kralle schwieg eine Zeit lang. Ihre großen Augen starrten.

»Aber zuerst sehen wir uns Andromeda an«, sagte sie schließlich.

Grayland lächelte. »Abgemacht.«

Rebecca

Wind wehte über ein weites Land und bewegte fast hüfthohes Gras wie die Wellen eines Ozeans. Die vier tuchbespannten Flügel der nahen Windmühle drehten sich langsam, mit einem beständigen Knarren und Knirschen.

»Ich kenne diesen Ort«, sagte Jasil. »Wir waren schon einmal hier.« Er blickte sich um. »Wo sind die anderen?«

Es gibt sie nicht, dachte Rebecca. Hier hat es sie nie gegeben.

»Weit, weit weg«, antwortete sie. »So weit, dass sie uns nicht erreichen können.«

»Nicht einmal Rufus?«

»Nicht einmal er«, erwiderte Rebecca. »Auch ein Mann mit zwei Gehirnen kann nicht den Weg hierher finden.«

»Schade«, sagte Jasil traurig.

Hand in Hand gingen sie den Hang des Hügels hinauf, und das Knarren der Windmühlenflügel wurde lauter. Doch Rebecca hörte noch etwas anderes, ein Surren, von silbergrauen und messinggelben Zahnrädern und Wellen im Keller der Mühle, von einem komplexen Mechanismus, in dem nichts beschädigt, nichts gebrochen war, in dem es keine goldenen und silbernen Metallsplitter gab und alle Zahnräder intakt waren.

Vor der Mühle angelangt, trat Rebecca nicht etwa zum Eingang, sondern wandte sich nach rechts, der halbhohen Mauer zu, die über die Hügelkuppe reichte und hinter der schiefe Steintafeln aufragten. Zusammen mit Jasil kletterte sie über die Mauer hinweg, ging langsam an den Steintafeln entlang und las auf ihnen die Namen vergangener Leben. Es bereitete ihr keine Mühe, sie zu lesen, obwohl die Schrift nicht von Menschen stammte.

Ganz hinten gab es eine kurze Treppe, die zu einer erhöhten Stelle führte, zu einem freien Bereich mit lockerer dunkler Erde.

»Hier fehlt etwas.« Rebecca hatte ein Bild vor Augen und wusste nicht, ob es aus ihrem Gedächtnis stammte oder von einer Idee geschaffen worden war.

»Was?«

»Der Friedhof ist hier noch nicht zu Ende. Es fehlen fünf Gräber.«

»Fünf?«

Rebecca nannte die Namen.

»Oh, sind sie tot?«, fragte Jasil.

»Einige von ihnen«, meinte Rebecca. »Oder vielleicht alle, in dieser Zeit, während wir hier miteinander sprechen.« Sie seufzte. »Wir müssen graben, Jasil. Deshalb sind wir hier. Damit wir fünf Gräber ausheben. Sie müssen nicht tief sein, denn es werden keine Toten in ihnen ruhen, sondern Erinnerungen.«

»Erinnerungen?«, wiederholte Jasil.

»Und noch etwas anderes«, fügte Rebecca hinzu und fühlte das Gewicht des Beutels mit den Steinen in ihrer Hosentasche.

Im Werkzeugraum der Windmühle fanden sie zwei Spaten und außerdem Stangen und Tücher. Die nächsten beiden Stunden verbrachten sie damit, fünf Löcher zu graben und aus den Stangen und Tüchern einen Pavillon über ihnen zu errichten. Rebecca holte ihren Beutel hervor, öffnete ihn und legte jeweils zwei Steine in jedes der fünf Löcher. Den letzten Stein behielt sie und schloss kurz die Hand um ihn, bevor sie ihn in die Hosentasche steckte.

»Du begräbst deine Steine?«, fragte Jasil. »Warum?«

Ja, warum?, dachte Rebecca. »Weil irgendwann vielleicht jemand hierherkommt, der ihre Stimmen hört und von ihnen erfährt, was geschehen ist.«

»Noch in hundert Jahren?«, staunte Jasil.

»Ja.«

»Oder in tausend oder einer Million Jahren?«

»Steine sterben nicht«, sagte Rebecca und begann damit, die Löcher zu schließen. »Sie werden uralt und existieren selbst dann noch, wenn alles andere tot ist.«

Sie markierte die Gräber mit anderen Steinen, die nicht sprechen konnten, und holte dann mit Jasil eine der unbeschrifteten Tafeln aus dem kleinen Schuppen hinter der Mühle. Sie war schwer, und es kostete Rebecca und Jasil erhebliche Mühe, sie über den Friedhof zu tragen. Mehrmals mussten sie die Tafel absetzen, aber schließlich erreichten sie ihr Ziel und stellten sie hinter den fünf Gräbern auf. Rebecca betrachtete sie nachdenklich.

»Und jetzt?«, fragte Jasil.

Rebecca fühlte ein kurzes Prickeln im Nacken und hörte das Flüstern des letzten Steins in ihrer Tasche. Es erinnerte sie an einen Gegenstand in der Mühle.

»Holst du mir den Laserschneider aus dem Werkzeugraum?«, bat Rebecca den Jungen, der sofort zur Mühle lief. Sie kniete bei der noch leeren Gedenktafel, schloss die Augen und hielt das

Gesicht in den Wind. Das Hier und Jetzt, es fühlte sich richtig an.

Kurz darauf kehrte Jasil zurück. Rebecca nahm den Schneider entgegen und dachte an Dusan, der einmal ein solches Instrument an ihr benutzt hatte. Damals war er von seiner Mutter Smeralda überrascht worden, was größeren Schaden verhindert hatte.

Sie schaltete den Laserschneider ein und begann damit, Buchstaben in den Stein zu brennen. Es dauerte eine Weile, bis sie auf diese Weise all die Worte geschrieben hatte, die ihr der sprechende Stein in ihrer Hosentasche zuflüsterte.

»Hier schlafen bis zum Ende der Zeit
die Besatzungsmitglieder der Eklipse:
Samantha, Koordinatorin,
Lorenti, Frachtmeister,
Grayland, Intellektor,
Uima Lereia Loquaia, genannt Kralle, Direkt-Ingenieurin,
und Rufus M, Multipler von Urake.
Ruhet in Frieden!«

Rebecca betrachtete ihr Werk und nickte zufrieden.

»Das sind Worte, nicht wahr?«, fragte Jasil. »Du hast etwas geschrieben.«

»Ja.«

»Was?«

Rebecca sagte es ihm und fügte hinzu: »Komm, gehen wir.«

»Wohin?«, fragte Jasil. »Bleiben wir nicht hier?«

Rebecca, den Meißel in der einen Hand und den Hammer in der anderen, breitete die Arme aus und drehte sich. »Hier gibt es nur Wind und Gras. Nein, wir bleiben nicht hier, wir lassen uns in einer großen Stadt mit vielen Büchern nieder, und dort bringe ich dir das Lesen bei.«

Sie verließen den Friedhof, betraten die Mühle und legten Hammer und Meißel ins Regal der Werkzeugkammer. Dann stiegen sie die Treppe zum Keller hinab, wo die Zahnräder und Wellen einen kobaltblauen, etwa zwei Meter großen Bogen umgaben. Rebecca berührte ihn und wählte ein Ziel: eine

warme Stadt, nicht weit vom Meer, mit einer großen Bibliothek.

»Roma Nuova wird dir gefallen«, versprach sie Jasil, nahm
seine Hand und trat mit ihm ins graue Transitfeld.

Kleine Lichter tanzten im Innern des Bogens, und als sie verschwanden, löste sich auch das Grau des Transitfelds auf. Die
vielen Zahnräder und Wellen, die den blauen Bogen umgaben,
drehten sich nicht mehr. Das Knarren und Knirschen der vier
großen Windmühlenräder hörte auf.

Die Stille des Wartens legte sich auf das weite Grasland.

Glossar

Ahnenglas: Befindet sich seit siebenunddreißig Generationen im Besitz von *Kralles* Familie und verbindet sie mit ihren Vorfahren.

Andere Seite, die: Eine Parallelwelt.

Annabel: Verstorbene Tochter von *Claire* und *Kostas*.

Aragon: Von *Marcus* gegründeter und geführter Kleinstaat im Nordosten der Iberischen Halbinsel.

Arkos: General in *Aragon*.

Atmosphärenschild: Eine energetische Barriere, die verhindert, dass Luft aus einem offenen Hangar entweicht.

Baltasar: Vater von *Marcus*.

Baumeister: Nach einer Legende der *Innanawitt* die erste Zivilisation im Universum. Angeblich verantwortlich für die Gravitationsanomalien des *Großen Attraktors* und des *Shapley-Superhaufens*.

Besprechungszimmer: Befindet sich neben dem Nukleus der *Eklipse*, mit gläsernen Wänden.

Blaster: Eine Energiewaffe.

Bodenschweber: Fahrzeug auf der Erde.

Bögen: Transportsystem auf der Erde. Bögen transferieren Objekte und Personen über unterschiedlich große Entfernungen.

Bot: Kurzform für Roboter. Bezeichnung für Servomechanismen aller Art.

Bruch: Katastrophe auf der Erde. Hat zu Raum-Zeit-Verschiebungen geführt.

Chemoblocker: Damit kann bei einem Verhör der Widerstandswillen des Verhörten blockiert werden. Vergleichbar mit einem Wahrheitsserum.

Chiron: Mitglied der zweiten Crew der *Eklipse*.

Claire: Eine Farmerin auf der Erde, Frau von *Kostas*.

Clemens: Einer von *Marcus'* Leuten.

Codeknacker: Decodierungsgeräte, mit denen zum Beispiel die Gegenstation eines kürzlich benutzten *Bogens* festgestellt werden kann.

Coldhart: Mitglied der zweiten Crew der *Eklipse*.

Cybernauten: Programmierer. Erstellen die Basisalgorithmen eines *Intellekts*.

Daedalus: Interplanetares Versorgungsschiff.

Depotwelten: Welten mit technologischen Hinterlassenschaften der *Tahota*.

Desotamin: Eine Art Amphetamin, das *Lorenti* einnimmt, um wach zu bleiben.

Dibrosch: Region der *Unabhängigen*.

Direkt: Antrieb der *Eklipse*, stammt von den *Tahota*.

Dusan: Sohn von *Marcus*.

Einsatzanzug: Mit Assistenzsystemen ausgestatteter, besonders widerstandsfähiger Schutzanzug.

Eklipse: Eins von acht Raumschiffen, die im Auftrag des *Instituts für Technologische Innovation* (*ITI*) nach den technologischen Hinterlassenschaften der *Tahota* suchen.

Elkan: Materialverwalter in *Aragon*.

Elleno: Eine Sonne der *Riff-Systeme*, mit fünf Gasriesen.

Emloka: Ein Ort auf der veränderten Erde. Dort gibt es eine *Fontäne*.

Emmerson: Koordinator der zweiten Crew der *Eklipse*.

Enoksa: Quallenartige Geschöpfe (Medusen), die in den Wolkenmeeren von Gasriesen leben.

Erasmus: Hauptintellekt des *Instituts für Technologische Innovation*.

Erwerbspunkte: »Geld« auf der Erde.

Espanja: Land auf der veränderten Erde. In einem Teil dieses Lands liegt *Aragon*.

Ewige Kathedrale: Von den *Xolta* vor Jahrmillionen für die Ewigkeit geschaffenes Phänomen aus Licht.

Exekutor: Rang in den Streitkräften der *Unabhängigen Staaten*.

Experimentaldirektor: Rang beim *Institut für Technologische Innovation*.

Familiengrund: Name für das Anwesen einer *Innanawitt*-Familie.

Fontäne: Bezeichnung für einen Ort, an dem Artefakte der *Tahota* erscheinen.

Geca: Planet mit einer Nekropole.

Geranohr: Eine Schleimpilz-Spezies.

Gespinst: Befindet sich im *Direkt*, oberhalb des Energiekerns, ein Knäuel mit den Fäden der »direkten Verbindungen«, die dem Direkt seinen Namen geben.

Gizza: Eine Ruinenstadt in *Gunnadah*.

Glukka: Buchhändlerin in *Smirga*.

Grayland: Besatzungsmitglied und *Intellektor* der *Eklipse*. Gehört zur ersten Crew.

Große Bibliotheken: In Alcañiz und Roma Nuova, Zentren des Wissens mit hauptsächlich analogen Datenträgern.

Großen Alten, die: Geschöpfe, die auf *Sorafor* lebten und glaubten, alle Rätsel des Universums gelöst zu haben.

Großer Attraktor: Ein Superhaufen aus Galaxien und eine der massereichsten bekannten Strukturen im Universum.

Guitero: *Studierter* in *Aragon*.

Guldania: Region im Osten der gebrochenen Erde. Dort gibt es eine Handelsniederlassung der *Transportgesellschaft von Aragon*.

Gulmar: Region der *Unabhängigen*.

Gunnadah: Region tief im Süden der veränderten Erde.

Hammerstatt: Eine der *Siebzehn Kolonien*.

Hyperruf: Überlichtschnelle Kommunikation.

Hypnomaschinen: Lernapparate, die im Schlaf Wissen vermitteln.

Inarad: Innanawitt-Wort, bedeutet so viel wie »Störer« und »Beeinträchtiger von Harmonie«. So nennt *Kralle* den Frachtmeister *Lorenti*.

Inetas: Welt der *Tahota*.

Infektion: Gemeint ist vor allem die Infektion durch ein *Spike*, wobei die Berührung eines Spike-Stachels genügt. Bei der Infektion werden zerebrale Sporen übertragen, die die Blut-Hirn-Schranke durchdringen und sich im Gehirn des Opfers ausbreiten.

Innanawitt: Intelligente Katzenwesen, Verbündete der Menschen.

Institut für Technologische Innovation, ITI: Institut auf der Erde, das die *Eklipse* und sieben andere Raumschiffe beauftragt hat, die technologischen Hinterlassenschaften der *Tahota* zu suchen. Hoheitszeichen: ein stilisiertes Auge mit der Erde als Pupille.

Intellekt: Künstliche Intelligenz.

Intellektor: Eine Person, die mit einem *Intellekt* kommuniziert.

Interlingua: Sprache der Erde und ihrer *Siebzehn Kolonien*.

Interpreter: Übersetzungsgerät.

Isalf: Ein Kurier.

ITI: Siehe *Institut für Technologische Innovation*.

Ivory: Bot-Assistent von *Rufus M*.

Jabbosch: Frachtmeister der zweiten Crew der *Eklipse*.

Jasil: Ein Junge, der seinen Vater verloren hat.

Kanther, O.: Angestellter der *Transportgesellschaft von Aragon*.

Kategorie X: *Tahota-Artefakte* der höchsten Gefahrenstufe.

Keramikstahl: Hartes Metall.

Kernbrecher: Waffe der *Tahota*.

Kiryll: Alter Gegner der Tahota. Konflikt vor elftausend Jahren.

Kiss: Kybernetisches Interface-Semisubstrat, der *Intellekt* (Künstliche Intelligenz) der *Eklipse*.

Komposit: Material.

Konduktor: *Spike*-Bezeichnung für einen *Bogen*.

Konsul: Titel von *Marcus*.

Kostas: Ein Farmer auf der Erde, Mann von *Claire*.

Kralle: Besatzungsmitglied der *Eklipse*. Kümmert sich um das *Direkt*, den Antrieb. Gehört zur ersten Crew. Siehe auch *Loquaia, Uima Lereia*.

Ksil: Blinde Geschöpfe in einem subplanetaren Ozean.

Kupferne Kobolde: Eine Gruppe von Bergen in *Guldania*.

Loquaia, Itagea Feough: Schwester von *Kralle*.

Loquaia, Uima Lereia: Richtiger Name von *Kralle*.

Lorenti: Besatzungsmitglied der *Eklipse*. Frachtmeister der ersten Crew.

Luntha: Ein *Studierter*.

Lylynolia: Eine der *Siebzehn Kolonien*.

Mara: *Marcus'* Tochter.

Marcus: Sucht *Rebecca* und hat es auf ihre besonderen Fähigkeiten abgesehen.

Mediker: Arzt.

Medo-Bots: Medizinische Roboter.

Meralda: Technische Spezialistin, Assistentin von *Luntha*.

MFE: Siehe *Multifunktionseinheit*.

Mikrogravitator: Ein Gerät für die Erzeugung künstlicher Schwerkraft.

Moloch und Mahlstrom: Legende von den *Großen Alten* auf *Sorafor*. *Kralle* hat diese Geschichte von ihrer Ururgroßmutter gehört.

Multifunktionseinheit MFE: Auch *Multifunktionsgerät* genannt. Ein Gerät mit mehreren Funktionen, gehört zur Notfallausrüstung eines *ITI*-Rettungsboots.

Multifunktionsgerät: Siehe *Multifunktionseinheit*.

Multipler: Multiple Spezialisten bzw. Wissenschaftler, die Träger eines neuronalen Symbionten von *Urake* sind. Siehe *Zweithirn*.

Neurostimulator: Gerät für die Stimulation und Manipulation des menschlichen Gehirns. Wird oft verwendet, um eine verhörte Person zu zwingen, die Wahrheit zu sagen.

Nukleus: Das Kommandozentrum der *Eklipse*.

Omikron: Schwesterschiff der *Eklipse*.

Orwor: Roter Zwergstern mit Sonnenzapfern der *Kiryll* über der Korona.

Othank-Isdoka: *Innanawitt-Familiengrund* im Norden von *Jorpu*.

Peldrive, Arthur: Experimentaldirektor des *Instituts für Technologische Innovation*.

Plast: Plastik, Kunststoff.

Polymer: Material.

Prokrastinator: Teil des *Direkts* der *Eklipse*.

Quasimetall: Ein metallähnlicher Kunststoff.

Quelle: Siehe *Fontäne*.

Quintex, R.: Verfasser von *Geschichte der Welt*.

Rael: Technischer Spezialist, Assistent von *Luntha*.

Reaktionskern: Dient interplanetaren Raumschiffen und großen Raumstationen zur Energiegewinnung.

Rebecca: Ein Mädchen auf der Flucht.

Regenerationsgel: Gel zur Behandlung von Verletzungen, kann die Funktion künstlicher Haut übernehmen.

Riff-Systeme: Mehrere Sonnensysteme, mehr als siebenhundert Lichtjahre von der Erde entfernt.

Rufus M: Besatzungsmitglied der *Eklipse*. *Multipler* von Urake, dritter der *Siebzehn Kolonien*. Gehört zur ersten Crew. Siehe auch *Zweithirn*.

Samantha: Besatzungsmitglied der *Eklipse*. Koordinatorin der ersten Crew.

Schleim: Eine Art Gel, in dem die Besatzungsmitglieder eines Raumschiffs beim überlichtschnellen Flug schlafen.

Schwebewagen: Mit Gravitationsmotor ausgestatteter Wagen der aragonischen *Transportgesellschaft*.

Shapley-Superhaufen: Die größte bekannte Ansammlung von Galaxien in einer Entfernung von bis zu siebenhundert Millionen Lichtjahren.

Siebzehn Kolonien: Siebzehn von Menschen besiedelte Planeten, mehr als vierhundert Lichtjahre von der Erde entfernt.

Signalgerät: Ein Kommunikationsinstrument.

Sirrkut: Region der Unabhängigen.

Smeorm: Planet mit Staubwüsten. Dort sind *Kiryll*-Larven von *Spikes* infiziert worden.

Smeralda: *Marcus'* Frau in *Aragon*.

Smirga: Stadt auf der Erde.

Sol: Schwesterschiff der *Eklipse*.

Somnazen: Ein Betäubungsmittel, das *Lorenti* benutzt, um traumlos zu schlafen.

Sorafor: Eine Welt nicht weit vom Zentrum der Milchstraße entfernt.

Spike: Sehr gefährliches Geschöpf, von den *Tahota* geschaffen. Mit besseren Sinnen ausgestattet als ein Mensch. Kann andere Lebewesen infizieren und ihnen seinen Willen aufzwingen.

Stadt im Eis: Eine Stadt unter dem massiven arktischen Eisschild.

Steinsprecher: Menschen, die die Stimmen der »Geister in Stein und Stahl« hören.

Stormark: Planet mit der *Ewigen Kathedrale*, geschaffen von den *Xolta*.

Studierte: Wissenschaftler und Techniker.

Swift: Archivar und Missionsleiter der *Eklipse*, Mitglied der zweiten Crew.

Symbol der Transportgesellschaft: Ein silberner Bogen wie eine Kette aus kleineren Bögen.

Tahota: Fremde Intelligenzen, zur Zeit der Handlung seit tausend Jahren verschwunden. Menschen und *Innanawitt* haben Schiffe mit der Aufgabe ausgeschickt, die technologischen Hinterlassenschaften der Tahota zu suchen. Die *Eklipse* ist eins dieser Schiffe.

Tetra: Eine der *Siebzehn Kolonien*.

Thercer: Welt der *Tahota*.

Thermoblast: Eine energetische Entladung. Kann bis zu fünfzigtausend Grad heiß werden und lokale G-Kräfte vom Hundertfachen der Erdnorm erzeugen.

Thorensen, Isaak: Schläfer in der Habitatkuppel auf einem Kometen.

Transportgesellschaft von Aragon: Kontrolliert die Verwendung der *Bögen* in weiten Teilen der Erde.

Uddrack: Vizedirektor der *Transportgesellschaft* von *Smirga*.

Unabhängige Staaten: Vom *Institut für Technologische Innovation* auf der Erde unabhängige Staaten.

Unabhängige: Siehe *Unabhängige Staaten*.

Urake: Dritte der insgesamt *Siebzehn Kolonien*.

Urdomar: Eine kalte Welt, auf der die *Omikron* ein Depot der *Tahota* fand, am Grund eines Methansees.

Utir: Ein Planet, der für seine Grotten bekannt ist.

Varianz: Von einem *Tahota*-Artefakt bewirkte Veränderung der Raum-Zeit-Struktur.

Winnecker, Victor: Ein *Studierter*.

Wissenschaftliche Sektion der Eklipse: Dreihundert Quadratmeter groß, befindet sich auf der Steuerbordseite und verfügt über die fünf Meter durchmessende Kuppel eines Observatoriums.

Xolta: Intelligente Spezies, die auf *Stormark* die *Ewige Kathedrale* schuf.

Zarba: Leitet die Ausgrabungen bei *Smirga*.

Zeight: Planet mit Staubwüsten. Dort sind *Kiryll*-Larven von *Spikes* infiziert worden.

Zheir: Welt der *Tahota*.

Zweithirn: Als *Multipler* verfügt *Rufus M* über ein Zweithirn. Es besteht zur einen Hälfte aus einem neuronalen Symbionten, der ihm in seinem siebten Lebensjahr auf *Urake* eingesetzt wurde, in Höhe des C7-Wirbels der Wirbelsäule, und zur anderen aus einem Strang aus Silizium-Nanozellen, der von C3 bis zum Lendenwirbel L3 reicht. Das Zweithirn befähigt Rufus M zu kontrollierter Schizophrenie, zu einer bewussten Teilung der Persönlichkeit, die es ihm ermöglicht, sich gleichzeitig mit verschiedenen Dingen zu befassen.